SVEA LENZ
Die Stewardessen – Bis zum Horizont

Svea Lenz

Die Stewardessen
Bis zum Horizont

Roman

GOLDMANN

Sollte diese Publikation Links auf Webseiten Dritter enthalten,
so übernehmen wir für deren Inhalte keine Haftung, da wir uns diese nicht
zu eigen machen, sondern lediglich auf deren Stand
zum Zeitpunkt der Erstveröffentlichung verweisen.

Penguin Random House Verlagsgruppe FSC® N001967

1. Auflage
Originalausgabe November 2022
Copyright © 2022 by Nicole C. Vosseler
Copyright © dieser Ausgabe 2022
by Wilhelm Goldmann Verlag, München,
in der Penguin Random House Verlagsgruppe GmbH,
Neumarkter Str. 28, 81673 München
Dieses Buch wurde vermittelt durch die Montasser Medienagentur, München.
Umschlaggestaltung: UNO Werbeagentur GmbH
Umschlagmotiv: Arcangel Images/Ebru; FinePic®, München
Redaktion: Ilse Wagner
LS · Herstellung: ik
Satz: Mediengestaltung Vornehm, München
Druck und Bindung: CPI books GmbH, Leck
Printed in the Czech Republic
ISBN: 978-3-442-49165-0

www.goldmann-verlag.de

Nachtflug LH 423
Frühling 1957

1

Sag, wie heißt du, süße Kleine

Wie auf Schienen glitt die Super-Constellation mit dröhnenden Motoren über den Nachthimmel. Die Passagiere waren verköstigt und hatten es sich mit einem Schlummertrunk und Lesestoff gemütlich gemacht oder versuchten, in der abgedunkelten Kabine die Zeit bis zum Frühstück zu verschlafen. In der Pantry dagegen brannten noch alle Lichter.

»So habe ich mir das während der Ausbildung nicht vorgestellt«, jammerte Bärbel.

Zermatschte Kartoffeln hafteten an ihren von Fett und Bratensoße verschmierten Fingern, während sie einen aufgeweichten Klumpen aus Papierservietten gründlich auseinandernahm und dann mit angewiderter Miene in den bereitstehenden Eimer warf.

Margot lachte. »Nimm's als Lehrstunde! Noch mal passiert dir das garantiert nicht.«

Anstatt nach der Hälfte ihrer gut zwanzigstündigen Schicht zwischen New York und Hamburg selbst endlich etwas zu essen oder ein Nickerchen zu machen, knieten die beiden Stewardessen auf dem Boden der Pantry und wühlten mit hochgekrempelten Blusenärmeln im Abfall.

»Das ist so eklig!« Schaudernd ließ Bärbel eine Papiertüte mit

Erbrochenem in den Eimer fallen; über Neufundland waren die Flüge immer holprig.

»Deshalb sollst du die Tüten am oberen Ende fest zusammenfalten«, erklärte Margot.

»Da geht er hin«, spöttelte Hartmut Schwertfeger, »der strahlende Glanz der Stewardessen.«

»Vorsicht, Hacki!«, erwiderte Margot. »Sonst schnappe ich mir in einem unbeobachteten Moment den Salzstreuer und leere ihn in deine Suppe.«

Der Koch lachte und zündete sich eine Zigarette an.

Ein paar ausgetrunkene Gläser in der Hand, trat Felix Jungblut durch den Vorhang. »Was macht ihr denn da?«, fragte er verwundert.

»Mrs Miller auf Platz 10A hat ihre Zahnprothese auf dem Tablett liegen lassen«, antwortete Margot. »Sie hat es erst bemerkt, als Bärbel schon längst abgeräumt hatte.«

»Hast du beim Abtragen nicht genau hingeschaut?«, hakte Felix nach.

»Was glaubst du wohl?«, fuhr Bärbel ihn an, eine verlegene Röte auf dem mädchenhaft zarten Gesicht.

Felix grinste und nahm den gefüllten Teller entgegen, den Hacki ihm reichte. »Denn mal Prost Mahlzeit.«

Er hatte kaum den ersten Bissen im Mund, als das Greinen eines Säuglings aus der Kabine drang. Seufzend legte Felix das Besteck weg und begann, mit Milchpulver und Schnullerflasche zu hantieren.

»Lass das lieber Ruth machen«, sagte Margot, während sie und Bärbel weiter den Müll durchforsteten. »Mrs Todd ist eine dieser furchtbar nervösen Mütter. Die traut dir das sicher nicht zu, dass du dich genauso gut um ihren Goldschatz kümmern kannst wie wir Mädels.«

»Wo bleibt da die Gleichberechtigung?«, protestierte Felix, während er das Fläschchen in heißem Wasser aufwärmte. Das semmelblonde Haar akkurat gescheitelt, sah er in seiner Uniform auch mit Mitte zwanzig noch aus wie ein Schuljunge. »Wo steckt Ruth überhaupt?«, fragte er.

Margot antwortete nicht. Zwischen Essensresten, durchnässten Servietten, Kaffeesatz und anderem Abfall hatte sie etwas Hartes ertastet.

»Ta-daa!« Triumphierend reckte sie die Dritten von Mrs Miller in die Höhe und drückte sie Bärbel in die Hand. »Jetzt aber hurtig! Schrubb sie mit einer der abgepackten Zahnbürsten gründlich ab.«

Sie warf den restlichen Müll in den Eimer und stand auf. Das Wimmern des Babys steigerte sich zu ohrenbetäubendem Heulen.

»Halt!« Margot pfiff Bärbel zurück, die schon loslaufen wollte. »Krempel erst die Ärmel runter und zieh deine Uniformjacke wieder an. Und trag die Prothese um Himmels willen nicht in der bloßen Hand! Mach's ein bisschen diskret und nimm eine Serviette.«

Bärbel tat wie geheißen. Auf dem Weg in die Kabine stieß sie beinahe mit Ruth zusammen, die in die Pantry stürmte und ein leeres Glas auf die Arbeitsfläche knallte.

»Immer langsam mit den jungen Gäulen«, kommentierte Hacki gutmütig.

»Was ist denn mit dir los?«, fragte Margot, während sie sich Hände und Unterarme einseifte und unter dem Wasserhahn abspülte.

Ihre Kollegin Ruth, stupsnasig und mit weichen Haarwellen in der Farbe von Cognac, schäumte sichtlich vor Wut. »Der Widerling auf 5C hat mir an den Po gegrapscht«, stieß sie hervor. »Und jetzt tobt er herum, weil er unbedingt noch was zu trinken will.«

»Frollein!«, tönte es über das Babygeschrei aus der Kabine. »He, Frollein! Wird man hier mal noch bedient?«

»Wie viel hatte er schon?«, erkundigte sich Margot und trocknete sich die Hände ab.

Ruth schnaubte. »Eindeutig zu viel.«

»Soll ich ihm Manieren beibringen?«, bot Felix an.

Just in diesem Moment betätigte jedoch jemand in seinem Bereich den Rufknopf, und mit einer entschuldigenden Geste verschwand er hinter dem Vorhang.

Margot schloss die Manschettenknöpfe ihrer Bluse und griff zur Uniformjacke. »Kümmere du dich um den kleinen Schreihals«, wies sie Ruth an. »Ich übernehme den großen.«

Sie schlüpfte ebenfalls durch den Vorhang. Mrs Todd hatte ihren schreienden Säugling aus dem Babybettchen geholt, das an die Trennwand montiert war, und schaukelte ihn auf ihrem Arm.

»*I'm so sorry*«, entschuldigte sie sich bei den benachbarten Passagieren, die bereits murrten. »*Really sorry.*« Sie war den Tränen nahe.

Margot hob den Schnuller vom Kabinenboden auf und reichte ihn Mrs Todd; allenfalls eine Notlösung, das wussten sie beide. Im Flüsterton kündigte sie Milchflasche und frische Windeln an, die Wundermittel gegen kleine Krakeeler. »*Miss Ruth will be with you any minute.*«

Behutsam drückte sie die Schulter der jungen Frau, die zu ihrem in der Pfalz stationierten Ehemann unterwegs war. Eine Geste, die zu verstehen geben sollte: Wir meistern das gemeinsam.

Mrs Todd nickte, und ein Anflug hoffnungsvoller Erleichterung zog über ihr Gesicht, das trotz des perfekten Make-ups erschöpft wirkte.

Entschlossen setzte Margot ihren Weg durch den Mittelgang fort. Zügig, aber ohne Hast. Gerade in den Nachtstunden fürchteten die Passagiere sonst schnell, dass etwas nicht stimmte und sie in sechstausend Metern Höhe auf eine Katastrophe zusteuerten. Hinter Margot brach das Babygeschrei jäh ab; nur noch Ruths zärtliches Gurren war zu hören, und erleichtertes Aufatmen wanderte durch die Sitzreihen.

»Bedienung!«, schallte es Margot entgegen. »He, Bedienung! Was ist das für ein Saftladen hier?«

Margot verdrehte die Augen. Die Passagiere mit einem Ticket der ersten Klasse, das auf der Nordamerikalinie neuerdings unter dem Namen »De Luxe« beworben wurde, erwiesen sich auf jedem Flug als pflegeleicht. Sie genossen einfach ihre bequemen Comforette-Liegesessel und diverse Extras wie den Lufthansa-Cocktail aus Weinbrand, Wermut und Orangen-Aprikosen-Likör zur Begrüßung an Bord. Nur in der Hauptkabine glaubte immer wieder einer, sich wie ein Halbstarker auf dem Kiez aufführen zu müssen.

In Reihe fünf war ein vierschrötiger Mittfünfziger im Anzug aufgestanden. Unsicher auf den Beinen, suchte er im schwankenden Flugzeug am Kopfteil des Sitzes Halt. Ein unverkennbarer Alkoholdunst ging von ihm aus.

»Herr Wucke«, sprach Margot ihn leise, aber bestimmt an, »würden Sie sich bitte setzen?«

»Ich habe einen Haufen Geld für diesen Flug hingeblättert!«, beschwerte er sich lautstark. »Dafür kann ich ja wohl was erwarten.«

»Selbstverständlich, Herr Wucke«, entgegnete Margot. »Unter anderem, dass Sie mit heilen Knochen ankommen. Also nehmen Sie bitte wieder Platz.«

»Von Ihnen lasse ich mir rein gar nichts vorschreiben«, fuhr er sie an. »Mit meinem Ticket bezahle ich doch quasi Ihr Gehalt!«

»Mein Gehalt«, erwiderte Margot ungerührt, »bekomme ich hauptsächlich dafür, dass ich für Ihre Sicherheit sorge. Also setzen Sie sich bitte umgehend hin.«

»Haben Sie nicht gehört, was die Lady gesagt hat?«, schimpfte ein Mann mit amerikanischem Akzent hinter Margot. »Jetzt setzen Sie sich endlich und halten die Klappe, *for Christ's sake*!«

Na großartig, dachte Margot. Sobald sich andere Gäste einmischten, konnte leicht ein Tumult losbrechen. In diesem Fall musste sie laut Protokoll einen Piloten hinzuziehen – was aber nach genau demselben Protokoll unbedingt zu vermeiden war.

Mit einer beschwichtigenden Geste wandte sie den Kopf und nickte kurz, um dem Amerikaner zu bedeuten, dass sie seine Ritterlichkeit zu schätzen wusste, die Lage aber im Griff hatte. Dann setzte sie das mütterliche Lächeln auf, das normalerweise für quengelnde Kleinkinder reserviert war, die sie mit Kakao, einem Bilderbuch oder einem Lolli bestach.

»Machen Sie es sich einfach wieder gemütlich, Herr Wucke«, säuselte sie. »Ist doch ein langer Flug, da sollen Sie es bequem haben. Was darf ich Ihnen denn bringen?«

»Na also, geht doch.« Schnaufend ließ der Gast sich wieder in seinen Sitz fallen. »Whisky. Einen doppelten.«

»Sehr wohl, der Herr«, zwitscherte Margot.

»Entschuldigen Sie, Ma'am.« Der Amerikaner fing sie auf dem Weg zurück in die Pantry ab. »Es geht mich zwar nichts an ... aber halten Sie das wirklich für eine gute Idee? Der ist doch schon sternhagelvoll.«

Es ging Mr Hayes auf Platz 7B wirklich nichts an, schließlich war Margot der Boss in der Kabine. Dennoch zwinkerte sie ihm im Vorbeigehen gut gelaunt zu. »Vertrauen Sie mir!«

Ruth hatte inzwischen Todd junior auf den Wickeltisch gelegt und zuckte nicht einmal mit der Wimper, als der Kleine sie mit vergnügtem Krähen anpinkelte. Seine Mutter hielt sich unterdessen an einem leeren Schnapsglas fest und wartete darauf, dass das Nerventonikum Wirkung zeigte. *Frauengold – und du blühst auf!*

»Stopp!«, rief Margot in der Pantry und nahm Bärbel die Kanne mit kalt gewordenem Tee ab, die sie gerade ausleeren wollte. »Den brauch ich noch.«

Entgeistert sah Bärbel zu, wie Margot in einem Glas reichlich Tee mit einem Fingerbreit Whisky mischte und aus der Bordapotheke die Baldriantropfen holte. »Das merkt der doch sofort«, wandte sie mit banger Miene ein.

»Garantiert nicht«, widersprach Margot. »Dafür ist er schon zu knülle.«

»Du hast es wirklich faustdick hinter den Ohren«, meinte Hacki lachend.

»Für unsere Gäste nur das Beste«, flötete Margot und trug den Whisky à la Wucke in die Kabine.

Es ging gegen Morgen, aber über dem Atlantik war es noch dunkel. Margot hatte endlich etwas im Magen, in der Koje des Bordpersonals eine knappe Stunde geschlafen und sich danach auf der Bordtoilette kurz frisch gemacht. In der Pantry kippte Bärbel mit glasigen Augen schon ihre zweite Tasse Kaffee hinunter.

»Ist ganz normal, wenn du anfangs kein Auge zumachen kannst«, sagte Margot und stellte eine gefüllte Kaffeetasse nach der anderen auf ein Tablett. »Das war bei mir auch so. Sobald du die Strecke ein paarmal geflogen bist, klappt's auch mit dem Nickerchen zwischendurch.«

Bärbel warf ihr einen zweifelnden Blick zu.

»Voilà, der Snack für den Herrn Co-Piloten«, ließ Hacki sich vernehmen und platzierte ein belegtes Brötchen auf Margots Tablett. »Jetzt aber hopphopp, Frollein! Bevor das Salatblatt welk wird.«

Margot stieß ihn mit dem Ellbogen in die Seite und schlüpfte mit dem Tablett durch den Vorhang.

Im Babybett hob und senkte sich das Bäuchlein des Säuglings in schlafschweren Atemzügen; die Wange an ein Kopfkissen geschmiegt, döste auch Mrs Todd unter einer Wolldecke. Auf leisen Sohlen balancierte Margot das Tablett durch die stille Kabine, klopfte mit dem Fingerknöchel an die Cockpittür und trat ein.

Sie zog den Kopf ein und machte sich noch schlanker, als sie ohnehin schon war, um sich zwischen Kabeln und Schaltern hindurchzuzwängen und Funker und Navigator an ihren Plätzen mit Kaffee zu versorgen.

»Bist a Schatz«, bedankte sich Co-Pilot Rudolf Mayr und biss in das belegte Brötchen.

»Weiß ich«, erwiderte Margot vergnügt. Dann wandte sie sich an den Kapitän: »Herr Pretsch, ich stelle Ihnen den Kaffee griffbereit hin.«

Sie schlängelte sich um die Rückseite des Pilotensessels herum und platzierte die Tasse im Getränkehalter unter der Seitenscheibe; im winzigen Cockpit verlangte der Service geradezu akrobatische Fähigkeiten. Ernst Pretsch nickte nur, während des Flugs war er immer auf die unzähligen Lämpchen und Anzeigen fokussiert. Wollte auch er etwas essen, eine Stunde schlafen oder sich zwischendurch die Beine vertreten, musste er sich von seinem Relief-Piloten Schubert ablösen lassen, der in der Pilotenkoje auf seinen nächsten Einsatz am Steuerknüppel wartete.

Sachte schloss Margot die Tür hinter sich. Die meisten Passagiere hier vorn in der ersten Klasse schliefen, nur am Platz von Mr Bronstein brannte die Leselampe.

»*Excuse me, Miss*«, wisperte der ältere Herr und tippte auf den Reiseführer in seinem Schoß. »*The Black Forest ... is it open on Sundays?*«

Das leere Tablett in der Hand, ging Margot neben ihm in die Hocke und erklärte im Flüsterton, dass der Schwarzwald kein Park, sondern eine ganze Region sei. Dann gab sie ihm Tipps für Kuckucksuhren und Kirschtorte. Mr Bronstein bedankte sich und kuschelte sich tiefer in sein »Himmelbett«, wie die Prospekte der Lufthansa die Schlafsessel anpriesen.

Im Weitergehen ließ Margot den Blick aufmerksam über die Sitzreihen wandern. Auch Herr Wucke schlief tief und fest wie ein Baby; aus seinem geöffneten Mund drang leises Schnarchen. Mr Hayes grinste hinter seiner Zeitung hervor und reckte anerkennend den Daumen. Margot hob die Brauen, was so viel heißen sollte wie: *Habe ich doch gesagt.* Mr Hayes lachte leise.

Margot zögerte einen Augenblick. Bei mehrsprachigen Gästen war nicht immer auszumachen, welche Sprache sie bevorzugten. Aus dem Bauch heraus entschied sie sich für Deutsch. »Darf es für Sie noch etwas sein, Mr Hayes?«

»Gern«, antwortete er. »Könnte ich Sie vielleicht begleiten?« Er warf einen Seitenblick auf seinen Sitznachbarn, der im Tiefschlaf auch einen Gutteil von Mr Hayes' Sitz beanspruchte.

Normalerweise hätte Margot ihm einen anderen Platz angeboten, aber der Flug war ausgebucht. Auf der Nordamerikaroute hatte die Hauptsaison begonnen. Leicht verdientes Geld für die Lufthansa, aber zu wenig, um die Verluste auszugleichen, die die Fluggesellschaft Jahr um Jahr weiter einfuhr.

»Keineswegs«, versicherte Margot. »Kommen Sie ruhig mit.« Außerhalb der Essenszeiten hatten Gäste in der Bordküche willkommen zu sein, so lautete die Anweisung der Direktion. Schließlich war die Küche der Mittelpunkt jeder gelungenen Party.

»*This is where the magic happens*«, kommentierte Mr Hayes, nachdem er Hacki und Bärbel auf Deutsch begrüßt hatte.

»Deutsche Wertarbeit«, verkündete Hacki stolz und tätschelte eine der Oberflächen aus Stahl. »Auf der ganzen Welt fliegt keine Küche herum, die so praktisch und durchdacht ist wie diese hier. Hat ja auch ein ehemaliger Flugzeugingenieur von Junkers geplant und gebaut.«

Mr Hayes sah sich eingehend in der Pantry um; groß und breitschultrig, wirkte er darin wie ein Riese in einer Puppenstube. »Seid ihr Stewardessen deswegen so schlank, weil es hier so eng ist?«, fragte er. In seinen braunen Augen blitzte der Schalk auf.

Lachend schob Margot das Barwägelchen näher zu ihm. »Möglicherweise auch, weil wir bei jeder Schicht etliche Kilometer durch das Flugzeug marschieren. Möchten Sie noch einen Bourbon?«

Interessiert beäugte Mr Hayes das breit gefächerte Sortiment an Spirituosen und deutete auf eine Flasche Bärenfang. »Was ist das hier?«

»Ein Likör aus Honig und Wodka«, erklärte Margot, »mit Vanille, Zimt und Nelken gewürzt. *Traditional German Schnaps.* Ihre Landsleute sind ganz verrückt danach.«

Mr Hayes verzog belustigt das Gesicht. »Ich bleibe bei Bourbon.«

Dankend nahm er das Glas auf einer Serviette entgegen. Wie bei den meisten Amerikanern war sein Anzug aus feinem Stoff und gut geschnitten. Der würzige Duft seines Rasierwassers stieg Margot in die Nase; sie schätzte ihn auf Mitte dreißig.

»Ihr Deutsch ist absolut perfekt«, sagte sie. Eine im Dienst oft verwendete Nettigkeit, die jeden ausländischen Gast zum Strahlen brachte; bei Mr Hayes, der bis Frankfurt mitfliegen würde, entsprach es der Wahrheit.

»Ich stehe auch schon lange mit einem Bein in Deutschland«, erzählte er. »Der Geschäfte wegen.«

»In welchem Bereich sind Sie tätig?«, wollte Bärbel wissen.

Margot sah ihrer jungen Kollegin an, wie gut ihr dieser Amerikaner gefiel. Mit seinem zurückgekämmten dunkelblonden Haar und den kernigen Gesichtszügen erinnerte er an William Holden, von dem Audrey Hepburn im Film *Sabrina* träumte, bevor sie am Schluss mit Humphrey Bogart davonsegelte.

Und Mr Hayes trug keinen Ring.

»In der Kommunikationsbranche«, antwortete er. »Nachrichten, Werbung, internationale Beziehungen. Solche Dinge.«

Bärbels Augen leuchteten gleich noch blauer.

Mr Hayes stellte das Glas ab und holte eine Packung Lucky Strikes aus der Jacketttasche. »Wie lange sind Sie schon Stewardess?«, fragte er, an Margot gewandt, und zündete sich eine Zigarette an.

»Ich habe gerade erst angefangen«, tschilpte Bärbel.

»Ich bin seit etwas über zwei Jahren dabei«, erklärte Margot. »Seit dem ersten März 1955. Gleich im Anschluss an meine Ausbildung bei der Lufthansa.«

Genüsslich stieß Mr Hayes den Rauch aus. »Dann haben Sie sicher schon eine Menge von der Welt gesehen. Wo gefällt es Ihnen am besten?«

Eine Standardfrage, die Margot stets aus vollster Überzeugung beantwortete. »Paris ist immer einen Abstecher wert, und wenn es nur ein paar Stunden sind. In Rio mag ich lieber das quirlige Leben zwischen den bunten Zuckerbäckerbauten als die Copacabana mit ihren klotzigen Hotelburgen. Und der Nahe Osten bezaubert mich jedes Mal aufs Neue. Istanbul, Damaskus, Bagdad, Teheran – da könnte ich tagelang nur durch die Straßen bummeln und alles in mich aufsaugen. Die Strände von Beirut gehören für mich zu den schönsten überhaupt.«

Der erste Flugplan der Lufthansa war noch ein Faltblatt gewesen. Inzwischen war ein richtiges Buch auf Deutsch, Englisch und Französisch daraus geworden, das auch Flüge nach Montreal und Chicago enthielt, ab übernächster Woche dann nach Zürich und Wien. Manchmal konnte Margot selbst kaum glauben, dass sie so viel von der Welt sehen durfte, auch im Winter stets eine leichte Sonnenbräune hatte und Sand im Gepäck wie nach dem Urlaub – und sogar noch dafür bezahlt wurde.

»Aber meine Lieblingsstrecke«, fügte sie hinzu, »ist und bleibt die nach New York.«

Der Amerikaner lächelte. »Bei den vielen Meilen, die Sie in der Luft zurücklegen – haben Sie da nie Angst, dass etwas passieren könnte?«

Auch diese Frage stellten die Gäste oft, und das nicht unbegründet. Jeden Monat verunglückte irgendwo auf der Welt mindestens eine Passagiermaschine, meist mit tödlichem Ausgang.

»Nie«, versicherte Margot. »Seit der Kranich wieder fliegt, hat die Lufthansa keinen einzigen ernsthaften Zwischenfall erlebt.«

Bei einem Streckennetz, das inzwischen rund fünfzigtausend Kilometer umfasste, waren die Lufthanseaten zu Recht stolz auf diese Bilanz. Dementsprechend verschnupft hatte die Direktion reagiert, als die Gattin des deutschen Botschafters im vergangenen Jahr lieber mit Scandinavian Airlines von Rio nach Frankfurt geflogen war. Der Presse gegenüber hatte sie schnippisch erklärt, die Frage der persönlichen Sicherheit müsse jeder für sich selbst entscheiden.

Dass einer der vier Motoren der Super-Constellation zwischendurch streikte, war längst Routine. Die empfindliche Hydraulik machte ebenfalls immer wieder Probleme, besonders bei eisigen Temperaturen spielten die Instrumente deshalb gern mal verrückt. Doch ein erfahrener Pilot konnte damit umgehen, und zu mehr als ein paar Stunden Verspätung war es noch nie gekommen. Manchmal fanden sich ein paar Zeilen darüber in den Tageszeitungen, trotzdem erzählte man solche Episoden besser nicht den Gästen. Für die Passagiere der Lufthansa sollte Fliegen ein glamouröses Abenteuer sein – ohne jegliches Risiko.

»War Ihnen denn noch nie mulmig zumute?«, hakte Mr Hayes nach.

Margot lachte. »Durchaus. Auf meinem Flug nach Moskau, das ist jetzt knapp eineinhalb Jahre her. Weißt du noch, Hacki?«

»Und ob.« Hinter seiner Zigarette grinste der Koch von Ohr zu Ohr.

Mr Hayes hob überrascht die Brauen. »Sie waren in Moskau?«

Dass der Himmel grenzenlos sei, war eine Illusion. Der Eiserne Vorhang erstreckte sich auch in den Luftraum, mit Berlin als Nadelöhr. Nur Pan American World Airways, Air France und British Airways war es gestattet, West-Berlin anzufliegen. Wer von dort weiter in den Osten wollte – und durfte –, musste von Tempelhof über die Sektorengrenze nach Schönefeld, dem

Heimatflughafen der ostdeutschen Lufthansa, die neben dem Namen auch gleich noch den Kranich kopiert hatte. Böse Zungen behaupteten, das Veto dieser zweiten Lufthansa sei der Grund dafür, dass alle Versuche der westdeutschen Lufthansa, ebenfalls eine Start- und Landeerlaubnis für Berlin zu erhalten, bisher im Sande verlaufen waren.

»Ein Charterflug für unseren geschätzten Bundeskanzler Adenauer war das«, erzählte Hacki und strich einmal mehr über seine geliebte Bordküche. »Auf genau dieser Super-Connie hier, der D-ALIN. Wir fliegen ihn hin und wieder zu Staatsbesuchen, letzte Woche erst zum Schah nach Teheran. Ist jedes Mal ein Vergnügen, ihn an Bord zu haben. Nicht wahr, Margot?«

Margot nickte und schenkte sich ein Glas Wasser ein. Seit jener Moskaureise verband sie etwas Besonderes mit dem Bundeskanzler. Für anstehende Flüge ließ er nicht nur das bewährte Pilotenteam und Hacki als Koch anfragen, sondern stets auch das Fräulein Margot. An Bord vergaß er nie, sich nach Margots Vater zu erkundigen – einem der zigtausend Kriegsgefangenen, die Adenauer nach Hause geholt hatte. Und nicht zuletzt hatte ein lobendes Schreiben aus dem Bundeskanzleramt dafür gesorgt, dass Margot nach einem Skandal, in den sie unverschuldet geschlittert war, in den Dienst zurückkehren durfte.

»Was ist denn auf diesem Flug nach Moskau passiert?«, fragte Mr Hayes und drückte den Zigarettenstummel im Aschenbecher aus.

»Ich hatte gerade das Cockpit mit Getränken versorgt«, antwortete Margot zwischen zwei Schlucken, »als sowjetische Kampfjets neben uns auftauchten. Einen Augenblick lang dachte ich, wir würden entführt oder abgeschossen. Tatsächlich war es ein Ehrengeleit für die deutsche Delegation.«

Hacki ruckte mit dem Kopf in Richtung des Cockpits.

»Pretsch und Mayr haben uns hingeflogen. Pretsch sagt heute noch, das sei der einzige Flug gewesen, bei dem ihm blümerant war. Weil es komplett ins Ungewisse ging. Und der hat mehr als sein halbes Leben in der Luft verbracht, hat mitten im Krieg für die Amis zigfach Verwundete aus Frankreich und England über den Atlantik geflogen.«

Die Höflichkeit verlangte es, dass Margot sich voll und ganz ihrem Gast widmete, aber es lag ihr nicht, dabei untätig herumzustehen. Nachdem sie gerade den Kaffeefilter gewechselt hatte, faltete sie jetzt Hand in Hand mit Bärbel Servietten für die Frühstückstabletts.

»Unsere Margot«, fügte Hacki geradezu prahlerisch hinzu, »war dann fast eine ganze Woche in Moskau. Allein bei den Russkis! Damit die versammelten Pressefritzen sich mit eigenen Augen davon überzeugen konnten, wie umwerfend schick unsere neue Lufthansa ist.«

Margot deutete ein amüsiertes Augenrollen an.

Mr Hayes lächelte verschmitzt. »Das kann ich mir gut vorstellen. Sprechen Sie denn Russisch?«

Margot lachte. »Einen Tee bestellen, nach dem Weg fragen oder eine Floskel zum Wetter – das bekomme ich gerade noch hin.«

»Fräulein …«, begann der Amerikaner und unterbrach sich gleich selbst. »Entschuldigung, ich glaube, ich habe Ihren Namen vorhin nicht richtig mitbekommen.«

»Frei. Margot Frei.«

Sie ergriff seine ausgestreckte Rechte. Er hatte einen angenehmen Händedruck, männlich und fest.

»Sehr erfreut, Fräulein Frei. Hamilton Hayes. Für Sie gern Hamilton.« In seinen Augen schimmerte es warm.

Margot schmunzelte. Die meisten männlichen Passagiere

flogen auf blonde Stewardessen, egal, ob naturblond oder gefärbt, Männer bemerkten da sowieso selten einen Unterschied. Mr Hayes gehörte offenbar zu den wenigen Ausnahmen.

Bärbels Ausatmen klang wie ein enttäuschtes Seufzen.

»Ich muss gestehen«, fügte Hamilton Hayes hinzu, »dass ich Sie auf den ersten Blick für eine Französin gehalten habe. Sie haben dieses ... *je ne sais quoi*.«

Das gewisse Etwas. Um Margots Mund zuckte es. Solche Komplimente bekam sie häufiger, seit sie ihr Haar à la Audrey Hepburn burschikos kurz geschnitten trug; mit ein paar Spritzern Haarwasser glänzte es in einem satten Haselnussbraun. Eine Frisur, die ihr schmales Gesicht zur Geltung brachte und die feinen Konturen hervorhob. Das gekonnte Make-up, das für Stewardessen Pflicht war, betonte ihre kecke Weiblichkeit, die Sommersprossen auf ihrer Nase eingeschlossen, und brachte ihre graublauen Augen zum Strahlen.

»*Merci, Monsieur*«, erwiderte Margot heiter.

»Darf ich Sie zum Dinner einladen?«, fragte Mr Hayes mit typisch amerikanischer Direktheit.

Ein Flirt mit den Gästen war nicht nur erlaubt, sondern ausdrücklich erwünscht, solange es sich im Rahmen des Schicklichen bewegte. Schließlich sollte ein Flug mit der Lufthansa in guter Erinnerung bleiben und dazu anregen, bei nächster Gelegenheit wieder ein Ticket zu kaufen.

Mehr war allerdings nicht gestattet, und Margot hatte die beste Ausrede überhaupt, das unwiderstehliche Lächeln von Hamilton Hayes hin oder her. »Tut mir leid, ich bin schon vergeben.«

Der Amerikaner ließ nicht locker. »Vielleicht überlegen Sie es sich ja noch. Ich bin ein guter Fang.«

Margot musste lachen. »Das glaube ich Ihnen gern,

Mr Hayes.« Sie zog es vor, ganz professionell beim Nachnamen zu bleiben. »Aber ich muss trotzdem ablehnen.«

Das fast leere Glas in der Hand, lehnte er sich mit der Schulter an die Trennwand. »Was hat er, was ich nicht habe?«

Margot schenkte ihm einen koketten Augenaufschlag. »Er ist Pilot.«

»*Too bad.*« Mr Hayes grinste spitzbübisch. »Da kann ich als bodenständiger Geschäftsmann natürlich nicht mithalten.«

Das Bordtelefon klingelte. Bärbel nahm ab, und Margot konnte am anderen Ende verzerrt das rumpelnde Bayrisch von Co-Pilot Mayr hören.

»Okay, machen wir«, sagte Bärbel in die Sprechmuschel und legte auf. »Tankstopp in Shannon ist nicht nötig, wir fliegen durch.«

Dadurch sparten sie mehr als eine Stunde Flugzeit, mussten aber entsprechend früher mit dem Service beginnen.

»Verdammt«, knurrte Hacki. »Und ich dachte, ich könnte mich noch kurz aufs Ohr hauen.« Trotzdem pfiff er munter vor sich hin, während er seine Pfannen aus einer der Boxen holte.

»Weck doch bitte Ruth und Felix«, sagte Margot zu Bärbel und drückte an der Kaffeemaschine den Knopf für die Wasserzuleitung. »Dann können sie noch in Ruhe einen Kaffee trinken, bevor wir mit dem Frühstück anfangen.«

Mr Hayes stellte das leere Glas auf das Barwägelchen und zwinkerte Margot zu. »Danke für den Drink und Ihre Gesellschaft, Miss Margot. Ich fliege sicher bald wieder mit der Lufthansa.«

2

Das Lied vom Wirtschaftswunder

Nach rund zwanzig Stunden Dienst, davon gut vier Fünftel in der Luft, hatten Margot und die übrige Crew am Freitagnachmittag wieder Hamburger Boden unter den Füßen. Überdreht vor Müdigkeit und bestrebt, möglichst schnell nach Hause in ihre Betten zu kommen, eilten sie über das Vorfeld. Zwei Wochen vor Ostern schien die Sonne schon kräftig vom Himmel, aber wie immer blies hier ein kräftiger Wind. Hinter ihnen brummten Flugzeugmotoren, rasselnd fuhren Busse und Volkswagen vorbei.

»Ihr kommt doch zur Party morgen?«, erkundigte sich Margot.

Felix warf einen Blick auf die Papiertüte in ihrer linken Armbeuge, aus der der Schopf einer Ananas ragte. »Übernimmst du etwa die Küche?«

»Spinnst du?«, konterte Margot, und Felix grinste.

»Wie ich Claus kenne, lässt er bestimmt was aus einem Feinkostladen kommen«, ließ Ruth sich vernehmen und seufzte. »Ich weiß gar nicht, was ich mitbringen soll, der hat doch schon alles.«

»Eine Flasche Wein tut's völlig«, erwiderte Margot.

»Ich hoffe, ich habe bis dahin meine Knochen wieder sortiert«, sagte Bärbel und stöhnte.

»Komm du erst mal in unser Alter«, neckte Felix sie.

Lachend betraten sie das Flughafengebäude. An den Tischen der Zollkontrolle herrschte gerade Flaute. Nur eine ältere Dame packte in aufreizender Langsamkeit ihren Koffer aus. Unter den gestrengen Blicken eines Beamten breitete sich eine halb schuldbewusste, halb empörte Röte auf ihrem Gesicht aus. Die übrigen Zöllner warteten auf einen neuen Schwung Passagiere aus dem nächsten Flieger; beim Anblick der Lufthanseaten tippten sie grüßend an ihre Mützen.

»Pfiat eich!«, verabschiedete sich Co-Pilot Mayr von seiner Crew.

»Schönes Wochenende!«, wünschte auch Kapitän Pretsch, sein Deutsch nach langen Jahren in den Staaten unverkennbar amerikanisch eingefärbt.

Ein noch milchgesichtiger Beamter fasste Margot ins Auge und musterte ihren Koffer. Sie beschleunigte ihre Schritte und stöckelte mit einem selbstsicheren Lächeln an ihm vorbei.

»Entschuldigen Sie bitte«, ertönte es gleich darauf hinter ihr.

Margots Herzschlag setzte einen Augenblick aus, doch sie ging unbeirrt weiter, als hätte sie nichts gehört.

»Bis morgen«, warfen ihre Kolleginnen und Felix ihr zu und machten, dass sie davonkamen. Nach den ausgedehnten Shoppingtouren zwischen Times Square und Fifth Avenue hatten sie ebenfalls kein Interesse daran, dass der Zoll einen Blick in ihre Koffer warf.

»Verzeihen Sie, gnädiges Fräulein!«

Margot blieb stehen und wandte sich um, ein flaues Gefühl im Magen, aber mit unschuldsvoller Miene. »Ja, bitte?«

Der Nachwuchsbeamte streckte die Hand nach ihrem Koffer aus. »Kommen Sie, ich nehme Ihnen den ab. Wo müssen Sie hin?«

Margot stutzte, sie war nicht sicher, ob sie ihn richtig verstanden hatte.

»Bitte«, fügte er hinzu, »ich bestehe darauf. Ich habe im Moment sowieso nichts anderes zu tun.«

Sie fasste sich schnell wieder. »Danke, das ist sehr freundlich von Ihnen«, entgegnete sie huldvoll. »Ich wollte mir gerade ein Taxi nehmen.«

Er strahlte. »Ich weiß doch schließlich, was sich gehört.«

Margot konnte nur mit Mühe ein Lachen unterdrücken, während der junge Zöllner den Koffer neben ihr hertrug.

In der Flughafenhalle wimmelte es von Herren in Anzügen und Damen in modischen Kleidern, selbstverständlich mit Hut und Handschuhen. Sie studierten die Zeittafel, standen am Schalter ihrer Fluggesellschaft an, verabschiedeten sich voneinander oder begrüßten sich herzlich.

»Wo kommen Sie gerade her?«, wollte der Jungzöllner von Margot wissen.

»Aus New York.«

Seine wasserblauen Augen leuchteten auf. »Da würd ich auch gern mal hin! Ist es dort so toll, wie es in den Filmen immer aussieht?«

Noch viel toller, wollte Margot antworten, doch sie kam nicht mehr dazu.

»Aha!«, rief eine Frau mit klarer, melodiöser Stimme. »Machen sich die Herren vom Zoll endlich einmal nützlich, anstatt unsere zahlungskräftigen Gäste dauernd mit ihrer Erbsenzählerei zu schikanieren?«

Der junge Beamte bekam rote Ohren.

Ursula Buschheuer, die Chefstewardess der Lufthansa, konnte sich solche Sprüche erlauben. Ganz selbstverständlich machten die Besucher des Flughafens für sie Platz, als sie auf ihren hohen Absätzen durch die Halle schwebte, ihre Handtasche am angewinkelten Arm, in der anderen Hand eine Mappe mit Unterlagen. Bewundernde Blicke streiften das elegant frisierte braune Haar und das klassische, ebenmäßige Gesicht mit den knallroten Lippen. Ein Musterbild an Takt und Etikette, hätte sie genauso gut als Mannequin über den Laufsteg schreiten können, rank und schlank in ihrem feinen Kostüm. Dabei strahlte sie eine feminine Autorität aus, die bei einer knapp Dreißigjährigen umso stärkeren Eindruck machte. Es hieß, sogar Flughafendirektor Max Wachtel kuschte, wenn Fräulein Buschheuer mit ihren perfekt manikürten Fingern schnippte.

»Hatten Sie einen guten Flug, Fräulein Frei?«, fragte Fräulein Buschheuer, ohne stehen zu bleiben.

»Keine besonderen Vorkommnisse«, erwiderte Margot heiter.

»Das hör ich gern.« In einer entschuldigenden Geste hob die Chefstewardess die Mappe an. »Ich hoffe, ich erwische noch jemanden in der Direktion. Nachdem mir der Pressechef letztes Jahr schon damit in den Ohren lag, will er jetzt auf Biegen und Brechen durchsetzen, dass ich euch Mädchen zum Oktoberfest in Dirndl stecke. Dirndl! Und was tragen dann die Jungs? Krachlederne und Haferlschuhe vielleicht? Schönes Wochenende, Fräulein Frei!« Mit blitzenden Augen stöckelte sie davon.

»Steht Ihnen bestimmt gut«, meinte der Jungzöllner mit einem schüchternen Seitenblick auf Margot, »so ein Dirndl.«

»Na, abwarten«, entgegnete Margot nüchtern, für ein Dirndl hatte sie eindeutig zu wenig Kurven vorzuweisen. »Mir haben Folklorerock und bestickte Bluse zur Eröffnung der Südamerikalinie schon gereicht. Mit dem Turban auf dem Kopf und riesigen Ohrringen kam ich mir vor wie die Piratenbraut in einer Schlagerrevue. Nur der Papagei auf meiner Schulter fehlte noch.«

Zum Glück war es bisher bei dieser einmaligen Verkleidung geblieben. Seitdem trugen die Stewardessen der Lufthansa auf der Südamerikalinie ein sensationell schickes Kostüm aus leichtem himmelblauem Stoff, die Jacke kurz, tailliert und mit Schößchen, ergänzt um eine Kappe, die einem Tropenhelm nachempfunden war.

Der Zollbeamte grinste.

Unter dem Vordach, das an ein Grand Hotel erinnerte, lief ihnen schon einer der bereitstehenden Taxifahrer entgegen und nahm ihnen Koffer und Papiertüte ab.

»Besten Dank noch mal«, zwitscherte Margot und schlüpfte auf den Rücksitz, bevor der Zöllner noch irgendwas sagen oder fragen konnte.

Der Fahrer schlug die Tür zu und sprang hinter das Steuer. Der Nachwuchsbeamte verfolgte die Abfahrt des Wagens mit einem sehnsüchtigen Blick, der Margot selbst gelten mochte oder ihrer Uniform, der ein Hauch der großen, weiten Welt anhaftete.

Sobald sie außer Sichtweite waren, atmete Margot tief durch. Wieder einmal gut gegangen.

Der Feierabendverkehr wälzte sich durch die Stadt, das Taxi mit Margot mittendrin. Die Anzahl der Autos und Lastwagen hatte in den letzten paar Jahren rasant zugenommen. Parkplätze waren bereits Mangelware wie vor ein paar Jahren noch Butter, Zucker und Kaffee, und obwohl ständig neue Fahrbahnen entstanden, wurde Hamburg von dieser Blechlawine regelrecht überrollt.

»Jetzt wollen uns die da oben noch Tempo fünfzig aufs Auge drücken«, murrte der Fahrer. »Das kann ja heiter werden!«

Nach den langen Stunden, in denen Margot ihren Fluggästen Rede und Antwort gestanden hatte, beließ sie es bei einem zustimmenden Brummen und sah weiter zum Fenster hinaus.

Das Kennzeichen BH für *Britische Zone Hamburg* war Geschichte, seit letzten Sommer prangten wieder die Buchstaben HH auf den Nummernschildern. Nur Auswärtige glaubten, dass damit die Hansestadt gemeint war. Jeder waschechte Hamburger las es als »Hummel, Hummel«: der launige Schlachtruf, mit dem man sich begrüßte, wenn man sich fern von Alster und Elbe über den Weg lief.

Das Taxi fuhr durch Billstedt und holperte schließlich über den steinigen Untergrund der Barackensiedlung. Wohlstand für alle – das hatte Ludwig Erhard vollmundig versprochen. Mit seiner unvermeidlichen Zigarre wirkte der Wirtschaftsminister wie der Direktor eines florierenden Unternehmens. Ihm traute man ohne Weiteres zu, auf dem soliden Fundament der D-Mark den großen Aufschwung ins Land zu bringen, von dem auch die kleinen Leute etwas hatten.

Ein bisschen was davon war bereits hier in Billstedt zu sehen. Inzwischen parkten nicht nur Motorroller vor den Behelfsheimen, sondern auch die ersten Autos. Kein Opel Kapitän oder etwas ähnlich Schickes, aber ein paar Goggomobile und die eine oder andere Isetta, liebevoll als *Knutschkugel* oder *Schlaglochsuchgerät* bezeichnet. Wer es sich leisten konnte, hatte einen *Leukoplastbomber* von Borgward vor der Tür stehen, und mit einem Volkswagen war einem der Neid der Nachbarn sicher.

Doch selbst mit einer dicken Lohntüte blieb es ein unerfüllbarer Traum, aus den Backsteinhütten auszuziehen, die kurz nach dem Krieg auf den Kellern und Fundamenten zerbombter Häuser entstanden waren. Denn der Wohnungsmarkt hinkte dem Wirtschaftswunder erheblich hinterher, und den meist erforderlichen Baukostenzuschuss in Höhe von mehreren Tausend Mark musste man erst einmal zusammensparen.

Sehnsüchtig dachte Margot an die Neubauwohnungen, die sie sich schon zusammen mit ihren Freundinnen und Kolleginnen Almuth und Thea angesehen hatte. Aber kein Vermieter wollte ein alleinstehendes Fräulein, schon gar nicht drei davon, auch nicht in der Uniform der Lufthansa. Ehepaare oder junge Familien wie Margots ältere Schwester Lore und deren Mann Hans mit ihrem kleinen Sohn Holger hatten Vorrang. Nach allem, was Almuth, Thea und die anderen Stewardessen erzählten, war ein Zimmer zur Untermiete keine Alternative. Da konnte Margot genauso gut weiter mit ihren Eltern in dem Behelfsheim wohnen bleiben, vor dem das Taxi nun zum Stehen kam.

Sie bedachte den Fahrer mit einem großzügigen Trinkgeld, bevor er ihr Gepäck auslud. Grüßend nickte sie den Nachbarinnen zu, die ihre Staubtücher vor der Tür ausschüttelten oder Fenster putzten, während ihre Männer mit einer Flasche Astra in der Hand das Wochenende einläuteten.

Das Taxi war kaum davongerollt, als von dem Erdhügel, der als Spielplatz diente, eine Horde Kinder auf Margot zurannte.

»Warst du wieder in Amerika?«

»Hast du uns was mitgebracht?«

Margot ging in die Knie und spähte in die Papiertüte. »Tja«, meinte sie in gespielter Ratlosigkeit, »ich weiß gar nicht, ob da auch was für euch drin ist. Mal sehen ...«

Während sie so tat, als würde sie die Tüte bis auf den Grund durchforsten, drängten sich die kleineren Jungen und Mädchen mit banger Erwartung auf dem Gesicht näher an sie, während die größeren siegesgewiss grinsten. Vor jedem Rückflug holte Margot im Feinkostladen, der fast direkt neben ihrem Hotel lag, im Auftrag der Lufthansa Avocados, Shrimps und andere frische Lebensmittel ab. Bei dieser Gelegenheit kaufte sie stets auch ein paar Kleinigkeiten auf eigene Rechnung – und für ein oder zwei Dollar Milky Way, Butterfinger, Hershey's Kisses, Tootsie Rolls, Mars, Wrigley's oder andere Süßigkeiten.

»Tatsächlich, lauter Schnopkram!«, rief sie verblüfft aus und holte eine Handvoll Schokoriegel und Kaugummi aus der Tüte, hielt sie jedoch erst einmal außer Reichweite der begierigen Kinderfinger. »Halt! Was müsst ihr mir erst versprechen?«

»Dass wir gerecht teilen«, lautete die vielstimmige und nicht immer ganz überzeugende Antwort.

Margot kniff ein Auge zu. »Sicher?«

»Großes Pfadfinderehrenwort!«, rief Rudi, der Anführer der Rasselbande, und klopfte sich mit der Faust feierlich auf die schmale Brust.

»Na denn.«

Jauchzend rissen die Kinder Margot die Süßigkeiten aus der Hand und flitzten mit ihrer Beute davon.

Lächelnd stand Margot auf, griff nach Koffer und Tüte und drehte sich um. Frau Susemihl, die mit ihrem Mann die andere Hälfte des Behelfsheims bewohnte – und zu Margots Leidwesen auch das Badezimmer mit den Freis teilte –, lehnte sich aus dem geöffneten Fenster und musterte sie mit gerunzelter Stirn.

»Sie müssen es ja dicke haben«, bemerkte sie säuerlich und ließ dabei offen, ob sie Margots Ankunft im Taxi oder die verschenkten Süßigkeiten meinte. Vermutlich beides.

»In der Tat«, entgegnete Margot seelenruhig und fischte in der Handtasche nach ihrem Schlüssel. »Das hab ich.«

»Da fragt man sich ja schon, womit genau Sie so viel verdienen«, meinte die Nachbarin schmallippig.

»Mit Hirn und Charme, Frau Susemihl«, erwiderte Margot, stieß mit dem Knie die Eingangstür auf und wuchtete den Koffer über die Schwelle.

Mit ein bisschen Glück würde ihr Vater heute länger auf der Werft zu tun haben, ihre Mutter irgendwo ein Kleid abstecken oder fürs Abendbrot einholen, und Margot hätte die Hälfte des Behelfsheims noch ein oder zwei Stunden ganz für sich.

»Und da ich gerade zwanzig Stunden lang geschuftet habe wie ein Ackergaul«, rief sie der Nachbarin zu, »gestatten Sie mir doch sicher, dass ich mich erst einmal gemütlich in die Wanne lege. Ungestört!«

Mit einem giftigen Blick schlug Frau Susemihl das Fenster zu.

Am Samstagnachmittag bog sich der Küchentisch unter Strumpfpackungen, Petticoats und Kleidungsstücken, dazwischen verteilten sich Lippenstifte und Wimperntusche, seidig glänzende Unterwäsche und mit Spitze verzierte Negligés.

»Ist das schön!«, hauchte Erika Breuer, eine aparte Brünette Mitte zwanzig, und hielt probehalber ein tomatenrotes Sommerkleid mit Polkatupfen vor sich. Verzückt strich sie mit der freien Hand über den weiten Rock. »Und richtig gute Qualität.«

»Steht dir wahnsinnig gut«, kommentierte Lore. »Vielleicht musst du es nur ein wenig enger machen.«

»Das ist kein Problem«, erwiderte Erika. »Was willst du dafür haben, Margot?«

In Caprihose und einem Ringelhemd, wie Brigitte Bardot es letzten Sommer populär gemacht hatte, warf Margot einen Blick auf ihren Spickzettel. »Fünfundzwanzig Mark.« Sie schlug immer nur kleine Beträge auf den Einkaufspreis drauf;

sie wollte niemanden schröpfen, sondern lediglich ein bisschen was daran verdienen.

»Gekauft!«, rief Erika selig und zückte ihre Geldbörse.

Einmal im Monat fand sich in der Wohnküche der Freis ein Damenkränzchen in wechselnder Besetzung ein: Bekannte von Irmgard Frei mit ihren Töchtern, Freundinnen und Nachbarinnen von Lore, Ehefrauen, Schwestern oder Schwägerinnen von Hans' Arbeitskollegen auf der Werft. Jede brachte etwas Selbstgebackenes mit, und bei Bohnenkaffee und einem gemütlichen Schnack wurden Rezepte und Ratschläge ausgetauscht und abgelegte Kleider der Sprösslinge weitergereicht. Vor allem aber ging es um Shopping: begehrte Luxusgüter aus Amerika, die Margot mit ihrem schönsten Stewardessenlächeln am Zoll vorbeigeschmuggelt hatte.

Ein schlechtes Gewissen hatte sie dabei nicht. Der Kuchen müsse größer werden, hatte Minister Erhard unlängst wortwörtlich gesagt, und Margot war fest entschlossen, sich ein tüchtiges Stück von diesem Kuchen abzuschneiden.

Lores Freundin Rieke hob den Kopf von ihrem Taschenspiegel. »Wie ist der für mich?«, wollte sie wissen und präsentierte der Runde das frische Erdbeerrot auf ihren Lippen.

»Absolut perfekt«, meinte Lore. Auf ihrem Schoß gurgelte Klein Holger zustimmend.

»Der ist übrigens kussfest«, warf Margot ein.

»Oho«, machte Marianne Lehmann mit einem Blick auf die Dessous, die Rieke sich zuvor schon gesichert hatte. »Dein Dietmar wird glauben, dass schon wieder Weihnachten ist. Wenn du's richtig anstellst, erhöht er dir auch das Haushaltsgeld.«

Die jungen Ehefrauen kicherten wie Backfische.

Die älteren Damen drängten sich mit Kaffeetassen in der

Hand um den wuchtigen weiß glänzenden Kasten der Firma Miele: die Waschmaschine, die vor zwei Wochen geliefert worden war.

»Und wie funktioniert die?«, wollte Hedwig Friedrichs wissen, für die Margots Mutter schon Näharbeiten übernommen hatte.

»Margot?«, rief Irmgard Frei nervös über die Schulter.

»Du weißt doch, wie das geht, Mutti«, erwiderte Margot, die gerade Frau Friedrichs Tochter Gisela, verheiratete Kentrup, mehrere Packungen Nylonstrümpfe überreichte. »Du hast doch schon ein paarmal damit gewaschen.«

»Aber nur, weil du mir gezeigt hast, welche Knöpfe ich drücken muss«, widersprach ihre Mutter fast weinerlich. »Erklären kann ich das nicht.«

Warum macht sie sich so klein?, fragte sich Margot. Während des Krieges und in den Jahren danach hatte ihre Mutter sich tatkräftig gezeigt, wenn es darum ging, Lore und ihr ein Dach über dem Kopf zu beschaffen und die Familie durchzubringen. Mit der Rückkehr ihres Mannes aus russischer Kriegsgefangenschaft schien Irmgard Frei dieses Selbstvertrauen verloren zu haben.

»Wie der Ochs vor dem Berg steh ich da«, hörte Margot sie mit einem künstlichen Auflachen sagen. »Anfangs dachte ich, das Ding ist kaputt geliefert worden, weil ich es partout nicht in Gang gekriegt habe. Beim Kühlschrank ist es genauso, ich kann mir einfach nicht merken, was in welches Fach gehört.«

»Dafür gibt's doch die Bedienungsanleitungen, Mutti«, sagte Margot, steckte Giselas Zwanzigmarkschein ein und ging auf ihren flachen Ballerinas zur Waschmaschine hinüber. Wissbegierde auf den Gesichtern, machten die Frauen bereitwillig Platz.

»Also«, begann Margot gedehnt und öffnete das Bullauge, »als Erstes kommt hier die Wäsche rein, und da oben wird das Waschmittel eingefüllt.« Kurz und knackig erläuterte sie das Prinzip der Maschine, wo Programm und Temperatur eingestellt wurden und mit welchem Knopf die *Vollautomatic* startete.

»Und die macht richtig sauber?«, fragte Gisela skeptisch.

Margot bejahte. »Schweißränder, Kaffee, Ei oder Spinat, den mir ein kleiner Passagier auf die Bluse gekleckert hat – geht alles im Handumdrehen raus. Deshalb wollte ich dieses Prachtstück unbedingt haben.«

»Was kostet so was?«, hakte Marianne Lehmann interessiert nach, während sie die Avocados, die sie allesamt für ihre Cocktailparty am Abend beansprucht hatte, in ihrem Einkaufsnetz verstaute.

»Zweitausend Mark«, antwortete Margot nicht ohne Stolz.

Ein erschrockenes Luftholen wanderte durch die Wohnküche.

»Lässt sich in Raten abstottern«, meinte Margot gelassen.

»Ich weiß nicht«, bemerkte Hedwig Friedrichs zweifelnd. »Womöglich ist die Maschine schon hinüber, bevor sie überhaupt ganz bezahlt ist.«

Ingeborg Meißner und Gertrud Fröhlich, die neben ihr standen, nickten mit betretenen Mienen.

»Kann ja nicht jeder bei der Lufthansa arbeiten«, warf Lore schnippisch ein.

Margot hob eine Braue. Ihre Schwester hatte durchaus dankbar gewirkt, dass der Schwung Babywindeln und Strampler, den sie in einem Korb auf dem Kinderwagen mitgebracht hatte, ein paar Runden im Kochwaschgang drehen durfte und nun blitzsauber draußen auf der Leine flatterte.

»Die einen bauen ein Haus, die anderen kaufen eben eine Waschmaschine«, schoss sie zurück.

Angriffslustig musterten sich die beiden Schwestern, die Augen fast im selben Graublau. Auch ihre feinen Gesichtszüge ähnelten sich, nur hatte Lore ihr Haar in einem dunkleren Braunton nachgefärbt und trug es in einer kurzen, mit Festiger zementierten Lockenfrisur. Wie fast alle ihre Freundinnen eiferte sie den adretten Hausfrauen in der Werbung nach.

Lore, die Zielstrebige, Verantwortungsbewusste, hatte missbilligend verfolgt, wie ihre kleine Schwester nach der abgebrochenen Lehre als Verkäuferin von einer Aushilfstätigkeit zur nächsten flatterte. Jetzt war Margot diejenige, die das große Geld nach Hause brachte, je nach Dienstplan sechshundertfünfzig bis siebenhundert Mark, und damit deutlich mehr, als ihr Schwager Hans als Arbeiter auf der Werft mit Doppelschichten verdiente oder ihr Vater im Konstruktionsbüro. Lore hingegen hatte ihre Stelle als Sekretärin aufgegeben, sobald sich der Nachwuchs anmeldete, ganz wie es sich gehörte. Seitdem wirtschaftete sie mit dem, was Hans ihr jede Woche in die Haushaltskasse legte, Taschengeld inklusive.

»Wie geht es denn mit dem Rohbau voran?«, wollte Erika wissen, während sie zwischen den Lippenstiften nach einer Farbe stöberte, die zu ihrem amerikanischen Sommerkleid passte.

Lang und breit beschrieb Lore die Fortschritte am Einfamilienhaus, das Hans zusammen mit ein paar Arbeitskollegen in Eigenregie hochzog; in jeder freien Minute halfen auch die Väter mit. Hans' Eltern waren mit Beziehungen und einem Darlehen an den Bauplatz in Wandsbek gekommen und hatten ihn dem jungen Paar zur Geburt des Stammhalters geschenkt. Trotzdem würden Margots Schwester und ihr Schwager noch auf Jahre hinaus auf einem Schuldenberg sitzen.

»Bin ich froh, dass ich das schon hinter mir habe«, meinte Gisela seufzend. »Bis endlich alles fertig war, haben wir gehaust wie die Lumpensammler. Dafür ist's jetzt umso schöner.«

Mit schmerzverzerrtem Gesicht drückte sie die Hände ins Kreuz. Auch der vorteilhafte Schnitt ihres Umstandskleids konnte nicht kaschieren, dass Kind Nummer zwei wohl nicht mehr lange auf sich warten lassen würde. Sie griff zu einem Stapel Zeitschriften und ließ sich auf einem Stuhl nieder.

Beinahe ebenso begehrt wie Petticoats und Nylons waren die amerikanischen Magazine, die Margot von Bord mitnehmen durfte, sobald sie gegen die aktuelle Ausgabe ausgetauscht wurden. Begierig blätterte sich die monatliche Damenrunde durch die Bilderstrecken und Anzeigen in *Ladies' Home Journal*, *Cosmopolitan*, *Good Housekeeping* oder *Mademoiselle*. Ein seltener Einblick ins Leben der Frauen auf der anderen Seite des großen Teichs, wie sie sich anzogen und frisierten, wie sie wohnten und kochten.

»Du, Margot«, sagte Gisela, »warum drucken die zu diesem Kirschkuchen nicht auch das Rezept?«

Margot warf einen Blick über Giselas Schulter. »Das ist Werbung für tiefgefrorenen Kuchen.«

»Wie, tiefgefroren?«

Auf den Gesichtern der anderen Frauen zeigte sich ähnliche Verwirrung wie auf Giselas. Marianne Lehmann trat näher und nahm Gisela die aufgeschlagene Zeitschrift aus den Händen.

»Das machen die da drüben so«, erklärte Margot. »Gemüse oder andere Lebensmittel werden tiefgefroren gekauft, zu Hause in der Kühltruhe eingelagert und dann bei Bedarf aufgetaut. Ich habe auch schon *fish sticks* gesehen. Das sind Blöckchen aus Fisch, fix und fertig paniert.«

»Du meine Güte«, murmelte Marianne andächtig, während

sie die Anzeige studierte wie eine Glaskugel, in der sie die Zukunft der deutschen Hausfrauen sah.

»So verlernt ihr jungen Frauen noch ganz das Kochen«, beklagte Hedwig Friedrichs. »Bei Gisela gibt es auch viel zu oft Suppe und Pudding aus der Tüte.«

»Zufriedene Mienen danken es Ihnen«, warf Erika Breuer halb scherzhaft, halb herausfordernd ein. »Sagt Dr. Oetker.«

Die jüngeren Frauen lachten, während die älteren pikiert dreinblickten.

»Ist das ein süßer Fratz!«, rief Gisela begeistert aus und hielt ein Exemplar des *LIFE Magazine* hoch.

Das Titelbild mit der kleinen Prinzessin Caroline von Monaco im Taufkleid stieß bei den Damen auf einhelliges Entzücken. Gisela blätterte zum entsprechenden Artikel.

»Ist aber auch kein Wunder«, murmelte sie über die Fotos gebeugt, die Fürst Rainier und Gracia Patricia mit ihrer kleinen Tochter im Fürstenpalast zeigten. »Bei den Eltern!«

»Margots beste Freundin Almuth ist schon ein paarmal mit Grace Kelly verwechselt worden«, warf Irmgard Frei eifrig ein. »Nicht wahr, Margot? Almuth stammt sogar aus altem ostpreußischem Adel.«

Die ehrfürchtigen Blicke, die Margot streiften, schienen abschätzen zu wollen, inwieweit dieser Umgang schon auf sie abgefärbt haben mochte.

»Stimmt es eigentlich«, wollte Gisela wissen, »dass eines von euch Lufthansa-Mädchen bei C&A einheiratet?«

Als Margot bejahte, ging ein Raunen durch die Wohnküche; jetzt richteten sich alle Blicke mit unverhohlener Neugierde auf sie.

»Das hast du gar nicht erzählt!«, beschwerte sich Irmgard Frei.

Margot zuckte leichthin mit den Schultern. »Warum auch? Ich kenne diese Doris kaum. Wir sind nur ein paarmal zusammen geflogen, und auf einem dieser Flüge war auch dieser Brenninkmeyer junior an Bord.«

»Die müssen doch Geld wie Heu haben«, bemerkte Ingeborg Meißner.

»Millionen!«, bestätigte Margot heiter. »Millionen, Frau Meißner. Ich glaube, die kriegen die Geldbündel schon in die Windeln geschoben.«

Gisela holte eine Packung Zigaretten aus der Handtasche und zündete sich eine an. »Warum hast du dir den nicht geangelt?«, fragte sie und streichelte ihren gewaltigen Bauch.

Margot sah sie irritiert an. »Ein wohlklingender Name mitsamt einem dicken Vermögen macht einen Mann doch nicht automatisch interessant.«

»Ach komm«, sagte Erika Breuer gönnerhaft. »Für ein paar Millionen kann man als Frau schon über das eine oder andere hinwegsehen.«

»Jeder Mann hat etwas Gutes!«, pflichtete Marianne Lehmann ihr bei.

»Vielleicht kriegst du ja einen reichen Amerikaner ab«, meinte Gisela durch den Zigarettenrauch hindurch. Ihr Blick fiel auf eine andere Ausgabe des *LIFE Magazine*, und sie tippte aufgeregt auf die Titelseite. »So einen wie den hier! Wär das nix? John F. Kennedy«, las sie von der Titelseite ab. »Ist das ein Schauspieler?«

Rieke reckte den Hals. »Gegen den würde ich meinen Dietmar sofort eintauschen.«

Margot lachte. »Kennedy ist Senator. Von Massachusetts, glaube ich. Und, soweit ich weiß, bereits verheiratet.«

»Aber schmuck«, meinte Marianne. »Sehr schmuck. Und tolle Zähne hat er!«

»Wird doch langsam Zeit für dich, oder, Margot?«, bekundete Gertrud Fröhlich fürsorglich. »Ewig willst du doch sicher nicht in der Weltgeschichte herumgondeln. Du wirst ja auch nicht jünger.«

Margot hob die Brauen. In der Runde heute war sie genauso das Küken wie seinerzeit in der Ausbildung zur Stewardess; dreiundzwanzig war sie jetzt. »Ewig vielleicht nicht«, antwortete sie. »Aber eine Weile auf jeden Fall noch.«

Fast vorwurfsvoll sahen Gertrud Fröhlich und Ingeborg Meißner zu Margots Mutter, die mit einem verlegenen Gesichtsausdruck ein Geschirrtuch überkorrekt zusammenfaltete.

Auch Lore schien eine spitze Bemerkung auf der Zunge zu liegen. »Ich mach mal eben frischen Kaffee«, sagte sie stattdessen, stand auf und drückte Margot Klein Holger in die Arme.

Margot musterte ihren Neffen auf eine ähnlich stirnrunzelnde Weise wie er sie. Mit knapp sechs Monaten sah er schon aus wie Hans, bis hin zu den Geheimratsecken.

»Steht dir gut«, zwitscherte Gisela und blies vergnügt den Zigarettenrauch aus.

»Ein Kleid von Chanel steht mir sicher auch gut«, erwiderte Margot. »Ich hab trotzdem keins.« Kurzerhand reichte sie Holger, der Spuckebläschen ausblubberte, an ihre Mutter weiter.

»Also, weißt du, Margot.« Lore schüttelte empört den Kopf, während sie das kochende Wasser in den Kaffeefilter goss. »Kannst du nicht mal für fünf Minuten deinen eigenen Neffen nehmen? Im Flugzeug kümmerst du dich doch auch um anderer Leute Kinder.«

»Genau«, erwiderte Margot. »Deshalb will ich in meiner Freizeit nicht auch noch die Babysitterin spielen.«

Ingeborg Meißner zog eine Flasche aus dem Einkaufskorb, mit dem sie zu diesen Treffen angerückt war. »Likörchen gefällig?«

Unter großem Hallo wurden Schnapsgläser mit Eierlikör gefüllt und ringsum verteilt.

Gisela hob ihr Glas augenzwinkernd in Margots Richtung. »Dich holt der Ernst des Lebens auch noch ein!«, rief sie ihr zu, nur halb im Scherz.

3

Let's Have a Party

Im Kämmerchen neben der Wohnküche zupfte Margot gerade vor dem Spiegel ihren Kurzhaarschnitt zurecht, als es klopfte. Verstohlen streckte ihre Mutter den Kopf herein. Sobald ihr Blick auf Margots maigrünes Cocktailkleid mit den aufgedruckten Blätterranken fiel, der weite Rock von einem mehrlagigen Petticoat gestützt, glitt ein Leuchten über ihr Gesicht.

»Du hast dich aber fein gemacht!«, sagte sie bewundernd.

»Es ist Sonnabend, Mutti«, erwiderte Margot munter.

Früher hatte Irmgard Frei hier an der Nähmaschine Kleider für sich und ihre Töchter gefertigt, nach Schnittmustern aus der *Burda* oder dem *Abendblatt* und aus Stoffen vom Wühltisch; heute stammte Margots Garderobe von *Macy's* oder *Bloomingdale's*.

Eine Schürze über dem Hauskleid, trat ihre Mutter ins Zimmer und schloss die Tür. Während Margot sich die Lippen nachzog, musterte Irmgard Frei das Arsenal aus Tuben, Tiegeln und Pinseln; ihr war anzusehen, dass sie etwas auf dem Herzen hatte.

»Wird *er* auch dort sein?«, erkundigte sie sich schließlich bang.

»Vermutlich.«

Irmgard Frei nickte zögerlich. »Das ist doch nichts Solides, Margot«, brach es aus ihr heraus, »so ein Bratkartoffelverhältnis!«

Margot stutzte, dann musste sie lachen. »Ich denke, Bratkartoffeln kriegt er schon noch allein hin!«

Ihre Mutter sah sie verärgert an. »Tu nicht so, du weißt genau, was ich damit sagen will. Der meint es doch nicht ernst mit dir, sonst hätte er schon längst Nägel mit Köpfen gemacht. Am Ende bringst du dich noch in Schwierigkeiten.«

Margot schwieg. Sie wusste selbst am besten, was gut und richtig für sie war.

Ihre Mutter betrachtete die an die Wand gepinnten Fotos. Margot im Bikini am Strand von Beirut, beim Beachtennis an der Copacabana und schick zurechtgemacht in einem der Nachtclubs von Dakar; in ihrer Uniform vor dem Eiffelturm und in einem Sommerkleid im Central Park. Daneben besagter Pilot, der Irmgard Frei solches Kopfzerbrechen bereitete, wie er im Cockpit einer Maschine über seine Schulter grinste.

»Komm nicht so spät zurück, ja?«, bat sie leise.

»Wahrscheinlich übernachte ich sowieso bei Almuth oder Thea«, erwiderte Margot leichthin, während sie ihre Abendtasche mit dem Notwendigsten füllte.

Ihre Mutter schnappte nach Luft. »Das wird Vati aber gar nicht gefallen!«

»Ihm gefällt es auch nicht, wenn ich mich um elf oder zwölf im Dunkeln hereinschleiche«, entgegnete Margot trocken. »Dann beschwert er sich nämlich, dass ich ihn geweckt habe.«

Ihre Mutter trat ans Bett und zupfte an der bereits makellos glatten Tagesdecke.

»Vati hat nun mal einen leichten Schlaf«, verteidigte sie ihren Mann. »Und anders geht es eben nicht, als dass du durch die Wohnküche musst.«

Der enge Raum, in dem neben dem Bett gerade noch ein schmaler Schrank und die Spiegelkommode Platz fanden, war einmal Irmgards Reich gewesen; jetzt teilten sich die Eltern das Klappsofa vorn in der Wohnküche.

Margot schlüpfte in ihren grünen Kurzmantel. »Deshalb lege ich euch jede Woche den Wohnungsteil der Zeitung heraus«, sagte sie. »Wollt ihr euch nicht wenigstens mal eine ansehen?«

Die Hände ihrer Mutter strichen unruhig über die Schürze. »Vati hat sich doch gerade erst hier eingewöhnt.« Sie blickte verlegen drein. »Und wo Lore und Hans jetzt bauen ...«

Einerseits war Margot froh, dass ihre Mutter die Putzstelle aufgegeben hatte. Andererseits verdiente sie jetzt nur noch mit den Näharbeiten, die sie ab und zu übernahm, ein paar Mark dazu – sofern sie die überhaupt für sich behielt.

Margot zählte fünfzig Mark aus ihrem Geldbeutel ab und steckte sie ihrer Mutter zu. »Geht doch mal gut essen, du und Vati. Oder wir beide trinken nächste Woche auf der Mönckebergstraße gemütlich einen Kaffee und machen dann einen Schaufensterbummel. Vielleicht finden wir ja was Hübsches für dich. Und willst du mit Vati nicht mal für ein paar Tage verreisen? Irgendwohin, wo's schön ist?«

Irmgard Frei nickte zögerlich, während sie fast verschämt die Geldscheine in ihrer Schürzentasche verschwinden ließ. Margot unterdrückte ein Seufzen. Wahrscheinlich landete diese Summe auf direktem Weg bei Lore.

Geistesabwesend strich Irmgard Frei über den schmalen Band, der auf Margots Nachttisch lag. *Das Tagebuch der Anne Frank.* Über die Lufthansa waren Margot und Almuth an zwei der begehrten Karten für die Aufführung im Thalia-Theater letzten Herbst gekommen. Tief erschüttert waren sie danach an der nächtlichen Binnenalster entlangspaziert, die

Hände haltsuchend ineinander verschränkt. Anne Frank gab dem unvorstellbaren Grauen einen Namen, ein Gesicht, eine Stimme.

»Was ist eigentlich aus den Goldfarbs geworden?«, fragte Margot unvermittelt.

Ihre Mutter blinzelte. »Aus wem?«

»Den Goldfarbs«, wiederholte Margot. »Das ältere Ehepaar, das damals in Eilbek über uns gewohnt hat.«

»Weiß ich doch nicht.« Irmgard Frei kehrte dem Nachttisch den Rücken zu. »Weggezogen vermutlich.«

»Einfach so? Über Nacht? Und ohne sich zu verabschieden? Die haben doch dort gewohnt, solange ich denken kann. Ich war einmal oben, das weiß ich noch. Weil unsere Lehrerin krank war, haben sie uns früher nach Hause geschickt. Lore war noch in der Schule, du beim Putzen. Ich saß auf der Treppe, und Frau Goldfarb hat mich für einen Kakao mit zu sich genommen. Ihr Wohnzimmer war voller alter, schwerer Möbel und Tinnef, damit wären die Möbelpacker locker einen ganzen Tag beschäftigt gewesen. Mindestens.«

Margots Mutter runzelte die Stirn. »Ach, lass doch die alten Geschichten! Du weißt ja, wie das damals war.«

Nein, weiß ich nicht, wollte Margot erwidern, *ich war noch ein Kind.*

Nebenan ertönte ein Gong, dann die Fanfare der *Tagesschau*.

»Mutti, ich muss«, sagte Margot und griff zu ihrer Handtasche und der mit einer Schleife geschmückten Flasche. »Spätestens morgen Nachmittag bin ich wieder da.«

Margot drückte ihrer Mutter schnell einen Kuss auf die Wange, sie wollte weg sein, bevor die Susemihls für den Abend herüberkamen.

In der Wohnküche stand schon der unvermeidliche Käseigel

auf dem Tisch, daneben Fliegenpilze aus hart gekochten Eiern und Tomaten mit Mayonnaisetupfen, und in ausgehöhlten Ananashälften war Geflügelsalat angerichtet; Margots Mutter las begeistert *Die kluge Hausfrau*. Über den Bildschirm des Fernsehers in seinem Holzkasten liefen kurze Nachrichtenfilme in Schwarz-Weiß nach Art der *Wochenschau*, auch der Kommentar dazu klang wie im Kintopp.

In einem frischen karierten Hemd öffnete Margots Vater gerade den Kühlschrank, das eisgraue Haar noch feucht gescheitelt, nachdem er sich im Badezimmer den Staub von der Baustelle in Wandsbek abgewaschen hatte.

Knapp eineinhalb Jahre war es her, dass er zum ersten Mal hier in der Küche gesessen hatte, heimgekehrt nach langen Kriegsjahren und einer Gefangenschaft, die sogar noch länger gedauert hatte. Ein Hausgast, der seitdem hier aß und schlief und an den Margot sich immer noch gewöhnen musste.

Ihm ging es wohl genauso. Stirnrunzelnd musterte er sie, als müsste er sich erst daran erinnern, dass diese junge Frau mit Hut und Handschuhen seine Tochter war.

»So gehst du mir nicht aus dem Haus«, sagte er. »Wisch dir erst die Tünche aus dem Gesicht.«

»Das ist auch nicht mehr Schminke, als ich sonst im Dienst trage«, erwiderte Margot gelassen.

»Eben.« Bierflaschen zwischen die Finger beider Hände geklemmt, stieß Walter Frei mit dem Ellbogen die Kühlschranktür zu. »Gromann ist mit Lores Nachfolgerin unzufrieden. Der wäre bereit, dich wieder einzustellen, gleich zum nächsten Ersten. Ich hab ihm gesagt, dass du die Tage mal vorbeikommst.«

Margot blieb fast die Spucke weg. »Ich denke ja gar nicht daran, wieder Briefe auf der Werft zu tippen! Für lumpige hundertfünfzig Mark.«

Und mir von Gromann anzügliche Witze anzuhören, während er mir auf Beine und Po starrt, ergänzte sie in Gedanken.

»Und ob du das wirst!« Mit Nachdruck stellte Walter Frei die Flaschen auf den Tisch. »Dann hört dieses Lotterleben endlich mal auf.«

Das war nicht der große und starke Vater, an den Margot sich erinnerte. Ein schmaler grauer Mann stand da vor ihr, kaum größer als sie selbst. Vielleicht lag es daran, dass sie noch ein kleines Mädchen gewesen war, als er fortging. Oder er war tatsächlich geschrumpft. In seinen harten Gesichtszügen, die noch immer etwas Ausgezehrtes hatten, obwohl Irmgard Frei ihn päppelte, wo es nur ging, erkannte Margot nichts von sich selbst wieder, und das Grau seiner Augen wirkte verwaschen, fast farblos.

»Das ist harte und ehrliche Arbeit, die ich da als Stewardess leiste«, wehrte sie sich. »Und ich kriege gutes Geld dafür!«

»Du wirst dich nicht weiter als Animiermädchen verdingen.« Zischend öffnete Walter Frei eine Flasche Astra. »Schon gar nicht für die Amis!« Er gestikulierte mit der Flasche in Richtung Fernseher. »Da, da hast du's! Das richten die an mit ihrer Affenmusik und den Schundfilmen.«

Mit halbem Ohr bekam Margot etwas von dem Prozess gegen drei junge Männer mit, die sturzbetrunken auf offener Straße in Eppendorf ein Pärchen zusammengeschlagen hatten. Die Nachrichten waren voll von diesen Halbstarken, die in Kinosälen und Konzerthäusern randalierten, Schlägereien anzettelten, Autos demolierten, Schaufenster einwarfen und Taxifahrer ausraubten. Die Hamburger Polizei hatte sich bereits für den Frühlingsdom gewappnet, den großen, lichterfunkelnden Jahrmarkt, der seit heute wieder auf dem Heiligengeistfeld stattfand.

»Nichts als Unzucht und Chaos haben die Amis mitgebracht«, knurrte Walter Frei hinter seiner Bierflasche. »Und jetzt verseuchen die uns noch mit ihren Atomstrahlen.«

Wissenschaftler priesen die Atomkraft als Heilmittel gegen Gehirntumore, Leukämie und die Basedowsche Krankheit. Als Energiequelle war sie eine zukunftsträchtige Alternative zu Kohle und Erdöl, die Gewässer und Luft wieder sauber machen würde; deshalb wurde in Garching bei München gerade der erste deutsche Forschungsreaktor gebaut.

Doch in die Euphorie über den technischen Fortschritt mischte sich Skepsis, sogar Panik. Letzten Sommer hatte das *Abendblatt* über ein seltsames Blättersterben der Bäume und Gehölze in Wandsbek berichtet, und zur selben Zeit waren in den Vierlanden die Erdbeeren nicht nur spät dran gewesen, sondern auch viele ihrer Blüten taub, Ursache unbekannt. Hierzulande kam kein Seefisch mehr auf den Markt, der nicht zuvor mit einem Geigerzähler untersucht worden war. Eine reine Vorsichtsmaßnahme, wie es hieß. Unbestritten war, dass der strahlende Staub, den die Russen und die Amerikaner mit ihren Atombombentests aufwirbelten, sich auch in Deutschland messen ließ. Luft und Regen in Hamburg wiesen eine zunehmende Radioaktivität auf, die das *Abendblatt* neuerdings im Rahmen des Wetterberichts vermeldete, ebenso wurden erhöhte Werte in den Knochen kleiner Kinder nachgewiesen.

Die Nachricht, England schaffe die Wehrpflicht ab und setze künftig ganz auf Atombomben und Fernraketen, schürte neue Ängste, und das feierliche Gelöbnis der ersten zehntausend Wehrpflichtigen der neuen Bundeswehr rief gemischte Gefühle hervor. Spätestens seit die Vereinigten Staaten notgedrungen zugegeben hatten, dass ihre in der Bundesrepublik stationierten Truppen über Kernwaffen verfügten, war nicht nur Walter Frei voller Ingrimm.

Margot lief es eiskalt den Rücken herunter, wenn sie daran dachte, dass Bundestag und Bundesrat sich gerade darum stritten, wer für die Kosten eines neuen Luftschutzprogramms aufkommen würde, das auch Atombunker beinhalten sollte; im West-Berliner Stadtteil Schöneberg wurde derzeit das erste atombombensichere Hochhaus errichtet. Die Zonengrenze innerhalb Deutschlands war die dünne Bruchlinie, an der sich Westmächte und Ostblock gegenseitig mit tödlicher Technologie belauerten. Ein atomares Pulverfass, das jederzeit explodieren konnte.

Trotzdem wusste Margot, auf welcher Seite sie stand. »Die Amerikaner sind unsere beste Chance, weiter in Freiheit zu leben«, sagte sie.

Auf dem Gesicht ihres Vaters zuckte es. Erst nach dem Ende der Besatzungszeit heimgekehrt, sah er in den Amerikanern weder Befreier noch Beschützer. Für ihn waren die Vereinigten Staaten eine fremde Macht, die Deutschland ihren Willen aufzwang und die mühsam wiederhergestellte Ordnung bedrohte, indem sie die Jugend verlockte und verführte.

»Die setzen dir nichts als Flausen in den Kopf«, erwiderte er nach einer kleinen Pause. »Es bleibt dabei: Du hörst auf der Stelle mit dieser albernen Fliegerei auf.«

Seine Stimme klang trocken und rau.

Margot war kurz davor, trotzig aufzustampfen. »Den Teufel werd ich tun!«

Walter Frei stellte die Bierflasche ab und griff zu seinen Zigaretten. »Solange du die Füße unter meinen Tisch streckst, tust du, was ich sage.«

»Streng genommen ist es Muttis Tisch«, konterte Margot. »Sie hat ihn damals für uns gekauft.«

»Margot!«, zischte ihre Mutter, die im Türrahmen stand.

Aber Margot war noch nicht fertig. »Und es ist *mein* Kühlschrank, aus dem du das Bier geholt hast. *Mein* Fernseher läuft da gerade, und deine Hemden werden jetzt in *meiner* Waschmaschine gewaschen. Ich zahle einen nicht zu knappen Teil der Miete und lege jeden Monat einen Batzen in Muttis Haushaltskasse. Diese alberne Fliegerei, wie du es nennst, bringt uns also eine Menge ein. Ach ja – und ich bin es auch, die sich an den freien Tagen die Hacken wund läuft, damit das Fernmeldeamt uns endlich einen Telefonanschluss legt.«

Vor Margots Augen schien ihr Vater noch weiter zu schrumpfen.

»Ich habe dich nicht darum gebeten«, sagte er heiser und ohne sie dabei anzusehen. »Um nichts davon.«

Margot schluckte, ihre Augen fühlten sich plötzlich heiß an. Sie hatte all diese Neuerungen durchaus für sich selbst angeschafft, aber auch, um ihren Eltern eine Freude zu bereiten.

Die Art, wie ihr Vater morgens mit Thermoskanne und Butterbrotdose in der Aktentasche das Haus verließ, hatte etwas Trostloses. Auf der Werft hatten sie ihn mit Handkuss genommen; in Deutschland herrschte inzwischen Vollbeschäftigung, in manchen Bereichen sogar ein Mangel an Arbeitskräften. Vorerst fertigte Walter Frei an seinem Schreibtisch jedoch nur technische Zeichnungen an. Die Plätze, an denen die großen neuen Ozeanriesen entworfen und geplant wurden, waren von jüngeren Konstrukteuren besetzt, deren Kenntnisse nicht fünfzehn Jahre lang brach gelegen hatten.

Fast genauso lange hatten Margots Vater und ihre Mutter einander nicht gesehen, im Ungewissen über das Schicksal des anderen. Und doch saßen sie jetzt abends nur stumm nebeneinander in ihren Puschen auf dem Sofa. *Bonjour tristesse.*

Manchmal war Margot versucht, brüllend mit der Faust auf den Tisch zu schlagen, um ihre Eltern aus diesem bräsigen Zustand zu wecken, in dem sie sich eingerichtet hatten.

Es klopfte, und ohne eine Antwort abzuwarten, traten die Susemihls in die Wohnküche.

»Da sind wir wohl die Ersten, nech?«, meinte Frieder Susemihl launig.

Seine Frau Elsbeth, in den Händen eine Schüssel Pudding von quietschrosa Farbe, musterte Margot von Kopf bis Fuß.

»Das Fräulein Stewardess geht sich wohl wieder die Nächte um die Ohren schlagen.«

Wortlos rauschte Margot an ihnen vorbei und knallte draußen die Tür des Behelfsheims hinter sich zu. Sie konnte sich den Groll nicht erklären, den sie in letzter Zeit gegen ihre Mutter und vor allem gegen ihren Vater entwickelt hatte und der weit über die alltäglichen Unstimmigkeiten hinausging.

In der Abenddämmerung stakste sie auf ihren hohen Absätzen über den steinigen Untergrund und grüßte die Lehmanns und Reimers, die eilig auf das Behelfsheim der Freis zuschritten, die Herren mit Stühlen in den Händen, während ihre Gattinnen abgedeckte Platten vor sich hertrugen.

Ein Fernseher war ein Magnet für die gesamte Nachbarschaft, egal ob ein Fernsehspiel lief, am liebsten aus dem Ohnsorg-Theater, das heitere Beruferaten *Was bin ich?* mit Robert Lembke oder *Ein Platz für Tiere* mit dem näselnden Professor Grzimek. Noch beliebter waren die Unterhaltungssendungen von Peter Frankenfeld oder Hans-Joachim Kulenkampff mit Spielen, Sketchen und musikalischen Gästen wie Vico Toriani oder Freddy Quinn, dessen Schlager so klangen, wie sich Touristen wohl St. Pauli vorstellten. Oft waren auch Caterina Valente mit dabei, Bibi Johns, Peter Alexander oder Lys Assia, die im vergangenen Jahr den ersten *Grand Prix Eurovision de la Chanson* gewonnen hatte.

Margot fragte sich, ob ihr Vater und Frieder Susemihl nach dem *Wort zum Sonntag*, nach reichlich Bier und dem einen oder anderen Klaren, über ihre jeweilige Zeit an der Ostfront und die russische Gefangenschaft sprechen würden. Dinge, über die Walter Frei sonst beharrlich schwieg.

Erst als die Lichter der S-Bahn im Schiffbeker Weg in Sicht kamen, konnte Margot wieder leichter atmen.

4

Ananas aus Caracas

Schwungvoll stieg Margot die Treppe der U-Bahn hinauf. Unter der Eisenbrücke zündeten sich zwei junge Männer in Kurzmänteln gerade Zigaretten an. Als Margot vorbeiging, hoben sie die Köpfe.

»Hallo, schönes Fräulein!«, rief der eine. »Wohin des Wegs?«

»Zu meinem Freund«, erwiderte Margot kess.

»Und der lässt ein Schmuckstück wie Sie so allein rumlaufen?«, scherzte der Zweite. »Dem würd ich aber was husten!«

Margot lachte. »Ich werd's ausrichten!«

Auf der abendlich beleuchteten Straße rollten Autos und Motorroller schnurrend und knatternd an Margot vorbei. Ein lautes Hupen ließ sie zusammenzucken. Auf der gegenüberliegenden Fahrbahn löste sich ein Taxi aus dem Verkehr, fuhr halb auf den Bürgersteig und hielt an. Das Gesicht einer jungen Frau tauchte über dem Dach auf, ein keckes Hütchen auf dem Kopf.

»Margot!«, rief Thea vergnügt über dem Motorenlärm hinweg.

Margot winkte ihr zu. Ihre Freundin verschwand für einige Augenblicke wieder im Inneren des Taxis, bevor sie mit einer Flasche in der Hand an den Fahrbahnrand trat. Das Taxi wartete, bis sich eine Lücke zwischen den anderen Autos auftat, und fädelte sich dann entschlossen in den Verkehr ein. Auf der Rückbank zeichnete sich die Silhouette eines groß gewachsenen Mannes mit Hut ab. Auf Pfennigabsätzen und mit wippendem Rock tänzelte Thea über die Straße.

»Ick dachte doch«, berlinerte sie Margot entgegen, »die tollen Beene kenn ick!«

Mit einer Umarmung und Wangenküssen begrüßten sich die beiden.

»War das Peter im Taxi?«, wollte Margot wissen.

»Wer?« Thea hakte sich bei ihrer Freundin unter. »Ach so. Nee, der ist passé.«

»Das klang neulich aber noch ganz anders«, neckte Margot sie.

»War eben nich der Richtige.«

Den Reiz, den der Nimbus einer Stewardess auf Männer fast jeden Alters ausübte, nutzte Thea weidlich aus, bei ihr verging fast keine Woche ohne ein Rendezvous. Mit ihrer zierlichen Figur, dem kurzen Fransenschnitt in der Farbe von Toffee und der frechen Lücke zwischen den oberen Schneidezähnen war sie einfach ein Hingucker, und ihre quirlige Art tat ihr Übriges, um dem starken Geschlecht weiche Knie zu bereiten.

»Und wer war der gerade eben?«, fragte Margot weiter, während sie auf einen beleuchteten Fußweg zwischen Rasenflächen einbogen.

Thea schwieg, es sah fast so aus, als ob sie rot würde. Dass sie ausnahmsweise einmal nicht ihr Herz auf der Zunge trug, war etwas ganz Neues.

»Warum hast du ihn nicht mitgebracht?«, hakte Margot nach.

Thea grinste. »Weil ick dem Geburtstagskind nich die Schau stehlen wollte.«

Vor ihnen funkelten zahllose Lichter in der Dunkelheit: die beleuchteten Fenster der Hochhäuser am Grindelberg. Die modernste Wohnanlage nicht nur in Hamburg, sondern auch weit darüber hinaus, scherzhaft Klein-Manhattan genannt.

»Hattest du diese Woche nicht deine Prüfung?«, wechselte Margot diplomatisch das Thema.

Nachdem sie bereits seit geraumer Zeit mit einem Motorroller durch die Straßen der Stadt fegte, investierte Thea ihr Erspartes nun in einen Autoführerschein. Bisher mit mäßigem Erfolg, denn ihr selbstbewusster Fahrstil kollidierte regelmäßig mit dem, was der Fahrlehrer für richtig und angemessen hielt.

Sie schnitt eine Grimasse. »Durchjerasselt«, grummelte sie. »Ick bin angeblich zu schnell in die Kurve. Woll'n wa wetten – 'nen Kerl hätte der Prüfer für seine Entschlossenheit und Fahrsicherheit gelobt. Aber ick geb nich auf. Wär ja noch schöner!«

Lachend drückte Margot an einem der Hochhäuser auf die Klingel, summend sprang die Eingangstür auf. Die beiden Freundinnen traten ein und stiegen in den Aufzug.

Theas schokoladenbraunes Cocktailkleid mit passendem Jäckchen, der Rock von dicken Petticoats gestärkt, war enorm elegant. Entweder hatte sie sich für die Geburtstagsparty so fein gemacht, oder ihr war an diesem Rendezvous vorhin viel gelegen.

»Dein Lippenstift ist verschmiert«, sagte Margot unvermittelt.

Hastig drehte Thea den Kopf – um dann mit einem Blick in den Spiegel des Aufzugs festzustellen, dass der beerendunkle Lippenstift, den sie im Dienst gegen eine dezentere Nuance tauschen musste, makellos aufgetragen war.

Margot brach in Lachen aus und erntete dafür einen festen Knuff von ihrer Freundin.

»Also habt ihr euch geküsst?«, fragte Margot nach, während sie aus dem Aufzug stiegen und den Hausflur entlanggingen.

Thea zog amüsiert eine Schnute. »Okay, okay, ick erzähl's dir! Sobald ick selber weiß, wat Sache is.«

Durch die Wohnungstür drang Musik, und Margot drückte fest auf den Klingelknopf. Ein umwerfend gut aussehender junger Mann, der entfernt an Cary Grant erinnerte, öffnete. Cornelius Sandberg wohnte auf derselben Etage, spekulierte mit Immobilien und war auch sonst ein ziemlicher Playboy.

»Ah, meine Lieblingsstewardessen«, rief er mit einem gewinnenden Lächeln. »Jetzt ist der Abend perfekt! Darf ich euch gleich Mäntel und Hüte abnehmen? Claus ist irgendwo dahinten.«

Musik, Stimmengewirr und Zigarettenrauch schwappten durch den Flur, in der Küche stand ein Grüppchen mit Drinks und Zigaretten zusammen. Aus dem Wohnzimmer kam ihnen Almuth entgegen, das hellblaue Taftkleid schimmerte bei jeder ihrer Bewegungen. Mit ihrem zu weichen Wellen frisierten weizenblonden Haar, den großen vergissmeinnichtblauen Augen und dem feenhaft schönen Gesicht erinnerte sie tatsächlich an Grace Kelly – nicht über den Dächern von Nizza, sondern über denen von Hamburg.

Freudig begrüßte sie ihre Freundinnen und hob dann entschuldigend die leere Silberplatte in ihren Händen hoch. »Ich hole eben Nachschub.« Trotz ihrer anfänglichen Schüchternheit hatte sie sich als die geborene Stewardess entpuppt. Eine Rolle, die sie mit Leib und Seele ausfüllte.

Das großzügige und modern eingerichtete Wohnzimmer war schummrig beleuchtet, jenseits der Fenster glitzerten die Lichter Hamburgs. Der Blick über die Stadt war einer der Pluspunkte der oberen Stockwerke, nachts konnte man sich hier wirklich wie in New York fühlen.

Ein großes Hallo empfing Margot und Thea. Zwischen bekannten Gesichtern entdeckte Margot auch ein paar fremde; mit seinem unwiderstehlichen Charme schloss Claus Sturm schnell Bekanntschaften.

Umringt von anderen Piloten, alten und neuen Freunden, lächelte der Gastgeber den beiden Neuankömmlingen entgegen. Mit diesem Lächeln, das durch einen leicht schief stehenden Schneidezahn immer ein bisschen frech wirkte, hatte er einst auch Margots Herz erobert.

Sie ließ Thea den Vortritt, die kumpelhaft die Arme um Claus schlang und ihm dann die Flasche Licor 43 überreichte, die sie von einem ihrer Flüge nach Madrid mitgebracht hatte.

»Herzlichen Glückwunsch zum Geburtstag«, sagte Margot, als sie zu ihm trat. »Ich dachte, das hier wäre jetzt angemessen«, ergänzte sie in leichtem Tonfall.

Grinsend betrachtete Claus die Flasche Asbach Uralt, die sie ihm hinhielt; sechsundzwanzig war er geworden. »Du Biest!« Er legte den Arm um Margot, zog sie an sich und küsste sie zärtlich auf die Wange.

»Wenn einem etwas Gutes widerfährt – das ist schon einen Asbach Uralt wert«, frotzelte Ecki, der wie Claus und dessen bester Freund Klaus Geier die allererste Pilotenausbildung bei der neuen Lufthansa absolviert hatte. Der Erste von ihnen, der geheiratet hatte; vor einigen Monaten war er Vater einer kleinen Tochter geworden.

»Schön, dass du da bist«, flüsterte Claus in Margots Ohr, bevor er sie losließ. Unter dem sandfarbenen Haar leuchteten seine Augen stahlblau.

»Hallo«, sagte eine ausnehmend hübsche und sehr blonde junge Frau, die sich mit unübersehbarem Besitzanspruch an Claus schmiegte. Susi war seit ein paar Wochen die Neue an seiner Seite, Margot war ihr schon einmal begegnet. Keine Stewardess, sondern Verkäuferin in einem Modegeschäft, was sich in ihrer todschicken Erscheinung widerspiegelte.

Margot fühlte sich eingehend gemustert, neugierig und wachsam zugleich. Wahrscheinlich hatte Susi mittlerweile das eine oder andere über sie gehört. Margot war diejenige, die am längsten mit Claus zusammen gewesen war, fast ein Dreivierteljahr. Welche Frau war so dumm, sich einen Fang wie Claus entgehen zu lassen, musste Susi sich wohl fragen, gut aussehend und ein Gentleman, Pilot und von Haus aus vermögend noch dazu. Margot kümmerte es nicht, was diese Susis, Evas, Lisas oder wie sie alle hießen von ihr denken mochten. Sie wusste selbst nicht recht, wie Claus und sie es geschafft hatten, den Liebeskummer zu überwinden und einander heute überall als beste Freundin, besten Freund vorzustellen.

»Margot, was trinkst du?«, rief Felix, der den Barkeeper gab und gerade Thea mit einem Longdrink versorgte.

»Einen *Dry Martini*, bitte«, rief sie über die laute Radiomusik und die Gesprächsfetzen hinweg.

Thea stieß entzückt einen Schrei aus, als Almuth nicht nur eine Platte frischer Häppchen mit ins Wohnzimmer brachte, sondern in ihrem Schlepptau auch Corry, die ihre Lehrzeit bei British Airways absolviert und im ersten Jahr der Lufthansa die frischgebackenen Stewards und Stewardessen beaufsichtigt hatte. Margot und Thea begrüßten sie mit stürmischen Umarmungen und Wangenküssen. Ulrich Weber, der drahtige und lang aufgeschossene Mann an ihrer Seite, ließ mit sympathischem Grinsen die Vorwürfe über sich ergehen, Corry von der Lufthansa weggeheiratet zu haben.

Es war selten, dass sie alle gleichzeitig zusammenkamen, zu unterschiedlich waren ihre Dienstpläne. Claus hatte seine Einladung frühzeitig genug ausgesprochen, damit sie sich freinehmen oder ihre Dienste tauschen konnten. Von den Absolventen des allerersten Jahrgangs waren neben Margot, Thea, Almuth und Felix nur noch Sieglinde Heller und Gitta Schober übrig geblieben. Und Sonja Funke, die jedoch an diesem Abend fehlte, weil sie ihren Flug nach New York nicht hatte tauschen können oder wollen.

Alle anderen hatten geheiratet, sich anderweitig orientiert oder sich zum Bodendienst versetzen lassen, der weitaus regelmäßigere Arbeitszeiten bot. Lilli Kolbe musste den Beruf aufgeben, weil sich bei ihr durch das starke Make-up und die trockene Luft im Flugzeug ein hartnäckiger Hautausschlag entwickelt hatte, der sich nicht überschminken ließ. Und Rudolf Schiller hatte gleich den ganz großen Sprung geschafft und betreute jetzt die Passagiere der Lufthansa am New Yorker Flughafen Idlewild.

Natürlich war auch heute Abend Gesprächsthema Nummer eins, dass eine ihrer Kolleginnen demnächst in den Olymp des Wirtschaftswunders aufsteigen würde, indem sie den Juniorchef eines Bekleidungsriesen heiratete. Über den stockkonservativen und erzkatholischen Brenninkmeyer-Clan machten die haarsträubendsten Gerüchte die Runde. Wie etwa, dass die Söhne nur die Wahl hatten, in die Firma einzutreten oder Geistlicher zu werden, und die Töchter von ihren Gouvernanten darauf getrimmt wurden, eine glänzende Partie zu machen. Sieglinde Heller schwor Stein und Bein, von Doris selbst erfahren zu haben, dass sie beim Sicherheitsdienst des Konzerns eine Schriftprobe, eine Tonbandaufzeichnung und sogar eine Blutprobe hinterlegen musste, damit sie überhaupt mit ihrem Herzbuben ausgehen durfte.

»Ich versteh's nicht.« Ruth schnaubte. »Doris war Dolmetscherin, Assistentin von Modezar Oestergaard in Berlin und ist für eine Schweizer Textilfirma durch ganz Europa gereist. Und jetzt, als Stewardess, weiß sie nichts Besseres, als sich so einen Schnösel zu angeln! Mit einer ganzen Schar strenger alter Onkel und Tanten im Hintergrund.«

»Wo die Liebe hinfällt«, murmelte Sieglinde und warf einen verstohlenen Blick zu Cornelius Sandberg, der sich gerade von Felix einen Drink mixen ließ.

Dass viele Stewardessen das Flugzeug als Sprungbrett in den schicken Bungalow oder die Villa eines erfolgreichen Mannes nutzen wollten, war kein Geheimnis. Sieglinde gehörte auch dazu, aber obwohl sie mit der Schneewittchenschönheit einer Elizabeth Taylor aufwarten konnte, war sie bisher leer ausgegangen.

»Doris darf schon jetzt rein gar nichts mehr!«, ereiferte sich Ruth. »Für New York hat sie auch abgesagt. Aus Rücksicht auf die Familie. Dabei hat sie noch nicht einmal den Ehering am Finger!«

Wie ein Lauffeuer hatte sich in den Reihen der Stewardessen die Nachricht verbreitet, dass eine von ihnen auserkoren worden war, an der Wahl zur *Miss Spirit of St. Louis* in New York teilzunehmen. Anlass war die Weltpremiere des gleichnamigen Films über Charles Lindbergh, und Hauptdarsteller James Stewart höchstpersönlich würde der Gewinnerin den Preis überreichen.

Misswahlen schossen wie Pilze aus dem Boden, von der *Miss Germany* über die *Miss Nordsee* bis hin zur *Miss Hamburg*; womöglich gäbe es demnächst auch noch eine *Miss Buxtehude*. In Amerika fanden jedes Jahr mehrere Wettbewerbe nur für Stewardessen statt, von denen der größte und anspruchsvollste der *Miss Wings over the World* war. Doris wäre die Erste gewesen, die die Lufthansa bei einer solchen Veranstaltung hätte vertreten dürfen; stattdessen würde nun eine andere hinfliegen, die ebenfalls Doris hieß und genauso blond war.

»Ick sach ja immer noch«, moserte Thea und quetschte sich neben Sieglinde aufs Sofa, »die hätten Almuth schicken sollen. Almuth hätte alle aus dem Rennen gekickt und den Preis heimgeholt.«

Almuth wehrte mit derart entsetzter Miene ab, dass sie alle lachen mussten.

»Aber das ist doch traurig, oder?«, fuhr Ruth fort. »Wenn der Ehemann in spe einem vorschreibt, was man zu tun und zu lassen hat. Doris bekommt garantiert auch keine Erlaubnis, irgendwo arbeiten zu gehen. Das ist bei denen tabu, und einen Platz in der Firma gibt's sowieso nicht, für keine der Frauen in der Familie. Wahrscheinlich unterschreibt ihr Holder nicht einmal den Wisch, dass sie den Führerschein machen darf.«

»Braucht sie doch auch nicht«, erwiderte Sieglinde verständnislos. »Die haben sicher einen Chauffeur.«

»Naa«, warf Gitta abfällig ein und schüttelte so energisch den Kopf, dass ihre kurz geschnittenen Locken flogen. »Die san grochert!«

»Die sind was?«, fragte Bärbel nach.

»Knauserig«, antworteten Margot und Almuth wie aus einem Mund. Sie waren das rustikale Bayrisch gewöhnt, das Gitta immer wieder herausrutschte.

»Bestimmt kann Doris trotzdem all das machen, worauf sie immer schon Lust hatte«, beharrte Sieglinde. »Wasserski an der Copacabana, Skilaufen in den Alpen, Reiten, Tennis …« Ihr Seufzen kam aus tiefstem Herzen.

»Das können wir doch auch«, sagte Margot. »Wir brauchen dazu nicht einmal einen Mann mit dickem Bankkonto.«

Thea, die sonst immer vorn mit dabei war, wenn es um Gleichberechtigung ging, saß ungewohnt still mit ihrem Glas in der Hand da, die Miene nachdenklich und einen eigentümlichen Glanz in den Augen.

»Doris führt ab jetzt höchstens noch ihren Pudel aus«, kommentierte Ruth trocken. »Und kriegt ein Kind nach dem anderen, damit die Nachfolge gesichert ist. Wie bei Königs.«

»Sie ist aber auch schon fast achtundzwanzig«, ließ sich Almuth, die häufiger mit Doris zusammen geflogen war als Margot, vorsichtig vernehmen. »Da greift man vielleicht zu jeder Chance, die sich einem bietet.«

Anders als ihre männlichen Kollegen mussten die Stewardessen mit dem zweiunddreißigsten Lebensjahr aus dem Flugdienst ausscheiden, das hatten sie alle unterschrieben. Der Traumberuf war eine Karriere auf Zeit.

»Das kann aber gehörig schiefgehen«, hielt Ruth dagegen und reckte sich nach den Häppchen auf dem Beistelltisch. »Karlheinz Böhm und seine ehemalige Stewardess sind ja auch auseinander.«

»Bestimmt wegen Romy Schneider.« Bärbel seufzte hingebungsvoll.

Deutschland hatte ein neues Traumpaar. Zu Millionen waren die Zuschauer in den vergangenen zwei Jahren in die Lichtspielhäuser geströmt, immer zur Weihnachtszeit, um Romy Schneider als Sissi zu sehen. Während der dritte Teil in Arbeit war, liefen die Druckerpressen der Klatschblätter heiß; eine Fortsetzung der Filmromanze in der Wirklichkeit wäre der Gipfel der Romantik.

»Was macht die ehemalige Frau Böhm denn jetzt?«, fragte Ruth kauend. »Kriegt vermutlich Unterhalt, oder? Auch für das Kind. Zurück in den Dienst kann sie ja so oder so nicht mehr.«

Geschiedene Frauen brauchten sich bei der Lufthansa ebenso wenig zu bewerben wie als Verkäuferinnen bei C&A, da lagen beide Unternehmen auf einer Linie. Und wer ein uneheliches Kind erwartete, bekam überall die Kündigung. Unlängst hatte es Ulla König erwischt, die ebenfalls zusammen mit Margot die Ausbildung gemacht hatte. Ein verheirateter Pilot, wurde gemunkelt. Margot und ihre Kolleginnen hätten auf Joachim Hansen gewettet, den sie insgeheim den *Fliegenfänger* nannten, weil seine Finger so schnell an einer Schulter oder einem Po klebten wie mit Leim bestrichenes Papier. Damit hatte er schon einmal eine Stewardess um ihre Stelle gebracht.

Margot sah auf die Uhr. Kurz nach zehn. Der Lufthansa-Flug LH 503 aus Buenos Aires über Rio und Dakar war vor einer guten halben Stunde wieder in Paris gestartet. Nach Zwischenlandungen in Frankfurt und Düsseldorf sollte die Maschine planmäßig um kurz nach zwei Uhr morgens in Hamburg eintreffen.

Claus fing ihren Blick auf und zwinkerte ihr wissend zu. Margot revanchierte sich, indem sie ihm ihre Zungenspitze zeigte, und er lachte. Diese spielerische Leichtigkeit war ihnen geblieben.

Er wandte sich wieder Cornelius Sandberg zu, der nicht darüber hinwegkam, dass Claus sich selbst zum Geburtstag mit einem neuen Cabriolet beschenkt hatte, einem Porsche. In einem Anflug von Nostalgie dachte Margot an Claus' silberfarbenen Rometsch, mit dem damals alles angefangen hatte, am ersten Tag des Auswahlverfahrens in Fuhlsbüttel.

»Warum keinen Karmann Ghia?« Cornelius knuffte Claus gegen die Schulter. »Der hat Stil!«

Claus grinste. »Zu lahm.«

»James Dean hat sich in einer solchen Karre totgefahren.«

»Der war auch kein Pilot.«

Mit einem Ohr fing Margot die Gesprächsfetzen der anderen Piloten im Raum auf, die sich um Reichweiten, Instrumentenfehler und die technischen Schikanen der neuesten Flugzeugtypen drehten.

Unterdessen unterhielten sich die Stewardessen weiter über das Heiratsfieber, das derzeit bei der Lufthansa grassierte. Jede wusste aus dem Stand von dieser oder jener Flugbegleiterin, die kurz vor der Hochzeit stand. Zusammen kamen sie auf glatte drei Dutzend, die noch in diesem Jahr einen Termin auf dem Standesamt hatten und damit aus dem Flugdienst ausscheiden würden, wie es die Lufthansa vorschrieb. Zwei davon hatten gar nicht erst ihren Arbeitsvertrag unterzeichnet, sondern sich schon während der Ausbildung ihren Lehrer für Russisch beziehungsweise Italienisch und Spanisch geangelt.

»Wenn Buschheuer und Schlippchen die nicht rechtzeitig ersetzt kriegen, dann gute Nacht!«, meinte Sieglinde und trank noch einen Schluck von ihrer *Margarita*. »Dann fliegen wir entweder unterbesetzt oder leisten doppelt und dreifach Überstunden.«

»Selbst wenn«, meinte Thea zwischen zwei Zügen von ihrer Zigarette, »dann jeht nächstes Jahr alles wieder von vorn los. Det is nun mal so, wenn du Frauen in einem jewissen Alter beschäftigst. Über kurz oder lang wollen die unter die Haube.« Sie warf Almuth einen neckischen Seitenblick zu. »Es sei denn, sie krijen das Angebot, für den Maharadscha zu arbeiten wie unsere liebe Almuth. So als Privatsekretärin in einem indischen Palast – det wär doch 'ne Perspektive für die Zukunft!«

Almuth schüttelte lachend den Kopf. »Vielen Dank, aber nein. Ich bin ganz zufrieden mit meinem Leben hier.« Amüsiert sammelte sie leere Gläser ein, um sie in die Küche zu tragen; eigens für solche Anlässe hatte Claus sich eine Geschirrspülmaschine angeschafft, das Modernste vom Modernen.

Claus drückte seine Zigarette im Aschenbecher aus und nahm auch ein paar Gläser. »Ich helf dir schnell.«

Mit einem alarmierten Gesichtsausdruck klaubte Susi ebenfalls ein paar Gläser zusammen und heftete sich an Claus' Fersen.

»Ich hab's mit dem Heiraten bestimmt nicht eilig«, zirpte Bärbel selbstbewusst.

»Das sagst du jetzt«, warf Corry mit augenzwinkernder Altersweisheit ein und schmiegte sich enger an ihren Ulrich.

Es blieb einem auch nichts anderes übrig, wenn man als verliebtes Paar auf Dauer zusammen sein wollte. Ob im eigenen Zimmer im Elternhaus, zur Untermiete oder in der Neubauwohnung – überall lauerte im Hintergrund der Gesetzgeber mit der Keule des Kuppelparagrafen und drohte den Eltern oder dem Vermieter mit einer Anklage. Nicht einmal in einem Hotel oder einer Pension durften unverheiratete Paare gemeinsam übernachten.

Oder man machte es wie Margot, die nach Paris, New York und Rio flog, hier und da mal flunkerte und zudem das unverschämte Glück hatte, dass ihr Freund in einem riesigen Wohnblock lebte, in dem kaum jemand den Überblick hatte, wer zu welcher Uhrzeit ein und aus ging.

Einen *Whiskey Sour* in der Hand, schlenderte Felix betont lässig herüber und warf Susis Freundin Brigitte dabei einen interessierten Blick zu. »Über kurz oder lang«, sagte er, »werden sie bei der Lufthansa die Ansprüche runterschrauben müssen. Sonst stehen sie irgendwann ohne Nachwuchs da. Die anderen Fluggesellschaften lassen sich ja auch nicht gerade lumpen, was das Anwerben neuer Stewardessen angeht.«

»Sonja ist im Februar zu einem Auswahlverfahren der Pan Am gegangen«, berichtete Sieglinde.

Ein Raunen wanderte durch die Runde. Von allen Fluggesellschaften der Welt war Pan American World Airways die glamouröseste, schon jetzt eine Legende. Dementsprechend hoch waren die Anforderungen, die sie an ihre Stewardessen stellte; Fräulein Buschheuer war eine von ihnen gewesen.

»Da konnte man einfach hin«, erzählte Sieglinde weiter, »ohne sich vorher zu bewerben. Im Hotel *Atlantic*.«

»Oh, là, là!«, rief Thea, die Brauen hochgezogen.

Luxuriöser ging es nicht. Das *Atlantic* war das *Waldorf Astoria* von Hamburg. Wer wie Almuth schon einmal die Ehre gehabt hatte, beim *Ball über den Wolken* in- und ausländische Ehrengäste zu betreuen, wusste das.

»Sonja wollte herausfinden, ob sie bei der Pan Am vielleicht Chancen hätte«, fuhr Sieglinde fort. »Die zahlen schon gleich am Anfang elfhundert Mark.«

»Da legst di nieda!«, entfuhr es Gitta, und Thea pfiff anerkennend durch die Zähne. Das war so viel, wie ein Pilot der Lufthansa im zweiten Jahr nach der Ausbildung bekam.

»Und warum haben sie sie nicht genommen?«, fragte Ruth.

Wäre es anders gewesen, hätte Sonja diesen Triumph ihnen allen schon längst unter die Nase gerieben.

»Sonja hat zwei Pfund zu viel auf die Waage gebracht«, erklärte Sieglinde. »Bei sechzig Kilo ist für die Pan Am Schluss.« Wie zum Trotz holte sie sich gleich mit beiden Händen Häppchen von der Platte; bei der Lufthansa waren fünfundsechzig Kilo erlaubt, streng von Fräulein Buschheuer überwacht.

Well, it's one for the money, tönte es ebenso energiegeladen wie lasziv aus dem Radio, *two for the show!*

Jubelrufe brandeten auf und mischten sich mit schmissigen Trommelschlägen und Gitarrenriffs.

»Elvis«, kiekste Gitta lang gezogen.

»Lauter!«, verlangte jemand, und jemand anderes drehte das Radio bis zum Anschlag auf.

Three to get ready now go, cat, go!

Von einem Augenblick zum anderen hielt es niemanden mehr auf den Sitzpolstern. Claus, Almuth und Susi stürmten ins Wohnzimmer; in Windeseile wurde alles zur Seite geräumt, was nicht niet- und nagelfest war, und schon fassten sich die ersten Paare bei den Händen, und Petticoats schwangen im Takt des Rock 'n' Roll durch die Luft.

Margot hatte auch das Original von Carl Perkins gemocht, aber gegen Elvis Presley kam niemand an. Wie ein gleißender Komet war er am Musikhimmel aufgetaucht, dieser junge Mann aus Mississippi mit einer Haut wie Samt, Schmalztolle, Schlafzimmerblick und Kussmund. Die Wucht einer Atombombe steckte in seiner Kehle, und während sein Hüftschwung die Sittenwächter beiderseits des Atlantiks auf den Plan rief, fand die Jugend bei ihm die Freiheit von allen Zwängen, die sie sich ersehnte.

»Elvis ist der King!«, rief Sieglinde, während sie an Cornelius' Hand um die eigene Achse kreiselte.

»Elvis ist ein Gott«, stöhnte Gitta voller Inbrunst und hüpfte an Eckis Hand auf und ab.

Thea blickte irritiert von einer zur anderen. »Det is 'ne Schnullerbacke!«, protestierte sie; sie bevorzugte einen kantigeren Typ Mann.

»Ist doch egal!«, schrie Margot gegen die Musik an, schnappte sich Theas Hand und zog sie in die Brandungswelle des Rock 'n' Roll hinein.

Mit erhitzten Wangen kam Margot aus dem Badezimmer und pustete sich eine Ponyfranse aus der schweißfeuchten Stirn; das Cocktailkleid klebte ihr am Rücken. Mittlerweile blieb es den Gästen selbst überlassen, sich mit Danziger Goldwasser und Campari, Chantré oder Eckes Edelkirsch zu versorgen, denn Felix war von der Hausbar zum Plattenspieler übergewechselt. Als *Schallplattenreiter* machte er sich mindestens ebenso gut wie »Mr Pumpernickel« Chris Howland bei *British Forces Network;* der Boden des Wohnzimmers bebte unter den tanzwütigen Partygästen. Wahrscheinlich würde Claus morgen mit treuherzigem Blick und einer Flasche Wein bei den Nachbarn Abbitte leisten müssen.

Sichtlich beschwipst lehnte Sieglinde im Flur. Cornelius stützte sich nicht weniger angetrunken vor ihr an der Wand ab und flüsterte unaufhörlich Zärtlichkeiten; dann versanken die beiden in einem innigen Kuss.

Schmunzelnd schlich Margot an ihnen vorbei. Aus dem Augenwinkel nahm sie wahr, wie in der Küche Claus und eine junge Frau vertraulich die Köpfe zusammensteckten. Es war aber nicht Susi.

Margot trat einen Schritt zurück und spähte um den Türrahmen herum.

Wie eine gute Hausfrau arrangierte Almuth die übrig gebliebenen Häppchen zusammen mit Käsewürfeln und Trauben für einen späten Imbiss auf einer Platte. Dabei unterhielt sie sich leise mit Claus. Ein Glas in der einen Hand, stibitzte er sich mit der anderen ein Stück Käse von der Platte. Almuth gab ihm einen Klaps auf die Finger, und beide lachten, auf eine vorsichtige und verlegene Weise.

Margot lächelte in sich hinein, doch in ihrer Brust zog sich etwas zusammen, auf eine Art, die sie nicht einordnen konnte.

Claus entdeckte Margot als Erster, und so etwas wie Unsicherheit zeichnete sich auf seinem Gesicht ab. Almuth folgte seinem Blick und duckte sich geradezu schuldbewusst, bevor sie die Platte nahm und an Margot vorbeiging, ein befangenes Lächeln auf dem glutroten Gesicht.

Claus zögerte, dann machte er einen Schritt auf Margot zu. Eine Hand in der Hosentasche seines Anzugs, lehnte er sich an den Türrahmen.

Während aus dem Wohnzimmer nacheinander Bill Hailey und Little Richard von den Platten erschallten, die Claus in seinem Pilotenkoffer aus New York mitgebracht hatte, und ein paar Schritte entfernt Cornelius' Schnurren und Sieglindes Kichern zu hören waren, schwiegen Claus und Margot sich an.

»Wärst du mir böse«, fragte er schließlich und legte den Kopf an den Türrahmen, »wenn ich Almuth bitte, mal mit mir auszugehen?«

Margot hob die Brauen. »Das solltest du besser Susi fragen.«

Claus verzog das Gesicht. »Das mit Susi und mir wird sowieso nicht mehr lange halten.«

»Woran das wohl liegt«, erwiderte Margot nüchtern.

Er lachte auf. Sie konnte solche Dinge sagen, dafür kannten sie sich lange und gut genug. Zumal Claus auch nie einen Hehl aus seiner Schwäche für hübsche Mädchen gemacht hatte.

Sein Blick wanderte in Richtung des Wohnzimmers. »Almuth ist …«, setzte er an, verstummte dann aber, einen geradezu verklärten Ausdruck auf dem Gesicht, der weitere Worte überflüssig machte.

Margot fragte sich, wo die beiden sich nähergekommen waren, ob auf einem gemeinsamen Flug, bei einer der zahlreichen Partys hier oder im Tanzschuppen hinter der Reeperbahn, in den Almuth erst widerstrebend, dann mit wachsender Begeisterung mitgekommen war.

»Ja, das ist sie«, bestätigte sie, und ihr wurde es warm ums Herz.

Von einer Frau wie Almuth träumte wohl jeder Mann. Almuth war nicht nur schön anzusehen, sondern auch sanftmütig, herzensklug und dazu noch stilsicher. Und man konnte einfach nur dahinschmelzen, wenn man ihr dabei zusah, wie sie mit einem zärtlichen Ausdruck in den Augen einem ihrer kleinen Passagiere die Flasche gab oder ein ängstlich heulendes Kind beruhigte.

Bislang jedoch hatte sie auf sämtliche Angebote und Flirtversuche mal mit professioneller Kühle, mal verschreckt reagiert. Margot wusste auch, warum, aber es stand ihr nicht zu, Claus davon zu erzählen. Das musste Almuth selbst tun.

»Sei behutsam mit ihr«, sagte sie deshalb nur.

Den Blick in sein Glas gesenkt, nickte Claus und wirkte dabei wie ein bis über beide Ohren verliebter Pennäler.

»Und wenn du ihr wehtust«, fügte Margot hinzu, »setze ich alle Hebel in Bewegung, damit sie dich bei der Lufthansa feuern.«

Ein Lächeln schien auf ihren Gesichtern auf, und Claus streckte die Hand nach ihr aus. »Komm tanzen!«

Die Partystimmung war auf dem Höhepunkt angelangt. Jauchzend rockten und rollten die Paare umeinander; zwischen den einzelnen Platten blieb gerade genug Zeit, um kurz Luft zu holen oder einen Schluck hinunterzustürzen, bevor Felix den nächsten Song auflegte.

»*You ain't nothin' but a hound dog*«, schmetterte Margot im Chor mit Elvis, während sie und Ecki mit federnden Knien umeinander herumwirbelten.

Hinter ihr ertönte ein lautes Hallo aus angetrunkenen Kehlen. Margot wandte sich um, und ihr Herz schlug einen Salto.

Mit kräftigen Schulterklopfern begrüßten Claus und die anderen Piloten Klaus Geier. Für Margot war der Raum plötzlich heller. Vielleicht, weil Klaus selbst so dunkel wirkte, das dicke Haar fast schwarz, die Augen je nach Lichteinfall mal braun, mal grün, eine tiefe Sonnenbräune auf dem markanten Gesicht und nach dem langen Flug auch einen frischen Bartschatten. Oder lag es daran, dass Margot den ganzen Abend auf diesen Moment gewartet hatte?

Die Krawatte hatte er bereits abgelegt, den obersten Hemdknopf geöffnet; jetzt stellte er den Pilotenkoffer ab und zog die marineblaue Jacke mit den Goldstreifen aus.

»Guten Wind gehabt«, antwortete er auf eine Frage von Claus. »Damit haben wir mehr als eine halbe Stunde reingeholt.«

Die beiden Flaschen brasilianischen Rum, die er aus dem Koffer holte, lösten Jubelrufe aus. Im Gegenzug bekam Klaus ein Bier in die Hand gedrückt, von dem er in langen Zügen trank.

Margot spürte die fragenden Blicke der anderen Stewardessen auf sich und schmunzelte. Sie wusste auch so, dass Klaus sie längst entdeckt hatte, sie hatte das Flackern in seinen Augen bemerkt. Beide kosteten sie diese Momente der Scheu aus, wenn sie einander länger nicht gesehen hatten. Das Los einer jeden Pilotenbraut. Zumal, wenn diese selbst über den Wolken zu Hause war.

Mit dem Handrücken wischte Klaus sich den Schaum vom Mund. Den Blick auf Margot gerichtet, ruckte er mit dem Kopf. *Hey.*

Margot imitierte die Geste. *Selber hey.*

Ein Grinsen im Mundwinkel, winkte Klaus sie zu sich heran.

Margot antwortete, indem sie das Kinn noch höher reckte. *So weit kommt's noch!*

Klaus lachte sein unverkennbares Lachen, das seine starken Wangenknochen betonte und zwei Reihen kräftiger Zähne sehen ließ.

Die Musik brach ab, und als die Stille einen Tick zu lange dauerte, waren Protestrufe und enttäuschtes Murren zu hören.

Felix hob entschuldigend die Hände. »Sorry, Leute! Der Kapitän hat soeben den Steuerknüppel übernommen.«

Claus zog eine Platte aus der Hülle. »Meine Damen und Herren«, rief er durch das Wohnzimmer, »die nächste Nummer ist für alle Verliebten und solche, die es werden wollen. Wer sich nicht angesprochen fühlt, darf sich gern weiter betrinken oder die Reste des Büfetts plündern.«

Der Anfang des Songs ging in Gelächter unter, dann schmachteten die Five Satins *In the Still of the Night* aus dem Lautsprecher.

Felix packte die Gelegenheit beim Schopf und eilte zu Susis Freundin Brigitte. Als Klaus zu Margot trat und ihre Hand nahm, zwinkerte Claus ihr zu. Er mochte seine Fehler haben, aber eine seiner liebenswertesten Eigenschaften war die Großzügigkeit, mit der er Klaus und Margot ihr Glück gönnte – trotz allem, was passiert war.

Klaus drückte Margot an seine breite Brust, und Margot vergrub das Gesicht an seiner Schulter. Der Geruch von Flugzeugbenzin, der ersten Zigarette nach der Landung und die herbe Note von Pilotenschweiß verstärkten das Kribbeln in ihrem Bauch.

»Ich hab dich vermisst«, raunte er.

Margot schmiegte sich enger an ihn. Sein Mund an ihrem Ohr, seine Hände auf ihrem Rücken waren ein Vorgeschmack auf das, was sie erwartete, sobald die letzten Gäste gegangen waren und der Himmel über Hamburg sich erhellte.

5

Am 30. Mai ist der Weltuntergang

Felix brachte die letzten Tabletts in die Pantry der Super-Constellation. Während er Essensreste von den Tellern in den Müllbehälter wischte, pfiff er einen Gassenhauer.

»Der Weltuntergang fällt dieses Jahr aus, Junge!«, rief Hacki grinsend.

Kapitän Pretsch, der den Steuerknüppel an seinen Relief-Piloten Schubert abgegeben hatte, um sich mit einem Imbiss zu stärken, schmunzelte mit vollem Mund.

Margot bereitete gerade die Kaffeemaschine auf ihren erneuten Einsatz vor und knuffte Felix in die Rippen. »Heute ist zwar der dreißigste Mai – aber Himmelfahrt! Und wir dürfen das sogar wörtlich nehmen.«

Aus der Kabine waren lebhafte Männerstimmen zu hören. Vor einer Woche hatte eine Sondermaschine Bundeskanzler Adenauer nebst kleinem Gefolge in die Vereinigten Staaten geflogen; jetzt hatte ihn die Lufthansa wieder abgeholt. In den Gesprächen mit Präsident Eisenhower und Außenminister Dulles war es vor allem um die geplanten Abrüstungsverhandlungen zwischen West und Ost gegangen. Eisenhower hatte versprochen, Moskau keine Zusagen zu machen, die einer deutschen Wiedervereinigung Steine in den Weg legen würden. So hatte sich der Bundeskanzler vor dem Abflug der Presse gegenüber ausgedrückt.

Eine greifbare Erleichterung und Zuversicht hatten die Fluggäste mit an Bord gebracht – allerdings nicht ohne Wenn und Aber.

Vor dem Abflug hatte die Herren Politiker die Nachricht erreicht, dass Schüler aus der Ostzone und aus Ost-Berlin künftig nicht mehr bei Klassenfahrten in die Bundesrepublik reisen durften, von anderen Staaten der NATO ganz zu schweigen. Dieselbe Regelung galt bereits für bestimmte Berufsgruppen und Mitarbeiter von Staatsbetrieben und Verwaltung, sodass inzwischen fast die Hälfte der Bevölkerung daran gehindert wurde, sich frei über die Grenze zu bewegen. Diese stufenweise Abriegelung der Ostzone gab Anlass zur Sorge, das hatte Margot den Diskussionen an Bord entnommen. Die Erklärung, dabei handele es sich um eine Schutzmaßnahme und einen Beitrag zur Erhaltung des Friedens, kam ihr merkwürdig verdreht vor.

Margot schaltete die Kaffeemaschine ein.

»Ich kann mir nicht vorstellen, dass die Sowjets die Ostzone irgendwann noch mal rausrücken«, meinte Felix und stapelte das benutzte Geschirr in die dafür vorgesehenen Boxen. »Die haben viel zu viel Bammel vor einem geeinten Deutschland mitten in Europa, wirtschaftlich stark und am Westen orientiert. Eher bewaffnen die sich weiter bis an die Zähne. Oder glaubst du wirklich, dass sie sich auf eine Volksabstimmung einlassen wie Frankreich mit dem Saarland?«

Dass das Saarland seit dem ersten Januar endlich zur Bundesrepublik gehörte, zählte zu den größten Erfolgen Adenauers in jüngster Zeit.

Felix' Argumente waren nicht von der Hand zu weisen, das musste Margot zugeben. Trotzdem konnte und wollte sie sich nicht vorstellen, dass Deutschland auf Dauer geteilt bleiben sollte, zerrissen zwischen den Großmächten.

»Wie immer vorzüglich, Hacki!«, sagte Kapitän Pretsch mit seinem amerikanischen Einschlag, wischte sich den Mund an der Papierserviette ab und schob den Teller von sich.

»Der letzte Flug als Chefpilot, ja?«, kommentierte Hacki mitfühlend.

Pretsch zuckte mit den Schultern. »Als Kapitän bleibe ich der Lufthansa ja erhalten. Und dem Herrn Bundeskanzler natürlich auch.« Mit einem sympathischen Augenzwinkern bedankte er sich bei Margot für den frischen Kaffee. »Ich hab nichts dagegen, dass Mayr sich jetzt um den ganzen Papierkram kümmern muss.«

»Bleibt mehr Zeit zum Angeln und Golfen, was?«, zog Felix ihn auf.

Der Chefpilot grinste breit. »So ist es.« Die übergroßen Ohren gaben seinem Charakterkopf auch mit Mitte vierzig noch etwas Pfiffiges.

»Wir haben wirklich schon befürchtet, Sie würden ganz in die Staaten zurückgehen«, sagte Margot.

Seit der Neugründung der Lufthansa teilte sich Ernst Pretsch die Wochen zwischen einer kleinen Pilotenwohnung in Hamburg und dem Eigenheim in der Nähe des New Yorker Flughafens Idlewild auf; seine Frau und die drei Kinder waren dortgeblieben.

Der Flugkapitän blickte belustigt drein. »Damit ich noch mehr Zeit zu Hause verbringe? Das kann ich Mrs Pretsch nicht antun. Pilotenehen sind die glücklichsten – man kommt nie dazu, sich über Alltägliches zu zanken.«

Er zwinkerte Margot erneut zu, dieses Mal auf eine väterlich warmherzige Weise.

Es war kein Geheimnis, dass Margot und Klaus zusammen waren, und auch nicht verboten – solange nichts den Eindruck eines jungen Paars trübte, das anständig blieb, während es auf die Hochzeit und einen gemeinsamen Hausstand sparte. Vor allem Margot musste stets auf der Hut sein. Seit jener unglückseligen Episode, als ihr ein Techtelmechtel mit ihrem Ausbilder und Vorgesetzten Horst Schlippchen nachgesagt worden war, stand sie unter Beobachtung, das wusste sie.

»Drum prüfe, wer sich ewig bindet«, entgegnete Margot leichthin.

Kapitän Pretsch lachte. »Sagen Sie mir Bescheid, wenn es so weit ist. Dann zimmere ich Ihnen eine Babywiege.«

Er warf einen Blick auf die Uhr und nahm dann seinen Kaffee mit ins Cockpit, um Relief-Pilot Schubert wieder abzulösen. Bis zur Landung in Köln-Wahn waren es noch gut vier Stunden.

»Apropos«, meinte Margot an Felix gewandt. »Wie läuft es mit Brigitte?«

Felix zog ein langes Gesicht. »Die redet nicht mehr mit mir, seit bei Claus und Susi Schluss ist.«

Margot runzelte die Stirn. Allerdings nicht etwa, weil sie über das Aus zwischen Susi und Claus überrascht gewesen wäre. Seit dem Ende seiner Beziehung zu Margot waren Claus' Liebschaften ungefähr so flüchtig wie der Qualm beim Start einer Propellermaschine.

»Aber das ist doch kein Grund, dich mit in Sippenhaft zu nehmen, nur weil …«

Margot unterbrach sich, als Libet Werhahn, die jüngste Tochter Adenauers, den Kopf in die Pantry streckte. Auf den Reisen mit dem Bundeskanzler blieb der Vorhang der Pantry inzwischen offen; abseits des Protokolls, das es zu beachten galt, hatten diese Flüge etwas Familiäres bekommen. Wenn es regnete, wie letzte Woche vor dem Abflug nach New York, begleitete Kapitän Pretsch den Kanzler mit seinem Schirm bis zum Flugzeug wie einen lieben Gast, den man zu Hause am vorgefahrenen Taxi abholte und dann zu einem gemütlichen Abend hereinbat. Und wann immer es die Arbeit im Cockpit zuließ, räumte Co-Pilot Mayr seinen Sessel, damit der technikbegeisterte Adenauer seinem Leibpiloten Pretsch ein paar Minuten über die Schulter schauen konnte.

»Möchten Sie noch einen Kaffee, Frau Werhahn?«, fragte Margot.

»Sehr gern, vielen Dank«, erwiderte die Kanzlertochter.

Libet Werhahn war ein echter Sonnenschein. Nicht nur, weil ihr Gesicht unter den kurz geschnittenen blonden Locken frisch und munter wirkte und auch mit Ende zwanzig noch etwas Verschmitztes hatte – es war die fröhliche Art, mit der sie Menschen begegnete, offen und unverfälscht.

Nach dem ersten Schluck streckte sie erst das eine, dann das andere Bein aus und ließ mit einem wohligen Seufzen die Knöchel kreisen. »Das tut gut, mal ein bisschen zu stehen. Bei Ihnen ist es sicher umgekehrt.« Sie hatte eine klare und warme Stimme und sprach mit dem gleichen rheinischen Singsang wie ihr Vater.

Margot lachte. »Ich habe mich daran gewöhnt.«

»Ich seh mal nach, ob die Herren noch einen Wunsch haben«, sagte Felix und verließ die Pantry.

»Hatten Sie denn eine gute Zeit in den Vereinigten Staaten?«, erkundigte sich Margot bei Frau Werhahn, während Hacki die benutzten Pfannen auskratzte und dabei vergnügt vor sich hin pfiff.

Libet Werhahn lächelte schelmisch. »Nachdem ich die Amerikaner damit geschockt habe, dass ich ohne Strümpfe unter dem Kleid aus dem Flugzeug gestiegen bin? Ach ja, doch. Auf Eisenhowers Farm haben wir die Kühe und Bullen gebührend bewundert, und während die Herren Politiker ihre taktischen Klimmzüge veranstalteten, haben Schorsch und ich uns Washington angesehen. Ich bin gespannt, wie die Fotos geworden sind, die ich mit meiner neuen Leica gemacht habe.«

Schorsch – so riefen die Adenauers Georg, den jüngsten Kanzlerspössling, nicht viel älter als Margot und Jurist von Beruf.

Der Bundeskanzler ließ sich auf Auslandsreisen oft von einem oder zwei seiner Kinder begleiten, meistens von Libet. Sie war auch im März mit nach Rom gekommen, wo ihr Vater die Verträge für die Europäische Wirtschaftsgemeinschaft und die Atomgemeinschaft unterzeichnet hatte, und gleich im Anschluss nach Teheran, zu einem Staatsbesuch beim Schah und seiner Frau Soraya. Als ob der Bundeskanzler der Welt nicht nur sein eigenes knorriges Gesicht zeigen wollte, sondern auch das neue, junge der Bundesrepublik.

»Das Wochenende hat mein Vater in New York bei einem alten Freund aus Kölner Zeiten verbracht«, erzählte Libet Werhahn weiter. »Das hat ihm gutgetan. Die Verhandlungen mit Eisenhower und Dulles waren ein einziger Kraftakt, und dann ist er noch von einem Termin zum anderen gehetzt. Ansprachen im Repräsentantenhaus und im Senat und ein Essen mit Vizepräsident Nixon. Feierliche Verleihung der Ehrenmitgliedschaft in der *American Rose Society*, ein Besuch am Grabmal des unbekannten Soldaten und in der *National Gallery of Art*. Und über die amerikanischen Luft- und Atomschutzmaßnahmen hat er sich ausführlich informiert. Das zehrt. Allerdings nicht nur an meinem Vater – wenn ich mir die anderen so ansehe ...«

Sie neigte den Kopf und spähte durch den Durchgang in den Loungebereich. Margot folgte ihrem Blick.

Außenminister Heinrich von Brentano hing kettenrauchend in seinem Sessel wie der sprichwörtliche Schluck Wasser in der Kurve. Hinter seiner Hornbrille wirkte der mehrsprachige Feingeist geradezu leidend. Margot hatte Bemerkungen aufgeschnappt, dass die Nächte in Washington lang gewesen und die immer wieder stockenden Verhandlungen mit viel Hochprozentigem geschmiert worden waren.

Auch Georg Adenauer hatte sich auf eine Zigarette in die Lounge zurückgezogen, wo er mit Felix scherzte. Er war seinem Vater wie aus dem Gesicht geschnitten. Als Adenauer aus der Hauptkabine nach ihm rief, drückte der Kanzlersohn hastig die Zigarette im Aschenbecher aus und legte Felix entschuldigend die Linke auf die Schulter, an der es golden glänzte; er war mit einer Schwedin verlobt.

»Meine Geschwister und ich«, sagte Libet Werhahn leise, »machen uns Sorgen, ob sich unser Vater nicht zu viel zumutet. Als wir im Frühling am Comer See waren, hat er sich zwar gut erholt, aber viel ist davon nicht mehr übrig geblieben. Haben Sie gesehen, wie viele ausgefallene Haare heute wieder an seinem Jackett hingen? Er ist immerhin schon einundachtzig. Trotzdem will er unbedingt weitermachen.« Ihre schmalen Augen, die denen des Bundeskanzlers verblüffend glichen, richteten sich auf Margot. »Wie geht es Ihrem Vater?«

Margot nickte vage. »Er kommt zurecht. Ich glaube, es hilft ihm, dass er beim Hausbau meiner Schwester quasi Architekt und Bauleiter in einer Person sein kann. Mittlerweile hat er sich wohl auch daran gewöhnt, Großvater zu sein. Ab und zu entlockt ihm der Kleine sogar so etwas wie ein Lächeln.«

Libet Werhahn gab ein Glucksen von sich. »So ist es bei meinem Vater auch. Die Arbeit und die Enkel. Und sein Garten.«

Sie trank noch einen Schluck Kaffee. »Habe ich da ein Aber bei Ihnen herausgehört?«

Margot verzog den Mund. »Er stört sich daran, dass ich als Stewardess um die halbe Welt fliege.«

Die Kanzlertochter schmunzelte. »Wie kommt mir das bekannt vor ... Mein Schwiegervater sieht ebenfalls gar nicht gern, was ich hier mache.«

Nach dem Tod ihrer Mutter hatte Libet Werhahn sich um den Haushalt gekümmert, während sie erst Germanistik und Geschichte, dann Jura studierte. Mit der Wahl ihres Vaters zum Bundeskanzler war sie nach und nach in die Rolle der First Lady hineingewachsen und hatte diese auch nach ihrer Hochzeit mit einem Industriellen und als Mutter von drei kleinen Kindern nicht aufgegeben. Sie war das beste Beispiel dafür, dass die Frau von heute alles haben konnte, was sie wollte – wenn man sie nur ließ.

»Dabei machen Sie Ihre Sache sehr gut!«, rief Hacki über seine Schulter. »Die Amis waren wieder ganz entzückt von Ihnen. Stand in der Zeitung.«

Libet Werhahn bedankte sich mit einem herzhaften Lachen.

»Mein Mann«, erzählte sie weiter, »musste auch erst lernen, dieses Leben, das ich führe, nicht nur zu tolerieren, sondern mich dabei zu unterstützen. Er gibt freimütig zu, dass ihm mein Vater darin ein Vorbild war.«

Margot lächelte. »Herr Dr. Adenauer ist sicher auch nicht typisch für seine Generation.«

»Das stimmt.« Libet Werhahn blickte nachdenklich drein. »Vielleicht liegt es an der Schuld, die die Generation unserer Eltern mit sich herumträgt. Ganz gleich, ob der Einzelne sich tatsächlich schuldig gemacht hat oder nicht.«

Auf dem Rückflug von Teheran hatte sie Margot von ihrer

Mutter Gussie erzählt, die dem verwitweten Familienvater Konrad Adenauer, seinerzeit Oberbürgermeister von Köln, noch einmal ein unerwartetes Glück beschert hatte. Als er im Zweiten Weltkrieg im Verdacht stand, für den Widerstand zu arbeiten, tauchte Adenauer unter. Gussie wurde von der Gestapo verhaftet und misshandelt. Nachdem man ihr damit drohte, auch ihre Töchter Lotte und Libet festzunehmen, verriet sie in ihrer Not schließlich das Versteck ihres Mannes. Vor Scham versuchte sie, sich im Gefängnis das Leben zu nehmen – erst mit Tabletten, die sie vorsorglich in den Mantelsaum eingenäht hatte, und dann, indem sie sich die Pulsadern aufschnitt. Als sie dreieinhalb Jahre später qualvoll starb, schloss Adenauer sich tagelang in seinem Zimmer ein.

»Schicksalsschläge anzunehmen«, fügte Libet Werhahn hinzu, »und in etwas Gutes zu verwandeln – das habe ich von meinen Eltern gelernt.«

Margot dachte an ihren eigenen Vater, der nach den Erlebnissen im Krieg und der Gefangenschaft eine Mauer hochgezogen hatte, die für sie undurchdringlich blieb. So gut Margot sonst mit Menschen zurechtkam – bei ihm biss sie ein ums andere Mal nur auf Granit.

»Ist der Herr Bundeskanzler deshalb so sehr um die Versöhnung zwischen den Völkern bemüht?«, wollte Margot wissen.

Libet Werhahn nickte. »Selbst wenn er sich dabei manchmal streitbar zeigt. Ich bin davon überzeugt, dass ihn das Gefühl plagt, während der Nazizeit nicht genug getan, nicht genug gewagt zu haben. Das treibt ihn jetzt an, das Fundament für eine bessere Zukunft zu legen.«

Margot nahm Frau Werhahn die leere Kaffeetasse ab, stellte sie in die Box mit dem benutzten Geschirr und rieb die Arbeitsfläche blank. Bei dem Gedanken, dass bereits jetzt genug

Atomwaffen auf der Erde lagerten, um die gesamte Menschheit auszulöschen, wurde ihr übel.

»Glauben Sie denn daran?«, fragte sie leise. »An eine bessere Zukunft?«

»Mein Vater glaubt fest daran«, erwiderte die Kanzlertochter. »Und die besten Chancen dafür sieht er in einem wiedervereinigten Deutschland, das sich von den Großmächten so unabhängig wie möglich macht, aber mit den anderen Staaten Europas eng verbündet ist. Dafür kämpft er. Wenn es sein muss, mit allen Mitteln.«

Ein kleines Lächeln wanderte zwischen ihr und Margot hin und her.

Margot öffnete eine der Kühlboxen. »Was meinen Sie, Frau Werhahn, ist dem Herrn Bundeskanzler nach Feiern zumute?«

»Ah, der gute Cuvée!«, rief Hacki erheitert.

Im Gegensatz zu den meisten anderen Politikern rauchte Adenauer nicht und blieb während der Flüge eisern bei Apfelsaft oder Wasser. Nur für Champagner von Krug hatte er eine Schwäche; dass in der Kanzlermaschine immer eine Flasche davon kühl stand, war eine Anekdote für sich.

Libet Werhahn betrachtete die Flasche in Margots Hand und schmunzelte. »Da wird er nicht Nein sagen. Und sei es nur für den Kreislauf. Ich nehme ebenfalls gern ein Glas, und Schorsch sicher auch.«

Mit einem satten Ploppen glitt der Korken aus dem Flaschenhals. Margot füllte ein Glas nach dem anderen und arrangierte sie auf dem Serviertablett.

»Sind Sie je in die Verlegenheit gekommen, mit meinem Vater eine Partie *Mensch ärgere Dich nicht* zu spielen?«, fragte Libet Werhahn unvermittelt.

Margot musste lachen. »Bisher noch nicht. Warum?«

»Weil er dabei genauso clever vorgeht wie in der Politik. Er gewinnt immer. Wir sind bis heute nicht dahintergekommen, wie er das macht.«

Die Herren Politiker gingen allesamt in Köln-Wahn von Bord. Auf dem Rollfeld warteten schon Vertreter der Presse, Chauffeure und Sicherheitsbeamte auf sie, und die drei Werhahn-Kinder, das jüngste auf dem Arm seines Vaters, begrüßten freudig ihre Mutter und den Großvater.

Es war schon Nachmittag, als Margot und Felix mit der leeren Kanzlermaschine in Hamburg landeten.

»Den Rest schaff ich auch allein«, verkündete Hacki und schloss die letzte seiner Boxen. »Danke fürs Helfen, ihr zwei!«

»Tschüs, Hacki!«, verabschiedeten sich Margot und Felix. »Bis demnächst.«

Fuhlsbüttel empfing sie mit strahlendem Sonnenschein und dem gewohnt kräftigen Wind. Schwungvoll stiegen sie mit ihrem Gepäck die Gangway hinunter und nickten den Arbeitern, die rings um die Super-Connie werkelten, freundlich zu.

»Das war wieder ein feiner Dienst«, meinte Felix.

»Von mir aus könnten wir jeden Tag Politiker durch die Weltgeschichte kutschieren«, stimmte Margot zu.

Nebeneinander spazierten sie über das Rollfeld in Richtung Flughafengebäude.

»Was fängst du mit diesem schönen Abend an – so ganz ohne Brigitte?«, fragte Margot. »Ich hoffe, du nimmst es nicht allzu schwer.«

»Ach was«, wehrte Felix ab. »Das war ja mehr so ein Geplänkel, wahrscheinlich wäre da so oder so nichts draus geworden. Andere Mütter haben auch schöne Töchter.« Er grinste. »Apropos.«

Margot folgte seinem Blick und entdeckte Almuth, die sich gerade von einer Super-Connie entfernte, die kurz vor oder nach ihnen gelandet sein musste. Auch Almuth hatte die beiden bemerkt und lief freudig winkend auf sie zu.

»Hallo!«, rief Margot. »Du kommst bestimmt gerade aus Paris.«

Almuth bejahte. »War ein ruhiger Flug mit angenehmen Gästen. Und ich habe ordentlich Trinkgeld gekriegt.«

»Einen schönen Nachmittag noch«, sagte Felix und verabschiedete sich mit einem angedeuteten Salut.

Almuth sah ihm nach. »Irgendwie wirkt er ein bisschen geknickt.«

»Brigitte hat ihm den Laufpass gegeben«, erklärte Margot. »Weil Claus sich von Susi getrennt hat.«

»Sooo?«, erwiderte Almuth eigentümlich gedehnt und hatte plötzlich rote Flecken auf den Wangen. »Bist du sehr müde nach der langen Strecke?«, fragte sie dann hastig.

»Geht eigentlich«, meinte Margot. »Warum fragst du?«

»Sollen wir noch einen Kaffee trinken?«

Margot lachte. »Kaffee kann ich nie widerstehen.«

Obwohl die Terrasse des Flughafenrestaurants gut besucht war, fanden sie noch einen Platz im Freien. Beide hatten ihre Sonnenbrillen aufgesetzt – laut Fräulein Buschheuer ein absolutes Muss für Stewardessen, weil das Zusammenkneifen der Augen rasch zu unschönen Krähenfüßen führte.

Margot lehnte sich zurück und beobachtete eine Super-Connie beim Start. »Weißt du noch, wie wir zum ersten Mal mit Thea hier gesessen haben? Nach unseren Vorstellungsgesprächen?«

»Und ob!«, bestätigte Almuth. »Mit den Verzehrbons, die wir von den Ausbildern bekommen hatten, haben wir uns jede eine

Tasse Kaffee gegönnt. Echten Bohnenkaffee! Das war damals für mich ein ungeheurer Luxus. Jetzt ist es ganz selbstverständlich geworden.«

»Und genauso selbstverständlich fliegen wir um die halbe Welt«, ergänzte Margot.

Gedankenverloren spielte Almuth mit dem *Süßen Heinrich*, dem Zuckerstreuer aus Glas mit Metalltülle.

»Margot«, begann sie dann leise, »ich muss dir was beichten.«

Margot sah ihre Freundin aufmerksam an. »Was denn?«

Almuth druckste herum. Erst nachdem die Kellnerin den Kaffee gebracht hatte, fasste sie sich ein Herz.

»Claus hat mich neulich ausgeführt«, gestand sie schließlich. »Zweimal, um genau zu sein. Einmal ins Kintopp und einmal zum Essen.«

Margot trank einen Schluck Kaffee. »Ja, und? Dass er das gern machen würde, hat er mir bei seiner Geburtstagsparty erzählt.« Um ihren Mund zuckte es. »Ist er irgendwie frech geworden?«

Almuth lachte. »Nein, kein bisschen. Durch und durch ein Gentleman.«

»Aber?«, hakte Margot nach.

Almuth rührte in ihrer Tasse, obwohl sie den Kaffee genauso schwarz und ungesüßt trank wie Margot, rückte aber nicht weiter mit der Sprache heraus.

»Almuth«, sagte Margot mit leichter Ungeduld, »für mich geht bestimmt nicht die Welt unter, wenn du dich mit meinem Verflossenen triffst.«

Ihre Freundin sah auf das Rollfeld hinaus, bevor sie den Blick wieder auf ihre Tasse senkte. »Und wenn es nicht dabei bleibt, sondern mehr daraus wird?«, fragte sie vorsichtig.

Margot schwieg einige Herzschläge lang. Der einzige Vorwurf, den sie Claus machen konnte, war, dass er den Gerüchten Glauben geschenkt hatte, sie hätte sich Horst Schlippchen an den Hals geworfen. Vielleicht war das konsequent für jemanden, bei dem die Mädchen Schlange standen und der es selbst mit der Treue nicht immer so genau nahm. Ein Missverständnis, das sich hätte ausräumen lassen, aber Margot hatte nicht darüber hinwegsehen können, dass er zwischenzeitlich Trost bei einer anderen gesucht hatte. Schon gar nicht, während Klaus in ihren Gedanken herumspukte. Am Ende hatten sie wohl einfach nicht zueinander gepasst – Claus, der leichtlebige Charmeur und Frauenliebling, der nicht so recht erwachsen werden wollte, und Margot mit ihren Ecken und Kanten und dem eigenen Kopf.

Sie musterte Almuth, die bang auf ihre Antwort wartete. Almuth, die so anders war als sie selbst, sanft und weich und fürsorglich.

»Auch dann nicht«, versicherte sie schließlich.

Almuth atmete sichtbar auf.

»Ich hoffe nur«, fügte Margot hinzu, »du weißt, worauf du dich bei ihm einlässt.«

Lächelnd wandte Almuth den Kopf zum Rollfeld, auf dem gerade eine Convair landete. »Keine Sorge«, erwiderte sie geradezu verträumt, »das weiß ich.«

6

So wird's nie wieder sein

In ihrem Zimmer stopfte Margot Handtücher zu den übrigen Utensilien in die Badetasche. Nachdem sie vorletzte Woche erst aus Rio mit drei Tagen Aufenthalt in Dakar zurückgekommen und danach durch halb Europa gependelt war, freute sie sich auf einen freien Samstag am Elbstrand. Sie schlüpfte in die Segeltuchschuhe mit der Gummisohle und ging in die Wohnküche.

»Heute wird es nicht so spät, Mutti. Ich hab morgen schon wieder Dienst, den Bundeskanzler und seine Tochter vom Staatsbesuch in Wien abholen.«

Der deftige Geruch von Kohl, Kartoffeln und Speck hing in der Luft: das Mittagessen, das Margots Mutter später im Henkelmann nach Wandsbek auf die Baustelle bringen würde. Während sie im Topf rührte, sah sie mit schräg gelegtem Kopf zur Waschmaschine, deren Trommel sich behäbig drehte.

»Horch doch mal, Margot!«, sagte sie. »Die klingt ganz komisch.«

Margot spitzte die Ohren. »Die hört sich genauso an wie sonst auch.«

Irmgard Frei warf einen Blick über die Schulter, und ihr entglitten förmlich die Gesichtszüge. »Wie siehst du denn aus?«

Über ihrem Bikini trug Margot eines der kurzärmligen weißen Unterhemden von Klaus – ein T-Shirt, wie die Amerikaner es nannten – und ihren ganzen Stolz: eine funkelnagelneue Bluejeans, an den Knöcheln hochgekrempelt. Sie hatte halb Manhattan auf den Kopf gestellt, bis sie endlich eine fand, die an ihrer schlanken Figur wie angegossen saß.

»Das trägt man jetzt so, Mutti. Wie Brigitte Bardot.« Als ihre Mutter die Nase rümpfte, suchte Margot hastig ein anderes Beispiel. »Oder Doris Day.«

Nicht einmal der Inbegriff der amerikanischen Sauberfrau mit ihrem Colgate-Lächeln konnte Irmgard Frei überzeugen. »Das sind Arbeitshosen, Margot! Damit kannst du nicht auf die Straße gehen. Was sollen denn die Leute denken?«

»Ich gehe damit ja auch nicht auf die Straße, sondern zum Baden«, widersprach Margot.

»Lass dich bloß nicht von Vati erwischen! Sonst darfst du bald gar nicht mehr aus dem Haus.«

Margot atmete tief durch, um ruhig zu bleiben. »Willst du nicht versuchen, Vati von der Baustelle loszueisen, damit ihr noch was zusammen unternehmen könnt? Heute ist so ein schöner Tag.«

Nachdem der Mai recht kühl und vor allem nass gewesen war, brachte der Juni Sonne satt; fünfundzwanzig Grad waren für heute vorhergesagt.

»Ach …«, meinte ihre Mutter unschlüssig und wischte sich die Hände an der Schürze ab.

»Warum ist er eigentlich nicht nach Frankfurt gefahren?«, fragte Margot.

»Er wollte eben nicht.«

Am Montag war Staatsfeiertag: der Tag der deutschen Einheit, der an den Volksaufstand in der Sowjetzone am 17. Juni 1953 erinnerte. Über das lange Wochenende wurden mehr als einhundertfünfzigtausend ehemalige Kriegsgefangene nicht nur aus der Bundesrepublik und Berlin, sondern aus ganz Europa zu einem Treffen auf dem Frankfurter Messegelände erwartet. Auch Adenauer wollte von Wien aus direkt nach Frankfurt fliegen und auf der Schlusskundgebung eine Rede halten.

»Vielleicht hätte es Vati gutgetan«, sagte Margot. »Er hätte bei der Suche nach Verschollenen mithelfen können. Bestimmt wird noch irgendjemand vermisst, den er im Lauf der Jahre mal gesehen hat. Allein das Saarland stellt vierzehntausend Vermisstenbilder aus.«

»Lass gut sein«, erwiderte ihre Mutter fast verärgert. »Du weißt doch, wie Vati ist.«

Ja, das wusste Margot nur zu gut, und sie unterdrückte ein Seufzen.

»Meinst du«, setzte Irmgard Frei nach einer längeren Pause zaghaft an, »er bekommt eine Entschädigung für die Gefangenschaft?«

»Sicher wird er das«, antwortete Margot. »Fragt sich nur, wann. Aber er hat sich doch bestimmt schon auf dem Amt registrieren lassen, oder?« Ein Gedanke durchzuckte sie. »Brauchst du Geld?«

Wieder wischte ihre Mutter über die Schürze, unruhiger dieses Mal. »Der Gasmann war diese Woche da«, murmelte sie kaum hörbar.

Margot stellte die Badetasche auf einen Stuhl und ging in ihr Zimmer. Aus der Schublade der Schminkkommode holte sie den Umschlag mit der Ausbeute der letzten Shoppingveranstaltung und zählte fünfzig Mark ab. Sie konnte es verschmerzen; durch Zuschläge und Überstunden würde Ende des Monats eine fette Lohntüte auf sie warten.

»Hier«, sagte sie, als sie in die Wohnküche zurückkehrte und ihrer Mutter die Geldscheine übergab. »Aber Mutti – das ist nur für dich. Nicht für Lore. Und kauf davon auch nicht irgendwelchen Tüddelkram für Holger, ja?«

Ihre Mutter nickte mit betretener Miene und steckte das Geld ein.

»Willst du nicht doch wieder arbeiten?«, fragte Margot. »Irgendein gut betuchter Haushalt sucht doch immer jemanden für halbtags oder wenigstens ein paar Stunden in der Woche.«

»Das geht doch nicht.« Irmgard Frei lachte verlegen auf. »Ich hab hier mehr als genug zu tun.«

»Meine Güte, Mutti!«, entfuhr es Margot. »Vati wird schon darüber hinwegkommen, wenn das Essen mal nicht pünktlich auf dem Tisch steht. Nächstens trägst du ihm nach Feierabend noch die Puschen hinterher und holst ihm das Bier aus dem Kühlschrank.«

Auf dem Gesicht ihrer Mutter zuckte es; traurig sah sie aus und fast ein bisschen verloren.

»Soll ich lieber hierbleiben?«, fragte Margot behutsam.

Irmgard Frei schüttelte den Kopf und strich Margot über den Arm. »Geh ruhig und mach dir einen schönen Tag! Das hast du dir verdient. Ich komm schon zurecht.«

Zurechtkommen ist aber nicht leben, wollte Margot gerade einwenden, als draußen ein Motorrad knatternd über den steinigen Boden holperte und mit wummerndem Motor vor dem offenen Fenster des Behelfsheims hielt.

Es war eine alte Maschine, noch aus Kriegszeiten; trotzdem – oder gerade deshalb – flitzte eine Schar kleiner Jungen herbei, um sich das Gefährt aus der Nähe anzusehen. In Jeans und schweren Stiefeln, die Augen hinter einer spiegelnden Sonnenbrille verborgen, beugte Klaus sich zu ihnen hinunter und beantwortete die Fragen, mit denen die Rasselbande ihn bestürmte. Das weiße T-Shirt spannte an seinem Oberarm, als er am Gashebel zog und den Motor aufheulen ließ. Die kleinen Rabauken johlten begeistert, und Margot lächelte.

»Der andere junge Mann hat mir besser gefallen«, murmelte Irmgard Frei betrübt.

»Mir aber nicht«, erwiderte Margot zärtlich und drückte ihr einen Kuss auf die Wange. »Tschüs, Mutti! Bis heute Abend.«

Sie schulterte die Strandtasche und verließ das Behelfsheim.

Mit einem kurzen Gruß ging sie an den Susemihls vorbei, die sich Stühle vors Haus geholt hatten. Über den Rand seines Groschenblatts hinweg beäugte Frieder Susemihl interessiert Klaus und sein Motorrad, während seine Frau, eine Schüssel mit zu palenden Erbsen auf den Knien, über den Lärm und den Gestank zeterte. Als sie Margots Jeans entdeckte, verstummte sie abrupt mit offenem Mund.

Margot warf ihr einen herausfordernden Blick zu, schwang sich hinter Klaus aufs Motorrad, und mit aufbrüllendem Motor brausten sie davon.

Am Elbstrand wimmelte es von Menschen, die in Badekleidung Federball spielten oder sich in der Sonne aalten. Vom Kiosk des Fähranlegers wehte der Geruch von Pommes frites herüber, und Möwen suchten auf dem Strand nach den Überresten eines Imbisses. Um die Schilder mit der Aufschrift *Baden verboten!* scherte sich niemand, obwohl die Elbe durch die Gezeiten und die Strömung durchaus tückisch war, besonders zur Fahrrinne hin, durch die Dampfer zogen und Segelboote kreuzten. Im Gegensatz zu den drei Dutzend Freibädern der Stadt zahlte man hier jedoch keinen Eintritt, und vor allem gab es keinen Bademeister, der streng über die allgemeine Ordnung wachte – und noch dazu ein Auge darauf hatte, dass die guten Sitten gewahrt blieben.

Deshalb tummelten sich am Strand vorwiegend junge Erwachsene und Jugendliche, die nicht nur über die Handtücher hinweg flirteten, sondern auch hemmungslos miteinander im Wasser herumtollten; ganz Mutige küssten sich sogar vor aller Augen. Auch Margot und Klaus verbrachten ihre knapp bemessene Freizeit lieber hier als am Springbrunnen in Fuhlsbüttel, der in den warmen Monaten als Swimmingpool genutzt wurde. Man wusste schließlich nie, wer gerade an einem Fenster des Personalgebäudes stand.

Lachend spurtete Margot aus den Elbfluten und jauchzte auf, als Klaus die Arme um sie schlang und sie herumwirbelte. Hand in Hand rannten sie über den Sand und ließen sich atemlos auf die Handtücher fallen.

»Du bist anstrengend«, knurrte Klaus, ein kleines Grinsen im Mundwinkel. Seine Stimme, tief und vibrierend, klang immer ein bisschen rau.

»Das hätte ich dir von Anfang an sagen können«, erwiderte Margot leichthin.

Ihre Blicke verhakten sich ineinander. Klaus hob die Hand und fuhr über Margots tropfnasses Haar.

Wie damals im strömenden Regen, als er sie das erste Mal geküsst hatte, bald zwei Jahre war es her. Der unerwartete Kuss war ein Schock für Margot gewesen, nachdem an jenem Oktobertag ohnehin schon so viel auf sie eingestürmt war, dass sie kaum noch wusste, wo oben und wo unten war.

Nach diesem Kuss hatte Klaus sie zu nichts gedrängt. So wie er die ganze Zeit schon geduldig gewartet hatte, weil sein bester Freund Claus als Erster ein Auge auf Margot geworfen hatte und sowieso alles bekam, was er wollte. Doch während Margot immer öfter mit Claus stritt und sich seine Entschuldigungen und Beteuerungen anhörte, obwohl nichts mehr zu kitten war, ging ihr dieser Kuss von Klaus nicht aus dem Sinn.

Ausgerechnet Klaus, der so in sich gekehrt und verschlossen war, dass Margot ihn anfangs für einen ungehobelten Klotz gehalten hatte. Der den Nervenkitzel der Geschwindigkeit brauchte wie die Luft zum Atmen, Margot gegenüber jedoch fast scheu wirkte. Einen ganzen Winter lang hatte er gebraucht, um endlich aufzutauen.

Aufseufzend schmiegte Margot die Wange an seine dunkel behaarte Brust, von der das Wasser abperlte. Er roch nach Sommer und Sonne und nach Klaus, kräftig und schwer. Ihr Finger zeichnete die Tätowierung auf der Innenseite seines linken Oberarms nach: Ikarus, der sich mit ausgebreiteten Schwingen in die Luft erhob; eine der Flügelspitzen endete knapp unter Klaus' Schulter. Unter ihrer Berührung zuckte sein Bizeps, und Margot durchfuhr ein wohliger Schauder.

»Juhuu!«, rief es irgendwo oberhalb von ihnen, und Margot hob den Kopf.

Oben am Straßenrand brachte Thea ihren Motorroller zum Stehen, Sieglinde stieg hinter ihr vom Sitz. Mit Sonnenbrillen auf den Nasen und Badetaschen unter den Armen kamen die beiden die Böschung zum Strand herunter.

»Na, ihr zwei Schätzchen?«, rief Thea gut gelaunt, kickte die Sandaletten von den Füßen und stieg aus ihrer Jeans, bevor sie das karierte Blüschen über den Kopf zog und im knappen Bikini dastand. »Hab ick richtig jehört – Margot hat unserem Bundeskanzler det Leben jerettet?«

Der Flurfunk der Lufthansa war wirklich schneller als sämtliche Druckerpressen des Landes.

Margot setzte sich lachend auf. »Das ist die Übertreibung des Jahres!«

»Was ist denn genau vorgefallen?«, wollte Sieglinde wissen, während sie ihr geblümtes Sommerkleid auszog, unter dem sich ein Zweiteiler mit neckischem Rüschenbesatz verbarg.

»Adenauer hat mal wieder einen Abstecher ins Cockpit gemacht«, antwortete Margot. »Er wollte sich gerade auf Mayrs Platz setzen, da sind wir unversehens in ein Luftloch gesackt, und der Bundeskanzler ist mit dem Kopf gegen die Instrumente gekracht.«

»O Gott!«, stieß Sieglinde hervor.

»Das war wirklich ein Mordsschreck«, bestätigte Margot. »Vor allem, weil er so stark geblutet hat. Es war zum Glück nur eine Platzwunde, aber eben so groß.« Sie hielt Daumen und Zeigefinger einige Zentimeter auseinander. »Ich habe ihn dann verarztet, Felix hat ihm einen Cognac verordnet und sich um die Blutflecken auf Hemd und Sakko gekümmert. Wir sind eine halbe Stunde extra über Wien gekreist, damit der Bundeskanzler sich ein bisschen hinlegen kann. Dann habe ich noch ein paar Checks mit ihm durchgeführt, um sicherzugehen, dass er sich keine Gehirnerschütterung oder etwas Schlimmeres zugezogen hat. Er wollte ja partout nicht, dass nach der Landung ein Arzt bereitsteht.«

Thea grinste und schnippte eine Zigarette aus der Packung. »Det is unser Adenauer – im Einsatz bis aufs Blut!«

Solche Erlebnisse waren Salz und Pfeffer in der Suppe des Stewardessenalltags. Manchmal gab es brenzlige Situationen wie bei Thea, die unlängst auf einem der neuen Nachtflüge nach London zum Feuerlöscher greifen musste: Der Co-Pilot hatte bei strömendem Regen noch etwas außen an der Maschine überprüft, danach seine durchweichten Socken zum

Trocknen in den eingeschalteten Ofen der Pantry gelegt und dort schlichtweg vergessen. Aber es gab auch liebenswerte Anekdoten zu erzählen, wie etwa die von Almuth, die im vergangenen Herbst ein Schwalbenpärchen, das den Aufbruch Richtung Süden verpasst hatte, mitsamt seinen vier Jungvögeln an Bord einer Lufthansa-Maschine von Hamburg nach Lissabon gebracht hatte.

Oben auf der Straße war das satte Brummen eines leistungsstarken Motors zu hören. Nicht weit von Theas Roller entfernt hielt ein schnittiges silberfarbenes Cabriolet mit Claus und Almuth an Bord. Margot, Thea und Sieglinde winkten ihnen mit freudigen Begrüßungsrufen zu.

Seit einer Woche war es offiziell: Claus und Almuth waren ein Paar – und damit weit über den Freundeskreis hinaus das Gesprächsthema Nummer eins. Nicht so sehr, weil Claus schon wieder eine Neue hatte, sondern weil es sich dabei ausgerechnet um die schöne, sanfte und immer brave Almuth handelte. *Eisprinzessin* war noch eine der netteren Bezeichnungen, die sich die männlichen Kollegen hinter ihrem Rücken zuflüsterten. Margot war davon überzeugt, dass unter den Stewards und Stewardessen bereits Wetten abgeschlossen wurden, wie lange Claus' Beziehung dieses Mal halten würde. Sie konnte nur hoffen, dass er Almuth nicht das Herz brach.

Klaus richtete sich auf, um Thea Feuer zu geben. »Was macht dein Führerschein?«, wollte er wissen.

Thea zog eine Schnute. »Det is die reinste Schikane, ick sach's euch! Ick weeß doch, det ick fahren kann!«

Klaus grinste und fing sich dafür von Thea einen Boxhieb gegen die Schulter ein.

Claus half Almuth galant die Böschung hinunter und ließ ihre Hand auch nicht los, als sie über den Strand auf die anderen zugingen. In Polohemd, Chinohose und Segeltuchschuhen wirkte er wie der Besitzer einer imposanten Jacht, und Almuth hätte in ihrem feinen Sommerkleid auf jeder Gartenparty geglänzt. Ihre große Sonnenbrille und der edle Seidenschal, den sie sich um die Haare geschlungen hatte, um ihre Frisur vor dem Fahrtwind zu schützen, brachten einen Hauch von Hollywood an den Elbstrand.

»Cornelius lässt sich entschuldigen«, sagte Claus mit einem Blick auf Sieglinde. »Er hat noch einen Termin. Aber er hat fest versprochen, später nachzukommen.«

Sieglinde lächelte vor sich hin und rieb sich die Beine weiter mit Sonnenöl ein.

Thea begutachtete den Picknickkorb, den Claus im Sand abstellte, bevor er eine Decke für sich und Almuth ausbreitete.

»Ick hoffe, ihr habt was zum Anstoßen dabei!«, rief sie munter. »Auf die Heldin des Tages!« Mit großer Geste deutete sie auf Margot.

Almuth löste den Schal vom Kopf, während Margot noch einmal vom jüngsten Kanzlerflug erzählte und Thea großzügig Sekt in Pappbecher goss.

Natürlich drehte sich auch an diesem Nachmittag alles ums Fliegen, das für sie alle mehr war als nur ein Broterwerb. Noch warf die Lufthansa keinen Gewinn ab, aber während sie vor zwei Jahren zur Hälfte vom Bund finanziert wurde, trug sie sich jetzt bereits zu neunzig Prozent selbst.

Und sie investierte: Die nicht einmal vier Jahre alte Werft sollte eine Erweiterung bekommen, nachdem schon die Nissenhütten am Rand des Flughafens ausgedient hatten und die gesamte Verwaltung in einen geräumigen Neubau umgezogen war. Knapp dreitausend Mitarbeiter zählte die Lufthansa inzwischen, mehr als doppelt so viele wie im Jahr des Neubeginns, und Margot kannte persönlich keinen Lufthanseaten, der nicht mit einem gewissen Stolz für die Fluggesellschaft tätig war. Dass um Ostern herum fünf Arbeiter der Werft dabei erwischt worden waren, wie sie Flugzeugbenzin abzapften, um die Tanks ihrer Autos und Motorräder damit zu füllen, war nicht nur kriminell – es verstieß auch gegen das Ehrgefühl sämtlicher Kollegen.

Die stetig wachsende Flotte wurde gerade um vier Maschinen vom Typ Metropolitan erweitert. Dieses Nachfolgemodell der bisherigen Convair, auf der Margot und ihre Kolleginnen ihre ersten Flüge absolviert hatten, versprach ein angenehmeres Reiseerlebnis, weil die Kabine besser gegen den Motorenlärm isoliert war. Und alle fieberten sie der ersten Super Star entgegen, die Chefpilot Mayr bald in Kalifornien abholen würde. Sie sollte geräumiger, moderner und vor allem schneller sein als ihre heiß geliebte Super-Connie. Darüber hinaus schwärmten die Piloten jetzt schon vom Flugsimulator, in dem sie ab Herbst jeden nur denkbaren Ernstfall proben könnten. Der Apparat war einzigartig in Deutschland, würde in der Bilanz der Lufthansa allerdings mit sage und schreibe vier Millionen Mark zu Buche schlagen.

Langsam, aber sicher wuchs der Kranich aus seinen Kinderschuhen heraus – und mit ihm die Stewardessen und Piloten der ersten Stunde.

Auf den Ellbogen gestützt, blickte Claus zu Almuth auf. »Kommst du mit ins Wasser?«

»Vielleicht später«, erwiderte Almuth mit einem scheuen Lächeln.

Claus nahm ihre Hand und drückte einen Kuss darauf. »Okay.«

Er setzte sich auf, um sich die Schuhe auszuziehen und das

Polohemd über den Kopf zu streifen. Mit dem Kinn ruckte er in Klaus' Richtung. »Was ist mit dir?«

Klaus ließ sich nicht lange bitten. In Badehosen überquerten die beiden den Strand, jeder auf seine Art gut gebaut. Margot bemerkte den einen oder anderen bewundernden oder geradezu neidischen Blick, der die zwei streifte. Dass sie auch nach der Ausbildung an einem strammen Trainingsprogramm festhielten, sah man ihnen an; die Lufthansa legte Wert darauf, dass ihre Piloten nicht nur im Kopf fit blieben.

»Haste keenen Badeanzug mit?«, erkundigte Thea sich bei Almuth.

Almuth errötete. »Im Laden fand ich ihn noch ganz toll. Aber jetzt ...«

»Lass sehen!«, rief Sieglinde, und Thea wedelte auffordernd mit der Hand.

Almuth warf verstohlen einen Blick über die Schulter, bevor sie den Reißverschluss ihres Sommerkleids öffnete und es sich dann über den Kopf zog. Zum Vorschein kam ein kirschroter Zweiteiler mit hochgezogener Taille und Neckholdertop.

Thea pfiff anerkennend durch die Zähne.

»Der ist super, Almuth!«, sagte Margot, und Sieglinde stimmte begeistert zu.

Unsicher zupfte Almuth am Ausschnitt. »Nicht zu gewagt?«

»Jenau richtig!«, widersprach Thea.

Almuth war noch immer sehr schlank, aber wo vorher kaum Rundungen vorhanden gewesen waren, zeichneten sich mittlerweile Kurven einer eleganten Weiblichkeit ab. Auf den benachbarten Handtüchern und Luftmatratzen machten einige junge Männer lange Hälse.

»Margot, würdest du?« Bittend hielt Almuth ihr die Sonnencreme hin.

»Claus wird Augen machen, wenn er dich in dem Bikini sieht«, meinte Margot, während sie Almuths Rücken einrieb.

Almuth zögerte merklich. »Ist das nicht komisch für dich«, wisperte sie dann über ihre Schulter, »das mit Claus und mir?«

»Nein, das ist kein bisschen komisch«, antwortete Margot ehrlich. »Wie ist es denn so mit Claus?«, fügte sie neckisch hinzu.

»Claus ist …«, begann Almuth atemlos, verhaspelte sich und setzte erneut an. »Ich hatte ja keine Ahnung, dass es so einen Mann überhaupt gibt! So einfühlsam und zuvorkommend. Er weiß immer genau, was er tun oder sagen soll. Und …« Sie verstummte abrupt.

Margot stupste sie zwischen die Schulterblätter. »Was, und?«

»Tacheles, Almuth!«, rief Thea.

Almuth rang sichtlich mit sich. »Und er küsst gut«, platzte es schließlich aus ihr heraus.

Ihre Freundinnen brachen in ein Freudengeheul aus, und Almuth verbarg giggelnd das Gesicht hinter den Händen.

Margot war es mit Claus damals ganz ähnlich ergangen. Wahrscheinlich galt das für jede Frau, die seinem Charme erlag. Und genauso wahrscheinlich hoffte jede, die Eine zu sein, bei der er endgültig den Anker auswerfen würde. Vermutlich auch Almuth, und das war das Einzige, was Margot Kopfzerbrechen bereitete. Auch wenn mehr als genug dagegensprach, hoffte sie inständig auf ein Happy End für die beiden.

Ob Thea sich ähnliche Gedanken machte? Immer noch lachend, strich sie sich gerade mit der Linken die Ponyfransen aus der Stirn. Dabei funkelte es an ihrer Hand auf, obwohl sie sonst nie Ringe trug.

»Thea!«, rief Margot in scherzhaftem Tonfall. »Was ist das für ein Ring? Dir hat doch nicht etwa jemand einen Antrag gemacht, und du hast uns nichts davon gesagt?«

Seit Wochen machte Thea ein großes Geheimnis um den Herrn, mit dem sie einen nicht unbeträchtlichen Teil ihrer Freizeit verbrachte.

Als sich die gesammelte Aufmerksamkeit ihrer Freundinnen auf sie richtete, blickte sie erst verlegen drein, dann strahlte sie wie ein Honigkuchenpferd.

»Ick komm bei eurem Jeschnatter ja gar nich dazu, wat zu sagen«, zeterte sie gutmütig und holte dann tief Luft. »Ick hab mir verlobt.«

Zum Beweis zeigte sie den filigranen Goldreif mit einem kleinen Diamanten vor. Das Lächeln auf ihrem Gesicht geriet zittrig, als könnte sie es selbst kaum glauben.

Margot starrte sie ungläubig an.

»Du hast was?«, rief Almuth.

»Wann?«, wollte Sieglinde mit großen Augen wissen.

»Jestern.«

»O Thea!«, hauchte Almuth und beugte sich vor, um nach der Hand ihrer Freundin zu greifen und den Ring gründlich zu betrachten. »Der ist wunder-wunderschön! Genau wie für dich gemacht.«

Sieglinde äußerte sich ähnlich entzückt.

»Jetzt rede du aber mal Tacheles!«, forderte Margot Thea lachend auf. »Wer ist der Glückliche, den du die ganze Zeit vor uns versteckst?«

Thea grinste von einem Ohr zum anderen. »Pelzer.«

Margot war perplex, und auch Almuth und Sieglinde brachten kein Wort hervor. Umso lauter brandeten die ausgelassenen Stimmen der anderen Badegäste zu ihnen heran, während die Möwen kreischend ihre Kreise zogen.

Dann redeten sie alle durcheinander.

»Etwa *der* Pelzer?«

»Doch nicht unser Pelzer?«

»Sigmund Pelzer?«

Zusammen mit Fräulein Buschheuer und Horst Schlippchen hatte der ehemalige Fliegerkommandant die hoffnungsvollen Bewerberinnen gemustert und ausgesiebt. Wer einen der begehrten Ausbildungsplätze ergattert hatte, büffelte danach sechs Wochen lang bei ihm Physik, Meteorologie und Flugzeugtechnik. Margot hatte ihn als strengen, aber gerechten Ausbilder in Erinnerung, der komplexe Zusammenhänge einleuchtend erklärte. Auch die Piloten zogen ihn manchmal zurate, wenn es um schwierige Flugbedingungen oder knifflige Manöver ging.

»Ick fand den von Anfang an knorke«, fuhr Thea fort, die Wangen aufgeregt gerötet. »Wat der allet jesehen und erlebt hat! Ick bin öfter in seinem Büro vorbei, wenn ick wat übers Fliegen wissen wollte. Irgendwann hat er mich mal auf'n Glas eingeladen, dann zum Essen, und danach kam eben eines zum anderen. Jestern dann ...« Ein kleines Kichern rutschte ihr heraus. »Jestern hat er mich janz schnieke ausgeführt, ins Jacob. ›Thea‹, hat er da jesacht, ›Thea – sieh's mir nach, wenn ich nicht vor dir auf die Knie runtergeh.‹ Dabei hat er die Schachtel mit dem Ring rausjeholt und mich jefragt.«

Sigmund Pelzer war ein Wandschrank von Mann mit grau meliertem Haar, der Inbegriff des gesetzten Herrn. Das scharf geschnittene Gesicht zeigte selten eine Regung, die eisblauen Augen blickten meist kühl, und auf hirnlose Fragen seiner Schülerinnen und Schüler reagierte er bärbeißig. Trotzdem hatte Margot ihn als durchaus zugänglich erlebt und vor allem nicht ohne Humor. Sein Auftreten hatte auch heute noch etwas militärisch Schneidiges, obwohl der rechte Ärmel seines Sakkos leer herunterbaumelte und er beim Gehen ein Bein nachzog, nachdem er im Krieg über Frankreich abgeschossen worden war.

»Musst du dich nicht viel um ihn kümmern?«, fragte Sieglinde zaghaft. »Ich meine, wo er doch nur einen Arm hat?«

»Nee«, widersprach Thea vergnügt. »Der kommt prima alleene zurecht. Ein Arm reicht ihm, er braucht keene Prothese, meint er. Und für den Haushalt hat er jemanden. Nur die Krawatte kann er nich selber binden, det macht seine Perle morgens für ihn. Autofahren jeht ooch nich, da nimmt er die Bahn oder 'n Taxi. Aber ick hab ja bald meinen Führerschein.« Ihre Augen leuchteten. »Und dann krieg ick 'ne eigene Karre. Wat Größeres, wo er mit seinem Bein jut rein- und rauskommt. Und det Allerbeste: Er zahlt mir Flugstunden! Er hat sich schon umjehört und 'nen Lehrer für mich jefunden. Allet andere bringt Pelzer mir bei. Ick werd wirklich den Flugschein machen!«

Eigenhändig eine Maschine über den Himmel zu steuern – davon hatte Thea immer geträumt. Als Stewardess abzuheben war für sie nur das Zweitbeste gewesen. Eine Notlösung, um ihrem Traum wenigstens ein Stück näher zu kommen.

Margot runzelte die Stirn. »Was fängst du dann damit an? Keine Fluggesellschaft der Welt stellt Pilotinnen ein.«

»Det is doch schnurz!«, rief Thea erregt. »Ick kann's einfach machen, verstehste? Ick kann selber fliejen.«

»Nur nicht mehr mit uns«, flüsterte Almuth tonlos.

Thea nestelte eine frische Zigarette aus der Packung und zündete sie an. »Ick bin siebenundzwanzig. Will ick wirklich noch fünf Jahre lang Tabletts schleppen und zehn, zwölf Stunden am Stück lächeln, ooch wenn der x-te Gast mir blöd kommt? Und danach an 'nem Ticketschalter oder im Büro versauern? Nee, so stell ick mir meine Zukunft echt nich vor. Da kutschier ick lieber 'nen einarmigen Ehemann morgens zur Arbeit und mach ansonsten, wat ick wirklich will.«

Sieglinde rückte auf ihrem Handtuch näher und senkte die Stimme zu einem Flüstern. »Wenn du Pelzer heiratest ... dann musst du doch ... na ja.«

Thea stieß den Rauch aus und hob fragend die Brauen.

»Du weißt schon«, fügte Sieglinde verschwörerisch hinzu. »Mit ihm ins Bett.«

Thea grinste. »Schon auf der Klarliste abjehakt. War gar nicht mal schlecht. Der weeß wenigstens, welche Knöpfe er drücken muss.«

Almuth wurde so rot wie ihr Bikini und kramte im Picknickkorb herum, als wollte sie sich darin verkriechen.

»Aber Thea!«, rief Sieglinde fast schon verzweifelt aus. »Pelzer ist uralt!«

Thea funkelte sie an. »Und so einer wie dein Cornelius bleibt ewig jung und knackig, wa? Ick sach dir mal wat: Auch der kriegt irgendwann 'n Bauch und schütteres Haar. Aber weil er 'n Mann ist, darf der det. Während du dir Kaloderma ins Gesicht schmierst und dich mit Morgengymnastik abmühst, damit er dich nich wegen der jungen Sekretärin sitzen lässt. Aus dem siebten Himmel fällste früh jenug, dann is allet schnöder Alltag.«

Beleidigt sprang Sieglinde auf. »Mir ist zu heiß. Ich geh ins Wasser.«

Einige Herzschläge lang sah Thea ihr nach, einen grimmigen Zug auf dem Gesicht. Dann wandte sie sich wieder Almuth und Margot zu.

»Nu kiekt nich so belämmert!«, schimpfte sie liebevoll. »Ick bin doch dann nich tot, nur verheiratet. Und det Pelzer da 'n junges Ding ehelicht, det sich nich an die Kette legen lässt, weeß er janz jenau.«

Sie senkte den Blick und betrachtete einige Herzschläge lang den Ring an ihrer Hand.

»Pelzer imponiert mir«, sprach sie leise weiter. »Wie er sein Leben jelebt hat und allet. Als er aus der Jefangenschaft heimkam, hat seine Frau sich scheiden lassen, weil sie keenen Einarmigen wollte und sowieso schon 'nen anderen hatte. Viel schlimmer war, det er nich mehr fliejen konnte mit nur einem Arm. Trotzdem ist er nich in Selbstmitleid zerflossen. Det is 'n janzer Kerl! Dem bricht keen Zacken aus der Krone, wenn er im Restaurant darum bitten muss, det sie ihm det Steak vor dem Servieren klein schneiden.« Ein Lächeln zuckte um ihren Mund. »Jetzt setzt er Himmel und Hölle in Bewegung, damit ick den Flugschein kriege. Weil mich det glücklich macht. So muss det doch sein, oder? Det man heiratet, weil der andere einen glücklich macht.« Sie sah Margot und Almuth an, als ob sie ihre Zustimmung oder wenigstens so etwas wie Verständnis suchte.

Auf Almuths Gesicht breitete sich ein Lächeln aus.

Margot griff nach Theas Hand. »Ich mag Pelzer.«

Thea lachte laut auf. »Na, ick doch ooch!« Mit ihren glänzenden Augen wirkte sie in diesem Augenblick tatsächlich wie eine verliebte Braut.

Almuth nahm noch einmal die Sektflasche und füllte ihre Becher nach. Dann setzte sie sich neben Thea und ließ sich erzählen, wie sie sich die Hochzeit vorstellte. Eine kleine Feier nach dem Standesamt sollte es werden, wahrscheinlich schon im Juli, gefolgt von Flitterwochen in Italien.

Margot sah blinzelnd über die glitzernde Elbe hinweg zum Lotsenhaus an der Hafeneinfahrt, dessen roter Backstein in der Sonne leuchtete.

Praktisch von der ersten Stunde an waren sie, Thea und

Almuth ein eingeschworenes Trio gewesen. Gemeinsam hatten sie alle Hürden des Auswahlverfahrens und der Ausbildung gemeistert. Sie vertrauten sich in der Luft ebenso blind wie am Boden. Nun aber würde Thea einen neuen Weg einschlagen, der sie von ihren Freundinnen entfernte, ob sie wollte oder nicht.

Im Wasser kreischte Sieglinde laut auf, als Claus sie nass spritzte; das Hornsignal eines vorbeischippernden Dampfers übertönte das Lachen der beiden Piloten.

Margot schmunzelte, obwohl ihr schwer ums Herz war. Der Sommer hatte gerade erst begonnen, aber schon jetzt lag ein Hauch von Wehmut in der Luft.

7

Sugar

Ein warmer Wind fegte über das Rollfeld am Flughafen Idlewild. Propellermaschinen glänzten in der Sonne, und aus allen Richtungen war das Dröhnen von Motoren zu hören.

Margot trug ihre Sommeruniform, ein himmelblaues Etuikleid mit passendem Jäckchen, Hut und Handschuhen. Am Fuß der Gangway begrüßte sie die Passagiere, die aus dem Flughafenbus ausstiegen und über den Teppichläufer auf sie zuschritten. Fremde Gesichter, die sich für Margot in den nächsten Stunden mit Namen und Platznummern, Vorlieben und Abneigungen verknüpfen würden.

Der Bus fuhr davon und gab den Blick auf eine Handvoll Journalisten frei, die mit Kameras im Anschlag auf Prominenz lauerten. Als sich eine Limousine näherte, brach Unruhe bei den Reportern aus. Sie drängten sich um den Wagen, zogen sich jedoch enttäuscht zurück, als der Chauffeur einem Mann im Anzug die Tür öffnete.

Während der Fahrer das Gepäck auslud, ging der Gast mit dynamischen Schritten auf Margot zu.

Ihr Lächeln vertiefte sich. »Herzlich willkommen bei der Lufthansa, Mr Hayes!«, rief sie ihm entgegen. »Schön, dass Sie wieder mit uns fliegen.«

Lässig tippte Hamilton Hayes sich an die Hutkrempe, und Margot musste einmal mehr an William Holden denken. In der tragischen Liebesgeschichte *Alle Herrlichkeit auf Erden* hatte er einen amerikanischen Reporter gespielt, der sich vor dem Hintergrund der Unruhen in China und des Koreakriegs in eine eurasische Ärztin verliebte. Dass es dieses Liebespaar tatsächlich gegeben hatte, machte die Geschichte umso herzzerreißender. Margot und Almuth hatten sich im Kintopp die Augen aus dem Kopf geheult, und sogar Thea hatte vor sich hin geschnieft.

»Hatten Sie eine gute Zeit in den Staaten, Mr Hayes?«, erkundigte sich Margot.

»Durchaus«, erwiderte Hamilton Hayes. »Aber noch viel besser ist es, Sie wiederzusehen, Miss Margot.«

Der Wagen, der ihn hergebracht hatte, machte der nächsten Limousine Platz, und für die Journalisten gab es kein Halten mehr. Mit klickenden Kameras kesselten sie das Fahrzeug ein und überschrien sich gegenseitig. Der Chauffeur und ein Sicherheitsbeamter hatten alle Mühe, die Meute so weit auf Abstand zu halten, dass ihre Fahrgäste aussteigen konnten: eine Frau von etwa Ende dreißig, die Augen hinter einer riesigen Sonnenbrille verborgen, und ein junges Mädchen in bravem Kostüm und weißer Schluppenbluse, die Arme übervoll mit Geschenkschachteln und einem riesigen Teddybären.

Selbst wenn Margot nicht gewusst hätte, welche zwei Passagiere noch fehlten, hätte sie Ulla Wennerström und ihre Tochter Christina erkannt. Fast drei Wochen lang hatten die amerikanischen Zeitungen Fotos des Mädchens abgedruckt, begleitet von der Schlagzeile *Where is Christina?*. Sämtliche Fernsehsender hatten einen Appell ihrer Mutter ausgestrahlt, in dem diese ihre Tochter mit tränenerstickter Stimme bat, doch nach Hause zu kommen.

Das dicke dunkelblonde Haar im Nacken zusammengebunden, beantwortete Christina Wennerström die Fragen der Reporter aufgekratzt und mit einem Strahlen im Gesicht. Sie wirkte beinahe wie ein junger Filmstar, nicht wie eine Sechzehnjährige, die die Öffentlichkeit wochenlang damit in Atem gehalten hatte, dass sie mit ihrem ebenfalls jugendlichen Herzblatt durchgebrannt war.

»Was für eine Story!«, ließ sich Mr Hayes vernehmen. »Romeo und Julia auf einem Roadtrip durch Amerika.«

»Falls Sie darauf spekulieren, für einen Ihrer Kunden die Exklusivrechte zu erwerben«, neckte Margot ihn, »dann wird daraus nichts. Ich habe die strikte Anweisung, Miss Wennerström und ihre Mutter von den anderen Gästen abzuschirmen.«

Mr Hayes zog enttäuscht die Luft durch die Zähne. »Verdammt, dabei hatte ich meine ganzen Hoffnungen auf Sie gesetzt.« In seinen Augen glomm es auf. »Für mich würden Sie aber doch eine Ausnahme machen, oder? Ich kann Ihnen Karten für jede Show am Broadway besorgen und kenne die besten Clubs in New York. Sie dürfen auch auf meine Begleitung zählen. Ganz uneigennützig, versteht sich.«

Margot schmunzelte. »Bedaure, Mr Hayes. Ich bin ganz und gar unbestechlich.«

»Und ich gebe nicht so schnell auf.« Gut gelaunt zwinkerte er ihr zu und stieg die Gangway hinauf.

Ulla Wennerström war es endlich gelungen, ihre Tochter aus den Fängen der Journalisten zu befreien. Margot begrüßte die beiden herzlich auf Englisch und half Christina mit dem Gepäck. Von Hamburg aus würden Mutter und Tochter nach Stockholm weiterfliegen, wo Oberst Wennerström, der nach dem Ende seiner Dienstzeit als Luftattaché in Washington bereits in die alte Heimat zurückgekehrt war, schon auf sie wartete.

Christinas Teddybär im Arm, gab Margot sowohl dem Loader als auch den bereitstehenden Arbeitern einen Wink, dass sie vollzählig waren und die Gangway weggefahren werden konnte. Dann eilte sie selbst die Stufen hinauf und schloss die Flugzeugtür hinter sich.

Mit brummenden Motoren glitt die Super-Constellation durch die Nacht. Für diesen Flug war Margot zusammen mit Bärbel, Marita und Hansjürgen eingeteilt, den seine männlichen Kollegen mitleidlos o. B. riefen: ohne Bindestrich. Während Bärbel versuchte, in der Koje ein oder zwei Stunden zu schlafen, machten die anderen beiden mit den Barwägelchen die Runde, um die Gäste mit einem Schlummertrunk zu versorgen. Margot entsorgte unterdessen in der Pantry die Überreste des Abendessens und stapelte, Hand in Hand mit Hacki, das benutzte Geschirr in die Boxen.

Sie fühlte sich beobachtet und warf einen Blick über die Schulter. Christina Wennerström spähte durch den Vorhang.

»Hallo, Miss Wennerström«, sagte Margot. »Kann ich Ihnen helfen?«

Die Schultern hochgezogen, zerrte das junge Mädchen am Ärmel seiner Kostümjacke. In diesem Augenblick wirkte es tatsächlich wie ein Backfisch, in dem alles durcheinandergeraten war.

»Hätten Sie mir vielleicht etwas, damit ich schlafen kann?«, bat sie leise. »Und Ohrstöpsel? Meine Mutter ...«

Sie sprach nicht weiter, aber das brauchte sie auch nicht. Wann immer Margot durch die Reihen gegangen war, hatte

Frau Wennerström auf ihre Tochter eingeredet. Das Spektrum ihrer Vorwürfe von »Was hast du dir nur dabei gedacht?« bis »Kannst du dir überhaupt vorstellen, was für Sorgen ich mir gemacht habe?« klang auf Schwedisch genauso wie in allen anderen Sprachen.

»Natürlich, Miss Wennerström«, erwiderte Margot. »Aber Sie können auch gern hier bei uns eine Verschnaufpause einlegen.« Einladend zog sie den Vorhang ein Stück auf.

Ein kleines Lächeln huschte über das Gesicht des Mädchens, und es trat näher. »Danke. Sie sind sehr nett. Und sagen Sie ruhig Christina zu mir.«

»Möchten Sie etwas trinken?«, erkundigte sich Margot.

Christina zögerte. »Vielleicht eine Cola?«, fragte sie wie ein echter Teenager, der ständig seine Meinung änderte. Dass sie eigentlich schlafen wollte, hatte sie wohl vergessen. Oder es war nur ein Vorwand gewesen, um ihrer Mutter für ein paar Minuten zu entkommen.

Margot öffnete eine der kleinen Glasflaschen, steckte einen Strohhalm hinein und reichte sie ihrem jungen Gast zusammen mit einem Milky Way.

»Besser als jede Medizin«, kommentierte Hacki gutmütig.

Christina nickte, wog aber den Schokoriegel nachdenklich in der Hand. »Meine Mutter«, sagte sie nach einer kleinen Pause, »findet mich zu pummelig. Huw hat das nicht gestört. Für ihn war ich genau richtig.« Ihr Kinn zitterte, und Tränen stiegen ihr in die Augen, als sie Huw Williams erwähnte, ihren Romeo.

Hacki signalisierte Margot verstohlen, dass er sich in eine der Personalkojen zurückziehen würde. Das tat er oft, wenn die Stewardessen in den stillen Nachtstunden zu heiklen Frauengesprächen übergingen oder ein weiblicher Fluggast bei den so patent wirkenden jungen Damen in Uniform Rat suchte.

Margot hatte festgestellt, dass es den Gästen leichter fiel, ihr Herz auszuschütten, wenn sie sich nicht voll und ganz auf sie konzentrierte. Deshalb werkelte sie weiter in der Pantry, während Christina ihr von Huw vorschwärmte, der nicht nur blendend aussah und ein feiner Kerl war, sondern auch eine glänzende Zukunft vor sich hatte. Er gehörte zu den wenigen Auserwählten, die den Senat von innen kennenlernen durften, weil sie dort als Pagen den Sitzungsraum vorbereiteten, Dokumente verteilten und Botengänge unternahmen und daneben die dazugehörende exklusive Schule besuchten.

»Dann ist mein Vater nach Schweden zurückbeordert worden«, erzählte Christina, während sie von ihrer Cola trank, »und ich wollte auf keinen Fall mit. Nicht nur wegen Huw. Ich habe jetzt fünf Jahre in Amerika gelebt, das ist doch mein Zuhause! Für meine Eltern kam es überhaupt nicht infrage, dass ich allein zurückbleibe, nicht einmal, als ich sie darum bat, mich irgendwo in ein Internat zu stecken. Aber als Huws Frau hätte ich weiter in Amerika leben können, richtig? Also hat er Urlaub genommen, sich einen Wagen geliehen und hat mich mitten in der Nacht abgeholt. Ich habe meine paar Habseligkeiten aus dem Fenster geworfen und bin nach unten geklettert. Und dann sind wir losgefahren, immer der Nase nach. In Charleston haben wir ein Heiratsgesuch eingereicht, aber das wurde abgelehnt, weil wir dafür die Zustimmung unserer Eltern gebraucht hätten. Wenn wir lange genug wegblieben, dachten wir, würden sie uns die schon geben. Auf gut Glück sind wir dann trotzdem nach Kanada hochgefahren und haben dort den Tipp bekommen, es in Maryland zu versuchen. In Elkton drücken sie mit der Lizenz wohl manchmal ein Auge zu.«

Christina blickte auf den Schokoriegel, den sie noch immer

in der Hand hielt. Auf ihrem Gesicht, das je nach Lichteinfall noch halb kindlich, halb schon Frau war, spiegelte sich etwas von dem Gefühl von Freiheit und Abenteuer wider, das sie während ihrer Flucht verspürt haben musste.

»Ich denke immerzu: Wäre Huw doch nicht so schnell gefahren«, sprach sie leise weiter. »Wenn sie uns in Pennsylvania nicht rausgezogen hätten, wären wir jetzt vielleicht wirklich und wahrhaftig verheiratet.«

Margot war klug genug, um Christina nicht darauf hinzuweisen, dass ein Trauschein nicht alles war. Eine Zeit lang konnte man vielleicht von Luft und Liebe leben, aber irgendwann brauchte man auch ein Dach über dem Kopf und eine Mahlzeit auf dem Tisch.

»Können Sie sich denn nicht vorstellen, wie das für Ihre Mutter gewesen sein muss?«, fragte sie stattdessen behutsam. »Nicht zu wissen, wie es Ihnen geht oder ob Ihnen etwas zugestoßen ist?«

Christina schnaubte. »Meine Mutter? Die hat die ganze Zeit gewusst, was wir vorhaben, ich hab's ihr doch erzählt. Und als Huw mit mir weggefahren ist, habe ich sie am Fenster stehen sehen.«

Margot ließ verblüfft den Wischlappen sinken.

Das junge Mädchen verzog naseweis das Gesicht. »So ist das bei uns zu Hause. Jeder weiß von den Geheimnissen des anderen, aber alle tun so, als wäre nichts.«

Geräuschvoll schlürfte sie die Cola aus und kaute auf dem Ende des Strohhalms, bevor sie die Flasche wegstellte und gedankenversunken an der Verpackung des Schokoriegels knibbelte.

»Kann ich Ihnen etwas anvertrauen, Miss Margot?«

»Natürlich. Was immer Sie mir sagen möchten, bleibt

unter uns«, versprach Margot. »Ich habe an Bord so etwas wie Schweigepflicht.«

Auf einen Wink von Christina hin beugte Margot sich zu ihr.

»Ich glaube, mein Vater spioniert für die Russen«, flüsterte das Mädchen.

Margot, die sonst selten um eine Antwort verlegen war, verschlug es einen Augenblick lang die Sprache. Spionage – davon war zwar manchmal etwas in der Zeitung zu lesen, aber die Geschichten schienen besser ins Kintopp oder auf die Seiten eines Groschenromans zu passen.

»Wie kommen Sie darauf?«, fragte sie dann ausweichend, um überhaupt etwas zu sagen.

»Meine Eltern halten mich für naiv«, antwortete Christina. »Aber das bin ich nicht. Ich merke doch, wie komisch sie sich manchmal verhalten.«

Margot unterdrückte ein Seufzen. Das dachten alle Kinder wohl hin und wieder von ihren Eltern, egal, wie alt sie waren.

»Mein Vater war früher Luftattaché in Moskau«, wisperte Christina. »Im Krieg, kurz bevor ich geboren wurde. Die Kontakte dorthin sind nie abgerissen. In Washington hatte er Zugang zu vertraulichen Dokumenten und geheimen Gesprächen. Es wäre ein Leichtes für ihn, die Russen mit Informationen zu versorgen.«

»Warum sollte Ihr Vater das tun?«, hakte Margot nach und spülte den Lappen unter dem Wasserhahn aus. »Ist er Kommunist?«

Christina schüttelte den Kopf. »Ich glaube, die Russen haben ihn in der Hand. Wegen irgendwas, das er im Krieg getan hat.«

Zum wiederholten Mal wischte Margot über die Arbeitsfläche, die bereits makellos glänzte. Nichts in ihrer Ausbildung oder bisherigen Berufserfahrung hatte sie auf ein derartiges

Gespräch vorbereitet. War sie verpflichtet, einen solchen Hinweis zu melden wie einen Diebstahl – und falls ja, wem? Den Piloten, der Polizei oder einer anderen Behörde? Und was, wenn Christina einfach einer jugendlichen Fantasterei nachhing? Nicht auszuschließen, dass sie sich schlicht an ihren Eltern rächen wollte, weil sie gegen ihren Willen nach Schweden übersiedeln und noch dazu ihre große Liebe in Amerika zurücklassen musste.

Letztlich entschied sich Margot, mit psychologischem Feingefühl vorzugehen.

»Deshalb wollten Sie in Amerika bleiben, nicht wahr?«, fragte sie. »Nicht nur wegen Huw. Sondern auch, um Abstand von Ihren Eltern zu bekommen.«

Christina nickte, und in ihren Augen schimmerten frische Tränen. »Sie verstehen mich, Miss Margot. Genau wie Huw. Sonst tut das niemand.«

Als sich der halb aufgezogene Vorhang leicht bewegte, wandten beide den Kopf. Hamilton Hayes klopfte sacht mit dem Fingerknöchel an die Trennwand.

»Entschuldigen Sie vielmals die Störung«, bat er auf Englisch. »Aber es handelt sich gewissermaßen um einen Notfall. Mir sind die Zigaretten ausgegangen. Miss Margot, wären Sie so freundlich …?«

»Selbstverständlich.« Margot ging in die Hocke und holte eine Packung Lucky Strikes aus einer der unteren Boxen.

»Haben Sie vielen Dank«, sagte er, griff zu seiner Brieftasche und holten einen Schein heraus. »Behalten Sie den Rest.« Er wandte sich Christina zu. »Es wird besser, glauben Sie mir.«

Unter zusammengezogenen Brauen musterte sie ihn finster.

»Das Leben als Teenager, meine ich«, präzisierte er.

»Ach ja?«, entgegnete sie mit aller Patzigkeit eines Backfischs gegenüber einem wohlmeinenden und besserwisserischen Erwachsenen. »Und wann?«

Mr Hayes setzte eine halb philosophische, halb verschmitzte Miene auf. »So kurz vor der Rente, schätze ich.«

Christina stutzte, dann lachte sie auf, und augenzwinkernd verließ der Amerikaner die Pantry.

»Der ist nett«, stellte sie vergnügt fest.

»Stimmt«, bekräftigte Margot.

Das junge Mädchen beugte sich zu ihr herüber. »Ich glaube, der hat sich in Sie verguckt«, wisperte sie.

Margot schmunzelte. »Möglich. Aber da habe ich auch noch ein Wörtchen mitzureden.«

Sie spürte Christinas Blick auf sich, während sie den Dollarschein in die Bordkasse steckte und den eingenommenen Betrag in das dazugehörige Kassenbuch eintrug. Das Trinkgeld war großzügig ausgefallen, aber keineswegs übertrieben.

»Ich beneide Sie, Miss Margot. Sie können tun und lassen, was Sie wollen.«

Margot lächelte. »Das täuscht. Ich habe einen sehr eigenen Kopf und muss stets aufpassen, dass ich nicht gegen Mauern renne. Obwohl ich bislang immer mit einem blauen Auge davongekommen bin.«

»Aber Sie sind unabhängig und frei.«

Margot warf dem jungen Mädchen einen mitfühlenden Blick zu. »Mit sechzehn war ich das auch noch nicht. Und der Weg hierher war alles andere als leicht.«

Christina brütete einige Augenblicke vor sich hin. »Gibt es irgendwas, das Sie bereuen?«, fragte sie dann.

Margot schüttelte den Kopf. »Nicht im Geringsten. Abgesehen davon halte ich Reue für reine Zeitverschwendung. Bedauerlich ist doch nur, was man alles nicht getan oder versucht hat.« Sie wrang den Wischlappen aus und hängte ihn zum Trocknen über den Rand des Waschbeckens. »Und Sie, Christina? Bereuen Sie etwas?«

Christina kaute auf ihrer Unterlippe. »Es wurmt mich, dass sie uns erwischt haben«, sagte sie dann nachdenklich. »Obwohl ich andererseits froh bin, nicht mehr dauernd auf der Flucht zu sein.« Ein Leuchten erschien auf ihrem Gesicht. »Aber sonst nichts, nein. Die Wochen, die ich mit Huw unterwegs war – das waren die schönsten in meinem ganzen Leben. Wie richtige Flitterwochen.«

Sie lächelten sich an.

Aus dem Augenwinkel nahm Margot wahr, dass Bärbel vor der Pantry aufgetaucht war. Die Arme um sich geschlungen, trat sie von einem Bein auf das andere, und trotzdem hielt sie offenbar etwas davon ab hereinzukommen.

Margot legte Christina aufmunternd eine Hand auf die Schulter. »Machen Sie ein bisschen die Augen zu, ja? Ausgeschlafen sieht die Welt gleich freundlicher aus.«

Christina nickte. »Danke, Miss Margot.«

Sie war kaum verschwunden, als Bärbel sich neben Margot drängte.

»Margot«, flüsterte sie hastig, »kannst du mir vielleicht was borgen? Ich hatte erst nächste Woche damit gerechnet und hab nichts mit.«

Margot brauchte einen Augenblick, bis sie begriff, was Bärbel meinte, und holte ihre Handtasche aus einer der Boxen. »Ich habe nur die hier dabei.«

Ratlos betrachtete Bärbel die Tampons in Margots Hand. »Und was mache ich damit?«

Margot erklärte es ihr kurz.

»Geht dabei nichts kaputt?«, wollte Bärbel ängstlich wissen.

»Du weißt schon, das ... Dings.« Sie errötete bis zu den Haarwurzeln.

»Bestimmt nicht«, versicherte Margot in demselben beruhigenden Tonfall wie der Beipackzettel. Obwohl sie selbst sich schon lange keine Gedanken mehr über ihre Jungfräulichkeit machen musste.

Bärbel sah wenig überzeugt aus.

»Dann nimm doch einfach eine Binde aus unserem Vorrat für die Fluggäste«, schlug Margot vor.

Bärbel machte große Augen. »Geht das denn?«

Was sie von den Utensilien an Bord benutzen oder nach Feierabend mitnehmen durften, war genauso klar geregelt wie der Verzehr von Mahlzeiten und Getränken auf den Flügen.

»Warum denn nicht?«, erwiderte Margot. »Wenn du dich im Dienst in den Finger schneidest, nimmst du doch auch ein Heftpflaster. Dass du nachher einen Fleck auf dem hellen Rock hast, kann ja nicht Sinn der Sache sein.«

Sichtlich erleichtert holte Bärbel sich eine der Monatsbinden aus der entsprechenden Box und versteckte sie im Ärmel ihrer Uniformjacke, bevor sie in Richtung Waschraum hastete.

Margot war schon dabei, die Tampons wieder in ihrer Handtasche zu verstauen, als sie innehielt. Wann hatte sie eigentlich zum letzten Mal o. b. gebraucht?

Seit sie Langstrecke flog, kam ihre Periode nicht immer regelmäßig. Die Schichten, in denen sie teils mehr als vierundzwanzig Stunden auf den Beinen war, und die permanente Zeitverschiebung würfelten den Monatsrhythmus immer wieder durcheinander. Mal war ihre Blutung zu früh dran, mal zu spät, einmal hatte Margot sogar vier Wochen lang darum gebangt.

Sie schlug ihren kleinen Taschenkalender auf und suchte

nach dem letzten eingekreisten Datum. Anfang April, kurz nach dem Kanzlerflug nach Teheran. Heute war der 23. Juni. So lange war sie noch nie überfällig gewesen.

Margot schluckte.

Gedanklich ging sie die Nächte durch, die sie seither mit Klaus verbracht hatte; aufgrund ihrer unterschiedlichen Dienstpläne ließen sie sich an beiden Händen abzählen. Immer waren Blausiegel mit im Spiel gewesen, Margot erinnerte sich genau an jedes einzelne Stanniolstütchen in ihren Händen und an den Geruch von Gummi.

Nur was die Nacht nach Claus' Geburtstagsparty betraf, gab es einen blinden Fleck.

Bitte nicht, schoss es Margot durch den Kopf. Mit weichen Knien stützte sie sich schwer auf die Arbeitsfläche der Pantry; ihr Magen rebellierte.

8

Heartbreak Hotel

Elvis schnurrte aus dem Plattenspieler, ein Blues, so schwül wie der Sommerabend. In der Wohnung am Grindelberg nahmen Margot und Klaus das Sofa in Beschlag. Claus war noch in Südamerika, sie hatten sturmfrei. Vor den sperrangelweit geöffneten Fenstern ballten sich Gewitterwolken zusammen. Eine vorzeitige Dämmerung, die die Realität seltsam verfremdete; sie hätten genauso in einem Hotelzimmer in London, Madrid, New York oder sonst irgendwo auf der Welt sein können.

Den Nachmittag hatten sie am Elbstrand verbracht, bis sich der Himmel zuzog und sie auf dem Motorrad in die Stadt zurückbrausten. Margots Haut glühte noch von der Sonne, und Klaus' Küsse schmeckten nach Wasser, Sand und Wind.

»Ich habe die Route genau im Kopf«, murmelte er, den Mund an ihrer Stirn. »Von New York nach Chicago und weiter bis nach Los Angeles. Durch Illinois und Missouri, Kansas und Oklahoma.« Er strich ihr über die Wange und die Halsbeuge bis zur Schulter. »Dann Texas, New Mexico und Arizona.« Diese Namen trugen für Margot das gleiche Sehnen in sich wie Klaus' Hand, die über ihre Rippen fuhr, ihre Hüfte hinabglitt und schließlich auf ihrem Oberschenkel liegen blieb. »Bis nach Kalifornien, zu den Lichtern am Pier von Santa Monica.«

Das war ihr gemeinsamer Traum: auf der Route 66 über den Highway zu preschen, von Küste zu Küste, von einem Ozean zum anderen, den Wind in den Haaren und die Sonne im Gesicht. Einem fremden Horizont entgegen und in einer grenzenlosen Freiheit, die es sonst nur am Himmel gab.

Wie eine solche Reise möglich sein sollte, wussten sie selbst noch nicht. Drei Wochen oder länger am Stück Urlaub zu nehmen war geradezu utopisch, und während Margot über satte Ersparnisse verfügte, würde Klaus erst in ein paar Monaten die letzte Mark, die er der Lufthansa für die Pilotenausbildung schuldete, zurückzahlen.

Und jetzt war etwas eingetreten, das sämtliche Träume zunichtemachte. Das bange Flattern im Bauch, das Margot von ihrem Amerikaflug in der vergangenen Woche mitgebracht hatte, schlug einmal mehr in Übelkeit um. Sie befreite sich aus Klaus' Umarmung und setzte sich auf. Sie musste mit ihm reden, und zwar sofort.

»Ich habe meine Periode nicht bekommen«, würgte sie schließlich hervor.

Sie konnte ihn nicht einmal ansehen.

Umso deutlicher spürte sie seinen Blick auf sich, fragend und geradezu zweifelnd. »Aber wir haben doch immer …«

Margot fuhr herum. »Bist du sicher?« Angriffslustig klang sie dabei, als wäre es seine Schuld.

Klaus starrte vor sich hin. Vielleicht dachte auch er an die rauschhaften Stunden nach der Geburtstagsparty. Margot war ohnehin schon beschwipst gewesen und später von Rock 'n' Roll, Blues und Klaus' Nähe komplett betrunken, er selbst war nach seinem langen Flug übermüdet und ebenfalls nicht mehr nüchtern.

Jetzt erst, Wochen danach, holte der Kater sie beide ein.

Klaus beugte sich vor, um zu den Zigaretten zu greifen. Als er sich eine anzündete, waren seine Hände vollkommen ruhig. Margot gestattete sich ein erstes vorsichtiges Aufatmen; sie würde das nicht allein durchstehen müssen.

»Wie lange wartest du schon darauf?«, wollte er nach mehreren langen Zügen wissen.

»Viel zu lange«, erwiderte sie tonlos. »Fast zwei Monate.«

Sein Adamsapfel ruckte auf und ab, als er schluckte. Er deutete ein Nicken an, mied aber ihren Blick.

»Warst du beim Arzt?«, fragte er nach der nächsten längeren Pause.

»Noch nicht.« So lange war es noch nicht endgültig, so lange konnte sie weiter hoffen und beten.

Klaus schwieg, während er den aufsteigenden Rauch der Zigarette beobachtete. Eine zunehmende Kälte ging von ihm aus. Oder kam es Margot nur so vor, weil sich der Himmel draußen massiv verfinstert hatte und die ersten Gewitterböen ums Haus fegten?

»Ich kann das nicht«, sagte Klaus schließlich rau. »Heiraten. Ein Kind aufziehen.«

Margot blieb die Spucke weg. »Was soll das heißen, du kannst das nicht?«, fauchte sie. »Glaubst du etwa, ich will das – mit einem Schreihals zu Hause festsitzen?«

Klaus antwortete nicht. Stumm sah er zu, wie die Zigarette herunterbrannte und zu Asche zerfiel.

»Ich kann das nicht«, wiederholte er schließlich.

Schockstarr beobachtete Margot, wie er den Zigarettenstummel ausdrückte und aufstand. Seine Schritte entfernten sich durch den Flur, und die Wohnungstür fiel zu.

Die ersten Blitze zuckten über den Himmel. Margot glaubte, Klaus' Motorrad zu hören, das mit aufbrüllendem Motor davonjagte. Aber vielleicht war es auch nur das erste Donnergrollen.

Zwei Tage später saß Margot im Arztzimmer des Flughafens, wo Dr. Frankhauser regelmäßig ihre Flugtauglichkeit überprüfte. Nur widerstrebend war sie hierhergekommen, aber sie fürchtete, eine Krankschreibung, die nicht vom Betriebsarzt stammte, würde erst recht verdächtig wirken.

Dr. Frankhauser, ein schmaler Mann im weißen Kittel und mit einer Glatze wie Yul Brynner, blinzelte sie durch seine runde Nickelbrille an. »Der Magen, sagen Sie?«

Margot nickte.

»Müssen Sie sich übergeben?«, fragte der Arzt.

Margot zögerte, dann schüttelte sie den Kopf. Obwohl es ihr mehrmals am Tag den Magen so heftig umdrehte, dass sie einen sauren Geschmack im Mund hatte, war bislang alles dringeblieben, wenn sie über der Kloschüssel hing.

»Haben Sie Durchfall? Nein? Na, da kann es schon mal nicht am Kantinenessen liegen.«

Um Margots Mund zuckte es. Im vergangenen Dezember hatten die Lufthanseaten reihenweise über einen verdorbenen Magen geklagt; ein nicht näher bestimmbarer Erreger aus der Küche, hatte das Gesundheitsamt schließlich befunden, aber nichts Gefährliches.

Auf Anweisung des Betriebsarztes öffnete Margot den Verschluss ihrer Caprihose, schob ihr Ringelhemd hoch und streckte sich auf der Untersuchungsliege aus. Unwillkürlich spannte sie den Bauch an, als Dr. Frankhauser darauf herumdrückte und dabei vor sich hin brummte. Konnte ein Arzt jetzt schon etwas von einer Schwangerschaft ertasten? Zugenommen hatte sie jedenfalls noch nicht.

»Magenbeschwerden sind in Ihrem Beruf nichts Ungewöhnliches«, dozierte Dr. Frankhauser, während er weiter Margots Leibesmitte betastete. »Unregelmäßige Arbeitszeiten, der Luftdruck im Flugzeug, Schlafmangel und die ständige Zeitverschiebung fordern dem Körper allerhand ab. Hinzu kommen hastig hinuntergeschlungene, unterbrochene oder ausgelassene Mahlzeiten, zu viel Kaffee und die ungewohnte Küche fremder Länder – da kann die Verdauung schon mal empfindlich reagieren. In der Folge kommt es zu Sodbrennen, Magendruck und Völlegefühl. Der menschliche Körper ist wie ein komplexes Uhrwerk, wissen Sie? Es braucht nicht viel, dass etwas aus dem Takt gerät. Und dann noch der Stress! Sie glauben ja gar nicht, wie viele Piloten unter Magengeschwüren leiden.«

Margot atmete auf, als er von der Liege zurücktrat und sich an seinen Schreibtisch setzte.

»Legen Sie sich für zwei bis drei Tage ins Bett. Kaffee ist so lange streng verboten! Bleiben Sie bei Kamillentee und Zwieback, zwischendurch darf es auch Suppe oder Haferschleim sein. Dann sind Sie schnell wieder auf dem Damm. Ich gebe Ihre Krankschreibung an Fräulein Buschheuer weiter.«

»Danke, Herr Doktor.« Margot erhob sich von der Liege und schloss den Hosenbund. Dass ihr der Röntgenblick der Chefstewardess fürs Erste erspart blieb, war eine große Erleichterung.

»Ach, und Fräulein Frei?« Dr. Frankhauser musterte sie aufmerksam durch die Brillengläser. »Sie können natürlich jederzeit zu mir kommen, wenn Ihnen etwas anderes auf dem Magen liegen sollte.«

Margots Wangen wurden heiß. Ob auch für einen Betriebsarzt die Schweigepflicht galt? Selbst wenn eine Schwangerschaft ein schwerwiegender Kündigungsgrund war?

Sie nickte vage und schlich aus dem Arztzimmer hinaus.

9

Let's Get Away from It All

Während draußen der Sommer volle Fahrt aufnahm, lag Margot bei zugezogenen Vorhängen im Bett und starrte Löcher in die stickige Luft, den dritten Tag in Folge.

Sachte klopfte es an der Tür. Ihre Mutter streckte den Kopf herein und taxierte den angebissenen Zwieback und den kalt gewordenen Kamillentee auf dem Nachttisch.

»Soll ich dir lieber eine Suppe machen?«, erkundigte sie sich leise.

Margot schüttelte den Kopf. Sonst mit einem gesunden Appetit gesegnet, bekam sie gerade kaum etwas herunter. Als ob sie sich selbst für ihren Leichtsinn bestrafen wollte wie ein ungezogenes Gör, das man ohne Abendessen ins Bett schickte.

Irmgard Frei seufzte.

Margot spürte genau, dass ihre Mutter nicht an eine Magenverstimmung glaubte. Sie hatte selbst zwei Kinder zur Welt gebracht und Lore die Schwangerschaft buchstäblich an der Nasenspitze angesehen, bevor diese auch nur einen Ton sagte; für so was hatten Mütter Antennen. Vermutlich würde es nicht mehr lange dauern, bis sie Margot ins Kreuzverhör nahm, das unweigerlich mit einem Spruch wie »Ich hab's dir ja gleich gesagt« oder »Das musste ja so kommen« enden würde.

»Geh doch ein bisschen an die frische Luft«, sagte ihre Mutter nach einer kleinen Pause. »Später soll es schon wieder gewittern.«

Margot schwieg.

»Vielleicht willst du noch ein paar Tage zu Hause bleiben?«, meinte Irmgard Frei ratlos.

»Vielleicht«, murmelte Margot.

Mit einem erneuten Seufzen schloss ihre Mutter die Tür hinter sich.

Margot rollte sich auf die Seite und betrachtete die Erinnerungsfotos von ihren Reisen als Stewardess. Der Flurfunk der Lufthansa berichtete von Plänen, die Linie in den Nahen Osten demnächst auf Kairo auszudehnen. Danach sollte es noch weiter in die Ferne gehen, nach Karatschi und Kalkutta, ja sogar nach Bangkok und Tokio. Die Aussicht auf die neuen Ziele machte sämtlichen Stewardessen und Stewards jetzt schon den Mund wässrig, ebenso wie den Piloten. Nur Margot würde nie dort hinfliegen.

Ihr Blick blieb an dem Schnappschuss von Klaus hängen, sein Grinsen wie eine Herausforderung. Gemeinsam hatten sie davon geträumt, durch das sonnengebleichte Grasland von Texas zu fahren, wo sich unter einem endlosen Himmel die Windräder drehten und Pferdekopfpumpen nickten wie in dem Film *Giganten*. Einen Umweg zum Grand Canyon hatten sie geplant und Nächte unter dem Neonschild eines Motels. Und wie in ... *denn sie wissen nicht, was sie tun* hatten sie vom Kuppelbau des Griffith-Observatoriums aus über das nachtfunkelnde Los Angeles blicken wollen. Rebellisch und freiheitssüchtig wie James Dean, gierig nach einem Moment der Unsterblichkeit.

Aus und vorbei.

Margot kniff die Augen zusammen und vergrub den Kopf im Kissen. An der fristlosen Kündigung der Lufthansa führte kein Weg vorbei. Sicher würde ihr der Hüftformer unter der Uniform, der laut Fräulein Buschheuer nicht nur die Strümpfe oben hielt, sondern auch dafür sorgte, dass sich nichts abzeichnete oder wackelte, etwas Aufschub gewähren. Aber spätestens, wenn der Zeiger der Waage unter den gestrengen Augen der Chefstewardess unaufhaltsam über die magische Grenze von fünfundsechzig Kilo wanderte, würde Margot ihre Papiere abholen müssen.

Sie wälzte sich auf die andere Seite. Ihr Erspartes würde nicht ewig reichen, sie sah ja bei Lore, wie viel der Nachwuchs kostete, selbst wenn man die Erstausstattung gebraucht bekam. Als ledige Mutter bräuchte sie sich nirgendwo zu bewerben, noch nicht einmal bei Gromann im Werftbüro. Im besten Fall könnte sie irgendwo in einer Fabrik unterkommen, für siebzig Pfennig in der Stunde. Und auf den Rückhalt ihrer Eltern oder ihrer Schwester wollte Margot sich nicht verlassen. Ein uneheliches Kind war eine nicht wiedergutzumachende Schande für die ganze Familie. Wenn sie sich die Reaktion ihres Vaters ausmalte, wurde ihr vollends schlecht.

Einen Ausweg gab es nicht. Auf eine Abtreibung stand Gefängnis, und zwar für alle Beteiligten. Kein noch so mitfühlender Arzt würde sich dazu überreden lassen, und sich illegal Hilfe zu suchen barg ein hohes Risiko. Unwillkürlich musste Margot daran denken, wie es Thea ergangen war, die trotz allem noch Glück im Unglück gehabt hatte.

Trotz der stickigen Sommerhitze im Zimmer zog sie sich die Bettdecke über den Kopf. Wie sie es auch drehte und wendete – sie saß in der Falle. Mit ein paar Stunden Seligkeit und einem selbstvergessenen Augenblick hatte sie ihr gesamtes

Leben verpfuscht. So musste es sein, wenn auf fünftausend Metern Höhe die Flugzeugtür aufsprang – danach kam nichts als freier Fall.

Bang horchte Margot in sich hinein. Irgendwo in ihrem Bauch steckte jetzt ein winziges Würmchen, das einmal zu Klaus' Kind heranwachsen würde. Sosehr sie sich auch anstrengte – wirklich vorstellen konnte sie sich das nicht. Alles, was sie wahrnahm, war ein Knäuel aus Angst und Verzweiflung.

Das Geräusch eines Motors näherte sich dem Behelfsheim. Margots verräterisches Herz schlug höher, als sie das unverwechselbare Wummern und Knattern von Klaus' Maschine erkannte. Der Motor erstarb, und gleich darauf klingelte es an der Eingangstür. Margot verkroch sich tiefer unter der Decke.

Aus der Wohnküche drangen gedämpfte Stimmen zu ihr, die von Klaus tief und vibrierend, die ihrer Mutter wie Eiswürfel in einem Glas.

Ohne anzuklopfen, riss Irmgard Frei die Zimmertür auf.

»Herr Geier ist da«, sagte sie so förmlich, als hätten die beiden sich nicht schon ein paarmal die Hand gegeben und sperrige Floskeln ausgetauscht.

Margots Herzschlag beschleunigte sich. Wenn Klaus zu ihr kam, war das letzte Wort noch nicht gesprochen, oder?

»Soll draußen warten«, murmelte sie unter der Decke hervor.

Margot hatte sich nur kurz frisch gemacht und die Zähne geputzt. In Ringelhemd und Caprihose zog sie die Tür des Behelfsheims hinter sich zu. Die Sonne knallte regelrecht auf die Barackensiedlung herunter, die Luft war drückend.

Die spiegelnde Pilotenbrille auf der Nase, lehnte Klaus rauchend am Motorrad. Bei Margots Anblick warf er die Kippe auf den Boden und trat sie mit dem Absatz seines Stiefels aus, bevor er sich in den Sattel schwang und den Motor anließ. Auffordernd wies er mit dem Kopf nach hinten.

Margot spürte förmlich den missbilligenden Blick ihrer Mutter hinter der Perlongardine, als sie aufstieg.

Röhrend jagte das Motorrad davon und preschte durch die Straßen Hamburgs. Die Arme um Klaus geschlungen, wünschte Margot sich nichts sehnlicher, als einfach immer weiterzufahren und alles hinter sich zu lassen. Sie schloss die Augen und presste die Wange an Klaus' Rücken im schweißfeuchten T-Shirt. Wie hatte sie auch nur einen Augenblick lang glauben können, er würde sie im Stich lassen?

Das Motorrad holperte über unebenen Boden. Das unverkennbare Dröhnen von Flugzeugmotoren war zu hören, und Margot blinzelte. Hinter den Kleingärten und weiten Wiesen zeichnete sich der Tower des Flughafens ab. In der Ferne hob gerade eine Propellermaschine geräuschvoll ab und stieg in den schon gewittrig trüben Himmel hinauf.

Hinter ihren Augen prickelte es. Auch das Fliegen würde bald für sie vorbei sein, und einen Augenblick lang nahm sie es Klaus übel, dass er sie ausgerechnet hierherbrachte.

Am Rand des Feldwegs hielt er an und stellte den Motor ab. Unter dem Brummen der Flugzeuge war es erdrückend still; nicht ein einziger Vogel zwitscherte.

Nach einiger Zeit wandte Klaus den Kopf. »Hast du schon jemandem davon erzählt?«

»Nein.« Sie wollte einen klaren Kopf, bevor sie Almuth und Thea einweihte.

Thea würde sie auf jeden Fall verstehen; sie war selbst mit fünfzehn ungewollt schwanger gewesen, von einem amerikanischen Major, der sich im zerbombten Berlin als ihr Beschützer aufgespielt hatte.

Klaus deutete ein Nicken an. Er nahm die Hände vom Lenker und schloss sie um Margots Finger vor seinem Bauch.

»Als ich gesagt habe, ich kann das nicht«, erklärte er heiser, »sollte das nicht heißen, dass ich nicht will.«

Margot schlug das Herz bis zum Hals.

»Ich habe es genau so gemeint, wie ich es gesagt habe«, fuhr er fort. »Ich kann nicht.«

Sie starrte ihn an. »Hast du eine …? Bist du schon …?«

Ein Grinsen stahl sich in seinen Mundwinkel. »Quatsch.«

Margot runzelte die Stirn. »Das verstehe ich nicht.«

Klaus senkte den Kopf. »Ich bin nicht der, für den du mich hältst.«

Es klang nach der ältesten und armseligsten Ausrede der Welt. Zornig wollte Margot sich losreißen, aber er hielt ihre Hände unnachgiebig fest.

»Erinnerst du dich«, raunte er, »als du bei mir vor der Tür gestanden hast? An dem Tag, an dem dein Vater aus der Gefangenschaft zurückkam? Du warst vollkommen durcheinander und wolltest eigentlich zu Claus. Ich hab dich mit Kaffee und Schnaps abgefüllt und einfach reden lassen.«

»Natürlich erinnere ich mich«, flüsterte Margot.

»Ich war ziemlich grob zu dir«, fuhr er fort. »Ich war sowieso schon wütend auf Claus, weil er dich hängen ließ und dann auch noch mit der nächstbesten Trulla rummachte. Wütend auf dich, weil du mich die ganze Zeit über kaum wahrgenommen hast. Und wütend auf mich selbst, weil ich mir die Freundin meines besten Freundes einfach nicht aus dem Kopf schlagen konnte. Und dann plapperst du dieses sentimentale Zeug über deinen Vater daher, ohne überhaupt eine Ahnung zu haben. Wie es alle tun, die nicht selbst an der Front waren.«

Margot vergrub das glühende Gesicht zwischen seinen Schulterblättern.

Klaus streichelte ihre Hand. »Du hast mir nicht einmal wirklich zugehört, ›Du musst es ja wissen‹, hast du mir stattdessen an den Kopf geworfen.«

Etwas an seinem Tonfall ließ sie aufhorchen, und sie stützte das Kinn auf seine Schulter.

Sein kräftiger Kiefer mahlte. »Ich war im Krieg, Margot. In der Waffen-SS.«

10

Verdammt in alle Ewigkeit

Ich war im Krieg. In der Waffen-SS.

Margot erstarrte. Der Ruf von Himmlers einstiger Armee war so finster wie ihre Uniform. Sie hatte Wachmannschaften für die Konzentrationslager gestellt, Todesmärsche befohlen und im Namen des Führers Gräueltaten und Massenmorde verübt.

Das Gesicht halb ihr zugewandt, die Augen hinter der Sonnenbrille verborgen, schien Klaus darauf zu warten, dass sie irgendetwas sagte oder tat. Langsam löste sie ihre Hände aus seinem Griff und rückte von ihm ab.

»Das ist nicht witzig!«, fuhr sie ihn an.

Er deutete ein Kopfschütteln an. »Nein. Aber wahr.«

Zornig schwang Margot sich aus dem Motorradsattel, sie brauchte festen Boden unter den Füßen.

»Was erzählst du für einen Mist? Du warst doch damals noch viel zu jung!«

Klaus verschränkte die Arme vor der breiten Brust. »In den letzten Kriegswochen wurden scharenweise halbe Kinder eingezogen, nicht nur für den Volkssturm und als Flakhelfer. Ich war noch keine fünfzehn, als ich mich freiwillig gemeldet habe, und musste nicht mal betteln, dass sie mich nehmen.«

Margot wurde schwindelig, und sie ließ sich ins Gras fallen.

Sie zog die Knie an und schirmte die Augen mit der Hand ab. Obwohl der Himmel sich zusehends verfinsterte, war das Licht noch grell.

Das Schaben von Jeansstoff auf Leder, schwere Schritte und das Rascheln der Grashalme verrieten ihr, dass Klaus ebenfalls abgestiegen war und sich neben ihr niederließ.

»Warum hast du das gemacht – dich freiwillig gemeldet?«, fragte Margot nach einer halben Ewigkeit. »Haben deine Eltern denn nichts dagegen gehabt?«

Klaus zündete sich eine Zigarette an und stieß langsam den Rauch aus. »Ich komme nicht gerade aus einem heilen Elternhaus.«

Margot hatte ihn nie nach seiner Vergangenheit gefragt, das taten die jungen Lufthanseaten untereinander praktisch nie. Wo jemand herkam, war höchstens als Ort auf der Landkarte interessant. Entweder man erzählte aus eigenem Antrieb von zu Hause, oder man ließ es eben bleiben; sie blickten alle immer nur nach vorn.

»In der Hitlerjugend«, fuhr Klaus fort, »habe ich zum ersten Mal so etwas wie ein Zuhause erlebt. Spiele und Sport im Freien, Geländeübungen und Zeltlager – das war meine Welt. Die Jungs dort gaben einem das Gefühl, dass man was wert war. Dass man das Zeug dazu hatte, ein Held zu sein. Und mit zwölf, dreizehn, vierzehn – da willst du als Kerl nichts anderes, als zu beweisen, dass du der Stärkste, Tapferste, Mutigste bist. Ich sowieso. Ich wollte doppelt so gut sein wie alle anderen, ich entsprach ja äußerlich nicht gerade dem Idealbild des Ariers.« Seine Stimme troff vor Ironie.

Margot schielte zu ihm hinüber. Die braun gebrannten Unterarme auf den angezogenen Knien, saß er eine knappe Armlänge von ihr entfernt im Gras, das kantige Gesicht hinter der Sonnenbrille reglos, die dunklen Haare aus dem Gesicht gestrichen. Sie konnte ihn sich nicht als kleinen Jungen oder ungelenken Halbwüchsigen vorstellen. Er schien schon als raubeiniger Erwachsener zur Welt gekommen zu sein.

Er zog an seiner Zigarette. »Manchmal haben sie uns Filme gezeigt. *Hitlerjunge Quex*. Alle wollten wir so sein, fix wie Quecksilber, genauso strahlend, genauso heldenhaft und opferbereit. Mit *Wunder des Fliegens* hatten sie mich endgültig am Haken. Von da an hatte ich nichts anderes mehr im Kopf. Wenn ich die Kampfflieger sah, die Richtung Berlin unterwegs waren, wünschte ich mir nichts sehnlicher, als selbst einer zu sein, um den Feind aufzuhalten. Deshalb habe ich mich freiwillig gemeldet, ich wollte unbedingt zur Luftwaffe.« Er zog ein letztes Mal an der Zigarette und trat den Stummel unter der Stiefelsohle aus. »Stattdessen hat mich die SS einkassiert.«

Margot musterte ihn von der Seite. Noch viel weniger konnte sie sich einen jungen Klaus vorstellen, der in einer Soldatenuniform im Gleichschritt marschierte. »Wie war es dort?«

Einer seiner Mundwinkel zuckte. »Beschissen.«

Er erzählte vom Drill in Mähren, in der heutigen Tschechoslowakei, wo er über Wochen hinweg durch den Matsch gerobbt war und die Ausbilder, fast alle kriegsversehrte Veteranen, sich immer neue Schikanen für die aus ganz Deutschland herangekarrten Jungsoldaten ausdachten. Die Unterbringung war feudal, in einem ehemaligen Kurhaus, das jedoch ungeheizt blieb, sodass die Rekruten tagelang keinen trockenen Faden am Leib hatten. Das Mittagessen im Casino eines schicken Hotels war Soldatenfraß, zu dürftig, als dass ein Halbwüchsiger davon hätte satt werden können. Für die Schießübungen wurden ihnen alte, schwere und unhandliche Karabiner in die Hand gedrückt; einem von Klaus' neuen Kameraden schlug der Rückstoß gleich beim ersten Versuch einen Zahn aus, ein anderer verfehlte um Haaresbreite den Ausbilder.

»Irgendwie hatte ich nach wenigen Tagen den Dreh raus«, erzählte Klaus. »Zusammen mit ein paar anderen bekam ich extra Übungen verpasst, und für den letzten Schliff wurden wir in die Nähe von Prag verfrachtet. Fortan waren wir Soldaten. In Uniformjacken, die um uns herumschlotterten, und zu großen Stiefeln, und wer einen der wenigen Helme abkriegte, war die meiste Zeit damit beschäftigt, ihn sich aus dem Gesicht zu schieben. Im April 45 ging es dann ab nach Österreich. Als Scharfschützen.«

Einen Augenblick lang hatte Margot die unharmonische Mischung von Jahrmarktsmusik und Schlagern auf dem Hamburger Dom im Ohr, Ostern vor zwei Jahren. An der Schießbude hatten sowohl Claus als auch Ecki sich nicht gerade mit Ruhm bekleckert; die Frotzeleien, mit denen sie Klaus überreden wollten, ebenfalls sein Glück zu versuchen, stießen bei ihm jedoch auf taube Ohren. Erst auf eine schnippische Bemerkung Margots hin hatte er widerwillig zum Gewehr gegriffen. Eine Plastikrose nach der anderen hatte er abgeräumt und einen der Hauptpreise für Margot errungen: ein Biedermeiersträußchen, die Blüten Schokolade, umwickelt mit buntem Stanniol.

Wie 'n Scharfschütze, hatte jemand in der staunenden Menge geraunt. Der Schweiß auf Margots Haut fühlte sich plötzlich kalt an.

»Hast du jemanden getötet?«, wisperte sie.

Mit gerunzelter Stirn wandte Klaus sich ab und beobachtete eine Propellermaschine, die mit besonders lautem Motorengeräusch in Fuhlsbüttel abhob. Als er eine frische Zigarette aus der Packung schnickte und sie anzündete, wirkten seine Finger unruhig.

»Das österreichische Weinviertel ist der Albtraum für jeden Soldaten.« Seine Stimme klang rauer als sonst. »Offenes Gelände ohne Wälder oder auch nur Gestrüpp als Sichtschutz. Die Weinberge sind kaum mehr als flache Hügel, die Rebstöcke im April noch fast kahl. Also haben wir uns in Erdlöcher eingebuddelt und auf das Signal vom Spieß gewartet, der mit dem Fernglas Ausschau hielt.«

Margot schloss für einen Augenblick die Augen. Am liebsten hätte sie sich auch die Ohren zugehalten, doch sie rührte keinen Finger.

»An den ersten Russen, den ich erschossen habe, erinnere ich mich noch genau«, raunte Klaus. »Ich habe nicht einmal besonders viel dabei gefühlt. Danach habe ich vieles ausgeblendet. Wir irrten durch den Landstrich, wurden von Tieffliegern gejagt wie die Ratten, gerieten in irgendwelchen gottverlassenen Dörfern in den Häuserkampf. Aber den letzten Russen, den ich erschossen habe, werde ich nie vergessen. Den hatten seine Kameraden tot liegen lassen. Die ganzen zwei Tage, die ich in meinem Dreckloch steckte, musste ich immer wieder zu ihm hinsehen. Er war vermutlich nicht viel älter als ich.«

Klaus machte eine kleine Pause, zog an der Zigarette und starrte vor sich hin.

»Da erst dämmerte mir, was ich getan hatte«, sprach er weiter. »Was für eine gewaltige Scheiße dieser ganze Krieg war. Dass wir gerade verheizt wurden, als allerletztes Aufgebot vor dem Ende, das sich nicht mehr aufhalten ließ. Und dass ich nicht wusste, wie ich da wieder rauskommen sollte. Ich wollte nicht von den Russen umgebracht oder gefangen genommen werden, mich nicht von einem Tiefflieger durchsieben lassen wie ein paar der anderen Jungs. Ich wollte aber auch nicht auf der Flucht von den Kettenhunden aufgegriffen und vor aller Augen an die Wand gestellt werden.«

Margot schluckte. »Und wie bist du dort rausgekommen?«

Der Atemzug, mit dem Klaus den Rauch ausstieß, geriet zittrig. »Der Spieß hat mich zu unseren letzten Schützenlöchern zurückgeschickt, um nach noch brauchbarer Munition zu suchen, Nachschub war da schon knapp. Sobald ich weit genug weg war, habe ich das Gewehr fortgeworfen und bin gerannt.«

Stille breitete sich aus, während Klaus seine Zigarette aufrauchte und ausdrückte. Mit einem tiefen Atemzug nahm er die Sonnenbrille ab und streckte sich neben Margot im Gras aus.

Sein Kopf nur ein paar Handbreit von ihrem entfernt, den Blick zum Himmel gerichtet, erzählte er von seiner Odyssee am Ende des Krieges. Margot konnte die Angst förmlich riechen, die ihn angetrieben hatte. Er durfte weder als Deserteur von den Deutschen aufgegriffen werden noch als Mitglied der SS von gegnerischen Soldaten. In seiner Uniform war er für beide Seiten eine weithin sichtbare Zielscheibe.

Ein Bauer, in dessen Scheune er sich für eine Nacht geflüchtet hatte, zeigte Mitleid, als er ihn am anderen Morgen entdeckte. Burschen wie Klaus hatten im Krieg nichts verloren, fand er. Er überließ Klaus die Kleidung seines gefallenen Sohnes, und gemeinsam sahen sie zu, wie die Uniform mit dem Reichsadler auf dem Ärmel im Feuer verbrannte.

In Bayern fiel Klaus dann einem Trupp amerikanischer Soldaten in die Hände, denen es verdächtig vorkam, dass ein Halbwüchsiger allein durch die Gegend irrte. Er wurde in ein Kriegsgefangenenlager verfrachtet, wo er sich zum ersten Mal seit langer Zeit wieder satt essen konnte, bevor man ihn nach ein paar Wochen laufen ließ. Zurück nach Hause, nach Brandenburg, konnte er nicht, dort waren die Russen, und er wollte es auch nicht. Zur See wollte er fahren, nach Amerika, Asien oder sonst wohin – bloß fort aus diesem Trümmerhaufen, der einmal das Großdeutsche Reich gewesen war. Der Sommer war schon fast vorbei, bis Klaus sich nach Hamburg durchgeschlagen hatte.

»Da gab es nur einen Haken«, sagte er.

Margot wandte den Kopf. »Welchen?«

»Bei der SS haben sie uns ein paar Tropfen Blut abgezapft. Damit wir die richtige Blutkonserve kriegen, sollten wir verwundet werden. Die Blutgruppe haben sie uns dann mit Tinte in die Haut geritzt. Hier.«

Mit dem Daumen strich er über den Flügel des Ikarus auf der Innenseite seines Bizeps.

»Bei mir war es ein A«, fuhr er fort. »A wie Aussätziger. Die ganze Zeit über hatte ich Schiss, dass das jemand zu Gesicht kriegt und mich als Kriegsverbrecher verhaftet. Zigmal habe ich daran gedacht, es mir rauszuschneiden oder mit einer Zigarette rauszubrennen. Aber ich habe befürchtet, dass mich eine Narbe an dieser Stelle erst recht verdächtig machen würde. Und ich dachte, wenn jemand weiß, wie man so etwas wegkriegt, dann ein Tätowierer. Also habe ich meinen ganzen Mut zusammengenommen und bin zu einem hingegangen. Eigentlich eine ganz gewöhnliche verräucherte Kneipe mitten auf dem Kiez, wo die Ersten schon morgens bei einem Bier oder einem Grog sitzen. Wären da nicht die bunten Bilderbögen im Fenster gewesen und der schwarze Vorhang neben dem Tresen. Der Wirt selber sah mehr nach Buchhalter aus, ein gestandener Mittfünfziger mit akkuratem Seitenscheitel, Krawatte und Strickweste. Erst wenn Christian Warlich die Hemdsärmel hochgekrempelt hat, sah man an den bunten Bildern auf seinen Unterarmen, dass er selbst mal zur See gefahren war.«

Margot hörte heraus, wie viel Überwindung es Klaus gekostet hatte, unmittelbar nach dem Krieg sein Kainsmal zu zeigen.

Sie rollte sich auf die Seite und stützte den Kopf auf. »Konnte der es nicht entfernen?«

»Doch, er war sogar ziemlich gut darin«, antwortete Klaus. »Aber nicht ohne Narben. Vor allem gab mir zu denken, was er zu mir sagte. Dass nichts von dem, was ich im Krieg erlebt hätte, dadurch verschwinden würde. Nichts davon würde ich ungeschehen machen können.«

Er verschränkte die Arme hinter dem Kopf und verfolgte den Flug einer Propellermaschine. Margot betrachtete die Tätowierung auf der Innenseite seines Oberarms, als sähe sie diese zum ersten Mal. Kaum vorstellbar, dass sich irgendwo darunter das Blutgruppenzeichen der SS verbarg. Trotz der drückenden Hitze überlief sie ein Frösteln.

»Warum gerade Ikarus?«, flüsterte sie.

Klaus zuckte mit den Schultern. »Es war das einzige Motiv in den Musterbüchern, das mir gefiel. Warlich hätte es mir auch umsonst gestochen, aber das wollte ich nicht. Lieber habe ich die Kohle dafür in der Kneipe abgearbeitet. Schlafen konnte ich im Hinterzimmer. So schlecht die Zeiten auch waren – die Bude war immer voll, die Tage dort lang, die Nächte noch länger. Und am Tresen kriegt man so einiges mit. Was die Leute im Krieg alles durchgemacht haben. Dass jeder irgendeine Last oder eine Schuld mit sich herumträgt. Nach und nach habe ich begriffen, dass ich mich aus gutem Grund für Ikarus entschieden hatte. Weil ich als junger Kerl so dumm war, mich mit Feuereifer für einen Krieg zu melden, von dem ich nicht den leisesten Schimmer hatte, und dann in den Abgrund gestürzt bin. So was soll mir nie wieder passieren.«

Etliche Herzschläge lang schwiegen sie beide.

Ein Grinsen stahl sich in Klaus' Mundwinkel. »Als Frankhauser bei der flugmedizinischen Untersuchung die Tätowierung entdeckte, musste er sie natürlich in seinem Bericht erwähnen. Um ein Haar hätte mich die Lufthansa deswegen nicht eingestellt. Ein paar Monate zu alt war ich eigentlich auch.«

»Warum haben sie dich trotzdem genommen?«

Sein Grinsen vertiefte sich. »Ich war zu gut. Volle Punktzahl in allen Tests.«

Margot musste lächeln. Noch keine dreißig, gaben Klaus, Claus und Ecki sich oft wie alte Haudegen und schwelgten in abenteuerlichen Erinnerungen an ihre Anfangszeit bei der neu gegründeten Lufthansa, die gerade einmal drei Jahre zurücklag.

Hunderte junge Männer hatten sich für den ersten Pilotenlehrgang beworben, von denen zehn in die engere Auswahl gekommen waren. Aber lediglich diese drei hatten es schließlich in die Holzbaracke am Flughafen geschafft, wo sie über den Arbeitsbögen zu Physik und Flugtheorie schwitzten, die mit blauer Matritzenfarbe vervielfältigt worden waren, die Abbildungen von Hand aufgeklebt. Ihre ersten Übungsflüge absolvierten sie auf einer Douglas DC-3, die die Lufthansa gebraucht von den Amerikanern gekauft hatte, die Einschusslöcher aus dem Koreakrieg waren nur notdürftig ausgebessert. Alles an ihrer Ausbildung war provisorisch gewesen, aber dadurch umso intensiver. Ein Privileg. Denn die mehr als hundert Nachwuchspiloten der Lufthansa, die derzeit die modern eingerichtete Fliegerschule in Bremen besuchten, mit Stundenplänen, Fachbüchern und Lehrfilmen, würden noch einige Jahre mit Trainingsflügen verbringen. Klaus, Claus und Ecki hingegen waren bereits seit geraumer Zeit als Co-Piloten in den großen Super-Constellations an Bord. Trotzdem würde es noch rund fünf Jahre dauern, bis sie mit vier Streifen am Ärmel im Sessel des Kapitäns das Kommando übernehmen durften.

Margot runzelte die Stirn. »Was hast du in deinen Lebenslauf für die Lufthansa geschrieben?«

Klaus verzog keine Miene. »Die Wahrheit. Dass ich eine Lehre zum Automechaniker gemacht und auf der Abendschule mein Abitur nachgeholt habe.«

Das war im Freundeskreis immer wieder angeklungen, vor allem wenn es um Klaus' Motorrad ging, das quasi sein Gesellenstück war, aus dem reinsten Schrotthaufen zusammengeschraubt. Eigentlich hatte er sich in Fuhlsbüttel als Mechaniker im Flugzeughangar beworben und sogar schon die Zusage gehabt, als er den Aushang für die Pilotenausbildung entdeckte.

»Auch dass du im Krieg warst?«, hakte Margot nach.

Wer bei der Lufthansa anfing, musste politisch unbelastet sein, wie es im offiziellen Sprachgebrauch hieß, ohne Verbindungen zum Kommunismus oder dem untergegangenen Nationalsozialismus. Auch Margot, Jahrgang 1933, war ebenso wie ihre Kollegen und Kolleginnen dazu befragt worden. Die altgedienten Piloten waren nicht nur gründlich durchleuchtet worden, sondern mussten auch lange Nachschulungen über sich ergehen lassen, bis sie wieder an den Steuerknüppel durften. Nicht nur, um ihre Kenntnisse aufzufrischen und sie mit der jüngsten Flugzeugtechnik vertraut zu machen, sondern auch, damit genug Gras über ihre Vergangenheit wuchs, wie man munkelte.

Klaus kniff die Augen zusammen. »Davon weiß niemand. Nicht einmal Claus. Nur du jetzt.«

»Hattest du nie Angst, dass es rauskommt?«

In der Ferne rumpelte das erste Donnergrollen. Mit einem tiefen Durchatmen setzte Klaus sich auf und klemmte die Sonnenbrille in den Ausschnitt seines T-Shirts. Der weiße Baumwollstoff klebte feucht an seinem Rücken, auf seinen dunkel behaarten Unterarmen glänzte der Schweiß.

»Als mich die Amis aufgriffen«, sagte er rau, »haben sie mich als Erstes verhört. Wo ich herkomme und hinwolle. Wie alt ich sei und wie ich hieße. Ich hatte verdammt Schiss, dass sie Lunte riechen und mich als Kriegsverbrecher verurteilen würden. Ich wollte für die paar Monate, die mich die SS schanghait hat, nicht jahrelang in den Bau wandern. Oder Schlimmeres. Klaus Geier war der erste Name, der mir in den Sinn kam. Weiß der Himmel, warum, ich kannte nicht mal jemanden, der so hieß.«

Ein flaues Gefühl breitete sich in Margots Magengegend aus, als sie an die gefälschten Zeugnisse dachte, mit denen sie sich bei der Lufthansa beworben hatte. Nur Horst Schlippchen, früher ihr Ausbilder und heute ihr Vorgesetzter, der selbst so seine Geheimnisse hatte, wusste, dass sie nie ein Schweizer Pensionat besucht hatte. Doch diese Schummelei verblasste im Vergleich zu Klaus' Geschichte. Sich selbst einen neuen Namen zu geben, um seine Vergangenheit zu verschleiern, war ein ganz anderes Kaliber.

Unter gesenkten Lidern musterte sie Klaus, der ihr so vertraut und gleichzeitig so fremd war. Mit schönen Worten zu betören lag ihm nicht. Was er zu sagen hatte, tat er mit einem Blick, einer Geste. Sie fragte sich, ob sie ihn je gekannt hatte.

»Wie heißt du wirklich?«, wollte sie wissen.

Auf Klaus' Gesicht zuckte es. »Spielt doch keine Rolle. Den Jungen von damals gibt es sowieso nicht mehr.« Er grub den Stiefelabsatz in den staubtrockenen Boden. »Klaus stimmt jedenfalls. Ist ja eher ein Sammelbegriff.«

»Kannst du deshalb nicht heiraten?«, fragte sie vorsichtig. »Weil mit deinen Papieren etwas nicht stimmt?«

»Meine Papiere sind in Ordnung.« Klaus klopfte eine neue Zigarette aus der Packung und zündete sie an. »Mit dem Wisch, den mir die Amis bei meiner Entlassung in die Hand gedrückt haben, bin ich in Hamburg aufs Amt marschiert. Ich brauchte nur zwei Zeugen, die bestätigten, was auf diesem Zettel stand. Und du glaubst nicht, wie schnell man damals Leute auf der Straße abgreifen konnte, die für ein paar geklaute Zigaretten jeden Eid schworen. Kurz darauf konnte ich alles abholen, Ausweis, Geburtsurkunde, Lebensmittelkarten. In dem ganzen Chaos hat niemand nachgeforscht, ob nicht doch irgendwo Originale den Bombenhagel überstanden hatten.« Mit einem tiefen Ausatmen blies er den Rauch aus Mund und Nase. »Bei der Fürsorge war es das Gleiche. Bis ich einundzwanzig war, habe ich dort sofort jede Unterschrift gekriegt, die ich brauchte. Die waren wahrscheinlich froh, dass sie mich in keinem der Heime unterbringen mussten, die vor Kriegswaisen und Flüchtlingskindern aus allen Nähten platzten.«

Brummend tauchte eine kleine Propellermaschine über den Baumwipfeln auf. Den Kopf in den Nacken gelegt, verfolgte Klaus ihren Flug.

»Ich denke nicht mehr oft an den Krieg«, sagt er dann leise. »Schon gar nicht, wenn ich dort oben bin. Vergessen habe ich ihn trotzdem nicht. Dieses Gefühl von Macht in den Händen, dieser Nervenkitzel im Augenblick zwischen Leben und Tod ... danach kann man süchtig werden. Das lässt einen nicht mehr los.«

Margot erinnerte sich, wie treffsicher Klaus an der Schießbude die Plastikrosen niedergemäht hatte, todernst und fast kaltblütig. Auch seine angewiderte Miene danach und das Glitzern in seinen Augen, das ihr beinahe unheimlich gewesen war, sah sie noch genau vor sich.

Klaus richtete den Blick auf die Zigarette zwischen seinen Fingern, die schon fast heruntergebrannt war, als wüsste er nicht, was er damit anfangen sollte.

»Klar habe ich schon mal darüber nachgedacht«, fügte er hinzu, »wo das mit uns hinführen soll. Obwohl ich so etwas wie Ehe, Eigenheim und Kinder nie für mich auf dem Radar hatte. Trotzdem würde ich dich sofort heiraten, Margot. Nicht nur, weil es jetzt das Richtige wäre.«

Das Aber, das in seinen Worten mitschwang, lastete so schwer auf Margot wie die Schwüle des nahen Gewitters. Klaus schnippte die Asche ab, drückte die Zigarette auf dem Boden aus und fixierte Margot mit ernstem Blick.

»Könntest du damit leben, dass es einmal einen anderen Klaus gab?«, wollte er wissen. »Einen, der in SS-Uniform marschiert ist und aus dem Hinterhalt Russen abgeknallt hat? Hättest du kein ungutes Gefühl, wenn du mir zusiehst, wie ich unser Kind aus der Wiege hole? Wenn du mich mit ihm allein lässt? Wirst du jetzt noch seelenruhig neben mir schlafen können, Nacht für Nacht?«

Millionenfach hatten Frauen nach dem Krieg auf solche Fragen geantwortet, indem sie ihre Männer zurücknahmen oder einen Heimkehrer heirateten; wohl ebenso viele hatten sich zu einer Trennung entschlossen.

Margot jedoch hätte im Traum nicht geglaubt, dass sie selbst einmal vor einer solchen Entscheidung stehen würde, zwölf Jahre nach Kriegsende. Ganz selbstverständlich hatte sie die Menschen zwischen der Generation ihrer Eltern eingeteilt, die in irgendeiner Form in den Krieg verwickelt gewesen war, und ihren eigenen Altersgenossen, die eine

Jugend inmitten der Trümmer gegen eine neue Zeit eingetauscht hatten.

Diese Grenze gab es mit dem heutigen Tag nicht mehr. Margot schwieg. Klaus' Fragen mit einem einfachen Ja oder Nein zu beantworten war unmöglich. Im schwindenden Licht verdunkelten sich seine Augen, und er wandte den Kopf ab.

Margot rollte sich auf den Rücken. Das Schweigen zwischen ihnen zog sich in die Länge und bekam etwas bedrückend Endgültiges.

Der nächste Donner polterte heran, krachend und mit einem drohenden Nachhall. Margot starrte zu den finsteren Gewitterwolken hinauf, die sich bedrohlich über ihr zusammenballten. Als ob der Himmel jeden Moment einstürzen würde.

11

Little Things Mean a Lot

Am Montag darauf saß Margot neben Almuth auf einem der gepolsterten Stühle im Schneideratelier Bethe in den Colonnaden. Dr. Frankhauser hatte sie vorsorglich auch für den Rest der vergangenen Woche krankgeschrieben, nachdem sie ihm bei ihrem erneuten Besuch gar nicht gefallen hatte. Erst heute Abend würde sie wieder zum Dienst antreten, ein Nachtflug nach London, von dem sie nicht wusste, wie sie ihn überstehen sollte. Von Margot, dem Stehaufmädchen, war nicht mehr viel übrig geblieben. Am liebsten hätte sie sich in irgendeinem Mauseloch verkrochen – wäre heute nicht die allerletzte Anprobe vor Theas Hochzeit gewesen.

»Wenn ich jemals heirate«, flüsterte Almuth, »dann in genau so was.«

Mit leuchtenden Augen zeigte sie auf ein bodenlanges Kleid aus schneeweißem Taft, Tüll und Spitze, das eine der Schaufensterpuppen trug. *Sissi* ließ grüßen.

»So richtig romantisch«, fügte Almuth hinzu.

»Vielleicht gleich noch mit 'ner Kutsche?«, rief Thea durch den Vorhang, hinter den sie sich mit der Schneiderin zurückgezogen hatte.

Almuth errötete. »Das stelle ich mir schön vor.«

Thea lachte. »Dann darfste aber nicht Claus heiraten. Dem sind det 'n paar Dutzend Pferdestärken zu wenig.«

Almuth stimmte in ihr Lachen ein. Einen versonnenen Ausdruck auf dem Gesicht, strich sie über ihr hellblau kariertes Sommerkleid.

»Habt ihr euch denn schon für ein Auto entschieden?«, fragte sie in Richtung der Umkleidekabine.

»'n Opel Kapitän wird's!«, rief Thea über das Knistern und Rascheln hinweg. »'n 54er in Lufthansa-Blau. So jut wie neu. Hab ihn schon Probe jefahren – dufte, ick sach's euch! Knapp hundertvierzig Sachen macht der. Ick kann's kaum abwarten, bis Pelzer und icke die Koffer hinten reinschmeißen und losdüsen. Zwei Wochen Rimini. Mit Vollpension! Ick freu mir echt wie Bolle.«

In einem nahe gelegenen Café hatten sie bei einem Sektfrühstück Theas bestandene Führerscheinprüfung gefeiert, während sie ohne Punkt und Komma von der bestellten Hochzeitstorte und dem geplanten Menü im *Café Seeterrassen* erzählte. Für Margot war es eine willkommene Ablenkung von ihrer Misere, und doch machten ihr Theas Schilderungen erst recht deutlich, dass sie ihr eigenes Leben in den Sand gesetzt hatte.

Auf dem Weg ins Schneideratelier waren sie an der Agentur der Pan American World Airways vorbeigekommen. Knapp drei Jahre war es her, dass Margot sich an den Schaufenstern mit den bunten Plakaten die Nase platt gedrückt und sich gewünscht hatte, sich leichtfüßig und souverän wie die abgebildeten Stewardessen in die Lüfte zu erheben. Jetzt warb ein gezeichneter Leopard für Afrika, ein Stierkämpfer für Mexiko, ein Papagei für die Karibik. Und nichts davon würde Margot jemals zu sehen bekommen.

»Drei Zimmer, Küche, Bad«, schwärmte Thea hinter dem

Vorhang von Pelzers Neubauwohnung in Dulsberg, in die sie bereits halb eingezogen war. »Eins so hell und freundlich wie det andere. Nur 'n Sinn für Einrichtung hat Pelzer nich, det muss ick alles umkrempeln. Aber Parkplätze am Haus, und keene halbe Stunde nach Fuhlsbüttel!«

»Wirst du denn nichts vermissen?«, erkundigte sich Almuth.

»I wo«, antwortete Thea vergnügt. »Ihr bleibt mir ja erhalten. Hoff ick doch! Und ick deck mir drüben noch mal mit Nylons ein. Aber bald hab ick ja eh meistens 'n Overall an.«

Diese Woche würde sie zum letzten Mal als Stewardess der Lufthansa über den großen Teich fliegen, bevor sie am Samstag ihr neues Leben als Ehefrau und Flugschülerin begann.

Aus der Umkleidekabine drangen ein gemurmelter Wortwechsel und ein beglücktes Kichern von Thea, dann trat die Schneiderin mit verheißungsvoller Miene heraus und zog den Vorhang zur Seite.

Ein kesses Lächeln auf dem Gesicht und einen imaginären Brautstrauß in den Händen, schritt Thea in schwindelerregend hohen Pumps feierlich durch das Geschäft und trällerte dazu die ersten Takte von *Hier kommt die Braut*. Das elfenbeinfarbene Satinkleid mit nur einer Andeutung von Ärmeln saß perfekt an ihrer zierlichen Figur, und ein winziger Hut mit Federn vervollständigte ihren Auftritt als elegante, aber moderne Braut.

»O Thea!« Almuth presste die Hände an ihre Wangen. »Du siehst wunderschön aus!«

Margot konnte nur zustimmend nicken, ihre Augen waren feucht. Dieser Tage saßen die Tränen bei ihr locker, ohne dass sie je frei flossen.

Almuth runzelte die Stirn. »Aber findest du das Kleid nicht ein bisschen kurz für eine Hochzeit?«

»Nee«, widersprach Thea und strich über den knielangen

und mit einem mehrlagigen Petticoat versteiften Rock. »Ick muss Been zeigen, damit ick 'n Zacken größer wirke. Ick will doch nich als abjebrochener Zwerg neben Pelzer stehen.« Verzückt betrachtete sie sich im großen Standspiegel des Ateliers. »Fehlen nur noch die Perlen von Pelzers Omma.«

»Du kannst doch keine Perlen auf deiner Hochzeit tragen!«, rief Almuth entsetzt. »Das bringt Tränen!«

Thea warf ihr verblüfft einen Blick zu und lachte dann laut auf. »Na, bestimmt vor Glück und Selichkeit!«

»Möchte jetzt vielleicht das gnädige Fräulein?«, mischte sich die Schneiderin ein und nahm Margots Kleid vom fahrbaren Kleiderständer.

Margots Beine waren schwer, als sie aufstand und mit dem Kleid und dem dazugehörigen Petticoat über dem Arm in die Umkleidekabine trat.

»Danke, geht schon«, sagte sie hastig zur Schneiderin, die ihr folgen wollte.

Die Brauen hochgezogen, schloss diese den Vorhang hinter ihr.

Margot hängte das zartblaue Kleid mit den kupferfarbenen Ranken an einen Haken. Wie die Kleider von Almuth und Thea stammte es von *Bloomingdale's* und war hier bei Bethe in kleinen Details abgeändert worden. Sie hätte auch ihre Mutter darum bitten können, aber Irmgard Frei hatte schon so oft Kleider an ihrer Tochter abgesteckt, dass ihr jede Veränderung an deren Figur sicher sofort aufgefallen wäre.

Sorgsam legte Margot die hauchzarte Stola und den Petticoat auf den Hocker, bevor sie aus den Ballerinas schlüpfte und sich ihr Sommerkleid über den Kopf zog. Ihr Blick verharrte auf ihrem Bauch. Bang drehte sie sich vor dem Spiegel der Umkleidekabine. War da nicht schon etwas zu sehen?

»Passt's?«, zwitscherte die Schneiderin auf der anderen Seite des Vorhangs.

Obwohl Dr. Frankhausers Waage sogar ein bisschen weniger angezeigt hatte als gewöhnlich, fühlte Margot sich aufgequollen. Würde sie das Kleid für Theas Hochzeit überhaupt noch zubekommen?

Ihre Knie zitterten, und sie ließ sich auf den Hocker fallen.

»Spann uns nich auf die Folter!«, schimpfte Thea gut gelaunt.

»Margot?«, rief Almuth in leicht alarmiertem Tonfall. »Ist alles in Ordnung?«

Margot hatte sich noch immer niemandem anvertraut, sie schämte sich zu sehr. Sie, die sonst stets alles im Griff hatte, wusste nicht mehr weiter. Am meisten fürchtete sie den Spießrutenlauf, der sie unweigerlich erwartete. Sie hatte geglaubt, dem Leben ein Schnippchen zu schlagen, wenn sie nur clever und frech genug war – und saß jetzt gewaltig in der Patsche. Ein angstvolles Dröhnen im Kopf und ein panisches Flattern im Bauch, vergrub sie das Gesicht in den Händen.

Schritte näherten sich. »Margot?«, wiederholte Almuth leise. »Brauchst du Hilfe? Soll ich reinkommen?«

Thea streckte kurzerhand den Kopf in die Umkleide. »Wat is los?«

Sie warf nur rasch einen Blick auf Margot und wandte sich dann um.

»Hätten Sie uns bitte ein Glas Wasser?«, flötete sie in Richtung der Schneiderin. »Gern aus der Leitung. Und bitte schön kühl.«

Almuth schlüpfte durch den Vorhang und strich Margot über die Schulter. »Hast du's wieder am Magen?«

Margot spähte zwischen den Fingern hindurch. »Ich glaube, es ist nicht der Magen.«

Ihre Freundinnen sahen sie ratlos an.

»Ich glaube, ich bin schwanger«, murmelte Margot beschämt.

Almuth schnappte erschrocken nach Luft.

Thea ging mit raschelndem Brautkleid vor Margot in die Hocke. »Gloobste oder weeßte?«

»Ich bin ziemlich sicher«, wisperte Margot.

»Ich war auch schon mal zwei Wochen zu spät«, sagte Almuth. Unter den erstaunten Blicken ihrer Freundinnen lief sie rot an. »Also, nicht dass ich … ich meine, wir haben nicht …«, stammelte sie und verstummte dann verlegen.

»Wie lang biste drüber?«, wollte Thea von Margot wissen.

»Zwei Monate«, würgte Margot hervor.

Thea pfiff leise durch die Zähne, bevor sie liebevoll Margots Kurzhaarfrisur zerzauste. »Und du Nudel sachst keen Ton!« Aufmunternd tätschelte sie Margot das Knie. »Muss trotzdem nüscht heißen. Gitta hat ooch schon mal ewig gezittert, ohne det vorher 'n Kerl im Spiel war. Manchmal schlägt der Körper einfach Kapriolen, weeßte? Passte noch in deine BHs?«

Margot blinzelte die Tränen weg. Sie war so auf ihren Bauch fixiert gewesen, dass sie darauf gar nicht geachtet hatte. »Ich denke schon.«

»Det is doch schon mal jut«, stellte Thea fest. »Ick hab damals alle meine Unterhemden gesprengt. Det erste und eenzige Mal im Leben, det ich richtije Melonen inner Bluse hatte.«

»Weiß Klaus es schon?«, flüsterte Almuth.

Margot löste die Hände vom Gesicht und nickte.

Almuth machte große Augen. »Deshalb ist er gerade so unausstehlich«, sagte sie verblüfft. »Ich mag gar nicht mehr zu Claus in die Wohnung, wenn der andere Klaus da ist. Er hat dich deswegen aber nicht sitzen lassen, oder?«

Margot wischte sich über die Augen. »Ich will ihn sowieso nicht mehr.«

Thea blickte erbost drein. »Wat hat er ausjefressen?«
Margot zuckte mit den Schultern. »Ist doch egal.«
»Aber Margot«, ereiferte sich Almuth, »ihr müsst heiraten!«
»Haste doch jehört«, erwiderte Thea. »Sie will nich.«
»Unterstützen muss er dich aber, oder?«, bohrte Almuth nach. »Finanziell, meine ich.«

Hinter dem Vorhang ertönte ein dezentes Räuspern. Almuth sprang auf und streckte den Kopf hinaus, um der Schneiderin zu versichern, dass so weit alles in Ordnung sei. *Nichts Ernstes, nur der Kreislauf, Sie wissen schon, die Hitze.*

»Willste's wegmachen lassen?«, raunte Thea.

Margot zuckte ratlos mit den Schultern. »Ich weiß nicht, wo«, murmelte sie. »Und ob es nicht schon zu spät ist.« Offen sah sie ihre Freundin an. »Ich hab Angst.«

Theas Gesichtsausdruck wurde weich. »Klar haste det.«

Thea wusste, wovon sie redete. Sie hatte damals abgetrieben, in einem schmutzigen Hinterzimmer irgendwo in Berlin. Der Preis dafür war, dass sie deshalb keine Kinder bekommen konnte.

Almuth kehrte mit einem Glas Wasser zurück, das sie Margot hinhielt. Als diese den Kopf schüttelte, trank Almuth selbst einen großen Schluck und nahm dann wieder ihren Platz zu Margots Füßen ein.

»Wenn sie dich zu Hause rausschmeißen«, sagte Thea, »kommste zu mir. Ick krieg Pelzer schon dazu, det er sein Arbeitszimmer räumt.«

Almuth blickte sie entgeistert an. »Das erlaubt der dir nie!«

Auch Margot tat sich schwer mit der Vorstellung, wie der immer korrekte und militärisch strenge Herr Pelzer einer ledigen Mutter Unterschlupf gewährte. Selbst wenn es sich dabei um die beste Freundin und Trauzeugin seiner Frau handelte.

Thea machte ein pfiffiges Gesicht. »Ihr habt ja keene Ahnung, wie lang der Hebel ist, an dem ick sitze. Pelzer hat noch längst nich allet jesehen, wat ick an Frivolem im Schrank hab.«

Almuth giggelte, dann nahm sie Margots Hand. »Ich kann dir jeden Monat etwas zuschießen, ich verdien ja genug.«

»Zusammen schaffen wir det«, bekräftigte Thea. »Wir drei und der kleene Babypilot, der vielleicht da drin ist.« Liebevoll stupste sie gegen Margots Bauch.

Ein Lächeln zuckte über Margots Gesicht. Zum ersten Mal seit Wochen konnte sie wieder Hoffnung schöpfen.

12

Crying in the Chapel

»Ganz bezaubernd sehen Sie aus, Fräulein Thea«, gurrte Frau Harms, Theas Zimmerwirtin, von der Tür her. »Auch wenn ich Ihnen alles Glück der Welt wünsche – ich werde Sie wirklich vermissen.«

Margot, die gerade die letzten Pinsel und Tiegel in Theas Schminkkoffer verstaute, wechselte einen Blick mit Almuth. In den vergangenen zweieinhalb Jahren hatte sich Frau Harms nicht immer derart wohlwollend gezeigt. Vor allem, wenn Thea erst gegen Morgen aus dem Tanzschuppen hinter der Reeperbahn nach Hause kam.

Auf dem Hocker vor der Spiegelkommode pustete Thea auf ihre frisch lackierten Fingernägel; an ihren Ohrläppchen und am Hals schimmerten die Perlen von Pelzers Großmutter.

»Det Fräulein Schneider is aber ooch 'ne janz Nette«, sagte sie großmütig.

Ihre Schlüssel lagen bereits auf dem Küchentisch der Zimmerwirtin; schon am Montag würde eine andere Stewardess hier einziehen.

»Geben Sie Bescheid, wenn Sie so weit sind«, bat Frau Harms und stellte mit Nachdruck Feudel und Teppichklopfer in die Ecke, bevor sie die Tür hinter sich schloss.

»Wat bin ick froh, det ick aus diesem Mief rauskomm.« Naserümpfend ließ Thea den Blick durch das enge und erstickend plüschige Zimmer wandern. »Und der ollen Spinatwachtel wein ick ooch keene Träne nach.«

»Halt bitte still«, sagte Almuth. In einem Traum aus duftigem türkisblauen Tüll war sie gerade dabei, das Hütchen auf Theas Frisur zu befestigen.

Draußen klingelte es.

»Das wird Claus sein«, sagte Margot, ließ den Verschluss des Schminkkoffers zuschnappen und ging in den Flur.

Frau Harms war schneller gewesen und schäkerte an der Wohnungstür auf tantenhafte Art mit Claus; vor seinem Charme war selbst sie nicht gefeit.

Margot nahm ihm den Brautstrauß aus cremefarbenen Rosen und Schleierkraut ab, den er auf dem Weg hierher abgeholt hatte. Seit dem frühen Morgen war er kreuz und quer durch die Stadt gefahren, um die Hochzeitsgeschenke der Gäste einzusammeln und ins *Café Seeterrassen* zu bringen.

»Danke für deinen Einsatz«, sagte Margot.

Er zwinkerte ihr zu. »Ehrensache.«

»Denn mal eine schöne Feier!«, wünschte Frau Harms und zog sich mit Kaffee und ihrer Samstagszeitung an den Küchentisch zurück, spürbar enttäuscht, dass sie nicht eingeladen war.

Claus folgte Margot durch den Flur. »Du siehst fabelhaft aus!«

Wider Erwarten saß das neue Kleid tadellos, und das gekonnte Make-up kaschierte die Blässe und die Schatten unter ihren Augen.

»Klaus ist ein Idiot, dass er sich das entgehen lässt«, fügte Claus hinzu.

Margot zuckte mit den Schultern. Dass Klaus die Hochzeitsfeier versäumte, weil er erst heute Nacht via Dakar aus Buenos Aires zurückkehren würde, war eine große Erleichterung für sie.

Claus fasste Margot beim Arm. »Willst du mir nicht erzählen, was zwischen euch vorgefallen ist? Aus ihm ist nichts rauszukriegen.«

Margot schüttelte den Kopf, und seufzend folgte er ihr in Theas Zimmer.

Beim Anblick der Braut pfiff er anerkennend. »Wäre ich nicht schon vergeben, würde ich dich glatt fragen, ob du mit mir durchbrennst.«

Almuths empörtes Räuspern beantwortete er mit einem Lachen, schlang ihr den Arm um die Taille und küsste sie auf den Mund.

Hastig machte Almuth sich von ihm los. »Hast du die Ringe?«, fragte sie, und als Claus bestätigend auf die Brusttasche seines Anzugs klopfte, ließ sie den Blick durch das Zimmer schweifen. »Haben wir auch sonst alles?«

»Alles eingepackt«, versicherte Margot und hielt Claus den Schminkkoffer und die Reisetasche mit Theas letzten Habseligkeiten hin, die er auf dem Weg zum Standesamt in Pelzers Wohnung bringen sollte.

Almuth beugte sich über Theas Schulter und hauchte ihr einen Kuss auf die Wange. »Bis später.«

Die Wohnungstür war kaum hinter den beiden ins Schloss gefallen, als Thea sich zu Margot umwandte.

»Immer noch keen Besuch von der roten Lola?«, flüsterte sie.

Beklommen schüttelte Margot den Kopf.

Thea stand auf, um die Zimmertür zu schließen. »Ick hab in New York bei den amerikanischen Stewardessen rumgefragt. Wegen 'ner entfernten Bekannten, hab ick jesacht«, fügte sie schnell hinzu, als sie Margots erschrockenen Blick sah.

Mit spitzen Fingern, um den frischen Nagellack zu schonen, fischte sie einen zusammengefalteten Zettel aus ihrer Handtasche und drückte ihn Margot in die Hand.

»Det is 'ne Klinik«, berichtete Thea. »In Harlem. Mit richtigen Ärzten, keene Pfuscher. Wann fliegste wieder rüber?«

»Am Mittwoch«, erwiderte Margot mit trockenem Mund. »Für drei Tage.«

Thea nickte. »Dann rufste vorher da an und sagst, du brauchst einen Termin. Codewort Charlie, dann wissen die gleich Bescheid. Sobald du jelandet bist, erzählst du allen, det es dir nich jut jeht und du zum Arzt musst. Wichtig ist, det du dich am Telefon als Mrs Frei vorstellst und mit 'nem Ring am Finger in der Klinik auftauchst, irgend 'n billijet Ding vom Wühltisch. Und dreihundert Dollar bringste in 'nem Umschlag mit.«

Margot starrte auf die handschriftlich notierte Adresse und die Telefonnummer. Umgerechnet etwas über eintausendzweihundert Mark würde das Ticket in die Freiheit kosten. Ein fairer Preis, wenn sie daran dachte, was alles auf dem Spiel stand. Trotzdem musste sie schlucken.

»Nach zwei, drei Stunden kannste dich von 'nem Taxi wieder abholen lassen«, drang Theas Stimme zu ihr durch. »Dann musste noch ein oder zwei Tage im Bett liegen. Aber bis zum Rückflug biste wieder halbwegs fit.«

Keine Wahl zu haben war entsetzlich. Doch jetzt, da Margot ihr Schicksal buchstäblich selbst in den Händen hielt, fühlte sie die Last der Entscheidung zentnerschwer auf ihren Schultern, während ihr die Zeit, die ihr blieb, spürbar durch die Finger rann. Tief unten in ihrem Bauch zog und zwickte es wie ein stummer Protest, und Margot wurde flau im Magen.

Thea legte einen Arm um sie. »Nich heute drüber nachdenken. Erst morgen. Heute verlässte dich drauf, det allet in Ordnung kommt, ejal, wat de machst.«

Unten auf der Straße hupte das Taxi.

Vor der nüchternen weißen Fassade des Bezirksamts hatten sich die Piloten, Stewardessen und Stewards versammelt, die heute nicht durch die Lüfte kreuzten, sondern nach der Trauung Spalier stehen und Reis werfen würden. Zwischen ihren blauen Uniformen tummelten sich die geladenen Gäste, die Herren im guten Anzug, die Damen im Cocktailkleid mit passendem Hut oder aufwendigem Haarschmuck.

Als das Taxi mit Margot und Thea vorfuhr, zückte Felix gerade seine Agfa, um Sonja Funke abzulichten. In einem mit riesigen Rosenblüten bedruckten Kleid und Stoffrosen in den blondierten Haarwellen posierte sie wie Marilyn Monroe.

»Ich kann nicht glauben, dass du sie eingeladen hast«, sagte Margot.

»Ick hatte 'nen sentimentalen Moment.«

Während die jüngeren Stewardessen bewundernd zu Sonja aufblickten und sich darum rissen, mit ihr befreundet zu sein, hatte sie mit Margot, Thea und Almuth noch nie auf einer Wellenlänge gelegen. Margot war bis heute davon überzeugt, dass es Sonja gewesen war, die sie damals bei Fräulein Buschheuer angeschwärzt hatte. Nachdem sie durch einen dummen Zufall die Kondome in Margots Spind entdeckt hatte, musste sie beobachtet haben, wie Margot mit Horst Schlippchen im Flughafenrestaurant vertraulich beisammensaß und dann in sein Auto stieg. Eine andere Erklärung gab es nicht. Denn prompt hatte Sonja den Platz der suspendierten Margot auf der Nordamerikalinie übernommen, auf den sie die ganze Zeit schon scharf gewesen war.

Thea spähte durch das Taxifenster an den wolkigen Himmel.
»Wehe, det regnet heute!«

Der Vormittag war schwül; nach der kurzen Taxifahrt klebten Unterhose und Petticoat unangenehm an Margots Po.

»Petrus wird den Teufel tun und sich mit dir anlegen«, witzelte sie und bezahlte den Taxifahrer.

»Darf ich bitten?« Schwungvoll öffnete Claus die Autotür und half – ganz Kavalier – erst Thea, dann Margot aus dem Wagen, bevor er der Braut seinen Arm anbot.

Strahlende Gesichter wandten sich Thea zu, während sie an Claus' Seite einherschritt. Begrüßungsrufe und Komplimente regneten auf sie herab.

Margot schlug die Tür zu, und das Taxi fuhr hinter ihr an. Sie trat zu Almuth, die eigentümlich bedrückt wirkte.

»Ist das nicht traurig?«, flüsterte Almuth. »Theas Eltern leben bestimmt noch irgendwo in Berlin und wissen nicht mal, dass ihre Tochter heute heiratet.«

Als Amiflittchen hatte der Vater Thea beschimpft, bevor er seine Teenagertochter hinauswarf. Ihre Mutter hatte sich in der Küche verkrochen und genauso blind und taub gestellt wie in den Monaten, in denen sie Theas Stelldicheins mit dem amerikanischen Major geduldet hatte. Eine von unzähligen Familien, die von den Schockwellen des Krieges zertrümmert worden waren.

Möglich, dass Almuth dabei an ihre eigene Vergangenheit dachte. Durch den Einmarsch der Russen und die Flucht aus Ostpreußen hatte sie nicht nur ihre Heimat, sondern auch Vater, Großmutter und zwei Schwestern verloren. Bei Claus gab es seit dem Krieg überhaupt keine Familie mehr.

»Dafür hat sie ja jetzt uns«, erwiderte Margot.

Ein kleines Lächeln schien auf Almuths Gesicht auf. »Und Pelzer.«

Der Bräutigam stand mit seinem Trauzeugen Horst Schlippchen auf eine Zigarette zusammen. Stoisch ließ er es über sich ergehen, dass Thea, trotz der hohen Hacken einen Kopf kleiner als er, zärtlich über das Revers seines Hochzeitsanzugs strich, wie um ein loses Fädchen zu entfernen. Dabei schien ein Funke zwischen ihnen überzuspringen, der Pelzers steinerne Miene erhellte, während Theas Gesicht geradezu leuchtete. Horst Schlippchen, dessen verbliebener Haarkranz mit Mitte vierzig fast vollständig ergraut war, grinste über das ganze Gesicht, als Thea gleich darauf ihren Brautstrauß an Fräulein Buschheuer weiterreichte, um mit behandschuhten Fingern Pelzers Krawattenknoten zurechtzurücken.

Margot und ihre Kolleginnen hatten im Vorfeld darüber spekuliert, ob die Chefstewardess vielleicht einen Begleiter mitbringen würde. Doch sie war allein gekommen, bestechend elegant in einem weinroten Kostüm mit verwegenem Hütchen, der Lippenstift perfekt darauf abgestimmt und die obligatorische Zigarette in der Hand. Auch Thea nutzte die Gelegenheit, aus ihrer Handtasche eine Zigarettenpackung herauszukramen. Ganz so, als warteten sie alle auf den Einlassgong im Theater und nicht auf die bevorstehende Trauung.

»Ich bin wirklich froh, dass du die Trauzeugin bist«, flüsterte Almuth. »Ich würde vor lauter Aufregung bestimmt den Stift fallen lassen. Vor aller Augen! Ganz zu schweigen von der Rede nachher beim Kaffee.«

So tüchtig Almuth auch die Herausforderungen im Alltag einer Stewardess meisterte – vor eine größere Gruppe zu treten jagte ihr immer noch fast unüberwindliche Angst ein.

»Wart's ab, bis mir der erste Lapsus unterläuft«, entgegnete Margot heiter. »Aber ich hab mir sagen lassen, dass es keine richtige Hochzeit ist, wenn nicht irgendwas schiefläuft.«

Sie wandte sich um und winkte Gitta zu, die in zartem Pink an eine Pfingstrose erinnerte und an einem Klapptisch die letzten Gläser für den Sektempfang polierte. Sieglinde half ihr dabei, umwerfend schön in Lavendelblau. Nur die verkniffenen Mundwinkel verrieten etwas von dem Liebeskummer, den sie seit ein paar Tagen wegen Cornelius Sandberg mit sich herumtrug.

Hinter Margot schnappte Almuth erschrocken nach Luft.

Stirnrunzelnd warf Margot ihr einen Blick zu. »Was ist?«

»Du hast da einen ganz schrecklichen Fleck«, wisperte Almuth erregt.

»Wo?« Margot verrenkte sich den Hals.

»Nicht hinsehen!«, zischte Almuth, knallrot im Gesicht. »Sonst fällt es noch jemandem auf. Du musst sofort nach Hause und dich umziehen.«

»So schlimm wird's schon nicht sein«, erwiderte Margot gelassen.

»Doch, ganz schlimm!«, widersprach Almuth heftig. »So kannst du nicht neben dem Brautpaar stehen.«

»Wenn ich jetzt gehe, platzt Theas Hochzeit!«

Entschlossen zog Margot sich die Stola zurecht, packte ihre Handtasche fester und marschierte los – nur um keine zwei Schritte später abrupt stehen zu bleiben. Ein heftiges Ziehen fuhr durch ihren Unterleib, und etwas sickerte warm und feucht in ihre Unterhose.

»Schnell!«, flüsterte Almuth an ihrer Schulter und legte die Hände an Margots Hüften. »Rein ins Bezirksamt. Die werden ja irgendwo eine Toilette haben. Ich geb dir Geleitschutz.«

Margot blieb nichts anderes übrig, als zu gehorchen. Unnachgiebig schob Almuth sie vor sich her.

»Geht's schon los?«, rief Hansjürgen, der rauchend mit ein paar anderen Stewards und Stewardessen zusammenstand.

»Wir müssen rasch noch was vorbereiten«, zwitscherte Almuth. »Eine Überraschung für die Braut!«

Es war Margot wohl noch nie so schwergefallen, ihr professionelles Stewardessenlächeln zu zeigen. Steifbeinig stakste sie vorwärts und klemmte dabei zusammen, was es an Muskeln zusammenzuklemmen gab, Almuth dicht hinter ihr wie ein Triebwagen bei der Bahn. Aus dem Augenwinkel nahm sie die irritierten Blicke von Horst Schlippchen und Pelzer wahr, während die hochgezogenen Brauen von Fräulein Buschheuer ein Mindestmaß an Contenance anmahnten und Thea ein fragendes Gesicht machte. Margot schaffte es gerade noch, entschuldigend mit einer Schulter zu zucken, dann waren sie und Almuth auch schon durch das Eingangsportal hindurch.

»Da lang!«

»Nein, hier!«

Hallend wurden ihre Stimmen zurückgeworfen, während sie unter Absatzgeklapper treppauf, treppab durch die Gänge hasteten.

»Wat is 'n mit euch los?«, fragte irgendwo hinter ihnen Thea.

Margot und Almuth antworteten nicht, sie suchten weiter fieberhaft nach einer Toilette.

»Die muss doch irgendwo sein!«

»Waren wir hier nicht schon?«

Sie bogen in den nächsten Gang ein, Almuth in energischem Laufschritt, Margot verkrampft trippelnd.

»Wartet!«, rief Thea aus einiger Entfernung. »Ick kann nich schneller in den hohen Dingern!«

»Da!«, stieß Almuth aufgeregt hervor und zerrte Margot in die rettende Damentoilette.

Mit flinken Fingern öffnete sie den Reißverschluss und half Margot, aus Kleid und Petticoat zu steigen, bevor sie sie in die nächstbeste Kabine bugsierte und die Tür zuschlug.

Margot verspürte erneut ein heftiges Ziehen im Unterbauch. Sie riss die Unterhose herunter, ließ sich auf die Klobrille fallen und besah sich ungläubig die Bescherung.

»Ist es stärker als sonst?«, fragte Almuth auf der anderen Seite der Kabinentür, während Wasser aus dem Hahn lief und Stoffbahnen raschelten.

Margot spähte zwischen ihre Knie. »Nur ein bisschen.«

Almuth schien kurz innezuhalten.

»Vielleicht war ja auch gar nichts«, flüsterte sie nach einer kleinen Pause.

»Vielleicht.«

Margot stieß zittrig den Atem aus, und als sie gleich darauf wieder einatmete, war es, als würde sie zum ersten Mal seit Wochen wieder richtig Luft bekommen. Sie war wohl doch einfach ein Glückskind. Stumm schickte sie ein inbrünstiges Dankgebet zum Himmel hinauf.

Sie zuckte zusammen, als jemand die Tür zum Vorraum aufriss.

»Ihr seid wohl vom Affen jebissen!«, zeterte Thea und stieß dann beglückt einen Schrei aus. »Wat seh ick da? Die rote Lola ist zurück!«

Mit halbem Ohr bekam Margot mit, wie Almuth und Thea sich zankten, ob ein nasser Fleck auf der Rückseite des Rocks wirklich die bessere Alternative war.

Die ersten Tränen stiegen Margot in die Augen, die Tränen, die so lange nicht hatten fließen wollen. Diese schlimme Zeit, in der sie tausend Ängste ausgestanden hatte, war endlich vorüber. Trotzdem fühlte sie sich seltsam leer, um eine Entscheidung betrogen, von der sie nicht einmal gewusst hatte, wie sie sie treffen sollte.

»Ick hab's!«, rief Thea schließlich aus. »Wir binden die Stola als Schärpe um die Taille.« Sie kramte in ihrer Handtasche. »Hier, ick hab Sicherheitsnadeln mit. Tipp von der Schneiderin, für alle Fälle. Damit pinnen wir die Enden der Stola fest, jenau über der feuchten Stelle, dann merkt det keen Mensch.«

»Margot?«, wisperte Almuth vor der Kabinentür. »Hier, nimm das.«

Sie streckte eine Damenbinde und eine akkurat zusammengefaltete Unterhose unter der Tür hindurch.

»Wat hast du denn allet dabei?«, wunderte sich Thea.

»Ich bin eben gern vorbereitet«, entgegnete Almuth, offenbar schnippisch vor Verlegenheit.

»Mit 'nem extra Schlüpper?«

»Ich dachte«, antwortete Almuth kleinlaut, »wenn wir bis spät in die Nacht hinein feiern … vielleicht kann ich ja bei Claus …«

Der Rest ihres Satzes ging in Theas Jubelgeheul unter.

Margot brach in Lachen aus, weil gerade alles so absurd, so komisch war und weil sie so tolle Freundinnen wie Almuth und Thea hatte. Dann weinte sie nur noch. Vor Erleichterung, weil sie ungeschoren davonkam, und vor Kummer, weil dennoch viel zu viel zu Bruch gegangen war.

»Margot?« Thea klopfte sacht gegen die Tür der Toilettenkabine. »Beim Sektempfang nachher kipp ich dir 'n volles Glas übers Kleid. Ick bin die Braut, da darf ick schusselig sein. Dann fährste heim, ziehst dich um, staffierst dich mit allem Notwendigen aus und kommst zum Kaffee nach. Und danach feiern wir deine neue Freiheit, bis sich die Balken biejen, ja?«

»In Ordnung«, schniefte Margot, wischte sich die Tränen

aus dem Gesicht und putzte sich die Nase mit einem Stück Toilettenpapier.

Heute war Theas Hochzeitstag, heute wollte sie einfach froh sein, dass sie ihr Leben zurückbekommen hatte. Weinen konnte sie morgen noch.

13

Cherry Pink and Apple Blossom White

An diesem Samstagvormittag im August herrschte heilloses Geschnatter im Umkleideraum der Stewardessen: Die Anprobe der Dirndl, die sie in der Zeit des Oktoberfests tragen sollten, stand bevor.

Die Vereinigung der Guttempler in Hamburg hatte zwar offiziell Protest eingelegt, weil ein solcher Reklamedienst für den Konsum von Bier unter der Würde der Lufthansa sei. In Fuhlsbüttel indes beglückwünschte man sich zu diesem Coup, der bereits derart viel Aufmerksamkeit auf sich zog, obwohl noch nicht einmal die letzten Nadelstiche an den Kleidern ausgeführt waren.

Doch auch bei den Stewardessen stieß die von der Direktion verordnete Trachtenmode nicht unbedingt auf Gegenliebe.

»Ich sehe aus wie ein Wiener Würstchen«, kommentierte Margot ihr Spiegelbild. Sie trug ein rosafarbenes Dirndl mit weißen Tupfen; eine Kombination, die sich im Stoff der Schürze wiederholte. »Mit Mayospritzern!«

»Unsinn!«, widersprach Almuth. »Du siehst wie immer fabelhaft aus.« Mit beiden Händen hob sie den wadenlangen Rock ihres hellblauen Dirndls an und machte einen Knicks. »Gestatten – die Sennerin von St. Kathrein!«

Margot musste lachen. Almuth sah wirklich aus wie einem Heimatfilm entsprungen, fehlten nur noch die Milchkanne, eine zutrauliche Kuh und der fesche Förster.

Sonja drängelte Margot vom Spiegel weg, warf aber nur flüchtig einen Blick auf sich selbst im hellblauen Dirndl mit weißen Tupfen, bevor sie schnurstracks zur Schneiderin marschierte.

»Sehen Sie das, Fräulein Wonneberg?«, sagte sie forsch. »Sehen Sie, wie dieses Blau meinen Teint erschlägt? Ich brauche unbedingt ein Dirndl in Rosa.«

In aller Seelenruhe zog die Schneiderin eine Stecknadel aus dem Nadelkissen an ihrem Handgelenk und fixierte den Fingerbreit Stoff, um den Gittas Dirndl enger gemacht werden musste.

»Hellblau für die Blondinen«, erklärte sie dann, »Rosa für die Brünetten, Fräulein Funke. Wenn Sie damit nicht einverstanden sind, wenden Sie sich bitte an Fräulein Buschheuer.«

Sonja ließ nicht locker. »Dann vielleicht ein anderes Blau für mich?«

Fräulein Wonneberg runzelte die Stirn über ihrer Hornbrille. »Wir sind hier nicht bei Dior.«

»Des is aber koa richtig's Dirndl ned«, meinte Gitta enttäuscht und zog den eckigen Ausschnitt über ihrer durchaus beachtlichen Oberweite ein bisschen tiefer.

Flugs zupfte Fräulein Wonneberg Gittas Dekolleté wieder zurecht. »So hat Fräulein Buschheuer es bestellt, und so habe ich es angefertigt. Die Damen arbeiten ja auch nicht im Biergarten, sondern bei der Lufthansa.«

»Also mir gefällt's«, meinte Ruth und drehte sich vor dem Spiegel hin und her; zu ihren cognacfarbenen Haaren bildete das Rosa einen interessanten Kontrast. Wie bei Almuth wies ihr Dirndl ein Paisleymuster in Weiß auf, die dazugehörende Schürze war kariert. »Wie geht's Thea?«

»Super!«, antwortete Margot. »Sie ist aus den Flitterwochen zurück und ganz aus dem Häuschen vor Glück – auch weil sie diese Woche ihre erste Flugstunde hatte.«

Neben der Reifenpanne am Brenner, die Thea eigenhändig behoben hatte, war die beste Anekdote, die sie aus Italien mitgebracht hatte, diejenige, dass sie am Strand von Rimini von einem der vorbeipatrouillierenden Carabinieri für ihren Bikini gerügt worden war.

Obwohl sie als ehemalige Stewardess wusste, dass die katholische Kirche Anstoß an dieser freizügigen Bademode nahm und nicht nur Italien, sondern auch Spanien und Portugal ein Bikiniverbot erlassen hatten, hatte Thea es förmlich darauf angelegt. Der Carabiniere hatte sich zwar schmunzelnd ihre teils hitzig auf Deutsch, teils in einer charmanten Mischung aus Italienisch und Spanisch vorgebrachten Argumente über Freiheit und Gleichberechtigung angehört; schließlich zeigten die Herren der Schöpfung reichlich Bauch am Strand. Auf einem Strafzettel hatte er dennoch bestanden, Ordnung musste sein.

Erst als Pelzer sich einschaltete, hatte der Sittenwächter respektvoll vor dem Kriegsveteranen salutiert und es bei einer mündlichen Ermahnung belassen. Und Thea hatte sich zähneknirschend noch am selben Tag einen Einteiler gekauft. Mit extra tiefem Ausschnitt.

»Thea kommt heute Abend auch mit zum Tanzen«, ergänzte Almuth.

Vertraulich stupste Ruth sie mit dem Ellbogen an. »Und? Hat Claus schon irgendwas dazu verlauten lassen, dass du den Brautstrauß gefangen hast?«

Almuth schüttelte verlegen den Kopf.

»Aber deiner Mutter hast du ihn schon vorgestellt?«, hakte Ruth nach.

»Um Gottes willen!« Almuth riss die Augen auf. »Der arme Kerl.«

»Wieso?«, entgegnete Ruth. »Der muss doch der Traum jeder Schwiegermutter sein.«

»Vergiss es!«, mischte sich Sonja ungefragt ein. »Der heiratet sowieso nie, der ist und bleibt ein Schürzenjäger. Als ich auf Theas Hochzeit mit ihm getanzt hab, ist er ziemlich auf Tuchfühlung gegangen.«

Almuth wurde blass.

»Dann hast du ihn wohl mit einem anderen jungen Herrn verwechselt«, erwiderte Margot heiter. »Du hattest aber auch einen ordentlichen Pegel, da kann so was schon mal passieren.«

Sonjas Augen wurden schmal. »Dich hat er ja auch mir nichts, dir nichts für eine andere fallen lassen. Und da war er ja nun nicht der Einzige, wie man so hört.«

Die Anspielung auf Klaus versetzte Margot einen Stich, aber sie ließ sich nichts anmerken und zuckte leichthin mit den Schultern. »Da halte ich es wie die Eiche mit dem Borstenvieh.«

Wütend rauschte Sonja davon, um die Schneiderin noch einmal zu behelligen. Ruth verdrehte vielsagend die Augen, dann rief Fräulein Wonneberg sie zu sich.

Margot legte einen Arm um Almuth, die mit unglücklicher Miene in ihrem Schrank herumkramte. »Mach dir nichts draus. Du weißt doch, wie sie ist. Ein intrigantes Miststück.«

Almuth wirkte nicht überzeugt. »Glaubst du das auch?«, hauchte sie. »Dass Claus schon auf dem Absprung ist?«

Margot hob verblüfft die Brauen. »Wie kommst du darauf?«

Ängstlich warf Almuth einen Blick über die Schulter, ob jemand sie belauschen könnte. Aber sämtliche Stewardessen im Raum waren mit ihren eigenen Dirndln oder denen ihrer Kolleginnen beschäftigt.

»Als ich nach der Hochzeitsfeier bei ihm übernachtet habe«, wisperte sie, »hatte ich erst ein mulmiges Gefühl. Aber es war unheimlich schön. Wir haben uns lange geküsst und sind dann nebeneinander eingeschlafen. Am nächsten Morgen hat er mir sogar einen Kaffee ans Bett gebracht.«

»Aber?«, hakte Margot nach.

Almuth schluckte. »Seitdem hab ich Angst, dass er mit mir Schluss macht, wenn ich ihn noch lang hinhalte«, raunte sie bang. »Oder dass er Schluss macht, sobald er gekriegt hat, was er will. Du weißt schon …« Sie errötete.

»Claus ist nicht so«, flüsterte Margot, »und er ist total verschossen in dich.« Sie sah Almuth an, dass sie ihr zu gern glauben wollte.

Es klopfte an der Tür zur Umkleide, und Fräulein Buschheuer trat ein. Augenblicklich nahmen alle Stewardessen eine kerzengerade und möglichst vorteilhafte Haltung an, während die Chefstewardess ihren Blick reihum schweifen ließ.

»Das sieht doch schon sehr hübsch aus«, kommentierte sie. »Denken Sie bitte alle daran, die Schleife der Schürze vorn in der Mitte zu binden. Sie wollen den Herren an Bord weder vermitteln, dass Sie womöglich schon mit einem Bein im Standesamt stehen, noch, dass Sie leicht zu haben sind. Falls einer der Gäste Sie darauf anspricht, lächeln Sie geheimnisvoll. Wie immer gilt, dass Ihre Anwesenheit an Bord das starke Geschlecht zum Träumen einladen soll, die notwendige Distanz aber trotzdem gewahrt werden muss.« Sie fasste Gitta näher ins Auge. »Versetzen Sie die Knöpfe an Fräulein Schobers Dirndl noch ein wenig, Fräulein Wonneberg. Das spannt sonst beim Service und gewährt womöglich unerwünschte Einblicke.«

»Sehr wohl, Fräulein Buschheuer.«

»Entschuldigung, Fräulein Buschheuer!« Sonja postierte sich vor der Chefstewardess. »Ich kann mich mit diesem Blauton einfach nicht anfreunden, der lässt mich kränklich aussehen.«

»Dann sehen Sie zu, dass Sie bis Mitte September noch etwas Farbe kriegen«, erwiderte Fräulein Buschheuer kühl. »Oder Sie tricksen beim Make-up, das müssten Sie inzwischen doch aus dem Effeff beherrschen. Alternativ können Sie bei Herrn Viellieber im Salon vorbeigehen und die Oktoberfestsaison als Brünette bestreiten. Das überlasse ich ganz Ihnen.«

Sonja erbleichte sichtlich. Im hintersten Winkel des Umkleideraums kicherte jemand schadenfroh.

»Was tragen eigentlich die werten Herren Kollegen?«, fragte Sieglinde, die in ihrem rosafarbenen Dirndl ohne Weiteres das Werbegesicht für Alpenmilch oder für ein Luxushotel in den Bergen hätte sein können.

»Die bleiben bei ihrer bewährten Uniform«, antwortete die Chefstewardess. »Während des Oktoberfests werden Sie, meine Damen, noch mehr im Mittelpunkt stehen als sonst. Wir erwarten selbstverständlich, dass Sie dieser Aufgabe gerecht werden. Achten Sie also besonders auf Ihr Äußeres und Ihr Auftreten. Rechnen Sie jederzeit damit, dass jemand eine Kamera auf Sie richtet. Solche Schnappschüsse, die später im Familien- und Freundeskreis herumgereicht werden, sind die denkbar beste Werbung für die Lufthansa. Und auf diesen Fotos wollen Sie doch eine gute Figur abgeben, nicht wahr?«

»Jawohl, Fräulein Buschheuer«, zirpten einige der Stewardessen im Chor, die anderen nickten eifrig.

»Ich möchte die Gelegenheit noch für eine informelle Ankündigung nutzen«, fuhr die Chefstewardess fort. »Mitte November wird in Kalifornien wieder die Wahl zur *Miss Wings over the World* ausgetragen. Zum ersten Mal ist auch die Lufthansa eingeladen, eine Bewerberin ins Rennen zu schicken.«

Ein begeistertes Raunen ging durch die Umkleide, zwei oder drei von Margots Kolleginnen schnappten hörbar nach Luft. Bei diesem Wettbewerb dabei zu sein, das war in etwa vergleichbar mit einer Teestunde bei der Queen oder einem Auftritt auf dem roten Teppich von Cannes. Und dann auch noch unter der Sonne Kaliforniens!

Fräulein Buschheuer lächelte. »Ihrer Reaktion entnehme ich, dass Sie um das Prestige dieser Veranstaltung wissen. Damit darf sich die Lufthansa nun endgültig unter die namhaften Fluggesellschaften der Welt einreihen. Was es bedeuten würde, wenn gleich bei unserer ersten Teilnahme eine deutsche Stewardess das Krönchen mit nach Hause brächte, können Sie sich bestimmt vorstellen. Herr Schlippchen und ich haben uns deshalb lange den Kopf zerbrochen, wer von Ihnen es in puncto Aussehen, Ausstrahlung und Charakter mit der internationalen Konkurrenz aufnehmen kann.«

Man hätte buchstäblich hören können, wenn eine von Fräulein Wonnebergs Stecknadeln zu Boden gefallen wäre, so still war es im Raum. Fräulein Buschheuer genoss sichtlich die hoffnungsvollen Blicke der Stewardessen, und ihr Lächeln vertiefte sich.

»Wir haben uns für Sie entschieden, Fräulein von Rehberg«, verkündete sie schließlich und sah Almuth auffordernd an.

Mit einem Schlag wich alle Farbe aus Almuths Gesicht, während die Glückwünsche ihrer Kolleginnen auf sie einprasselten.

Fräulein Buschheuer war jedoch noch nicht fertig, energisch verschaffte sie sich Gehör. »Einen Moment noch, die Damen! Wir gehen davon aus, dass eine deutsche Teilnahme auf besonderes Interesse bei den Medien stoßen wird. Fräulein von Rehberg wird vermutlich zu sehr von den Vorbereitungen und Proben in Anspruch genommen sein, um mit den Journalisten sprechen zu können. Fräulein Frei?«

Aufmerksam erwiderte Margot den Blick der Chefstewardess.

»Aufgrund Ihrer Erfahrungen mit der Presse in Moskau werden Sie Fräulein von Rehberg nach Los Angeles begleiten.«

Margot stockte der Atem, dann breitete sich ein Strahlen auf ihrem Gesicht aus. »Natürlich, sehr gern, Fräulein Buschheuer!«

Die Chefstewardess nickte. »Gut. Kommen Sie beide gleich nach der Anprobe in mein Büro, dann besprechen wir alles Weitere.«

Sobald sich die Tür hinter Fräulein Buschheuer geschlossen hatte, stürzten sich die anderen Stewardessen auf Almuth und Margot.

»Ich fass es nicht!«

»Das ist der Wahnsinn, ich freu mich so für euch zwei!«

»Zur *Miss Wings* – und dann auch noch in Los Angeles!«

»Das wird dein Sprungbrett, Almuth! Ich sag nur Hollywood!«

»Vielleicht trefft ihr dort auch irgendwelche Stars – Rock Hudson, Kirk Douglas oder Clark Gable.«

»Elvis!«

»Liz Taylor, Audrey oder Marilyn!«

»Ihr müsst unbedingt Fotos machen!«

Erst als sich die größte Aufregung gelegt hatte, verstand Margot, was Almuth neben ihr ein ums andere Mal wiederholte: »Ich kann das nicht. Ich kann das einfach nicht.«

Sie presste sich die Hände auf den Mund, als müsste sie sich jeden Moment übergeben.

»Wenn du es dir nicht zutraust«, ließ Sonja sich vernehmen, »wäre es nur fair, du würdest einen Rückzieher machen. Damit jemand anders die Chance kriegt und auch was draus macht.«

Niemand achtete auf sie.

»Natürlich schaffst du das!« Sieglinde klopfte Almuth aufmunternd auf die Schulter. »Das wird nicht viel anders sein als ein ganz gewöhnlicher Dienst an Bord.«

»Ja, Almuth!«, rief Ruth. »Wie wenn du beim *Ball über den Wolken* die Gäste betreust.«

Margot zog ihre Freundin liebevoll an sich. »Ich bin doch auch dabei. Und es geht nach Kalifornien!«

Almuths Blick wanderte zwischen den Stewardessen hin und her, dann schlugen ihre blauen Augen übermütig Funken. Als sie die Hände vom Mund löste, strahlte sie über das ganze Gesicht.

»O mein Gott«, rief sie überglücklich, als würde sie es jetzt erst begreifen. »Wir fliegen wirklich nach Kalifornien!«

14

Smoke Gets in Your Eyes

Vor dem Behelfsheim vernebelten Rauchschwaden den Sommerabend. Margots Vater stocherte in der glühenden Holzkohle im neu angeschafften Grill, während ihr Schwager Hans immer wieder prüfend die Hand über den Rost hielt. Frieder Susemihl, der auf ein Bier vorbeigekommen war, geizte nicht mit guten Ratschlägen. Hans' Kollege Ole Rummel stand etwas verloren daneben, ein Riese von einem Kerl mit kindlichem Gesicht. Das blonde Haar brav mit Pomade gescheitelt, eine Hand in der Hosentasche vergraben und in der anderen ein Bier, verfolgte er jede von Margots Bewegungen.

»Was macht der denn hier?«, zischte Margot ihrer Schwester zu, die mit ihr zusammen den ebenfalls neuen Klapptisch deckte.

»Wir haben ihn eingeladen«, antwortete Lore.

»Das sehe ich«, flüsterte Margot. »Aber warum?«

Lore seufzte, als ob Margot begriffsstutzig wäre. »Weil du offenbar einen Mann nach dem anderen vergraulst.«

»Wie bitte?« Margot schnappte nach Luft, atmete dabei Rauch ein und musste husten.

»Du kannst doch froh sein, wenn du überhaupt noch einen abkriegst«, erklärte ihre Schwester in aller Seelenruhe. »Hans' Kollegen auf der Werft lästern schon, dass du wer weiß was anstellst, während du durch die Welt tingelst. Ole stört das nicht, der würd dich immer noch nehmen. Schau doch nur, wie lieb er dich anguckt!«

Margot blickte kurz zu Ole, der mit einem ähnlich seligen Gesichtsausdruck an seinem Astra nuckelte wie Klein Holger an der Schnullerflasche.

»Benimm dich!«, zischte Lore ihr zu und band Holger in seinem Hochstuhl das Sabberlätzchen um, was umgehenden Protest hervorrief.

»Mutti!«, rief Margots Vater über die Schulter. »Wo bleibt das Grillgut?«

»Komme schon!«, antwortete Margots Mutter durch das geöffnete Fenster der Wohnküche. Mit einem Teller voller Bratwürste kam sie gleich darauf aus dem Behelfsheim.

»Ach je«, sagte sie erschrocken, als sie Ole erblickte. »Wir haben einen Stuhl zu wenig rausgestellt.«

»Ich geh schnell«, meinte Margot. Sie mochte die neuen Gartenstühle sowieso nicht, bei denen man über kurz oder lang mit der halben Pobacke zwischen die bunten Gummilamellen rutschte.

»Lass das einen der Männer machen«, rief Lore ihr nach. »Dafür sind Kavaliere doch da!«

Ole schien den Wink zu verstehen, denn kaum hatte Margot nach einem der Küchenstühle gegriffen, stand er schon hinter ihr und fasste mit an.

»Is zu schwer für dich«, sagte er mit einem vorsichtigen Grinsen.

Margot lachte. »Der wiegt auch nicht mehr als die vollgepackten Tabletts, die ich tagein, tagaus im Flieger schleppe.«

Ole packte den Stuhl fester. »Geh'n wir nachher noch ins Kino? Oder was trinken?«

Margot versuchte vergeblich, ihm den Stuhl abzunehmen. »Ich bin schon verabredet.«

»Und morgen?«

»Brauche ich meinen Schönheitsschlaf.«

Ole zeigte sich stur wie ein Maulesel – nicht nur, was den Stuhl betraf, an dem sie beide zerrten. »Wie wär's nächste Woche?«

Margot seufzte. »Hör zu, Ole: Ich will einfach nicht. Okay?«

Die Stirn in grüblerische Falten gelegt, nickte Ole bedächtig. Dann erhellte sich seine Miene. »Lieber zu Hagenbeck?«

Entnervt ließ Margot den Stuhl los – so plötzlich, dass eines der Holzbeine gegen Oles Knie knallte. Tapfer humpelnd trug er den Stuhl wie einen Trostpreis davon.

Margot nahm die beiden Schüsseln mit Kartoffel- und Nudelsalat, die sie und ihre Mutter am Nachmittag vorbereitet hatten, und folgte ihm nach draußen, wo Klein Holger vor sich hin brabbelte und dabei mit einem Löffel auf die Tischplatte seines Hochstuhls einhämmerte wie Jerry Lee Lewis auf das Piano.

Während des Essens erzählte Margot von ihrer Einladung nach Kalifornien.

»Kommt gar nicht infrage«, sagte ihr Vater mit vollem Mund.

»Anweisung von oben«, erwiderte Margot.

»Dann kündigen sie dir eben.« Ihr Vater zeigte sich unbeeindruckt. »Und du suchst dir endlich eine anständige Arbeit.«

»Oder einen Mann zum Heiraten«, warf Lore mit einem unmissverständlichen Blick in Oles Richtung ein.

Ole grinste beseelt, als wäre schon das Aufgebot bestellt.

Hätte Margot wirklich ein Kind erwartet, wäre ihr am Ende wohl nichts anderes übrig geblieben, als flugs einen Mann wie ihn zu heiraten, der entweder einfältig genug war, sich ein Kuckucksei unterschieben zu lassen, oder blind vor Verliebtheit. Dieser Mann hätte dann ein gesetzlich verbrieftes Recht darauf gehabt, dass sie für ihn kochte, die Wäsche wusch und die vier Wände sauber hielt. Er hätte ihr verbieten können, arbeiten zu gehen, und darüber bestimmt, wie viel Haushalts- und wie viel Taschengeld sie bekam; für größere Ausgaben wie die Anschaffung eines Kühlschranks oder einer Waschmaschine hätte sie seine Erlaubnis gebraucht. Und natürlich wäre es ihre eheliche Pflicht gewesen, ihn im Bett glücklich zu machen und sich um den Nachwuchs zu kümmern.

Während Lore und Hans die Vorzüge des Ehelebens priesen, fiel Margots Blick auf ihren Neffen, der angestrengt den Kartoffelsalat vor sich mit den Händen zermatschte. Eine eigentümliche Zärtlichkeit machte sich in ihrer Brust breit. Ein Kind von Klaus hätte ein kleiner Junge mit dunklem Haar sein können, ernsthaft und in sich gekehrt, oder ein lebhaftes kleines Mädchen mit Margots graublauen Augen und Sommersprossen auf der Nase. Irgendwann in ferner Zukunft wäre diese Vorstellung womöglich gar nicht so schrecklich gewesen. Ihr Magen zog sich kummervoll zusammen.

Margot gab sich Mühe, diesen Gedanken zu verdrängen. Es lohnte nicht, vergangenen Möglichkeiten nachzutrauern; Flugzeuge legten in der Luft auch nie den Rückwärtsgang ein.

»Vielleicht kommt Margot in Amerika ja in eines dieser Magazine«, ließ Ole sich zaghaft vernehmen. »Wie Marilyn.«

Mit einer gewissen Befriedigung sah Margot, wie ihr Vater sich beinahe an seiner Grillwurst verschluckte und ihre Mutter das Besteck sinken ließ. Das Bild von Ole als idealer Schwiegersohn hatte gerade einen empfindlichen Dämpfer erlitten.

Lachend zündete Hans sich eine Zigarette an. »Die Figur dafür hat sie jedenfalls!«

Lore erdolchte ihn mit Blicken. Seit Holgers Geburt machte sie eine Diät nach der anderen. Nachdem die sogenannte Fresswelle die Hungerjahre nach dem Krieg abgelöst hatte, waren Schlankheitskuren und Abnehmpillen ein rasant wachsender Markt. Hauptsächlich auf das weibliche Geschlecht zugeschnitten.

»Was machst du denn da?«, rief Lore, als sie bemerkte, dass ihr Junior inzwischen dazu übergegangen war, sich die Kartoffelpampe ins pausbäckige Gesicht zu schmieren.

Den Klaps auf seine Finger quittierte Klein Holger mit einer Miene blanker Empörung.

Walter Frei griff zu seinem Bier und sah Margot finster an. »Du wirst da drüben noch in der Gosse landen.«

»Wenigstens wird es eine amerikanische Gosse sein«, schoss Margot zurück.

»Lass gut sein!«, bat Irmgard Frei ihren Mann. »Sie ist ja auf dem Quivive. Und die Lufthansa würde sie gar nicht erst zu diesem Wettbewerb schicken, wenn das was Anrüchiges wäre. Das ist ein anständiges Unternehmen, mit dem sogar unser Bundeskanzler fliegt.« Liebevoll legte sie eine Hand auf Margots Schulter. »Am Ende macht unsere Lütte in Amerika noch richtig Karriere.«

Es war das erste Mal, dass sie für ihre Tochter Partei ergriff; die Einzige am Tisch, die Margot das Gefühl gab, es zu etwas gebracht zu haben. Dankbar drückte Margot ihre Hand.

Klein Holgers Gequengel steigerte sich zu einem ohrenbetäubenden Gebrüll. Hochrot im Gesicht, rüttelte er wutentbrannt am Gerüst seines Hochstuhls wie an den Stäben eines Käfigs.

Sieh an, dachte Margot. *Dir geht's also genauso.*

Seufzend stand Lore auf und hob den Kleinen auf den Arm, wo er sich sofort beruhigte und genüsslich den Kartoffelbrei von seinen Fingern zu lutschen begann. Sein Blick traf auf Margots, ein unverhohlener Triumph in den Augen, und Tante und Neffe grinsten sich an.

Der Tanzschuppen hinter der Reeperbahn bebte im Rhythmus von Blues und Rock 'n' Roll, die Luft war verräuchert und zum Schneiden dick. Etliche der Mädchen waren inzwischen dazu übergegangen, Söckchen und Segeltuchschuhe unter ihren gestärkten Petticoats zu tragen, was die akrobatischen Sprünge und Schwünge erleichterte. Bei wilden Tänzen in ausgelassener Stimmung wirkte diese neue Mode kein bisschen brav, sondern wie ein ironisches Augenzwinkern.

Im bunten Dämmerlicht drängten sich Margot und Thea mit Almuth und Claus am Tresen zusammen. Ruth und Felix waren mit von der Partie, Gitta und Sieglinde hingegen schon wieder in der Luft.

Graziös thronte Almuth in ihrem zartblauen Partykleid auf einem der wenigen und entsprechend begehrten Barhocker, den Claus für sie erobert hatte.

»Der Wettbewerb findet in Long Beach statt«, schrie sie gegen die laute Musik an. »Direkt am Strand, im Auditorium am Rainbow Pier. Dort wird auch jedes Jahr die Wahl zur Miss Universum veranstaltet.«

»Hast du Lust zu tanzen?«, brüllte ein geschniegelter Jüngling Thea ins Ohr.

Sie sah blendend aus. Das zitronengelbe Kleid betonte die Sonnenbräune, die sie aus Italien mitgebracht hatte – und nach eigenem Bekunden auch drei Pfund mehr auf den schmalen Hüften.

Mit einer ungeduldigen Handbewegung wehrte sie den Verehrer ab; als der Ehering an ihrem Finger aufblitzte, blieb ihm jeglicher Überredungsversuch im Hals stecken, und er zog freiwillig Leine.

»Musste dann ooch im Badeanzug über den Laufsteg?«, wollte Thea von Almuth wissen.

»Zum Glück nicht«, antwortete Almuth leicht entsetzt. »Ich weiß nicht, ob ich das mitmachen würde.«

»Schade eigentlich«, meinte Claus schmunzelnd, den Arm um ihre Schultern gelegt.

In gespielter Entrüstung sah Almuth ihn von der Seite her an, und lachend küsste er sie auf die Wange.

»Wir werden unsere Uniform tragen«, erklärte Margot. »Fräulein Buschheuer hat vorgeschlagen, dass wir außerdem auch unsere Dirndl einpacken.«

»Holdrio«, jodelte Felix mit erhobener Bierflasche und erntete dafür einen Klaps von Margot.

»Und wie lang bleibt ihr?«, fragte Ruth.

»Wir fliegen am dreizehnten November mit der Lufthansa rüber«, erwiderte Margot. »Das ist ein Mittwoch. Von Idlewild nehmen wir dann einen Flug der TWA und sind Donnerstagabend in Los Angeles. Den Freitag haben wir für uns, Sonnabend ist der Wettbewerb, und Sonntag geht es auch schon wieder nach Hause.«

»Untergebracht sind wir in einem Hotel ganz in der Nähe des Auditoriums«, ergänzte Almuth. »Ebenfalls direkt am Strand.«

Mit funkelnden Augen zündete Thea sich eine Zigarette an. »Da will ick mit!«

»Nicht nur du!«, konterte Felix. »Warum gibt es eigentlich keine Wahl zum *Mister Wings over the World*?«

Thea schlug ihm kameradschaftlich auf den Rücken. »Weil keener eure Stachelbeerbeene sehen will!«

Im aufbrandenden Gelächter wanderte Felix' Blick zu einer Gruppe junger Mädchen, die sich gerade zögerlich durch den Eingang schob. Bis in die Haarspitzen aufgedonnert, sahen sie sich mit großen Augen und aufgeregt lächelnd um. Ruths Augenzwinkern, während sie an ihrem Cocktail nippte, beantwortete er mit einem halb verlegenen, halb draufgängerischen Grinsen.

»Keen Flachs!«, rief Thea ihren Freundinnen zu. »Ick koof mir 'n Ticket und komm mit.«

»Au ja!« Almuths Augen leuchteten.

Thea lachte. »Det lass ick mir bestimmt nicht entjehn! Ick hab noch wat auf der hohen Kante, und wenn det nicht reicht, frag ick Pelzer.«

»Darf ich auch mit?«, erkundigte sich Claus. »Vielleicht als euer Chauffeur?«

»'n Führerschein hab ick selber!«, tönte Thea großspurig.

Claus ließ nicht locker. »Dann vielleicht als Kofferträger, Leibwächter, Cheerleader oder Manager?«

»Guck, guck!« Felix stupste Ruth an. »Kaum hören sie den Lockruf Hollywoods, heben sie völlig ab.«

Ruth lachte.

»Ich hätte Claus schon gern dabei«, sagte Almuth und setzte eine bittende Miene auf. Sie legte sogar flehend die Handflächen aneinander.

Margot und Thea sahen sich belustigt an.

»Hach, na ja«, meinte Thea schließlich großmütig. »Wenn's sein muss!«

Jauchzend fiel Almuth ihr um den Hals. Dann schlang sie die Arme um Margot, erstarrte jedoch gleich darauf und ließ sie blitzartig wieder los. Die Augen gesenkt, schmiegte sie sich an Claus. Die anderen warfen sich bedeutungsvolle Blicke zu, und Margot wandte sich um.

In Jeans und T-Shirt stand Klaus hinter ihr. Ihr verräterisches Herz setzte einen Schlag aus, bevor es stürmisch losgaloppierte.

Acht Wochen lang hatten sie einander nur im Dienst gesehen, auf Flügen nach Zürich und Wien, London, Paris und Teheran. Als Co-Pilot und Stewardess war ihr Umgang miteinander zwar angespannt, aber von routinierter Professionalität.

Hier gab es diese Distanz nicht, hier standen sie einander schutzlos gegenüber, vertraut und fremd zugleich. Aus dem Augenwinkel nahm Margot wahr, wie Claus Almuth auf die Tanzfläche führte und sich auch die anderen in der feiernden Menge zerstreuten.

»Wie geht es dir?«, brachte Klaus rau hervor.

»Großartig!«, platzte sie heraus. »Almuth und ich fliegen im November nach Kalifornien. Zur Wahl der *Miss Wings over the World*.«

Klaus runzelte die Stirn. Offenbar hatte er noch nie davon gehört. Oder es war ihm egal.

»Mein Problem hat sich übrigens erledigt«, fügte sie hinzu. Es klang schärfer als beabsichtigt, geradezu garstig.

Klaus' Adamsapfel ruckte auf und ab, als er schluckte. Seine Schultern schienen sich zu entspannen, und trotzdem zeichnete sich eine tiefe Traurigkeit in seinem Blick ab, die Margot unangenehm war. Sie griff zu einer der Bierflaschen auf dem Tresen, ohne darauf zu achten, ob es ihre eigene war, und trank einen großen Schluck. Dann begann sie, energisch das Etikett abzuknibbeln. Warum war sie nur so wütend?

»Hättest du mir sonst irgendwann davon erzählt?«, fragte sie schließlich.

Sein Blick wanderte über die Feiernden im Raum, als hätte er in diesem Augenblick keine Ahnung, wo er sich überhaupt befand.

»Ich weiß es nicht«, antwortete er schließlich. »Vermutlich nicht.«

Sein kräftiger Kiefer mahlte, während er Margot unverwandt ansah, seine Augen dunkel und undurchdringlich. *Das ändert alles zwischen uns, oder?*

Margot war noch immer nicht aufs Heiraten versessen, und ihre rote Lola hatte sich im August wieder pünktlich eingestellt. Als wäre nie etwas gewesen. Die Erfahrung, wie fragil ihre Freiheit und Unabhängigkeit waren, konnte sie jedoch nicht abschütteln. Und genauso wenig konnte sie vergessen, was Klaus ihr anvertraut hatte. Aber noch schlimmer war, dass er es so lange verheimlicht hatte. Irgendwo gab es immer eine Grenze, selbst für sie, Margot, das hatte sie jetzt gelernt.

»Ich weiß nicht mehr, wer du bist«, sagte sie.

Klaus nickte, er schien nichts anderes erwartet zu haben.

Beide starrten sie vor sich hin, in die Kluft hinein, die an jenem Julitag am Rand des Feldwegs zwischen ihnen aufgerissen war, während sich über ihnen ein Gewitter zusammenbraute.

Schließlich drehte Klaus sich um und wurde nach wenigen Schritten von der wogenden Menge verschluckt.

Es tat scheußlich weh. Gerade hier, an diesem Ort, wo sie das erste Mal miteinander Rock 'n' Roll getanzt hatten, noch bevor sie mehr als zwei Sätze gewechselt hatten. Margots Augen waren feucht, als sie die Bierflasche zurückstellte und den mitfühlenden Blick von Felix auffing, der an den Tresen zurückgekehrt war.

»Willst du tanzen?«, rief er ihr zu.

Margot schüttelte den Kopf.

Felix zögerte noch einen Moment und warf sich dann in die offensichtlich ungeübte Positur des Verführers. »Also, ich wäre noch zu haben.«

Margot musterte ihn perplex, einen Augenblick lang unsicher, ob sein Hundeblick scherzhaft oder ernst gemeint war. Dann musste sie lachen. »Lass man gut sein«, schniefte sie.

Felix grinste schief. »Einen Versuch war's wert.« Er stieß sie mit dem Ellbogen an und nickte in Richtung Tanzfläche. »Los, gib dir einen Ruck! Vom Rumstehen wird's auch nicht besser.«

Widerstrebend ließ Margot sich mitziehen, mitten in den bebenden, verqualmten Raum hinein. Doch während sie an Felix' Hand herumwirbelte und von ihm in die Luft geworfen wurde, erkannte sie, dass Rock 'n' Roll nicht nur das Leben feierte. Rock 'n' Roll war ein Rettungsring, wenn man in Enttäuschung und Kummer unterzugehen drohte.

15

Sündige nicht im Verkehr

Wie ein Wirbelwind fegten Margot und Bärbel vor dem Abflug nach New York durch die Pantry der Super-Constellation. Die Dirndlkleider, die sie seit Mitte September auf den Flügen der Nordamerikalinie sowie auf den Flügen zwischen London und München trugen, erwiesen sich als wahrer Publikumsmagnet, ständig wurden Margot und ihre Kolleginnen um Fotos gebeten. Die Lufthansa hatte sogar Maßkrüge besorgt und Körbchen mit Brezeln auf die Verpflegungsliste gesetzt, damit die Stewardessen stilecht auf der Gangway posieren konnten.

Insgeheim war Margot froh, dass sie das Dirndl in ein paar Tagen wieder gegen ihre normale Uniform eintauschen konnte. Sich jedes Mal aufs Neue als Werbegesicht für Deutschland im Allgemeinen und die Lufthansa im Speziellen vor irgendwelchen Kameras zu präsentieren ließ die Zeit für die Vorbereitungen an Bord auf ein Minimum zusammenschnurren. In allerletzter Sekunde hasteten Margot in Rosa und Bärbel in Hellblau zur geöffneten Flugzeugtür, um mit einem einladenden Lächeln die Passagiere in Empfang zu nehmen, während Felix sich schon mit den Begrüßungscocktails in der ersten Klasse postiert hatte.

Gleich als Erste kam eine gepflegte Mittdreißigerin in Begleitung eines kleinen Jungen die Gangway herauf. Kinder waren auf den Passagierlisten extra vermerkt, das machte es einfach, sich schon vorab die Namen zu merken.

»Herzlich willkommen bei der Lufthansa, Mrs Johnson«, sagte Margot auf Englisch und half ihr aus dem teuren Mantel. »Hallo, Ronnie!«

Laut der Liste war Ronnie sieben Jahre alt. Er erwiderte Margots Gruß mit einem Zahnlückengrinsen und schlüpfte aus dem Ärmel seiner Jacke. Margot war sofort auf der Hut, als sie den Gips an seinem Arm entdeckte.

»Was hast du denn angestellt?«, fragte sie.

»Bin in den Bäumen rumgeklettert«, lispelte der Junge und zeigte ein noch breiteres Grinsen. »Wie Tarzan.«

»Schaffen Sie sich später bloß keinen Jungen an«, ließ sich seine Mutter mit einem Stoßseufzer vernehmen und strich ihrem Junior über den rotblonden Schopf. »Da hat man keine ruhige Minute mehr.«

Irgendwo in Margots Hinterkopf begann es zu rattern. Ihr kam in den Sinn, was Dr. Frankhauser ihnen damals in der Ausbildung über die unheilvolle Wirkung des Luftdrucks im Flugzeug bei frischen Gipsverbänden beigebracht hatte.

»Wann ist das passiert?«, wollte sie wissen.

Mrs Johnson winkte leichthin ab. »Ach, das ist schon einige Tage her.«

Was Margot bezweifelte, der Gips war noch so weiß wie mit Persil gewaschen. Während Bärbel sich um die nachrückenden Passagiere kümmerte, nahm Margot Mrs Johnson und Ronnie beiseite.

»Mrs Johnson, ich halte es für keine gute Idee, wenn Sie heute mitfliegen. Ronnie sollte sicherheitshalber noch ein paar Tage am Boden bleiben, bevor er mit dem gebrochenen Arm eine solch weite Strecke zurücklegt. Der Luftdruck kann bei einem frischen Gips schwerwiegende Folgen für seinen Arm haben.«

Die Amerikanerin blickte sie erstaunt an. »Davon hat mir niemand etwas gesagt. Weder im Krankenhaus noch vorhin am Schalter.«

»Bitte, Mrs Johnson«, beharrte Margot. »Machen Sie sich mit Ronnie noch ein paar schöne Tage hier, und fliegen Sie etwas später nach Hause. Ich gebe Ihnen auch ein Formular mit, mit dem Sie Ihren Flug kostenlos umbuchen können.«

»Aber Ronnie feiert am Wochenende nachträglich seinen Geburtstag«, widersprach Mrs Johnson, die Stimme bereits leicht schrill. »Alle seine Freunde sind eingeladen, und die Torte ist auch schon bestellt! Außerdem meinte Ihre Kollegin unten gerade eben, das sei in Ordnung.«

Margot spähte nach draußen, wo Sonja am Fuß der Gangway die Gäste begrüßte und dabei in ihrem hellblauen Dirndl strahlte wie die Fischerin vom Bodensee. Möglich, dass Mrs Johnson einfach nur schwindelte; trotzdem wäre es Sonjas Pflicht gewesen, Mutter und Sohn postwendend zurückzuschicken.

Jetzt steckte Margot in der Zwickmühle: Entweder ließ sie es darauf ankommen – oder sie nahm mitten im Andrang des Boardings eine größere Szene in Kauf, einen verspäteten Start durch das Ausladen der Koffer mit eingeschlossen. Und Mrs Johnson war ganz sicher der Typ Frau, der dramatische Auftritte liebte und nicht davor zurückscheute, sich an oberster Stelle zu beschweren, wenn etwas nicht nach ihrem Willen ging.

Margot entschied sich dafür, wenigstens einen zweiten Anlauf zu unternehmen.

»Es tut mir leid, Mrs Johnson. Aber im Interesse Ihres Sohnes kann ich Sie nicht an Bord lassen. Mit einem frischen Gips riskiert er ernsthafte gesundheitliche Schäden.«

»Ich sagte Ihnen doch bereits, dass sein Unfall einige Tage her ist.«

»Verzeihung, Ma'am – aber für mich sieht dieser Gips aus, als wäre er noch keine achtundvierzig Stunden alt.«

»Unterstellen Sie mir etwa, dass ich lüge?« Mrs Johnson durchbohrte sie förmlich mit ihrem Blick.

Margot hatte genug. »Auf Ihre eigene Verantwortung, Mrs Johnson. Folgen Sie mir bitte zu Ihren Plätzen.«

Sie wusste jedenfalls, was im Notfall zu tun sein würde.

Nach dem Tankstopp in Shannon gingen Felix, Bärbel und Sonja durch die Reihen, um die Wünsche der Gäste für das Abendessen aufzunehmen. Margot bereitete währenddessen in der Pantry die ersten Tabletts vor, aus Hackis Töpfen duftete es bereits verlockend.

»Margot!« Bärbel schlüpfte durch den Vorhang. »Der Bub in Reihe acht heult. Irgendwas stimmt wohl mit seinem Arm nicht.«

»Soll Sonja sich darum kümmern«, erwiderte Margot seelenruhig und faltete weiter Servietten. »Es wäre ihre Aufgabe gewesen, die beiden nicht an Bord zu lassen, also muss sie es auch wieder geradebiegen.«

»Sonja sagt, sie weiß nicht, was sie machen soll.«

»Bei der drückt das verehrte Fräulein Buschheuer aber auch mehr als ein Auge zu«, knurrte der Koch.

»Wir alle, Hacki.« Margot seufzte. »Dann mach du das bitte«, sagte sie zu Bärbel. »Du hattest das ja gerade erst in der Ausbildung.«

Bärbel wurde blass. »Das traue ich mich nicht. Nachher ist der Arm meinetwegen krumm und schief.«

Hacki schnaubte.

Ungehalten ließ Margot die Tabletts Tabletts sein und riss die Klappe der Bordapotheke auf. »Wenn sie ihm deswegen zu Hause einen Finger amputieren müssen, hat er auch nichts davon!«

Fluchend kramte sie aus allen Ecken und Enden der Pantry zusammen, was sie benötigte, warf alles in eines der leeren Brezelkörbchen und marschierte in die Hauptkabine.

Mrs Johnson, die vergeblich versuchte, ihren Sohn zu trösten, blickte Margot schuldbewusst entgegen.

»Hallo«, sprach Margot den Jungen sanft auf Englisch an. »Ich habe gehört, dein Arm macht Schwierigkeiten.«

»Der tut ganz schlimm weh«, schluchzte Ronnie. Dicke Tränen kullerten über seine sommersprossigen Wangen.

»Ja, das glaub ich dir«, erwiderte Margot mitfühlend. »Mrs Johnson, dürfte ich Sie kurz um Ihren Platz bitten?«

Die Amerikanerin blickte beunruhigt auf die Utensilien im Körbchen, vor allem auf die große Schere, während sie sich zögerlich erhob. »Was haben Sie vor?«

Margot sah keinen Grund, Mrs Johnson jetzt noch zu erklären, dass der Arm ihres Sohnes durch den Luftdruck angeschwollen war wie ein Ballon und vom Gipspanzer nun zusammengequetscht wurde. Je länger der Flug dauerte, umso größer war die Gefahr, dass Ronnie Schäden an Nerven und Gefäßen davontrug.

»Keine Bange«, sagte sie stattdessen munter und setzte sich neben den Jungen. »Das kriegen wir schon wieder hin. Allerdings müssen wir jetzt eine kleine Operation vornehmen.«

Ronnie duckte sich ängstlich.

»Du magst doch sicher Comics, oder?«, fragte Margot, während sie sacht und wie beiläufig über die Hand des Jungen strich, die dick, knallrot und heiß war. »Und wer ist dein Lieblingsheld?«

»Superman«, murmelte Ronnie.

»Okay, Ronnie. Dann stell dir vor, du bist jetzt Superman, und der Bösewicht ...«

»Lex Luthor!«

»Genau. Lex Luthor hat deinen Arm in Eisen verwandelt. Hartes, schweres und unbewegliches Eisen. Du kannst den Arm überhaupt nicht mehr rühren. Versuchst du das für mich?«

Ronnie nickte zwar, zuckte aber zusammen, als Margot zur Schere griff. »Tut das weh?«

»Vielleicht ein bisschen, da musst du jetzt ganz tapfer sein. Danach ist aber alles wieder gut, das verspreche ich dir. Also zeig mir deinen harten Eisenarm, Superman!«

Margot versuchte, Ronnie möglichst abzulenken, indem sie mit ihm zusammen halblaut überlegte, wie Lex Luthor das bewerkstelligt haben könnte und welches Gegenmittel es wohl gab, während sie mit der Schere Millimeter für Millimeter durch den Gips säbelte. Eine mühevolle Prozedur; das Dirndl klebte ihr bald feucht am Rücken, ihre Finger schmerzten, und am Daumen begann sich bereits eine Blase zu bilden. Vor allem aber schickte sie ein Stoßgebet nach dem anderen in höhere Himmelsschichten, dass sie nicht ausgerechnet jetzt in ein Luftloch sackten oder in Turbulenzen gerieten.

Sobald der Gips der Länge nach aufgeschnitten war, hob Margot Ronnies Arm gerade so weit an, dass sie ihn mit Mullbinden umwickeln konnte.

»Jetzt wackel mal kräftig mit den Fingern, Ronnie«, forderte sie ihren Patienten auf.

»Das piekst ganz eklig!«, beschwerte sich der Junge daraufhin kläglich und zog geräuschvoll den Rotz in der Nase hoch.

Margot grinste ihn an. »Das ist prima, so muss das sein! Weißt du, was? Vergiss Superman – heute bist du der große Held!«

Im Körbchen hatte sie auch eine der Anstecknadeln der Lufthansa mitgebracht, die sie immer dabeihatten, falls jemand aus der Crew die eigene verlor. Die pinnte sie jetzt mit feierlicher Miene an das Polohemd des Jungen.

»Hiermit verleihe ich dir, Ronnie Johnson, den großen Tapferkeitsorden der Brüder und Schwestern vom silbernen Kranich!« Verschwörerisch beugte sie sich zu ihm vor. »Willst du vielleicht deinen Orden den Piloten zeigen und ihnen ein paar Minuten über die Schulter schauen?«

Das ließ sich der Junge nicht zweimal sagen. Schon wieder ein Grinsen auf dem noch tränennassen Gesicht, kletterte er aus der Sitzreihe und schob sich an Margot vorbei.

Margot sah Mrs Johnson streng an. »Achten Sie darauf, dass Ronnie die Finger in Bewegung hält, damit die Blutzirkulation wieder richtig in Schwung kommt. Sobald wir in New York sind, braucht er sofort einen neuen Gips. Bis dahin muss er besonders gut auf die provisorische Schiene aufpassen.« Sie zwinkerte der Amerikanerin zu. »Und lassen Sie sich von Miss Bärbel einen Drink bringen. Einen starken! Ich glaube, das brauchen Sie jetzt.«

»Ich weiß gar nicht, weshalb du dich so aufregst!«, empörte sich Sonja vierzehn Stunden später, als sie neben Margot durch den Flughafen von Idlewild schritt, beide ihre Koffer in der Hand. »Warum hast du denn den Bengel mitsamt seiner Mutter nicht selber wieder von Bord geschickt?«

Inmitten des hypermodernen Interieurs aus Chrom und

Glas, poliertem Holz und farbigen Lederpolstern wirkten sie in ihren Dirndln wie aus der Zeit gefallen. Die Fluggäste auf der beleuchteten Rolltreppe und in der großen Halle mit den Deckenstrahlern, die an einen Sternenhimmel erinnerten, reckten die Hälse.

»Ich reg mich nicht auf«, widersprach Margot. »Ich habe dir lediglich gesagt, wie unfair ich es finde, dass ich das Ganze ausbaden musste. Im Flieger sollten wir doch alle an einem Strang ziehen.«

»Das haben wir ja«, erwiderte Sonja mit der ihr eigenen Logik. »Weil es sonst niemand konnte, hast du das mit dem Gipsarm in Ordnung gebracht.«

Margot schüttelte nur den Kopf. Sonja war einfach nicht beizukommen, ihr Selbstbewusstsein war wie aus Teflon.

»*Excuse me, ladies*«, sprach ein uniformierter Beamter sie an.

Margot blieb stehen und öffnete mit geübtem Griff ihre Handtasche; Bärbel, die mit Felix direkt hinter ihr ging, tat es ihr gleich. Sie kannten das Prozedere, mit dem die Zöllner am Flughafen nach unerlaubten Substanzen, Lebensmitteln oder anderen Dingen, deren Einfuhr verboten war, Ausschau hielten. In dieser Hinsicht waren die Amerikaner weitaus pingeliger als ihre deutschen Kollegen, beließen es aber beim Flugpersonal meist bei einem Blick in die Handtaschen der Damen und auf die Uniformjacken der Herren, ob sich daran nichts verdächtig ausbeulte.

Was Lebensmittel betraf, galten für die Lufthanseaten klare Vorschriften: An Bord durften sie so viel verzehren, wie sie wollten, aber keinesfalls auch nur einen Kaugummi aus der Pantry mitnehmen. Dass es ebenfalls strengstens verboten war, Lebend- oder Federvieh in die Vereinigten Staaten einzuführen, führte regelmäßig zu Witzeleien, wie die Zollbeamten wohl reagieren würden, wenn sie doch einmal ein gackerndes Huhn in einer Handtasche entdeckten.

»*Ma'am?*« Bemüht geduldig sah der Beamte Sonja an, die schließlich mit den Augen rollte und ebenfalls ihre Tasche öffnete.

Der Beamte stutzte und wies dann auf die Glastür eines Büros. »*Follow me, please!*«

Zornig funkelte Sonja ihn an. »*Why?*«

Ohne viel Federlesens griff der Beamte in Sonjas Tasche, zog einen rot glänzenden Apfel heraus und hielt ihn anklagend vor Sonjas Stupsnase. »*That's why!*«

Bärbel schnappte erschrocken nach Luft, und auch Margot erstarrte.

»Heiliges Kanonenrohr!«, raunte Felix.

»*I didn't …*«, stotterte Sonja abwehrend. »*I haven't …*«

Keine überzeugenden Argumente, wo doch der Beweis buchstäblich auf der Hand des Beamten lag. Aus schreckgeweiteten Augen sah Sonja Margot an, bevor sie dem Uniformierten widerstrebend folgte.

»Was machen wir jetzt?«, fragte Felix bedrückt.

Ein kleines Teufelchen sprang auf Margots Schulter und stachelte sie an, Sonja einfach ihrem Schicksal zu überlassen. Aber hatte sie nicht selbst eben erst gepredigt, dass die Crew zusammenhalten musste?

»Fahrt ihr zwei schon ins Hotel«, sagte sie. »Sonja und ich kommen nach.«

Felix streckte die freie Hand nach ihrem Koffer aus. »Soll ich den gleich mitnehmen?«

Margot bedankte sich, klemmte ihre Handtasche unter den Arm und begann zu laufen.

»*Sir!*«, rief sie dem Beamten hinterher, der mit Sonja davonging. »*Please, Sir!*«

Fieberhaft suchte sie nach einer plausiblen Ausrede, wie der Apfel in Sonjas Handtasche gelangt sein könnte. Obwohl sie bezweifelte, dass ihr Stewardessen-Englisch ausreichte, um Sonja da wieder rauszupauken.

»Miss Margot!«

Ein Mann kam auf sie zu, groß und breitschultrig in seinem gut geschnittenen Anzug, ein sympathisches Lächeln auf dem kernigen Gesicht. Für Margot kein Unbekannter.

Sie blieb abrupt stehen und knipste ihr professionelles Lächeln an. »Hallo, Mr Hayes! Was für ein Zufall.«

Er lachte. »In der Tat – und was für ein besonders schöner noch dazu! Ich bin gerade aus Berlin angekommen. Ausnahmsweise mal nicht mit der Lufthansa.« Seine Brauen zogen sich zusammen, als er Margots Blick bemerkte. Hinter Sonja und dem Zollbeamten schloss sich gerade die Glastür. »Gibt es ein Problem?«

Ein guter Kunde wie Mr Hayes sollte definitiv nicht mitbekommen, dass eine Stewardess der Lufthansa gegen die Gesetze seines Heimatlands verstieß.

»Nichts als ein dummes Missverständnis«, flunkerte Margot. »Ich wollte gerade sehen, ob ich nicht zur Aufklärung beitragen kann.«

Mr Hayes schnalzte abfällig mit der Zunge. »Diese elenden Paragrafenreiter!« Er hob die Hand, als wolle er Margot am Arm berühren, ließ sie dann jedoch wieder sinken. »Würde es Ihnen etwas ausmachen, wenn ich mich einschalte? Ich habe reichlich Erfahrung mit solchen Situationen.«

Margot atmete auf. Es machte sich bestimmt gut, wenn ein amerikanischer Staatsbürger für Sonja in die Bresche sprang. Noch dazu jemand mit dem selbstsicheren Auftreten von Mr Hayes.

»Das würden Sie wirklich tun? Danke, das weiß ich sehr zu schätzen.«

In seinen braunen Augen glomm es auf. »Natürlich.«

Sie folgte ihm bis zur Glastür, wo er anklopfte und eintrat, ohne eine Antwort abzuwarten. Margot war zu nervös, um auf der ledergepolsterten Bank Platz zu nehmen. Mit etwas Abstand postierte sie sich vor der Tür und spähte ins Büro hinein.

Wie ein Häufchen Elend saß Sonja vor dem Schreibtisch des Beamten. Bei Mr Hayes' Anblick wirkte sie erst eingeschüchtert, dann ungläubig. Schließlich richtete sie sich auf und schüttelte ihre blondierten Haarwellen zurecht, ein hoffnungsvolles Lächeln auf dem Gesicht.

Zu Margots Überraschung erhob sich Sonja gleich darauf. Mr Hayes hielt ihr die Tür auf, bevor er sie mit einem aufmunternden Zwinkern in Margots Richtung wieder hinter sich schloss.

Mit weichen Knien schlich Sonja zu Margot und ließ sich aufstöhnend auf die Lederbank fallen.

»Was ist mit deinem Gepäck?«, fragte Margot.

»Hat er noch bei sich behalten.« Sonja vergrub das Gesicht in den Händen. »Tut sich da drin was?«, nuschelte sie.

»Sie reden noch.«

Hamilton Hayes' Gestik und Mimik wirkten gleichermaßen lässig wie entschlossen, während er mit dem Zollbeamten sprach. Ein Tauziehen mit Argumenten und Gegenargumenten, das war offensichtlich. Margot stockte der Atem, als Mr Hayes seine Brieftasche zückte und dem Beamten etwas über den Schreibtisch hinweg zuschob. Danach wechselten die beiden nur noch wenige Worte miteinander, bevor sie einander die Hände schüttelten.

Ein paar Augenblicke später kam Mr Hayes heraus. Wie

von der Nadel gestochen sprang Sonja auf, als er Koffer und Handtasche vor ihr abstellte.

»Das wäre erledigt«, verkündete er. »Die Zollbehörde wird von einer Anzeige absehen.«

»Vielen, vielen Dank!«, zwitscherte Sonja. Sie sah aus, als wollte sie Mr Hayes um den Hals fallen, beließ es aber dabei, geziert ihre manikürte Rechte auszustrecken. »Kann ich mich irgendwie erkenntlich zeigen, Mr ...?«

Seine Antwort war so knapp wie sein Händedruck. »Hayes. Nicht nötig.«

»Sonja Funke. Lufthansa-Stewardess der ersten Stunde.« Ihre getuschten Wimpern flatterten auf und ab.

Margot biss sich belustigt auf die Unterlippe.

»Können wir Sie vielleicht in die Stadt mitnehmen, Mr Hayes?«, tschilpte Sonja. »Das wäre doch das Mindeste. Nicht wahr, Margot?«

»Danke für das freundliche Angebot«, erwiderte Hayes, »aber ich habe hier am Flughafen noch eine Verabredung. Ich wünsche den Ladys einen schönen Tag.« In seinen Augen glänzte es auf, als er seinen Hut zog und sich Margot zuwandte. »Bis bald, Miss Margot!«

»Hast du gesehen, wie der mich angeschaut hat?«, girrte Sonja, kaum dass er außer Hörweite war. »Mir gefällt er auch ganz gut. Ein sehr attraktiver Mann – und so ritterlich! Kennst du den näher?«

Margot antwortete nicht. Sie sah Mr Hayes nach, der sich zwischen den umherhastenden Fluggästen entfernte und sich im Gehen eine Zigarette anzündete.

»Warte kurz!«, bat sie Sonja und lief ihm nach. »Mr Hayes!«

Sobald er seinen Namen hörte, drehte er sich um und blies lächelnd den Rauch aus.

»Danke«, sagte Margot, als sie ihn erreicht hatte, »für gerade eben.«

Schmunzelnd neigte er den Kopf.

Sie senkte die Stimme zu einem Flüstern. »Sie haben den Zollbeamten aber hoffentlich nicht bestochen, oder?«

Hamilton Hayes lachte. »Nein. Ich habe ihm meinen Presseausweis gezeigt. Der taugt im Umgang mit Behörden wesentlich mehr als ein Bündel Geldscheine. Schließlich will niemand eine hässliche Schlagzeile über sich selbst lesen.«

»Ganz offensichtlich sind Sie ein Mann für alle Fälle«, zog Margot ihn auf.

Mr Hayes grinste. »Meine Rede.« Er trat einen Schritt zurück und musterte ihr Dirndl. »Meinen Glückwunsch zu diesem gelungenen PR-Coup! Sogar im hintersten Winkel von Kansas spricht man über die Stewardessen der Lufthansa. Das hätte selbst ich nicht besser hingekriegt. Wenn ich Sie so vor mir sehe … da beneide ich Ihren Herrn Piloten wirklich.«

Margots Lächeln fror ein.

Hamilton Hayes' Augen verdunkelten sich. »Entschuldigen Sie, ich wusste nicht … Das war taktlos von mir.«

Margot zuckte mit den Schultern. »Wie das Leben eben manchmal so spielt.«

Einen Zug lang konzentrierte er sich auf seine Zigarette. »Wahrscheinlich trete ich gleich ins nächste Fettnäpfchen … Aber haben Sie morgen Abend schon etwas vor? Ich habe eine Karte für den Broadway übrig. *West Side Story*.«

Margot blieb der Mund offen stehen. Sie hatte die Plakate in Altrosa und Schwarz gesehen, die seit geraumer Zeit ganz Manhattan pflasterten. Das Besondere daran war das in Schwarz-Weiß abgebildete Paar. Keines dieser statischen Liebespaare, bei denen er Stärke verkörperte und sie schmachtend zu ihm aufblickte. Nein: Sie lief voraus, ein Strahlen auf dem himmelwärts gerichteten Gesicht, und zog ihn mit so viel Schwung und Lebenslust hinter sich her, dass es aussah, als würden die beiden jeden Moment vom Boden abheben. Obwohl die Premiere Ende September durchwachsene Kritiken erhalten hatte, war die *West Side Story* seitdem der Renner am Broadway, die Vorstellungen Wochen im Voraus ausverkauft.

Kurz dachte Margot an das Gebot der Lufthansa, niemals mit Passagieren auszugehen. Streng genommen war Mr Hayes jedoch nicht ihr Gast, zumindest heute und morgen nicht, und schließlich tat sie nichts anderes, als einen Platz im Theater in Anspruch zu nehmen, der sonst bestimmt leer bleiben würde.

Hamilton Hayes lächelte sie durch den Zigarettenrauch an. »Sehe ich da ein Ja in Ihren Augen?«

»Wäre doch schade um die Karte, oder nicht? Und Sie sind sicher viel zu beschäftigt, um sich damit auf den Schwarzmarkt zu stellen.«

Er lachte. »Wo sind Sie untergebracht?«

»Im Hotel *Seymour*.«

»Das ist ja ganz in der Nähe. Ich hole Sie ab. Um halb sieben? Dann trinken wir vorher noch einen Cocktail.« Ein Leuchten in den Augen, tippte er sich an die Hutkrempe. »Bis morgen!«

Während das Taxi durch die Straßenschluchten Manhattans fuhr, schlich sich ein Lächeln auf Margots Gesicht. Und jedes Mal, wenn sie eines der Plakate von *West Side Story* entdeckte, machte ihr Herz einen freudigen kleinen Satz.

»Ich habe den Apfel wirklich nicht von Bord mitgenommen«, durchbrach Sonjas Stimme das Schweigen, das seit der Abfahrt vom Flughafen zwischen ihnen geherrscht hatte.

Margot seufzte. »Und wie ist er dann bitte in deiner Tasche gelandet?«

»Vielleicht hat ihn mir jemand untergeschoben?«, meinte Sonja spitz.

Margot sah sie verblüfft an und schnaubte. »Das ist doch absurd! Wer von uns sollte das gewesen sein?«

Sonja hob vielsagend die Brauen. »Jemand, der eine Rechnung mit mir offen hat.«

Die Luft im Taxi wurde merklich kühler, während Margot und Sonja sich gegenseitig mit Blicken abschätzten.

»Nicht mein Stil«, erwiderte Margot schließlich trocken.

Der unausgesprochene Nachsatz, dass so etwas besser zu Sonja passte, kam offenbar an; ihre Kollegin schluckte und schlug die Augen nieder. Eine längere Pause entstand.

»Es tut mir leid«, flüsterte Sonja dann. »Wegen damals.«

Margot blinzelte. Sonjas Eingeständnis war eine kleine Genugtuung, und trotzdem regte sich dabei seltsam wenig in ihr. Manchmal waren zwei Jahre eine kleine Ewigkeit.

»Das musst du mit dir selbst ausmachen«, sagte sie nur.

Unruhig strich Sonja über ihre Dirndlschürze. »Wirst du es Fräulein Buschheuer erzählen?«, wisperte sie kleinlaut. »Dass der Zoll einen Apfel in meiner Tasche gefunden hat?«

Einen Augenblick lang hatte Margot den Geschmack von Macht auf der Zunge, prickelnd und süß wie Champagner.

Sie sah Sonja direkt in die Augen. »Ich weiß nicht, was du an meiner Stelle tun würdest«, erwiderte sie langsam und überdeutlich betont. »Aber ich bin sicher keine Petze.«

Sonja blinzelte mit feuchten Augen, und ein unsicheres Lächeln huschte über ihr Gesicht.

»Danke«, wisperte sie.

Margot richtete den Blick wieder zum Fenster hinaus.

16

Tonight

Als Margot aus dem opulenten Foyer des *Winter Garden Theatre* trat, schwappte ihr der Lärm der nächtlichen Großstadt entgegen. Verstohlen wischte sie sich über die Wangen; gegen Ende des zweiten Akts hatte sie mehr als nur ein paar Tränen vergossen.

»Ich hätte Sie vorwarnen sollen«, sagte Hamilton Hayes.

Margot lachte. »Bloß nicht!«

West Side Story war ein Feuerwerk aus Gesang und Tanz, das die Grenzen der Bühne sprengte; mitreißend, aufwühlend und zum Dahinschmelzen schön und traurig.

»Was für ein Schrott!«, empörte sich eine junge Frau in Margots Alter im Vorüberstöckeln.

»Schade um jeden Dollar, den wir dafür ausgegeben haben«, pflichtete ihr Begleiter ihr bei.

»Das war doch kein Musical«, beschwerte sich die Dritte im Bunde. »Oder fandet ihr es irgendwie lustig?«

Margot und Hamilton Hayes grinsten sich an.

»Solche Musik habe ich noch nie gehört«, sagte sie.

»So etwas wie *West Side Story* hat es auch noch nie gegeben«, erwiderte er. »Rebellisch, ungeschönt, irritierend. Wie die Zeit, in der wir gerade leben.«

»Hier in Amerika vielleicht«, wandte Margot ein. »Aber bestimmt nicht bei uns in Deutschland.«

Hamilton Hayes schmunzelte. »Waren Sie schon einmal in Berlin? Eine Insel wie Manhattan. Das macht beide zu einem Treibhaus für neue Impulse, einen neuen Zeitgeist. Berlin wird die Zukunft Deutschlands entscheidend mitbestimmen.«

Er wusste, wovon er redete. Hamilton Hayes, knapp zehn Jahre älter als Margot, stammte aus Brooklyn, das hatte er ihr erzählt, als sie zu Beginn des Abends am Tresen des *Cordial* saßen, Margot mit einem grellgrünen *Grashopper*, er mit einem *Old Fashioned*. Kurz nach Kriegsende war Deutschland seine zweite Heimat geworden. In Frankfurt und Düsseldorf, Bonn und Berlin traf er sich regelmäßig mit Vertretern von Presse, Funk und Fernsehen und aus der Werbebranche, mit Industriellen und Geschäftsmännern, manchmal sogar mit Politikern.

Tief durchatmend legte Hamilton Hayes den Kopf in den Nacken. »Eine herrliche Nacht.«

Margot nickte. Obwohl es schon Anfang Oktober war, trug sie nur einen leichten Kurzmantel über ihrem maigrünen Cocktailkleid mit Blätterranken. Einige Herzschläge lang ließ sie die Geräuschkulisse des Broadways über sich hinwegspülen.

»Ich glaube«, sagte sie dann leise, »ich mochte die Musik deshalb, weil sie so klingt wie New York.«

West Side Story gab sich jazzig, mit Ecken und Kanten und manchmal geradezu schmerzhaft disharmonisch. Die Rhythmen von Mambo und Cha-Cha-Cha gingen ins Blut, die zärtlich verträumten Balladen ans Herz, und die geballte Wucht des Orchesters pulsierte durch den ganzen Körper.

Schelmisch sah Margot ihren Begleiteter an, rollte mit den Schultern und ließ die Hüfte kreisen. »Ich weiß nicht, wie ich heute schlafen soll. Am liebsten würde ich die ganze Nacht durchtanzen.«

Er erwiderte ihren Blick. »Ich kenne einen guten Club, gar nicht weit von hier.«

Margot schüttelte den Kopf. »Nicht zu irgendeiner Musik. Zu dieser Musik!«

Ohne viel vom Text behalten zu haben, stimmte sie eine der Melodien an und wippte im Takt dazu. Ein kleines Grinsen blitzte auf Hamilton Hayes' Gesicht auf. Ehe sie sichs versah, ergriff er ihre Hand, wirbelte sie herum und zog sie mit sich.

Gemeinsam pfiffen, trällerten, summten sie einen Ohrwurm aus *West Side Story* nach dem anderen, während sie Hand in Hand an den Passanten auf dem Bürgersteig vorüberhüpften und -tänzelten wie Gene Kelly und Leslie Caron.

Margot drehte sich noch einmal um die eigene Achse und landete schließlich in Hamilton Hayes' Armen. Atemlos lachten sie sich an, ein Lachen, das zu einem leisen Lächeln abebbte. Sein Blick wanderte über ihr Gesicht, als wollte er jede Einzelheit davon in sich aufnehmen. Der Duft seines Rasierwassers stieg Margot in die Nase, und die Wärme seiner Umarmung ließ ihre Knie weich werden.

Sein Mund näherte sich ihrem, und Margot bog den Kopf zurück.

»Wir sind in New York«, murmelte er. »Hier ist alles erlaubt.«

»Ich bin noch nicht wieder so weit«, flüsterte sie.

In seinen Augen schimmerte es warm. »Dann belassen wir es für heute dabei.«

Die Art, wie seine Hände ihre Arme entlangstrichen, als er sie losließ, war wie eine vorweggenommene Liebkosung.

Immer wieder kreuzten sich ihre Blicke, während sie sich unter den Leuchtreklamen der Theater, Clubs und Bars über den Broadway treiben ließen wie durch einen schimmernden und glitzernden Fluss, der in das Lichtermeer am Times Square mündete.

»Irgendwann wird Ihr gebrochenes Herz nur noch eine bittersüße Erinnerung sein«, sagte Hamilton Hayes.

»Damit kennen Sie sich also auch aus?«, stichelte Margot gut gelaunt.

Er lachte. »Wer nicht?«

»Was ist passiert?«, wollte Margot wissen.

Die Hände leger in den Hosentaschen, hob er die Schultern. »Der Klassiker. Sie wollte gleich das ganze Programm: Verlobung, Hochzeit, Kinder, jetzt und auf der Stelle. Ich war dafür noch nicht bereit. Also hat sie sich einen anderen gesucht.«

»Und seitdem gibt es keine Frau mehr im Leben von Mr Hamilton Hayes?«

Um seinen Mund zuckte es. »Ab und zu. Aber doch erstaunlich selten. Ich arbeite kaum weniger als zwölf Stunden, meist sieben Tage die Woche und verbringe noch dazu einen Großteil meiner Zeit im Flugzeug. Das ist einer dauerhaften Beziehung eher abträglich.«

»Heute Abend haben Sie doch auch Zeit gefunden«, neckte Margot ihn.

»Tja.«

Ein Funke sprang zwischen ihnen über und brachte sie beide zum Lachen. Margot stellte fest, dass sie vor der einladend angestrahlten Fassade ihres Hotels angekommen waren.

»Manche Menschen«, sagte er nach einer längeren Pause leise, »sind mit Flügeln geboren. Denen ist der ganze Erdball gerade groß genug.«

Einige Herzschläge lang sahen sie einander in die Augen, wohl zum ersten Mal um Worte verlegen.

»Danke für den schönen Abend!«, flüsterte Margot schließlich.
In seinen Augen glomm es auf, als er sich an die Hutkrempe tippte und leicht verbeugte. »Das Vergnügen war ganz auf meiner Seite. Gute Nacht, Margot!«

»Gute Nacht!«

Margot sah ihm nach, wie er sich im Licht der Autoscheinwerfer die Straße hinunter entfernte. Hinter den hellen Schaufenstern des Feinkostladens verlor sich seine Silhouette in den Schatten der Nacht.

Für einige tiefe Atemzüge überließ sich Margot dem Sog New Yorks, der in ihr vibrierte und verlockend an ihr zerrte, bevor sie sich widerstrebend umwandte und der Portier ihr die Tür aufhielt.

I like to be in America, schmetterte ein ganzer Chor in ihrem Kopf. *Okay by me in America!*

West Side Story klang noch in ihr nach, als Margot drei Tage später wieder in Fuhlsbüttel landete. Da es sich auf dem Oktoberfest in ein paar Tagen ausgeschunkelt haben würde, durfte sie beim nächsten Flug über den Atlantik wieder das gewohnte Lufthansa-Blau tragen. Fräulein Buschheuer hatte ihnen bereits gnädig erlaubt, bei Dienstschluss die Dirndl endgültig abzulegen.

In der Umkleide schlüpfte Margot in ihre Freizeitkluft aus Zigarettenhose und engem Pullover. Bärbel und Sonja unterhielten sich über ihre Erlebnisse im New Yorker Nachtleben.

»Der Kerl in der Bar vorgestern hatte einen richtigen Narren an dir gefressen«, meinte Bärbel bewundernd.

»Natürlich«, erwiderte Sonja selbstbewusst. »Aber bei mir muss sich ein Mann schon etwas mehr ins Zeug legen, weißt du?«

Um Margots Mund zuckte es. Die Episode am Flughafen von Idlewild schien vergessen, Sonja hatte längst wieder das gewohnte Oberwasser. Von ihrem abendlichen Ausflug mit Hamilton Hayes hatte Margot den beiden wohlweislich nichts erzählt.

Während Bärbel und Sonja mit Sicherheitsnadeln Namensschildchen an ihren Dirndln befestigten, damit diese nach einem Zwischenstopp in der Reinigung im Fundus der Lufthansa aufbewahrt würden, packte Margot ihres sorgsam ein. Ebenfalls frisch gereinigt, würde es sie nach Los Angeles begleiten.

Es klopfte, und Fräulein Buschheuer trat ein. »Glückwunsch, meine Damen! Sämtliche Fotos und Filmaufnahmen, die ich von Ihnen zu Gesicht bekommen habe, sind äußerst gelungen. Die *Oktoberfest Girls* der Lufthansa sind in aller Munde.«

Ihr Blick wanderte zu Sonja. »Sind Sie bereits fertig, Fräulein Funke? Fein. Dann kommen Sie doch eben mit in mein Büro.«

Auf der Türschwelle warf Sonja ihren beiden Kolleginnen einen fragenden Blick zu, dann folgte sie der Chefstewardess.

In Margots Magen begann es zu rumoren. Auf ganz ähnliche Weise hatte Fräulein Buschheuer sie damals nach der Rückkehr aus Moskau abgefangen und dann an ihrem Schreibtisch die sofortige Suspendierung ausgesprochen. Sie schlüpfte in die Ballerinas, schloss ihren Schrank und eilte über den Korridor.

»Moin, Elli!«, grüßte sie eine der Sekretärinnen, die ihr mit einer Mappe unter dem Arm entgegenkam.

»Hast du an die Nylons für mich gedacht?«, erkundigte sich diese.

»Hab ich«, bestätigte Margot lächelnd. »Bring ich dir nachher noch vorbei.«

»Lieb von dir.« Elli warf ihr einen Handkuss zu und verschwand durch eine der Türen.

Margot sah sich verstohlen um und drückte dann das Ohr an die Tür zum Büro der Chefstewardess.

Fräulein Buschheuers Worte waren nur verzerrt zu hören, aber ihre Stimme klang eisig. Umso besser war Sonja zu verstehen, die sich erst wutentbrannt verteidigte, dann tränenreich für den Vorfall beim amerikanischen Zoll entschuldigte.

Margot wog noch ab, ob es Sonja etwas nützen würde, wenn sie sich einmischte, oder ob sie damit erst recht Fräulein Buschheuers Zorn anstachelte, als das Wortgefecht jäh verstummte und sich Schritte der Tür näherten. Hastig trat sie zurück, die Tür flog auf, und Sonja stürzte heraus, das Make-up tränenverschmiert und ein offiziell aussehendes Schreiben in der Hand.

Einen Moment lang musterten sie sich stumm.

»Bist du jetzt zufrieden?«, spie Sonja aus und rannte dann heulend zurück zur Umkleide.

Margot war beklommen zumute, als sie um die offen stehende Tür herumlugte und sacht an den Türrahmen klopfte.

»Verzeihung, Fräulein Buschheuer. Aber wenn es um diese Sache am Zoll geht, kann ich vielleicht ...« Unsicher brach sie ab. Vermutlich würde keine Erklärung, die sie jetzt noch aus dem Hut zauberte, Fräulein Buschheuer milde stimmen.

Den Lippenstiftmund zu einem dünnen Strich zusammengepresst, drückte die Chefstewardess die Zigarette im Aschenbecher aus, bevor sie aufstand und zur Tür kam.

»Es ehrt Sie, dass Sie sich für Ihre Kollegin einsetzen wollen, Fräulein Frei«, sagte sie. »Aber Sie glauben doch nicht ernsthaft, dass wir ein solches Vergehen unter den Tisch fallen lassen? Nachdem uns die Zollbehörde auf offiziellem Weg darüber informiert hat? Was – nebenbei bemerkt – ebenfalls Ihre Pflicht gewesen wäre, Fräulein Frei.«

Margot schlug die Augen nieder.

»Fräulein Funke hat Glück gehabt«, fuhr die Chefstewardess fort, »dass ihr eine Strafanzeige erspart geblieben ist. Dennoch hat sie gegen unsere Vorschriften verstoßen und muss die Konsequenz tragen.«

Margot schluckte. »Jeder kann doch mal einen Fehler machen.«

Fräulein Buschheuers Blick durchbohrte sie förmlich. »Sie sind Stewardessen bei der Lufthansa, Fräulein Frei. Sie machen keine Fehler und auch keine Dummheiten. Heute nehmen Sie achtlos einen Apfel mit von Bord, morgen übersehen Sie vor dem Abflug eine Warnleuchte oder überhören die Anweisung des Flugkapitäns, und eine verhängnisvolle Kettenreaktion nimmt ihren Lauf, die im schlimmsten Fall sogar Menschenleben kostet. In Ihrem Privatleben mögen Sie und Ihre Kolleginnen und Kollegen Menschen mit Fehlern und Schwächen sein. Aber nicht, solange Sie Uniform tragen. Deshalb wird Fräulein Funke diese Uniform in Zukunft eben nicht mehr tragen.«

Zwei Herren aus der Verwaltung kamen den Korridor entlang. Margot grüßte, und Fräulein Buschheuer wechselte ein paar scherzhafte Worte mit ihnen. Als sie hinter der Glastür verschwunden waren, wandte sie sich wieder Margot zu.

»Aus diesem Grund sehen wir Liebeleien innerhalb der Crew so kritisch, Fräulein Frei. Solange der Himmel voller Geigen hängt, besteht immer die Gefahr, dass man sich zu leicht von der Arbeit ablenken lässt. Sitzt man dann aber vor einem Scherbenhaufen und muss dazu noch weiter mit dem Verflossenen zusammenarbeiten, ist es schwer, einen klaren Kopf zu bewahren. Einige Zeit lang hatten Herr Schlippchen und ich Sorge, dass das auch auf Sie zutrifft, Fräulein Frei.«

Margot schoss das Blut ins Gesicht.

»Wir sind froh, dass Sie sich wieder gefangen haben«, fügte die Chefstewardess hinzu.

Dankbar sah Margot ihre Vorgesetzte an. »Ich auch.«

Fräulein Buschheuer lächelte und strich sich die Kostümjacke glatt. »Freuen Sie sich schon auf Kalifornien? Im Vertrauen gesagt: Wir wissen natürlich, dass Fräulein von Rehberg dieser Auftritt alles andere als leichtfallen wird. Aber wir sind auch davon überzeugt, dass sie gerade durch ihre sanfte und zurückhaltende Art die besten Chancen hat, ganz oben aufs Treppchen zu kommen. Tun Sie mir den Gefallen und unterstützen Sie sie dabei? Es wäre doch zu schön, wenn der Rest der Welt Deutschland und die Lufthansa mit dem lieblichen Gesicht von Fräulein von Rehberg in Verbindung bringt.« Die Chefstewardess unterstrich ihre Worte, indem sie Margots Arm leicht drückte. »Einen schönen Nachmittag, Fräulein Frei! Und grüßen Sie Frau Pelzer von mir!«

Die Tür schloss sich hinter ihr.

Nachdenklich lehnte Margot sich an die Wand neben dem Schwarzen Brett. Wegen eines lumpigen Apfels war Sonja aus dem paradiesischen Dasein einer Stewardess verjagt worden. Es brauchte nicht viel Fantasie, um sich auszumalen, was Margot blühte, sollte der deutsche Zoll je einen Blick in ihren mit Nylons und Petticoats vollgestopften Koffer werfen. Von den gefälschten Zeugnissen in ihrer Personalakte gar nicht zu reden.

Margot fasste die Tür zum Büro der Chefstewardess ins Auge. Wenn es je einen guten Moment gegeben hatte, reinen Tisch zu machen, so hatte sie ihn ungenutzt verstreichen lassen. Sie wollte unbedingt nach Kalifornien, und vor allem wollte sie weiterhin fliegen, und das ließ sie sich von nichts und niemandem mehr nehmen.

Das war das letzte Mal, schwor sie sich. *Das letzte Mal, dass ich etwas am Zoll vorbeigeschmuggelt habe.*

Unwillkürlich stemmte sie die Füße fester gegen das Linoleum. Dass es oben am Himmel kein Netz gab, das einen auffing, hatte sie gewusst. Aber auch der Boden, über den sie als Stewardessen so leichtfüßig und selbstbewusst schritten, kam ihr zunehmend schwankend und brüchig vor.

17

Hooray for Hollywood

»Oh. Mein. Gott«, raunte Thea und drückte sich die Nase an der Fensterscheibe platt.

Kurzerhand riss sie das Fenster auf. Ein Schwall frischer Morgenluft schwappte herein, der nach Tang und Salz roch, und mit dem Rauschen der Wellen und des Windes drangen lockende Vogelrufe herauf.

Margot drängelte sich neben sie, und auch Almuth hüpfte in den ersten Lichtstrahlen aus dem Hotelbett. Von Müdigkeit keine Spur, obwohl sie fast zwei Tage im Flugzeug unterwegs gewesen waren, erst über den Atlantik, dann quer über den amerikanischen Kontinent. Allein schon die Fahrt vom Flughafen durch das abendlich glitzernde Los Angeles war es wert gewesen, aber der Ausblick von hier oben verschlug ihnen geradezu den Atem.

Unter der Morgendämmerung in Mauve und Rosé erstreckten sich Strand und Ozean, so weit das Auge reichte. Wie Scherenschnitte zeichneten sich die Wasservögel vor dem hellen Meeressaum ab und flogen dann in perfekter Harmonie in den neuen Tag hinein.

»Nüscht wie dort runter!«, jauchzte Thea und flitzte im Pyjama zur Tür.

»Wir können doch unmöglich so aus dem Hotel«, entrüstete sich Almuth und zupfte an ihrem Nachthemd.

»Det is Hollywood«, meinte Thea. »Wat gloobste, wat die hier jewohnt sind?«

»So früh ist hier sicher noch niemand unterwegs«, stimmte Margot ihr zu. »Und wer jetzt erst nach Hause kommt, ist wahrscheinlich selber in einem heillos derangierten Zustand.«

Almuth fing ihren Morgenmantel auf, den Margot ihr zuwarf, blieb aber zögerlich mitten im Raum stehen. »Und Claus?«

Während die drei Freundinnen in einer großzügigen Suite untergebracht waren, hatte Claus ein Einzelzimmer in einem der unteren Stockwerke bezogen.

»Der hat eben Pech jehabt«, bekundete Thea mitleidlos und packte Almuth bei der Hand.

Auf bloßen Füßen huschten sie über den dicken Teppich im Hotelflur und sprangen in den Aufzug, wo der Liftboy ebenso diskret in sich hineinschmunzelte wie der Nachtportier in der Lobby, als sie kichernd wie ausgebüxte Schulmädchen an ihm vorbeieilten.

Der Strand lag direkt vor dem Hotel. Im lauen Meereswind liefen sie aufgekratzt über den Sand, der sich unter Margots Füßen kühl und feucht anfühlte, und rannten dann in die Wellen hinein. Jauchzend hüpften und tanzten sie im flachen Wasser, wirbelten einander an den Händen herum, spritzten mit den Füßen Fontänen in die Luft und fielen sich gegenseitig um den Hals.

»Kalifornien, ick liebe dir!«, schrie Thea den Lichtern von Long Beach zu.

Geduscht, angezogen und mit einem Glas frisch gepresstem Orangensaft in der Hand, stand Thea eine Stunde später erneut am Hotelfenster.

»Det hältste doch im Kopp nich aus!«, seufzte sie selig.

Margot verputzte den letzten Rest ihres Spiegeleis mit krossem Speck, bevor sie vom Tisch aufstand und mit ihrem Glas zu Thea trat. Der helle Sandstrand hatte inzwischen die ersten Sonnenbadenden und Freizeitsportler angezogen; Wellenreiter und hart gesottene Schwimmer tummelten sich im unwahrscheinlich blauen Ozean, der sich irgendwo am Horizont verlor.

Margot konnte sich an diesem Ausblick einfach nicht sattsehen, fasziniert davon, wie Himmel und Meer sich ständig veränderten.

»Übers Wochenende nach Los Angeles«, trällerte Thea, fächerte mit einer Hand geziert den Rock ihres Sommerkleids auf und tänzelte in ihren Sandaletten ein paar Schritte vor und zurück. »Echt dufte, det ick bei euch im Zimmer schlafen darf. Ick hätt sonst wohl 'n Kredit aufnehmen müssen.«

Als Stewardessen waren sie einiges an Luxus gewohnt: angefangen vom Hotel *Seymour* und der *Oyster Bar* in New York über *macarons, café au lait* und *foie gras* in Paris bis zum türkischen Kaffee mit Meerblick in Beirut. Doch die *Villa Riviera* in Long Beach übertrumpfte alles.

Das höchste Gebäude weit und breit, schien das Hotel geradezu seine Flügel auszubreiten, um in den kalifornischen Himmel abzuheben, und bei Nacht erinnerte der Turm auf dem Dach an das Schloss aus Disneys *Cinderella*. Hier war der Glamour der Zwanzigerjahre noch lebendig; jeden Augenblick hätte eine Filmdiva in großer Robe und mit Zigarettenspitze in der Hand um die Ecke biegen können.

Margot grinste. »Ich habe Fräulein Buschheuer nur erzählt, dass du mitwillst, da hat sie dich flugs mit auf die Buchung geschrieben. Das Zimmer kostet immer gleich viel, meinte sie, egal, ob für zwei oder drei Personen.«

»Auf die Großzügigkeit von Fräulein Buschheuer und der Lufthansa!«, verkündete Thea feierlich und stieß mit Margot an.

Theas Augen leuchteten, als sie sich im lichtdurchfluteten und geschmackvoll eingerichteten Wohnzimmer umsah, in dem sich edles Holz mit schmeichelnden Stoffen abwechselte. Auch im Marmorbad und den beiden Schlafzimmern mit den überdimensionierten Doppelbetten war nicht an Komfort gespart worden. Die ausufernde Karte für den Frühstücksservice auf dem Zimmer war nur die Kirsche auf der Sahnetorte.

Geistesabwesend stocherte Almuth mit dem Löffel in einer Grapefruithälfte.

»Vermisste deinen Traumprinz, weil du die Nacht ohne ihn verbringen musstest, oder wat is los?«, rief Thea ihr zu.

Als Almuth nicht reagierte, warf Thea Margot einen übermütigen Blick zu und summte vergnügt vor sich hin, während sie sich im Walzerschritt dem Frühstückstisch näherte und dann unmittelbar vor Almuths Gesicht mit den Fingern schnippte.

Almuth zuckte zusammen. »Entschuldigt. Ich muss die ganze Zeit an morgen denken.« Ihr Lächeln wirkte gequält.

»Morgen«, erwiderte Thea gedehnt, »morgen steckste alle anderen durch deine engelhafte Erscheinung in die Tasche. Aber heute biste 'nen ganzen Tag lang Almuth im Wunderland.« Auffordernd hielt sie ihrer Freundin das Schälchen mit den Erdbeeren hin.

»Vitamine, Almuth!«, rief Margot vom Fenster her. »Die machen dich noch schöner, als du sowieso schon bist.«

Almuth errötete verlegen, griff dann aber zu und stieß beim ersten Bissen einen genießerischen Laut aus. »Erdbeeren. Im November«, nuschelte sie verschämt, aber mit strahlenden Augen.

»Aha!«, rief Thea, als es klopfte, und ihre Augen sprühten vor Schalk. »Det wird unser Butler sein.«

In Chinohosen und weißem Hemd, die brandneue Kamera umgehängt, lehnte Claus am Türrahmen. »Guten Morgen, Ladys.«

»Willst du einen Kaffee?«, erkundigte sich Almuth, ein Strahlen auf dem Gesicht, und wies einladend auf den gedeckten Tisch. »Obst, Lachs und ein bisschen was vom Krabbencocktail sind auch noch da.«

»Danke, ich hab schon gefrühstückt«, erwiderte er. »Und eine Runde über den Ocean Boulevard habe ich auch bereits gedreht.« An seinem Zeigefinger baumelten die Schlüssel des Mietwagens, um den er gestern Abend noch den Concierge gebeten hatte. »Darf ich die Damen zu einer Spritztour einladen?«

Almuth sah ihn traurig an. »Ich glaube, ich bleibe lieber hier und bereite mich auf morgen vor.«

Claus lachte. »Was willst du da noch vorbereiten? Du hast zwischen Hamburg und L. A. deine Rede so oft geübt, dass wir sie alle auswendig mitsprechen können. Zur Not soufflieren wir dir aus dem Publikum heraus.«

»Ja, Almuth«, pflichtete Margot ihm bei. »Was du jetzt mehr als alles andere brauchst, ist ein freier Kopf.«

»Wann kommste schon mal nach Kalifornien?«, schimpfte Thea liebevoll. »Egal, wat morgen auch passiert – den Tach heute nimmt dir keener mehr!«

Almuth wirkte unsicher. Erst als Claus sie anlächelte und die Hand nach ihr ausstreckte, schmolz auch noch das letzte bisschen Widerstand dahin.

In Windeseile rafften die drei Freundinnen ihre Siebensachen für den Tag zusammen, Margot schnappte sich noch eine

Banane vom Frühstückstisch, und zu viert eilten sie den Hotelflur entlang, plötzlich voller Ungeduld.

Vor dem Hotel empfing sie nicht nur warmer Sonnenschein, sondern auch ein feuerrotes und todschickes Cabriolet.

Thea stieß entzückt einen Schrei aus. »'n Chevy!«

Zärtlich strich sie über die auf Hochglanz polierte Karosserie, öffnete die Tür und drapierte sich mit übereinandergeschlagenen Beinen auf dem Fahrersitz, eine imaginäre Zigarette zwischen den Fingern und einen verruchten Ausdruck auf dem sonnenbebrillten Gesicht.

»Wie die Nitribitt, wa?«

»Thea!«, hauchte Almuth entsetzt.

Rosemarie Nitribitt hatte der Bundesrepublik ihren ersten großen Skandal beschert. Dass eine junge Frau von zweifelhaftem Ruf tot in ihrer Frankfurter Wohnung aufgefunden worden war, wäre im Normalfall keine Schlagzeile wert gewesen. Doch die Nitribitt war nicht irgendwer, sondern die *Königin der Kaiserstraße*. Auf den überall abgedruckten Fotos wirkte sie mal erstaunlich unscheinbar wie eine Sekretärin oder Schuhverkäuferin, mal wie eine mit allen Wassern gewaschene Femme fatale. Seit zwei Wochen schlachtete die Presse genüsslich jedes Detail aus: das Chippendale-Schlafzimmer und der nachtschwarze Mercedes, der Nerzmantel im Wert von fast dreißigtausend Mark und die luxuriösen Reisen an die Riviera und nach St. Moritz.

Eine Lebedame war sie gewesen, wie die ganz mutigen Journalisten sich zu schreiben trauten, mit Beziehungen zu den allerhöchsten Kreisen und auf Erpressung aus. Das Brisante daran: Ihr Notizbuch war verschwunden. Seitdem lauerten die Reporter auf eine heiße Spur, während die Reichen und Mächtigen im Land zitterten. Die Namen Krupp, Quandt und

Sachs waren ebenso gefallen wie der von Verkehrsminister Seebohm. Nur Adenauer war außen vor. Und Außenminister von Brentano – schon rein naturgemäß, wenn man den Gerüchten Glauben schenken durfte.

Seine Pilotenbrille auf der Nase, schickte Claus sich an, zur Fahrerseite hinüberzugehen.

»Nee, nee!«, rief Thea und streckte die Hand nach den Schlüsseln aus. »Kuschel du dich hinten mit deiner Süßen zusammen. Margot macht meinen Co-Piloten.«

»Frau am Steuer, welch Ungeheuer«, zitierte Claus grinsend den weitverbreiteten Spruch und verzog in gespieltem Schmerz das Gesicht, als Almuth ihn in den Arm kniff.

Lachend nahmen sie alle ihre Plätze ein und schlugen die Türen zu; Almuth band sich noch schnell einen Schal über die Haare.

»*Ready for take-off?*«, fragte Thea herausfordernd in die Runde, und ohne auf eine Antwort zu warten, ließ sie den Motor an und gab Gas.

Ganz und gar unwirklich kam es Margot vor, dass sie im grauen Hamburg bei Temperaturen knapp über dem Gefrierpunkt losgeflogen waren, um hier im Sommer zu landen, mitten im November. Den Stadtplan auf den Knien, legte sie den Kopf in den Nacken und blinzelte durch die Sonnenbrille zum irisierend blauen Himmel hinauf. Derselbe Himmel wie zu Hause, und doch schien er hier so viel höher und weiter.

Irgendwo dort oben kreuzte jetzt gerade ein russischer Satellit. Fürs menschliche Auge unsichtbar, aber die Sternwarten und Radarstationen konnten ihn hören; ein regelmäßiges Piepsen wie der Herzschlag eines Roboters.

Die Nachricht, dass vom kasachischen Baikonur aus ein technisches Objekt namens Sputnik in die Erdumlaufbahn gebracht worden war, hatte die westliche Welt in einen Schockzustand versetzt. Dabei hatte man die Sowjetunion bisher als ärmlich und rückständig eingeschätzt. Für den Nachwuchs der Amerikaner, die sich im diplomatischen Dienst oder zu geschäftlichen Zwecken in Moskau aufhielten, mussten sogar zweimal im Monat Windeln aus Stockholm eingeflogen werden, weil es nirgendwo welche zu kaufen gab und die Möglichkeit zu waschen begrenzt war.

Jetzt aber zeigte sich die UdSSR dem Westen Lichtjahre voraus, indem sie gleich den zweiten Satelliten hinterherschoss, dieses Mal mit der Hündin Laika an Bord. Seitdem waren es keine galaktischen Wesen mehr, deren Angriff man fürchtete, sondern die Russen. Wer in der Lage war, eine Rakete in den Weltraum abzufeuern, konnte damit auch mühelos Europa und sogar Amerika erreichen. Womöglich brachten die Russen mit dem nächsten Satelliten eine noch unbekannte Waffe in Stellung, die aus dem All Zerstörung und Tod bringen könnte, oder zündeten Atombomben auf dem Mond.

Aus Science-Fiction war eine schreckliche neue Realität geworden; eine Bedrohung, vor der man nicht fliehen konnte, nirgendwohin. Almuth hatte gebeichtet, dass sie deswegen nachts manchmal nicht schlief.

Hier in Kalifornien schienen solche Gefahren trotzdem weit weg. Ein warmer Wind wirbelte durch Margots Kurzhaarfrisur, während Thea den Wagen zwischen anderen bonbonbunten Amischlitten hindurchsteuerte. Hits und Evergreens aus dem Radio begleiteten sie durch Straßen von Los Angeles, die von nadeldünnen Palmen mit buschigem Schopf gesäumt waren. Auf dem Hollywood Boulevard hielten sie an, um vor der Pagode von *Grauman's Chinese Theater* in die Betonfußstapfen von Judy Garland, Joan Crawford und Humphrey Bogart zu treten und ihre Hände mit denen von Gregory Peck, John

Wayne und Hildegard Knef – oder *Hildegarde Neff*, wie die Amerikaner sie nannten – zu vergleichen, bevor sie über die sonnenverbrannten Hollywood Hills kurvten, deren Gärten noch in voller Blüte standen.

New York war die Stadt des harten Dollars, gierig nach dem Nervenkitzel des Erfolgs; Los Angeles hingegen war verführerisch wie Zuckerwatte und Popcorn, peppig bunt wie ein Regal voller Süßwaren. Die ganze Stadt verströmte ein Gefühl der Leichtigkeit, das Margot mit jeder Pore aufsog.

Die Sonne stand schon tief, als sie über die Küstenstraße nach Long Beach zurückkehrten; auch in Kalifornien wurde es im November früh dunkel. Almuth und Claus wollten den Sonnenuntergang vom Strand aus verfolgen, Margot und Thea hatten Bikinis unter ihre Sommerkleider gezogen und sich an der Rezeption Badetücher mitgeben lassen.

Unter Margots bloßen Füßen war der Sand samtig weich und noch warm von der Sonne. Mit einem Blick über die Schulter stellte sie fest, dass Claus und Almuth hinter ihr und Thea zurückgefallen waren. Das Sakko lässig über der Schulter, hatte Claus einen Arm um Almuth gelegt, die ihre Sandalen an den Riemchen von den Fingern baumeln ließ. Zutiefst miteinander vertraut wirkten sie, als sie die Köpfe zusammensteckten und sich im Rauschen der Wellen leise unterhielten, ein geradezu verklärtes Leuchten auf den Gesichtern.

»Det sind zwei Turteltauben, wa?«, sagte Thea munter.

»Wie du und Pelzer?«, frotzelte Margot.

Thea lachte laut heraus. »I wo! Dieser janze Schmus liegt uns nich. Aber wenn er mir wat von haarsträubenden Flugmanövern erzählt oder von Luftjefechten im Krieg – det bringt mich in Wallung!«

Mit laszivem Hüftschwung schritt sie barfuß durch den Sand, und ein anerkennender Pfiff hallte über den Strand. Mit kecker Miene und einem Funkeln in den Augen sah Thea den beiden braun gebrannten und muskelbepackten jungen Männern hinterher, die in nichts als kurzen Hosen im Dauerlauf unterwegs waren.

»Haste die Luxuskörper jeseh'n?«, schnurrte sie.

»Hallo, du bist verheiratet!«, schalt Margot sie lachend.

»Appetit darf ick mir ja wohl holen!«, erwiderte Thea schlagfertig.

Lachend legten sie die Badetücher in den Sand und zogen sich die Kleider über den Kopf. Margot spürte, wie Thea sie verstohlen musterte.

»Denkste noch viel an Klaus?«, fragte Thea leise.

Margot sah über den Strand, der einige Spaziergänger und Liebespaare angelockt hatte; auch ein paar Sonnenanbeter, die den Tag hier verbracht hatten, harrten noch aus. Ein leichter Dunst verwischte die Farben des frühen Abends zu Pastelltönen.

»Mehr, als mir lieb ist«, antwortete sie ehrlich.

Heute war es geradezu unmöglich gewesen, nicht an Klaus zu denken, während sich das gemietete Cabriolet zum Griffith-Observatorium hinaufschlängelte, unter dem sich Los Angeles in seiner ganzen Großartigkeit erstreckte, und die vier sich dann gegenseitig mit Claus' Kamera vor dem ikonischen Schriftzug auf dem benachbarten Hügel fotografierten.

Natürlich war Klaus ihr auch durch den Kopf gegangen, als sie einen Abstecher nach Burbank machten. Die Filmstudios ließen sie links liegen, um stattdessen vor dem Gelände des Flugzeugbauers Lockheed Martin die frisch zusammengenieteten Super-Connies zu bestaunen, die in der Sonne glänzten –

und den brandneuen Starliner, von dem einer bereits in Fuhlsbüttel auf seinen ersten Einsatz wartete.

Als Margot unterwegs eines der schwarz-weißen Schilder der Route 66 entdeckte, hatte ihr Herz einen Sprung gemacht, und in Santa Monica hatte es sich schmerzhaft zusammengezogen. Ohne Klaus über die verwitterten Bohlen des Piers zu gehen, zwischen Holzbuden hindurch, von denen die Farbe abblätterte, an einem altersschwachen Riesenrad und einer schäbigen Achterbahn vorbei, hatte sogar unter der Sonne Kaliforniens etwas Trostloses gehabt.

Theas Gesicht wurde weich. »Keene Chance, det ihr euch wieder zusammenrauft?«

Margot faltete ihr Sommerkleid und schüttelte den Kopf.

Ihre Freundin seufzte und zupfte sich das Bikinioberteil zurecht. »'n Jammer! Ick fand ja immer, ihr seid füreinander jemacht. Klaus ist keener, der dich am Herd festbindet. Der feuert dich noch an, wenn du zum großen Sprung ansetzt. Nimm's mir nich übel, aber als du noch mit dem anderen Claus zusammen warst ... da hab ick 'n paarmal jedacht: Irgendwann will der Näjel mit Köppen machen. Und entweder ziehste mit und wirst todunglücklich – oder du türmst. Mit Almuth passiert ihm det sicher nich.«

Margot sah zu Claus und Almuth, die in einiger Entfernung im Sand saßen, sie mit seinem Sakko über den Schultern und in seine Armbeuge geschmiegt. Einen zärtlichen Ausdruck auf dem Gesicht, strich er ihr eine weizenblonde Haarsträhne hinters Ohr und flüsterte etwas, das sie zum Lachen brachte, bevor sie seine Wange streichelte und ihn küsste.

»Bist du glücklich mit Pelzer?«, fragte Margot Thea, während sie auf die Brandung zuliefen.

Theas Augen glänzten. »Ziemlich. Keen großes Tamtam,

keen Schmalz. Der lässt mich tun, wat ick will, und ist sonst mit allem zufrieden. Mir macht's ooch nüscht aus, für ihn zu kochen, ick will ja selber wat aufm Tisch.« Amüsiert sah sie Margot an. »Weeßte, wat ick besonders mag? Wenn er abends noch wat zu arbeiten hat, ick mir mit meiner Fliegertheorie dazusetz und uns 'nen Wein aufmach. Det find ick jemütlich.«

Alle paar Schritte vergrub Margot wohlig die Zehen im Sand und hielt dabei nach Muscheln Ausschau, die sie als Souvenir mitnehmen könnte.

Am Ende lief es wohl immer darauf hinaus, den einen Menschen zu finden, bei dem man sich zu Hause fühlte. Margot fragte sich, ob sie auch einmal so jemanden finden würde. Und ob sie überhaupt danach suchte.

Thea rümpfte die Nase. »Nur behauptet Pelzer, ick würd schnarchen.«

Margot musste lachen. »Das tust du doch auch!«

In gespielter Empörung riss Thea Augen und Mund auf. »Ick atme höchstens schwer.«

Als Margot umso lauter lachte, gab Thea ihr einen kräftigen Schubs, bevor sie um die Wette in die Wellen rannten und lauthals kreischten, weil das Wasser noch genauso kalt war wie am Morgen. Aber es war der Pazifik, und während die Sonne darin versank, gehörte er ihnen ganz allein.

18

Tutti Frutti

In der Garderobe des Auditoriums von Long Beach ging es zu wie im Taubenschlag. Dutzende junger Frauen schwatzten auf Englisch mit amerikanischen, europäischen, asiatischen oder hispanischen Akzenten durcheinander: Geheimtipps für den nächsten Stopover, Empfehlungen, wo man die besten Spirituosen und Pralinen zum besten Preis bekam, oder Anekdoten, welche Prominenten man schon einmal auf einem Flug begleitet hatte.

Stewardessen aus aller Welt frischten ihr Make-up auf oder ließen sich von einer der anwesenden Schönheitsspezialistinnen zur Hand gehen. Friseurinnen kümmerten sich um lose Härchen, störrische Strähnen oder fehlendes Volumen. Sogar eine Schneiderin hielt sich bereit, falls ausgerechnet jetzt eine Naht platzen sollte. Einige Teilnehmerinnen standen müßig mit einer Zigarette oder einem Glas Wasser herum und beäugten ihre Konkurrentinnen, andere brüteten über ihrer vorbereiteten Rede oder griffen noch zu einer Kleinigkeit vom Büfett; für ein ordentliches Mittagessen war keine Zeit gewesen.

Die Garderobe glich einem Meer aus Uniformen in Abstufungen von Himmelblau, Azur oder Marine, nur selten war dazwischen ein Grauton zu sehen wie bei der Swissair. Die

Stewardess der American Airlines glänzte in Mokkabraun, die der North Central trug Bordeaux, und das scharlachrote Cape der kolumbianischen Avianca würde für einen überaus dramatischen Auftritt sorgen.

Bereits beim Zusammentreffen der Teilnehmerinnen am Morgen hatte die offizielle Kluft der Air Ceylon, ein glänzender Sari, allenthalben Bewunderung hervorgerufen. Die japanische Teilnehmerin hatte sich auf dem Gruppenfoto zwar in Kimono und klobigen Holzsandalen eingereiht, war danach aber wieder in ihre schmucke schwarzblaue Uniform gestiegen, die – man höre und staune! – gerade so das Knie bedeckte, genau wie die lichtblaue von Hawaiian Airlines. Wirklich neidisch aber waren sämtliche Stewardessen auf die drei Kolleginnen aus Alaska, die im Dienst Hosenanzüge tragen durften, ergänzt um einen Anorak mit pelzverbrämter Kapuze und warmen Stiefeln.

Zwischen den Kandidatinnen tummelten sich Kolleginnen, Freundinnen, Schwestern oder Mütter, die als seelische Stütze, zum Anfeuern und mit hoher Wahrscheinlichkeit auch zum Trösten mitgekommen waren – denn nur eine von ihnen konnte mit dem Titel der *Miss Wings over the World* nach Hause fliegen.

Die Tür zum Bühnenbereich öffnete sich, und ein Mann mit Klemmbrett unter dem Arm steckte den Kopf herein. Kaugummikauend wechselte er ein paar Worte mit einer der Assistentinnen, die einen Blick auf ihre Armbanduhr warf und nickte. Bis zum großen Auftritt konnte es wohl nicht mehr lange dauern.

»Ich kann das nicht«, flüsterte Almuth, kreidebleich im Gesicht, und umklammerte die Sitzfläche ihres Stuhls.

»Natürlich kannst du!«, widersprach Margot und streichelte

ihren Rücken. »Bei den Proben heute Vormittag hat doch auch alles wie am Schnürchen geklappt.«

Mit panisch geweiteten Augen sah Almuth sich um. »Die sind alle so schön! So elegant und selbstbewusst!«

Thea blies den Zigarettenrauch aus und setzte eine blasierte Miene auf. »Dir kann keene det Wasser reichen.«

»Seht euch doch mal um«, sagte Almuth kläglich. »Und außerdem geht es nicht nur ums Aussehen.«

Margots Blick folgte der Stewardess der israelischen El Al, die wie eine moderne Nofretete an ihnen vorüberschritt, und blieb dann an den beiden Teilnehmerinnen von Scandinavian Airlines und KLM hängen, die plaudernd beisammen standen – blond, hübsch und mit Endlosbeinen gesegnet wie die Kessler-Zwillinge. Die Stewardess der Alitalia, äußerst apart mit ihren goldschimmernden Haarwellen, ließ mit einer kleinen Bewegung aus dem Handgelenk heraus ihr Feuerzeug aufschnappen und zündete sich eine dünne Zigarette an; die Art, wie sie durch den Rauch hindurch die Konkurrenz musterte, hätte Lauren Bacall alle Ehre gemacht.

Margot ging vor Almuth in die Hocke. Eine Hand auf ihrer Schulter, sah sie ihrer Freundin fest in die Augen. »Für Herrn Schlippchen und Fräulein Buschheuer warst du schon immer ein Musterbeispiel an Haltung, Umgangsformen und Service. Wieso sollten die sich in dir geirrt haben?«

»Deswejen biste hier«, warf Thea ein. »Weil die jenau wissen, det du's draufhast.«

»Ich kann das nicht«, wiederholte Almuth, einen leicht schrillen Unterton in der Stimme. Ein Zittern lief durch ihren Körper.

»*Your nerves?*«, erkundigte sich die Stewardess der neuseeländischen Linie Eagle Airways, die mit einem Schiffchen auf dem flotten Kurzhaarschnitt, weißem Blüschen, kurzem Hosenrock und Kniestrümpfen etwas von einer Pfadfinderin hatte.

Einladend hielt sie Almuth einen Flachmann hin; als diese ablehnte, kippte sie schulterzuckend selbst einen Schluck.

»Ich kann das wirklich nicht!« Almuths Augen füllten sich mit Tränen. »Wenn ich mir vorstelle, dass ich nachher dort oben stehen soll und mich alle anstarren ...«

Krampfhaft schnappte sie nach Luft, schon kurz vor dem Hyperventilieren. Margot war versucht, nach einer Papiertüte Ausschau zu halten, hatte dann aber eine bessere Idee.

»Soll ich Claus holen?«, fragte sie.

Almuths Antwort bestand aus einem zögerlichen Nicken.

Margot sprang auf und lief zur Tür; um ein Haar hätte sie dabei die Stewardess von Trans Texas umgerannt, die ein knappes Denim-Westchen über der Bluse, weiße Cowboystiefel und den passenden Westernhut trug. Nur das Lasso fehlte.

Mit fliegenden Schritten hastete Margot durch die langen Korridore des Bühnenbereichs, wo emsige Hände mit den letzten Vorbereitungen beschäftigt waren, und durch den beeindruckend großen und prächtig gestalteten Zuschauerraum. Es summte wie in einem Bienenstock, und die Big Band, die die musikalische Untermalung liefern würde, stimmte noch ein letztes Mal die Instrumente nach.

Um die dreitausend Sitzplätze bot das Auditorium, und die zigarettenrauchende und cocktailtrinkende Menge, durch die Margot sich schob, ließ ahnen, dass heute wohl kaum einer der Plätze frei bleiben würde. Vor so viel Publikum aufzutreten hätte sogar für sie selbst eine Herausforderung bedeutet; kein Wunder, dass Almuth vor Lampenfieber beinahe umkam. Doch sosehr Margot sich auch den Hals verrenkte und sich auf die Zehenspitzen stellte, Claus konnte sie nirgendwo entdecken.

Einer Eingebung folgend, eilte sie zu einem der Ausgänge. »*Sorry, Miss.*« Ein Türsteher stellte sich ihr mit abwehrender Geste in den Weg. »*Contest is about to start in twenty minutes.*« Erst als Margot ihm versicherte, dass sie trotz ihrer Uniform nicht zu den Teilnehmerinnen gehörte, die in zwanzig Minuten auf die Bühne mussten, ließ er sie passieren.

Auf ihren hohen Absätzen stöckelte sie durch den geometrisch angelegten Park und hielt zwischen Flaneuren, Liebespaaren und Touristen Ausschau nach Claus. Wie Pinselstriche zeichneten sich gegen den blauen Himmel die Silhouetten der Menschen ab, die es auf den Rainbow Pier hinausgezogen hatte, der als gigantischer Halbkreis im Wasser lag. In der Mittagssonne funkelte der Ozean, und vom nahen Vergnügungspark drangen das Rattern der Achterbahn und vergnügtes Kreischen herüber.

Erleichtert atmete Margot auf, als sie Claus entdeckte. Eine Zigarette in der einen, einen Drink in der anderen Hand, unterhielt er sich mit einem jungen Mann, ebenfalls sonnenbebrillt und in einem legeren Anzug, der die Brauen hob, als Margot zu ihnen trat.

»*Hello*«, raunte er betont und musterte sie anerkennend von Kopf bis Fuß.

Margot erwiderte seinen Gruß nur knapp und nahm Claus beim Arm. »Würdest du bitte mitkommen? Almuth hat das große Nervenflattern.«

»Natürlich.« Claus entschuldigte sich hastig bei seinem Gesprächspartner und trat die Zigarette aus.

Mit Claus im Schlepptau kehrte Margot in die Garderobe zurück, in der Duftwolken von *L'Air du Temps*, *Youth Dew*, *Hypnotique*, *Soir de Paris* und *Chanel N° 5* sich mit Haarspray und Zigarettenrauch vermischten.

Die Stewardess von Flying Tiger, die gerade mit hochgeschobenem Rock ihren Strumpf glatt strich, stieß bei Claus' Anblick einen spitzen Schrei aus. Eine andere junge Dame, die soeben eine frische Bluse über den BH zog, rief ihm etwas in ihrer Muttersprache nach, was eindeutig nach Verwünschung klang. Ein paar Mütter plusterten sich drohend auf wie Hennen vor ihren Küken. Andere Teilnehmerinnen drehten die Köpfe nach dem gut aussehenden jungen Mann, zwei oder drei pfiffen ihm sogar kess hinterher.

»*Sir!*« Mit grimmigem Blick folgte ihnen eine der Assistentinnen. »*Stop, Sir! You're not allowed in here!*«

»*Sorry, ma'am*«, entgegnete Claus in seinem besten Pilotentonfall, der keinen Widerspruch duldete. »*It's an emergency.*«

Es war wirklich ein Notfall. Zusammengekrümmt und mit zitternden Knien saß Almuth da; sogar Thea, die ihr unaufhörlich über die Schulter streichelte, wirkte hilflos.

»Almuth«, sagte Claus sanft und ging vor ihr in die Hocke. »Was ist los?«

Sie schluchzte auf.

Claus nahm ihre Hände in seine. »Wovor hast du solche Angst?«

»Ich kann nicht da raus auf die Bühne«, stieß sie hervor. »Ich werde nur über meine eigenen Füße stolpern und keinen einzigen Ton rausbringen. Komplett versagen werd ich!«

Claus drückte einen Kuss auf ihre Fingerspitzen. »Nichts davon wird passieren. Und falls doch, fliegst du eben ohne Titel heim. Genau wie gut neunzig andere Stewardessen auch. Na und?«

Almuths Atemzüge klangen, als ob sie jeden Moment Schluckauf bekäme. »Du verstehst das nicht! Die erwarten von mir, dass ich gewinne, das habe ich genau rausgehört. Wenn ich als Verliererin heimkomme, verzeiht mir das Fräulein Buschheuer nie. Und meine Mutter erst recht nicht!«

Margot wechselte einen Blick mit Thea, der es offenbar genauso naheging, wie Almuth sich quälte.

»Dann pfeif auf die Lufthansa!«, erwiderte Claus. »Und – Verzeihung – auch auf deine Frau Mama.«

Almuth lachte erstickt auf. »Und wenn sie mich deswegen feuern? Wovon soll ich dann leben? Ich kann doch nichts anderes.«

»Deswegen feuert dich doch keiner!«, widersprach Margot. »Die brauchen gute Stewardessen wie dich.«

»*Alright, ladies, ten minutes to go!*«, rief eine der Assistentinnen durch die Garderobe, in der sofort fieberhafte Hektik ausbrach.

Noch zehn Minuten bis zum großen Auftritt. Auf Almuths Gesicht zeichnete sich blanke Panik ab.

Claus legte eine Hand an Almuths Wange. »Du musst da jetzt nicht rausgehen«, sagte er ruhig. »Niemand kann dich zu etwas zwingen, das du nicht willst. Niemand, hörst du? Sonst bekommt derjenige es mit mir zu tun.«

Ein Lächeln zitterte über Almuths Gesicht; sogar mit verschmierter Wimperntusche sah sie noch hinreißend aus.

»Eigentlich«, flüsterte Claus, »wollte ich bis Weihnachten warten.« Ein kleines Grinsen stahl sich in seinen Mundwinkel. »Aber ich glaube, einen besseren Moment wird's nie wieder geben.«

Eine Ahnung streifte Margot, und ihr Herzschlag galoppierte an. Thea klatschte entzückt in die Hände.

Claus ging vor Almuth auf das Knie und griff nach ihren Händen, bevor er tief Luft holte.

»Almuth von Rehberg, willst du mich heiraten?«

19

Catch a Falling Star

Die nervöse Aufbruchsstimmung, die eben noch in der Garderobe geherrscht hatte, ebbte zu aufgeregtem Getuschel ab, dann breitete sich Stille aus. Sämtliche Augen im Raum richteten sich auf Almuth und Claus.

»*Ladies*«, setzte die Assistentin erneut an, wurde aber von missbilligenden Zischlauten aus allen Richtungen zum Verstummen gebracht.

Was es zu bedeuten hatte, wenn ein Mann mit bittendem Gesichtsausdruck vor einer Frau kniete, war international verständlich. Gebannt warteten die versammelten Stewardessen aus der ganzen Welt darauf, ob es ein Happy End geben würde.

»Was?«, hauchte Almuth ungläubig.

»Wenn du willst«, sagte Claus, »brennen wir durch. Jetzt gleich. Wir springen in den Wagen, holen unsere Sachen aus dem Hotel und brettern nach Vegas.«

»Aber unser Flug geht morgen«, wandte Almuth zaghaft ein.

»Den buchen wir um und hängen noch ein paar Tage dran«, erklärte Claus. »Du hast sowieso die kommende Woche frei, oder nicht? Und ich kann Klaus oder einen anderen Kollegen anrufen und ihn bitten, mit mir den nächsten Dienst zu tauschen.«

Almuth lachte erschrocken auf. »Fräulein Buschheuer reißt mir den Kopf ab, wenn sie erfährt, dass ich durchgebrannt bin! Und meine Mutter ... O Gott, meine Mutter!«

»Det kann dir doch dann ejal sein!«, wandte Thea schelmisch ein.

»Du hättest ihn deiner Mutter wohl besser rechtzeitig vorgestellt«, spöttelte Margot liebevoll.

Almuth blickte ängstlich drein. »Am Ende werfen sie dich bei der Lufthansa deswegen noch raus.«

Claus grinste. »Ich bin Pilot, ich bin unersetzlich. Mehr als ein Donnerwetter von Fräulein Buschheuer habe ich nicht zu befürchten.«

Almuth lag erkennbar mit sich im Widerstreit, gefangen in einem Dickicht aus sollte und müsste.

»*Honey, if you don't want him, I'll gladly take your place*«, bot sich die Stewardess von Trans Canada mit schmachtendem Blick in Richtung Claus als Ersatz für Almuth an.

Die Kollegin von Iberia seufzte hingerissen. »*Me too!*«

Beide musterten sich abschätzig und geradezu kampflustig.

»Na, willste oder willste nich?«, rief Thea ungeduldig.

»Ich wollte immer in Weiß heiraten«, murmelte Almuth zweifelnd. »Ganz groß. Und mit euch.« Hilfesuchend blickte sie zu ihren Freundinnen.

»Det kannste mit 'ner rauschenden Party zu Hause nachholen«, erklärte Thea gönnerhaft.

Almuths Blick richtete sich auf Margot, hoffnungsvoll und bang zugleich.

Margots Augen wurden feucht, und sie blinzelte gegen die Tränen an. Sie gab Almuth und Claus ihren Segen, indem sie die Hände an den Mund drückte und den beiden einen großzügigen Luftkuss zublies.

Ein Strahlen breitete sich auf Almuths Gesicht aus, ihr Brustkorb hob und senkte sich in schnellen Atemzügen; wie befreit wirkte sie.

»Ja, natürlich will ich!«

Die gesamte Stewardessenschar seufzte hingebungsvoll, als Claus seine Verlobte küsste. Jubelrufe, Glückwünsche und sogar Applaus brandeten auf.

»*I told you so!*«, raunte eine Teilnehmerin einer anderen besserwisserisch zu. »*This contest is the perfect opportunity to snatch a husband.*«

Die Angesprochene nickte und sah sich mit großen Augen um, als ob sich tatsächlich noch irgendwo im Raum ein heiratswilliger Junggeselle versteckte.

Zwischen den Rasenflächen und Palmen vor dem Auditorium umarmten sich Claus und Margot.

»Ich wünsche euch alles Glück der Welt!«, flüsterte sie.

»Darf ich mich bei dir ausheulen, falls sie es sich unterwegs anders überlegt?«, murmelte er grinsend.

»Mal sehen, wer im letzten Moment kalte Füße kriegt«, zog Margot ihn auf.

»Ich bestimmt nicht!« Lachend löste sich Claus von ihr.

»Tschüs, ihr beiden! Ich melde mich, sobald wir zurück sind«, sprudelte Almuth hervor, schlang nacheinander die Arme um Margot und Thea und bedeckte ihre Wangen mit Küssen. »O Gott, ich kann gar nicht fassen, dass ich dann eine verheiratete Frau bin! Bis bald!«

Eilig stieg sie in den Wagen. Claus schlug die Tür hinter ihr zu, unbeeindruckt von den Wachmännern, die ihn stirnrunzelnd musterten, weil er das feuerrote Cabriolet ganz frech direkt vor das Eingangsportal gefahren hatte.

»Pass gut auf sie auf!«, rief Margot.

Ein Lächeln auf dem Gesicht, salutierte Claus lässig, bevor er hinter das Steuer sprang, den Motor anließ und den Wagen schwungvoll wendete. Auf dem Beifahrersitz drehte Almuth sich noch einmal um und erwiderte das Winken ihrer Freundinnen. Dann brausten sie und Claus davon, in ihr eigenes hollywoodreifes Abenteuer hinein.

Mit feuchten Augen lächelte Margot vor sich hin, und trotzdem war ihr nicht ganz wohl zumute.

»Meinst du, das geht gut?«, fragte sie leise.

»Ach, det weeßte nie«, wiegelte Thea ab.

Margot grinste, als sie mit einem Seitenblick feststellte, dass Thea sich blinzelnd über die Augenwinkel wischte.

»Hab Sand abjekriegt«, behauptete sie. »Det Zeug fliegt hier aber auch überall rum.«

Margot warf einen Blick auf den monumentalen Bau des Auditoriums hinter ihnen und seufzte. »Dann werde ich mal noch der Form halber die Veranstalter informieren, dass Almuth nicht mehr im Rennen ist.«

Im beinahe leer gefegten Foyer stand eine Handvoll Bühnenhelfer mit Klemmbrettern und diskutierte hitzig. Als Margot und Thea vorübergingen, ruckten ihre Köpfe hoch.

»*Hey!*«, bellte einer von ihnen. »*Are you from Lufthansa?*«

»*I am*«, bestätigte Margot.

Bevor sie fragen konnte, worum es ging, schoss der Bühnenhelfer auf sie zu und packte sie am Arm. Während er sie mit sich fortzog, machte er seinem Unmut Luft: Wo um Himmels willen sie denn gesteckt habe, überall habe man nach ihr gesucht, ihretwegen sei man schon ein paar Minuten in Verzug.

»*No, no, no!*«, rief Margot hastig und stemmte die Absätze

gegen den Boden. »*You've got the wrong one! I'm not Almuth von Rehberg.*«

Der Bühnenhelfer ließ sie kurz los, um irritiert durch die Listen auf seinem Klemmbrett zu blättern. »*What's your name?*«

»Margot Frei.«

Er holte einen Stift hinter dem Ohr hervor und notierte ihren Namen. Dann fasste er Margot erneut am Arm und knurrte dabei etwas wie *one as good as the other*.

Eine so gut wie die andere.

Margot versuchte vergeblich, sich seinem Griff zu entwinden, auch ihre Proteste verhallten ungehört. Entsetzt warf sie einen Blick über die Schulter zu Thea, die mit klappernden Absätzen hinter ihnen herlief und breit grinste.

»Mitjefangen, mitjehangen, wa?«

Ein schlaksiger Bursche mit Zigarette im Mundwinkel riss eine Tür vor ihnen auf. Im Dämmerlicht führte der Bühnenhelfer Margot zwischen Schalttafeln und Kabelsträngen hindurch bis zu einer Lücke im hinteren Teil der langen Schlange aus Stewardessen.

»*Good luck!*« Er drückte ihr ein Schild mit einer Nummer in die Hand und hastete davon.

Margot öffnete den Mund, um ihm nachzurufen, dass sie schlicht nicht vorbereitet war; Hut und Handschuhe lagen noch in der Garderobe, außerdem musste sie mal. Doch ein gewaltiger Tusch verschluckte ihre Worte, und seufzend ergab sie sich in ihr Schicksal. *The show must go on.*

Auf der anderen Seite des Vorhangs begrüßte die sonore Stimme des Conférenciers das Publikum und erntete mit abgeschmackten Bemerkungen über Hausfrauen in zwanzigtausend Fuß Höhe und dem Heiratsmarkt namens Flughafen zahlreiche Lacher. Während er die Schönheit und Anmut der anwesenden

Stewardessen pries und dabei in Superlativen schwelgte, zupfte Margot sich die Haare zurecht. Die Kosmetikerin, die hinter der Bühne für eventuelle Notfälle bereitstand, zeigte Erbarmen, indem sie ihr den Lippenstift nachzog und die Puderquaste zückte.

Vor der Bühne setzte ein mitreißender Swing ein – die Musik zum Einzug der Stewardessen. Margot schaffte es gerade noch, einen prüfenden Blick auf die Nähte ihrer Nylons zu werfen, dann setzten sich die Teilnehmerinnen vor ihr in Bewegung. Margot folgte ihnen, die Stufen zur Bühne hinauf und mitten hinein ins Rampenlicht.

Anders als von Fräulein Buschheuer angenommen, hatten die Journalisten am Vormittag kein übermäßiges Interesse an den beiden jungen Damen von der Lufthansa gezeigt. Neben den fremdartigen Schönheiten aus dem Nahen und Fernen Osten war sogar Almuth in ihrem Dirndl verblasst, das sie auf Anraten der Chefstewardess für das Gruppenbild angezogen hatte. Die wenigen Sätze, die Margot mit Reportern wechselte, und das eine oder andere Anstandsfoto hatten ihr genug Gelegenheit gelassen, die Proben mitzuverfolgen.

Die Ermahnungen der Choreografin noch im Ohr, schritt Margot kerzengerade und mit strahlendem Lächeln hinter den anderen Stewardessen her und präsentierte dabei ihre Startnummer. Begleitet von Blitzlichtgewitter, Applaus und den Klängen der Big Band defilierten die Stewardessen erst gemeinsam, dann jede für sich über den Laufsteg, wobei der Conférencier bei Margots Auftritt über Bier, Bratwurst und Sauerkraut witzelte.

Dann nahm ihnen ein Bühnenhelfer die Nummerntafeln ab, und dekorativ reihten sich die Stewardessen hinten auf der Bühne auf. Sobald die Musik verstummt war, trat eine nach der anderen im Lichtkegel eines Scheinwerfers an das bereitgestellte Mikrofon, wo sie mehr oder weniger enthusiastischer Beifall empfing; jede der Amerikanerinnen schien ihren eigenen Fanclub mitgebracht zu haben.

Olivia von Southern Airways verriet dem geneigten Publikum ihr Geheimrezept für den Mint Julep, Angela aus Irland trug ein selbst verfasstes Gedicht über Himmel und Wolken vor, und die Texanerin gab eine Geschichte über ihr Pferd zum Besten, mit dem sie unzählige Preise geholt hatte. Colette aus Frankreich war schon für Chanel und Givenchy auf dem Laufsteg gewesen, während sie an der Sorbonne Kunst studierte, und Evelyn von Pan Am hatte nicht nur an der Wahl zur *Miss USA* teilgenommen, sondern erwähnte auch nebenbei, dass ihre Vorfahren einst auf der *Mayflower* nach Amerika gekommen waren und sie in ihrer Freizeit für wohltätige Zwecke Klavierkonzerte gab.

Sechsundachtzig junge Frauen, von den Vertreterinnen der British Overseas Airways Corporation und British European Airways bis zu der von Qantas, warfen bei ihrem kurzen Auftritt alles in die Waagschale, um sich vor Publikum und Jury als *ideale Hausfrau der Lüfte* zu präsentieren, wie es in der offiziellen Ausschreibung des Wettbewerbs hieß.

»*And now, ladies and gentlemen, please welcome number eighty-seven*«, verkündete der Conférencier. »*Miss Almuth … Miss Margot Frei from German Lufthansa.*«

Überlaut kamen Margot ihre Schritte über die Bühne vor, auf der vor ihr schon Judy Garland, Frank Sinatra, Dean Martin und sogar Elvis gestanden hatten. Der Applaus, der allenfalls höflich zu nennen war, flaute bereits ab, ehe sie das silberglänzende Mikrofon erreicht hatte. Aus dem Augenwinkel erspähte sie unten am Bühnenrand Thea, die beide Daumen mit den Fäusten umschlossen hielt und mit den Lippen *toi, toi, toi* formte.

Margot schmunzelte, eine ordentliche Portion Glück konnte sie wahrhaftig brauchen. Nicht um aufs Treppchen zu kommen, sondern um keine totale Bruchlandung hinzulegen.

Während ihre Vorrednerinnen an der Reihe gewesen waren, hatte Margot sich Almuths Rede ins Gedächtnis gerufen. Wenn sie schon als Zweitbesetzung einsprang, dann wenigstens mit dem originalen Text.

Vor ihr gähnte der Zuschauerraum wie ein riesiges schwarzes Loch. Geblendet vom Scheinwerferlicht, konnte Margot keine Gesichter ausmachen. Nur die Jury war zu erkennen, mehrere Herren im Anzug und ein paar Damen im Kostüm, die beiderseits des Laufstegs an kleinen Pulten saßen, ihre Unterlagen von Leselämpchen beleuchtet, die Mienen undurchdringlich.

»Nazi!«, zischte es irgendwo, und Margot schluckte.

Mit einem Schlag herrschte in ihrem Kopf komplette Leere. Sie hatte keinen beeindruckenden Lebenslauf vorzuweisen, keine Preise und Auszeichnungen, noch nicht einmal irgendein ausgefallenes Hobby, mit dem sie punkten konnte. Und die Uhr tickte.

»*Hello*«, sagte sie vorsichtig ins Mikrofon und zuckte zusammen, als ein hässliches Pfeifen aus allen Lautsprechern des Saals gellte.

Unwillkürlich gluckste sie in sich hinein und grinste dann ins Publikum. »Sind jetzt alle wieder wach?«, fragte sie kess auf Englisch.

Einige Lacher ertönten, und Margot atmete auf. Zur Hölle mit der auswendig gelernten Rede! Sie war Stewardess, und wenn sie etwas konnte, dann improvisieren. Auch auf Englisch, und wenn es sein musste, sogar vor ein paar Tausend Zuschauern.

Margot stellte sich in Pose und deutete mit großer Geste auf ihre Uniform. »Hier stehe ich also. Eine Stewardess.«

Der halb ironische, halb flirtende Tonfall, mit dem sie das Offensichtliche betonte, rief weiteres Lachen hervor; Blitzlichter flammten auf.

»Ich bin diejenige«, fuhr sie fort und stellte sich kokett ein imaginäres Tablett auf die Handfläche, »die Ihnen im Flugzeug den Kaffee serviert oder einen Cocktail, mit dem Sie sich zurücklehnen, während unsere Crew Sie heil von einem Punkt der Erde zum anderen bringt.« Sie trat einen Schritt näher ans Mikrofon und verlieh ihrer Stimme etwas Verschwörerisches. »Und ich kenne das Geheimnis für perfektes Rührei. Kommen Sie nachher ruhig zu mir, meine sehr verehrten Damen, und ich verrate es Ihnen. Es könnte Ihre Ehe retten.«

Heiterkeit schwappte durch die Reihen. Margots Blick traf auf den einer Jurorin, die sich gerade eine Zigarette anzünden wollte, aber mitten in der Bewegung innehielt und sie stirnrunzelnd anstarrte. Doch Margot war schon zu sehr in Fahrt, um sich jetzt noch bremsen zu können.

»Ich bin aber auch diejenige, die Ihnen bei einem Notfall an Bord Erste Hilfe leistet. Jaja, ich weiß, meine Herren – Sie denken jetzt sofort an eine Mund-zu-Mund-Beatmung. Aber lassen Sie es sich gesagt sein: In dem Moment, in dem Sie tatsächlich eine Mund-zu-Mund-Beatmung benötigen, haben Sie ganz andere Sorgen.«

Schallendes Gelächter brandete auf, sogar vereinzelter Applaus. Einer der Herren in der Jury verkniff sich nur mühsam ein Grinsen und notierte sich etwas auf seinem Block.

Wie eine Jazzsängerin zog Margot das Mikrofon schwungvoll zu sich heran und bemühte sich um einen dramatischen Gesichtsausdruck. »Mit anderen Worten: Als Stewardess bin ich jeden Tag Superwoman.«

Mehr Gelächter, mehr Beifall. Margot holte tief Luft, jetzt hatte sie das Publikum da, wo sie es haben wollte.

»Wissen Sie«, fuhr sie in ernstem Tonfall fort und stellte das Mikrofon wieder aufrecht, »ich habe nicht mein Leben lang davon geträumt, Stewardess zu werden. Für solche hochfliegenden Träume gab es in meiner Kindheit keinen Platz. Nicht im Krieg, den die Generation meiner Eltern begonnen hatte, und auch nicht danach, als meine Mutter allein mit zwei Töchtern dastand. Ohne ein Dach über dem Kopf und ohne Mann, weil mein Vater in russischer Gefangenschaft geblieben war.«

Sie spürte die Irritation der Zuschauer, die fragenden Blicke und die bohrende Neugierde, worauf dieses *German Fraulein* wohl hinauswollte.

»Als Stewards und Stewardessen der Lufthansa«, sprach sie weiter, den Kopf hoch erhoben, »würden wir inoffizielle Diplomaten der Bundesrepublik sein. So hieß es an dem Tag, an dem ich mich bei der Fluggesellschaft vorstellte. Drei Jahre später weiß ich, was damit gemeint war. Meine Kollegen und Kolleginnen und ich – wir sind für viele unserer Fluggäste die ersten Deutschen, denen sie nach dem Krieg oder überhaupt jemals in ihrem Leben begegnen. Und der erste Eindruck ist doch immer entscheidend, nicht wahr? In unserer Hand liegt es also, ob ein Passagier mit gutem Gefühl deutschen Boden betritt. Ob er danach bereit ist, Deutschland als das Land zu sehen, das es heute ist. Das Land meiner Generation und der Generation unserer Kinder. Die Vergangenheit lässt sich nicht ändern. Aber wenn wir sie im Hinterkopf behalten, kann es uns gelingen, die Zukunft neu zu gestalten.«

Mit einem offenen Lächeln ließ Margot den Blick durch den dunklen Zuschauerraum schweifen.

»Das bedeutet es für mich, eine Stewardess der Lufthansa zu sein«, fügte sie hinzu. »Ich danke Ihnen.«

Einige Augenblicke war es still im Saal. Totenstill. Margots Wangen wurden heiß, und sie trat vom Mikrofon zurück.

Umso überwältigender war der Beifallssturm, der im nächsten Moment über den Saal hereinbrach. Die Jurorin hatte sich zwar mittlerweile ihre Zigarette angezündet, aber dann zwischen den Fingern vergessen. Die Aschesäule fiel auf ihr Pult, als sie mit dem Stift in der anderen Hand einen energischen Strich quer über das Papier zog.

Margot atmete tief durch; sie fand, sie hatte sich wacker geschlagen. Beschwingt trat sie den Rückzug an und zwinkerte Thea zu, die begeistert beide Daumen hochreckte.

Zwischen den anderen Stewardessen eingereiht, ließ Margot die Reden der letzten Teilnehmerinnen an sich vorüberziehen. Sobald der Conférencier eine halbstündige Pause ankündigte, Musik einsetzte und der Vorhang fiel, rannte sie auf ihren hohen Absätzen los, die Treppen hinunter und durch die Korridore des Bühnenbereichs bis zur Damentoilette.

Als sie endlich auf der Klobrille saß, seufzte sie tief auf vor Erleichterung. Ihre Handflächen waren noch immer feucht, die Bluse unter der Uniformjacke durchgeschwitzt, und das nicht nur wegen der Hitze der Scheinwerfer.

Margot musste grinsen. Ihr Auftritt war weder artig noch damenhaft gewesen, sondern frech und ziemlich gewagt. Sie hoffte, Fräulein Buschheuer würde es ihr nachsehen; auf jeden Fall hatte es großen Spaß gemacht.

Eine halbe Stunde später gab Margot sich alle Mühe, im Spalier der Stewardessen aus aller Welt nicht ungeduldig von einem Bein aufs andere zu treten. Sie wollte nur noch von der Bühne und hier raus, um mit Thea irgendwo etwas trinken zu gehen. Etwas Hochprozentiges, das brauchte sie nach diesem nervenaufreibenden Tag, vielleicht sogar mit einer von Thea geschnorrten Zigarette und auf jeden Fall mit Blick auf den Ozean.

Doch der Conférencier erging sich in schier endlosen Danksagungen an die Unternehmen, die mit ihrer finanziellen Unterstützung diese Veranstaltung erst möglich gemacht hatten, und griff einmal mehr zu Superlativen, um keinen Zweifel daran zu lassen, dass der Titel der *Miss Wings over the World* fast so gut war wie ein Oscar. Danach trat die Vorsitzende der Jury ans Mikrofon, Mrs Katherine Keating, ehemals Pan Am. Mit demselben strengen Stirnrunzeln, mit dem sie zuvor an ihrem Pult gesessen hatte, erläuterte sie die Kriterien, nach denen die Jury entschieden hatte.

»*And now, ladies and gentlemen* ...«, ergriff der Conférencier wieder das Wort und hatte gleich darauf alle Mühe, dass man ihn unter dem Trommelwirbel überhaupt noch hörte.

Der dritte Platz ging an Colette von Air France, der zweite an Evelyn von Pan Am, die beide sichtlich enttäuscht, aber gefasst ihre Blumensträuße und die Urkunden entgegennahmen.

Unter erneutem Trommelwirbel verdunkelte sich die Bühne, und ein einzelner Strahler glitt wie zufällig über die Reihe der Stewardessen.

»*... and Miss Wings over the World nineteen fifty-seven is* ...«

Der Trommelwirbel brach ab, der Strahler blieb stehen, und Margot kniff geblendet die Augen zusammen.

»*Miss Margot Frei from Lufthansa!*«

Unter einem Tusch, donnerndem Beifall und anerkennenden Pfiffen kreischte eine Frau auf; bestimmt Thea. Aber erst als die Stewardess neben ihr sie anstupste, begriff Margot, was geschehen war.

Geradezu unwirklich war es, den Herren und Damen der Jury reihum die Hände zu schütteln, sich für die Glückwünsche zu bedanken und ihre Wangenküsse zu erwidern. Margot, die eigentlich gar nicht im Rampenlicht hätte stehen sollen, hatte mit ihrem flotten Mundwerk auf wundersame Weise den Titel geholt, als erste deutsche Stewardess überhaupt.

Katherine Keating legte ihr die Schärpe mit dem Schriftzug *Miss Wings over the World 1957* um. Aus der Nähe betrachtet, musste sie etwa Mitte dreißig sein. Ihr klassisch schönes Gesicht war gekonnt geschminkt, die kastaniendunkle Lockenfrisur makellos. In ihren bestechend hellen Augen funkelte es auf.

»*You're a handful, aren't you?*«, fragte sie Margot in leicht spöttischem Tonfall, während sie die Schärpe zurechtzupfte.

Margot grinste verlegen. Dass sie alles andere als brav und fügsam war, hatte sie schon oft gehört.

Zu ihrer Überraschung wechselte Mrs Keating in ein zwar akzentbeladenes, aber einwandfreies Deutsch. »Fräulein Buschheuer hat es bestimmt nicht immer leicht mit Ihnen. Aber wie ich Uschi kenne, ist sie gerade deshalb äußerst stolz auf Sie. Sagen Sie ihr, Kitty lässt schön grüßen.«

Ziemlich albern kam Margot sich mit dem Krönchen auf dem Kopf vor, und trotzdem freute sie sich über den riesigen Blumenstrauß und die Urkunde, die sie mehr schlecht als recht zusammen mit einer Flasche Champagner, ein paar Geschenkschachteln und schleifengeschmückten Tüten in den Armen balancierte. Dann konnte sie sich nicht länger beherrschen und lachte lauthals in das Blitzlichtgewitter der Kameras.

20

Ich tanze mit dir in den Himmel hinein

Während anderswo in der Stadt an diesem Samstagabend im Februar die fünfte Jahreszeit gefeiert wurde, mit Maskenbällen und Kostümpartys wie im rheinischen Karneval, brachten Treibhausblumen und Topfpalmen den Sommer ins noble Hotel *Atlantic*.

Margot trank einen Schluck Sekt und sah sich eingehend um. Unter den funkelnden Kronleuchtern wandelten Herren in Smoking oder Frack, die Damen trugen Abendrobe und teuren Schmuck; in diesem Jahr war Flitter in der Frisur der letzte Schrei.

Mehrere Luftverkehrsgesellschaften, die Flughafenverwaltung und die Gemeinschaft der Hamburger Luftfahrtagenten hatten zum achten *Ball über den Wolken* geladen – um freundschaftliche internationale Beziehungen zu knüpfen, wie es auch im Jahr 1958 in den entsprechenden Verlautbarungen hieß. Neben Lokalprominenz waren auch viele Geschäftsleute aus dem In- und Ausland anwesend. Stewards und Stewardessen in Uniform hießen als Vertreter ihrer jeweiligen Fluggesellschaft die Gäste willkommen und sorgten für eine Atmosphäre der Gastfreundschaft, während Kellner mit Fliege für das leibliche Wohl zuständig waren. Margot hatte schon Verkehrsminister

Seebohm entdeckt und ein paar Worte mit Hans Bongers vom Vorstand der Lufthansa gewechselt. Er war ein Lufthanseat der allerersten Stunde und die treibende Kraft bei der Neugründung der Fluggesellschaft nach dem Krieg gewesen.

»Bis jetzt ist es ja eher eine lahme Veranstaltung«, äußerte Claus sich kritisch. Einen Arm hatte er um Almuth gelegt, in der anderen Hand hielt er einen Longdrink.

»Wir können ja auf die Reeperbahn weiterziehen«, scherzte Margot.

Eine Braue hochgezogen, ließ Claus, selbst im Smoking, skeptisch den Blick zwischen den festlichen Abendkleidern von Almuth und Margot hin- und herwandern, und Margot lachte.

»Ich glaube, das ist hier immer so«, wandte Almuth ein. »Als ich damals die Gäste betreut habe, ging es erst spät so richtig los. Dafür haben dann in sämtlichen Räumen die Wände bis zum Morgengrauen gewackelt.«

Im großen Saal spielte das NDR-Tanzorchester. Wer auf peppigere Livemusik hoffte, konnte sein Glück in der Halle oder im kleinen Saal versuchen, im Wintergarten oder in der Tanzbar. Und wer sich mit nichts davon anfreunden konnte, dem blieb immer noch der Räuberkeller, um bei Fliegerbier ausgiebig zu klönen.

Ein ganzer Raum war für die Gewinne der Tombola reserviert: das reinste Warenhaus, in dem von Parfum und Schmuck bis zu Geschirr und Haushaltsgeräten alles ausgestellt war, was das Konsumentenherz begehrte. Schiffsreisen winkten als Preis ebenso wie zwei Dutzend Flugreisen über insgesamt fünfzigtausend Kilometer.

Doch das alles war nichts gegen den Hauptgewinn, der auch in diesem Jahr schleifengeschmückt im Zentrum des allgemeinen Interesses stand: ein frisch vom Band gelaufener Volkswagen. Für den zweiten Preis, die gerade auf den Markt gekommene Fernsehtruhe *Leonardo Luxus* von Philips, hätte man im Fachgeschäft einen satten Tausender hinblättern müssen. Der Erlös aus Tombola und Ball würde wie immer an die Deutsche Hilfsgemeinschaft gehen.

»Ich freue mich jedenfalls auf den Auftritt des Staatsopernballetts«, sagte Almuth.

»Wann ist der?«, wollte Margot wissen.

»Um Mitternacht.«

»Kann ich dich stattdessen zum Kabarett überreden?«, fragte Claus.

Als Almuth entschieden den Kopf schüttelte, seufzte er theatralisch.

Überschattet wurde die Feierlichkeit von einem schweren Flugzeugunglück in München eineinhalb Wochen zuvor, in Luftfahrtdimensionen betrachtet praktisch vor der Haustür. Eine Airspeed Ambassador von British European Airways mit vierundvierzig Personen an Bord hatte auf dem Weg von Belgrad nach Manchester in Riem aufgetankt. Beim dritten Startversuch war die Maschine von der Rollbahn abgekommen, hatte ein Wohnhaus gestreift und in Brand gesteckt, bevor sie schließlich gegen eine Scheune geprallt und selbst in Flammen aufgegangen war.

Rund die Hälfte der Menschen an Bord starb an Ort und Stelle, einige rangen noch immer um ihr Leben. Unter den Toten und Verletzten waren auch Spieler von Manchester United, aufgrund ihres jungen Alters *Busby Babes* genannt, die sich in Belgrad gerade ins Halbfinale des Europapokals gespielt hatten.

Fräulein Buschheuer hatte diese Tragödie zum Anlass für eine harsche Predigt genommen. Niemals, aber wirklich niemals würde sie in der Zeitung lesen wollen, dass sich ihre Stewardessen – oder Stewards – bei einem solchen Unglück als Erste aus dem havarierten Flugzeug gerettet hätten. Frauen und Kinder zuerst, das galt immer nur für die Passagiere.

Das Mitgefühl für die Kollegen von British Airways war an diesem Abend spürbar, fand Margot. Aber auch ein gewisser Fatalismus und die Entschlossenheit, das Leben jetzt erst recht zu feiern.

»Hat sich denn deine Mutter inzwischen beruhigt?«, erkundigte sie sich bei Almuth.

Almuth verzog das Gesicht. »Schwer zu sagen, wir sehen uns ja nicht so oft. Manchmal glaube ich, sie hat mir verziehen, dass wir sie um die große Hochzeit gebracht und mit einem Menü im *Jacob* abgespeist haben. Aber wenn sie bei uns zu Besuch ist, mäkelt sie an allem herum. Dass ich den Fisch falsch angebraten habe, die Tischdecke nicht einwandfrei gebügelt ist oder dass ich mal wieder die Fenster putzen könnte – so was eben. Claus muss jedes Mal ein Machtwort sprechen, damit sie endlich still ist. Ihm scheint sie jedenfalls nichts nachzutragen.«

Almuth lächelte ihren Gatten an und legte die Rechte an seine Brust; dabei glänzte der goldene Ring, der, wie auch Claus' Gegenstück, wesentlich jünger war als ihre Ehe.

Margot war Frau von Rehberg nur ein einziges Mal begegnet, auf der Entlassfeier der frischgebackenen Stewardessen. Dennoch konnte sie sich lebhaft vorstellen, wie Almuths Mutter darauf reagiert hatte, dass ihre Tochter mit einem ihr unbekannten Mann durchgebrannt und mit Hochzeitspapieren aus Las Vegas zurückgekehrt war. Dass es nicht zum völligen Bruch zwischen Mutter und Tochter gekommen war, lag sicher zum Teil an Claus selbst, der nicht nur eine Pilotenlaufbahn vorweisen konnte, sondern auch ein beträchtliches Vermögen aus dem Verkauf der väterlichen Chemiefirma. Und mit seinem Charme und den tadellosen Manieren konnte er zweifellos sogar das strengste Schwiegermutterherz erweichen.

»Na ja«, meinte Claus trocken, »dass Almuth meinetwegen ihr *von* im Namen abgeben musste, hat meine liebe Schwiegermutter wohl am härtesten getroffen. Mein Mangel an adeligem Geblüt ist durchaus ein schwerer Makel. Aber irgendwas ist ja immer.«

Alle drei lachten.

Frau von Rehbergs anfängliche Hoffnung, diese Heirat ließe sich einfach vom Tisch wischen, hatte sich jedenfalls nicht erfüllt. Nach gründlicher Prüfung der mitgebrachten Unterlagen hatte das Standesamt Eimsbüttel mit Stempel und Unterschrift bestätigt, dass Fräulein Almuth von Rehberg auch nach deutschem Recht nun Frau Claus Sturm war, und Almuth konnte aus ihrem Zimmer zur Untermiete in die großzügige Wohnung am Grindelberg umsiedeln.

»Irgendwann kommt sie auch darüber hinweg«, meinte Claus und drückte Almuth fester an sich. »Die Zeit richtet doch immer alles.«

»Habt ihr Thea und Pelzer eigentlich schon irgendwo gesehen?«, fragte Almuth.

Margot blickte sich suchend um. »Da hinten.«

In einem traumhaften Abendkleid aus espressodunklem Satin und mit großen goldenen Ohrclips stand Thea an einem der Büfetts und plauderte mit einer Lufthansa-Stewardess in Uniform. Dabei hielt sie den gefüllten Teller ganz selbstverständlich so, dass Pelzer sich einhändig daran bedienen konnte.

»Einen wunderschönen guten Abend zusammen!«, ertönte eine melodische Frauenstimme neben Margot.

Claus löste den Arm von Almuths Schultern, um seine

Rechte der Chefstewardess entgegenzustrecken. »Guten Abend, Fräulein Buschheuer! Vielen Dank für die Einladung.«

»Ich bitte Sie, Herr Sturm«, erwiderte sie, ganz Grande Dame in einer stahlgrauen Robe und mit knallrotem Lippenstift, ihrem Markenzeichen. »Ich musste mir doch etwas einfallen lassen, um unsere Almuth wieder einmal zu sehen.« Eine steile Falte zwischen den Brauen, blickte sie zwischen Claus und Margot hin und her. »Obwohl ich bis heute nicht weiß, wem ich mehr gram sein soll. Ihnen, Herr Sturm, weil Sie die Frechheit hatten, eine meiner besten Stewardessen in den Hafen der Ehe zu entführen. Ihnen, Frau Sturm, weil Sie mich ohne Vorwarnung auf dem schon fertigen Dienstplan haben sitzen lassen. Oder am Ende Ihnen, Fräulein Frei, weil Sie nicht eingeschritten sind.«

Margot blickte sie treuherzig an. »Das hätten selbst Sie nicht fertiggebracht, Fräulein Buschheuer. Sie hätten die beiden mal sehen sollen, als Claus ihr den Antrag gemacht hat. Da ist wirklich jedes Herz im Raum dahingeschmolzen.«

Ihre Vorgesetzte lachte und fasste dann Almuth ins Auge, die in ihrem hellblauen Kleid an eine Meerjungfrau erinnerte. »Jedenfalls scheint Ihnen die Ehe prächtig zu bekommen, Frau Sturm. Sie sehen fabelhaft aus.«

Almuth errötete und deutete einen Knicks an. »Vielen Dank, Fräulein Buschheuer.«

Die Chefstewardess legte Margot eine Hand auf den Rücken. »Dürfte ich Fräulein Frei kurz in Anspruch nehmen? Ein Herr von der Presse würde gern ein paar Fotos machen.«

Während Margot mit ihr davonging, spürte sie den Blick Fräulein Buschheuers auf sich ruhen.

»Ich muss schon sagen, Fräulein Wonneberg hat sich selbst übertroffen«, meinte ihre Vorgesetzte.

»Nochmals danke für die Ballgarderobe«, erwiderte Margot; sie wusste schließlich, was sich gehörte.

Das silberblaue Abendkleid mit engem Oberteil und fließendem weitem Rock wurde von ellbogenlangen Handschuhen und einem winzigen Handtäschchen ergänzt. Eigentlich hätte Margot dazu das Krönchen tragen sollen, das sie aus Kalifornien mitgebracht hatte, aber sie hatte sich rundheraus geweigert; stattdessen funkelten jetzt Strasssteine in ihrer Kurzhaarfrisur.

»Aber bitte, Fräulein Frei«, wehrte Fräulein Buschheuer lächelnd ab. »Das ist doch das Mindeste, wenn Sie schon den Titel nach Fuhlsbüttel geholt haben. Wir wollen unsere hauseigene *Miss Wings* heute Abend doch würdig präsentieren.«

»Der Eröffnungsflug der Super Star wäre mir allerdings noch lieber gewesen.« Diesen Kommentar konnte Margot sich nicht verkneifen.

Am Donnerstagabend war das neueste Flugzeug der Flotte zum ersten Mal nach New York gestartet. Mit fünfundvierzig Metern Flügelspannweite war der Lockheed Starliner ein beachtlicher Vogel und mit knapp dreitausendfünfhundert PS je Motor auch um einiges zugkräftiger als seine Vorläuferin, die Super-Constellation.

Chefpilot Mayr hatte diesen ersten Nonstop-Flug der Lufthansa über den Nordatlantik gesteuert, der keine achtzehn Stunden dauerte. Auf dem Rückweg würden es durch den Jetstream sogar nur etwas über elf Stunden sein. Mit an Bord war neben den Bürgermeistern von Wien und Frankfurt auch Max Brauer gewesen, zum zweiten Mal der Erste Bürgermeister Hamburgs, der während des Kriegs lange in den USA gelebt und vorübergehend die amerikanische Staatsbürgerschaft besessen hatte. Für diesen Flug hatte er sogar den Ball heute sausen lassen, über den er zusammen mit Verkehrsminister Seebohm die Schirmherrschaft hatte.

»Sie durften vor den Augen der Fotografen das Bändchen vor dem roten Teppich durchschneiden«, entgegnete Fräulein Buschheuer milde, »und jede Menge Hände schütteln. Reicht Ihnen das nicht?«

»Lieber wäre ich mitgeflogen«, hielt Margot heiter dagegen.

»Sie gestatten?« Die Chefstewardess blieb stehen, um Margots Schärpe zurechtzurücken. »Unser Fräulein Frei«, murmelte sie dabei, »will mal wieder alles haben, und das auch noch sofort.« Der Blick, den sie Margot zuwarf, war geradezu schelmisch. »Ab dem ersten April fliegen wir mit insgesamt vier Super Stars nicht mehr nur einmal die Woche, sondern täglich nach New York. Da kommen Sie ganz bestimmt in den Genuss der Nonstop-Flüge. Und für den Herbst planen wir etwas ganz Besonderes, bei dem ich natürlich auch an Sie gedacht habe. Genügt Ihnen das fürs Erste?«

Sie tauschten ein kleines Lächeln.

»Kennen Sie Mrs Keating eigentlich noch aus Ihrer Zeit bei der Pan Am?«, fragte Margot.

Fräulein Buschheuer brummte zustimmend, während sie sich weiter mit der Schärpe beschäftigte, die offenbar nicht so liegen wollte, wie sie es sich vorstellte. »Wir sind oft zusammen geflogen, haben uns irgendwann sogar ein Apartment geteilt und waren dadurch ziemlich eng befreundet.«

»Sind Sie das heute nicht mehr?«

Die Chefstewardess schwieg einen Augenblick lang.

»Sie hat sich dazu entschlossen zu heiraten«, sagte sie dann, eine Spur von Ungeduld in der Stimme, »und ich bin nach Deutschland zurückgekehrt. Wie das eben manchmal so ist.«

Fräulein Buschheuer machte nicht den Eindruck, als wollte

sie mehr darüber erzählen. Margot nutzte die Gelegenheit, um etwas anzusprechen, das ihr nicht mehr aus dem Kopf ging, seit Katherine Keating ihr im Auditorium von Long Beach die Siegerschärpe umgehängt hatte.

»Habe ich deshalb den Wettbewerb gewonnen? Weil Sie beide alte Freundinnen sind?«

Die Chefstewardess sah sie verblüfft an und lachte auf. »Katherine Keating würde nicht einmal für ihre eigene Tochter stimmen, sollte sie ihre Ansprüche nicht erfüllt sehen. Nein, Fräulein Frei – dass Sie ganz oben aufs Treppchen gekommen sind, haben Sie allein sich selbst zu verdanken.« Sie runzelte die Stirn. »Obwohl Ihr Auftritt ja wohl eher ... unkonventionell war. Und erst die Fotos, die es von der Siegerehrung gibt! Damit konnte sich jeder Zahnarzt zwischen Flensburg und Freiburg, Boston und Seattle davon überzeugen, dass er so schnell nichts an Ihnen verdienen wird.«

Margot gluckste, und auch in Fräulein Buschheuers Augen blitzte es auf.

»Also denken Sie bitte daran«, fügte sie hinzu und gab dem Fotografen, der geduldig mit gezückter Kamera wartete, ein Handzeichen. »Lächeln, aber nicht zu breit. Wie es sich für die beste Stewardess der Welt gehört.«

Mit ihrem schönsten Stewardessenlächeln ließ Margot sich in verschiedenen Posen ablichten und achtete immer darauf, dass ihre Schärpe gut zu sehen war. Danach bat der Fotograf Fräulein Buschheuer mit vor die Kamera.

»Herr Wachtel!«, rief diese nach ein paar weiteren Aufnahmen mit graziösem Winken in die Menge hinein. »Herr Wachtel! Kommen Sie, wir brauchen Sie und Ihre Gattin mit im Bild.«

Gut gelaunt kam der Flughafendirektor dieser Aufforderung

nach und rahmte Margot und Fräulein Buschheuer zusammen mit seiner Frau Lisette, einer gebürtigen Belgierin, für ein paar Fotos ein.

Max Wachtel, ehemaliger Oberst der Luftwaffe, im Krieg mit Geheimoperationen betraut und heute SPD-Mitglied, war ein Unikum. Legendär waren die ganztägigen – und dem Hörensagen nach recht feuchtfröhlichen – Kegelausflüge, die er Presseleuten spendierte, um Werbung für Fuhlsbüttel zu machen. Um eventuelle Unfälle auf dem Rollfeld zu dokumentieren, hatte er aus der staatlich finanzierten Flughafenkasse eine Filmausrüstung für mehrere Tausend Mark angeschafft, die er sich regelmäßig für den Urlaub auslieh. Auch eine komplette Jagdausrüstung für über tausend Mark hatte er für die Kaninchenjagd auf dem Flughafen besorgt. Die kleinen Nager, die so possierlich über die Rasenflächen hoppelten, waren an sich zwar keine Gefahr für den Flugverkehr. Vom Lärm der Motoren wahrscheinlich stocktaub und dazu noch berauscht von den Abgasen, waren sie jedoch eine leichte Beute für Greifvögel, die ihrerseits ein erhebliches Risiko darstellten.

Munter verabschiedeten sich die Wachtels und zogen weiter in Richtung Tanzfläche. Obwohl bereits um die sechzig, war Max Wachtel bekannt dafür, mit seiner gut zwanzig Jahre jüngeren Frau das Tanzbein bis in die Morgenstunden zu schwingen.

»Und was mache ich den restlichen Abend?«, fragte Margot, als sich der Fotograf den anderen Ballgästen zuwandte.

»Amüsieren Sie sich!«, antwortete Fräulein Buschheuer. »Aber bitte in Maßen. Ich will keine Fotos in der Zeitung sehen, wie Sie angetrunken auf dem Tisch Cancan tanzen. Und verbreiten Sie möglichst viel vom Glamour Hollywoods. Natürlich zum Wohle der Lufthansa.«

Augenzwinkernd schritt sie davon, um ein paar Worte mit Verkehrsminister Seebohm zu wechseln und sich dann von ihm zum Tanz führen zu lassen.

Auf ihrem Weg durch die feiernde Menge nickte Margot lächelnd den Menschen zu, die sich nach ihr umwandten. Sie konnte sich gerade noch beherrschen, nicht majestätisch die Hand zu heben wie die Queen. Sie war sicher nicht länger als ein paar Minuten weggewesen, aber Almuth und Claus waren nirgends mehr zu sehen; auch Thea und Pelzer schienen wie vom Erdboden verschluckt.

»Darf ich bitten?«, fragte eine tiefe, geschmeidige Männerstimme neben ihr.

Horst Schlippchen, ihr ehemaliger Ausbilder und als rechte Hand der Chefstewardess ihr Vorgesetzter, verbeugte sich galant.

»Immer doch«, erwiderte Margot vergnügt und ließ sich von ihm aufs Parkett führen.

Er war ein fabelhafter Tänzer, in seinem Arm schwebte Margot nur so dahin.

»Diesen Tag kreuze ich mir im Kalender an«, meinte er nach den ersten Takten. »Ich habe mit der besten Stewardess der Welt getanzt. Waren die anderen eigentlich alle so schlecht, oder warst du so gut?«

»Rate mal«, entgegnete Margot keck.

Dass er sie von der ersten Stunde an für zu eigensinnig, zu lebhaft und forsch gehalten hatte, um eine wirklich gute Stewardess zu sein, bot bis heute Stoff für allerlei Frotzeleien zwischen ihnen. Während sie im Dienst professionell beim Sie blieben, erlaubten sie sich in Momenten wie diesen einen kameradschaftlichen Umgang.

»Nicht dass dir der plötzliche Ruhm noch zu Kopf steigt«, mahnte er scherzhaft.

»Bestimmt nicht«, meinte Margot lachend. »Der ganze Rummel lässt sicher bald nach.« Unwillkürlich sah sie sich um. »Ist Henning auch da?«

»Dort drüben.«

Margot entdeckte ihn an einem Stehtisch voller Herren in steifen Fräcken, die in einer Wolke aus Zigarettenrauch mit gewichtigen Mienen debattierten; vermutlich ebenfalls Juristen.

Henning Stoevers dichtes Haupthaar und der gepflegte Bart waren schon weiß, dabei war er im selben Alter wie Horst. Und während man sich bei Horst, der heute einen eleganten Smoking trug, ohne Weiteres vorstellen konnte, dass er in einer luxuriösen Bar Gäste von Rang und Namen begrüßte, war Henning der Typ Mann, der am Wochenende mit der Schrotflinte unter dem Arm und einem Dackel an den Hacken über seinen Landsitz streifte.

Wenn man die beiden zusammen sah, musste man schon sehr genau hinschauen, um zu ahnen, dass sie mehr als nur eine enge Freundschaft verband. Oder man gehörte – wie Margot – zu den handverlesenen Eingeweihten, die sowieso schon im Bilde waren.

Horst blickte sie warmherzig an. »Und wie steht's bei dir? Ist dein Liebeskummer überwunden und vielleicht schon jemand Neues in Sicht?«

Margot zuckte mit einer Schulter. Es blieb nicht aus, dass sie und Klaus sich in den Korridoren in Fuhlsbüttel oder auf einem gemeinsamen Flug über den Weg liefen. Jedes Mal versetzte es ihr einen Stich. Ab und zu begegneten sie sich auch im Tanzschuppen hinter der Reeperbahn, wo sie sich stumm grüßten und dann möglichst schnell im Getümmel untertauchten, jeder für sich.

Das einzige Mal, dass sie noch wirklich zusammengetroffen waren, war bei Claus' und Almuths nachgeholter Hochzeitsfeier gewesen, kurz vor Weihnachten. Sämtliche Tische in der Wohnung am Grindelberg hatten sich nicht nur unter den Geschenken gebogen, sondern auch unter Champagnerflaschen und üppigen kalten Platten mit Shrimps, Lachs, Hummer und sogar Kaviar.

Immer wieder hatten sich ihre Blicke über den Raum hinweg gekreuzt. Klaus schien genauso versucht, Margot zum Tanzen aufzufordern wie umgekehrt. Doch beide waren sie davor zurückgeschreckt, und während Margot nacheinander an der Hand von Claus, Ecki und Felix herumwirbelte, hatte Sieglinde wie eine Klette an Klaus gehangen. Margot hatte einige Gläser Champagner gebraucht, um den hässlichen Geschmack in ihrem Mund hinunterzuspülen.

»Gebranntes Kind«, sagte sie jetzt nur.

»Mir scheint«, meinte Horst mit einem Blick über ihren Kopf hinweg, »da steht schon jemand bereit, um den Tröster zu spielen. Zumindest lässt er dich nicht aus den Augen.«

Margot wandte den Kopf und strahlte über das ganze Gesicht, als sie Hamilton Hayes – smart im Smoking – entdeckte, der ihr lächelnd mit seinem Glas zuprostete.

»Ein sehr guter Bekannter«, wehrte sie ab.

»Mhm«, machte Horst süffisant. »Das sehe ich.«

Das Musikstück verklang, und die Damen und Herren in ihrem Feststaat applaudierten höflich, wenn auch nicht zu ausgedehnt; man wollte schließlich weitertanzen.

»Bis später«, sagte Horst augenzwinkernd und entließ Margot aus seinem Arm, nicht ohne noch herzlich ihre Hand zu drücken.

Margot und Hamilton Hayes trafen sich auf halbem Wege.

»Guten Abend«, begrüßte er sie auf Deutsch. »Und meinen

Glückwunsch, *Miss Wings over the World 1957*! Musste ich deshalb auf meinen letzten Flügen mit der Lufthansa ohne Sie auskommen?«

Margot lachte. »Sie haben wohl jedes Mal den falschen Flieger erwischt. Ich bin wie gewohnt im Dienst.«

Er schmunzelte. »Dann bin ich meinem Geschäftsfreund erst recht dankbar, dass er mich hierher eingeladen hat.« Suchend blickte er sich um. »Kommen Sie, ich stelle Sie vor.«

Gentlemanlike reichte er ihr den Arm und brachte sie zu einer Gruppe wichtig aussehender Herren und angeregt miteinander plaudernder Damen, an denen alles teuer und exklusiv aussah.

»Ernie!«

Einer der Herren drehte sich um. Groß und breitschultrig wie Hamilton Hayes, war sein Gesicht noch eine Spur kantiger, ein bisschen wie das von John Wayne. Sein braunes Haar war an den Schläfen schon silbern, alles an ihm wirkte zielstrebig und entschlossen.

»Darf ich bekannt machen?«, fragte Hamilton auf Englisch. »Ernest Albright. Einer der Männer, die der Pan Am zu ihrem Weltruf verholfen haben.«

Eher desinteressiert gab Ernest Albright Margot die Hand.

»Miss Margot Frei von der Lufthansa«, fügte Hamilton hinzu.

Ernest Albright stutzte. Seine grauen Augen leuchteten auf, und sein Händedruck fiel gleich viel wärmer aus. »Margot Frei? Die Miss Frei, von der Hamilton pausenlos schwärmt? Sehr erfreut, endlich Ihre Bekanntschaft zu machen!«

Margots Wangen glühten, als er sie noch eingehender musterte.

»Sie kenne ich doch!«, rief er aus. »Das Covergirl von *LIFE*, Sonderausgabe *Luftfahrt* im Dezember, habe ich recht?«

Fräulein Buschheuers Ratschläge frisch im Kopf, schlug Margot mit gekonnter Bescheidenheit die Augen nieder.

Nach der Siegerehrung im Auditorium von Long Beach war sie pausenlos fotografiert worden, allein oder zusammen mit anderen Teilnehmerinnen, ein rascher Wechsel von ihrer Uniform ins Dirndl und wieder zurück inbegriffen. Nebenbei hatte sie die Fragen beantwortet, mit denen die Journalisten sie bestürmten, angefangen von ihrer Laufbahn als Stewardess über ihre Eindrücke von Kalifornien bis hin zu ihrem Lieblingsessen. Den Vorschlag, sich am nächsten Morgen im Bikini am Strand ablichten zu lassen, hatte sie höflich abgelehnt. Aber vor dem Abflug in Los Angeles hatte sie in Uniform – und dieses Mal auch mit Hut und Handschuhen – noch einmal für die Fotografen posiert.

Dass dieses eine Foto, auf dem sie verschmitzt lächelnd vor dem Prototyp einer Düsenmaschine salutierte, auf dem Titelblatt landen würde, ergänzt um ein paar weitere Bilder und einem kleinen Bericht über die erste deutsche *Miss Wings over the World* im Innenteil, hatte ihr niemand gesagt. Sie erfuhr erst davon, als Fräulein Buschheuer sie in ihr Büro rief und ihr lächelnd das Heft vorlegte.

Während ihr Vater kaum Notiz davon nahm, hatte Margot alle Mühe gehabt, genug Exemplare zusammenzutragen, damit ihre Mutter nicht nur Tante Erna, sondern auch die gesamte Nachbarschaft mit dieser Sonderausgabe versorgen konnte, ebenso wie Lore ihren Bekanntenkreis; Hans hatte sogar eines der Magazine mit auf die Werft genommen.

»Wissen Sie, ich besuche eigentlich nie solche Wettbewerbe«, erklärte Ernest Albright. »Sicher was fürs Auge, aber ich finde es ermüdend, Dutzenden von jungen Damen zuzuhören, die von irgendwelchen Hausfrauenpreisen erzählen, die sie irgendwann einmal gewonnen haben, von ihren Kunstprojekten an der High School oder ihrer Wahl zur *Miss Erdbeerblüte*. Schlimmer ist nur noch, wenn sie mich dann abpassen, um mir mit kokettem Augenaufschlag die Bewerbungsunterlagen in die Hand zu drücken, die sie rein zufällig dabeihaben.«

Margot lachte; nach ihren Erlebnissen in Long Beach konnte sie sich das allzu gut vorstellen.

»Im Nachhinein bedaure ich allerdings, dass ich Ihren Auftritt versäumt habe«, fuhr Ernest Albright fort. »Der muss etwas ganz Besonderes gewesen sein. Voller Witz und Charme, weitblickend und klug noch dazu. Sehr mutig von Ihnen, frischen Wind in die eingefahrene Routine einer solchen Veranstaltung zu bringen.«

Von der Misswahl und Kalifornien kamen sie auf New York und Hamburg zu sprechen, und Margot unterhielt sich längere Zeit mit den beiden Amerikanern über ihren Alltag als Stewardess, ihren Flug nach Moskau mit dem Bundeskanzler und wie die neue Technik des Düsenantriebs das Fliegen wohl verändern würde.

Die Lufthansa hatte bereits vor geraumer Zeit Verträge mit der Firma Boeing für mehrere Maschinen der Serie 707 unterschrieben, die die Strecke zwischen Hamburg und New York in wahnwitzigen achteinhalb Stunden zurücklegen konnten. Dabei konnte dieser Flugzeugtyp aufgrund technischer Anpassungen nicht vor dem Spätsommer ausgeliefert werden, und die Zulassung der Flugbehörden stand auch noch aus.

»Ich will Sie nicht länger in Beschlag nehmen«, meinte Ernest Albright irgendwann gut gelaunt. »Hamilton brennt darauf, mit Ihnen die Tanzfläche zu stürmen, das sehe ich ihm doch an.« Er griff in die Innentasche seines Smokings und zog eine Visitenkarte hervor, die er Margot überreichte, lässig zwischen zwei Finger geklemmt. »Wenn Sie wieder einmal in New York sind und nichts Besseres zu tun haben, rufen Sie mich an. Dann treffen wir uns ganz zwanglos zum Lunch.« Er zwinkerte. »Und melden Sie sich unbedingt, falls Ihnen der Kranich der Lufthansa je zu wenig Spannweite aufweist. Stewardessen wie Sie findet man nicht alle Tage.«

Ohne einen weiteren Gedanken daran zu verschwenden, steckte Margot die Karte mit einem freundlichen Dankeschön ein und ließ sich von Hamilton Hayes zur Tanzfläche führen. Unter den anderen tanzenden Paaren entdeckte sie auch Almuth und Claus, die Blicke ineinander versunken. Nicht weit davon entfernt schob Thea Pelzer übers Parkett und grinste zu Margot herüber, bevor sie sich wieder ihrem Mann zuwandte. Strahlend sah sie zu ihm auf, während sich auf seinem harten Gesicht ein leises Staunen abzeichnete, dass sich eine solch quirlige und bildhübsche junge Frau ausgerechnet für ihn entschieden hatte, einen Kriegsinvaliden jenseits der fünfzig.

Hamilton Hayes war nicht nur auf dem Bürgersteig des Broadways ein guter Tänzer, sondern auch auf dem Parkett des *Atlantic*, auf eine sportliche und energiegeladene Weise.

»Da Ernie mir jetzt so dreist zuvorgekommen ist«, meinte er, »kann ich Ihnen vielleicht auch meine Nummer geben? Dann können Sie mich wissen lassen, wenn ich Sie wieder einmal in New York ausführen darf.«

Margot setzte eine grüblerische Miene auf. »Das könnte ganz praktisch sein. Vor allem für Sie – so müssen Sie nicht immer ein Flugticket kaufen und darauf hoffen, dass ich zufällig an Bord bin.«

Er lachte. »Erzählen Sie – was habe ich seit der letzten Episode der Serie *Margot Frei, Luftstewardess* verpasst?«

»Nichts Weltbewegendes«, erwiderte Margot erheitert. »Ich

bin nur ein Jahr älter geworden. Ob ich mit vierundzwanzig auch weiser bin, wird sich erst noch herausstellen.«

Er schmunzelte. »Wann war denn Ihr Geburtstag?«

»An Weihnachten.«

»Dann gilt das noch.« Hamilton Hayes zog sie enger an sich. »*Happy Birthday*, Margot!«, flüsterte er ihr ins Ohr.

Margot rann ein wohliger Schauder das Rückgrat hinab.

Lächelnd sahen sie sich in die Augen, und mit dem nächsten schwungvollen Musikstück wirbelten sie in die Ballnacht hinein, in Lichterglanz und Flitterglitzern.

21

Something's Coming

Margot schüttelte sich, als sie am frühen Nachmittag neben Sieglinde vom Rollfeld ins Flughafengebäude hastete. Ostern war schon vorbei, aber der April in Hamburg blieb grau und nass, mit Schneeschauern am Tag und manchmal noch eisigen Nächten.

In Kopenhagen war es sogar noch kälter gewesen, dafür bedeutete die freundliche Stadt mit den hübschen Sträßchen für die Stewardessen einen Tapetenwechsel. Neben Brüssel und Manchester gehörte die dänische Hauptstadt zu den neuen Zielen der Lufthansa, deren Liniennetz sich immer weiter verzweigte.

Interline-Abkommen machten es möglich, dass Fluggäste mit demselben Ticket einen Teil der Reise mit der Lufthansa zurücklegten, einen anderen mit Air France oder der frisch gegründeten Austrian Airlines, mit Pan Am, Swiss, British European oder der belgischen Sabena. Sogar mit der sowjetischen Aeroflot gab es seit Jahresbeginn ein solches Abkommen. Geplant war, dass Passagiere mit der Lufthansa nach Schweden oder Finnland fliegen konnten, die beide weder der NATO noch dem Warschauer Pakt angehörten, und von dort aus zum Beispiel nach Moskau. Damit würde sich ein Türchen im Eisernen Vorhang öffnen – wenn auch um zwei Ecken herum. Auch der neue Wirtschaftsvertrag zwischen der Bundesrepublik und der UdSSR schien ein vorsichtiges Tauwetter zwischen West und Ost anzudeuten.

»Was freue ich mich auf Rom nächste Woche«, sagte Sieglinde seufzend.

»Angesichts des Dienstplans werden wir nicht besonders viel Zeit für Sightseeing haben«, erwiderte Margot trocken.

»Aber dort wird es deutlich wärmer sein«, beharrte ihre Kollegin. »Ich kann keinen Schnee und keinen Graupel mehr sehen.«

Mit einem freundlichen Gruß schritten die beiden an den Zollbeamten vorbei. Margot hätte sogar bedenkenlos ihren Koffer öffnen können; neben einem schönen Strickpullover, den sie beim Stadtbummel entdeckt hatte, hatte sie nur eine Dose dänischer Butterkekse und eine Tüte salziges Lakritz dabei.

Ganz hatte sie es nicht geschafft, ihren schwunghaften Handel mit Nylons und Petticoats einzustellen, die Nachfrage war zu groß. Feinstrümpfe hielten schließlich nicht ewig, auch nicht die aus Amerika. Aber das Damenkränzchen um ihre Mutter und Lore hatte eingesehen, dass Margot ihre Zeit in New York nicht mit ausgedehnten Shoppingtouren verbringen konnte und von nun an nur noch einzelne Artikel auf Bestellung mitbrachte. Ein fairer Kompromiss, der Margot jedes Mal mit reinem Gewissen durch den Zoll schweben ließ.

Sieglinde warf ihr einen Seitenblick zu. »Letzte Woche in New York hast du keinen einzigen Abend im Hotel verbracht.«

Margot lächelte in sich hinein. Mit Hamilton Hayes war sie im Museum gewesen und im Central Park, in dem gerade die ersten Kirschblüten aufbrachen. Einen Abend hatte er sie ins *Adano* ausgeführt, ein eher unscheinbares holzgetäfeltes Restaurant, nicht weit vom Rockefeller Center entfernt. Unter Wandbildern von Venedig, Rom und der Adria saß man in dem mit winzigen Tischen vollgestellten Raum zwar wie in einer Sardinenbüchse, aber das italienische Essen war hervorragend. Auch im *Costello's* waren sie eingekehrt, ganz in der Nähe des Chrysler Buildings. Dem schlauchschmalen Diner mit Bar sah man heute noch seinen Ursprung als *speakeasy* an, in dem während der Prohibition illegal Schnaps ausgeschenkt worden war. Ernest Hemingway und John Steinbeck hatten dort schon gezecht, und Marilyn Monroe hatte am eigenen Leib erfahren, dass die Kellner jeden gleich behandelten – nämlich mit echter New Yorker Ruppigkeit. Außerdem war *Costello's* quasi die Außenredaktion des *New Yorker* – und Hamilton Hayes' zweites Wohnzimmer in New York, wie er lachend erklärt hatte.

»Die Stadt ist einfach zu spannend«, sagte sie ausweichend.

Sieglinde zögerte. »Hast du einen festen Verehrer in New York?«, fragte sie dann vorsichtig.

Margot sah sie verblüfft an. »Warum fragst du?«

Sieglinde machte den Eindruck, als hätte sie etwas auf dem Herzen, rückte aber nicht so recht damit heraus.

Auf dem Weg durch die Flughafenhalle kamen sie an einer Handvoll sehr junger Frauen vorbei, fast noch Mädchen und wie aus dem Ei gepellt. Jede hielt eine Mappe in der Hand oder vor die Brust gepresst, während sie sich aufgeregt tuschelnd mit großen Augen umsahen.

Hoffnungsvollen Stewardessen in spe begegnete man in Fuhlsbüttel häufig. Für die stetig wachsende Anzahl an Flügen wurde händeringend Bordpersonal gesucht, und mittlerweile schien es fast ausschließlich das weibliche Geschlecht zu sein, das diesen Beruf ergreifen wollte.

»Waren wir auch mal so furchtbar jung?«, fragte Sieglinde.
»Ich glaube, mich dunkel zu erinnern«, antwortete Margot.
»Ist aber auch schon unfassbare drei Jahre her.«
Sie grinsten sich an.
Geradezu ehrfürchtig beobachteten die jungen Damen, wie Margot und Sieglinde in Uniform und auf hohen Absätzen an ihnen vorüberschritten.
»Margot?«, ertönte eine atemlose Stimme hinter ihr. »Margot Frei?«
Während Sieglinde sich verabschiedete, blieb Margot stehen und wandte sich um. »Ja?«
Eine der jungen Damen war ihr nachgelaufen und stand nun mit geröteten Wangen und glänzenden Augen vor ihr, während ihre Begleiterinnen flüsternd die Köpfe zusammensteckten.
»O mein Gott!«, hauchte das Mädchen entzückt. »Sie ... du ... Sie sind es wirklich! Wahrscheinlich erinnerst ... erinnern Sie sich gar nicht mehr.« Mit einer flatterigen Geste deutete sie auf ihre Brust. »Monika Schreiner. Die kleine Schwester von Regine. Sie beide sind zusammen zur Schule gegangen.«
Margot blinzelte, und einen Augenblick lang sah sie alle wieder vor sich. Die jungen Margots, Regines, Hannelores und Helgas, die Haralds und Bernds im Hamburg der Nachkriegszeit. Alle mit kratzigen Wollstrümpfen, die an ausgeleierten Gummibändern auf Halbmast hingen, die Mädchen mit langen Zöpfen und in Kleidern, die unter den Achseln zwickten, die Jungs in zu kurzen Hosen. Die Gesichter schmal und blass, die Ellbogen und Knie spitz. Hungrig und verfroren, weil Milch und Eier, Zucker und Mehl genauso rar waren wie Kohle zum Kochen und Heizen.
Und dann war da noch Monika, die auf dem Heimweg durch die zerbombten Häuser am Rockzipfel ihrer älteren Schwester

hing, was dieser fürchterlich auf die Nerven ging. Weil große Mädchen nun einmal wichtige Dinge zu besprechen hatten und eine zwei Jahre jüngere Schwester dabei nur störte.

»Wie geht es Regine?«, fragte Margot, nahm aber nur mit halbem Ohr wahr, wie Monika von Handelsschule, Büro, Hochzeit, Baby und zwei Zimmern in Altona erzählte.

»Schade eigentlich«, sprudelte Monika weiter hervor, »dass ihr euch nach der Mittleren Reife so schnell aus den Augen verloren habt. Du kannst dir ja vorstellen, dass sie ganz aus dem Häuschen war, als sie dich in der Zeitung entdeckt hat. Als Stewardess! Und dann auch noch die beste der Welt. Mir hat das enorm viel Mut gemacht. Wenn du das geschafft hast, schaffe ich das vielleicht auch, dachte ich. Das Abitur habe ich jedenfalls hingekriegt. Nicht gerade glänzend, aber dafür sind meine Noten von der Hotelfachschule ganz ordentlich. Und für eine Einladung zum Vorstellungsgespräch bei der Lufthansa hat es auch gereicht.«

Monika lachte verlegen, und Margot zwang sich zu einem höflichen Lächeln.

Die junge Frau vor ihr umschlang ihre Bewerbungsmappe fester. »Mir ist es ganz schön unangenehm, dich das zu fragen«, murmelte sie. »Aber meinst du, du könntest vielleicht ein gutes Wort für mich einlegen? Oder mir irgendwelche Tipps geben? Ich will das doch so unbedingt.«

Margot fiel in die Rolle der routinierten Stewardess zurück. »Natürlich mache ich das. Obwohl am Ende nur zählt, was du selber leistest. Zeig dich immer von deiner besten Seite, schluck jedes Widerwort hinunter und gib alles. Ich wünsche dir auf jeden Fall viel Glück.«

Monika strahlte und bedankte sich überschwänglich, bevor sie zu den anderen Bewerberinnen zurücktippelte, die sich förmlich auf sie stürzten, bewundernde Neugierde und eine Spur von Neid auf den Gesichtern.

Als Margot zum Ausgang stakste, zitterten ihre Knie, und ihr war übel. Sie konnte nur hoffen, dass Monika nicht allzu viel über die gemeinsame Schulzeit erzählte.

Mechanisch hantierte Margot in der Pantry mit Gläsern und Saftflaschen. Da die Flüge zwischen Hamburg und Kopenhagen nur rund eine Stunde dauerten, war lediglich eine kleine Erfrischung im Ticketpreis inbegriffen.

Geistesabwesend warf sie immer wieder eine nichtssagende Bemerkung ein, während Sieglinde sich an der Kaffeemaschine über den sogenannten »Brötchenkrieg« ausließ, der in diesem Frühling zwischen den Fluggesellschaften beiderseits des großen Teichs tobte.

Um die hartnäckig leer bleibenden Sitzplätze auf der Nordamerikalinie zu füllen, waren die großen europäischen und amerikanischen Airlines dem Beispiel der Pan Am gefolgt und hatten auf diesen Flügen eine günstigere Touristenklasse eingeführt, die *Economy Class*. Auch die Lufthansa hatte mitgezogen.

Gespart wurde vor allem an der Verpflegung. Statt alkoholischer Getränke gab es ohne Aufpreis nur noch Kaffee, Tee, Milch oder Mineralwasser, und die warme Mahlzeit wurde durch ein belegtes Brot ersetzt. Die Amerikaner, namentlich Pan Am und TWA, boten Sandwiches nach heimatlicher Hausfrauenart an, indem sie Roastbeef, Thunfischsalat oder Schinken plus Käse zwischen Weißbrotscheiben klatschten. Fertig war die billige Mahlzeit mit einer satten Gewinnmarge.

In Europa rümpfte man darüber die Nase, schließlich war man froh, dass die mageren Jahre der Vergangenheit angehörten. Air France rühmte sich der original französischen Küche, und die Lufthansa war bekannt für das weltberühmte deutsche Bier und ofenwarme Brötchen. Wenn man sich untereinander weder in puncto Service noch Technik voneinander unterschied, weil alle mehr oder weniger die gleichen Maschinen flogen – dann blieb nur noch, den Gast mit kulinarischen Angeboten zu locken. Auch in der *Economy Class*.

Scandinavian Airlines trieb es auf die Spitze. Das *smørrebrød* an Bord wurde mit einer reichen Auswahl serviert: Leberpastete, gebratener Speck, getoastete Pilze und Tomaten, sogar Ochsenzunge und Spargel. Und zwar *all you can eat*. Als schließlich ein Werbebrief verkündet hatte, dass man bei Scandinavian niemals etwas Gummiartiges und Unverdauliches in Cellophan verpackt finden würde, sah nicht nur TWA sich angegriffen, sondern auch ihr alter Erzrivale Pan Am. Die TWA hatte bei der *International Air Transport Association*, der Dachorganisation der Luftfahrt, geklagt, und die Skandinavier wurden zu zwanzigtausend Dollar Strafe verdonnert. Was die Airline sogleich für eine neue Werbung nutzte: Lieber hohe Strafen zahlen, als die Standards im Service zu senken.

Sämtliche europäischen Fluggesellschaften betrachteten dieses Bußgeld als Affront gegen ihre Esskultur und stellten sich geschlossen hinter den Mitbewerber aus dem hohen Norden. Und nun sollte ein Schiedsgericht aus Gastronomie-Experten darüber befinden, wann ein Sandwich seinen Namen verdiente.

»Einerseits«, bekundete Sieglinde seufzend, »macht ein einfaches Brötchen uns die Arbeit natürlich leichter, besonders auf dieser langen Strecke. Andererseits geht damit aber auch der ganze Schick verloren, findest du nicht? Margot? Margot!«

Margot hastete mit ihrem voll beladenen Tablett davon. Seit ihrer Begegnung mit Monika Schreiner Anfang der Woche saß ihr die Angst im Nacken. Ständig spielten sich in ihrem Kopf Szenen ab, wie Monika vor der Auswahlkommission aus Fräulein Buschheuer, Horst Schlippchen und Herrn Pelzer saß und aus dem Nähkästchen plauderte.

Ich kenne Margot Frei noch von früher, sie ist mit meiner Schwester in dieselbe Klasse gegangen.

Oh, Ihre Schwester war auch in einem Pensionat in der Schweiz?

Nein, wie kommen Sie darauf? Wir sind alle hier in Hamburg zur Schule gegangen.

Margot brach der kalte Schweiß aus, während sie die Gläser zwischen den Sitzreihen verteilte und dabei Höflichkeiten abspulte. Sie hätte wissen müssen, dass diese Schwindelei sie früher oder später einholen würde, so viel Gras konnte gar nicht darüber wachsen. Margot Frei, Stewardess der ersten Stunde und *Miss Wings over the World*, war nichts anderes als eine Hochstaplerin.

Wenn sie jetzt aus freien Stücken zu Fräulein Buschheuer ginge und Farbe bekannte, würde diese wohl kaum Gnade walten lassen. Urkundenfälschung war ein schweres Vergehen und sogar strafbar; womöglich würde sie nicht nur die fristlose Kündigung bekommen, sondern im Gefängnis landen.

Das leere Tablett in der Hand, eilte Margot wieder in Richtung der Pantry. Das Flugzeug schwankte, und auf Höhe des Waschraums prallte sie mit einem breit gebauten Mann in weißem Hemd und dunkelblauem Jackett zusammen.

»Hey!«, sprach eine tiefe Stimme sie an, und eine Hand fasste sie an der Schulter, damit sie das Gleichgewicht wiederfand.

Margot kannte diese Stimme nur allzu gut, und die Berührung ging ihr durch Mark und Bein.

Klaus war heute als Erster Offizier für Ecki eingesprungen, der mit einer Erkältung zu Hause bleiben musste. Seit dem

Briefing heute Morgen hatte Margot versucht zu verdrängen, dass er im Cockpit saß, nur wenige Meter von ihr entfernt.

»Du läufst wie eine Schlafwandlerin durch die Gegend«, sagte Klaus. »Alles in Ordnung?« Vorsichtige Besorgnis stand in seinen Augen.

Es war eine Ewigkeit her, dass sie einander so nahe gewesen waren. Almuth hatte erzählt, dass Klaus häufig Überstunden machte und auch sonst kaum zu Hause am Grindelberg war. Offenbar hielt er nach einer neuen Bleibe Ausschau, obwohl Claus ihm versichert hatte, dass er dort wohnen bleiben konnte, und Almuth versuchte, es auch für ihn gemütlich zu machen.

Einen Moment lang war Margot versucht, sich an seine Brust fallen zu lassen und ihm ihr Herz auszuschütten. Ausgerechnet Klaus, der selbst fast sein halbes Leben mit einem falschen Namen und einer geschönten Biografie verbracht hatte, von der niemand außer Margot wusste. Vermutlich hätte er sie ausgelacht, weil ihr wegen ein paar selbst gebastelter Zeugnisse die Muffe ging. Oder er würde sie verachten, weil sie ihm nicht vergeben konnte – und selbst genauso unehrlich war.

»Natürlich ist alles in Ordnung«, sagte sie stattdessen.

Sie straffte die Schultern, er ließ die Hand sinken, und steifbeinig stakste sie in die Pantry zurück.

Eine gute Woche später trug Margot eine volle Tüte aus dem Alsterhaus, nachdem sie ihren Vorrat an Cremes und Lotionen aufgestockt hatte, die der trockenen Luft im Flugzeug Paroli bieten sollten. Der Wind blies kühl an diesem Spätnachmittag. Die Nächte waren noch immer frostig, aber wenigstens regnete es heute nicht; ab und zu stahl sich sogar die Sonne zwischen den Wolken hindurch.

Margots Blick fiel auf den *Alsterpavillon*, aufgrund seiner flachen und runden Bauform von den Hamburgern auch gern »fliegende Untertasse« genannt. Mit ihrem Rauswurf aus dem Kaffeehaus hatte alles angefangen, im Nachhinein mehr Segen als Fluch. Aber auch ihr Zeugnis von dort war gefälscht, auf hauseigenem Briefpapier, das sie aus dem Schreibtisch des *Maître d'hôtel* gestohlen hatte. Herr Sülzle würde sicher nicht zögern, sie anzuzeigen, falls er je davon erfahren sollte. Und mit einer Strafanzeige am Hals würde sie wohl nicht mal mehr in einer Kaschemme auf der Reeperbahn Arbeit finden.

In Gedanken versunken, ließ Margot sich zwischen den Passanten über den Jungfernstieg treiben. Vermutlich ahnte niemand, dass diese elegante junge Frau im schicken Mantel ihre Karriere auf Lügen und Betrügereien aufgebaut hatte. Wenn sie nur wüsste, wie sie den Kopf wieder aus der Schlinge ziehen konnte, ohne hinterher vor dem Nichts zu stehen!

Erst als die weißen Arkaden vor ihr auftauchten, bemerkte sie, dass sie in die falsche Richtung gegangen war; unwillkürlich hatten ihre Schritte sie zu den Colonnaden getragen.

Auf den Plakaten im Schaufenster der Pan Am wandelten Geishas unter Kirschblütenzweigen, und Hulamädchen, Palmen und braun gebrannte Wellenreiter lockten nach Hawaii. *Sag Ja zu neuen Abenteuern!*, forderte ein weiteres Plakat sie auf.

Margot zog den Geldbeutel aus der Handtasche und holte die Visitenkarte hervor, die Ernest Albright ihr auf dem *Ball über den Wolken* gegeben hatte. *Manager Atlantic Division* stand dort unter seinem Namen und dem blauen Globus der Pan Am.

Nicht zum ersten Mal spielte sie mit dem Gedanken, ihn anzurufen. Aber immer wieder hatte sie die Karte zurückgesteckt, in dasselbe Fach, in dem sich auch die Karte von

Hamilton Hayes mit seinen Telefonnummern in New York und Frankfurt befand.

Amerikaner waren oft überschwänglich und gaben sich gleich bei der ersten Begegnung als beste Kumpel, das hatte Margot inzwischen gelernt. Woher sollte sie wissen, ob Ernest Albrights durch die Blume ausgesprochenes Angebot mehr als eine Nettigkeit gewesen war?

Es gab nur einen Weg, das herauszufinden. Kurz überlegte sie, ob sie einfach in die Agentur der Pan Am hineingehen sollte, doch dann hastete sie über den Jungfernstieg zurück und ins nächste Postamt.

Wenig später hatte sie das Ferngespräch am Schalter angemeldet und saß in einer der stickigen Telefonkabinen, die wie ein tagelang nicht geleerter Aschenbecher roch. Die Plastikrücken der kopfüber aufgehängten Telefonbücher waren speckig, auch der Hörer in ihrer Hand fühlte sich klebrig an.

In New York war es jetzt Vormittag. Margot horchte auf das Rauschen und Klicken in der Leitung und stellte sich vor, wie das Fräulein im Amt gerade verschiedene Stecker einstöpselte, damit über unzählige weit entfernte Schaltungen ein Telefonapparat im Hauptsitz von Pan American World Airways klingelte.

22

Wir wollen niemals auseinandergeh'n

»Das ist nicht Ihr Ernst, Fräulein Frei.«

Fräulein Buschheuers sorgsam gezupfte und nachgezogene Augenbrauen stießen fast über der Nasenwurzel zusammen, als sie den Blick von ihrem Schreibtisch hob. Vor ihr lag das mit Luftpost versandte Schreiben von Ernest Albright, in dem er die Chefstewardess der Lufthansa bat, ihm freundschaftlich entgegenzukommen, damit Miss Margot Frei schnellstmöglich ihren Dienst bei Pan American World Airways antreten konnte.

»Dieses Angebot bedeutet mir wirklich sehr viel«, beteuerte Margot, die ihr gegenübersaß.

»Was wir in Sie investiert und wie sehr wir Sie gefördert haben – bedeutet Ihnen das nichts?«, fragte Fräulein Buschheuer streng. »Wo bleibt Ihre Loyalität gegenüber der Lufthansa? Die Ihnen – nebenbei bemerkt – dieses Angebot erst ermöglicht hat? Und was ist mit Ihren Kolleginnen und Kollegen? Spielen die für Sie gar keine Rolle?«

Margots Wangen brannten. Sie fühlte sich durchaus schuldig, aber aus anderen Gründen, als ihre Vorgesetzte glaubte.

Fräulein Buschheuer nestelte eine Zigarette aus der Packung und zündete sie an. Gedankenvoll blies sie den Rauch aus.

»Die neue *Economy Class* lässt sich gut an«, sagte sie. »Sicher auch, weil dieser lächerliche Streit um die Sandwiches große Aufmerksamkeit bei der Presse zur Folge hatte. Aber um wettbewerbsfähig zu bleiben, müssen wir uns schon mehr einfallen lassen. Zumal die Pan Am ab Herbst Düsenjets einsetzen will, die nicht nur doppelt so schnell sind, sondern auch mehr Passagiere befördern können, während wir noch bis mindestens 1960 darauf warten müssen.«

Margot bekam große Augen, als Fräulein Buschheuer in groben Zügen den neuen Senatordienst skizzierte, den die Lufthansa plante. Ab November sollte zweimal die Woche ein zusätzlicher Starliner in Richtung New York abheben. Statt sechsundachtzig Passagieren würden höchstens zweiunddreißig an Bord sein und entsprechend große Bewegungsfreiheit genießen. Wie in einem feinen Club oder auf einer Party sollte es zugehen, so die Idee der Lufthansa. Zur Begrüßung würde es Rosen geben; echte Betten und eine Lounge für Skat- und Bridgepartien sollten an Bord eine Atmosphäre exklusiver Behaglichkeit schaffen. Die Küche würde Menüs à la carte bieten, und ein Steward in weißer Smokingjacke wäre für die reichhaltige Auswahl an Sekt und Champagner, Bier und Wein, Flips und Fizzes zuständig.

»Rentabel wird das kaum sein«, erklärte Fräulein Buschheuer. »Wir rechnen mit einer Auslastung von maximal sechzig Prozent. Aber darauf kommt es uns nicht an. Wir setzen ganz bewusst auf Luxus und Komfort statt auf reine Geschwindigkeit. Denn wer annähernd viertausend Mark für Hin- und Rückflug hinblättern kann, der hat es auch nicht eilig, der will genießen. Das volle Programm wie in einem Fünfsternehotel. Und genau diese Kundschaft wollen wir anlocken. Zahlungskräftige Prominenz an Bord eines Senatorflugs wird uns in der Presse die Aufmerksamkeit verschaffen, die wir brauchen.«

Die Chefstewardess sah Margot aufmerksam durch den Zigarettenrauch hindurch an; geradezu listig wirkte sie dabei.

»Natürlich kann ich einen solchen prestigeträchtigen Flug nicht jede Stewardess übernehmen lassen«, fügte sie hinzu. »Dafür braucht man schon jemanden mit Erfahrung und Finesse. Und Sie, Fräulein Frei, stehen ganz oben auf meiner Liste für den Senatordienst. Damit verbunden wäre auch eine Gehaltserhöhung von fast einhundert Mark im Monat.«

Margot sah förmlich die Karotte vor sich, die Fräulein Buschheuer ihr vor die Nase hielt. Ein Monatseinkommen von rund achthundert Mark – das war für eine junge Frau wie sie schon eine Hausnummer. Die Pan Am bot ihr allerdings ein Einstiegsgehalt von umgerechnet unfassbaren knapp eintausendfünfhundert Mark, was selbst für amerikanische Verhältnisse viel war. Aber New York war teuer, wenn man sich mehr leisten wollte als Nylons, Petticoats und Kleider aus dem Warenhaus.

Vor allem die Miete für ein oder zwei möblierte Zimmer war nicht gerade ein Pappenstiel. Wenigstens gab es dort überhaupt Wohnungen, die Anzeigenblätter waren voll davon. Und Margot würde ohnehin die meiste Zeit im Dienst sein, Verpflegung eingeschlossen, sodass sie von ihrem neuen Gehalt gut leben und sicher ab und zu etwas auf die Seite legen könnte; das hatte sie alles gründlich durchgerechnet.

»Es geht mir nicht ums Geld, Fräulein Buschheuer«, sagte sie wahrheitsgemäß.

Mir bleibt gar nichts anderes übrig, als die Flucht nach vorn anzutreten, fügte sie in Gedanken hinzu.

Die Augen der Chefstewardess wurden schmal. »Es geht Ihnen um den Glamour, nicht wahr? Sie wollen nicht nur die beste Stewardess der Welt sein, sondern auch für die beste Airline arbeiten.« Nachdenklich stocherte sie mit der fast aufgerauchten Zigarette im Aschenbecher. »Ich kann es Ihnen nicht einmal verdenken, Fräulein Frei. Das war es, was auch mich damals zur Pan Am gezogen hat. Ich fürchte nur, Sie werden allzu bald feststellen, dass dort drüben bei Weitem nicht alles Gold ist, was glänzt.«

Offen sah Margot ihre Vorgesetzte an. »Wenn ich diese Chance jetzt nicht nutze, werde ich es den Rest meines Lebens bereuen«, sagte sie und meinte jedes Wort ernst.

Das Lächeln der Chefstewardess fiel ungewohnt warmherzig aus. »Können wir Sie denn gar nicht bei uns halten, Fräulein Frei?«

Margot schüttelte bedauernd den Kopf.

»Na schön.« Fräulein Buschheuer blies ein letztes Mal den Rauch aus und drückte die Zigarette aus. »Reisende soll man bekanntlich nicht aufhalten. Geben Sie mir ein paar Minuten.«

Sie stand auf, um aus einem der Schubladenschränke Unterlagen zusammenzusuchen, mit denen sie sich wieder an den Schreibtisch setzte.

Margots Blick wanderte zum Fenster, hinter der Gardine konnte sie schemenhaft eine startende Maschine ausmachen. Mit einem Mal hatte sie ein mulmiges Gefühl. Vielleicht war der Sprung nach Amerika doch eine Nummer zu groß für sie. Aber hatte sie eine Wahl?

»Für kommende Woche bleibt Ihr Dienstplan unverändert«, sagte Fräulein Buschheuer, die sich über die ausgebreiteten Papiere und Notizen gebeugt hatte. »Danach nehmen Sie Ihren Urlaub und bauen Überstunden ab. Den Rest des Monats sind Sie freigestellt, damit Sie alles für Ihre Übersiedlung in die Staaten vorbereiten und am ersten Juni bei Ihrem neuen Arbeitgeber anfangen können.« Sie warf Margot einen kurzen Blick zu. »Benötigen Sie einen Flug nach New York?«

Margot verneinte. »Die Pan Am organisiert alles für mich. Auch die Formalitäten.«

»Natürlich.« Um Fräulein Buschheuers Lippenstiftmund zuckte es. »Ich lasse Ihnen umgehend die Auflösung Ihres Arbeitsvertrags zukommen. Und ein hervorragendes Zeugnis erhalten Sie ebenfalls, das haben Sie verdient.«

Margot hatte einen Kloß im Hals. Jetzt gab es kein Zurück mehr.

Als sie aus dem Personalgebäude in den halbwegs freundlichen Maitag hinaustrat, atmete sie tief den vertrauten Geruch nach Asphalt und Gummi, Flugzeugbenzin und Öl ein.

Sie schnappte sich ihr Fahrrad, hängte die Handtasche an den Lenker und hielt inne, als sie die Motoren einer großen Propellermaschine aufröhren hörte. Lächelnd beobachtete sie, wie das Flugzeug über die Startbahn preschte und dann abhob, den unverkennbaren blauen Globus am Rumpf. Eine Pan Am.

Ein jähes Glücksgefühl strömte durch ihre Adern. In nicht einmal einem Monat würde sie für die Airline arbeiten, die als die erfahrenste der Welt galt und Charles Lindbergh als technischen Berater hatte. Die Pan Am warb damit, dass ihr Streckennetz den ganzen Erdball umfasste, und versprach, selbigen in weniger als achtzig Stunden umrunden zu können.

Frohgemut schwang Margot sich in den Sattel und trat in die Pedale. Sie war kaum ein paar Meter gefahren, als jemand ihren Namen rief. Mit fliegenden Sakkoschößen rannte Horst Schlippchen ihr nach und presste dabei mit einer Hand die Krawatte gegen die Brust, damit sie ihm nichts ins Gesicht flatterte. Margot bremste ab und drehte sich zu ihm um.

»Sag, dass es nicht wahr ist, was ich eben von Fräulein Buschheuer gehört habe!«, rief er ihr atemlos entgegen.

»Doch«, bestätigte Margot nicht ohne Stolz, »ich wechsle zur Pan Am. Schon zum nächsten Ersten.«

»Aber warum?«, fragte er verständnislos. »Und warum so plötzlich?«

Margot zuckte mit den Schultern. »Die haben mir eben ein gutes Angebot gemacht.«

Er runzelte die Stirn. »Ich dachte immer, du wärst glücklich bei der Lufthansa. Zumindest hatte ich diesen Eindruck.«

»Das bin ich auch«, erwiderte Margot leichthin. »Aber jetzt ist es eben Zeit für etwas Neues.«

Horst deutete ein Kopfschütteln an. »Mit Verlaub – das glaube ich dir nicht. Gibt es irgendwelche Probleme unter euch Stewardessen und Stewards? Setzt dir einer der Piloten zu? Vielleicht Klaus Geier?«

Margot lachte. »Bestimmt nicht!«

Er trat näher zu ihr und senkte die Stimme zu einem vertraulichen Flüstern. »Hat es etwas mit deinen Zeugnissen zu tun? Ist dir jemand auf die Schliche gekommen?«

Margot schwieg. Den Kopf gesenkt, knibbelte sie am Gummigriff des Lenkers herum. Sie hätte sich denken können, dass Horst Lunte riechen würde, scharfsinnig wie er war.

»Falls es das ist«, fügte er hinzu, »lässt es sich bestimmt regeln.«

Ruckartig hob sie den Kopf. »Und wie? Indem du Zeugnisse und Lebenslauf aus meiner Personalakte heimlich verschwinden lässt und hoffst, dass es nie jemand bemerkt? Würde das irgendwas ändern? Gelogen bleibt gelogen.«

Mit nachsichtiger Altersweisheit sah er sie an. »Flucht ist keine Lösung, Margot. Was auch immer du hinter dir lassen willst – du nimmst es doch überallhin mit.«

Der alte Trotz regte sich in ihr. »Das lass man getrost meine Sorge sein.«

Nachdenklich strich Horst über seine Krawatte und ließ einen Moment lang den Blick über das Flughafengelände schweifen, bevor er wieder Margot ins Auge fasste.

»Unser Fräulein Frei«, sagte er dann ein bisschen melancholisch, aber nicht ohne Stolz und mit einer Prise Ironie, »will jetzt richtig durchstarten.«

Margot kniff kess ein Auge zu. »Ich will nicht nur dick Butter aufs Brot, sondern noch tüchtig Marmelade obendrauf«, zitierte sie frei aus dem Gedächtnis, was er einmal zu ihr gesagt hatte, und Horst lachte.

Liebevoll drückte er ihren Arm. »Ich spreche sicher auch im Namen von Fräulein Buschheuer, wenn ich sage, dass dir hier in Fuhlsbüttel immer eine Tür offen steht.«

Margot nickte. Das wusste sie zu schätzen und dachte jedoch im Traum nicht daran, jemals darauf zurückzukommen. Sie würde es in Amerika schaffen, selbst wenn sie sich dort anfangs durchbeißen müsste.

Horst grinste übers ganze Gesicht. »Du wirst dich da drüben noch nach dem Drill von Fräulein Buschheuer und mir verzehren.«

Margot gluckste. »Da bin ich sicher.«

In diesem Augenblick war ihr mehr als nur wehmütig zumute, aber sie würde sich nicht bange machen lassen.

»Ich wünsche dir auf jeden Fall viel Glück«, sagte Horst geradezu zärtlich.

»Wir sehen uns ja noch«, erwiderte sie, stellte einen Fuß auf das Pedal, stieß sich mit dem anderen vom Boden ab und schwang sich auf den Sattel.

In gemütlichem Tempo radelte sie davon, und der kräftige Wind auf dem Flughafen vertrieb auch noch den letzten Zweifel.

Thea hatte den Tisch auf dem Balkon gedeckt. Zum ersten Mal in diesem Jahr war es dafür warm genug, obwohl sich zwischendurch immer wieder Wolken vor die Sonne schoben und der Wetterbericht für die kommenden Tage eher mau aussah.

Während in der Küche die Kaffeemaschine lief, unterhielten Thea, Margot und Almuth sich betroffen über den schweren Autounfall, in den Hans Bongers, Vorstand der Lufthansa, verwickelt gewesen war. Sie alle mochten Bongers, der mit seiner Vision und Tatkraft dafür gesorgt hatte, dass die Lufthansa nach dem Krieg wieder abheben durfte und sie als Stewardessen so viel von der Welt sehen und etwas aus ihrem Leben machen konnten. Margot wusste immerhin zu berichten, dass er außer Lebensgefahr und bereits auf dem Weg der Besserung war.

Thea grinste, als sie aus einer Porzellankanne reihum Kaffee einschenkte. »Wie die Muttis, wa?«

Andächtig strich Almuth über das Geländer. »Hier draußen ist's wirklich schön.«

Der Wohnblock aus Rotklinker reihte sich zwischen mehreren zum Verwechseln ähnlicher Bauten ein. Nach dem vielen Regen der letzten Wochen leuchteten die Rasenstreifen und die jungen Bäume sattgrün. Die Wohnung der Pelzers lag im fünften Stock, wo der rege Verkehr auf der Straße nur als behagliches Hintergrundrauschen ankam.

»Willst du noch Blumenkästen aufhängen?«, fragte Almuth.

Thea blickte entsetzt. »Wat soll ick denn damit?«

»Na, es ist doch viel schöner auf dem Balkon, wenn auch was blüht«, erklärte Almuth eifrig. »Ich werde auf jeden Fall welche aufhängen. Wahrscheinlich mit Petunien. Ich finde, das sind so fröhliche Blumen.«

Thea zuckte mit den Schultern. »Ihr bedient euch, ja?« Einladend deutete sie auf die Platte mit Kuchenstücken, die sie auf der Heimfahrt von ihrer Flugstunde noch schnell in der Konditorei Christiansen geholt hatte.

Sie ließ sich auf einen der Plastikstühle fallen, zog ein Bein hoch und griff zu ihren Zigaretten.

»Also, schieß los!«, forderte sie Margot auf. »Wat sind det für Neuigkeiten, die du so ominös anjedeutet hast?«

Jetzt, da alles in trockenen Tüchern war, konnte Margot es nicht mehr erwarten, ihren Freundinnen davon zu erzählen.

Almuth blieb der Mund offen stehen, als sie von ihren Plänen berichtete, und auch Thea erstarrte für einen Augenblick.

»Amerika?«, kiekste sie dann. »Du jehst wirklich nach Amerika? Für janz?«

Als Margot bejahte, sprang Thea auf. »Wat 'n Glück, det ick heute Morgen schon 'ne Flasche Sekt kalt jestellt hab. Det müssen wir feiern!«

Hüpfend verschwand sie in der Wohnung, der sie nach und nach ihren eigenen Stempel aufgedrückt hatte: weniger Gelsenkirchener Barock, mehr Cocktailschick.

Besorgt sah Margot zu Almuth, die vor sich hinstarrte. Sie wirkte blass und hielt die Hände im Schoß ihres karierten Sommerkleids verkrampft.

Sachte berührte sie ihre Freundin an der Schulter. »Geht's dir nicht gut?«

Almuth blinzelte und versuchte sich an einem Lächeln. »Ist nur der Schock.«

Margot zögerte. »Du wirkst in letzter Zeit häufiger mal

bedrückt. Ist alles in Ordnung?« Junges Eheglück sah anders aus, fand sie.

Almuth setzte zu einem tiefen Atemzug an, der zittrig geriet, dann schüttelte sie den Kopf. »Ach, nichts weiter. Ich hatte es mir nur nicht so anstrengend vorgestellt, Hausfrau zu sein.«

Margot runzelte die Stirn. Bis vor einem halben Jahr war es Almuth genau wie Margot gewohnt gewesen, bis zu dreißig Stunden auf den Beinen zu sein und zwei Drittel davon zu schuften wie ein Brauereipferd. In Claus' Küche war alles an moderner Technik versammelt, was die Haushaltsabteilung eines Warenhauses zu bieten hatte, die Wäsche übernahm die nahe gelegene Wäscherei, und die Putzfrau, die Claus sich stundenweise für die Junggesellenbude gegönnt hatte, kam bestimmt auch immer noch.

»Das glaube ich dir nicht«, erwiderte Margot. »Du hast doch irgendwas.«

Almuth schien mit sich zu ringen, dann schüttelte sie wieder den Kopf. »Bestimmt nicht.« Unter ihren dichten Wimpern sammelten sich die ersten Tränen. »Ich kann mir nur nicht vorstellen, dass du bald nicht mehr da sein wirst.«

Margot fasste sie bei der Hand. »Die Pan Am hat nicht viele Stewardessen, die auch nur leidlich Deutsch sprechen, hat Mr Albright gesagt. Ich werde also mit ziemlicher Sicherheit häufig hier landen.«

Almuth blickte sie zweifelnd an, erwiderte aber den Händedruck. »Ich freu mich für dich. Wirklich! Aber vielleicht überlegst du es dir ja noch anders?«, fragte sie hoffnungsvoll.

»Den Deibel wirste tun!«, schimpfte Thea, die gerade auf den Balkon zurückkehrte, in einer Hand eine Flasche Sekt, auf der das Kondenswasser perlte, in der anderen drei Gläser. »Hach, wat bin ick neidisch! Det hätte mir ooch jefallen, hätt ick mir nich heiraten lassen.«

Sie hielt Margot und Almuth die Sektflöten hin, jubelte, als der Korken mit einem satten Ploppen aus dem Flaschenhals glitt, und die drei Freundinnen stießen miteinander an.

Bei Kaffee, Sekt und Kuchen musste Margot haarklein alles erzählen. Dann stellten sie ausgiebige Mutmaßungen an, wie es wohl sein mochte, für solch eine große und legendäre Fluggesellschaft zu arbeiten und in Amerika zu leben. Noch dazu in New York!

»Schickste mir ab und zu 'n Care-Paket?«, fragte Thea irgendwann mit kokettem Augenaufschlag. »Mit Nylons und Kaugummi?«

Alle drei kicherten. Im Lauf des Nachmittags hatte Thea eine zweite Flasche Sekt aus dem Kühlschrank geholt. Wenn sie so weitermachten, würde Pelzer nach Feierabend wohl die Hochbahn oder ein Taxi nehmen müssen, statt sich von seiner Gattin im Opel abholen zu lassen.

Margot fasste sich ein Herz. »Es gibt da noch was, das ich euch erzählen muss.«

Wenn sie schon einen Schlussstrich unter das Kapitel namens Lufthansa zog, dann wollte sie ihren besten Freundinnen gegenüber wenigstens alle Karten auf den Tisch legen, hatte sie beschlossen.

Thea streckte ein Bein aus und stupste mit dem großen Zeh gegen ihr Knie. »Haste 'n Neuen?«

Margot schüttelte den Kopf und holte tief Luft. »Ich habe damals bei meiner Bewerbung für die Lufthansa geschummelt. Ich war nie in einem Pensionat in der Schweiz. Ich habe auch kein Abitur, sondern nur mit Müh und Not die Mittlere Reife geschafft. Aber wenn ich bei der Wahrheit geblieben wäre, hätte ich bei der Lufthansa nicht die geringste Chance gehabt.«

Das Sektglas in Almuths Hand verharrte reglos in der Luft; aus großen Augen starrte sie Margot an.

Thea runzelte die Stirn und blies den Rauch ihrer Zigarette aus. »Und deine Zeugnisse?«

Margot blickte zerknirscht drein. »Selbst gebastelt. Genau wie die Arbeitszeugnisse für Ausbildung und Berufserfahrung.«

Thea legte den Kopf in den Nacken und lachte schallend. Dann beugte sie sich vor, um die Zigarette am Rand des Aschenbechers abzustreifen, und grinste über das ganze Gesicht.

»Weeßte, wat ick jemacht hab? Nachdem mir der Alte rausjeworfen hatte? Ick hab seine Unterschrift jefälscht. Damit ick weiter auf die Schule gehen und mein Abitur machen konnte. Den Vertrag für die Lehre im Restaurant hab ick ooch in seinem Namen unterschrieben. War ja noch keene einundzwanzig.«

Fassungslos blickte Almuth zwischen ihren Freundinnen hin und her.

»Was habt ihr?«, hauchte sie, offenbar bis ins Mark erschüttert. »Aber das ist doch Betrug!«

»Nu mach mal halblang!«, erwiderte Thea amüsiert, aber mit warnend hochgezogener Braue. »Der eene spickt in der Prüfung, der andere lügt im Vorstellungsgespräch, det sich die Balken biejen. Na und? Der Krieg hat uns allen ins Leben gepfuscht, da kannste ooch mal Fünfe jerade sein lassen. Sonst kommste zu nüscht.«

Wie in Zeitlupe stellte Almuth das Glas auf den Tisch, sie schien tatsächlich tief getroffen zu sein. »Das hätte ich nie von euch gedacht«, brachte sie mühselig hervor.

Margot und Thea wechselten schuldbewusst einen Blick.

Almuths Augen wirkten kalt und hart wie blaues Glas, während sie von einer zur anderen sah.

»Und die ganze Zeit hat keine von euch auch nur einen Ton gesagt«, raunte sie. »Nie. Während ich ...« Ihr Kinn zitterte, und ihre Augen quollen über. Zornig wischte sie die Tränen mit dem Handballen weg. »Ich hab euch alle meine Geheimnisse anvertraut. Und ihr? Was macht ihr?«

Ihre Worte trafen auf eine betretene Stille am Tisch.

»Danke für den Kaffee«, schniefte Almuth, griff zu ihrer Handtasche und stand auf.

»Almuth«, sagte Margot bekümmert, während ihre Freundin wortlos an ihr vorbei ins Wohnzimmer stakste.

Seufzend erhob sich auch Thea und folgte ihr, aber gleich darauf fiel krachend die Wohnungstür ins Schloss.

Auf leisen Sohlen kehrte Thea zurück, beugte sich über Margot und umschlang sie fest. »Die kriegt sich schon wieder ein«, flüsterte sie und drückte Margot einen Kuss auf die Wange.

Mit einem tiefen Ausatmen ließ sie sich auf den Plastikstuhl plumpsen und hob ihr Glas.

»Auf dein neues Leben!«, verkündete sie feierlich. »Und ein Hoch auf det Land der unbegrenzten Möglichkeiten!«

Margot stieß mit ihr an, aber in diesem Moment war ihr mehr nach Weinen zumute.

23

Tschau, tschau, Bambina

»Mutti!«, rief Walter Frei aus der Wohnküche. »Mein Frühstück!«

»Steht alles auf dem Tisch!«, antwortete Irmgard Frei aus dem benachbarten Zimmerchen, wo sie Margot dabei half, die letzten Sachen zusammenzupacken und zu verstauen.

Trotzdem erschien Margots Vater auf der Türschwelle und hielt seiner Frau anklagend die leere Butterbrotdose hin, die sie geflissentlich ignorierte.

»Und was ist mit Kaffee?«, maulte er.

»Ist schon durchgelaufen«, erwiderte sie. »Brauchst du nur noch in die Thermoskanne umzufüllen.«

Das Gesicht verkniffen, musterte Walter Frei die Reisetasche, die auf dem bereits abgezogenen Bett stand. Margot war spät eingeschlafen und irrwitzig früh schon wieder wach gewesen, obwohl ihr Flug erst am Nachmittag ging.

»Willst du heute nicht ausnahmsweise später zur Arbeit gehen?«, fragte Margots Mutter ihren Mann. »Dann können wir alle zusammen noch gemütlich frühstücken. Wer weiß, wann wir wieder die Gelegenheit dazu haben.«

Seine Miene verdüsterte sich weiter, und er warf Margot einen strengen Blick zu, den sie herausfordernd erwiderte.

Dann drehte er sich wortlos um und verschwand in der Wohnküche. Kurz darauf fiel erst die Wohnungstür, dann die Eingangstür des Behelfsheims zu.

Die Auseinandersetzungen zwischen Margot und ihrem Vater hatten in den letzten Wochen ihren Höhepunkt erreicht. Er hatte einmal mehr prophezeit, sie würde zweifelsfrei in der amerikanischen Gosse enden. Unterstrichen von einem Faustschlag auf den Tisch, hatte er gedroht, dass sie nicht glauben sollte, hier je wieder Unterschlupf zu finden, sollte sie drüben in Amerika Schiffbruch erleiden. Seitdem gab es zwischen ihnen nichts mehr zu sagen.

Margot sah ihm durchs Fenster nach, wie er davonging. Ein kleiner farbloser Mann, die Schultern unter der Jacke hochgezogen, als ob er noch immer den russischen Winter in den Knochen spürte.

»Er meint es nicht so«, ließ sich Irmgard Frei leise vernehmen und wischte mit dem Staubtuch über die makellos saubere Oberfläche des Nachttischs.

»Doch, tut er«, erwiderte Margot nüchtern, aber mit einem kummervollen Ziehen in der Magengegend, und legte noch eine leichte Strickjacke in die Reisetasche.

Obwohl sie nur das Notwendigste und Liebste mitnahm, war ihr Koffer verblüffend schwer gewesen. Vor einer guten halben Stunde hatte Thea mit ihrem Opel vor dem Behelfsheim eine Vollbremsung hingelegt, und Pelzer hatte einhändig mit angepackt, um den Koffer hinten in den Wagen zu hieven. Damit Margot ihre letzten Stunden in Hamburg unbeschwert verbringen konnte, würde Thea den Koffer für sie am Flughafen aufgeben, bevor sie zu einem Übungsflug nach Lübeck aufbrach. Sie hatte ihre Flugstunde extra so gelegt, dass sie Margot danach auf dem Rollfeld verabschieden konnte.

Margots Mutter ließ sich auf die Knie nieder und spähte unter das Bett.

»Da ist noch was«, sagte sie und kam mit einer staubbedeckten Schuhschachtel ächzend wieder in die Höhe. »Oh«, machte sie verlegen, als sie den Deckel anhob.

Margot schluckte, als ihr Blick auf die beiden Biedermeiersträußchen fiel, die Blüten aus mit buntem Stanniol umwickelter Schokolade, die bestimmt schon längst nicht mehr schmeckte. Kurzerhand nahm sie ihrer Mutter die Schachtel ab, fegte die Erinnerungsfotos hinein, die von der Wand auf den Schminktisch gewandert waren, und schloss energisch den Deckel.

»Gehst du deshalb weg?«, fragte ihre Mutter beklommen. »Weil es mit dem Piloten nicht geklappt hat?«

»Unsinn!«, erwiderte Margot und stopfte die Schachtel ganz unten in den Kleiderschrank. Wo sie hingehörte.

Erneut trat sie an den Schminktisch und steckte je ein Heft mit Reise- und anderen Schecks in ihre Handtasche. Seit ein paar Monaten war sie stolze Inhaberin eines der zunehmend beliebten Girokonten, die mehr Freiheit und Unabhängigkeit im Geldverkehr boten.

Sie drückte ihrer Mutter einen dicken Umschlag in die Hand. »Das ist für dich, Mutti. Die letzten Raten für Kühlschrank, Waschmaschine und Fernseher sind bezahlt, du musst dich also um nichts mehr kümmern. Und das hier ist mein Sparbuch – würdest du das für mich aufbewahren, bis ich das nächste Mal hier bin? Du kannst jederzeit Geld abheben, wenn du was brauchst.«

Irmgard Frei blinzelte auf das Kuvert und das Büchlein in ihrer Hand. Ihr Kinn zitterte; sie sah aus, als wollte sie jeden Moment in Tränen ausbrechen.

Margot legte einen Arm um sie. »Ich pass schon auf mich auf. Versprochen!«

Ihre Mutter streichelte ihr über die Wange. »Meine Lütte«, sagte sie staunend, »geht nach Amerika. Einfach so.« Ein Lächeln zog über ihr Gesicht. »Ich würd's doch genauso machen, wenn ich du wäre.«

Es klingelte an der Tür des Behelfsheims.

Irmgard Frei wandte sich ab und wischte sich verstohlen über die Augen.

»Das wird Lore sein.«

Das Frühstück, ergänzt um eine Flasche Sekt, die Lore mitgebracht hatte, fiel ausgiebig aus. Es war schon fast Mittag, als die drei Frauen vor das Behelfsheim traten.

»Mach's gut, Schwesterchen«, murmelte Lore und drückte Margot an sich. »Und schreib mal!«

»Mach ich«, versprach Margot.

»Tschüs, Tate Mago!«, ließ Holger sich vernehmen.

Margot löste sich von ihrer Schwester und bückte sich, um ihrem Neffen über den Kopf zu streicheln, der mit seinen eineinhalb Jahren schon ein richtiger kleiner Junge war.

»Fahren Sie bloß vorsichtig, junger Mann!«, sagte Margots Mutter zu Claus, der es sich nicht nehmen ließ, Margot zum Flughafen zu bringen. »Auf den Straßen ist weitaus mehr los als in der Luft.«

»Selbstredend, Frau Frei«, erwiderte Claus, Margots Reisetasche in der Hand, die hinter dem Ersatzrad im Kofferraum des Porsches gerade so Platz fand.

»Soso!«, rief Frau Susemihl gedehnt aus dem geöffneten Fenster, die Unterarme bequem auf ein Kissen gestützt. »Ist's endlich so weit? Wenn das man nur gut geht.«

Margot schnupperte in die Luft. »Kann es sein, dass bei Ihnen gerade was anbrennt?«

Blitzartig verschwand die Nachbarin vom Fenster, während draußen leise Heiterkeit aufschäumte.

»Tschüs, Mutti!« Margot umarmte ihre Mutter fest. »Ich schreibe, sobald ich drüben bin.«

»Pass auf dich auf! Und vergiss die Ansichtskarten für Tante Erna nicht.«

Immer wieder wischte sich Irmgard Frei Tränen aus dem Gesicht, als Margot in den Wagen stieg, Claus die Tür hinter ihr schloss und sich hinters Steuer setzte.

Mit schnurrendem Motor rollte das Cabriolet davon. Margot winkte, und Claus drückte für einen Abschiedsgruß auf die Hupe.

Erst als sie außer Sichtweite waren, gab er Gas, und der Wagen jagte durch die Stadt.

Der Himmel über Hamburg sah wenig freundlich aus, aber wenigstens war es trocken und einigermaßen warm; dieser Mai war alles andere als ein Wonnemonat gewesen.

»Erinnerst du dich noch an unsere erste gemeinsame Fahrt?«, fragte Claus und warf Margot einen Seitenblick zu, während sie durch die Straßen brausten.

Natürlich erinnerte Margot sich an jenen Novembermorgen, als Claus sie und ihr kaputtes Fahrrad am Straßenrand aufgegabelt hatte und noch eine Weile mit ihr herumgekurvt war, um ihre Nervosität vor dem Vorstellungsgespräch bei der Lufthansa zu zerstreuen. Mit Erfolg. Sie fragte sich, ob sie jetzt auch auf dem Weg nach Amerika wäre, wenn damals nicht die Fahrradkette gerissen wäre.

»Ich vermisse deinen Rometsch«, sagte Margot. »So schick der Porsche auch aussieht, bequem ist anders.«

Claus lachte. »Das findet Almuth auch. Über kurz oder lang werde ich mir wohl etwas anderes anschaffen müssen.«

Jetzt war Margot diejenige, die ihm einen Seitenblick zuwarf. »Sie wird nicht zum Flughafen kommen, oder?«

Auf der Abschiedsparty, die Claus für Margot geschmissen hatte, war Almuth ihr gegenüber zwar freundlich gewesen, aber spürbar zurückhaltend, fast kühl; Klaus hatte gleich ganz durch Abwesenheit geglänzt. Margot hatte offenbar ein Talent dafür, Brücken gründlich hinter sich abzubrechen.

Claus schwieg einige Herzschläge lang, seine Miene ungewohnt ernst.

»Sie fühlt sich heute nicht gut«, erwiderte er schließlich.

Ein plötzlicher Gedanke durchzuckte Margot. »Ist bei euch etwas unterwegs?«

Claus sah sie verblüfft an, dann lachte er, ein seltsam freudloses Lachen. »Nein, wirklich nicht.« Geradezu bitter klang er dabei und fuhr sich verlegen mit einer Hand durch die Haare. Margot hätte schwören können, dass er einen roten Kopf bekam. »Das hat keine Eile«, fügte er hastig hinzu. »Wir wollen erst unsere Zeit zu zweit genießen.«

Da war er wieder, dieser bittere Unterton, der es schwer machte, weiter nachzufragen, ohne sich wie eine zweite Frau Susemihl vorzukommen.

»Ich kann gut zuhören«, sagte Margot stattdessen.

Claus' Lächeln fiel zärtlich aus. »Ich weiß.«

Trotzdem war er ungewohnt in sich gekehrt, als er den Blinker setzte und abbog.

Auf der Zufahrtsstraße zum Flughafen gab Claus Vollgas. In hohem Tempo jagten sie unter den gerade gestarteten oder im Landeanflug befindlichen Flugzeugen hindurch auf Fuhlsbüttel zu. Das Cabriolet preschte durch eine Lücke im Zaun, bevor Claus es ausrollen ließ und auf einer der Rasenflächen abstellte.

Während sie mit den Augen den Himmel absuchten, schwelgten Claus und Margot in Erinnerungen, zogen sich gegenseitig mit der einen oder anderen Anekdote auf und schmiedeten Pläne, was sie zusammen unternehmen wollten, wenn Claus das nächste Mal in New York war.

»Da!« Claus setzte sich auf. »Das muss sie sein.«

Margot folgte seinem Blick zu einer kleinen einmotorigen Maschine, die sich am wolkenbedeckten Himmel näherte und im Sinken geschmeidig einen Bogen beschrieb.

Die Unterarme aufs Lenkrad gestützt, sah Claus so konzentriert aus, als ginge er im Kopf gerade die einzelnen Handgriffe bei der Landung durch. Auch Margot fühlte sich so schwerelos, als würde sie selbst aus dem Himmel herabgleiten und auf den Boden zurückkehren. Wie musste es dann erst für Thea sein, den Steuerknüppel in der Hand, die Kommandos aus dem Tower und die ihres Fluglehrers im Ohr?

»Fabelhaft macht sie das«, murmelte Claus, die Brauen konzentriert zusammengezogen, als die kleine Maschine sich in scheinbar irrsinnigem Tempo der Landebahn näherte, mit quietschenden Reifen aufsetzte und abbremste, bevor sie schnurrend in Richtung Hangar davonrollte.

Claus startete den Wagen und fädelte sich auf dem asphaltierten Fahrweg in den Verkehr aus Bussen und Volkswagen ein, die grüßend hupten; er und sein Cabriolet waren in Fuhlsbüttel bekannt wie bunte Hunde.

Vor dem Hangar mussten sie nicht lange auf Thea warten. In Overall und festen Stiefeln, eine Fliegerbrille auf der Nase, kam sie ihnen mit energiegeladenen Schritten entgegen.

Zwei Flugzeugmechaniker im Blaumann sahen ihr nach;

einer der beiden rief ihr etwas zu, das zwar scherzhaft, aber durchaus anerkennend klang.

»Weeß ick!«, posaunte sie glücklich, und grinsend reckte der Mechaniker den Daumen hoch.

Die erhobenen Fäuste geballt wie ein Muskelprotz, legte Thea die letzten Schritte zum Wagen zurück.

»Ick war so jut heute! Demnächst hab ick meinen ersten Soloflug.« Sie ging zur Beifahrerseite und riss die Tür neben Margot auf. »Rutsch mal mit deinem Sitz vor!«

Margot tat wie geheißen. Ohne viel Federlesens kletterte Thea hinter sie und nutzte das zusammengeklappte Verdeck als provisorischen Sitz.

»Ick brauch jetzt 'nen Kaffee. 'n starken!«, meinte sie.

Lachend fuhren sie zum Flughafengebäude wie auf einem Triumphzug für eine Pionierin der Luftfahrt.

Zwei Stunden saßen sie zusammen im Flughafenrestaurant, sahen den Propellermaschinen zu und spekulierten über Margots Zukunft in Amerika. Zwei Stunden, die wie im Flug vergingen.

Auf dem Rollfeld umarmte Thea ihre Freundin noch einmal herzlich. »Die Amis können sich auf wat jefasst machen!«, frotzelte sie. »Denen wirbelste die Bude bestimmt janz schön durcheinander.«

Auch Claus schloss Margot in die Arme. »Die armen Piloten«, murmelte er. »Die werden sich auf nichts mehr konzentrieren können, sobald du mit deinen tollen Beinen ins Cockpit stolzierst.«

»Deshalb sind die Röcke bei der Pan Am genauso lang wie bei der Lufthansa«, erwiderte Margot lachend und ließ sich von ihm die Reisetasche reichen.

An der Gangway winkte Margot Thea und Claus noch einmal zu, dann sprang sie leichtfüßig die Stufen hinauf. Die Freude auf alles, was vor ihr lag, machte ihr den Abschied leichter.

»*Welcome to Pan Am!*«, zirpten die beiden Stewardessen, die so perfekt aussahen wie Mannequins; womöglich würde Margot künftig mit ihnen zusammen fliegen.

Sie nahmen ihr Reisetasche und Mantel ab, und eine dritte Stewardess begleitete sie an ihren Fensterplatz.

Neugierig sah Margot sich um. Von außen hatte der Super-Stratocruiser von Boeing bei Weitem nicht die Eleganz einer Super-Connie oder eines Starliners, sondern wirkte behäbig wie ein Walfisch. Ein Manko, das das großzügig gestaltete Innere in Weiß, Blau und Grau jedoch wettmachte.

So war es also, mit Pan Am zu fliegen. *First Class.* Probehalber streckte Margot die Beine aus; Luxus hatte bei der Pan Am eine ganz andere Dimension.

Mit freudigem Herzklopfen beobachtete sie die Stewardessen, die sich um ihre Gäste kümmerten wie die guten Feen. Die Damen an Bord trugen schicke Kostüme oder elegante Kleider, die Herren gute Anzüge, als wären sie auf dem Weg in ein vornehmes Restaurant oder zu einem wichtigen Termin. Auch Margot hatte sich fein gemacht, mit Petticoat unter dem graublauen Kleid, passendem Jäckchen und spitzen Schuhen mit Pfennigabsatz an den bestrumpften Füßen.

Über den Mittelgang hinweg fing sie einen interessierten Blick auf. Der ältere Herr mit Fliege, kariertem Sakko und gepflegtem Oberlippenbärtchen ließ die Zeitung sinken und beugte sich zu ihr herüber.

»*Excuse me, ma'am. May I ask if you're travelling for business or pleasure?*«

Ob sie beruflich oder zum Vergnügen reiste? Was für eine Frage, beides natürlich!

»*Both*«, erwiderte Margot heiter. »*I'm going to be a Pan Am stewardess.*«

Der Fluggast nickte sichtlich beeindruckt und beglückwünschte sie mit einer angedeuteten Verbeugung.

Eine der Stewardessen, die gerade zwei Reihen vor Margot Bonbons und Kaugummi anbot, hatte das Gespräch wohl mitbekommen. Sie hob den Blick, und ein Leuchten glitt über ihr Gesicht. Auf hohen Absätzen schwebte sie zu Margot heran.

»*Oh my gosh!*«, hauchte sie entzückt. »*It's really you, isn't it? Miss Wings nineteen fifty-seven! And you're joining us at Pan Am?*«

Sichtlich begeistert, dass die amtierende *Miss Wings over the World* ihre neue Kollegin werden sollte, verschwand sie in der Pantry und kehrte kurz darauf mit einem Glas Champagner und einer Auswahl Appetithäppchen auf einem kleinen Teller zurück. Die anderen Stewardessen folgten ihr mit strahlenden Gesichtern und aufgeregtem Getuschel. Sie stellten sich reihum als Joan, Mary, Hazel und Barbara vor und waren ganz aus dem Häuschen, Margot nicht nur an Bord, sondern auch als künftiges Mitglied der Crew begrüßen zu können.

Natürlich hatten sie alle ihr Bild auf dem Cover der Sonderausgabe von *LIFE* gesehen und den Artikel über die Misswahl gelesen. Hazel, die aus Kalifornien stammte, erzählte, ihre Cousine habe im Publikum gesessen und hinterher regelrecht von Margots Auftritt geschwärmt. Endlich hätte sich mal eine getraut, nicht immer nur das brave Hausmütterchen oder die höhere Tochter zu geben.

Auf das Kommando aus dem Cockpit hin verabschiedeten sich die Stewardessen und hasteten in beide Richtungen durch den Mittelgang davon, während Margot lächelnd an ihrem Champagner nippte.

Die Motoren sprangen an und drehten probehalber ein paarmal hoch. Abgasschwaden vernebelten den Blick aus dem Fenster, und der Stratocruiser strebte auf die Startbahn zu, wo er mit der ganzen Kraft seiner vierzehntausend Pferdestärken in die Vollen ging und sich schließlich vom Asphalt löste.

Margot sah zu den Flughafengebäuden hinunter; auf den Rasenflächen flogen Vögel erschrocken auf, und Kaninchen flitzten davon. Ihr Herzschlag setzte einen Augenblick lang aus, als sie auf einem der Feldwege ein schweres Motorrad entdeckte. Ein Mann in Lederjacke saß darauf, den dunkelhaarigen Kopf in den Nacken gelegt.

Margot verrenkte sich den Hals und spähte angestrengt durch das Fenster, doch das Flugzeug hatte sie bereits zu weit fortgetragen. Atemlos ließ sie sich in den Sitz zurückfallen. Im nächsten Moment tauchte die Boeing in die Wolken ein, und alles andere blieb hinter Margot am Boden zurück.

Amerika, ich komme!

24

America

Nach rund zwanzig Flugstunden mit Zwischenstopp in London und einer quälend langsamen Taxifahrt durch die Rushhour New Yorks saß Margot am Donnerstagmorgen in einem Büroflur in der achtundfünfzigsten Etage des Chrysler Buildings.

Es war kurz vor halb zehn und der Arbeitstag in vollem Gange. Überall hinter den Glasscheiben, an denen die Jalousien mal mehr, mal weniger weit heruntergelassen waren, klapperten Schreibmaschinen, schrillten Telefone, tickerten Fernschreiber. Herren in Anzug und Krawatte eilten zwischen den Büros hin und her, oft einen Kaffeebecher in der Hand und eine Zigarette im Mundwinkel. Damen im Kostüm oder in Etuikleidern stöckelten auf nadeldünnen Absätzen vorbei, Unterlagen oder einen Stenoblock unter dem Arm und nicht selten ebenfalls eine brennende Zigarette zwischen den perfekt manikürten Fingern.

Die Büros von Pan Am wirkten nüchtern und zweckmäßig, verglichen mit den Schaufenstern der Ticketagentur im Erdgeschoss. Dort zogen bunte Plakate und Dekorationsobjekte wie Flugzeugmodelle und ein Globus, Kokosnüsse, Topfpalmen und eine stilecht hergerichtete Schaufensterpuppe im Kimono nicht nur Reiselustige an, sondern auch Neugierige. Die Ecke 42nd Street und Lexington Avenue war betriebsam; der Verkehrslärm auf der Straße war bis zu Margot herauf zu hören.

Neben der Pan Am beherbergte das Gebäude auch das Magazin *Fortune* und die Büros des Ölgiganten Texaco inklusive dem dreistöckigen exklusiven *Cloud Club*, in den Hamilton Hayes schon einmal eingeladen gewesen war. Chrysler selbst war mit einem *Showroom* vertreten. Die restlichen Namen am Eingangsportal hatten Margot nichts gesagt, aber die Geschäfte dieser Firmen mussten zweifellos höchst lukrativ sein. Denn die silberne Fächerkrone des Chrysler Buildings war eines der Wahrzeichen New Yorks, und die spiegelblank polierte Prachtlobby mit direktem Zugang zur Subway glich einer Kathedrale des Geldes.

Sobald sie wusste, wo sie untergebracht sein und wie ihr Dienstplan in den nächsten Tagen aussehen würde, wollte Margot sich ein Telefon suchen und Hamilton Hayes anrufen. Vielleicht war er zufällig gerade in der Stadt, und sie könnten heute Abend irgendwo essen gehen, womöglich danach noch in eine Bar. Bei dem Gedanken daran lächelte sie in sich hinein.

Seit sie hier wartete, hatten einige junge Frauen das gegenüberliegende Büro auf Zuruf betreten und es teils überglücklich, teils geknickt wieder verlassen. Jetzt saß außer Margot nur noch eine sehr schlanke, äußerst aparte Rothaarige in Bleistiftrock und Twinset auf dem Flur, eine teuer aussehende Handtasche nebst passender Mappe auf dem Schoß. Bislang hatten sie lediglich Blicke und ein vorsichtiges Lächeln gewechselt. Nun aber beugte sich die Rothaarige zu Margot herüber.

»Entschuldige«, sprach sie Margot auf Englisch an. »Ich will nicht aufdringlich sein, aber bist du nicht die *Miss Wings*?«

Margot bejahte.

»Stellst du dich hier etwa auch als Stewardess vor?«, hakte die junge Frau nach. Wie bei Margot schimmerten auch bei ihr ein paar Sommersprossen auf der Nase durch das professionelle Make-up.

Margot nickte. »Ich bin gerade aus Deutschland angekommen.« Sie war die Einzige, die mit einem großen Koffer hier erschienen war.

»Na großartig!«, erwiderte die Rothaarige mit einer guten Portion Sarkasmus. »Und ich habe eigentlich gedacht, ich hätte ganz gute Chancen.«

»Keine Sorge, ich bin bereits eingestellt.«

Beide lachten, und die junge Frau streckte Margot die behandschuhte Rechte entgegen.

»Margot, nicht wahr? Ich bin Patricia. Patricia Gilman, kurz Pat.«

Pat kam aus Yonkers, New York, nach ihren Angaben die Hauptstadt der Tüftler und Erfinder. Sie war gerade mit dem College fertig und würde nach diesem Termin hier mit dem Zug zurück nach Hause fahren, um entweder jubelnd ihren Koffer zu packen oder sich anderswo zu bewerben.

Sie nickte in Richtung der fast vollständig heruntergelassenen Jalousie des Bürofensters gegenüber. »Bevor du gekommen bist, hat es mich in den Fingern gejuckt, und ich habe mal hineingelinst. Die Dame da drin hat tatsächlich eine Bewerberin auf dem Boden knien lassen, in ihre Frisur gefasst und einzelne Strähnen kritisch beäugt. Ich nehme an, sie wollte wissen, ob das Blond echt ist.«

Die Tür vor ihnen öffnete sich, und eine umwerfend aussehende Brünette trat heraus. Sie blinzelte mit ihren langen, dichten Wimpern ein paar Tränen weg, bevor sie mit hängenden Schultern davonschlich.

»Die Nächste, bitte!«, erschallte es durch den Türspalt, und Pat stand auf.

»Viel Glück!«, gab Margot ihr mit auf den Weg.

Als sich die Tür hinter Pat geschlossen hatte, ließ Margot den Blick durch den Flur schweifen. Ein paar Türen weiter stand ein großer Plastikzylinder mit Wasser. Seit sie hier saß, hatte sie beobachtet, wie sich immer wieder jemand daran mit einem Pappbecher bediente. Kurzerhand stand sie auf, ging hinüber und zog einen Becher aus der Halterung. Sie benötigte zwar einen Augenblick, um hinter den Mechanismus zu kommen, aber dann sprudelte es munter in den Becher. In langen Zügen trank sie das herrlich kalte Mineralwasser, füllte den Becher gleich noch einmal und schmunzelte über die Luftblasen, die dabei blubbernd im Zylinder aufstiegen.

Dieser Wasserspender war wirklich clever. Aber bei Pan Am war sowieso alles bis ins Kleinste durchdacht und von ausgesuchtem Komfort. Bei den Mahlzeiten in der *First Class* waren die Tabletts mit einem Tischtuch in passender Größe bedeckt, und das vorzügliche Menü wurde auf feinem Porzellan serviert – inklusive Silberbesteck und Kristallgläsern – und von einer kleinen Vase mit echten Blumen begleitet. In der geräumigen Schlafkoje hatte Margot zwar kurz, aber gut geschlafen und darin sogar ein Frühstück bekommen, das dem Abendessen hinsichtlich Finesse und Stil in nichts nachstand, mit Kaffee aus einem Silberkännchen. Und die Waschräume an Bord waren großzügig bemessen und wie in einem Hotel eingerichtet, der Spiegel schminktauglich beleuchtet.

Der eigentliche Clou des Stratocruisers von Pan Am enthüllte sich allerdings erst auf den zweiten Blick: die kleine Wendeltreppe, über die man in den Bauch des Flugzeugs hinabsteigen konnte, um sich in der Bar bei Cocktails und Musik vom Plattenspieler die Zeit zu vertreiben.

Margots Blick fiel auf zwei junge Frauen, die den Gang entlangschritten und sich aufgeregt unterhielten, hübsch zurechtgemacht und Mappen an sich gedrückt. Sie vergewisserten sich, dass sie vor dem richtigen Büro angekommen waren, und ließen sich unweit von Margots Koffer nieder.

Margot warf den leeren Pappbecher in den bereitstehenden Eimer und kehrte an ihren Platz zurück, wo sie den beiden Neuankömmlingen grüßend zunickte. Die beiden stutzten, dann steckten sie tuschelnd und mit Seitenblicken auf Margot die Köpfe zusammen.

Sie hatte sich gerade wieder gesetzt, als die Tür aufschwang. Pat kam heraus, ein mehrseitiges Dokument und andere Unterlagen in der Hand. Das Strahlen auf ihrem fein geschnittenen Gesicht war unmissverständlich.

»Ich hab's geschafft! Ich bin dabei.«

Margot hatte kaum Zeit, ihr zu gratulieren.

»Die Nächste, bitte!«

»Dir auch viel Glück!«, rief Pat ihr im Davongehen zu. »Und hoffentlich bis bald!«

Mit Sack und Pack stand Margot auf und warf noch rasch einen Blick auf das Türschild.

Miss Lydia Davies, Recruiter, mochte um die vierzig sein. Überschlank, perfekt geschminkt und frisiert, thronte sie hinter ihrem Schreibtisch und sah Margot durch eine Hornbrille entgegen, deren Kette sich um den Kragen der Seidenbluse schlang.

»Guten Morgen, Miss Davies«, sagte Margot mit echter Lufthansa-Fröhlichkeit, als sie ihren Koffer und die Reisetasche abstellte und die Tür hinter sich schloss. »Margot Frei aus Hamburg. Ich freue mich, hier zu sein.«

Miss Davies ignorierte ihre ausgestreckte Rechte; stattdessen musterte sie Margot vom kleinen Hut bis zu den Schuhspitzen. Ausgiebig.

Schließlich deutete sie mit ihrem Bleistift auf den gegenüberliegenden Aktenschrank; die Topfpflanzen darauf sahen aus wie aus Plastik. »Gehen Sie ein paar Schritte.«

Margot drehte eine Runde durch das Büro, das noch kleiner war als das von Fräulein Buschheuer.

»Nehmen Sie Platz.« Während Miss Davies sich Notizen machte, streckte sie die Hand über den Schreibtisch. »Zeugnisse.«

Aus der Reisetasche holte Margot die Mappe, die sie sich eigens dafür gekauft hatte, und legte Miss Davies ihr Zeugnis der Lufthansa vor. Die selbst gebastelten Unterlagen und ihren frisierten Lebenslauf würde sie nur auf Verlangen herausrücken, hatte sie beschlossen; dieses Mal würde sie pokern.

Eingehend studierte Miss Davies die englische Übersetzung, die Fräulein Buschheuer hatte anfertigen lassen. Offenbar war die Chefstewardess nicht nachtragend; soweit Margot es beurteilen konnte, war ihr Zeugnis eine Eins mit Sternchen.

»Im November bin ich übrigens zur *Miss Wings over the World* gekürt worden«, warf Margot nicht ohne Stolz ein.

Miss Davies blickte nicht auf. »Schön für Sie. Aber im Rampenlicht gut auszusehen und mit klimpernden Wimpern die Jury einzuwickeln ist bei uns keine Qualifikation.«

»Mrs Keating meinte …«

»Mrs Keating legt als Vorsitzende der Jury ihr Augenmerk auf andere Dinge als wir hier in der Personalabteilung.«

»Und Mr Albright …«

Seufzend setzte Miss Davies die Hornbrille ab und ließ sie an der Kette auf ihrem unnatürlich spitzen Busen ruhen. »Wissen

Sie, Miss Frei, Mr Albright gabelt ständig irgendwelche Mädchen auf, die er gern in einer Uniform der Pan Am sehen würde. Fast alle muss ich wieder wegschicken, weil sie in keiner Weise unseren Ansprüchen genügen.«

Margot musste schlucken. Dass sie nur eine unter vielen war, denen Mr Albright mit charmanten Worten seine Karte gab und für sie einen Termin bei der Pan Am inklusive Flug arrangierte – damit hatte sie nicht gerechnet. Und noch weniger damit, dass ihre Anstellung keineswegs so sicher war, wie Mr Albright es ihr zugesagt hatte.

»Wann war Ihre letzte flugmedizinische Untersuchung?«

»Vor zwei Monaten.« Margot legte ihr die Bescheinigung von Dr. Frankhauser vor.

Offenbar galten für die Pan Am die gleichen Parameter wie bei der Lufthansa. Miss Davies nickte, blätterte durch eine Aktenmappe und holte zwei identisch aussehende, mehrseitige Dokumente hervor.

»Wir unterhalten Ausbildungsstätten in New York und Miami, seit diesem Jahr auch in San Francisco. Sie haben Glück, dass ich Sie noch so kurzfristig in Miami unterbringen kann. Der sechswöchige Kursus beginnt übermorgen.«

Margot blickte irritiert auf die Verträge vor sich. »Aber ich bin doch schon ausgebildete Stewardess«, wagte sie einzuwenden.

Miss Davies schürzte die Lippen. »Sie mögen das sein, was man in Deutschland unter einer Stewardess versteht. Aber Sie sind keine Pan-Am-Stewardess. Wenn Sie sich anstrengen, werden Sie es vielleicht einmal sein. Unterschreiben Sie, oder lassen Sie es bleiben.«

Margot biss in den sauren Apfel und unterschrieb.

Miss Davies suchte weitere Unterlagen heraus und reichte sie Margot. Dann griff sie zum Telefonhörer.

»Ihr Flug geht heute Nachmittag um halb fünf. International Airport. Das Ticket bekommen Sie am Schalter der Pan Am. Gehen Sie vorher noch bei Miss Martin am Ende des Korridors vorbei. Für den Fall, dass wir Sie tatsächlich einstellen, benötigen wir Ihre Maße für die Uniform.« Das Ende des Bleistifts schon in der Wählscheibe, hielt sie inne. »Oh, und Miss Frei? Sehen Sie zu, dass Sie Ihre Sommersprossen loswerden. Die finden wir bei Pan Am eher unfein.«

Die harsche Behandlung, die Margot im Personalbüro der Pan Am erlebt hatte, steckte ihr noch in den Knochen, als sie nach vier Stunden Flug via Washington aus der Propellermaschine stieg. Der Schock, dass sie womöglich unverrichteter Dinge wieder hätte nach Hause fliegen müssen, hätte sie vor Miss Davies' strengen Augen nicht doch Gnade gefunden, saß tief.

In Miami war es schon dunkel, und in der nächtlichen Beleuchtung hätte der International Airport ein x-beliebiger Flughafen irgendwo auf der Welt sein können – wäre diese feuchte Hitze nicht gewesen, die Margot beim Aussteigen entgegenschlug.

Laut den Unterlagen, die sie im Flugzeug gründlich studiert hatte, lag ihre Unterkunft direkt gegenüber vom Airport. Doch so angestrengt sie unter dem Vordach der Ankunftshalle auch Ausschau hielt – mehr als vorüberziehende Autoscheinwerfer und die beleuchtete Schnellstraße konnte sie nicht ausmachen.

Der Taxifahrer, bei dem sie schließlich einstieg, nahm ihr Ziel reichlich ungnädig zur Kenntnis. Fünf Minuten später wusste Margot auch, warum: Sie waren quasi nur einmal um den halben Flughafen herumgefahren. Trotz des großzügigen Trinkgelds ließ der Fahrer Margots Gepäck achtlos aus dem Kofferraum auf den Asphalt plumpsen und raste dann in seinem Wagen davon. Vermutlich auf der Jagd nach einem Fahrgast, mit dem sich mehr verdienen ließe.

Die nackte Fassade des *Miami Airways Motel* glich einem provisorischen Krankenhaus irgendwo in den Tropen. Ein Schild von *Lenny's Hide-A-Way – Restaurant and Lounge* warb für *smörgåsbord* und Hochzeitsfeiern; allerdings sah die Gruppe stark angetrunkener Männer, die davor herumlungerte, mehr nach Junggesellenabschied aus.

»Hey, Süße!«, rief einer von ihnen Margot lallend nach. »Kann ich dich auf dein Zimmer bringen? Das wird 'ne Nacht, die du nicht so schnell vergisst!«

Du betest heute Nacht höchstens noch den Porzellangott an, entgegnete Margot in Gedanken, während sie mit ihrem Gepäck an ihm vorbeistöckelte.

Sie wuchtete ihren Koffer über die Schwelle zur Rezeption, an deren Decke sich träge ein Ventilator drehte. Der ähnlich lustlose Nachtportier stattete sie mit einem Schlüssel und einer vagen Richtungsangabe aus.

Margot musste ihr Gepäck wieder auf die Straße hinausschleppen, wo sie ein Pfeifkonzert des Junggesellenabschieds erwartete, dann einmal um das Gebäude herum und zu guter Letzt noch eine Außentreppe hinauf.

Schwer atmend und mit brennenden Muskeln stellte sie Koffer und Reisetasche ab und schloss die Tür mit ihrer Zimmernummer auf. Im selben Moment landete etwas zappelnd in ihrem Genick. Mit einem erschrockenen Aufschrei schüttelte sie sich. Eine kleine Echse sprang auf den Boden und machte, dass sie davonkam.

Im trüben Lampenlicht sah Margot zwei Doppelbetten mit schreiend gemusterten Bezügen und ebenso bunte Vorhänge, Teppiche und Sessel. Sie musste an einen gealterten Filmstar denken, der sich mit pfundweise Make-up auf jung und frisch getrimmt hatte. Auch im Badezimmer war der Versuch, mit kräftigen Farben eine fröhliche Ferienstimmung zu verbreiten, gründlich danebengegangen. Hastig schlüpfte sie aus einem Schuh und erschlug eine Kakerlake, die deutlich größer war als ihre Artgenossen, die die New Yorker Subway bevölkerten.

Margot betrachtete das zerquetschte Insekt auf den hässlichen Bodenfliesen und seufzte.

Welcome to Florida! The Sunshine State.

25

Komm, Mister Talliman (Banana Boat Song)

Keine zwölf Stunden später lächelte Margot schon wieder. Sie hatte herrlich geschlafen und war bereits einige Bahnen im palmengesäumten und überaus großzügig bemessenen Pool des Motels geschwommen. Der war ihr bei der Ankunft gestern Abend entgangen, weil er auf der anderen Seite des Gebäudes lag. Außerdem war das Frühstücksbüfett bei *Lenny's* überraschend reichhaltig ausgefallen.

Bei Sonnenschein sieht die Welt sowieso immer freundlicher aus, dachte Margot, während sie in einem geblümten Sommerkleid durch Miami bummelte. Und Miami hatte Sonne satt zu bieten. Grellgolden strahlte sie vom Himmel und erinnerte an eine vollreife Zitrusfrucht. Margot kam sich vor wie in einer Werbung für Sunkist Orangen. *Sun-kissed*, sonnengeküsst. Sie schmunzelte über dieses Wortspiel und blinzelte durch die Sonnenbrille zu den Palmwedeln und dem makellos blauen Himmel hinauf.

Die sichtlich schnell hochgezogenen Häuserfronten waren typisch amerikanisch, genauso wie die Straßenkreuzer, die über die breiten Boulevards rollten, und doch lag ein geradezu karibisches Flair in der Luft, das sich auch in den Gesichtern der Menschen widerspiegelte. Miami war wie ein bunter und äußerst hochprozentiger Cocktail, der in einer ausgehöhlten Ananas serviert wurde. Mit Papierschirmchen.

Platt wie ein zerlaufener Pfannkuchen dehnte sich die Stadt in alle Richtungen aus; erst gegen Mittag erreichte Margot die Randbezirke. Blendend weiße Hotelbauten im Rücken, sah sie zwischen Palmen hindurch und über grellgrüne Rasenflächen hinweg aufs Meer. Motorjachten, Segelboote und Wasserskifahrer zogen Schaumspuren durch das Wasser, das genauso türkisblau leuchtete wie der Pool des Motels. Ein Bild, das aus einem sündhaft teuren Urlaubsprospekt zu stammen schien; kein Wunder, dass Florida das Sehnsuchtsziel der Amerikaner war.

Margot grinste glücklich vor sich hin. Sechs Wochen durfte sie hier verbringen – da ließ es sich prima verschmerzen, dass sie dafür erneut die Schulbank drücken musste. Und nach ihrer Ausbildung bei Fräulein Buschheuer, die selbst bei der Pan Am gelernt und gearbeitet hatte, und drei Jahren Flugdienst würde der Kursus sicher ein Klacks für sie sein.

Es war schon Nachmittag, als Margot die Außentreppe zu ihrem Motelzimmer wieder hochging, sonnengetränkt und nach ihrem Spaziergang am Strand mit Sand zwischen den Zehen.

Die Hand am Türknauf, steckte sie den Schlüssel ins Schloss und runzelte die Stirn. Eigentlich war sie sicher, dass sie heute Morgen abgeschlossen hatte. Sie war kaum durch die Tür getreten, als sie erschrocken stehen blieb. Denn der Wust an Kleidungsstücken, der sich großzügig über eines der Doppelbetten ausbreitete, gehörte definitiv nicht ihr. Ratlos blickte sie zwischen dem Schlüssel in ihrer Hand und der Nummer auf der Tür hin und her.

»Hallo?«, ertönte es aus dem Badezimmer.

Eine sehr schlanke, sehr aparte Rothaarige in Bikinioberteil und Shorts lugte fragend heraus. Ungeschminkt war ihr Gesicht von deutlich mehr Sommersprossen gesprenkelt, als das Make-up gestern Vormittag auf dem Flur der Pan Am hatte ahnen lassen.

»Pat?«

»Margot!«

Lachend liefen sie aufeinander zu und fielen sich um den Hals, als würden sie sich schon ewig kennen.

»Dass wir im selben Zimmer sind, ist ein Zeichen!«, rief Pat begeistert aus. »Wir werden bestimmt die besten Freundinnen! Kommst du mit zum Pool?«

Was für eine Frage!

Kurz darauf planschten Margot und Pat vergnügt im Wasser, aalten sich zwischendurch auf den Sonnenliegen und erzählten sich dabei aus ihrem Leben. An der Holzbude, die zum Restaurant gehörte, versorgten sie sich erst mit Cola, später mit eisgekühlten Drinks, alles auf Rechnung der Pan Am. Die Propellermaschinen, die dröhnend über den Himmel kreuzten, lieferten die perfekte Begleitmusik für diesen herrlichen Nachmittag.

Jede ein Glas in der Hand und die Beine im Wasser, saßen Margot und Pat am Beckenrand, als sich eine junge Frau mit mahagonidunklen Locken und in grünem Einteiler dem Pool näherte.

»Die gehört bestimmt auch zu uns«, sagte Margot und winkte ihr zu.

Die junge Frau zögerte, dann kam sie mit flinken Schritten herüber.

»Das glaube ich jetzt nicht!«, rief sie und strahlte Margot an. »Du bist die *Miss Wings*, oder?«

Sie stellte sich als Nancy aus Georgia vor und setzte sich zu Margot und Pat an den Pool.

Nach und nach trudelten auch die anderen Teilnehmerinnen des Lehrgangs ein, erst mit Koffern und Taschen beladen und auf der Suche nach ihren Zimmern, später im Badeanzug oder Bikini am Pool. Sie kamen aus Minnesota, Nebraska, Oklahoma und Washington – der Staat, nicht die Stadt –, hörten auf Namen wie Shirley, Peggy, Betty oder Dottie und sahen genauso niedlich aus, wie es klang. Nancy war neben Margot die Einzige, die bereits als Stewardess gearbeitet hatte, für American Airlines, und bereitwillig teilten die beiden ihre Erfahrungen mit den Novizinnen.

»Ach du Schande!«, entfuhr es Pat auf einmal. »Wir haben Skandinavierinnen dabei.«

Margot folgte ihrem bestürzten Blick.

Vier langbeinige Blondinen schritten auf den Pool zu. Sehr blonde Blondinen, die bei ihrer Haarfarbe garantiert nicht nachgeholfen hatten. Alles an ihnen war schlank, straff und auf sportliche Weise elegant, genau wie ihre Badeanzüge. Das war der Typ Frau, der mit Champagnerglas in der Hand auf dem Tanzparkett eine ebenso gute Figur machte wie in Gummistiefeln und mit Angelrute, während im Hintergrund die Wäsche blitzsauber auf der Leine flatterte.

»Die Pan Am liebt Skandinavierinnen«, flüsterte Betty, die Haarwellen goldglänzend, das Gesicht stupsnasig und mit Grübchen in Kinn und Wangen. »Weil Männer komplett verrückt nach Blondinen aus dem Norden sind. Außerdem ackern die alle für zwei und lassen es auch noch völlig mühelos aussehen.«

Wie zum Beweis für ihre Überlegenheit setzte eine der vier nordischen Schönheiten zu einem makellosen Kopfsprung an und glitt dann in geschmeidigen Zügen durch das Wasser wie ein Delfin.

Margot fand Britt aus Schweden, Marjatta aus Finnland und die Norwegerin Malin trotzdem sympathisch. Aber vor allem zu Inga, die mit ihrem Köpfer beeindruckt hatte und aus dem norwegischen Stavanger stammte, hatte sie auf Anhieb einen guten Draht. Mit ihr lieferte sie sich ein Wettschwimmen über die ganze Länge des Pools, das Margot nur um eine knappe Nasenlänge verlor.

Sobald es dämmerte und ringsum bunte Lichterketten aufflammten, wurde die Stimmung unter den Palmen immer ausgelassener.

Vor allem, als sich herumsprach, dass man bei *Lenny's* ganz unkompliziert Hamburger oder Hotdogs an den Pool bestellen konnte, und sich schließlich zwei mehr als nur ansehnliche junge Männer in Badehosen näherten.

»*Hey, girls!*«, rief der eine. »Dürfen wir mit ins Wasser, oder ist das eine Privatparty?«

»Könnt ihr euch denn benehmen?«, rief Pat keck zurück.

»Aber klar doch!«

Ein helles Grinsen auf dem braun gebrannten Gesicht, nahm der junge Mann Anlauf und sprang mitten in den Pool, der zweite gleich hinterher.

Die aufspritzenden Fontänen quittierten die jungen Frauen mit einem Kreischen, das eher entzückt als wirklich empört klang.

Prustend tauchten die beiden jungen Männer wieder auf.

»Ihr seid von Pan Am, oder?«, fragte der Erste.

»Dafür haben wir einen Blick«, erklärte der Zweite. »Wir sind nämlich Piloten. TWA.«

Wie sich in einem kurzen Wortwechsel herausstellte, war das

Miami Airways Motel die bevorzugte Unterkunft für Crewmitglieder beider Airlines auf einem Stopover in Miami.

Margot und Pat sahen sich vielsagend an. Eine Tropennacht am Pool, gratis Drinks und gut aussehende Piloten mit beachtlichen Muskeln – konnte es noch besser werden?

26

Living Doll

Am nächsten Morgen hatte das süße Leben bereits ein Ende, sie waren schließlich nicht zum Vergnügen in Miami. Nach einem äußerst frühen Frühstück marschierten sie über die Schnellstraße und das Flughafengelände zum Ausbildungszentrum der Pan Am.

Die Stühle im Schulungsraum, deren überbreite rechte Armlehne als Schreibunterlage diente, fand Margot zwar praktisch, aber doch gewöhnungsbedürftig. Zwölf Aspirantinnen waren es insgesamt, die sich zwischen Wandtafel, Plakaten der Pan Am und Schaubildern einfanden. In der vergangenen Nacht war noch Pearl Shimabukuro angekommen, die so japanisch aussah, wie ihr Name klang: Ein zierliches Personchen mit dem Gesicht einer Porzellanpuppe und lackschwarzem Haar. Tatsächlich aber stammte sie aus Hawaii, das wie Alaska und Puerto Rico zwar zum Hoheitsgebiet der USA gehörte, aber kein Bundesstaat war.

Um Punkt acht Uhr öffnete sich die Tür, und ein Herr um die fünfzig trat ein. Das dunkle Haar an den Schläfen schon grau, waren seine Gesichtszüge kantig und gut geschnitten. Anzug und Krawatte saßen tadellos und unterstrichen sein selbstbewusstes und energiegeladenes Auftreten. So stellte man sich einen echten Gentleman vor, der beruflich erfolgreich war und in seiner Freizeit den perfekten Gastgeber spielte. Die Dame im Kostüm, die ihm folgte, war deutlich jünger, stand ihm aber an Vornehmheit in nichts nach.

»Guten Morgen, Ladys«, flutete die volltönende Stimme des Herrn durch den kleinen Raum. »Mein Name ist Carlo Stripoli, und zusammen mit meiner Assistentin Miss Whitehead werde ich Ihren Kursus für Stewardessen der Pan Am leiten.«

Er stellte sich hinter den Schreibtisch neben der Tafel, auf dem sich Bücher und Unterlagen stapelten.

»Zuerst möchte ich Sie alle näher kennenlernen. Wenn ich Ihren Namen aufrufe, heben Sie bitte die Hand. Miss Johnson?«

Als Shirley sich anschickte aufzustehen, bat er sie, sitzen zu bleiben. Seine Bemerkung, sie seien auf einer Stewardessenschule, nicht beim Militär, rief leises Gelächter hervor. Dann entspann sich zwischen ihm und Shirley ein lockeres Frage- und-Antwort-Spiel.

Margot schmunzelte. Der Einstieg in diesen Lehrgang gefiel ihr schon mal: keine feierlichen Vorreden und eine weit weniger steife Atmosphäre, als sie es damals bei der Lufthansa erlebt hatte.

»Miss Frei?«

Margot, die in einem gestreiften Sommerkleid in der ersten Reihe saß, meldete sich.

Mr Stripoli musterte sie. Am längsten ihre übereinandergeschlagenen Beine. »Aus Deutschland, nicht wahr? Sie sehen kein bisschen deutsch aus. Vor allem Ihre Beine nicht. Bei Ihnen denke ich eher an ein *French fry*.«

Gelächter sprudelte auf.

Margot indes fand dieses Wortspiel mit ihrem Nachnamen

und dem englischen Ausdruck für Pommes frites nur mäßig witzig.

»Ich weiß leider nicht, welche Vorstellung Sie von deutschen Beinen haben, Sir«, erwiderte sie kühl, aber mit einem professionellen Lächeln. »Mit Marlene Dietrich oder *Hildegarde Neff* dürfen Sie mich jedoch gern vergleichen.«

Mr Stripoli hob die grau melierten Brauen. »Geben Sie sich gern hart wie Kruppstahl, Miss Frei?«

Von dieser Anspielung auf ein geflügeltes Wort aus der Nazizeit ließ Margot sich nicht einschüchtern. »Sagen wir lieber, ich bin unsinkbar wie ein Dampfer von Blohm & Voss«, antwortete sie betont heiter.

Der Ausbilder blinzelte, sagte aber nichts weiter dazu. »Miss Shimabukuro?«

Eilfertig hob Pearl die Hand.

»*Kohi o nomimasu ka?*«, fragte er.

Pearl blickte ihn ratlos und ein wenig verlegen an.

»Können Sie kein Japanisch?«

»Nicht besonders viel«, antwortete sie betreten. »Meine Eltern sprechen es nur untereinander, wenn wir Kinder etwas nicht mitbekommen sollen.«

»Miss Whitehead, organisieren Sie Sprachunterricht für Miss Shimabukuro«, ordnete Mr Stripoli an. »Unsere japanischen Gäste werden erwarten, dass sie sich mit ihnen verständigen kann.«

Seine Assistentin machte sich gewissenhaft eine Notiz aufs Klemmbrett. Bis in die Haarspitzen ihrer wohlondulierten Frisur in Goldbraun glich sie den Hausfrauen in der Werbung, die nur mit den Fingern zu schnippen brauchten, damit die Küche spiegelblank glänzte und gleichzeitig das Abendessen fix und fertig auf dem Tisch stand.

Mr Stripoli wandte sich wieder Pearl zu. »Ist Pearl Ihr richtiger Vorname?«

»Eigentlich Shinju«, antwortete sie eifrig. »Das bedeutet ein und dasselbe. Pearl ist mir aber lieber.«

»Diesen Namen können Sie bei uns natürlich nicht behalten«, erklärte der Ausbilder. »Da denkt jeder Fluggast sofort an Pearl Harbor.«

Pearl lief puterrot an, als er den Angriff japanischer Kampfflieger auf den hawaiianischen Stützpunkt der US-Navy während des Zweiten Weltkriegs erwähnte. Bis heute war dieses Ereignis für die Amerikaner ein nationales Trauma.

»Wie wäre es mit Sue?«, schlug Miss Whitehead vor.

»Sehr gut«, stimmte Mr Stripoli zu. »Im Dienst heißen Sie ab sofort Sue, Miss Shimabukuro.«

Bevor sie weiter darüber nachdachte, schoss Margots Hand in die Höhe. »Verzeihung, Mr Stripoli. Finden Sie nicht, dass das zu weit geht? Sie können doch Miss Shimabukuro nicht einfach umtaufen, weil Ihnen ihr Name nicht gefällt.«

»Aha«, erwiderte Mr Stripoli leichthin und legte die Namensliste in seiner Hand zur Seite. »Da hat sich jemand aber das *Deutschlandlied* gründlich auf die Fahne geschrieben. *Einigkeit und Recht und Freiheit*«, zitierte er auf Deutsch und wechselte dann wieder ins Englische. »Ich kann das nicht nur, Miss Frei – ich muss es sogar. Denn wenn mir die Unverschämtheit einfällt, Miss Shimabukuro wegen ihres Namens abzustempeln – oder Sie aufgrund der deutschen Geschichte –, dann kommt auch jemand anders auf die Idee.«

Er stützte sich auf die Lehne des Schreibtischstuhls und sah Margot eindringlich an.

»Als Stewardessen der Pan Am sind Sie nicht einfach nur Kellnerinnen«, sagte er. »Und es ist sicher eine schöne Vorstellung, sich als Botschafterin des jeweiligen Landes zu verstehen.«

Margot stutzte – hatte er ihr gerade zugezwinkert?

»Nichtsdestotrotz sind Sie schon rein aus Gründen der Sicherheit gleich nach den Piloten der Boss an Bord«, fuhr er fort. »Das heißt auch, dass Sie mögliche Frechheiten, besonders Ihrer männlichen Gäste, bereits im Vorfeld umschiffen sollten. Sie müssen jederzeit und unter allen Umständen in der Lage sein, sich Respekt zu verschaffen. Möglichst ladylike natürlich. Und das trainieren wir mit Ihnen seit« – er warf einen Blick auf seine Armbanduhr – »... zehn Minuten. Irgendwelche Einwände, Miss Frei?«

Der Funke, der in seinen dunklen Augen aufglomm, sprang auf Margot über.

»Nein, Sir. Danke für die Erklärung.«

Mit dem zufriedenen Gefühl, hier genau richtig zu sein, lehnte sie sich in ihrem Stuhl zurück.

Im Anschluss ließ Mr Stripoli eine Leinwand vor der Tafel herab, bat die Teilnehmerinnen, die Jalousien zu schließen, und begab sich nach hinten, um einen Filmprojektor anzuwerfen.

Roses for Routine war ein nettes Filmchen, untermalt von einem schmeichelnden Streichorchester, in dem eine bildhübsche Stewardess einen Karton langstieliger Rosen in das Apartment geliefert bekam, das sie sich mit anderen Stewardessen teilte, die ebenfalls allesamt aussahen wie Hollywoodstars. Der größte Teil des Films spielte in einer Studiokulisse, die das Innere eines Flugzeugs darstellen sollte. Natürlich wusste die bildhübsche Stewardess, perfekt in Szene gesetzt und mit Weichzeichner geradezu zum Leuchten gebracht, fachkundig und mit Fingerspitzengefühl noch den anspruchsvollsten Passagier glücklich zu machen. Eine Stewardess, so ließ sich die männliche Erzählstimme aus dem Off vernehmen, mache in der mechanisierten Umgebung des Flugzeugs den entscheidenden Unterschied. Eine Stewardess sorge mit ihrem Lächeln, ihrer Herzlichkeit und ihrer Fürsorge dafür, dass sich jeder Passagier – ob *First Class* oder *Economy* – als etwas Besonderes fühle.

Zu schmalziger Happy-End-Musik blickte die bildhübsche Stewardess verklärt in die Ferne, bevor der Projektor ratternd zum Stehen kam und Mr Stripoli eine der Jalousien öffnete. Margot sah sich unauffällig um. Einige ihrer neuen Kolleginnen blickten ähnlich drein wie die Stewardess im Film. Als ob ihr ganzes Glück davon abhinge, dass sie auch einmal Rosen von einem Passagier nach Hause geschickt bekämen.

»Können Sie sich die durchschnittliche Mrs America vorstellen, wie sie für siebzig Gäste Mahlzeiten vorbereitet und auftischt?«, fragte der Ausbilder in den Raum hinein. Im Halbdunkel wirkten seine Worte umso bedeutungsvoller. »Und das nicht nur dreimal am Tag, sondern auch noch in einer Küche, die kaum größer ist als ein Kleiderschrank? Würde sie es schaffen, zwischendurch gelassen Cocktails und Snacks zu servieren und sich um ihre Kinder zu kümmern? Nein? Aber genau das ist es, was wir bei Pan Am von Ihnen erwarten, Ladys.«

Gemessenen Schrittes kehrte er zum Schreibtisch zurück.

»Wir wollen unseren Gästen hübsche und fröhliche Mädchen präsentieren, die mit der Champagnerflasche ebenso gut umgehen können wie mit einem Baby. Ihr späterer Ehemann wird uns zu großem Dank verpflichtet sein.«

Hinter Margot sprudelte Kichern auf.

»Aus diesem Grund wird Miss Whitehead Sie nun unter ihre Fittiche nehmen«, fügte Mr Stripoli hinzu. »Bis morgen, Ladys!«

Zuoberst auf Miss Whiteheads Agenda standen Größe und Gewicht der jungen Damen, wozu sie sie in den benachbarten Raum führte. Bei Margot hatte sie glücklicherweise nichts auszusetzen, aber bei Betty, die ein ordentliches Stück größer war, sah das schon anders aus.

»Na«, sagte Miss Whitehead schmallippig, »da haben die Kollegen in Seattle sich wohl leicht verschätzt. Oder Sie haben seitdem ein paar Pfündchen zugelegt, Miss McCorkle. Nächste Woche sind die verschwunden, ja?« Eine steile Falte zwischen den Brauen, ließ sie den Blick über ihre neuen Zöglinge schweifen. »Sollten Sie es in den Flugdienst schaffen, werden wir vor dem Abflug regelmäßig Gewichtskontrollen durchführen. Liegen Sie über dem Maximalwert, bleiben Sie am Boden. Mit entsprechenden Gehaltsabzügen, versteht sich.«

»Jawohl, Ma'am«, zirpten einige der jungen Frauen beklommen.

»Der Typ, bei dem ich mich in Seattle vorgestellt habe«, hörte Margot Betty flüstern, »hat mir beim Vorstellungsgespräch an Brust und Po gefasst. Er wollte sich vergewissern, ob meine Proportionen stimmen.«

Dottie sog scharf die Luft ein. »Und das hast du dir gefallen lassen?«

»Musste ich ja wohl«, erwiderte Betty. »Sonst hätte ich mir diese Chance gleich zu Anfang vermasselt.«

»Wenn Sie alle einmal mit mir herüberkommen wollen«, forderte Miss Whitehead sie auf, als auch die Letzte vermessen und gewogen war.

Zügig wie Entenküken ihrer Mutter folgten die Kursteilnehmerinnen der Ausbilderin zu einem extra großen Wandspiegel.

»Vor jedem Flug sind Sie angehalten, Ihr Erscheinungsbild noch einmal gründlich zu überprüfen.«

Margot hob eine Braue, als Miss Whitehead zu einem Zeigestock griff und Punkt für Punkt die Checkliste durchging, die in übergroßen Buchstaben neben dem Spiegel prangte.

Lächeln – freundlich und heiter?
Haltung – aufrecht und selbstsicher?
Haare – kurz und frisiert?
Make-up – ordentlich und natürlich?
Bluse – frisch und gebügelt?
Nägel – maniküriert und lackiert?
Schuhe – tadellos und geputzt?

»Wir wollen an Ihnen kein loses Fädchen entdecken«, dozierte die Ausbilderin. »Keine ausgebeulten Handtaschen, keine schiefen Strumpfnähte, keine abgetretenen Absätze und keine Spuren von Make-up oder Puder irgendwo an Ihrer Kleidung. Achten Sie außerdem darauf, dass Ihr Taschentuch immer sauber ist, das werden wir stichprobenartig kontrollieren. Übrigens gelten diese Regeln nicht nur im Dienst an Bord. Sollten einige von Ihnen damit liebäugeln, sich für ein reizvolles Flugziel einen dieser unsäglichen Bikinis einzupacken, so ist dies keinesfalls gestattet. Eine Pan-Am-Stewardess lässt sich an Strand und Pool ausschließlich im Badeanzug sehen. Natürlich ohne allzu tiefen Ausschnitt oder einen freien Rücken. Sie haben schließlich einen Ruf zu verlieren.«

Margot und Pat warfen sich betretene Blicke zu.

Mittags kehrten sie für einen hastigen Imbiss in der Cafeteria ein, bevor Miss Whitehead sie in einem Umkleideraum mit abgelegten Uniformen ausstaffierte.

Hallo, mein alter Freund, dachte Margot, während sie sich mit dem knapp eine Nummer zu kleinen Hüftformer abmühte, dessen unabdingbare Wichtigkeit die Ausbilderin mehrfach hervorhob, genau wie Fräulein Buschheuer damals. Als Margot anschließend in Rock und Bluse schlüpfte, seufzte sie wohlig auf. Die Uniform sah nicht nur aus wie aus Himmel und aus Wolken gemacht – sie fühlte sich auch so an, schmeichelnd und geradezu schwerelos.

Als Margot den Kopf hob, traf ihr Blick auf Ingas.

»Du siehst umwerfend aus«, sagte die Norwegerin. »Die Farbe ist perfekt für dich.«

»Dir steht die Uniform auch super«, erwiderte Margot mit ehrlicher Bewunderung.

Die geborgten Kleidungsstücke saßen an Inga wie angegossen und betonten ihre schlanke Figur; über Jacke und Bluse leuchteten ihre Augen noch blauer als sonst. Aber wahrscheinlich hätte Inga auch noch im Kartoffelsack sämtlichen Männern die Köpfe verdreht. Mit ihrem silberblonden Pagenkopf und den klaren, kühnen Gesichtszügen war sie wirklich eine Schönheit; fast ein bisschen überirdisch.

Inga lachte und warf Margot ein Küsschen zu.

Auf dem Korridor übten sie unter Miss Whiteheads Anleitung zu stehen, zu gehen und auf Stühlen zu sitzen wie eine echte Pan-Am-Stewardess. Sehr zu Erheiterung der Piloten und Stewardessen, der Angestellten im Anzug und Sekretärinnen in schmalen Röcken und Kostümjacken, die auf den Korridoren unterwegs waren.

Für Margot war das alles nur eine Wiederholung dessen, was sie schon bei Fräulein Buschheuer gelernt hatte. Trotzdem bemerkte sie, dass sich in drei Jahren Stewardessenalltag die eine oder andere Nachlässigkeit eingeschlichen hatte, die Miss Whitehead durchaus wohlwollend korrigierte.

Während die jungen Frauen im Gänsemarsch vorbeiparadierten, nahm die Ausbilderin sie bis ins kleinste Detail unter die Lupe; Margot kam sich vor wie eine Kuh auf einer Landwirtschaftsausstellung.

»Kopf hoch, Schultern zurück!«, dozierte Miss Whitehead. »Stellen Sie sich einen starken Draht vor, der am höchsten Punkt Ihres Kopfs befestigt ist und durch Sie hindurchläuft. Und immer schön den Bauch einziehen! Als würden Sie ein enges Korsett tragen. Miss Timmerman?«

Der Tonfall der Ausbilderin verhieß nichts Gutes; dementsprechend verunsichert blickte Peggy drein.

Miss Whitehead sah auf ihre Armbanduhr. »Wir üben jetzt seit gut und gern vier Stunden, und noch immer sehe ich keine Verbesserung bei Ihnen. Gehen Sie sich bitte umziehen und holen Sie Ihre Sachen aus dem Motel. Sie fliegen umgehend zurück nach Oklahoma.«

Aufschluchzend lief Peggy Timmerman davon, während die anderen erschrocken Blicke wechselten.

Doch Miss Whitehead war noch nicht fertig. »Das gilt im Übrigen für Sie alle. Wer es an Willen oder Disziplin mangeln lässt, fliegt auf der Stelle nach Hause.« Ihr perfekt manikürter Zeigefinger schwang wie eine Peitsche durch die Luft. »Weitermachen! Nicht zappeln, Miss Johnson! Miss Steinmetz, bei Ihnen wackelt zu viel. Schaffen Sie sich einen ordentlichen Büstenhalter an!«

Der frühzeitige Rauswurf von Peggy Timmerman beschäftigte die angehenden Stewardessen noch über das Abendessen bei *Lenny's* hinaus, wo sie so spät erschienen waren, dass sie gerade noch die Reste vom Büfett zusammenkratzen konnten.

»Ich mag mir das gar nicht vorstellen«, sagte Pat danach im Badezimmer, während sie sich mit einem Wattebausch übers Gesicht fuhr. »Da ist man gerade mal einen Tag hier und wird postwendend wieder weggeschickt. Bloß weil man nicht wie ein Mannequin auf dem Laufsteg marschiert ist. War die Lufthansa bei euch auch so streng?«

Margot deutete ein Kopfschütteln an. »Da hat jeder zumindest eine zweite Chance gekriegt.« Sie musste lächeln. »Wir hatten übrigens auch Jungs im Lehrgang.«

Pat hielt kurz inne. »Jungs? Echt? Waren nette dabei?«

Margot zog eine belustigte Grimasse. »Mehr oder weniger. Mit einem der Stewards habe ich bis zum Schluss oft zusammengearbeitet. Felix. Wir sind mit der Zeit gute Freunde geworden.«

In ihrer Magengegend zog es seltsam, als sie an Felix dachte, an Thea und Almuth und all die anderen Daheimgebliebenen, die weiter mit der Lufthansa flogen und in Hamburg lebten und feierten. Ohne Margot in ihrer Mitte. Es fühlte sich an, als wäre sie jetzt bereits mehrere Wochen aus Deutschland fort, dabei waren es gerade einmal drei Tage.

»Hast du dir den Kursplan schon genauer angesehen?«, fragte Pat. »Jede Menge Gelegenheiten, sich bis auf die Knochen zu blamieren und womöglich in hohem Bogen rauszufliegen.«

Margot hatte nur einen flüchtigen Blick auf den Plan geworfen, aber eines stand fest: Die nächsten sechs Wochen würden sie von früh bis spät eingespannt sein. Auch den halben Sonntag, der den Amerikanern sowieso nicht richtig heilig schien. Am Ende dieses ersten Tages hatte Miss Whitehead ihnen außerdem noch die Pflichtlektüre ausgeteilt: ein umfangreiches Handbuch sowie Dale Carnegies *Wie man Freunde gewinnt – Die Kunst, beliebt und einflussreich zu werden.*

Wenigstens musste Margot dieses Mal nicht noch nebenher arbeiten. Kost und Logis waren frei, und Miss Whitehead hatte jeder von ihnen sogar noch zehn Dollar Taschengeld für die kommende Woche ausgehändigt.

Pat rückte so dicht an den Spiegel, dass ihr Atem die Scheibe beschlug, dann wandte sie das Gesicht Margot zu. »Siehst du schon was?«

Ihnen beiden hatte Miss Whitehead eine Lotion mitgegeben, die ihre Sommersprossen bleichen sollte.

»Vielleicht ein bisschen«, meinte Margot zögerlich und schielte auf ihre eigene Nase. »Und bei mir?«

»Kein bisschen.«

Margot zuckte mit den Schultern. »Vielleicht braucht das einfach seine Zeit.«

Pat musterte kritisch ihre leicht gerötete Nase. »Oder wir laufen demnächst wie Rudolph, das Rentier, herum.«

Ihr Lachen fiel gedämpft aus. Nicht nur wegen Peggys Rauswurf, sondern weil sie beide schlichtweg zum Umfallen müde waren.

Unter heftigem Gähnen krochen sie in ihre Betten. Es war schon fast Mitternacht, und um fünf Uhr morgens würde die Rezeption anrufen, um sie zu wecken.

27

Da geh ich zu Maxim

Die Unterrichtstage begannen im Morgengrauen. Noch vor dem Frühstück trieb Miss Daniels, drahtig in einem eng anliegenden Ganzkörpertrikot, die angehenden Stewardessen in ihren Badeanzügen am Pool zusammen. Gymnastik für Bauch, Beine und Po stand ebenso auf dem Programm wie Übungen, um Rückenleiden und Krampfadern vorzubeugen. Und während die Mädchen anderswo in Amerika aus purer Spielfreude große Plastikreifen um die Hüften kreisen ließen, war Hula-Hoop hier eine ernst zu nehmende Disziplin, die für eine schlanke Taille sorgen sollte.

Anschließend mussten sie unter Trillerpfeifenschrillen und Anfeuerungsrufen der Trainerin noch einige Bahnen schwimmen, bevor sie geduscht, umgezogen und mit ein paar hastig hinuntergeschlungenen Bissen im Magen zum Flughafen hinüberliefen.

Im Großen und Ganzen entsprach der Lehrplan dem, was Margot schon kannte: Geografie und Meteorologie, Etikette, Wechselkurse und Zeitzonen; das hatte sie den anderen voraus. Hilfreich fand sie die Lehrstunden zu internationalen Sitten und Bräuchen – wann gab man die Hand und wann nicht, welche Worte oder Gesten, die in Amerika und Europa gang und gäbe waren, galten anderswo als tabu. Die Einheiten zur Flugtheorie kratzten dagegen nur an der Oberfläche, da hatte Herr Pelzer sie weitaus gründlicher instruiert. Bei Mr Stripoli und Mr García baute Margot ihre eher nebenbei aufgeschnappten Grundkenntnisse in Italienisch und Spanisch aus, während Pat Französisch und Deutsch bei Mademoiselle Moulin und Herrn Kühnen büffelte.

Einen großen Teil der Stunden nahmen Rettungsübungen ein. In Badeanzug und Schwimmweste bei knapp dreißig Grad auf einem Gummifloß im Pool des Motels zu paddeln machte wesentlich mehr Spaß als an einem kalten Februartag im Becken des Fuhlsbütteler Springbrunnens. Und noch herrlicher war es, sich nach dem schweißtreibenden Training mit Notrutschen und Feuerlöschern im Wasser abzukühlen.

Viel Zeit entfiel auf die Kochkurse. Bei Pan Am schien man geradezu besessen vom Essen; fast so, als hätten die Amerikaner nach dem Krieg gehungert und nicht die Deutschen. Sogar über gesalzene Nüsse hielt Mr Stripoli einen Vortrag.

»Warum bieten wir den Gästen gesalzene Nüsse an? Ist das nicht unter der Würde für eine Fluggesellschaft wie Pan Am? Vor allem, wenn danach ein mehrgängiges Menü auf höchstem Niveau folgt? Nein, Ladys, das ist es nicht. Zum einen beruhigt Kauen die Nerven. Zum anderen lässt der Luftdruck im Flugzeug die Geschmacksknospen auf der Zunge austrocknen, und der Mensch verlangt besonders nach extrem Süßem oder nach sehr Salzigem. Deshalb sind gesalzene Nüsse das Beste, was wir unseren Gästen vor den eigentlichen Mahlzeiten anbieten können. Möglichst noch warm.«

Spannend fand Margot die Diätpläne für Zuckerkranke oder Menschen mit Gicht, für Passagiere mit Nierenproblemen und solche mit Leberleiden. Darin war sie schnell firm, aber das Studium der Standardmenüs stellte sie vor ungeahnte Herausforderungen. Was genau war *Hummer Thermidor*, was *Sole Albert*, und was sollte sie sich unter einer *Sauce Café de Paris* vorstellen?

»Kommt das bei der Lufthansa denn nicht aufs Tablett, Miss Frei?«, stichelte Mr Stripoli, als er Margots Schwierigkeiten bemerkte.

»Natürlich nicht«, konterte Margot. »Das ist eine deutsche Fluggesellschaft, die serviert nur Bratwurst mit Sauerkraut und Kartoffelbrei.«

Insgeheim leistete sie Abbitte bei Edmund Dittler, dem Chefkoch der Lufthansa, und bei den Köchen wie Hacki, die zwar allesamt großartig kochten, aber doch auf bodenständigerem Niveau.

»Bei uns in Nebraska gibt es das auch nicht«, warf Shirley ein und erntete einen dankbaren Blick von Margot.

Carlo Stripoli rollte zwar mit den Augen, gab Margot und Shirley aber doch kurz Nachhilfe in *Haute Cuisine*.

Auch die praktische Ausbildung in der Flughafenküche von Pan Am hatte ihre Tücken. Allein schon das Anrichten der mehrgängigen Menüs war eine Wissenschaft für sich. Den Teller sollten sie sich als Zifferblatt vorstellen, und jeder Bestandteil des Gerichts hatte darauf eine feste Position, Fleisch oder Fisch immer auf sechs Uhr. Und niemals, wirklich niemals, durften sie die Garnitur aus Petersilie vergessen.

»Die Petersilie ist eines der Markenzeichen von Pan Am«, dozierte Mr Stripoli. »Stellen Sie sich immer vor, Sie würden statt dieses Petersilienzweigs eine Rose auf den Teller legen, die Sie Ihrem Gast verehren.«

Pat gluckste leise, und auch Margot musste sich ein Grinsen verkneifen.

Das dicke Kochbuch von Pan Am, Myra Waldos *Complete Round-the-World Cookbook*, machte Margot fast schon Angst. Mehrere Hundert Rezepte von hawaiianischem Lachs über mexikanische Guacamole bis hin zu ecuadorianischen Shrimps waren darin aufgeführt. Außerdem hatten die drei Divisionen von Pan Am – Atlantik, Pazifik und Alaska sowie Lateinamerika – jeweils eigene Menüpläne, die noch dazu alle drei Monate wechselten.

»Wir erwarten nicht, dass Sie das alles eigenhändig zubereiten«, erklärte Mr Stripoli und deutete auf den langen Tisch mit den unzähligen gefüllten Tellern und Schüsseln, der aussah, als würde heute noch die biblische Speisung der Fünftausend stattfinden. »Fast alles kommt tiefgefroren an Bord und muss nur noch warm gemacht und serviert werden. Vielmehr wollen wir Ihnen beibringen, das Essen zu schätzen, damit Sie angemessen damit umgehen und es sorgsam behandeln. Also bitte – kosten Sie! Und vor allem: Genießen Sie!«

Während einige noch zögerten, zum Besteck zu greifen, waren andere mutiger. Margot ließ sich einen Bissen nach dem anderen auf der Zunge zergehen. Tiefgekühlt oder nicht – das Essen war wirklich vorzüglich. Ein bisschen überwürzt, aber siebentausend Meter über dem Erdboden würde es deshalb umso besser schmecken.

»Der Gast«, erläuterte Mr Stripoli währenddessen, »soll sich immer fragen: Sitze ich gerade wirklich in einem Flugzeug? Bin ich nicht auf einer Kreuzfahrt? Oder in einem schönen Restaurant? Unsere Gäste verbringen zwölf Stunden oder mehr bei uns an Bord. Und wie vergeht die Zeit am schnellsten? Indem man unterhalten wird. Kartenspiele, Zeitschriften oder die Bekanntschaft anderer Passagiere mögen da ein gutes Mittel sein. Aber wir bei Pan Am wollen nichts dem Zufall überlassen. Sie, Ladys, sind die eigentliche Unterhaltung an Bord. Mit Ihrer reinen Anwesenheit, Ihrem Lächeln, Ihrer Konversation. Und mit den Getränken und Mahlzeiten, die Sie servieren.«

Die Gabelspitze auf der Zunge, den Geschmack von fluffigem *Boston Cream Pie* mit Schokoladenglasur noch im Mund, hielt Margot inne und hörte ihm gebannt zu.

»Um es mit den Worten des französischen Meisterkochs Auguste Escoffier zu sagen«, fügte Mr Stripoli hinzu. »*La bonne cuisine est la base du véritable bonheur.*«

Die gute Küche ist die Grundlage echten Glücks.

Margot ließ den Blick über die Reste der Delikatessen auf dem Tisch wandern. Stewardessen als Entertainerinnen der Lüfte. Aus dieser Perspektive hatte sie ihren Beruf noch gar nicht betrachtet.

Am Himmel über Florida sollten sie in der Pantry, die hier in Amerika Galley hieß, Rührei zubereiten. Obwohl Mr Stripoli seine Schülerinnen darauf hingewiesen hatte, dass Eier aufgrund des niedrigeren Luftdrucks schneller fertig wurden, geriet das Rührei bei Pat und einigen anderen zu einer graugrünen Zementmasse. Margots Teller hingegen wurde als Musterbeispiel für Zubereitung und Dekor herumgezeigt.

Ausgerechnet so etwas Banales wie ein Sandwich wurde jedoch für Margot zum Stolperstein. Stolz stand sie am Ende der letzten Kochstunde zwischen den anderen Anwärterinnen in der Flughafenküche, auf dem Tisch vor sich den Teller mit ihrem Truthahnsandwich. Ihres war das schönste, fand sie, sie hatte sogar als Einzige daran gedacht, es mit ein paar aufgespießten Oliven und eingelegten Perlzwiebeln zu verzieren. Die Petersilie hatte sie natürlich auch nicht vergessen.

Mit Kennermiene schritt Mr Stripoli die präsentierten Teller ab. »Sehr gut«, kommentierte er der Reihe nach die Probearbeiten seiner Schülerinnen. »Gut. Ausgezeichnet. Gut.«

Miss Whitehead ging einen Schritt hinter ihm und notierte sein jeweiliges Urteil gewissenhaft auf einem Klemmbrett.

»Sehr gut.« Der Ausbilder benutzte eine Gabel, um im Zweifelsfall die obere Scheibe Weißbrot anzuheben und den Belag genauer zu betrachten. »Befriedigend. Ausgezeichnet. Ungenügend.«

Margot blieb der Mund offen stehen. Ein Ungenügend für ihr schönes Sandwich? Das konnte sie nicht auf sich sitzen lassen.

»Verzeihung, Mr Stripoli! Was bitte ist an meinem Sandwich ungenügend?«

Mr Stripoli deutete mit der Gabel auf den Teller. »Das, meine liebe Miss Frei, ist alles Mögliche. Aber sicher kein Sandwich.«

Der Küchenchef, der sich als weiß bemützte Eminenz im Hintergrund hielt, grinste süffisant.

Margot holte tief Luft; sie hatte ihre Hausaufgaben gemacht. »Natürlich ist das ein Sandwich! Laut der jüngsten Entscheidung der *International Air Transport Association* besteht ein Sandwich im Wesentlichen aus Brot oder Brötchen oder – wie es im offiziellen Wortlaut heißt – ähnlichem Material. Ein Sandwich muss als separate Einheit erkennbar sein und darf nur kalt serviert werden, wahlweise offen oder zusammengeklappt und mit einem Minimum an Garnitur ausgestattet. Was den Belag betrifft, so ist alles erlaubt, was nicht als teuer oder luxuriös gilt. Namentlich Räucherlachs, Austern, Kaviar, Hummer, Wild, Spargel, Gänseleberpastete oder eine übergroße Menge Fleisch, wobei immer mindestens 0,4 Quadratzoll Brot sichtbar zu bleiben haben.« Sie atmete tief durch. »Nach dieser Definition ist mein Sandwich also zweifellos ein Sandwich. Und ein gutes noch dazu!«

Ihr Ausbilder hatte ihr mit hochgezogenen Brauen zugehört. »Sind Sie fertig, Miss Frei?«, fragte er dann. »Wie Sie gerade selbst sagten: ein Minimum an Garnitur. Und was machen Sie?« Mit der Gabel stupste er den Dekospieß in ihrem Sandwich an. »Für solchen Schnickschnack mögen Sie in der Galley eines halb leeren Lufthansa-Flugs Zeit haben. Nicht in der Touristenklasse von Pan Am. Außerdem gehören Oliven nur zu Antipasti, in eine *Salade niçoise* oder in den Martini. Also bleibt Ihr sogenanntes Sandwich bei einem Ungenügend.«

Er wollte gerade weitergehen, besann sich dann aber eines Besseren. »Miss Frei? Wenn Oliven in den Martini gehören – wo ist dann der richtige Platz für Perlzwiebeln?«

»In einem Gibson Martini, Sir«, antwortete Margot ohne Zögern.

»Na also.« Unter seinen Augen zeigten sich feine Fältchen. »Ab morgen beschäftigen wir uns mit Cocktails und Longdrinks. Vielleicht können Sie da die Scharte wieder auswetzen.«

Die Unterarme auf dem Beckenrand, dümpelte Margot wohlig im Pool. Die Hälfte des Kurses lag hinter ihnen, und an diesem Sonntagnachmittag genossen sie die knapp bemessene Freizeit.

Einige der angehenden Stewardessen waren zum Strand gefahren, andere brieten in der prallen Sonne, was Miss Whitehead ihnen ausdrücklich empfohlen hatte, weil es gut für die Knochen und den Teint war. Nur Margot und Pat waren aufgrund ihrer Sommersprossen davon ausgenommen, nachdem weder Miss Whiteheads Lotion noch Waschungen mit Buttermilch den gewünschten Effekt gezeigt hatten. Deshalb döste Pat, dick mit Sonnenmilch eingeschmiert, im Schatten eines Sonnenschirms. Pearl, die sich ihre Porzellanhaut bewahren sollte, lag neben ihr und schien über ihrem Japanisch-Lehrbuch eingeschlafen zu sein.

Margot dagegen hielt umso trotziger das Gesicht in die Tropensonne.

Betty und Dottie hatten zwar guten Willen gezeigt und das Handbuch von Pan Am mit zu den Sonnenliegen genommen, unterhielten sich nun aber lieber über zu Hause und ihre Zukunftspläne.

»Meine Eltern finden es prima, dass ich mein Glück als Stewardess versuche«, erzählte Dottie gerade. »Ich soll mir ruhig erst was von der Welt ansehen und dabei noch Geld verdienen. Zu Hause mit Mann und Kind rumsitzen könne ich ja immer noch, meinen sie.«

»Was ist dann das Problem?«, fragte Betty.

»Mein Freund«, erwiderte Dottie und verdrehte die Augen. »Dem passt das gar nicht, der unterstellt mir, ich wollte mir im Flugzeug einen Besseren suchen.«

Betty beugte sich lachend über das angezogene Knie, um die nächste Lackschicht auf die Zehennägel aufzutragen. »Ich bin ja praktisch vom Altar weggerannt.«

Dottie riss die Augen auf. »Ist nicht wahr!«

»Doch«, bestätigte Betty kichernd. »Ich saß schon fast fix und fertig im Kämmerchen der Kapelle, meine Mutter war gerade dabei, den Schleier festzustecken. Da habe ich plötzlich kalte Füße gekriegt. Das kann es doch nicht sein, dachte ich, mich mit einundzwanzig selbst wegzusperren. Ich hatte noch gar nichts gesehen, gar nichts erlebt. Eine meiner Brautjungfern hat sich dann heimlich den Autoschlüssel ihres Vaters geschnappt und ist mit mir davongebraust. War ein Riesendrama. Brads Eltern reden bis heute kein Wort mit unserer Familie.«

Die Lider halb geschlossen, schmunzelte Margot vor sich hin.

Geschmeidig wie ein Otter tauchte Inga hinter ihr auf. Neben Pat verstand sich Margot mit ihr am besten. Manchmal klopfte die Norwegerin spätabends noch an die Zimmertür und lümmelte für ein halbes Stündchen auf dem Bett, um etwas vom Lernstoff zu diskutieren oder einfach nur zu plaudern.

»Warum bist du nicht mit zum Strand?«, wollte Inga wissen.

»Eigentlich wollte ich mal in Deutschland anrufen«, erklärte Margot. »Damit die wissen, dass ich noch lebe.«

Die langen Unterrichtstage und das Büffeln in den wenigen freien Stunden hatten ihr bisher kaum Möglichkeit gelassen, sich an der Rezeption nach einer Telefonverbindung über den Atlantik zu erkundigen. Hinzu kam die Zeitverschiebung von sechs Stunden; mitten in der Nacht wollte sie wirklich nicht das Telefon bei Pelzers klingeln lassen.

Sie schnitt eine Grimasse. »Aber als ich dann erfahren habe, dass jede Einheit zehn Dollar kostet, habe ich dankend verzichtet.«

Umgerechnet vierzig Mark für gerade einmal drei Minuten waren wirklich happig. Wenigstens hatte sie inzwischen Ansichtskarten geschrieben.

»Wird dein Freund da nicht traurig sein?«, fragte Inga, während sie Wasser trat und mit den Handflächen Wellen durch den Pool schob.

Margot musste lachen. »Den gibt's nicht. Ich glaube, mit Männern bin ich erst mal fertig.«

Zum wiederholten Mal hatte sie vorhin am Telefonapparat an der Rezeption Hamilton Hayes' New Yorker Nummer gewählt. Sie wollte ihm unbedingt erzählen, dass sie zur Ausbildung in Miami war, vielleicht auch einfach seine Stimme hören.

Aber wie schon bei den letzten Versuchen hatte sie nur eine Dame vom Auftragsdienst erreicht, die ihr freundlich, jedoch mit hörbar strapazierter Geduld mitteilte, dass Mr Hayes immer noch verreist sei. Nein, sie wisse leider nicht, wie lange, aber sie werde auf jeden Fall ausrichten, dass Margot es versucht habe. Es klang wie eine einstudierte Ausrede.

Sie blinzelte zu Inga hinüber. »Und wie sieht's bei dir aus?«

Schön wie sie war, hatte Inga bestimmt an jedem Finger zehn Verehrer. Obwohl manche Männer sie vermutlich als einschüchternd empfanden: Inga war ausgebildete Fremdsprachenkorrespondentin, die neben ihrer Muttersprache und Englisch auch Deutsch, Schwedisch, Dänisch, Französisch und Italienisch fließend sprach. Außerdem erzählte sie begeistert vom Reiten, und im Florettfechten hatte sie nur knapp die Qualifikation für die Olympischen Sommerspiele vor zwei Jahren in Melbourne verpasst.

»Ich?« In Ingas dichten Wimpern funkelten Wassertropfen. Unter der Sonne Miamis hatte ihre Haut eine goldene Färbung angenommen; samtweich wie ein Pfirsich sah sie aus. »Ich lasse mich nicht gern in eine Schublade stecken.«

Ein rätselhaftes Lächeln auf dem Gesicht, paddelte sie rücklings von Margot weg. Dann tauchte sie ab und glitt über den Grund des türkisfarbenen Pools davon wie eine Nixe.

28

Angels in the Sky

Tuschelnd standen die elf jungen Frauen an diesem Vormittag in einem Schulungsraum, der mit Spiegeln, Schminktischen, Waschbecken und Friseursesseln wie ein Schönheitssalon eingerichtet war. Deshalb also hatten sie heute ungeschminkt erscheinen sollen!

Während sie noch rätselten, ob darin die Überraschung bestand, die Miss Whitehead so geheimnisvoll angekündigt hatte, trat die Ausbilderin ein und brachte einen Herrn in dunklem Anzug mit. In respektvollem Abstand folgten drei weitere Männer und ebenso viele Damen, mit Schminkkoffern und großformatigen Tüten bepackt.

»Ladys«, sagte Miss Whitehead in die Runde, »es ist mir eine besondere Ehre, Ihnen Mr Kenneth vorzustellen. Er wird sich heute mit seinem Stab um Ihr äußeres Erscheinungsbild kümmern.«

Die Amerikanerinnen holten ehrfürchtig Luft, was Margot und die Skandinavierinnen dazu bewog, fragende Blicke zu wechseln.

»Das ist Kenneth Battelle«, flüsterte Pat Margot zu. »Aber alle sagen nur Mr Kenneth. Der Friseur der Stars. Der Rembrandt der Ringellocken, der Picasso unter den Coiffeuren.«

Margot hatte noch nie von ihm gehört, der Atlantik stellte offenbar einen kulturellen Graben in der Welt der *Haute Coiffure* dar.

Mr Kenneth war ein schlanker Mann um die dreißig mit eigentümlich stechendem Blick; sein eigenes Haar war akkurat geschnitten und gekämmt. Als Allererstes zündete er sich eine Zigarette an und ließ sie im Mundwinkel hängen, während Miss Whitehead dezent einen Aschenbecher hinter ihm platzierte.

»Er hat Jackie Kennedy diese tolle neue Frisur gemacht«, ergänzte Betty, »und er hat Marilyns Haare gerettet, die vom Blondieren schon ganz kaputt waren. Seitdem sind sie die besten Freunde.«

»Katharine Hepburn und Lauren Bacall lassen sich ebenfalls von ihm frisieren«, zirpte Pearl entzückt. »Sogar Prinzessin Margaret, wenn sie mal in New York ist.«

»Und heute ist er bei uns«, hauchte Nancy selig.

Nacheinander nahm Mr Kenneth die jungen Damen zwar gründlich in Augenschein, vertraute sie dann aber einer seiner Assistenten oder Mitarbeiterinnen an. Offenbar betrachtete der große Meister sich als nur für den Entwurf zuständig.

Während eine angehende Stewardess nach der anderen für eine neue Frisur Platz nahm, kümmerte sich eine Kosmetikerin namens Polly um die Gesichter.

»Unser Ziel ist es nicht, Ihr naturgegebenes Aussehen in ein Schema zu pressen«, erklärte Miss Whitehead. »Stattdessen wollen wir Ihre individuellen Qualitäten hervorheben. Vollkommen natürlich sollen Sie aussehen. Als wäre jede von Ihnen bereits mit diesem Look auf die Welt gekommen.«

Trotzdem bekamen sie alle ein verblüffend ähnliches Make-up verpasst. Auch Nagellack und Lippenstift waren überall dasselbe Korallenrot, Revlons *Persian Melon*.

»Den ersten Satz an Kosmetikprodukten bekommen Sie von uns geschenkt«, verkündete Miss Whitehead. »Mit freundlicher Unterstützung von Revlon.«

»Verzeihung, Miss Whitehead«, piepste Pearl. »Ich glaube, das ist keine Farbe für mich.«

»Reichen Sie uns schriftlich einen Antrag mit Begründung und Farbfoto ein«, erwiderte die Ausbilderin kühl. »Die Personalleitung wird dann über eine Ausnahmegenehmigung entscheiden.«

Unglücklich zog Pearl den Kopf ein.

Miss Whitehead beäugte Pollys letzte Pinselstriche an Margots Gesicht. »Was machen wir nur mit diesen Sommersprossen?«, fragte sie besorgt.

»Die sollen ruhig zu erahnen sein«, entgegnete Polly gelassen. »Das gibt ihrem Gesicht die gewisse jugendliche Frische. Übrigens auch bei Miss Gilman.«

Die Ausbilderin zog hörbar enttäuscht die Luft durch die Nase, sagte aber nichts weiter dazu, während Margot und Pat sich triumphierend einen Blick zuwarfen.

Dann war Margot an der Reihe, sich vor Mr Kenneth hinzustellen.

Eine frische Zigarette zwischen den Fingern und die Arme verschränkt, umkreiste er Margot, um sie von allen Seiten gründlich in Augenschein zu nehmen. Kurz vor ihrem Abflug nach New York war sie das letzte Mal im Hamburger Salon von Herrn Viellieber gewesen; mittlerweile hingen ihr die Ponyfransen schon fast in die Augen.

»Wir dachten an etwas Glamouröseres«, erklärte Miss Whitehead eifrig. »Entweder glatt oder gelockt, jedenfalls mit viel Volumen.«

Mr Kenneth klemmte die Zigarette zwischen die Lippen

und durchkämmte Margots Haar mit allen zehn Fingern; an seiner Linken prangte ein klotziger Siegelring.

»Glamour kann alles Mögliche sein«, nuschelte er hinter seiner Zigarette hervor. »Besondere Schönheit, guter Geschmack, Humor oder dass man sich selbst respektiert. Sie hier hat alles davon und noch dazu Charakter. Den soll man sehen.« Sanft legte sich seine Hand zwischen Margots Schulterblätter. »Komm mal eben mit.«

Dienstbeflissen trug Miss Whitehead den Aschenbecher hinter ihm her, während der Coiffeur Margot den Frisierumhang umwarf und dann höchstpersönlich zu einem Instrument griff, das an ein Skalpell erinnerte.

Mit halbem Ohr verfolgte Margot die Ausführungen der Ausbilderin, dass die Blondinen besonders achtsam mit ihrem Haar umgehen sollten, damit die Farbe nicht durch falsche Pflege oder Chlorwasser in ein unschönes Messing umschlug oder gar einen Grünstich bekam. Für alle galt, dass sie im Umgang mit Heizwicklern und Lockenstäben besondere Sorgfalt walten lassen sollten.

Margot würde sich darüber keine Gedanken mehr machen müssen. Im Spiegel verfolgte sie, wie sie unter Mr Kenneths Messerklinge tüchtig Haare ließ. Ihren ersten Eindruck von ihm musste sie korrigieren: Sein Blick war nicht stechend, sondern hoch konzentriert. Und je länger er an Margots Kurzhaarfrisur zugange war, umso entspannter wirkte er.

»Du willst also Stewardess werden?«, fragte er murmelnd und warf den Zigarettenstummel achtlos in den Aschenbecher, wo er weiter vor sich hin qualmte.

»Ich bin schon eine«, antwortete Margot keck. »Drei Jahre Erfahrung bei der Lufthansa.«

»Du bist keine Stewardess«, erwiderte Mr Kenneth ungnädig und säbelte mit fliegenden Fingern weiter an ihren Haaren herum. »Dafür hast du einen viel zu eigenen Kopf.«

Margot stutzte, dann musste sie lachen. »Das hat mein Ausbilder in Hamburg auch gesagt.«

»Dann hat er einen ebenso guten Blick wie ich.« Sein Schmunzeln wirkte auf sympathische Art verschlagen, als er das Messer weglegte und zu Kamm und Pomade griff. »Aber es gibt sicher schlechtere Jobs, mit denen du dir die Zeit vertreiben kannst, bis du dir deinen Platz in der Welt erobert hast.«

Er trat zur Seite, und Margot schnappte vor ihrem Spiegelbild nach Luft. Mr Kenneth hatte ihr die Haare verdammt kurz geschnitten. Mit dem strengen Seitenscheitel war es fast schon eine Männerfrisur, die ihr Gesicht komplett frei ließ; geradezu nackt kam sie sich vor. Aus dem Spiegel blickte ihr mitnichten ein Engel der Lüfte entgegen, sondern vielmehr ein grazil er Kobold mit Schwanenhals. Und Margot gefiel es verdammt gut.

Miss Whitehead erbleichte sichtlich, wagte es aber offenbar nicht, Mr Kenneth gegenüber irgendwelche Einwände zu erheben, während der Figaro selbst sich mit zufriedener Miene die nächste Zigarette anzündete.

Die letzten Tage in Miami flogen nur so vorbei. Gewissenhaft notierten sich Margot und ihre Kolleginnen die letzten Anweisungen von Miss Whitehead und Mr Stripoli vor der Prüfung am folgenden Tag.

»Wundern Sie sich nie über Eigenarten Ihrer Passagiere«, riet Mr Stripoli. »Sei es ein Hollywoodstar wie Maureen O'Hara, die sich die Karte rauf und wieder runter bestellt. Gerade Filmschauspielerinnen führen ein von Diäten bestimmtes Leben. Für sie ist ein Flug mit Pan Am wie ein kurzer Urlaub, in dem sie getrost einmal über die Stränge schlagen können. Und zwar, ohne dass dabei im Hintergrund Fotografen lauern. Sollte jemand wie Lana Turner Sie darum bitten, die Reste für sie einzupacken, dann tun Sie das. Natürlich ohne hochgezogene Brauen oder Getuschel mit den Kolleginnen, sondern mit einem freundlichen Lächeln. Fassen Sie es nicht als Centfuchserei auf, sondern als Kompliment für unsere Küche.«

»Bei uns ist jeder Gast ein V. I. P.«, warf Miss Whitehead ein. »Eine Person, der wir nicht nur gedanklich, sondern auch in unserem Auftreten und Handeln den roten Teppich ausrollen.«

»Sobald ein Gast an Bord kommt«, ergriff Mr Stripoli wieder das Wort, »betritt er Neuland. Das meine ich keineswegs metaphorisch. Pan Am ist die Nation der Nationen, sozusagen die kleine Schwester der Vereinten Nationen. Wir bringen Menschen aus allen Ecken der Welt zusammen. Und auch das ist wörtlich zu verstehen. Haben Sie einen Araber und einen Israeli auf einem Flug, so setzen Sie die beiden zum Essen an denselben Tisch, einen Amerikaner mit einem Sowjetbürger, den Chinesen mit dem Japaner und so fort. Wir bei Pan Am verstehen uns nicht nur als Diplomaten des guten Geschmacks, sondern auch als Boten des Friedens und der Völkerverständigung.«

»Miss Shimabukuro?«, ließ sich Miss Whitehead vernehmen.

Pearl, die das schwarz glänzende Haar neuerdings in einem todschicken Bubikopf trug wie der Stummfilmstar Louise Brooks, hob den Blick vom Schreibblock auf ihren Knien. »Ja, Ma'am?«

»Achten Sie bitte darauf, dass Sie sich Amerikanern und Europäern gegenüber besonders amerikanisch geben, asiatischen Gästen gegenüber jedoch auf japanische Art.«

Pearl wirkte verunsichert. »Verzeihung, Ma'am, Sir. Ich glaube, das kann ich nicht ganz nachvollziehen.«

»Nun, Miss Shimabukuro«, erwiderte Mr Stripoli leichthin, »das sollte nach sechs Wochen Ausbildung eigentlich nicht so schwierig sein. Präsentieren Sie sich im einen Fall als fröhliches *All-American-Girl*, das mit Hamburgern und Coca-Cola aufgewachsen ist, im anderen als zarte Pfirsichblüte. Zeigen Sie sich dabei ruhig ein wenig unterwürfig, das dürfte Ihnen bestimmt nicht schwerfallen.«

Margot lag eine bissige Bemerkung auf der Zunge, doch Miss Whitehead kam ihr zuvor.

»Miss Frei, im Großen und Ganzen sind wir mit Ihren Leistungen zufrieden. Eine echte Pan-Am-Stewardess sehen wir allerdings immer noch nicht in Ihnen. Sie sind oft zu forsch und manchmal vorlaut.«

»Womöglich haben Sie sich als *Miss Wings* zu sehr ans Rampenlicht gewöhnt«, ergänzte Mr Stripoli. »Die Flugzeugkabine ist jedoch nicht Ihre Bühne, unsere Gäste sind nicht Ihr Publikum. Haben wir uns verstanden?«

Es war das erste Mal überhaupt, dass in diesem Kursus ihr Titel als beste Stewardess der Welt erwähnt wurde – und dann auch noch alles andere als anerkennend. Margot musste schlucken. Am Ende hatte sie Mr Stripolis Kommentar, als Stewardessen seien sie die Entertainerinnen an Bord, wohl doch zu wörtlich genommen.

»Jawohl, Ma'am, Sir«, sagte sie ungewohnt leise und mit brennenden Wangen.

Mit dem Handbuch von Pan Am hatte Margot sich in das Kabäuschen am Ende der Lobby zurückgezogen. Die Zeit, in der ihre Wäsche in der Maschine von Whirlpool ihre Runden drehte, hatte sie nutzen wollen, um noch einmal stichprobenartig den Stoff durchzugehen. Stattdessen saß sie auf dem wackeligen Stühlchen und starrte Löcher in die Luft.

Sie beherrschte das Handwerk einer Stewardess, das wusste sie. Möglicherweise nicht ganz auf dem Niveau, das die Ausbilder vorgaben, aber fast. Das Problem war jedoch ihre persönliche Art, und da würden Mr Stripoli und Miss Whitehead unter Umständen eben kein Auge zudrücken wie Fräulein Buschheuer und Horst Schlippchen. Wenn sie deswegen in der Prüfung durchfiel oder die sechsmonatige Probezeit nicht überstand – was dann?

Mit ihrem Ersparten käme sie noch eine Zeit lang über die Runden, aber ohne Job hatte sie kein Aufenthaltsrecht und müsste postwendend wieder ausreisen. Die Vorstellung, reumütig an Fräulein Buschheuers Tür zu klopfen, ließ sie schwer schlucken. Und der Gedanke, überall erklären zu müssen, dass sie es in Amerika nicht geschafft hatte, weil sie nicht gut genug gewesen war, trieb ihr schon jetzt die Schamesröte ins Gesicht.

Margot zuckte zusammen, als sich die Tür mit Schwung öffnete und Inga eintrat, eine Reisetasche voller Schmutzwäsche in der Hand.

»Entschuldige«, sagte sie. »Ich wollte dich nicht erschrecken.«

Margot winkte lächelnd ab.

Inga stellte zufrieden fest, dass die zweite Maschine leer war. »Warum sitzt du zum Lernen hier?«, fragte sie, während sie mit Wäsche, Silbermünzen und Waschpulver hantierte.

Margot deutete auf die rumpelnde Maschine. »Ich finde das Geräusch beruhigend. Klingt wie eine Super-Connie.«

Inga schmunzelte und schaltete die zweite Maschine ein, die gurgelnd und rüttelnd ansprang. »Komisch eigentlich«, sagte sie. »Bei dir hätte ich am wenigsten erwartet, dass du vor der Prüfung nervös bist. Bei Pearl dagegen überrascht es mich nicht, dass sie vorhin einen Heulkrampf gekriegt hat. Sie hat Angst davor, was ihre Eltern sagen, wenn sie nicht besteht. Die erwarten nämlich, dass sie bei Pan Am richtig Karriere macht. Aber du – du wirkst immer komplett souverän.«

Margot entfuhr ein Lachen. »Offenbar zu souverän, wenn es nach Mr Stripoli und Miss Whitehead geht.«

Inga schwang sich auf den Tisch vor Margot und holte eine Zigarettenpackung aus der Gesäßtasche ihrer Caprihose.

»Die beiden entscheiden ja nicht allein darüber, ob wir eingestellt werden«, meinte sie, zog den Aschenbecher zu sich heran und zündete sich eine Zigarette an. »Und die Prüfungskommission wird ganz bestimmt begeistert von dir sein.«

»Abwarten«, erwiderte Margot mit einem Seufzen.

Eine der beiden Maschinen blieb stehen und gab einen durchdringenden Piepston von sich. Margot legte das Handbuch zur Seite und stand auf. Dass diese Maschinen nicht nur wuschen, sondern für ein paar Münzen zusätzlich auch noch trockneten, begeisterte sie immer wieder aufs Neue. Während sie ihre Wäsche herausholte und in einen der bereitstehenden Körbe umlud, spürte sie Ingas Blick auf sich.

»Du bist schwer in Ordnung«, ließ Inga sich vernehmen. »Für eine Deutsche jedenfalls.«

Margot runzelte die Stirn. »Was willst du mir damit sagen?«

Mit dem Korb in den Händen kehrte sie an den Tisch zurück und begann dort, ihre Kleidungsstücke zusammenzufalten.

Inga zog angestrengt an ihrer Zigarette und stieß geräuschvoll den Rauch aus, während sie ihre langen Beine baumeln ließ.

»Mein Vater war im Widerstand gegen die Deutschen«, erzählte sie nach einer kleinen Pause. Ihre Stimme klang rau. »Das hat ihn das Leben gekostet.«

Margot hielt inne, ihre Kehle war plötzlich eng. »Das tut mir sehr leid«, erwiderte sie betroffen.

Inga beobachtete die Rauchsäule, die von ihrer Zigarette aufstieg. »So was sagt sich heute so leicht. Aber dir glaube ich es sogar.« Der Seitenblick, den sie Margot zuwarf, fiel überraschend schüchtern aus. »Ich mag dich nämlich gern, weißt du.«

Margot lächelte. »Ich mag dich auch.«

»So meine ich das nicht.«

Inga legte die halb aufgerauchte Zigarette im Aschenbecher ab und schob sich vom Tisch. Margot hatte gar nicht bemerkt, dass ihr etwas heruntergefallen war, bis Inga sich bückte und eine ihrer Unterhosen vom Boden aufhob.

»Ich mag dich sehr«, bekräftigte Inga.

Ihre Augen waren groß und tiefblau wie das Meer, als sich ihr Gesicht Margots näherte, und Margot schloss die Lider. Als hätte sie es schon geahnt oder insgeheim sogar herbeigesehnt.

Ingas Mund war weich und warm; unter einer Spur von Rauch schmeckte er fruchtig und ein bisschen salzig. Es war seltsam, einen Frauenmund zu küssen, schön und aufregend fremd. Margot war neugierig auf mehr, bedauerte es aber auch nicht, als Inga sich von ihr löste.

»Du bist noch lange nicht mit den Männern fertig«, stellte Inga fest und klang dabei eher amüsiert als enttäuscht.

Margot öffnete die Augen und zog belustigt die Nase kraus. »Schade eigentlich.«

»Ziemlich.« Inga setzte sich wieder auf den Tisch und griff nach ihrer Zigarette.

Sie schwiegen einen Moment verlegen, dann grinsten sie sich an wie Verschwörerinnen.

29

I've Got the World on a String

In ihren besten Röcken und Blusen standen die elf angehenden Stewardessen vor der geöffneten Tür Spalier. Ihre neuen Frisuren waren auf Hochglanz poliert und die Schuhe nicht minder. Das Make-up war perfekt, aber natürlich, die Lippen und die unter weißen Handschuhen verborgenen Fingernägel schimmerten in *Persian Melon*.

Margot schlug das Herz bis zum Hals, als die Prüfungskommission, angeführt von Mr Stripoli und Miss Whitehead, sich auf dem Korridor näherte. Insgesamt zwanzig Herren und zwei Damen, die heute auf einem simulierten Flug in der nachgebauten Kabine ihre Gäste sein würden. Auf alle nur denkbaren Szenarien sollten die jungen Frauen sich einstellen, so lautete die Anweisung der Ausbilder. Wie auf einem echten Flug, Überraschungsmomente eingeschlossen.

»Willkommen bei Pan Am«, grüßten die jungen Frauen mit angedeutetem Knicks und schüttelten der Reihe nach Hände.

Ein Strahlen brach auf Margots Gesicht hervor, als sie ein bekanntes Gesicht entdeckte, kantig und herb wie das eines Westernhelden.

»Willkommen bei Pan Am, Mr Albright«, sagte sie fröhlich. »Wie schön, dass Sie heute mit uns fliegen.«

»Die Freude ist ganz auf meiner Seite, Miss Frei«, erwiderte er mit festem Händedruck.

Auch ohne dröhnende Motoren, ohne das Ruckeln, Vibrieren und Schaukeln eines startenden Flugzeugs war Margot auf Anhieb in ihrer Stewardessenroutine. Das Kniffeligste war sowieso der Essensservice, bei dem jede angehende Stewardess für zwei Passagiere zuständig war – und sich dabei möglichst nicht mit den anderen zehn Prüflingen ins Gehege kommen sollte.

Margot trug gerade ein Tablett mit Rinderfilet und grünen Bohnen aus der Galley nach vorn, als etwas gegen ihre Kehrseite klatschte. Empört drehte sie sich um.

Einer der Manager aus der *Pacific Division* grinste frech zu ihr herauf und spielte dabei mit der zusammengefalteten Zeitschrift, die sie ihm vorhin ausgeteilt hatte. Margot hätte sie ihm am liebsten entrissen und ihm einen Klaps zurückgegeben, direkt auf seine gestriegelte Frisur. Aber so etwas tat eine Stewardess natürlich nicht, schon gar nicht in einer Prüfungssituation; außerdem hatte sie keine Hand frei. Sie trat einen Schritt näher zu ihm, um Dottie und Betty vorbeizulassen, die mit ihren dampfenden Tabletts hinter ihr warteten.

»Sir, ich muss doch sehr bitten«, sprach sie den Manager mit leichter Schärfe an. Ganz ladylike. »Hat Ihre Frau Mutter Sie etwa so erzogen?«

Er wirkte verdutzt. »Nein, Miss.«

»Dann bestellen Sie schöne Grüße, und erzählen Sie ihr, dass Sie sich auf einem Flug der Pan Am wie der reinste Flegel benommen haben.«

Treuherzig sah er weiter zu ihr auf. »Das geht leider nicht. Sie ist vor zwei Monaten verstorben.«

»Mein Beileid, Sir!«, erwiderte Margot sanft und fiel dann

in ihren strengen Tonfall zurück. »Ist das Ihre Art, Ihrer Frau Mutter zu gedenken?«

»Nein, Ma'am. Entschuldigung!« Der Manager zog eine gekonnt reuige Miene, bevor er mit der Zeitschrift in der Hand Applaus andeutete.

Margot servierte dem Herrn aus der Presseabteilung sein Essen und wechselte ein paar freundliche Worte mit ihm, bevor sie in die Galley zurückeilte und flink das Sandwich für das nächste Tablett richtete. Ohne Oliven und Perlzwiebeln, aber natürlich mit Petersilie. Zwischen Pat und Nancy eingereiht, die auf dem Weg zu ihren jeweiligen Gästen waren, schritt sie erneut durch den Mittelgang.

»Bitte sehr, Mr Albright«, sagte sie, als sie das Tablett vor dem Manager platzierte. »Ich wünsche Ihnen einen guten Appetit.«

Mr Albright bedankte sich, hielt sie dann aber am Arm zurück. »Warten Sie, Ma'am! Das ist ja ein kaltes Essen.«

»Das ist das Menü der *Rainbow Class*, Sir. Wie Sie es gebucht haben.« Sie beugte sich leicht vor und senkte die Stimme. »Unter uns gesagt: Auf einem solch langen Flug ist ein Sandwich wesentlich bekömmlicher als ein mehrgängiges Menü. Vertrauen Sie mir.«

Mr Albright wirkte wenig überzeugt. »Ich hatte keine Ahnung, dass es in der Touristenklasse nur ein Sandwich gibt, das hat mir niemand gesagt. Ich bin es gewohnt, mittags warm zu essen, wissen Sie.«

»Ich sehe gern nach, ob wir noch ein warmes Menü auf Reserve haben. Falls ja, könnte ich es Ihnen gegen Aufpreis bringen.«

Mr Albright lächelte. »Das ist sehr freundlich von Ihnen, Ma'am. Vielen Dank. Ach, eine Frage noch.«

Margot sah ihn aufmerksam an.

Er deutete in Richtung des imaginären Cockpits. »Was machen Sie eigentlich, wenn Sie heute Abend im Hotel sind und der Captain an Ihre Tür klopft?«

»Das kommt ganz auf den Captain an. Wenn er mir nicht gefällt, weise ich ihn freundlich, aber bestimmt darauf hin, dass er seine Grenzen überschreitet.«

Sie machte absichtlich eine kleine Pause, die Mr Albright nicht ungenutzt verstreichen ließ.

Listig schielte er zu ihr herauf. »Und wenn er Ihnen gefällt?«

Margot setzte eine blasierte Miene auf. »Dann bitte ich ihn, mir lieber über die Personalabteilung Rosen oder Pralinen schicken zu lassen.«

Mr Albright lachte und griff zu seinem Sandwich.

»Miss!« Die Dame auf der anderen Seite des Mittelgangs hob die Hand. Sie war eine der Chefsekretärinnen hier in Miami und sah aus, als regiere sie die gesamte Büroetage mit eiserner Hand.

Margot trat zu ihr. »Jawohl, Ma'am?«

»Mir ist bei der Buchung völlig entgangen, dass heute Freitag ist.« Sie deutete auf das Rinderfilet vor sich. »Könnte ich stattdessen bitte Fisch bekommen? Ich bin nämlich Katholikin.«

»Ich will sehen, was ich tun kann, Ma'am«, versprach Margot. »Sollte Fisch aus sein, so kann ich Ihnen versichern, dass unser Gründer und Vorstandsvorsitzender Mr Trippe höchstpersönlich einen Dispens bei Seiner Heiligkeit eingeholt hat. Bei uns an Bord dürfen Sie auch freitags bedenkenlos Fleisch verzehren. Das kann ich Ihnen gern schriftlich geben, Ma'am.«

»Ja, wenn das so ist ...« Hinter der schmetterlingsförmigen Brille funkelten die Augen der Chefsekretärin vergnügt.

Als Mr Stripoli und die Manager der drei Divisionen von Pan Am jeweils eine kurze Ansprache hielten, war die Anspannung der jungen Frauen, die sich in der Eingangshalle des Ausbildungszentrums aufgereiht hatten, mit Händen zu greifen. Margot hatte das sichere Gefühl, die Prüfung gut gemeistert zu haben. Sie wusste nur nicht, ob ihre Leistung auch für eine Anstellung bei Pan Am reichen würde.

Auf dem fahrbaren Kleiderständer neben Miss Whitehead hingen elf Uniformen in Plastikhüllen. Auf dem Tisch hinter ihr stapelten sich elf schleifengeschmückte Schachteln, vermutlich mit Hüten und Schuhen, und eine nicht näher bestimmbare Anzahl an Blumensträußen füllte mehrere Vasen. Hieß das, dass sie alle elf bestanden hatten?

»Miss Sue Shimabukuro?«

Margot applaudierte, als Pearl vortrat und vom Manager der *Pacific Division* unter Glückwünschen und Händeschütteln ihre goldene Anstecknadel erhielt, genau wie Malin und Nancy.

Der Manager für Lateinamerika rief nacheinander Shirley, Britt und Marjatta zu sich. Margot spendete besonders kräftigen Beifall, als er auch Inga aufrief, die sogar mit Auszeichnung bestanden hatte. Und trotzdem verspürte sie eine eigentümliche Traurigkeit, dass sich ihre Wege trennten. Neugierig, wie sie war, hätte sie gern herausgefunden, wie es zwischen ihr und Inga weitergegangen wäre.

Mr Albright, der die *Atlantic Division* vertrat, rief Pat zu sich, die den Kursus ebenfalls mit Auszeichnung absolviert hatte.

»Miss Margot Frei?« Mr Albrights Lächeln ließ nur einen einzigen Schluss zu.

Margots Herz setzte zu einem Freudensprung an, und aufatmend trat sie vor.

»Herzlich willkommen in der *Atlantic Division* von Pan Am, Miss Frei!«, sagte er mit einem warmen Händedruck.

Mit Uniform, Schachteln und Blumensträußen beladen, stürmten die elf jungen Frauen wenig später in die Umkleide, um sich dann vor dem Gebäude für ein Erinnerungsfoto aufzustellen. Elf frischgebackene Stewardessen in maßgeschneiderten Uniformen, blau wie der Himmel und weiß wie die Wolken, ein Hütchen auf dem Kopf, das an eine Puderdose erinnerte.

»Heute Abend lassen wir es so richtig krachen«, flüsterte Pat, die direkt hinter Margot stand. »Einer der Piloten, die gerade im Motel abgestiegen sind, besitzt ein Transistorradio. Wenn er und seine Kollegen mitfeiern dürfen, bringt er es mit, hat er mir versprochen. Dann haben wir sogar Musik für unsere Poolparty.«

»Aber im Bikini, ja?«, raunte Margot.

»Na klar im Bikini!«, erwiderte Pat mit gemurmelter Entrüstung. »In was denn sonst?«

»Habt ihr gesehen?«, wisperte Betty, die ebenfalls in die *Atlantic Division* aufgenommen worden war. »Die Anstecknadeln sind aus echtem Gold. Zehn Karat!«

In diesem Augenblick begriff Margot erst richtig, wie weit sie es gebracht hatte. Ab dem heutigen Tag gehörte sie zu Pan Am, zur Elite der Luftfahrt, und auf Zuruf des Fotografen lachte sie unter der Sonne Miamis ausgelassen in die Kamera.

Drei Tage später eilte Margot durch die Lobby des Chrysler Buildings. In ihrer Handtasche steckten die zusammengefalteten Zweitschriften der Dokumente, die sie eben im Büro von Miss Davies unterschrieben hatte. Die letzten Formalitäten für ihre Anstellung bei Pan Am und ihren rechtmäßigen Aufenthalt in den Vereinigten Staaten. Die Sonnenbrille schon auf der Nase, schlüpfte sie in die Handschuhe und nickte dem jungen Mann in Livree zu, der ihr die Eingangstür aufhielt.

Nach der klimatisierten Kühle des Hochhauses schlug ihr die Julihitze der Straße umso erstickender entgegen, obwohl es schon später Nachmittag war. Glücklich sog Margot den rauchigen und immer ein bisschen öligen Geruch der Stadt ein.

Herren mit Krawatte und Hut hasteten an ihr vorüber; nur ein paar wenige hatten vor der Sommerglut kapituliert und trugen ihre Anzugjacke lässig über der Schulter. Die Mode der Damen in New York hatte eine neue Richtung eingeschlagen. Gedeckte Farben wie Wolkenkratzergrau und Teerschwarz bestimmten das Straßenbild, kombiniert mit einzelnen Akzenten in Taxigelb, Central-Park-Grün oder dem Rot, Orange und Pink eines Sonnenuntergangs über der Stadt. Die Röcke bauschten sich glockig oder fielen gleich ganz schmal aus. Lebhafte Muster und dicke Petticoats waren offenbar aussortiert. Während man in New York mit Riesenschritten dem neuen Jahrzehnt entgegenhastete, hielt eine moderne Sachlichkeit Einzug.

In ihrem weißen Sommerkleid mit roten Tupfen, das den halben Rücken frei ließ, kam Margot sich vor wie der sprichwörtliche bunte Hund; auch Miss Davies hatte mit einem Stirnrunzeln darauf reagiert. Margot war das egal. Sie hatte das Kleid und den passenden Lippenstift an ihrem letzten Tag in Miami gekauft, weil sie neben ihrer Poolbräune etwas von diesem tropischen Lebensgefühl mitnehmen wollte.

Sie fühlte sich beobachtet, wandte den Kopf und strahlte übers ganze Gesicht, als sie Hamilton Hayes entdeckte, der im Anzug an einer Straßenlaterne lehnte und wie verabredet auf sie wartete. Er zog noch einmal an seiner Zigarette, bevor er sie in den Rinnstein warf. Unter der Hutkrempe hervorlächelnd, kam er auf Margot zu.

»Ich frage jetzt besser nicht, wie lange du schon dort stehst und mich im Auge hast!«, rief sie ihm vergnügt entgegen.

Bereits am Telefon hatten sie ganz selbstverständlich Englisch miteinander gesprochen, was den Zwiespalt zwischen dem deutschen Du und Sie gar nicht erst aufkommen ließ.

»Ich habe jeden Augenblick ausgekostet«, erwiderte er schmunzelnd. »Hallo, Margot!«

Er drückte sie kurz an sich, dann hielt er sie an beiden Armen von sich weg und betrachtete sie eingehend. Auch ihre neue Frisur.

»So siehst du also als frischgebackene Pan-Am-Stewardess aus«, sagte er schließlich. »Absolut hinreißend.«

Lachend hakte Margot sich bei ihm unter. »Und wo ist jetzt die versprochene Überraschung?«

»Gleich«, entgegnete er gut gelaunt. »Erzähl mir erst von Miami und deiner Wohnung hier.«

Doch dafür reichte der kurze Fußweg durch das Getümmel auf der 42nd Street und der 2nd Avenue nicht einmal annähernd aus, bevor Hamilton Hayes sie in eine verhältnismäßig schmale und ruhige Straße führte.

Der Türsteher unter dem Vordach des Wohnblocks tippte sich grüßend an die Mütze, als er ihnen die Tür öffnete. »Guten Tag, Ma'am. Mr Hayes. Wir haben oben alles wie gewünscht für Sie vorbereitet, Mr Hayes.«

»Danke, Felipe.«

»Womit auch immer du mich beeindrucken willst«, flüsterte Margot Hamilton in der gediegenen und blitzblank polierten Lobby zu. »Die Nacht werde ich nicht bei dir verbringen.«

Er spielte den Gekränkten. »Ein solches Ansinnen wäre mir gänzlich fremd.«

Vom Liftboy ließen sie sich bis ganz nach oben bringen, in einen langen Korridor mit durchnummerierten Türen, an dessen Ende eine Eisenleiter durch eine geöffnete Dachluke führte.

»Dich als Stewardess brauche ich wohl nicht zu fragen«, sagte Hamilton, als er ihr für die letzten Sprossen die Hand reichte, »ob du schwindelfrei bist.«

Margot entfuhr ein glücklicher Laut, als sie in den kräftigen Wind hinaustrat. Staunend ließ sie den Blick über New York schweifen, das sich ringsum in seiner ganzen stolzen Kantigkeit ausbreitete. Das Brausen des Verkehrs, Hupen und Sirenen brandeten hier oben heran wie ein wogender Ozean.

Hamilton trat zu einem Klapptisch mit zwei Stühlen. Eine Flasche im Sektkühler, Gläser und eine mit einer Servierglocke abgedeckte Platte komplettierten das Picknick über den Dächern von Midtown Manhattan.

Margot warf einen Blick über die Brüstung der Dachterrasse. »Ist das der East River?«

Hamilton bejahte und legte Hut und Sakko ab. »Da drüben befindet sich auch der Sitz der Vereinten Nationen. Ein paar Konsulate sind ebenfalls hier in der Gegend angesiedelt.«

»Immer am Puls der Zeit, unser Mr Hayes«, neckte Margot ihn.

»Selbstredend!«

Mit einem satten Ploppen glitt der Korken aus dem Flaschenhals, und Hamilton kam mit gefüllten Gläsern zu ihr.

»Willkommen in New York, Margot Frei!«, sagte er, als sie miteinander anstießen.

Hamilton legte einen Arm um sie und zog sie an sich. Er brauchte nicht zu fragen, Margot wandte ihm schon den Kopf zu und sah ihn auffordernd an. Sein Kuss war männlich fest und doch von einer Zärtlichkeit, die ihr die Knie weich werden ließ; er schmeckte nach dem Sommer in der Großstadt und rauchig wie die Straßen New Yorks.

»Endlich«, murmelte er zwischen zwei Küssen. »Du hast mich verdammt lang zappeln lassen.«

Margot warf ihm einen schelmischen Blick zu. »Ich bin eben nicht so leicht zu kriegen.«

Er brummte zustimmend und drückte sie fester an sich. »Aber jetzt, da ich dich habe, lasse ich dich so schnell nicht mehr los.«

Es klang wie ein Versprechen, und Margots Herz pochte heftig. An seine kräftige Brust geschmiegt, blinzelte sie zu den Silhouetten der Wolkenkratzer hinüber.

In diesem Moment lag ihr nicht nur New York zu Füßen, sondern gleich die ganze Welt.

30

Don't Let the Stars Get in Your Eyes

Lächelnd schritt Margot durch die Kabine des Super-Stratocruisers und hielt aufmerksam Ausschau, ob einer der Passagiere einen Wunsch hatte oder vor einem leeren Glas saß. Doch wie bei der Lufthansa war auch bei Pan Am die Zeit unmittelbar nach dem Abtragen des Abendessens ruhig. Die Passagiere entspannten mit vollem Magen, indem sie lasen, ihren Drink genossen oder sich miteinander unterhielten. Einige waren auch schon in die Bar hinuntergegangen; auf Höhe der Wendeltreppe mischten sich Musik und munteres Stimmengewirr in das Brummen der Motoren. Und noch hatte die allgemeine Aufbruchsstimmung vor dem Zubettgehen nicht eingesetzt.

Bislang lief Margots erster Flug als Pan-Am-Stewardess wie am Schnürchen. Seit sie Punkt achtzehn Uhr in New York in Richtung Paris gestartet waren, hatte es keine Zwischenfälle gegeben. Die rund dreißig Passagiere zeigten sich allesamt pflegeleicht und gut gelaunt, und auch der *Clipper Dip* hatte den Härtetest in der Luft bestanden: die Bewegung, mit der Pan-Am-Stewardessen in die Knie gingen, um den Gästen nachzuschenken. Denn die Brust auf Augenhöhe der Passagiere und ein herausgestrecktes Hinterteil galten im Wortlaut von Miss Whitehead als *unkeusch*. Margot war inzwischen zu dem Schluss gekommen, dass Pan Am diese affektierte Haltung überhaupt nur eingeführt hatte, damit ihnen das Puderdosenhütchen nicht vom Kopf rutschte, das sie auch an Bord nicht ablegen durften.

Respektvoll klopfte Margot an die Tür des Cockpits und trat ein. Verglichen mit der Sardinenbüchse, in die sich die Piloten einer Super-Connie quetschen mussten, hätte man hier fast schon eine kleine Party schmeißen können.

Funker und Navigator warfen ihr kurz einen Blick über die Schulter zu und widmeten sich dann wieder ihren Instrumenten.

»Captain Fulton, Officer Maloney«, sprach Margot die Piloten an. »Sie haben gerufen?«

»Na endlich!«, bellte der Captain, ein drahtiger Mittvierziger mit silbern angehauchtem Bürstenschnitt. »Was haben Sie in der Galley da nur angerichtet?«

Margot hob die Brauen. »Verzeihung?«

Der First Officer drehte sich halb in seinem Sitz um. Er war noch jung, sicher keine dreißig, und sah nicht nur unverschämt gut aus, sondern hatte auch genauso unverschämt Margots Beine gemustert, als sie ihm das Essen gebracht hatte.

Von dieser Unverschämtheit war nichts mehr übrig geblieben.

»Das Essen«, stöhnte er, die Hand auf den Magen gepresst. »Das war wohl verdorben.«

Mit der anderen Hand hielt er Margot einen Pappbecher hin, aus dem es unangenehm muffig roch. Der Schreck fuhr ihr in alle Glieder.

»Wissen Sie, was das für einen Flug wie unseren heißt?«, herrschte der Captain sie an.

Ja, das wusste sie. Im schlimmsten Fall hatten sie nicht nur das Flugzeug voll kotzender Passagiere, sondern auch mitten über dem Atlantik eine sterbenskranke Crew. Und damit niemanden, der den Vogel heil wieder zur Erde brachte.

»Was zum Henker haben Sie da angestellt, Miss Margot?«, wetterte Captain Fulton. »Passt denn niemand auf Frischlinge wie Sie auf?«

Mit spitzen Fingern nahm Margot First Officer Maloney den Pappbecher ab und spähte in die gelbgrüne und mit Bröckchen durchsetzte Masse. Sie überlegte noch fieberhaft, ob sie tatsächlich etwas falsch gemacht hatte oder die Kühlkette auf dem Weg in die Galley unterbrochen worden war und was zum Teufel sie jetzt tun sollte, als sie stutzte. Vorsichtig schnupperte sie am Becher und besah sich den Inhalt noch einmal gründlicher.

Ihr Gauner, dachte sie erbost, und musste doch in sich hineingrinsen.

Sie drückte dem verdutzten First Officer den Becher so vehement wieder in die Hand, dass gelbgrüne Spritzer auf seinem Hemd landeten.

»Das ist kein Erbrochenes, sondern Erbsensuppe, Sir«, sagte sie kühl. »Wenn Sie mit der Qualität nicht zufrieden sind, wenden Sie sich bitte an die Firma Campbell – oder wer auch immer dieses Zeug fabriziert hat. Ich habe in drei Jahren Dienst als Stewardess jedenfalls genug Tüten weggetragen und Pfützen aufgewischt, um das eine vom anderen unterscheiden zu können.«

Captain und First Officer wechselten einen geradezu enttäuschten Blick, dann brachen beide in schallendes Lachen aus; auch Funker und Navigator ließen ihrer Erheiterung freien Lauf.

»Willkommen in der Crew von Pan Am!«, rief der Captain belustigt. »Jetzt wissen Sie, wie bei uns der Hase läuft!«

»Entschuldigung«, japste Officer Maloney, immer noch lachend, und wischte – schlagartig wieder putzmunter – über die Erbsensuppenflecken auf seinem Hemd. »Aber Sie müssen zugeben, dass Sie einen Augenblick lang darauf reingefallen sind.«

»Mhm«, machte Margot schmunzelnd. »Nur sollten Sie es sich im Cockpit nie mit uns Stewardessen verscherzen. Nicht dass Sie irgendwann noch auf dem Trockenen sitzen, weil wir hinten viel zu sehr mit unseren Gästen beschäftigt sind, um Sie mit Kaffee zu versorgen.« Sie beugte sich vor und gab ihrer Stimme etwas düster Drohendes. »Und dass die Augentropfen in der Bordapotheke abführend wirken, wenn man sie heimlich in ein Getränk träufelt, wissen Sie, ja?«

Captain Fulton lachte umso lauter und reckte den Daumen hoch, während Officer Maloneys Augen belustigt funkelten.

»Oh, là, là!«, rief er und schüttelte locker seine Hand, als hätte er sich gerade die Finger verbrannt. »Was für ein Temperament! Nicht nur tolle Beine, sondern auch ein helles Köpfchen. Und ein hübsches noch dazu! Wollen Sie mich vielleicht heiraten, Miss Margot?«

»Träumen Sie ruhig weiter!«, konterte Margot und deutete einen koketten Knicks an. »Wenn das alles war, Sirs, würde ich mich gern wieder unseren Gästen widmen.« Sie wandte sich zum Gehen.

»Wenigstens einen Drink morgen Mittag in Paris?«, rief der First Officer ihr nach.

Margot schüttelte lachend den Kopf. Ihre erste Feuerprobe hatte sie definitiv mit Bravour gemeistert.

Drei Wochen später war die Strecke zwischen New York und Paris längst zur Routine geworden. Zu ihrer Freude flog Margot häufig zusammen mit Pat.

»Meine Güte, was für ein Flug«, murrte Pat, als das Taxi in die 10th Street einbog und vor einem der Backsteinhäuser hielt. »Lauter komische Köpfe!«

»Es stehen viele bunte Kühe auf Gottes großer Weide«, stimmte Margot zu und kletterte aus dem Wagen.

»Und alle fliegen sie mit Pan Am«, ergänzte Pat.

»*Ciao, ragazze belle!*«, rief einer der italienischen Halbstarken, die oft mit Zigarettenkippe im Mundwinkel auf der Treppe vor dem Nachbarhaus herumlungerten; die anderen beiden pfiffen anzüglich.

Margot war heute mit Bezahlen an der Reihe und steckte die Quittung ein.

»Bis zum nächsten Mal!«, rief der Fahrer durch die geöffnete Seitenscheibe und brauste in waghalsigem Tempo davon.

»Woher weißt du, dass du eindeutig zu viel unterwegs bist?«, fragte Margot seufzend.

Pat grinste. »Wenn du in einer Stadt wie New York dreimal hintereinander denselben Taxifahrer erwischst.«

»*Hola!*« Ein Strahlen auf dem Gesicht, trat Mrs Hernández aus der Tür, die Gießkanne in der Hand.

Anstatt jedoch die Blumen in den Töpfen zu wässern, die in der drückenden Augusthitze traurig die Blätter hängen ließen, nahm sie sowohl Margot und Pat als auch deren Gepäck gründlich in Augenschein.

»Hatten die Señoritas einen guten Flug?«, fragte sie auf Spanisch.

Seit sie mitbekommen hatte, dass sie sich mit ihnen in ihrer

Muttersprache unterhalten konnte, waren Margot und Pat die Lieblinge der Concierge.

Mrs und Mr Hernández lebten unten im Haus. Er erledigte kleinere Reparaturen und reinigte den Bürgersteig, sie putzte die Treppen und Flure und kümmerte sich sonst um alles – auch um die Stewardessen, Sekretärinnen, Zahnarzthelferinnen und Verkäuferinnen, die zu dritt oder zu viert die Apartments bewohnten. Wenn sie sich nachts um zwei hereinschlichen, stand ihre Hausmutter meist im Bademantel hinter der Eingangstür, um in leichtem Plauderton zu fragen, wo sie gewesen waren und mit wem. Margot und Pat waren davon überzeugt, dass sie Pan Am regelmäßig Bericht erstattete.

Dass Herrenbesuch grundsätzlich und unter keinen Umständen erlaubt war, auch nicht von Bruder, Vater oder Großvater, hatten sie beim Einzug unterschreiben müssen.

»Ist leider keine Post für die Señoritas gekommen«, bekundete Mrs Hernández mit betrübter Miene. »Auch nicht aus Deutschland.«

»Danke, Mrs Hernández«, antworteten Margot und Pat artig wie Pensionatsschülerinnen und trugen ihre Pan-Am-blauen Reisetaschen in den vierten Stock hinauf.

Unter dem an die Wand geschraubten Telefon saß eine junge Frau in enger Hose und Bluse auf dem Boden des Korridors; das blondierte Haar war sorgsam auf Lockenwickler gedreht. Lucy arbeitete ebenfalls als Stewardess, aber bei American Airlines.

»Ja, mein Gott!«, schnaubte sie in den Hörer, das gekräuselte Kabel maximal gedehnt, und zog an ihrer Zigarette. »Dann hat er mich eben einmal nicht erreicht. Das ist hier doch normal, dass irgendjemand anders rangeht, wenn das Telefon klingelt.

Ich bin ja nicht die Einzige auf dem Stockwerk, die ab und zu einen Anruf kriegt. Soll er sich mal bloß nicht so anstellen.«

Sie schnippte die Asche in den Aschenbecher neben sich, bevor sie die Hand grüßend in Margots und Pats Richtung hob.

Margot schloss die Tür zu ihrem Apartment auf.

»Hallo-ho«, rief Pat in den Flur hinein. »Wir sind wieder da-ha!«

Alles blieb still. Entweder war ihre Mitbewohnerin ausgeflogen oder noch gar nicht aufgestanden. Carol arbeitete bei TWA, und wie alle Stewardessen schlief sie wie ein Stein, sobald sie ein richtiges Bett zur Verfügung hatte.

Die Sekretärin von Pan Am, bei der sie noch in Miami ihren Arbeitsvertrag unterschrieben hatten, hatte ihnen diese Unterkunft vorgeschlagen, und Margot und Pat hatten sofort zugegriffen. Voll möblierte Zimmerchen mitten im East Village, bei günstigem Verkehr gerade mal eine halbe Stunde mit Taxi oder Bus vom Flughafen entfernt, für schlappe vierzig Dollar – das war ein echter Glücksgriff. Noch dazu mit Tiefkühlschrank und Fernseher in der Küche. Betty und Dottie hatten nur ein paar Straßen entfernt vergleichbare Zimmer in ganz ähnlichen Apartmenthäusern bezogen.

»Gleich ins Bett gehen?«, fragte Pat und gähnte.

Margot seufzte, als sie beim Blick in die Küche das schmutzige Geschirr entdeckte, das sich in der Spüle stapelte.

»Nein, erst alles andere«, antwortete sie. »Sonst schleppen wir uns mit einem verschobenen Zeitgefühl durch unsere freien Tage.«

Margot schlüpfte aus dem Blazer ihrer Uniform, schnupperte daran und verzog das Gesicht; genau wie ihre Haare und die Haut stank der Stoff nach abgestandenem Essen und Rauch.

»Willst du heute Abend essen gehen, oder machen wir uns hier was?«, fragte sie, während sich ihre und Pats Wege zwischen ihren Zimmern, Küche und Bad immer wieder kreuzten.

Pat stöhnte. »Nicht schon wieder *fish stick*s!«

In ihrer Freizeit fehlten ihnen meist die Geduld und die Lust, sich etwas Ordentliches zu kochen.

»Wir können uns auch was holen«, schlug Margot vor. »*Lanza's* oder Chinesisch?«

»*Lanza's!*«, antwortete Pat wie aus der Pistole geschossen. »Weiter als dorthin bewege ich mich heute nicht mehr aus dem Haus. Meine Füße bringen mich um!«

Margot lachte und hüpfte unter die Dusche.

Mit vollem Mund seufzte Margot wohlig auf und biss gierig gleich noch einmal von der Pizza ab, die sie in einem Karton beim Italiener um die Ecke geholt hatte.

Sobald sie geduscht hatte, war sie mit ihrer und Pats Uniform in die Reinigung geflitzt. In New York schob man solche Erledigungen besser nicht auf die lange Bank, das hatte sie schnell gelernt; angeschriebene Öffnungszeiten waren eher Richtwerte denn verlässliche Angaben. Pat hatte währenddessen ihrer beider übrige Wäsche im Keller in die Maschine gesteckt, und auch sonst war alles aufgeräumt und sauber gemacht, bereit für ein paar freie Tage bis zu ihrem nächsten Dienst.

Jetzt saßen sie barfuß und in luftigen Sommerkleidern auf der Feuerleiter vor dem offenen Küchenfenster – ihr Lieblingsplatz und fast so gut wie ein Balkon, darin waren sie sich einig. Besonders an warmen Abenden wie diesem; selbst bei sperrangelweit geöffneten Fenstern war die Wohnung bis in die Nacht hinein stickig.

Carol streckte den platinblonden Kopf zur Küchentür herein. Nachdem sie die vergangenen eineinhalb Stunden im Badezimmer verbracht hatte, das für drei Stewardessen mit ihrem jeweiligen Arsenal an Pflegeprodukten und Schminke viel zu klein geraten war, sah sie aus, als wäre sie zu einer Filmpremiere auf den roten Teppich eingeladen. Das seidig glänzende lilafarbene Kleid saß derart prall an ihrer weiblichen Figur, dass der Fantasie wenig Spielraum blieb.

»Bei mir wird's sicher spät«, zwitscherte sie. »Habt einen schönen Abend, ihr Süßen!«

Eine Wolke von *Chanel No. 5* waberte durch die Küche, und klappernd entfernte sie sich auf ihren schwindelerregend hohen Absätzen über den Flur.

»Das ist schon wieder ein neues Kleid, oder?«, fragte Pat, als die Apartmenttür hinter ihrer Mitbewohnerin zugefallen war. »Und billig sah das auch nicht gerade aus.«

Carol verfügte tatsächlich über eine beachtliche und dazu noch todschicke Garderobe. Auch die Dessous, die manchmal über dem Badewannenrand zum Trocknen hingen, waren nur vom Feinsten und äußerst sexy noch dazu.

»Wie macht die das bloß?«, fragte Pat und knabberte am Rand ihres Pizzastücks. »Verdienen die bei TWA so viel mehr?«

Margot leckte sich die fetttriefenden Finger ab, um zu dem Glas auf der Stufe unter ihr zu greifen. Spätestens nach der Flasche Rotwein, die sie von *Lanza's* mitgebracht hatte, würden sie beide heute Nacht herrlich schlafen.

»Kann ich mir eigentlich nicht vorstellen«, erwiderte sie. »Aber sie zahlt vermutlich auch nicht mehr ihre Uniform ab.«

Über zweihundert Dollar, fast ein ganzes Monatsgehalt, hatte Pan Am ihnen für die aus feinsten Materialien auf den Leib geschneiderte Uniform in Rechnung gestellt, die sie jetzt in kleinen Raten abstotterten. Zum Ausgleich bekamen sie ein nach Flugziel und Aufenthaltsdauer gestaffeltes Spesengeld für Taxi, Verpflegung und sonstige Ausgaben.

»Ich träum ja von dem Tag«, nuschelte Pat beim nächsten Bissen, »an dem ich vielleicht auch mal als Purser fliege.«

Margot nickte zustimmend. Bei der Lufthansa ging es demokratischer zu, dort übernahm immer die- oder derjenige mit der meisten Erfahrung die Leitung im Bereich hinter dem Cockpit. Bei Pan Am war Purser eine eigene Position – der Boss der Kabine, der nicht nur die Kasse verwaltete oder die Telegramme entgegennahm, die die Gäste noch in letzter Minute aufgeben wollten, sondern auch die gesamte Verantwortung für Sicherheit und Service an Bord trug. Bei entsprechend höherer Bezahlung natürlich.

»Noch besser würde mir ein Job als Check Purser gefallen«, meinte Margot.

Check Purser wie Tony Rosen, der gestern Abend in Paris mit eingestiegen war, nahmen die Stewardessen bei der Arbeit gründlich unter die Lupe und übten Manöverkritik. Mr Rosen verstand sein Handwerk zweifellos, aber Margot hatte sich an seiner oberlehrerhaften Art gestört; vor allem besaß er keinen Funken Humor. Sie hätte es besser gemacht, davon war sie überzeugt.

Pat lachte. »Du weißt schon, dass dir dafür eine ganz grundlegende Voraussetzung fehlt?«

Abgesehen von den Kellnern, die an der Bar des Stratocruisers Cocktails mixten, war der Service an Bord fast ausschließlich in weiblicher Hand; ein Verhältnis, das bei den Pursern umgekehrt war. Check Purser dagegen waren immer männlich, und eine pilotenähnliche Uniform unterstrich ihre Autorität.

Margot sah Pat schelmisch an. »Höchste Zeit, dass auch mal eine Frau diesen Job übernimmt.«

Pat seufzte. »Ich wäre ja schon froh, wenn ich mal eine andere Strecke fliegen dürfte. Nichts gegen Paris, aber so langsam finde ich den Eiffelturm ähnlich reizlos wie die leer stehenden Fabriken zu Hause in Yonkers.«

Der verheißungsvolle Glanz, für Pan Am zu fliegen, hatte sich innerhalb weniger Wochen bereits abgenutzt. Im Stratocruiser hatte Margot zwar nur halb so viele Passagiere zu betreuen wie früher in einer voll besetzten Super-Connie, aber sich zusammen mit den Kolleginnen komplett selbst um die Mahlzeiten zu kümmern, das war aufwendig. Kein Wunder, dass sich alle Stewardessen um die *Rainbow Class* mit ihren Sandwiches rissen; auch wenn die Gerichte in der *First Class* nur warm gemacht wurden, bedeuteten mehrere Gänge auch ein Vielfaches an Arbeit. Sehnsüchtig dachte Margot an Hacki und seine Kollegen zurück, die ihr damals bei der Lufthansa diese Plackerei abgenommen hatten.

Die Arbeitstage bei Pan Am waren nicht nur lang, sondern auch eng getaktet. In Paris reichte die Zeit gerade, um ein paar Stunden zu schlafen, sich zu duschen und umzuziehen, bevor es zurück zum Flughafen ging. Die freien Tage dazwischen waren zwar großzügig bemessen, aber letztlich doch zu wenige, um großartig zu verreisen. Und selbst mit Personalrabatt blieb ein Flugticket ein unerschwinglicher Luxus, auf den man erst mal sparen musste. Statt der großen weiten Welt sahen sie derzeit nur die immer gleichen Flughäfen – Paris und New York.

Nicht schlecht für eine Hamburger Deern, sagte Margot sich immer wieder, aber erwartet hatte sie deutlich mehr.

»Wieso bis du eigentlich Ende des Monats für Deutschland eingeteilt und ich nicht?«, wollte Pat wissen. »Ich habe in Miami doch auch Deutsch gelernt.«

»Keine Ahnung«, sagte Margot wahrheitsgemäß. »Und noch viel weniger weiß ich, warum ich nur eine Woche lang drüben bin. Ich habe mir schon überlegt, ob eine Kollegin im Urlaub ist, und sie jemanden mit Deutsch als Muttersprache wollen.«

Sie reckte sich nach hinten, um den leeren Pizzakarton durch das Fenster auf die Spüle fallen zu lassen.

»Kannst du dann zwischendurch nach Hause fahren?«, erkundigte sich Pat und trank einen großen Schluck von ihrem Chianti.

Margot schnitt eine Grimasse. »Leider nicht. Ich komme zwar schon am Montagnachmittag in Frankfurt an, muss aber am nächsten Morgen bereits um halb sechs wieder am Flughafen sein. Dann pendle ich drei Tage zwischen Frankfurt und Berlin, und am Freitag fliege ich schon wieder zurück nach New York. Ich habe sämtliche Flug- und Zugfahrpläne gewälzt, aber das reicht hinten und vorn nicht. Nicht mal, um kurz Hallo zu sagen und für ein paar Stunden in mein altes Bett zu fallen. Dass ich danach ein oder zwei Tage freinehme und über Hamburg zurückfliege, ist offenbar auch nicht möglich. Wenn ich Glück habe, reicht es vielleicht für ein Abendessen oder einen Drink mit Hamilton, falls er gerade auch in Frankfurt ist.«

Sie seufzte, und Pat seufzte mit.

»Was macht dein Hamilton noch mal beruflich?«, fragte Pat nach einer kleinen Pause.

»Irgendwas mit Nachrichten und Werbung«, antwortete Margot.

»Darunter kann ich mir nicht so recht was vorstellen«, meinte Pat.

»Ich auch nicht«, erwiderte Margot erheitert. »Wir sprechen auch selten darüber.«

»Sondern?«

»Ach, über Politik und Reisen und sonst alles Mögliche.«

Sie lächelte in sich hinein, als sie an Hamilton dachte. Morgen wollte er sie wieder zum Essen ausführen, danach würden sie bestimmt noch zum Tanzen in einen Club gehen.

Pat schmunzelte. »Wenn du über ihn sprichst, klingt es, als hättest du das große Los gezogen.«

Margot krauste vergnügt die Nase. »Abwarten. Ist ja alles noch ganz frisch.«

So oder so würde der Abend wieder mit endlosen Küssen enden, im funkelnden Lichtermeer der Stadt. Zu mehr war sie noch nicht bereit; der Schreck, mit einer ungewollten Schwangerschaft alles aufs Spiel zu setzen, steckte ihr noch zu tief in den Knochen. Aber die Versuchung war groß.

Sie stupste mit dem Knie gegen Pats. »Was ist mit dir und Jimmy?«

Pat zuckte mit den Schultern. »Weiß ich auch nicht so recht. Ich dachte eigentlich, ob ich nun am College bin oder als Stewardess arbeite, macht keinen großen Unterschied für ihn. Offenbar habe ich mich da getäuscht.« Nachdenklich trank sie von ihrem Wein. »Ich fürchte, wir leben uns gerade auseinander.« Der Seufzer, den sie ausstieß, hätte Steine erweichen können. »Mal sehen, wie es ist, wenn ich übermorgen für ein paar Tage nach Yonkers fahre.«

An der Hausfront gegenüber kletterte ein junger Mann in Jeans und weißem T-Shirt auf die Feuerleiter, wo er sich eine Zigarette anzündete und Margot und Pat mit seinem Feierabendbier zuprostete. Ein Haus weiter saß eine junge Frau am offenen Fenster, die bloßen Füße auf der Fensterbank, und las. Irgendwo maunzte eine Katze, und aus einem weiteren Fenster drang schmissige Musik, Saxofon und kräftige Schlagzeugrhythmen.

Ein Sommer in New York City, und Margot war mittendrin. Sie hätte es deutlich schlechter treffen können.

»Wir sind ja gerade erst in der Probezeit«, sagte sie. »Sobald wir uns ein bisschen hochgearbeitet haben, kriegen wir schon noch unsere tollen Flugziele.«

Darauf stießen sie mit ihrem Chianti an.

31

Frag mich nie, was Heimweh ist

Die Douglas DC-4 schaukelte durch den frühen Morgenhimmel Richtung Berlin. Margot und ihre Kollegin Ulrike, eine überschlanke Brünette mit weichen Gesichtszügen, die seit zwei Jahren für Pan Am auf den innerdeutschen Linien arbeitete, bereiteten in der Galley das kleine Frühstück vor.

»Mensch, ick beneide dir«, sagte Ulrike mit Berliner Schnoddrigkeit. »New York, das ist doch ein Traum! Haste eigentlich was anjestellt, dass sie dich hierher versetzt haben?«

»Ich hoffe nicht!«, erwiderte Margot lachend. »Und es ist ja auch nur für eine Woche.«

»Das sagen se immer«, orakelte Ulrike düster, aber mit einem Augenzwinkern.

Margot füllte die ersten Tassen mit Kaffee. Die DC-4 war wesentlich größer und geräumiger als das Vorgängermodell DC-3, auf dem die ersten Piloten der neu gegründeten Lufthansa ihre Schulungen absolviert hatten. Nach einer Reihe von Unfällen war die DC-3 in die Schlagzeilen geraten; die Ära dieser Flugzeuglegende schien sich schneller als gedacht dem Ende zuzuneigen.

Mit vierundvierzig Plätzen war die DC-4 durchaus vergleichbar mit der Convair, auf der Margot bei der Lufthansa angefangen hatte. Sie hatte sich schnell zurechtgefunden, und heute, an ihrem zweiten Arbeitstag, war schon alles Routine. Durch die kurze Flugzeit von nicht einmal zwei Stunden war auch der Service ein Kinderspiel.

Ungewohnt war es allerdings, mit Ulrike, dem Purser und den Passagieren wieder Deutsch zu sprechen, dabei hatte sie noch nicht einmal volle drei Monate in den Staaten verbracht. Seit Montag war sie zurück in Deutschland, bekam aber kaum etwas davon mit, weil sie von früh bis spät in der Luft war.

Ulrike trug das Tablett mit den Kaffeegedecken davon, und Clayton Morris, der Purser, trat in die Galley.

»Dürfte ich Sie um einen Gefallen bitten, Miss Margot?«, fragte er in amerikanisch eingefärbtem Deutsch.

»Sicher, Sir.«

»Wir sollen eilige Dokumente mitnehmen, die in unserer Niederlassung am Kurfürstendamm hinterlegt sind. Ich schlage vor, Sie lassen Flug 663 aus. Der ist nur spärlich besetzt, das schaffen Miss Ulrike und ich auch zu zweit. Stattdessen fahren Sie in die City, holen diese Dokumente ab und sind dann gegen vierzehn Uhr dreißig wieder in Tempelhof für Flug 671.«

Airlines stellten sich oft als Expresskurier zur Verfügung, das wusste Margot; sei es für lebensnotwendige Medikamente, dringend benötigtes medizinisches Gerät oder besondere Wertsachen, die man weder der Post noch einem Cargoflug anvertrauen wollte.

»Natürlich, Mr Morris.«

Der Purser legte die Hand kurz auf Margots Schulter. »Danke, Miss Margot, das weiß ich wirklich sehr zu schätzen.« Aus seiner Geldtasche zählte er vierzig Mark ab. »Für Ihre Auslagen. Und gehen Sie irgendwo schön zu Mittag essen.«

Gegen zehn Uhr hielt das Taxi mit Margot an einer stark befahrenen Kreuzung.

»Hamse det nich' kleener?«, zeterte der Taxifahrer, obwohl Margot großzügig aufgerundet hatte.

Ungehalten meckerte er weiter vor sich hin, während er bei laufendem Motor Münzen zusammenkramte. Margot rechnete nicht damit, dass er doch noch eine Spur von Höflichkeit zeigen würde, und sobald sie das Wechselgeld eingesteckt hatte, öffnete sie selbst die Tür. Sie hatte sie kaum hinter sich zufallen lassen, als der Taxifahrer Gas gab und davonjagte.

Willkommen in Berlin.

Über der mit bunten Plakaten verzierten Glasfront, die Reisen in Höchstgeschwindigkeit versprachen, prangte der Pan-Am-Globus. Margot ging auf die große Glastür zu und trat ein.

In der Agentur der Fluggesellschaft herrschte Hochbetrieb. Etliche Herren im Anzug und Damen im Kostüm studierten Flugpläne, bevor Tickets und Geldscheine den Besitzer wechselten.

Als Margot an der Reihe war, sah ihr ein Herr mittleren Alters in Anzug und Krawatte freundlich entgegen. »Guten Morgen, gnädiges Fräulein. Wie kann ich helfen? *Or do you prefer English?*«

Margot lachte. »Deutsch ist völlig in Ordnung. Margot Frei von Pan Am, hallo. Ich soll hier was abholen.«

»Ah ja.« Er beugte sich nach unten, um eine Schreibtischschublade aufzuschließen, und nahm einen Umschlag heraus. »Entschuldigen Sie vielmals – aber können Sie sich ausweisen?«

»Natürlich.« Margot zeigte ihren Dienstausweis vor.

Gewissenhaft füllte der Angestellte die Felder eines Quittungsblocks aus und schob Margot den Durchschlag mitsamt dem Kuvert zu. »Besten Dank, Fräulein Frei. Einen schönen Tag noch – und natürlich einen guten Flug!«

Der Umschlag war klein genug, dass er problemlos in ihre schmale Handtasche passte. Nur der Name des Adressaten stand darauf: *Mr Archibald Reach.*

Das ging ja fix, dachte Margot, als sie wieder auf die Kreuzung hinaustrat.

Da war sie also, eine Hamburger Deern, die mittlerweile in New York lebte, und nun ihre ersten Schritte auf dem Berliner Ku'damm machte. An den Times Square reichte das Getümmel bei Weitem nicht heran, aber mit dem Münchner Stachus konnte es durchaus mithalten.

Ein Kiosk bot *Internationale Zeitschriften & Modejournale* an; in der Glaskanzel obendrauf beobachteten zwei Schutzmänner den aus allen vier Himmelsrichtungen vorbeibrummenden Strom von Fahrzeugen. An einer Fassade glänzte der Mercedes-Stern in der Sonne, über eine andere zog sich der Schriftzug von Telefunken, und dazwischen näherte sich eine Großbaustelle ihrer Vollendung.

Café Kranzler, verkündete ein großes Plakat. *Wiedereröffnung Ende 1958.*

Weiter hinten ragte der Stumpf der Gedächtniskirche auf wie ein fauliger Zahn. Unwillkürlich richtete Margot ihre Schritte dorthin aus und marschierte dann immer der Nase nach weiter, am Zoologischen Garten vorbei, sie hatte ja bis zum Nachmittag Zeit. Sobald die Berliner Schnauze, die ihr durch Thea so vertraut war, an ihr Ohr drang, schmunzelte sie vor sich hin.

Berlin war erstaunlich grün, fand sie; der Tiergarten erinnerte an den Central Park. Und wie in New York wurde auch hier viel gebaut. Während man zwischen Hudson und East River aus reinem Perfektionismus schönes Altes abriss, um schönes Neues zu schaffen, schien man zwischen Spree und Havel ehrgeizig das Provisorische der Nachkriegszeit loswerden zu wollen.

Ein ungläubiges Lächeln zuckte über Margots Gesicht, als sie in der Ferne die Umrisse des Brandenburger Tors ausmachen konnte, und sie beschleunigte ihre Schritte. Kurz davor blieb sie jedoch jäh stehen. Militärfahrzeuge parkten am Fuß der Säulen, daneben waren Soldaten postiert.

Achtung!, warnte ein Schild. *Sie verlassen nach 70 m West-Berlin. You are now leaving British sector.*

Margot beobachtete eine schwarz glänzende Limousine, die selbstsicher auf das Tor zurollte und davor hielt. Durch die heruntergekurbelte Seitenscheibe entspann sich ein kurzer Wortwechsel mit einem hinzugetretenen Soldaten, Papiere wurden vorgezeigt, und der Wagen rollte auf die andere Seite. In den Osten.

Würde Margot ebenfalls genauso problemlos hinübergelangen, wenn sie ihren Reisepass vorzeigte? Und käme sie auch wieder zurück? Bei ihrer Reise nach Moskau hatte sie eine solche Scheu nicht gehabt. Aber das war auch ein fremdes Land gewesen, nicht das eigene, das in Ost und West zerteilt war. Und nach Moskau war sie geflogen.

Langsam drehte sie sich um die eigene Achse. Wohin sie ihre Schritte auch richtete – überall würde sie unweigerlich auf solche Kontrollposten stoßen, weil Berlin ringsum von der Sowjetzone umschlossen war. Wie eine unsichtbare Mauer fühlte es sich an.

Margots Blick wanderte nach oben. Im Blau des Augusthimmels glänzte ein Flugzeug wie ein winziger Silberstreif: eine der Maschinen, die von Tempelhof aus in Richtung Westen flog. Deshalb ging vom Fliegen wohl eine so ungeheure Anziehungskraft aus. Weil die Grenzen am Boden von dort oben betrachtet schrumpften, bis sie kaum noch zu sehen waren, und man sich der Illusion hingeben konnte, dass es sie gar nicht gab.

Margot kehrte um.

Auf dem Weg zurück zum Flughafen gönnte sie sich einen Abstecher zum KaDeWe. Staunend warf sie einen Blick in die Schaufenster, die fast schon etwas von einer Kunstausstellung hatten. Das KaDeWe war ein Luxustempel erster Güte, der *Saks Fifth Avenue* in nichts nachstand. Margot ertappte sich dabei, wie sie ganz automatisch die Preise grob durch vier teilte, um sie in Dollar umzurechnen, so sehr hatte sie sich schon an das Leben in Amerika gewöhnt.

Auf dem Ku'damm und den angrenzenden Parkstreifen drängten sich kugelige Volkswagen und ihre großen Brüder, die Bullis, neben Glanzlichtern der boomenden deutschen Autoindustrie zusammen; Doppeldeckerbusse spien an der Haltestelle ihre Fahrgäste aus und sammelten neue ein.

Kein Wunder, dachte Margot, während sie über die Flaniermeile bummelte, dass sich die Menschen von dieser bunten Einkaufsstraße angezogen fühlten. Zwischen den Fassaden der Geschäfte ließ sich vergessen, dass der Kommunismus die Stadt umzingelte; hier blühte das Wirtschaftswunder, hier konnte man sich ganz und gar im Westen fühlen. Margot besah sich die frei stehenden Schaukästen mit Büchern von Ullstein und aktuellen Kinoplakaten: *African Queen* mit einer stolz-schönen Katherine Hepburn und einem reichlich zerknitterten Humphrey Bogart, *Mädchen in Uniform* mit Lilli Palmer und Romy Schneider und *Die Brüder Karamasow* mit Maria Schell und Yul Brynner.

Dahinter leuchtete einladend ein gelbes Telefonhäuschen.

Margot kramte das Kleingeld aus der Handtasche, von dem sie nach der Taxifahrt reichlich hatte, und suchte aus ihrem Taschenkalender die Pelzersche Nummer heraus. Gebannt horchte sie auf das Freizeichen, dann klackte es.

»Pelzer?«, berlinerte eine Frau aus dem Hörer.

»Hallo, Thea. Ich bin's, Margot.«

»Margot!«, kreischte Thea auf. »Det jibt's ja nich! Wo steckste denn?«

Margot grinste. »Stell dir vor, ich bin in Berlin. Mitten auf dem Ku'damm.«

»Berlin? Wat treibste denn in Berlin?«

Thea war keine große Briefeschreiberin; ihre Antworten auf Margots Post aus Amerika waren nur rasch hingeworfene Skizzen aus dem Leben einer Flugschülerin, Fortschritte und Pannen eingeschlossen. Umso schöner war es, jetzt durch die Telefonleitung zu erzählen und sich erzählen zu lassen.

»Wat machen die Männer?«, fragte Thea neugierig.

Margot lachte. »Momentan gibt's nur einen.«

»'n Ami?«

Als Margot bejahte, wollte Thea alles über Hamilton Hayes wissen. Margot warf mehrmals Münzen nach, bis Thea endlich zufrieden schien.

»Det Neuste weeßte noch gar nich!«, trompetete sie dann in den Hörer. »Felix und Ruth sind 'n Paar! So richtig fest.«

Margot staunte. »Ist nicht wahr!«

Thea lachte schallend. »Keene Ahnung, wie det passieren konnte. Da weeßte aber, wer die Hosen anhat, wa? Sieglinde hat ooch 'n Verehrer. 'n Autoverkäufer. So jelackt wie seine Karren, aber der hat sich wohl schnell hochjearbeitet und macht ordentlich Schotter. Na ja, muss sie selber wissen.«

Margots Herz zuckte erleichtert, dass es mit Sieglindes Interesse an Klaus offenbar vorbei war. Eine kleine Atempause ihrer Freundin nutzte sie, um die Frage zu stellen, die ihr am meisten auf dem Herzen lag.

»Wie geht es Almuth?«

Margots Ansichtskarten und der Brief aus New York waren ohne Antwort geblieben.

Thea seufzte. »Sie tut so, als ob allet in Ordnung wär, aber sie hat was, det merk ick doch. Wenn ick sie direktemang danach frage, mauert sie. Claus weeß ooch nich so recht, wat los ist.«

Margot spürte einen Kloß im Hals und warf eine weitere Münze nach.

»Weeßte«, sagte Thea mit einem erneuten Seufzen, »irjendwie is det alles nich mehr so wie früher. Seit du weg bist, mein ick.«

In diesem Moment vermisste Margot ihre Freundinnen so sehr, dass es wehtat.

»Ich will versuchen, über Weihnachten nach Hamburg zu kommen«, versprach sie spontan.

Thea kiekste glücklich auf. »Det wär dufte! Dann feiern wir deinen Jeburtstag, ja? 'n Vierteljahrhundert Margot – det braucht 'ne große Sause!«

Die Anzeige des Fernsprechers blinkte. Margot tastete nach der nächsten Münze, aber sie hatte alle aufgebraucht, und im Geldbeutel waren nur noch Scheine.

»Mein Guthaben ist gleich alle!«, rief sie in den Hörer. »Ich meld mich möglichst bald wieder, ja?«

»Unbedingt!«, erwiderte Thea lachend. »Ick hab dir lieb!«

Es klackte, und der lang gezogene Wählton erklang. Den Hörer noch in der Hand, wünschte Margot sich, sie könnte jetzt noch ihre Mutter anrufen, aber das Behelfsheim der Freis hatte noch immer keinen Telefonanschluss.

Auch der Brief ihrer Mutter war kurz ausgefallen und drehte sich hauptsächlich darum, dass sich bei Lore und Hans die Fertigstellung des Eigenheims verzögerte und Holger seine Mutter ziemlich auf Trab hielt.

Margot hatte es sich leichter vorgestellt, über den großen Teich hinweg Kontakt zu halten. Jetzt fragte sie sich, ob es wirklich so schwierig war, einmal zu Besuch nach Hamburg zu kommen. Oder ob sie sich insgeheim davor drückte.

Flug PA 671 aus Berlin war planmäßig um 17:10 Uhr in Frankfurt gelandet. Keine zwanzig Minuten später schritten Margot und ihre Kollegin Ulrike durch das modern eingerichtete Terminal von Pan American World Airways.

»Ick orjanisier uns schon mal ein Taxi, ja?«, bot Ulrike an. Sie teilte sich in Frankfurt-Niederrad mit einer anderen Stewardess eine Wohnung, die praktischerweise genau auf dem Weg zu Margots Hotel lag.

»Dauert nicht lang«, versicherte Margot.

Das Zigarettenpäckchen in der Hand, stöckelte Ulrike auf die Glastüren zu, während Margot sich umsah. Um diese Uhrzeit ließ der Publikumsverkehr schon stark nach. Nur noch einzelne Damen und Herren standen am Schalter an oder eilten zügig in Richtung des Ausgangs.

Margots Blick blieb an einem Herrn neben einem der Aschenbecher hängen. Der gute Zwirn und die Art, wie er den Hut tief ins Gesicht gezogen hatte, ließen darauf schließen, dass es sich um einen Amerikaner handelte.

Als er ihr entgegenlächelte und die Zigarette ausdrückte, gab es keinen Zweifel mehr, und Margot ging auf ihn zu. Er hatte ein Allerweltsgesicht, das geradezu glatt geschmirgelt wirkte.

»Mr Reach?«, vergewisserte sie sich.

»Derselbe«, antwortete er auf Englisch und lüftete seinen Hut. »Ich nehme an, Sie haben etwas für mich.«

»Ich hoffe, Sie empfinden das nicht als unhöflich«, sagte Margot mit professionellem Stewardessenlächeln. »Aber ich muss leider darauf bestehen, dass Sie sich ausweisen.«

»Natürlich.« Er griff in die Innentasche seines Jacketts.

Zusammen mit dem Reisepass glitt ein mehrfach gefaltetes Stück Papier heraus und fiel zu Boden. Margot setzte zu einem gekonnten *Clipper Dip* an, doch Mr Reach war schneller.

»Bemühen Sie sich nicht«, sagte er, richtete sich wieder auf und steckte das Papier zurück in die Innentasche.

Margot blinzelte. Für den Bruchteil einer Sekunde hatte sie einen Blick auf den durch den Falz halbierten Briefkopf erhascht, aber sie hatte sich bestimmt verlesen.

Gründlich studierte sie den Reisepass von Mr Archibald Reach und verglich Foto, Größe, Augenfarbe und Alter mit dem Mann vor ihr.

»Vielen Dank, Sir«, sagte sie schließlich und überreichte ihm das Kuvert. »Wenn Sie mir hier bitte noch unterzeichnen wollen.«

Mit ihrer Handtasche als Unterlage unterschrieb er den Quittungsdurchschlag.

»Der Dank ist ganz auf meiner Seite«, erwiderte er. »Guten Abend, Ma'am!« Grüßend tippte er sich an die Hutkrempe und ging mit langen Schritten zum Ausgang.

Auch Margot hielt auf die Glastüren zu, hinter denen Ulrike schon ungeduldig vor einer geöffneten Taxitür wartete. In ihrem Kopf rumorte es, immer wieder sah sie den halbierten Briefkopf vor sich, und ganz automatisch versuchte ihr Verstand, die fehlenden Buchstaben zu ergänzen.

Wie ein Schlüssel, der nach einigem Herumhantieren mühelos ins Schlüsselloch gleitet – so war es, als Margot unvermittelt den ganzen Schriftzug vor sich sah. Sie blieb jäh stehen.

Central Intelligence Agency. Der amerikanische Geheimdienst CIA.

32

Love and Marriage

Die Begegnung mit Mr Reach am Frankfurter Flughafen hatte Margot auch einen guten Monat später nicht losgelassen. Immer wieder sah sie den Briefkopf vor sich, mal klar und scharf, mal derart verschwommen, dass sie sicher war, sich geirrt zu haben.

Was geht's mich an, ob Mr Archibald Reach etwas mit der CIA zu tun hat, sagte sie sich dann jedes Mal trotzig. Trotzdem blieben ein Rest Neugierde und ein seltsam flaues Gefühl im Magen. Vor allem, wenn sie daran dachte, dass für sie demnächst wieder eine Woche Berlin-Frankfurt auf dem Dienstplan stand.

Zumindest hatte sie vorher noch ein paar freie Tage in New York, weshalb sie an diesem Vormittag losgezogen war, um die Vorräte des Drei-Frauen-Haushalts aufzustocken. Mit übervollen Einkaufstüten bepackt, stieg sie im sattgoldenen Septemberlicht die Stufen zur Haustür hinauf. Sie hatte kaum aufgeschlossen und mangels einer freien Hand die Tür mit der Schulter aufgeschoben, als Mrs Hernández in einem großgeblümten Hauskleid vor ihr stand.

»Señorita Margot«, sagte sie auf Spanisch. »Sie haben Besuch. Aus Deutschland!«

Margot sah sie irritiert an. Niemand hatte sich angekündigt, und nach New York flog man nicht eben mal so, weil einem gerade danach war.

Mrs Hernández winkte Margot zu sich heran. »Kommen Sie, kommen Sie!«

Margot folgte ihr in die Küche, in der Topfpflanzen wucherten und Heiligenbildchen an den Wänden hingen. Zwei Kaffeetassen und ein Teller mit Gebäck standen auf dem Tisch. Und auf einem der Stühle saß Almuth, einen Koffer neben sich.

»Ist es wirklich in Ordnung, wenn ich ein paar Tage bei dir bleibe?«, fragte Almuth, als sie wenig später hinter Margot die Stufen hinaufstapfte, ein paar Tüten in den Händen, die sie Margot abgenommen hatte. Mr Hernández trug Almuths Koffer voraus.

»Den Segen unseres Zerberus da unten hast du ja bereits«, erwiderte Margot. »Allerdings haben meine Mitbewohnerinnen auch noch ein Wörtchen mitzureden.«

»Für dich in Ordnung, meine ich«, hakte Almuth nach.

Margot blieb ihr die Antwort schuldig. Sie wusste nicht, was sie davon halten sollte, dass Almuth aus heiterem Himmel hier aufgetaucht war, nachdem sie mehr als drei Monate kein Wort miteinander gewechselt hatten. Sie bedankte sich bei Mr Hernández und gab ihm einen Dollarschein, den er erst abwehrte, dann aber doch mit überschwänglichen Worten einsteckte. Kleine Geschenke erhielten die Freundschaft.

Sie schloss die Tür zum Apartment auf und fiel zum zweiten Mal an diesem Tag beinahe über Carols Handtasche. Ihre Mitbewohnerin war gestern Abend wieder ausgegangen und erst gegen Morgen nach Hause gekommen; auch Schuhe und Mantel hatte sie einfach an Ort und Stelle liegen lassen.

Auf einem Bein balancierend, verhinderte Margot mit der Spitze ihres Schuhs, dass die Tasche umkippte und ihren Inhalt über den Boden verteilte. Stirnrunzelnd betrachtete sie die Dollarscheine, die sich dabei in der Tasche auffächerten. War Carol im Casino gewesen?

»Carol!«, rief sie durch die Wohnung, um ihrem Unmut im Allgemeinen und Speziellen Luft zu machen. »Räum endlich deinen Krempel auf, bevor sich noch jemand den Hals bricht!«

Carols zerraufter platinblonder Haarschopf erschien in der Küchentür. In ihrem hübschen Gesicht hafteten noch Reste von Make-up, und der seidene Morgenrock bedeckte nur das Nötigste.

»Huch, hab ich wohl vergessen«, meinte sie und trank in aller Ruhe einen Schluck Kaffee, während sie Almuth neugierig musterte.

»Carol – Almuth«, stellte Margot die beiden einander vor. »Du hast doch bestimmt nichts dagegen, wenn Almuth hier ein paar Tage unterkommt, oder?«

Carol hatte keineswegs etwas dagegen. Sie half Margot sogar, die Matratze, die zum Inventar gehörte und offenbar für genau solche Fälle vorgesehen war, aus dem Wandschrank zu holen, und bot erstaunlicherweise auch noch an, die Einkäufe wegzuräumen.

Margot schloss die Tür zu ihrem Zimmer hinter sich. Mit Nachdruck. »Was ist los?«

Almuth, die gerade ihr Bettzeug bezog, duckte sich schuldbewusst. In ihrem blauen Kleid und dem passenden Band in den Haaren sah sie aus wie eine Madonna. Allerdings wie eine, die in letzter Zeit viel geweint hatte.

»Ich habe Claus verlassen«, brachte sie schließlich tonlos hervor.

Margot blieb die Spucke weg. »Warum das denn?«

Almuth schleuderte das frisch bezogene Kissen von sich. »Weil ich nicht seine Frau sein kann!« Sie schrie es fast.

Margot zog die Brauen zusammen. »Wie meinst du das?«

Almuth blinzelte heftig, aber in ihren Augen stiegen dennoch Tränen auf. »Solange wir uns nur küssen, ist alles in Ordnung. Das finde ich wunderschön, ich krieg gar nicht genug davon. Ich will so gern mehr, aber sobald er anfängt, mir das Nachthemd oder die Bluse auszuziehen ... dann kommt alles wieder hoch. Ich hab versucht, mich dazu zu zwingen, aber es geht nicht, mir wird jedes Mal schlecht.«

»Hast du es ihm denn nicht gesagt? Was die Russen damals mit dir gemacht haben?«

Almuth wurde bis unter die Haarwurzeln rot. »Ich will nicht, dass er sich vor mir ekelt«, flüsterte sie heiser. »Ich ekel mich ja selbst vor mir.«

»Ach, Almuth«, sagte Margot leise.

Almuth ließ sich auf Margots Bett fallen und weinte vor sich hin.

»Deshalb war ich wohl auch so gemein zu dir und Thea«, flüsterte sie nach einer langen Pause und wischte sich über die nassen Wangen, »nachdem ihr mir das mit den gefälschten Zeugnissen und Unterschriften erzählt hattet. Weil ich selber etwas verschweige, obwohl ich genau weiß, dass es nicht richtig ist.«

»Und deshalb fliegst du bis nach New York?«

»Wo soll ich denn sonst hin?« Kläglich sah Almuth sie an. »Zu Thea konnte ich ja nicht, wegen Pelzer. Was soll der denn von mir denken? Und meine Mutter hätte mich sofort wieder aus dem Haus gejagt. Zurück zu Claus, wo ich ihrer Meinung nach hingehöre und meine Pflicht zu tun habe. Ich schäme mich so, dass ich als Ehefrau komplett versagt habe. Schick mich nicht weg, ja?« Ihr Kinn zitterte.

»Natürlich nicht«, versicherte Margot. »Du kannst bleiben, so lange du willst.« Sie setzte sich zu ihrer Freundin und nahm sie in den Arm. »Was hast du denn jetzt vor?«

»Erst mal habe ich das Konto mit meinem Ersparten leer geräumt«, erzählte Almuth schniefend. »Claus hat nach unserer Hochzeit eingewilligt, dass ich es behalten und weiter selber verwalten darf. Vielleicht kann ich hier in den Staaten die Heirat annullieren lassen. Wir waren doch nie wirklich Mann und Frau, dann ist das auch keine richtige Ehe, oder? Und wenn ich nicht als geschiedene Frau gelte, kann ich wieder als Stewardess arbeiten. Vielleicht sogar bei Pan Am.«

Almuths Stimme war gegen Ende immer leiser geworden. Ihr Plan klang durchaus logisch, aber richtig überzeugt davon schien sie nicht. Sie wirkte eher, als hätte sie sich in die Ecke getrieben gefühlt und zu einer Kurzschlusshandlung hinreißen lassen und wüsste nun nicht mehr weiter.

Ein Gedanke durchzuckte Margot. »Hast du Claus eigentlich gesagt, dass du nach New York fliegst?«

Almuth senkte beschämt den Blick. »Er war noch auf dem Rückflug von Buenos Aires, als ich meine Sachen gepackt hab. Ich bin einfach gegangen.«

»O Almuth!« Margot stöhnte. »Der kommt doch um vor Sorge!«

Almuths Augen füllten sich mit neuen Tränen. »Was hätte ich denn sonst tun sollen? Der ist imstande und holt mich zurück!«

»Und das willst du nicht?«, fragte Margot behutsam.

»Ich will …«, setzte Almuth an und erstarrte, bevor es mit einem Aufschluchzen nur so aus ihr herausbrach. »Ich will mich mit Claus im Bett herumwälzen und das tun, was Männer und Frauen miteinander tun, und es ganz herrlich finden. Ich will Kinder kriegen und in einem schönen Haus wohnen und mich jedes Mal freuen, wenn Claus von einem Flug zurückkommt. Das will ich! Aber was soll ich denn machen, wenn das nicht geht?«

Margot streichelte über den Rücken ihrer Freundin, während Almuth hemmungslos an ihrer Schulter heulte.

»Ruh dich erst mal ein bisschen aus«, sagte Margot nach einer Weile sanft. »Und ich rufe inzwischen Claus an, ja?«

»Okay«, schniefte Almuth.

Ausgeschlafen und geduscht wirkte Almuth schon deutlich aufgeräumter, als sie am Nachmittag am Küchentisch saßen. Pat, die nach ihrem Nachtflug noch zu aufgedreht war, um sich hinzulegen, hatte sich zu ihnen gesellt, während Carol schon zu ihrem Flug nach San Francisco aufgebrochen war. Aus Lissabon hatte Pat puddinggefüllte Blätterteigtörtchen mitgebracht, die wunderbar zum Kaffee passten. Sie und Almuth hatten sich auf Anhieb gut verstanden, nicht nur, weil es zwischen Margots Mitbewohnerin und ihrem Jimmy in Yonkers ebenfalls kriselte, wenn auch aus anderen Gründen als bei Almuth und Claus.

Unvermittelt hämmerte es von außen gegen die Tür des Apartments. »Margot!«, schrie eine Frau auf dem Hausflur. *»Call from Germany!«*

Der informelle Auftragsdienst zwischen den einzelnen Wohnungen funktionierte hervorragend. Wie der Blitz sprang Margot auf, flitzte hinaus und schnappte sich den herunterbaumelnden Hörer.

»Hallo?«, fragte sie atemlos.

»Ich bin's, Claus«, hörte sie seine Stimme zum zweiten Mal

an diesem Tag durch das statische Rauschen der Fernverbindung hindurch.

Dieses Mal jedoch dröhnte im Hintergrund die unverkennbare Mixtur aus Stimmengewirr, Lautsprecherdurchsagen und gedämpftem Motorenlärm; er war irgendwo am Flughafen.

»Ich habe gerade noch einen Flug nach Frankfurt erwischt«, rief er durch die nicht ganz stabile Leitung, die seine Stimme immer wieder für Bruchteile von Sekunden durch ein Knistern ersetzte. »Ich nehme gleich die Maschine um 23:30 Uhr, Landung 13:25 Uhr New Yorker Zeit.«

»Dann bis morgen«, sagte Margot.

»Bis morgen!« Abgehetzt klang er, und bei aller Erleichterung geradezu furchtsam, in New York nur noch die Scherben seiner Ehe vorzufinden.

Fast gleichzeitig legten er und Margot auf, und sie kehrte in ihr Apartment zurück.

»Claus ist unterwegs«, sagte sie, als sie ihren Platz am Küchentisch wieder einnahm.

Almuth wandte den Kopf und sah angespannt zum Fenster hinaus.

»Das kommt schon wieder in Ordnung«, versuchte Pat, sie aufzumuntern.

»Und wenn nicht?« Bang blickte Almuth zwischen Margot und Pat hin und her.

»Dann bleibst du fürs Erste hier, und wir päppeln dich wieder auf«, versprach Margot.

Ein kleines Lächeln erschien auf Almuths Gesicht.

»Falls ihr noch nicht wisst, was ihr heute Abend machen sollt«, meinte Pat mit leichter Ironie und nahm sich noch ein Törtchen, »in Lucys Apartment findet eine Tupperparty statt.«

Almuth machte große Augen. »Was ist eine Tupperparty?«

Während man in Deutschland noch nie davon gehört hatte, war Tupperware in den Vereinigten Staaten längst nicht nur bei den Hausfrauen ein Renner. Auch die jungen Sekretärinnen, Verkäuferinnen und Kosmetikerinnen in New York schätzten die strahlend weißen oder pastellbunten Dosen aus Plastik, um Reste aus dem Restaurant frisch zu halten oder den Lunch mit zur Arbeit zu nehmen. Kaufen oder bestellen konnte man Tupperware nur auf diesen Partys, ein Willkommensgeschenk inbegriffen. Die Gastgeberin, die nicht nur für Getränke und Schnittchen, sondern auch für interessiertes Publikum sorgte, wurde für ihre Mühen großzügig entschädigt – mit Produkten aus dem Sortiment. Und in den Zeitschriften warben patente Frauen vor dem Straßenkreuzer, den sie sich geleistet hatten, für eine Karriere bei Tupper, wo man es bis zur Managerin bringen konnte, sogar als verheiratete Frau und mit Kindern.

Tupperware versprach *neue Freiheit in der Küche* und den *Sieg im Rennen gegen die Uhr*. Offenbar verfehlten diese Worte ihre Wirkung auch bei Almuth nicht, die mit glänzenden Augen den süffisant vorgebrachten Ausführungen von Margot und Pat zuhörte.

»Das klingt super!«, rief sie und griff nach Margots Hand »Lass uns da hingehen, ja? Bitte!«

Mit vielsagendem Blick gluckste Pat hinter ihrer Kaffeetasse, und Margot unterdrückte ein Seufzen.

33

Wodka-Fox
(Gib mir den Wodka, Anuschka)

Den Kopf in die Hand gestützt, lehnte Almuth sich auf den Tresen. Der Abend war schon fortgeschritten und die kleine Bar brechend voll. Das Stimmengewirr der Gäste ertränkte geradezu die Musik aus dem Radio.

»Wenn ich in Amerika bleibe«, sagte sie verträumt und spielte mit der Zitronenscheibe am Glasrand, »und bei keiner Fluggesellschaft unterkomme, dann mache ich in Tupper.«

Mit erstaunlicher Halsstarrigkeit und dem schlagenden Argument, dass sie ja nur aus Deutschland zu Besuch sei, war es Almuth gelungen, der Vertreterin einen nicht unbeträchtlichen Teil ihrer Vorführmodelle abzukaufen.

Margot grinste. »Oder du wanderst als Avon-Beraterin von Haus zu Haus.«

Almuth prustete los. Sie war schon nicht mehr nüchtern gewesen, als sie die Tupperparty verlassen hatten, auf der einige Flaschen Sekt herumgegangen waren. Aber Almuth wollte unbedingt noch weiterziehen, nachdem sie ihre Einkäufe in Margots Zimmer abgestellt hatte – wenn sie schon mal wieder in New York war.

Ihre Augen wanderten durch den schummrigen und verräucherten Raum; sie schien gerade den Grad an Trunkenheit erreicht zu haben, bei dem man die Dinge besonders klar und scharf sieht.

»Das ist verflixt verführerisch«, meinte sie dann. »Einfach hierzubleiben und noch mal neu anzufangen.«

»Es wird dich über kurz oder lang trotzdem wieder einholen«, erwiderte Margot sachlich.

»Ich weiß.« Almuth seufzte. »Lach mich jetzt bitte nicht aus: Am Anfang dachte ich, ich hätte keinen Besseren als Claus erwischen können. Der hatte schon so viele Frauen, und alle waren verrückt nach ihm. Der hat doch bestimmt den Dreh raus.« Eindringlich sah sie Margot an. Fast fordernd.

Margot verschluckte sich beinahe an ihrem Drink. »Du willst jetzt aber nicht von mir wissen, wie sich dein Mann im Bett anstellt, oder?«

»Ist es denn schön?«, drängte Almuth. »So grundsätzlich, meine ich.«

Um Margots Mund zuckte es. »Ja, grundsätzlich ist es verdammt schön.«

Was vermutlich der Grund war, weshalb junge unverheiratete Frauen anständig bleiben sollten, ging es ihr nicht zum ersten Mal durch den Kopf. Denn wenn man einmal unanständig geworden war, wollte man gar nicht mehr damit aufhören.

»Zum Süchtigwerden«, fügte sie hinzu.

Almuth lächelte versonnen vor sich hin und trank ihr Glas aus. Sie richtete sich auf dem Hocker auf und signalisierte dem Barkeeper, ihnen noch mal dasselbe zu bringen. Ihre Bewegungen wurden von einer ganzen Reihe Herren im Raum interessiert verfolgt.

Bereits bei ihrer Ankunft in der Bar hatten sich zahlreiche Männer nach ihnen umgedreht. Vor allem Almuth mit ihrem weizenblonden Haar und dem feenhaften Äußeren schien auch in Amerika genau die Art von Frau zu sein, die Begehrlichkeiten weckte. Der junge und durchaus attraktive Barkeeper kam ihrem Wunsch nach Nachschub umgehend und mit einem neckischen Augenzwinkern nach.

»Du hast noch kein einziges Mal nach dem anderen Klaus gefragt«, sagte Almuth unvermittelt.

»Warum sollte ich?«, entgegnete Margot seelenruhig. »Er wird sicher schon eine Neue haben.«

»Da kennst du Klaus aber schlecht«, widersprach ihre Freundin beim ersten Schluck aus dem frischen Glas. »Wir sehen uns ja nicht mehr so oft, seit er ausgezogen ist, und Claus erzählt nicht viel, wenn sie sich hin und wieder auf ein Bier treffen. Aber ich weiß trotzdem, dass es Klaus nicht gut geht.« Ihre großen blauen Augen richteten sich unverwandt auf Margot. »Er leidet, Margot.«

Margots Drink schmeckte plötzlich bitter, und die stickige und verqualmte Luft in der Bar war unerträglich.

»Kann ich dich mal kurz allein lassen?«, fragte sie heiser und glitt vom Hocker herunter.

»Klar«, erwiderte Almuth zwischen zwei Schlucken aus ihrem Glas.

Am Waschbecken auf der Damentoilette ließ Margot geraume Zeit kaltes Wasser über ihre Hände laufen und presste dann die kühlen Finger an die erhitzten Wangen. Hier in New York hatte sie lange nicht mehr an Klaus gedacht – warum traf Almuths Bemerkung sie jetzt so heftig? Sie mied ihr eigenes Spiegelbild und atmete ein paarmal tief durch, bevor sie in den lauten und verräucherten Raum zurückkehrte.

Almuth saß nicht mehr an ihrem Platz. Stattdessen klebte sie an den Lippen irgendeines Kerls – zur Erheiterung der umstehenden Gäste, die Pfiffe und Anfeuerungsrufe ausstießen.

»*Hey!*«, rief Margot erbost und drängte sich dazwischen. »*Hands off!*« Energisch befreite sie Almuth aus den Fängen des Unbekannten.

»*Excuse me!*«, entrüstete sich dieser über die unwillkommene Störung. »*She was the one who kissed me!*« Anklagend deutete er auf Almuth, die sich giggelnd über den Mund wischte und dabei nicht mehr ganz sicher auf ihren hohen Absätzen stand.

Margot blickte ungläubig drein. Ausgerechnet Almuth sollte sich einem völlig Fremden an den Hals geworfen haben?

Sie kramte ein paar Dollarscheine aus der Handtasche und warf sie auf den Tresen, bevor sie Almuth bei der Hand nahm und ihre offenbar sturzbetrunkene Freundin nach Hause brachte.

»Ich wollte das einfach mal ausprobieren«, schluchzte Almuth. Die Tränen strömten ihr über die Wangen, während sie auf dem Boden des Badezimmers kauerte und die Kloschüssel umklammert hielt. »Ich habe mich so mutig gefühlt wie noch nie. Er sah ja ganz gut aus – zumindest nach dem zweiten Glas. Und es hat auch geklappt, ich musste mich nur ein bisschen überwinden. Ich habe doch außer Claus noch nie einen Mann geküsst.«

Ruckartig beugte sie sich vor und übergab sich.

Margot, die neben ihr kniete, um ihr die Haare aus dem Gesicht zu halten, seufzte. »Ratschlag Nummer eins: Wenn du dir einen Kerl erst schöntrinken musst, taugt er sowieso nicht. Ratschlag Nummer zwei: Wenn du etwas ausprobieren willst, mach das besser mit Claus. Nicht nur, weil er dein Ehemann ist, sondern weil er nie etwas tun würde, das du nicht willst.«

Almuth nickte, bevor sie sich erneut übergab. Margot betätigte die Klospülung.

»Ich sterbe«, stöhnte Almuth.

»So schlimm ist es nun auch wieder nicht«, entgegnete Margot trocken. »Du hast morgen höchstens einen ziemlichen Kater.«

Sie half Almuth auf die Füße und führte sie zum Waschbecken, damit sie sich den Mund ausspülen konnte. Almuth stand derart neben sich, dass sie – sonst so schamhaft – sich von Margot Kleid, Strümpfe samt Halter und BH ausziehen und ins Nachthemd helfen ließ.

Auf dem Weg in ihr Zimmer stützte Margot ihre torkelnde Freundin und packte sie dann kurzerhand ins Bett; sie selbst würde sich heute Nacht mit der Matratze begnügen.

»Du sagst Claus doch nichts davon?«, fragte Almuth ängstlich. »Von dem Mann in der Bar?«

»Kein Wort«, versprach Margot. »Aber über alles andere wirst du mit ihm reden, ja?«

»Oje«, flüsterte Almuth und holte tief Luft.

Es klopfte, und Pat lugte im Pyjama um die Tür herum, in einer Hand ein Glas Milch, in der anderen eines mit einer kräftig sprudelnden Flüssigkeit, das sie Margot entgegenstreckte. »Ich dachte, ich bring euch das eben vorbei.«

»Danke, du bist ein Schatz!«, erwiderte Margot und reichte das Alka-Seltzer an Almuth weiter. »Haben wir dich geweckt?«, erkundigte sie sich besorgt bei Pat.

Ihre Mitbewohnerin schüttelte den Kopf. »Ich bin schon eine Weile wieder wach. Die verdammte Zeitverschiebung.« Leise kichernd ließ sie sich mit ihrer Milch auf der Bettkante nieder. »Ihr habt heute Abend vielleicht was verpasst! Ihr wart noch unterwegs, da hat draußen auf dem Gang das Telefon geklingelt. Ich bin raus, weil ich dachte, so spät muss es was Wichtiges sein, vielleicht sogar ein Notfall. Stattdessen war ein besoffener Typ dran, der die ganz Zeit nach einer Beverly gefragt hat.«

»Im ganzen Haus wohnt keine Beverly«, warf Margot verständnislos ein.

»Eben«, erwiderte Pat schmunzelnd, »das habe ich ihm auch gesagt. Doch, doch, da sei er sicher, er wolle Beverly sprechen. Die Nummer stimmte komischerweise auch, ich habe ihn danach gefragt. Er wollte unbedingt seine Beverly, platinblond und kurvig wie Marilyn Monroe, aber schöner.«

Unwillkürlich wanderte Margots Blick in die Richtung, in der Carols verwaistes Zimmer lag.

»Warte, es kommt noch besser!«, fuhr Pat lachend fort. »Er müsse sie unbedingt sprechen, weil er nämlich seine Frau verlassen habe. Wegen Beverly. Wenn sie ihn heirate, müsste sie sich nicht mehr mit den anderen Kerlen treffen, dann würde er ganz allein für sie sorgen.«

Margot dachte an Carols teure Kleider, die sexy Dessous und den Batzen Dollarscheine in ihrer Handtasche, und ihr blieb der Mund offen stehen. »Carol verdient sich was dazu?«, raunte sie.

Pat gluckste. »Sieht ganz so aus.«

»Womit denn?«, nuschelte Almuth zwischen zwei großen Schlucken Alka-Seltzer. Dann begriff auch sie und riss Mund und Augen auf. »Nein! So was gibt's wirklich?«

»Aber doch nicht bei uns!«, flachste Margot und setzte eine strenge Miene auf. »*No, no, señoritas*«, imitierte sie gekonnt Mrs Hernández. »Dies ist ein anständiges Haus!«

Sie und Pat brachen in Lachen aus, und auch Almuth kicherte haltlos; die drei konnten sich fast nicht mehr beruhigen.

Schließlich stand Pat auf. »Schlaft gut, ihr zwei!«, sagte sie und schloss die Tür hinter sich.

Margot nahm Almuth das leere Glas ab und stellte es auf den Nachttisch.

»Ich bleibe hier«, murmelte Almuth und schlüpfte unter die Decke. »Bei euch ist's lustig.«

Sie tastete nach Margots Hand; ihre Finger waren kalt, während der ganze Rest alkoholselig glühte.

»Es tut mir so leid«, flüsterte sie, die Lider schon schwer, »dass ich so gemein zu dir gewesen bin. Sind wir immer noch Freundinnen?«

»*Meilleures amies*«, bekräftigte Margot und drückte ihre Hand. Beste Freundinnen sogar.

Almuth lächelte. »Morgen kommt Claus«, wisperte sie und klang dabei wie ein kleines Mädchen, das den Weihnachtsmann herbeisehnte.

Margot warf einen Blick auf die Uhr. »In gut zwölf Stunden ist er hier.«

Einen seligen Ausdruck auf dem Gesicht, war Almuth schon eingeschlafen.

Am frühen Nachmittag saß Margot barfuß und in einem ärmellosen Kleid auf der Feuertreppe und trank eine Tasse Kaffee; auch im September waren die Tage noch sonnig und warm.

»Schon was in Sicht?«, fragte Pat, die doch noch ein paar Stunden geschlafen hatte und sich jetzt in der Küche Pfannkuchen für ein spätes Frühstück machte.

»Bis jetzt nicht«, antwortete Margot und reckte gleich darauf den Hals, als ein Taxi in die Straße einbog und unten vor dem Haus hielt.

Claus stieg aus, und Margot stieß mit zwei Fingern im Mund einen Pfiff aus.

»Warte kurz!«, rief sie ihm zu, als er zu ihr heraufwinkte. »Ich bin gleich bei dir!«

In aller Eile kletterte sie durchs Fenster in die Küche, füllte ein Glas mit Wasser und warf zwei Alka-Seltzer hinein.

»O wow!«, bekundete Pat mit einem Blick nach unten. »Bei dem würd ich mir aber auch überlegen, ob sich ein zweiter Versuch nicht doch lohnt.«

Mit dem Glas in der Hand, schlich Margot in ihr Zimmer.

»Almuth«, sprach sie ihre schlafende Freundin leise an und streichelte sanft ihre Schulter. »Claus ist da.«

Almuths Lider, von Wimperntuscheresten verkrustet, hoben sich widerstrebend.

»Mein Kopf!«, krächzte sie.

»Ich stell dir was auf den Nachttisch. Das hilft«, flüsterte Margot. »Ich gehe mit Claus zu *Lanza's*. Das ist nicht weit von hier, rechts um die Ecke. Komm einfach vorbei, wenn du so weit bist.«

Almuth zog sich die Decke über den Kopf.

Margot schlüpfte in ihre Ballerinas, schnappte sich eine leichte Strickjacke und ihre Handtasche und sprang die Treppen hinunter.

Aus der Nähe betrachtet sah Claus nicht ganz so gut aus, sondern übernächtigt, blass und unrasiert. Hemd, Sakko und Bundfaltenhose waren zerknittert, und er roch wie ein ganzer Aschenbecher; vermutlich hatte er den Flug über kein Auge zugetan und stattdessen Kette geraucht. Wenigstens hatte er daran gedacht, sich das Nötigste in einer Reisetasche mitzubringen.

»Danke, dass du mich gestern angerufen hast«, raunte er und drückte Margot an sich. »Ich war schon komplett verrückt vor Sorge.«

»Nicht der Rede wert«, erwiderte sie und hakte sich bei ihm unter.

Fragend sah er zu den Fenstern hinauf. »Darf ich denn nicht reinkommen? Will Almuth mich etwa nicht sehen?«

»Herrenbesuch ist hier nicht erlaubt«, erklärte Margot. »Wahrscheinlich nicht mal, wenn eine von uns im Sterben liegt. Und Almuth braucht noch ein bisschen. Außerdem siehst du aus, als hättest du einen doppelten Espresso nötig.«

Das italienische Restaurant war so gut wie leer. Der große Andrang auf Spaghetti, Pizza und *Calamari in zimino* – laut der Tafel draußen die Spezialität des Tages – zum Lunch war bereits vorüber. Nur ein kauzig aussehender alter Mann saß in einer Ecke und hielt sich an Espressotasse und Grappaglas fest.

»*Volare, oh-oh*«, trällerte Angelo, einer der Kellner, bei Margots Anblick und imitierte mit ausgestrecktem Arm eine Tragfläche, während er das Geschirrtuch in der anderen Hand wie einen Propeller kreiseln ließ.

»*Cantare, oh-oh-oh-oh*«, stimmte einer der Küchenhelfer an der Durchreiche mit ein und trommelte mit einem Löffel den Takt dazu.

Margot begrüßte die beiden lachend und wählte einen möglichst abgelegenen Tisch aus. Claus hatte seine Zigarette schon halb aufgeraucht, bevor der Espresso vor ihnen stand.

»Almuth hat mir von euren Problemen erzählt«, begann Margot ohne Umschweife, und Claus schien ehrlich dankbar dafür.

»Ich war darauf vorbereitet, dass sie Zeit braucht«, erwiderte er mit einem zittrigen Ausatmen. Seine Stimme klang kratzig nach der trockenen Luft im Flugzeug und zu vielen Zigaretten. »Sie ist eben scheu und zurückhaltend. Und dann ging ja auch alles so schnell mit unserer Hochzeit ... Aber mein Gott, es ist jetzt schon fast ein Jahr!«

Mit unruhigen Fingern fuhr er sich durchs Haar.

»Warum hast du mir nichts davon erzählt?«, fragte Margot.

Claus lachte bitter auf. »Was hätte ich dir denn erzählen sollen? Dass sie sich mir beharrlich verweigert? Dass sie mir das Gefühl gibt, ich wäre ein Monster, das Unaussprechliches von ihr verlangt? Ich, Claus Sturm, der noch nie Probleme damit hatte, eine Frau rumzukriegen? Nur bei meiner eigenen Frau versage ich komplett!«

Er drückte den Zigarettenstummel im Aschenbecher aus und presste sich die Handballen auf die Augen, bevor er einen Schluck von seinem Espresso trank und sich gleich die nächste Zigarette anzündete.

»Almuth ist so wunderschön«, fuhr er fort. »Alles an ihr. Wie sie sich bewegt, wie sie lacht und spricht und was sie sagt. Es ist tagsüber schon schwer genug, die Finger von ihr zu lassen. Aber wenn sie dann abends ins Schlafzimmer kommt, in einem dieser dünnen Nachthemden ... Das ist Folter.« Er stieß den Rauch in einer kräftigen Wolke aus. »Das Schlimmste ist, dass sie den Eindruck erweckt, es wäre falsch von mir, sie zu begehren. Als hätte sie Angst vor mir. Und sie weigert sich, darüber zu reden. Stattdessen stürzt sie sich auf den Haushalt. Sie putzt sogar noch einmal nach, wenn Frau Meinhardt gerade erst mit dem Schrubber da war. Und wehe, ich richte die Zahnpastatube nach dem Zähneputzen nicht akkurat aus!«

Einige Herzschläge lang war Claus ganz auf die Asche am

Ende der Zigarette konzentriert. Es fiel ihm sichtlich schwer weiterzusprechen, aber schließlich rang er sich doch dazu durch.

»Ich schlafe seit einiger Zeit auf dem Sofa«, fuhr er fort, »weil ich es nicht mehr aushalte, neben ihr zu liegen und sie nicht berühren zu dürfen. Und ich bin jedes Mal froh, wenn ich einen Flug nach Lateinamerika ergattern kann, weil ich dann länger nicht zu Hause sein muss. Was für eine Ehe soll das denn bitte sein?«

Während sie ihm zugehört hatte, war Margots Blick zu der Wandmalerei hinter ihm gewandert. In Gedanken hatte sie das Für und Wider abgewogen. Jetzt löste sie den Blick vom Vesuv mit seiner Rauchsäule und sah Claus unverwandt an.

»Du weißt, dass Almuth und ihre Mutter von den Russen vertrieben worden sind, oder?«

Claus nickte. »Das hat sie mir erzählt. Die Soldaten haben ihren Vater erschossen, und auf der Flucht aus Ostpreußen sind Almuths kleine Schwester und die Großmutter gestorben.«

»Almuth hatte aber auch noch eine ältere Schwester. Die haben die Russen dabehalten. Sie weiß bis heute nicht, ob sie überhaupt noch lebt.«

Claus stockte der Atem. »Davon hatte ich keine Ahnung«, brachte er heiser hervor.

Margot holte tief Luft. »Die Russen waren bei ihnen auf dem Gut, Claus. Tagelang. Weißt du, was das für die Mädchen und Frauen dort bedeutet hat?«

Claus' Blick wanderte über die aufgereihten Tische hinweg zu den Bleiglasfenstern am anderen Ende des Raumes. Margot konnte ihm ansehen, wie er zu begreifen versuchte und wie ihn dann der Schock mit ganzer Wucht traf.

»Sie war doch noch ein Kind«, sagte er mit trockener Kehle.

»Das war denen egal«, flüsterte Margot.

In seinem Gesicht zuckte es, Margot glaubte, eine Mischung aus Entsetzen, blanker Mordlust und tiefer Traurigkeit zu erkennen.

Sie signalisierte Angelo, ihnen zwei Kurze zu bringen – und zwar die von der hochprozentigen Sorte. Claus stürzte den ersten herunter und den zweiten gleich hinterher. Tränen stiegen ihm in die Augen, er keuchte auf und hustete.

Margot ließ ihm Zeit und wartete, bis er wieder halbwegs gefasst schien.

»Wenn du das vorher gewusst hättest – hättest du sie trotzdem geheiratet?«, fragte sie dann.

Claus sah sie an, als hätte sie gefragt, ob er weiter fliegen wollte. Seine gerunzelte Stirn glättete sich, während er die Zigarette ausdrückte.

»Ich war komplett in dich verschossen, Margot«, sagte er nach einer langen Pause. »Du bist so mitreißend, so himmelsstürmend. Bei dir habe ich nie an morgen gedacht, immer nur an heute. Die Zeit mit dir war ein einziger Rausch.«

»Aber du hast es verbockt«, warf sie mit sanfter Strenge ein.

Claus nickte bedächtig. »Und ich habe ganz schön lange damit gehadert.«

Einige Herzschläge lang sahen sie sich lächelnd in die Augen.

»Und dann kam Almuth«, sagte Margot.

Um seinen Mund zuckte es. »Natürlich ist mir aufgefallen, wie schön sie ist. Und ich habe auch bemerkt, wie sie mich ansieht. Aber ich fand sie zu ernst, zu brav, fast ein bisschen kindlich. Überhaupt nicht mein Typ. Erst viel später, als es zwischen dir und mir aus war ...« Er schnaubte ungläubig. »Keine Ahnung, wie das kam. Wenn wir alle zusammen im Tanzschuppen oder am Elbstrand waren, und auch auf den

Flügen, bei denen Almuth und ich gemeinsam Dienst hatten – da hatte ich das Gefühl, sie taut nach und nach auf. Und was da zum Vorschein kam, gefiel mir sehr.« Ein Leuchten glitt über sein Gesicht. »Und dann war da dieser eine Rückflug aus New York. Ich bin nach hinten zu den Waschräumen gegangen, und Almuth hatte einen dieser kleinen Quälgeister auf dem Arm. Zutraulich hat sich das Kleine an sie geschmiegt, und Almuths Blick dabei ... Da wurde mir ganz komisch hier drin.« Er tippte sich ans Brustbein. »Ich wollte das nie, heiraten und Kinder kriegen. Aber auf einmal wollte ich es eben doch. Mit Almuth.«

Den Kopf gesenkt, schien Claus seine eigenen Worte in sich nachklingen zu lassen, während er mit den leeren Schnapsgläsern spielte.

»Warum hat sie mir nur nichts davon gesagt?«, murmelte er vor sich hin und rieb sich über die unrasierte Wange.

»Das fragst du sie am besten selbst.« Margot stupste ihn an, und er wandte den Kopf.

Almuth stand verzagt mitten im Raum, bleich und mit geröteten Augen, die Hände tief in den Taschen ihres Mantels, der viel zu warm war für diesen Tag.

Erst als Claus seinen Stuhl geräuschvoll zurückschob und aufstand, setzte sie sich in Bewegung.

»Nehmt euch alle Zeit, die ihr braucht«, sagte Margot, griff zu ihrer Handtasche und bot Almuth ihren Platz an.

Sie ging zu Angelo, der an der Anrichte Gläser polierte, legte ihm ein paar Dollar hin und bat ihn, dafür zu sorgen, dass Almuth und Claus möglichst ungestört blieben.

»Müssen ja gute Freunde von dir sein«, meinte Angelo.

»Die besten«, erwiderte Margot.

Sie warf einen Blick über die Schulter. Schweigend saßen

sich Claus und Almuth gegenüber. Seine Hände lagen auf dem Tisch, die Handflächen nach oben und geradezu bittend. Langsam streckte Almuth die Arme aus und legte ihre Hände in seine.

34

Das hab ich in Paris gelernt

Hamilton Hayes stand am Herd seiner winzigen Einbauküche und rührte im Topf; das Ende seiner Krawatte hatte er zwischen die Hemdknöpfe gesteckt, damit es nicht in die Soße hing. Ohne ins Detail zu gehen, erzählte Margot von Almuth und Claus. Ihr überraschender Besuch war der Grund, weshalb Margot die letzte Verabredung mit Hamilton abgesagt hatte und sie sich erst heute, fast eine Woche später, wiedersahen. Hamilton hatte in der Zwischenzeit in Berlin und Washington zu tun gehabt, während Margot nach Paris gependelt war und zum ersten Mal auch nach Rom; immerhin ein Fortschritt.

»Du als Amor«, kommentierte Hamilton schmunzelnd. »Das gefällt mir.«

Margot lachte. »Almuth und Claus waren vorher schon bis über beide Ohren verliebt. Ich habe nur ein klitzekleines bisschen nachgeholfen, damit sie wieder zueinanderfinden.«

»Hast du seitdem was von ihnen gehört?«, erkundigte er sich.

Margot bejahte. »Claus hat noch ein paar Tage Urlaub genommen, und sie sind mit einem Mietwagen nach Long Island rausgefahren.«

Bei ihrem Anruf aus Amagansett hatte Almuth vom Strand

und vom Meer geschwärmt – und von Claus. Eine leise Hoffnung hatte in ihrer Stimme gelegen.

»Probier mal!« Einladend hielt Hamilton Margot den Löffel hin.

Neben der italienischen Küche von *Lanza's* und der chinesischen im *Jade Mountain* hatte Margot in New York ein Faible für Automatenrestaurants entwickelt, die nicht nur preiswert waren, sondern schlicht genial, wie sie fand – womit Hamilton sie regelmäßig aufzog. Wenn er sie ausführte, gingen sie spanisch oder französisch essen, malaiisch, japanisch, mexikanisch, karibisch oder indisch. Kulinarisch gesehen war aus ihr auf jeden Fall schon eine Globetrotterin geworden.

Margot ließ sich die würzige Soße auf der Zunge zergehen und brummte genießerisch. »Was ist das?«

»Pasta à la Hamilton. So ziemlich das Einzige, was ich außer Eiern zustande bringe.«

Margot sah ihn schelmisch an. »Kochst du das immer für deine weiblichen Gäste?«

Hamilton öffnete eine Flasche Rotwein. »Nur wenn ich das Gefühl habe, ich müsste mich besonders ins Zeug legen.«

Margots Wangen glühten, und das nicht vom Dampf, der aus den Töpfen aufstieg. Dass Hamilton sie für heute zu sich nach Hause eingeladen hatte, legte den Schluss nahe, dass weitaus mehr auf der Menükarte stand als Pasta. Wenn sie denn wollte.

Sie deutete auf die Packung Lucky Strikes, die neben dem Schneidebrett lag. »Darf ich?«

Margot rauchte selten, höchstens zu vorgerückter Stunde auf einer ausgelassenen Party in einem der benachbarten Apartments oder wenn auf einem äußerst betriebsamen Flug zwischendurch eine kurze Pause möglich war. Es beruhigte die

Nerven und schenkte neue Energie. Und manchmal war ihr einfach danach, so wie jetzt.

»Du darfst alles bei mir«, erwiderte Hamilton und gab ihr Feuer. Sein Blick dabei ließ ihr erst recht das Blut ins Gesicht steigen.

Sie nahm ihr Glas mit dem Aperitif und ging am gedeckten Tisch und dem Sofa vorbei zum Fenster. Hamiltons Apartment wirkte größer, als es eigentlich war, weil so wenig darin stand. Margot fragte sich, ob seine Wohnung in Frankfurt ähnlich unpersönlich eingerichtet war.

Vor die Lichter New Yorks schob sich ihr Spiegelbild. Eine moderne junge Frau blickte ihr entgegen, der verwegen kurze Haarschnitt gerade erst im New Yorker Salon von Mr Kenneth wieder in Form gebracht. Mondän wirkte sie in ihrem schwarzen Kleid mit Tulpenrock und eng anliegendem Oberteil, das züchtig hochgeschlossen war, aber Arme und Schultern komplett frei ließ. Auf selbstbewusste Art verrucht und todschick kam sie sich vor, in einer Hand die Zigarette, in der anderen einen Martini. Lebenserfahren und weltgewandt mit noch nicht einmal fünfundzwanzig Jahren, und sie hatte sogar schon eine Frau geküsst.

In der Scheibe sah sie, wie Hamilton hinter ihr zwei Teller auf den Tisch stellte, eine Kerze anzündete und Wein einschenkte. Margots Lächeln vertiefte sich.

Frank Sinatras Stimme flutete schmeichelnd durch das Apartment, das im Dunkeln lag; nur die Kerze auf dem Tisch brannte noch. Margot und Hamilton tanzten eng umschlungen.

»Hattest du mir nicht ein Dessert versprochen?«, flüsterte Margot zwischen zwei Küssen.

Hamilton brummte zustimmend. »Du müsstest allerdings

mit mir vorliebnehmen«, murmelte er, den Mund an ihrer Schläfe. »Mehr habe ich nicht im Haus.«

Margot schlug das Herz bis zum Hals.

Ihr Drang nach Selbstbestimmung war an den Männern in weißen Kitteln gescheitert, die hinter den Ladentischen der New Yorker Drugstores standen. Wo auch immer sie mutig nach *condoms* gefragt hatte, galt der erste Blick ihren ringlosen Händen, bevor man ein Heiratszertifikat verlangte. Der Arzt, bei dem sie vorstellig geworden war, weil sie in den Frauengesprächen im Apartmenthaus etwas von einem sogenannten *diaphragm* aufgeschnappt hatte, hatte ihr zwar bereitwillig erklärt, wie dieses Gummihütchen funktionierte, aber auch er hatte sie mit leeren Händen wieder weggeschickt.

Kein Trauschein, keine Verhütung. Das Paradoxon der modernen Frau.

Margot strich über Hamiltons Hemdbrust. »Hast du zufällig außerdem noch was da? Ich meine – damit nichts passiert?«

»Wofür hältst du mich?«, fragte er, nahm ihre Hand und pustete die Kerze aus.

Die Lichter der Stadt erhellten das Schlafzimmer gerade so weit, dass Margot noch gut den Aufdruck der kleinen Schachtel erkennen konnte, die Hamilton aus der Nachttischschublade holte. Das Profil eines antiken griechischen Kriegers prangte darauf. *Trojans*. Sie musste grinsen.

»Vermutlich hältst du mich jetzt für ein durch und durch liederliches Frauenzimmer«, flüsterte sie, als sie den Knoten von Hamiltons Krawatte löste und den obersten Hemdknopf öffnete.

»Nicht im Geringsten«, raunte er und küsste sie erst auf die Wangen, dann auf den Hals. »Ich halte dich für eine wunderschöne Frau, die hungrig auf das Leben ist. Du weißt, was du willst, und holst es dir. Und einen klugen Kopf hast du außerdem. Das macht dich so unwiderstehlich.«

Der Reißverschluss ihres Kleids glitt mit einem lasziven Schnurren auf, Hamiltons Hände strichen über ihren bloßen Rücken, und Margot ließ sich einfach fallen.

Der Duft von frischem Kaffee weckte sie. Durch die Tür des Schlafzimmers hörte sie Hamiltons Stimme; er schien zu telefonieren.

Margot las ihre schwarze Satinunterhose vom Boden auf. Das Cocktailkleid konnte sie nirgendwo entdecken; stattdessen warf sie sich Hamiltons Hemd über, auf dem ihr Lippenstift Spuren hinterlassen hatte. Leise öffnete sie die Tür. Hamilton stand in der Küche, den Rücken ihr zugewandt und in sein Gespräch vertieft. Auf bloßen Füßen huschte sie ins Badezimmer.

Als sie wieder herauskam, hatte Hamilton sich umgedreht und strahlte sie an. Er klemmte sich den Hörer unters Kinn, winkte Margot zu sich heran und goss ihr einen Kaffee ein. Die Tasse in der Hand, wollte sie wieder ins Schlafzimmer gehen, damit er ungestört telefonieren konnte, aber seine Hand, die sich sanft an ihre Taille legte, hielt sie zurück.

»Darum kümmere ich mich auf jeden Fall selbst«, versicherte er seinem Gesprächspartner auf Englisch, während er Margots Hüfte unter seinem Hemd streichelte. »Ich habe gleich gesagt, dass das eine vielversprechende Fährte ist.«

Die Männerstimme am anderen Ende der Leitung schien dazu eine Menge zu sagen zu haben, was Hamilton mit einigen kurzen Einwürfen wie »sicher«, »hm« oder »mag sein« quittierte. Zwischendurch nahm er die Zigarette, die am Rand des Aschenbechers vor sich hin qualmte, und zog daran. Und nicht eine Sekunde löste er den Blick von Margot.

Frisch rasiert und in einem makellos glatten Hemd mit Krawatte wirkte er im hellen Morgenlicht absolut seriös. Ganz und gar nicht wie der Hamilton Hayes, den Margot heute Nacht erlebt hatte. So erfahren sie sich auch gefühlt hatte – bei der Erinnerung daran schoss ihr das Blut ins Gesicht.

»Von mir aus«, sagte er schließlich in den Telefonhörer, einen Hauch von Ungeduld in der Stimme. »Hören Sie, ich muss los, ich habe gleich einen Termin. Alles Weitere besprechen wir beim Lunch, ja? Bis später. Bye.«

Er legte auf und zog Margot an sich.

»Hast du gut geschlafen?«, erkundigte er sich.

Margot nippte an ihrem Kaffee. »Sehr gut.«

Das Lächeln zwischen ihnen war kein bisschen befangen. Sie kannten sich lange genug; seit ihrem ersten gemeinsamen Abend, als sie *West Side Story* am Broadway gesehen hatten, war schon ein Jahr vergangen.

»Magst du Eier zum Frühstück?«, wollte Hamilton wissen.

»Und dein Termin?«

»Spiegeleier für Margot sind mein Termin«, erwiderte er. »Oder willst du lieber Rührei? Bei Eier Benedict muss ich leider passen.«

Sie lachten sich an.

Hamilton zog sie fester an sich. »Daran könnte ich mich gewöhnen«, murmelte er, den Mund an ihrer Wange. »Du, hier bei mir.«

Für einen Moment konnte Margot vor sich sehen, wie sie und Hamilton morgens aus einem Apartment wie diesem zur Subway aufbrachen, elegant gekleidet und voller Elan. Auf dem Weg in einen neuen Tag, an dem sie beide ehrgeizig ihre Karrieren verfolgten, für die sie zwischen den Kontinenten hin und her flogen. Die Abende würden sie im Kino oder in einem der Theater am Broadway verbringen, in einem Club oder auf einer Party mit anderen Paaren, die genauso schick lebten und modern dachten. Bevor sie nach Hause zurückkehrten, um ihrer Lust freien Lauf zu lassen, selbstbewusst und ohne Scham.

Allein schon die Vorstellung eines solchen Lebens, aufregend und durch und durch amerikanisch, schmeckte genauso verführerisch wie Hamiltons erster Kuss an diesem Morgen danach.

35

Am Tag, als der Regen kam

Eine knappe Woche später, Anfang Oktober, stand Margot im Pan-Am-Terminal des Frankfurter Flughafens. In der Hand hielt sie ein Kuvert für Mr Archibald Reach, das sie heute Vormittag am Kurfürstendamm abgeholt hatte. Dieses Mal war der Umschlag aus festem braunem Papier, deutlich größer und dicker als der letzte. Von Mr Reach war jedoch nichts zu sehen.

Hinter der Glasfront trübte sich der Spätnachmittag zusehends ein; es sah nach Regen aus. Ein ganzer Schwung Taxis fuhr nacheinander an, während Margots Kollegin Ulrike unter dem Vordach an ihrer Feierabendzigarette zog.

Margot blickte auf, als sich ihr ein milchgesichtiger junger Mann näherte, der den Eindruck machte, in seinen Anzug erst noch hineinwachsen zu müssen.

»Entschuldigen Sie, Ma'am«, sprach er sie auf Englisch an. »Sie haben etwas für Mr Reach dabei?«

Margot bejahte.

Der junge Mann lächelte. »Ich komme im Auftrag von Mr Reach, der leider verhindert ist.« Auffordernd streckte er die Hand aus.

Margot zögerte.

»Verzeihung«, sagte der junge Mann eifrig, »ich habe mich

nicht vorgestellt. Frank Milton. Ich kann mich auch ausweisen.« Er griff in die Innentasche seines Jacketts.

Margot blickte ratlos zwischen dem aufgeklappten amerikanischen Reisepass und dem jungen Mann vor sich hin und her. Dass womöglich jemand anders die Dokumente abholte, hatte ihr niemand gesagt.

»Haben Sie eine Vollmacht von Mr Reach dabei?«, fragte sie.

»Leider nicht, Ma'am«, erklärte Frank Milton mit treuherzigem Blick. »Aber Sie können mir vertrauen. Ich unterschreibe natürlich auch die Quittung.«

Margot beschloss, mit diesen Dokumenten genauso zu verfahren wie mit jeder anderen wertvollen Fracht. »Ich bedaure, Mr Milton. Ohne schriftlichen Nachweis kann ich diese Dokumente nur Mr Reach persönlich übergeben.«

Der junge Mann zwinkerte ihr plump zu. »Für mich könnten Sie doch sicher eine Ausnahme machen, oder? So ganz unter uns.«

»Leider nein.«

Ihr Gegenüber runzelte die Stirn. »Entschuldigung, Ma'am, Ihre Korrektheit in allen Ehren. Aber es ist wirklich von höchster Dringlichkeit, dass Mr Reach seine Unterlagen heute noch erhält. Möchten Sie es auf Ihre Kappe nehmen, wenn sie zu spät bei ihm eintreffen?«

Margot zögerte. Zufriedene Kunden waren das oberste Ziel bei Pan Am. Soweit sie sich an Mr Reach erinnerte, konnte sie sich gut vorstellen, dass er mächtig Ärger machte, wenn ihm etwas nicht passte. Noch dazu war es gut möglich, dass er tatsächlich etwas mit der CIA zu tun hatte. Dann straffte sie jedoch die Schultern. Sie würde bei ihrer Entscheidung bleiben und jedem, der es wissen wollte, auch ihre Gründe dafür darlegen.

»Wenn diese Dokumente wirklich so wichtig und eilig sind«, entgegnete sie frostig, »hätte Mr Reach sich wenigstens die Zeit für eine Vollmacht nehmen können.«

Der junge Mann schlug einen sanfteren Tonfall an. »Ma'am, wenn ich diese Dokumente jetzt nicht mitnehme, kann mich das meinen Job kosten.«

»Das tut mir leid«, erwiderte Margot. »Aber deswegen setze ich bestimmt nicht meinen aufs Spiel. Richten Sie Mr Reach bitte aus, dass ich morgen früh zwischen halb sechs und sechs hier auf ihn warte. Ansonsten kann er sich gern mit Pan Am in Verbindung setzen. Guten Abend.«

Den Umschlag fest in der Hand, stöckelte sie hoch erhobenen Hauptes an dem jungen Mann vorbei zum Ausgang – und sah, wie Ulrike ins Taxi stieg. Das letzte weit und breit.

Margot riss die Glastür auf und eilte hinaus, doch das Taxi fuhr bereits an. Winkend und rufend rannte sie hinterher, so schnell es die hohen Absätze zuließen. In letzter Sekunde konnte sie einem Herrn mit Aktentasche ausweichen. Als sie den Schutz des Vordachs verließ, schlug ihr kühler Regen ins Gesicht, während die Rücklichter des Taxis sich im Nachmittagsgrau entfernten.

Fluchend kehrte Margot unter das Vordach zurück, um auf das nächste Taxi zu warten. Dann erst bemerkte sie, dass nicht nur sie selbst nass geworden war, sondern auch der Umschlag für Mr Reach, den sie noch immer in der Hand hielt.

Draußen war es bereits dunkel, als Margot endlich auf dem Bett ihres Hotelzimmers saß, das groß und ausnehmend elegant eingerichtet war. Der *Hessische Hof*, nur einen Steinwurf vom Messegelände entfernt, war eine der besten Adressen der Stadt. Bei den Unterkünften ließ Pan Am sich nicht lumpen.

Im Schein der Nachttischlampe breitete sich der Inhalt von Margots Necessaire auf der Bettdecke aus; ihre Nägel hatten eine frische Politur benötigt. Nur mit halbem Ohr verfolgte sie das Radioprogramm, das sich an diesem Abend ausschließlich um Elvis Presley drehte.

Die Amerikaner platzten vor patriotischem Stolz, weil der *King of Rock 'n' Roll* seine Pflicht fürs Vaterland tat, indem er wie jeder andere junge Mann auch seinen Militärdienst antrat – wofür er sogar die Schmalztolle gegen einen Bürstenhaarschnitt eingetauscht hatte. In Deutschland wiederum war man komplett aus dem Häuschen, dass Elvis nach der Grundausbildung ausgerechnet hier stationiert worden war. In Scharen pilgerten die – vornehmlich weiblichen – Fans nach Friedberg, keine vierzig Kilometer von Frankfurt entfernt, und belagerten die Kaserne. In der Hoffnung, wenigstens einen einzigen Blick auf ihr großes Idol erhaschen zu können.

Immer wieder sah Margot zu dem Umschlag, der sich durch die Nässe gewellt hatte. Kaum hatte sie das Zimmer betreten, hatte sie ihn auf den Heizkörper gelegt und mit der Bibel aus der Nachttischschublade beschwert. Das schlechte Gewissen nagte an ihr – wie hatte sie nur so nachlässig sein können?

Sie stand auf, holte den Umschlag von der Heizung und betastete ihn vorsichtig. Er war inzwischen getrocknet, doch die Lasche hatte sich durch die Feuchtigkeit gelöst. Was, wenn auch der Inhalt im Regen Schaden genommen hatte?

Margot zögerte. Aber nun war der Umschlag sowieso schon offen.

Die quer zusammengefalteten Schreibmaschinenseiten, die sie herausholte, klebten zum Glück nicht aneinander, und auch die Buchstaben waren nicht verwischt. Margot atmete auf und wollte die Papiere gerade zurückstecken, als ihr ein Name ins Auge sprang.

Wennerström.

Sie blinzelte und schaute genauer hin. Stig Erik Constans Wennerström, *Colonel of the Swedish Air Force.* Beim russischen Geheimdienst KGB unter dem Decknamen *Eagle,* Adler, geführt.

In diesem Moment sah Margot wieder Christina Wennerström vor sich, das junge Mädchen, das mit seinem ebenso jugendlichen Liebsten in einem geliehenen Auto durchgebrannt war. Etwas mehr als ein Jahr war es her, dass Christina bei Margot in der Pantry gestanden hatte.

Ich glaube, mein Vater spioniert für die Russen, hatte sie ihr im Flüsterton anvertraut.

Aus dem Augenwinkel nahm Margot den Stempel oben auf der ersten Seite wahr: *confidential,* vertraulich. Doch sie kam nicht gegen ihre Neugierde an und las weiter. Offenbar war Wennerström schon während des Zweiten Weltkriegs ein hohes Tier im schwedischen Militär gewesen und hatte seine Geheimnisse an die Deutschen verkauft. Nachdem er von sowjetischen Agenten enttarnt worden war, hatte er begonnen, den russischen Militärgeheimdienst GRU mit Informationen zu versorgen. Seine Auftraggeber beschrieben ihn als kaltblütig und arrogant, mit einer Vorliebe für Cocktailpartys, Kaviar und Wodka. Kurz vor seiner Abberufung aus Washington hatte er wohl ein Liebesabenteuer mit einem jungen Mann gehabt, was der GRU nutzte, um ihn weiter unter Druck zu setzen.

So ist das bei uns zu Hause, hörte Margot das Echo von Christinas Stimme. *Jeder weiß von den Geheimnissen des anderen, aber alle tun so, als wäre nichts.*

Margot ließ die Schreibmaschinenseiten sinken, ihr war übel.

Spione gab es nicht nur im Kino oder in Groschenromanen. Sie waren real. Genauso real wie die Seiten, die sie gerade in den Händen hielt.

Das Telefon schrillte, und vor Schreck ließ Margot die Papiere fallen.

Ihr Mund war trocken, und ihr Herz raste, als sie den schwarz glänzenden Apparat anstarrte, der noch einmal schrillte und kurz darauf wieder. Sie atmete tief durch. Bestimmt war es der Purser, der eine Änderung für den morgigen Tag durchgeben wollte.

Beherzt schaltete Margot das Radio aus, ging zum Telefon und nahm ab.

»Hallo?«, sagte sie so munter wie möglich in den Hörer.

»Miss Frei?«, entgegnete ein Mann in amerikanischem Englisch. »Ich hoffe, ich habe Sie nicht gestört. Hier ist Reach. Archibald Reach.«

Unwillkürlich blickte Margot zum Fenster, das ihre Silhouette reflektierte. »Woher wissen Sie meinen Namen und dass ich hier untergebracht bin?«

Er lachte. »Ich habe einen Mitarbeiter von Pan Am nach der jungen Dame von Flug 671 gefragt, die Post für mich dabeihat, und wie ich sie möglichst sofort erreichen kann. Ich nehme an, meine Unterlagen sind bei Ihnen in sicheren Händen?«

Margot betrachtete die auf dem Teppich verstreuten Seiten. »Absolut, Sir.«

»Würde es Ihnen etwas ausmachen, wenn ich Sie gleich bei Ihnen abhole?«

»Keineswegs, Sir«, antwortete Margot, weil ihr nichts anderes übrig blieb.

»Wunderbar. Ich bin in einer halben Stunde bei Ihnen.«

»Ich warte an der Rezeption auf Sie«, erwiderte Margot. Ein Zeuge in der Nähe konnte sicher nicht schaden.

Mr Reach verabschiedete sich freundlich, und Margot legte den Hörer auf die Gabel. Ihre Handflächen waren schweißnass. Mit zitternden Fingern sammelte sie die Schreibmaschinenbogen vom Boden auf.

»Ruhig Blut, Margot, ganz ruhig!«, ermahnte sie sich selbst und atmete ein paarmal tief durch.

Sorgfältig sortierte sie die Seiten und verstaute sie genau so wieder im Kuvert, wie sie sie vorgefunden hatte. Doch die Lasche ließ sich nicht mehr verschließen.

Panik überrollte sie. Mr Reach würde ihr wohl kaum glauben, dass der Umschlag von selbst aufgegangen war. Verzweifelt sah sie sich nach etwas um, das gut klebte und in weniger als einer halben Stunde trocknete. Ein Lächeln zuckte über ihr Gesicht, als ihr Blick auf das Fläschchen mit Revlons *Supersealer* fiel. Vorsichtig tupfte sie den transparenten Überlack auf die Lasche und drückte sie fest.

Dann nutzte sie die restliche Zeit, um sich wieder einigermaßen präsentabel herzurichten.

In Uniform und mit einem frischen Paar Handschuhen stand Margot wie verabredet an der Rezeption und plauderte mit dem Nachtportier über das unbeständige Wetter und wie zauberhaft die bunten Laubwälder rund um Frankfurt im Landeanflug aussahen. Ihre Strategie, um die Nervosität zu bekämpfen.

Und natürlich redeten sie auch über Elvis.

»Der Presley lacht sich bei uns bestimmt e Mädsche an«, erklärte der Nachtportier in seiner weichen Mundart. »E hessischs.«

Schwungvoll trat Mr Reach durch die Eingangstür und kam lächelnd auf sie zu.

»Guten Abend, Miss Frei«, begrüßte er sie auf Englisch und

zog höflich seinen Hut. »Ich entschuldige mich vielmals für die entstandenen Unannehmlichkeiten. Meine Sekretärin hätte es besser wissen müssen, als den Praktikanten zu schicken. Aber so ist das eben in einer Firma wie der unseren – wenn man nicht alles selbst macht ...« Er lachte jovial.

Margot knipste ihr professionelles Lächeln an. »Schon gut. Wenn Sie sich der Form halber bitte noch mal ausweisen und dann hier unterschreiben würden.«

Mr Reach zeigte seinen Pass vor und setzte seine Unterschrift auf den Quittungsdurchschlag. »Ich bin Ihnen wirklich zu größtem Dank verpflichtet, dass Sie sich derart korrekt verhalten haben, Miss Frei. Nicht auszudenken, wenn diese Unterlagen in die falschen Hände gelangt wären. Man kann heutzutage nie vorsichtig genug sein.«

Margot hielt seinem forschenden Blick stand und übergab ihm das verschlossene Kuvert, das zwar einwandfrei aussah, aber nicht mehr ganz so taufrisch wie am Morgen, als Margot es am Kurfürstendamm abgeholt hatte.

»Gestatten Sie, dass ich mich erkenntlich zeige.« Mr Reach zückte seine Brieftasche.

»Danke, nicht nötig«, wehrte Margot energisch ab. »Das ist im Service von Pan Am inbegriffen. Gute Nacht, Mr Reach!«

Sie spürte seinen Blick im Rücken, als sie zum Lift ging.

In dieser Nacht tat sie kein Auge zu.

36

Come Fly with Me

Als Margot am Samstagvormittag wieder in New York landete, war sie vollkommen ausgelaugt. Die Arbeitstage in Deutschland waren lang gewesen, die Nächte im *Hessischen Hof* kurz und unruhig. Jeden Augenblick hatte sie damit gerechnet, dass das Telefon klingelte und sich Unheil anbahnte oder dass der Purser sie beiseitenahm, um sie mit ihrer Verfehlung zu konfrontieren.

Müde schleppte sie ihren Koffer durch das Terminal und fiel dabei ein gutes Stück hinter ihre Kolleginnen zurück, die nach diesem Nachtflug deutlich munterer waren.

»Miss Frei? Haben Sie einen Moment?«

Margot blieb stehen und schluckte. Ernest Chapman, einer der Chief Purser und ihr Vorgesetzter, kam auf sie zu.

»Hatten Sie einen guten Flug?«, erkundigte er sich freundlich.

Das musste nichts heißen; Standpauken begannen oft mit einer höflichen Floskel. Man war schließlich in Amerika, dem Land des immerwährenden Lächelns, und dazu noch bei Pan Am.

»Bei Ihnen gibt es diesen Monat eine Änderung«, fuhr er fort. »Wir haben festgestellt, dass wir auf einem der Flüge noch eine zusätzliche Stewardess benötigen.«

Margot stellte ihren Koffer ab und nahm das Blatt entgegen, das er ihr hinhielt.

»Ihre freien Tage holen Sie natürlich nach«, ergänzte er, während sie einen Blick auf den neuen Dienstplan warf. Am 25. Oktober stand für sie ein halbtägiges Briefing an, danach ein Flug nach Paris und zurück.

»Stimmt etwas nicht, Miss Frei?«

Mit der angegebenen Flugzeit stimmte tatsächlich etwas nicht, sie war viel zu kurz. Margots Blick wanderte zu dem Kästchen, in dem der Flugzeugtyp verzeichnet war. Boeing 707. Ein Jet. Ihr Herz machte einen freudigen Satz.

»Nein, Sir. Alles in bester Ordnung. Danke, Sir!«

Sie nahm ihren Koffer auf, der sich plötzlich wesentlich leichter anfühlte, und marschierte mit neuem Schwung durch das Terminal, ein glückliches Grinsen auf dem Gesicht.

Die Briten hatten zwar gerade zum ersten Mal zahlende Passagiere mit einem Strahlflugzeug über den Atlantik befördert. Pan Am versprach jedoch, dasselbe in Rekordzeit zu tun – und sie, Margot Frei, würde dabei sein!

Am 26. Oktober stand Margot vor der geöffneten Tür der Boeing, die von der First Lady Mamie Eisenhower feierlich auf den Namen *Clipper America* getauft worden war. Vor dem roten Teppich, von Flaggen gesäumt, spielte eine Militärkapelle auf. Im abendlichen Nieselregen drängten sich – mit Hüten oder unter Regenschirmen – zahlreiche Schaulustige zusammen, und Scharen von Journalisten knipsten sich die Finger wund. Natürlich ließ es sich Juan Trippe, der Boss von Pan Am, nicht nehmen, seinem jüngsten Baby zuzusehen, wie es Anlauf für den Sprung über den Atlantik nahm. Auch der New Yorker Bürgermeister Robert F. Wagner junior gab Flug PA 114 sein Geleit.

Seit dreieinhalb Jahren waren Galleys und Kabinen Margots Arbeitsplatz, das Fliegen selbst längst Routine. Aber heute schlug ihr Magen freudige Purzelbäume, wie damals vor ihrem allerersten Trainingsflug bei der Lufthansa.

Von Weitem hatte sie den Jet bereits bewundert, dessen Abmessungen und Schnittigkeit durchaus mit einem Starliner zu vergleichen waren. Aber erst innen zeigte sich seine ganze Grandiosität. Er erinnerte an ein weitläufiges Apartment, eingerichtet in Blau, Grau und Weiß, in dem die einhundertelf Passagiere bequem Platz fanden – ausreichend Bewegungsfreiheit und luxuriöse Waschräume eingeschlossen. Gleich vier Galleys und eine Bar sorgten für das leibliche Wohl der Gäste und eine Klimaanlage für gute Luft und angenehme Temperaturen. Durch ein neuartiges System konnte die Kabine unterschiedlich beleuchtet werden, vom zarten Rosa der Morgenröte bis zu einem satten Mitternachtsblau, in dem die Sitzleuchten wie Sterne glommen. Ein Schachspiel und eine Auswahl von Puzzles standen zur Verfügung, um sich die Zeit während des Flugs zu vertreiben, und die Tische in der Lounge waren mit echten Blumengebinden geschmückt.

Natürlich war der Eröffnungsflug schon seit Wochen ausgebucht. Neben drei Reportern des *LIFE Magazine*, die ganze Koffer voller Kameras und Blitzlichter an Bord schleppten, war auch eine sechsköpfige Farmersfamilie aus Ohio dabei: Sie hatte in einem Preisausschreiben von Kellogg's eine zweiwöchige Reise durch sämtliche europäischen Hauptstädte gewonnen.

Ein Passagier fehlte jedoch noch, auf der Namensliste als V. I. P. gekennzeichnet. Praktisch in der letzten Minute näherte sich in ehrwürdiger Gemächlichkeit ein Rolls Royce. Der Luxuskarosse entstieg eine Dame um die fünfzig – eine Diva vom Scheitel bis zur Sohle. Margot hatte der Name Greer Garson nichts gesagt, bis sie von ihren amerikanischen Kolleginnen Nachhilfe bekommen hatte: Sie war einmal die Grande Dame des amerikanischen Films gewesen und 1942 sogar mit einem Oscar ausgezeichnet worden. Verlernt hatte sie seitdem offenbar nichts; sie schwebte förmlich über den roten Teppich und die Gangway hinauf. Auf der obersten Stufe drehte sie sich in einer dramatischen Pose um und warf im Blitzlichtgewitter einen Strauß rosafarbener Rosen in die Zuschauermenge.

Nachdem Margot und ihre Kollegin Liz die Sicherheitsanweisungen absolviert hatten, nahmen auch sie ihre Plätze ein. Erst als Margot zum Fenster hinaussah und die Lichter des Flughafens draußen vorbeizogen, begriff sie, dass sie tatsächlich bereits zur Startbahn rollten, so sanft bewegte sich das Flugzeug. Das Warmlaufen der Motoren wie bei einer Propellermaschine war komplett entfallen. Sie tauschte einen aufgeregten Blick mit Liz; niemand vom Kabinenpersonal war bisher in einem Jet geflogen.

Pferdestärken hatten als Maßeinheit ausgedient; bei den Jets ging es um Schubkraft in Kilonewton, und die Boeing 707 schlug den Starliner um satte dreihundert Stundenkilometer. Margot hatte sich gründlich informiert und alle technischen Daten im Kopf. Aber nichts hatte sie darauf vorbereitet, wie es wirklich war, wenn ein solcher Jet mit brüllenden Triebwerken in die Vollen ging.

Eine ungeheure Kraft presste sie in den Sitz, und als die Maschine sich fauchend vom Boden löste, hob sie nicht einfach nur ab – sie schoss steil in die Luft. Margot stockte der Atem; sie glaubte zu spüren, dass sie knapp unter der Schallgrenze flogen. Sie hatte Gänsehaut, in ihrer Magengegend kitzelte und kribbelte es wie verrückt, und sie lachte über das ganze Gesicht.

Der Gedanke an die neu gegründete *National Aeronautics and Space Administration*, kurz NASA, die den Sowjets Paroli bieten wollte, jagte ihr durch den Kopf. So wie in diesem Jet musste es sein, mit einer Rakete ins Weltall hinausgeschleudert zu werden, mitten zwischen die Sterne und in ein neues Zeitalter hinein.

6 ½ magische Stunden hatten die Werbeprospekte und Flugpläne von Pan Am versprochen. Mit einem außerplanmäßigen Tankstopp in Gander wurden es knapp neun Stunden. Und trotzdem hatte dieser Flug Geschichte geschrieben.

Geradezu magisch war es an Bord gewesen, da waren Margot und ihre Kolleginnen sich einig. Während sie durch Paris bummelten, kamen sie aus dem Schwärmen gar nicht mehr heraus. Eine Propellermaschine glitt unter günstigen Umständen wie auf Schienen durch die Luft – der Jet schwebte dahin wie ein Boot auf einem absolut stillen See. Und leise war es darin oben am Himmel noch dazu.

Odette, eine französische Stewardess, deren Durchsagen an Bord einen besonderen Esprit versprühten, führte sie zum Mittagessen in ihr Lieblingsrestaurant, und Margot zeigte der Crew ihre Lieblingspatisserie, die sie mit Tüten voller Köstlichkeiten wieder verließen. In etwas mehr als acht Stunden zum Essen und für ein paar *macarons* nach Paris, doppelt so schnell wie bisher – das war geradezu dekadent!

Kurz vor dem Start in Le Bourget brachte Margot ein Tablett in die erste Klasse; ihr Gast hatte sich statt eines Begrüßungsdrinks einen Tee gewünscht. Er war aus London gekommen und hätte in seinem feinen Zwirn – perfekt bis hin zum akkurat gefalteten Einstecktuch – ohne Weiteres als englischer Lord durchgehen können. Selbst wenn Margot seinen Namen nicht auf der Passagierliste gesehen hätte, hätte sie ihn sofort erkannt. Die feuerroten Locken waren ebenso unverkennbar wie sein verschmitztes Gesicht, bei dem man unweigerlich sofort gute Laune bekam.

»Bitte sehr, Mr Kaye – Ihr überpünktlicher Fünfuhrtee.«

Danny Kaye, der große Komödiant, der in *White Christmas* sogar Bing Crosby die Schau gestohlen hatte, zeigte sein berühmtes Grübchenlächeln. »Ich danke Ihnen, Miss Margot!«

Erfreut über seine ausgesuchte Höflichkeit, kehrte Margot zum Einstieg zurück, der weiterhin offen stand. Zwei Passagiere fehlten noch. Ihre Namen waren auf der Liste durch Platzhalter ersetzt; entweder hatten sie ihre Tickets erst in allerletzter Sekunde gebucht – oder sie reisten inkognito, denn sie waren mit V. I. P. markiert.

Die französische Militärkapelle hatte zu Ende gespielt, während die Schaulustigen weiter hinter der Absperrung ausharrten. Eine dunkle Limousine preschte heran. Zwei sonnenbebrillte Männer sprangen heraus und eilten so schnell über den roten Teppich, dass die Menge kaum mehr als einen hastigen Blick auf sie erhaschen konnte.

»Herzlich willkommen bei Pan Am, Sirs«, begrüßte Margot die Nachzügler.

Der Erste der beiden mochte um die vierzig sein. Er war von drahtiger Statur und nicht viel größer als Margot. Er sah aus, als ob er in seinem Anzug geschlafen hätte, unrasiert und einen zerknautschten Hut tief ins Gesicht gezogen. Der unverkennbare Geruch einer durchzechten Nacht ging von ihm aus. Als er die Sonnenbrille abnahm, blickte Margot in die blauesten Augen, die sie je gesehen hatte.

Ol' Blue Eyes. Frank Sinatra.

Sein Begleiter überragte ihn fast um eine Haupteslänge und sah deutlich frischer aus. Kernig wirkte er, ein Grinsen auf dem Gesicht, das vor Selbstbewusstsein und Optimismus geradezu strotzte. Sogar mit der dunklen Sonnenbrille hätte Margot ihn unter Tausenden wiedererkannt, so oft hatte sie sein Gesicht schon auf den Titelblättern der Magazine gesehen.

»Danke, Ma'am. Ich freue mich, heute Ihr Gast zu sein«, sagte Senator John F. Kennedy und schüttelte ihr forsch die Hand.

Im leisen Schnurren der Triebwerke flog der *Clipper America* nach einem Tankstopp auf Island durch die Dunkelheit, mit irrsinnigen achthundert Stundenkilometern. Margot brachte eine neue Runde Drinks in die Lounge, die die Herren Kennedy und Sinatra für sich gekapert hatten und gründlich verräucherten. Während John F. Kennedy im Lauf des Flugs von *Bloody Mary* auf *Daiquiri* umgeschwenkt war, blieb Frank Sinatra konsequent bei Jack Daniel's.

»Hätten Sie uns nicht in der Bar in London bedienen können, Miss Margot?«, fragte Sinatra mit hörbar schwerer Zunge, die Zigarette wie im Mundwinkel festgeklebt. »Dann wäre die Nacht dort doppelt so spaßig gewesen.«

»Ich wurde leider hier gebraucht«, erwiderte Margot schmunzelnd.

»Bis in den Tag hinein haben wir gefeiert«, erklärte Sinatra.

Sag bloß, kommentierte Margot im Stillen.

»War aber nichts gegen die Partys in Vegas«, fügte Sinatra hinzu und nahm die Zigarette kurz aus dem Mund, um einen Schluck zu trinken. »Oder die auf Kuba. Weißt du noch, Jack? Kuba?« Er schnalzte genießerisch. »Ich kann Sie in eine Show in Vegas bringen, Miss Margot. Im *Sands*. Mit Ihrem Gesicht und Ihren Beinen nehmen die Sie dort mit Handkuss!«

»Danke, Sir«, entgegnete Margot amüsiert, wischte Ascheflocken und klebrige Getränkespritzer vom Tisch und stellte einen frischen Aschenbecher hin. »Ich bin vollauf zufrieden als Stewardess.«

Sinatras gerötete Augen funkelten. »Warum so bescheiden?«, rief er und tätschelte Kennedys Schulter. »Mein Freund hier will der nächste Präsident werden. Und ich« – er klopfte sich selbst mit der flachen Hand auf die Brust – »ich bringe ihn ins Weiße Haus – so wahr ich hier sitze! Ich habe verdammt gute Beziehungen! Meine Kumpels ziehen im Hintergrund die Strippen, und dann feiern wir im Oval Office, bis die Schwarte kracht. Isses nicht so, Jack?«

Tatsächlich stand Kennedy hoch im Kurs, der nächste Präsidentschaftskandidat der Demokraten zu werden. Obwohl ihn viele für einen Grünschnabel hielten, mit gerade einmal Anfang vierzig. Außerdem war er katholisch, was die protestantische Mehrheit der Amerikaner misstrauisch beäugte. Andere meinten hingegen, Kennedy würde genau den Präsidenten abgeben, den die Vereinigten Staaten in dieser kritischen Zeit brauchten: jung und dynamisch, gebildet und smart. Noch dazu hatte er sich als Kommandant bei der Marine verdient gemacht.

»Vielleicht benennen Sie sogar noch einen Flughafen nach dir, Jack«, nuschelte Sinatra nach dem nächsten Schluck Whiskey.

Kennedy beugte sich vor, um seinen Zigarillo im Aschenbecher auszudrücken, und tauschte ein kleines Lächeln mit Margot, die die ausgetrunkenen Gläser auf das Tablett stellte.

»*Hey, Miss Margot!*«, rief Sinatra. »Ich habe einen Song für Sie!« Er nahm die Kippe aus dem Mund und schnippte mit den

Fingern der anderen Hand den Takt, während er sang. »*Come fly with me, let's fly away ...*«

Sogar sturzbetrunken traf *The Voice* jeden Ton, der Alkohol ließ seine Stimme nur noch weicher und geschmeidiger klingen.

»Tanzen Sie mit mir?«, fragte Kennedy mit unwiderstehlichem Lächeln.

»Ich bin leider im Dienst«, wehrte Margot freundlich ab.

»Kommen Sie!« Er stand auf und zog Margot einfach in seine Arme.

Margot war nicht nur zu überrascht, um sich zu wehren. Die kraftvolle Männlichkeit, die von Kennedy ausging, war wie ein Sog, der ihr die Knie weich werden ließ. Sollte er wirklich der nächste Präsident der Vereinigten Staaten werden, würden die Männer bewundernd zu ihm aufblicken und ihm sämtliche Frauenherzen zufliegen. Sicher hätten auch seine Frau Jackie, unfassbar schön und elegant, und die niedliche kleine Tochter Caroline ihren Anteil daran.

»Darf ich Sie irgendwann auf einen Drink einladen?«, flüsterte Kennedy Margot zu und drückte sie eng an sich, während Sinatra von einer Bar in Bombay, Lamas in Peru und der Bucht von Acapulco sang.

»Flirten Sie etwa mit mir, Mr Senator?«, erwiderte Margot mit gespielter Strenge.

»Wie könnte ich das nicht?«, murmelte er.

Kennedy wirkte halbwegs nüchtern, aber das war er nicht. Seine Hand wanderte über Margots Rücken schnurstracks zu ihrem Po hinab.

»*Come fly with me, we'll fly, we'll fly*«, lockte Sinatras Stimme.

Geschickt wand Margot sich aus Kennedys Umarmung und nahm das Tablett mit den leeren Gläsern auf. »Bestellen Sie

Mrs Kennedy schöne Grüße«, sagte sie augenzwinkernd. »Ich bewundere sie für ihren guten Geschmack.«

Kennedy stutzte, dann grinste er auf eine jungenhafte Weise, ein bisschen schuldbewusst, aber vor allem umwerfend charmant.

Diesen Flug würde Margot ihr Lebtag nicht vergessen.

37

All Shook Up

Einen Monat später stand Margot in einer engen schwarzen Hose und einem schwarzen Rollkragenpullover ratlos vor ihrem eigentlich gut gefüllten Kleiderschrank.

Inzwischen hatte Hamilton sie mit einigen seiner Freunde bekannt gemacht, die genau so waren, wie Margot sie sich vorgestellt hatte. Die Männer wirkten allein durch ihr Selbstbewusstsein und ihre überschäumende Energie attraktiv, ihre Frauen waren ausnahmslos elegant und aufgeschlossen. Zwei seiner Freunde schienen sich geschäftlich auf ähnlichem Terrain zu bewegen wie Hamilton, ein anderer schrieb für die *New York Times*, der Nächste arbeitete in der Werbeagentur, die den Marlboro-Cowboy kreiert hatte. Und ein paar der Frauen kümmerten sich nicht nur um Heim und Kinder, sondern arbeiteten für eine Illustrierte, in einem Verlag oder in der Kunstbranche.

Morgen, an Thanksgiving, wollte Hamilton sie seinen Eltern vorstellen – und Margot hatte nichts Passendes anzuziehen. Das kleine Schwarze war das beste Stück ihrer Garderobe, aber mit den freien Schultern wohl eher nichts für ein Familienessen. Oder? Margot kroch halb in den Schrank, um vielleicht doch noch etwas ähnlich Schickes zu finden. Am Ende würde ihr wohl nichts anderes übrig bleiben, als sich ins Feiertagsgetümmel zu stürzen und sich noch rasch etwas Neues bei *Bloomingdale's* zu besorgen.

Es klopfte an ihrer Zimmertür, und Pat steckte den Kopf herein. »Margot«, flüsterte sie aufgeregt, »da sind zwei Herren vom FBI, die dich sprechen wollen.«

Margot fuhr herum. »Vom FBI?«

Pat nickte; hochgradig angespannt wirkte sie.

»Geht es um Carol und ihren Nebenverdienst?«, fragte Margot leise.

»Ich weiß es nicht«, wisperte Pat. »Kommt da nicht eher die Polizei?«

Margot folgte Pat in den Flur, wo sich zwei gepflegte Männer in dunklen Anzügen gründlich umsahen; einer von ihnen hielt eine Mappe unter dem Arm. Wie ganz gewöhnliche Geschäftsleute sahen sie aus – die Art von Männern, die Margot auf jedem Flug als Gäste betreute.

»Miss Margot Frei?«, sprach der eine sie an und lüpfte seinen Hut. »Special Agent Anthony Warren. Das ist Special Agent Melvin Parker. Hätten Sie kurz Zeit?«

Beide zeigten sie ihre messingglänzende Dienstmarke vor, und Pat verschwand eilig in ihrem Zimmer.

Margot führte die beiden Agenten in die Küche. »Bitte, nehmen Sie Platz. Möchten Sie einen Kaffee?«

Die Herren lehnten dankend ab und setzten sich unter dem kratzenden Geräusch der Stuhlbeine an den Tisch, auf dem sie ihre Hüte und die Mappe ablegten. Bewusst langsam goss Margot sich eine Tasse Kaffee ein, während sie ihr Gewissen erforschte. Soweit sie wusste, war sie in Amerika noch nicht mit dem Gesetz in Konflikt geraten. Abgesehen davon, dass sie ebenso wie Pat geflissentlich ignorierte, dass sie mit einer

Teilzeit-Prostituierten unter einem Dach lebte. Sie dachte an Ann, die im selben Apartment wie Lucy wohnte und neulich vor Gericht erscheinen musste, nachdem ein an sie adressierter Briefumschlag auf der Straße aufgelesen worden war. *Loose garbage*, loser Müll, war in New York ein Vergehen, und Ann war zu einem Bußgeld von drei Dollar verdonnert worden. Aber wegen so etwas kam doch nicht das FBI, oder?

Margot nahm sich die Packung Gemeinschaftszigaretten von der Arbeitsfläche und setzte sich zu den beiden Beamten an den Tisch. »Worum geht es bitte?«

Special Agent Warren lehnte sich zurück und ließ den Unterarm auf der mitgebrachten Mappe ruhen. »Sie stammen aus Deutschland, nicht wahr, Miss Frei? Woher genau?«

»Aus Hamburg.«

»Haben Sie je woanders gelebt?«

Margot nippte an ihrem Kaffee. »Nur jetzt, hier in New York.«

Special Agent Parker, der Jüngere der beiden, machte sich gewissenhaft Notizen auf einem Block.

»Seit wann arbeiten Sie für Pan American World Airways?«, fragte Special Agent Warren weiter.

»Seit Mitte Juli dieses Jahres«, antwortete Margot wahrheitsgemäß. »Wenn Sie meine Ausbildungszeit in Miami hinzurechnen, seit dem ersten Juni.«

Special Agent Warren nickte und holte dann ein Foto aus der Mappe, das er vor Margot hinlegte. »Kennen Sie diesen Mann?«

Das gewinnende Lächeln von John F. Kennedy blickte ihr vom Küchentisch entgegen. »Ich lese Zeitung, Sir.«

Der Beamte zog das nächste Foto heraus. »Und diesen hier?«

Frank Sinatras blaue Augen strahlten sie an, und Margot hob eine Braue. »Wen zeigen Sie mir als Nächstes? Elvis Presley?«

Parkers Räuspern kaschierte nur unzureichend seine Erheiterung.

Sein Kollege ließ sich nicht aus der Ruhe bringen. »Sind Sie den beiden schon einmal begegnet?«

Margot zog den Aschenbecher auf dem Tisch zu sich heran und schnippte eine Zigarette aus der Packung. Einerseits, um Zeit zu gewinnen, andererseits, weil sie sich mit einem Glimmstängel zwischen den Fingern sicherer fühlte.

»Wenn dem so wäre«, antwortete sie dann langsam und blies den Rauch aus, »dann auf einem Flug. Und Sie verstehen sicher, dass wir bei Pan Am zur Diskretion angehalten sind.«

Special Agent Warren zeigte ein Lächeln, das Margot an einen Haifisch erinnerte. »Ich bitte Sie, Miss Frei. Ein Flug mit Kennedy und Sinatra dürfte wohl kaum stattfinden, ohne dass die Presse davon Wind bekommt.«

Margot griff erneut zu ihrer Tasse. »Dann wenden Sie sich bitte an die Presse, Sir.«

»Hören Sie mal zu, Miss Frei.« Special Agent Warren beugte sich vor und verschränkte die Hände vor sich auf dem Tisch, als wollte er Margot ins Gebet nehmen. »Wir wissen, dass Sie einen Flug von Paris nach New York begleitet haben, bei dem sowohl Mr Kennedy als auch Mr Sinatra an Bord waren. Ist Ihnen da irgendetwas aufgefallen?«

Außer dass die zwei voll waren wie die Strandhaubitzen und Kennedy seine Finger nicht bei sich behalten konnte? Nein, Sir, antwortete Margot stumm. Diese ganze Situation kam ihr vollkommen absurd vor.

Seufzend präsentierte der Beamte ein weiteres Foto. Es

zeigte einen Mann mittleren Alters mit Anzug, Hut und Hornbrille, wie sie auf den Straßen New Yorks zu Dutzenden herumliefen.

»Kennen Sie diesen Mann?«, wollte Special Agent Warren wissen. »Haben Sie seinen Namen vielleicht schon einmal gehört – Salvatore Giancana, besser bekannt als Sam Giancana? Sagt Ihnen Joe Fischetti etwas? Oder Charlie Fischetti? Joseph Stacher? Lucky Luciano?«

Als Margot ebenso ehrlich wie beharrlich verneinte, stand Special Agent Warren auf und trat ans Fenster, um interessiert hinauszuspähen.

»Hübsch wohnen Sie hier«, meinte er. »Befindet sich um die Ecke nicht ein italienisches Restaurant? Wie heißt das noch gleich?«

»*Lanza's*«, antwortete Margot.

»Richtig, *Lanza's*«, erwiderte der Beamte, als hätte sie gerade eine schwierige Prüfungsfrage zu seiner Zufriedenheit gelöst. »Gehen Sie da häufig hin?«

»Wie Sie schon sagten«, entgegnete Margot. »Es liegt gleich um die Ecke. Außerdem ist das Essen gut.«

»Was wissen Sie über die Inhaber?«

»Nur dass die Familie aus Italien stammt und neben dem Lokal noch ein Bestattungsinstitut unterhält.«

»Von irgendwelchen Kontakten zur Mafia ist Ihnen nichts bekannt?«

Margot sah ihn verblüfft an. Angelo, Luigi und die anderen bei *Lanza's* sollten etwas mit der Mafia zu tun haben? »Das kann ich mir nicht vorstellen!«, platzte es aus ihr heraus.

Der ältere der beiden Agenten nahm wieder Platz und lächelte sie an, ganz der väterliche Freund. »Nun, Miss Frei, Sie sind doch eine intelligente junge Lady. Da fällt es mir schwer zu glauben, dass Sie in einem Lokal Stammgast sind, ohne je etwas davon mitbekommen zu haben, dass dort auch Mafiosi ein und aus gehen. Wie Sam Giancana hier.« Er tippte auf das Foto des Mannes mit Hornbrille. »Und dann haben Sie auch noch Frank Sinatra auf einem Ihrer Flüge an Bord. Dass der seit vielen Jahren mit Mafiagrößen und Kriminellen auf Du und Du steht, unter anderem mit Giancana, ist kein Geheimnis. Finden Sie das nicht auch einen bemerkenswerten Zufall?«

»Mir ist das alles jedenfalls neu«, erwiderte Margot spitz. »Oder überprüfen Sie jedes Restaurant, bevor Sie dort essen gehen?«

Unvermittelt schaltete sich der jüngere der beiden Beamten ins Gespräch ein. »Hatten Sie je Kontakt zu einem Agenten der *Central Intelligence Agency*? Vielleicht auf einem Ihrer Flüge?«

Damit traf er Margot unvorbereitet. »Wie kommen Sie jetzt auf die CIA?«

Warren lächelte milde. »Die CIA und die Cosa Nostra stecken doch unter einer Decke, Miss Frei. Und – hatten Sie je mit jemandem von der CIA zu tun?«

Offiziell wusste Margot nicht mehr über Mr Reach, als dass er offenbar häufiger Dokumente in Empfang nahm, die von Berlin nach Frankfurt geflogen wurden. Dass sie einen vertraulichen Spionagebericht der CIA gelesen hatte, konnte sie dem FBI beim besten Willen nicht verraten. Sie nahm sich die Zeit, noch einmal an ihrer Zigarette zu ziehen und sie dann sorgsam auszudrücken.

»Auf einem Flug mit der Boeing 707 kümmere ich mich zusammen mit meinen Kolleginnen um mehr als hundert Gäste«, sagte sie schließlich. »Im Stratocruiser sind es immerhin noch um die fünfzig. Wenn ich jeden danach aushorchen wollte, womit er seine Brötchen verdient, würden alle Gäste mit leerem Magen von Bord gehen.«

Special Agent Parker schrieb etwas auf seinen Block. »Und beim Bodenpersonal ist Ihnen auch nie etwas aufgefallen?«, hakte er dann nach. »Fremde Gesichter, die sich in der Kluft Ihrer Fluggesellschaft am Gepäck zu schaffen machen oder ungewöhnliche Fragen stellen? Wie es zum Beispiel jemand vom Geheimdienst täte?«

Margot runzelte die Stirn. »Nein, Sir. Auch wenn Sie sich das vielleicht nicht vorstellen können: Als Stewardess habe ich durchaus mehr zu tun, als nur hübsch auszusehen und Kaffee zu kochen.«

Special Agent Parker erlaubte sich ein kleines Schmunzeln, das jedoch unter dem strengen Blick seines Kollegen rasch erlosch.

»Miss Frei«, ergriff Special Agent Warren wieder das Wort und machte eine bedeutungsvolle Pause. »Haben Mr Sinatra und Mr Kennedy irgendwann während des Flugs ein Casino in Las Vegas erwähnt, das *Sands*? Ging es dabei um Kennedys Besuche dort? Um Spendengelder von Sinatras Freunden und anderen vermögenden Gästen für Kennedys Wahlkampagne?«

»Oder kam Kuba zur Sprache?«, warf der jüngere Beamte ein. »Was nicht nur ein Sammelbecken für Mafiosi und andere Verbrecher ist, sondern derzeit auch Schauplatz einer kommunistischen Revolution. Konnten Sie heraushören, ob Sinatra vielleicht selbst mit den Kommunisten sympathisiert?«

Margot hatte noch im Ohr, wie Sinatra sie mit alkoholgeschwängerter Stimme als Showgirl ins *Sands* locken wollte und von einer Party mit Kennedy auf Kuba geschwärmt hatte. Sie schluckte.

»Miss Frei«, sagte Special Agent Warren eindringlich, »Sie können doch nicht ernstlich wollen, dass die Mafia und eine halbseidene Organisation wie die CIA dafür sorgen, dass Kennedy demnächst im Weißen Haus sitzt. Soll das unser nächster Präsident sein – ein Lebemann, der die Nähe von Kriminellen und Kommunisten sucht?«

Ich bringe ihn ins Weiße Haus – so wahr ich hier sitze!, hatte Sinatra geprahlt. *Ich habe verdammt gute Beziehungen, meine Kumpels ziehen im Hintergrund die Strippen.*

»Ich habe Ihnen alles gesagt, was ich weiß«, erwiderte Margot. Private Gespräche an Bord hatten privat zu bleiben.

Die beiden Beamten verständigten sich mit einem kurzen Blick.

»Danke trotzdem für Ihre Zeit«, sagte Special Agent Parker artig und erhob sich.

Sein Kollege nickte bedächtig und stand ebenfalls auf. »Wir werden weiter alles gewissenhaft überprüfen, Miss Frei. Und natürlich behalten wir Sie im Auge.« Er nahm seinen Hut. »Einen schönen Tag.«

Aus dem Augenwinkel beobachtete Margot, wie die beiden die Küche verließen, kurz darauf fiel die Apartmenttür zu.

Sie starrte vor sich hin. Geheimdokumente der CIA und ein Sowjetspion namens Wennerström. Kennedy und Sinatra, die offenbar mehr waren als nur Saufkumpane. Jetzt noch die Mafia bei *Lanza's* und das FBI in ihrer Küche. In was war sie da nur hineingeraten?

Wir behalten Sie im Auge, hallte die Stimme des Beamten in ihr nach. Margot dachte an ihre gefälschten Zeugnisse und vergrub stöhnend den Kopf in den Händen. Wie weit reichte wohl der Arm des FBI? Bis nach Deutschland oder sogar in die Schweiz? Vermutlich sollte sie jetzt mit einem Anwalt sprechen, sie kannte bloß keinen. Ihr fiel nur eine einzige Person ein, die bestimmt Rat wusste.

38

It's the Same World (Wherever You Go)

Bei einer Flasche Wein saß Margot neben Hamilton auf dem Sofa in seinem Apartment; aufmerksam hörte er ihr zu. Sie war dankbar, dass er sich Zeit für sie genommen hatte, obwohl er derzeit viel zu tun hatte. Sie benötigte mehr als eine Zigarette, bis sie am Ende ihrer Schilderung angelangt war, die ihr selbst vollkommen unglaublich vorkam.

»Ich weiß gar nicht, wie die auf mich gekommen sind«, murmelte sie schließlich.

»Du warst zufällig auf einem Flug mit Sinatra«, erklärte Hamilton. »Der wird seit Jahren vom FBI überwacht.«

»Ist er wirklich ein Mafioso und Kommunist?«, fragte Margot beklommen.

Hamilton grinste. »Das FBI hält jeden für einen Kommunisten, der die Nächte durchzecht und eine Schwäche für schöne Frauen hat. Sinatra ist als Italiener aus Hoboken mit Mafiosi in der Nachbarschaft groß geworden. Und er ist Entertainer in Vegas, der Stadt der Sünde. Ohne das Geld der Gangster wäre heute dort immer noch nichts als Wüste.«

»Und Kennedy?«

Hamiltons Grinsen vertiefte sich. »J. Edgar Hoover fürchtet, dass er seinen Posten als Direktor des FBI räumen muss, wenn

Kennedy Präsident wird, die sind sich spinnefeind. Natürlich versucht er jetzt schon alles, damit es nicht dazu kommt.«

Margot trank einen großen Schluck Wein. Es war nicht nur Kennedys Hand an ihrem Po – hinter der glitzernden Fassade der Stars schien sich ein hässlicher Sumpf aus Machthunger und Geldgier auszubreiten. Als sie Hamilton leise lachen hörte, blickte sie auf.

»Ich kann mir lebhaft vorstellen«, sagte er amüsiert, »wie du die beiden Trottel vom FBI hast auflaufen lassen. Den Mumm hätten die wenigsten gehabt!«

»Das ist nicht witzig!«, fauchte Margot.

Die beiden Beamten des FBI hatten eine längst vergessene Angst zurückgebracht: die vor den Männern in schwarzen Ledermänteln, die in ihrer Kindheit manchmal in den Häusern der Nachbarschaft verschwunden waren und den Bewohnern nichts als Unheil gebracht hatten. »Gestapo«, hatten sich die Leute auf der Straße mit schreckgeweiteten Augen zugeraunt.

»Das FBI kann dir nichts«, versicherte Hamilton und griff nach Margots Hand.

»Und wenn doch?«, entgegnete sie hitzig. »Wenn Pan Am davon Wind bekommt, dass ich mir mit gefälschten Zeugnissen meinen Ausbildungsplatz bei der Lufthansa erschlichen habe, bin ich nicht nur meinen Job los, sondern auch meine Aufenthaltsgenehmigung. Womöglich darf ich danach nie wieder einreisen.«

»Mach dir keine Sorgen!« Hamilton strich über ihre Finger. »Wir regeln das für dich.«

»Wer ist wir?«

»Die Company und ich.«

Margot runzelte die Stirn.

Hamilton atmete tief durch. »Ich bin bei der CIA, Margot.«

Sie starrte ihn ungläubig an. »Du hast doch gesagt, du arbeitest ...«

»... in der Kommunikationsbranche, ja«, ergänzte er. »Nachrichten, Werbung und internationale Beziehungen. Geheimdienstarbeit ist nichts anderes. Wir stehen nicht im Trenchcoat mit hochgeschlagenem Kragen an irgendeiner dunklen Ecke und murmeln uns Codewörter zu.« Er schmunzelte. »Zumindest höchst selten.«

Abwartend sah er sie an und trank einen Schluck Wein. »Ich bin im Überwachungs- und Untersuchungsteam Frankfurt«, fügte er hinzu. »Unsere Büros sind im IG-Farben-Haus im Westend.«

Margot war verwirrt. »Darfst du mir das überhaupt erzählen?«

Hamilton lachte. »Das ist kein Geheimnis – im Gegensatz zu den Informationen, die du gelesen hast.«

Er stand auf und holte etwas aus der Innentasche seines Jacketts, das über der Stuhllehne hing. Dann hielt er Margot einen Ausweis der *Central Intelligence Agency* in Washington hin.

Margot sog scharf die Luft ein. »So hast du Sonja am Zoll rausgepaukt! Du hast dem Beamten diesen Ausweis gezeigt.«

Hamilton bejahte. »Ich habe ihm gesagt, dass deine Kollegin eine unserer AnwärterInnen ist und gerade ihren ersten Test durchläuft.«

Margot schüttelte den Kopf. »Ich kann mir nicht vorstellen, wie du ihn davon überzeugen konntest, dass eine Stewardess der Lufthansa für die CIA arbeitet.«

Hamilton schmunzelte. »Stewardessen kommen überall auf dem Erdball herum, und schnell noch dazu. Ihr begegnet mit wachem Blick jeden Tag zig Personen und seid im Getümmel am Flughafen praktisch zu Hause. Bei eurem Liebreiz vergisst so mancher jegliche Vorsicht, und euer Gepäck wird auch eher nachlässig kontrolliert. Mich wundert eigentlich, dass euer Bundesnachrichtendienst nicht auch schon auf die Idee gekommen ist. Glaub mir, es gibt keine bessere Agentin als eine Stewardess.«

Margot musste schlucken. »Damit meinst du aber nicht mich, oder?«

Hamilton schwieg.

»War die Post für Mr Archibald Reach auch ein Test?«, fragte Margot weiter.

Hamilton wiegte den Kopf hin und her. »Gewissermaßen.«

»Na«, erwiderte sie voller Ironie, »dann bin ich ja wohl gründlich durchgefallen!«

Er schmunzelte. »Keineswegs. Du hast sogar dem FBI gegenüber dichtgehalten. Und was noch viel wichtiger ist: Du hast gezeigt, wie neugierig du bist, und dich dabei äußerst geschickt angestellt. Du hast Talent zum Bluffen und fürs Improvisieren. Mit Nagellack einen Briefumschlag wieder verschließen – alle Achtung, darauf kommt nicht jeder!«

Seine Erheiterung prallte an Margot ab. Sie trank von ihrem Wein, während sie grübelte.

»Du warst vermutlich nicht rein zufällig auf demselben Flug wie Christina Wennerström, oder?«, fragte sie dann.

Hamilton lächelte. »Nein. Es war der Versuch, über die Tochter an den Vater ranzukommen. Christinas Liebesabenteuer, auf das sich die Presse begeistert stürzte, muss für Wennerström die reinste Katastrophe gewesen sein. Für uns war es ein Gottesgeschenk. Leider hat eine äußerst loyale Stewardess namens Margot Frei alles getan, um mir die Tour zu vermasseln. Zumindest, bis Christina sich ihr anvertraut hat und mir rein zufällig die Zigaretten ausgegangen sind.«

Der nächste Schluck Wein schmeckte schal. »Du hast mich ausgenutzt!«

Hamilton wiegte erneut den Kopf hin und her. »Eher die Gunst des Augenblicks. Siehst du, Wennerström, Kuba, Sinatra und Kennedy haben eigentlich nichts miteinander zu tun. Und doch hängt alles zusammen. Die Mafia als Steigbügelhalter ins Weiße Haus zu benutzen mag ein gewagtes Spiel sein. Denn wo John F. Kennedy hingeht, wird ihm auch sein Bruder Bobby folgen, und der hat sich den Kampf gegen das organisierte Verbrechen auf die Fahne geschrieben. Aber wenn man sich ins Haifischbecken der Politik begibt, muss man auch lernen, mit den Raubfischen zu schwimmen. Die CIA setzt große Hoffnungen auf Kennedy. Die rote Gefahr droht nämlich nicht nur entlang des Eisernen Vorhangs. Momentan sieht es zwar nicht danach aus, als würden die Rebellen auf Kuba siegen. Aber falls doch … Eine kommunistische Insel, die sich womöglich mit Moskau verbrüdert, keine hundert Meilen vor der amerikanischen Küste – das können wir nicht zulassen. Das Ganze ist wie ein einziges weit verästeltes Spinnennetz, weißt du? Kennedy hat sicher seine Fehler, menschlich gesehen. Aber mit ihm als Präsidenten haben wir die besten Chancen, dieses Netz ein für alle Mal zu zerreißen.«

»Ich bin nicht besonders scharf darauf, als kleine Fliege darin kleben zu bleiben«, entgegnete Margot spitz.

Hamilton lächelte. »Viele kleine Fliegen können eine Menge bewirken. Willst du uns vielleicht helfen?«

Margot kniff die Augen zusammen. »Indem ich meine Passagiere aushorche?«

Hamilton lachte. »Nein. Indem du weiter den Nachrichtenkurier machst. Oder mehr. Zugegeben, als ich dich das erste Mal sah, war ich nur auf einen Flirt aus. Wie man es als Mann eben so tut, wenn ein endloser Flug vor einem liegt und eine hübsche Stewardess willkommene Zerstreuung bietet. Aber dann habe ich dich bei der Arbeit beobachtet und gedacht: Die hat was. Die ist clever. Die hat Chuzpe. Als du mir dann auch noch erzählt hast, dass du sogar schon in Moskau warst und ein bisschen Russisch sprichst ... das war der Jackpot!«

Er griff nach ihrer Hand. Margot wollte sie ihm entziehen, aber er hielt sie umso fester.

»Wir brauchen Leute wie dich, Margot! Du sprichst mehrere Sprachen, bist intelligent und charmant, und vor allem kannst du hervorragend mit Menschen umgehen. Denk doch nur daran, wie bereitwillig Christina Wennerström sich dir anvertraut hat! Als Stewardess von Pan Am kommst du überall hin und kannst Augen und Ohren offen halten. Du wärst ein unglaublicher Gewinn für die Company! Wir zahlen auch gut.«

»Ich glaube nicht«, entgegnete Margot trocken und stellte ihr Glas ab, »dass mir die Fluggesellschaft einen Nebenverdienst als Spionin erlaubt.«

»Ach, Margot.« Hamilton sah sie nachsichtig an. »Pan Am und die CIA sind schon lang dicke miteinander. Pan Am tut das, was das Beste für unser Land ist, so lautet das Credo von Mr Trippe. Er stellt uns Uniformen zur Verfügung, damit unsere Leute sich in der Gepäckabfertigung umsehen oder einen Blick in die Passagierlisten werfen können. Auf fast jedem Flug nach Berlin ist jemand von uns an Bord, um die Ohren zu spitzen, und im Terminal halten unsere Leute die Augen offen. Ernest Albright war auch sofort Feuer und Flamme, als ich ihm von dir erzählt habe.«

Margot befreite sich aus seinem Griff. »Habe ich nur deshalb den Job bekommen? Weil du mich für die CIA rekrutieren wolltest?«

Hamilton sah sie erstaunt an. »Natürlich nicht. Pan Am wollte dich als Stewardess. Aber das heißt doch nicht, dass du nicht auch für uns arbeiten kannst.«

Margots Blick wanderte durch das Apartment, in dem sie mittlerweile schon einige Nächte mit Hamilton verbracht hatte; ihr Mund fühlte sich ausgedörrt an.

»Hast du mich in dein Bett gelockt, um mich für den Geheimdienst zu ködern?«, brachte sie heiser heraus. »Oder war ich deine ganz persönliche Erfolgsprämie?«

Sein Blick wurde weich. »Weder noch. Ich habe mich einfach in dich verliebt.«

Er streckte die Hand aus, um ihr über die Wange zu streicheln, aber Margot wandte den Kopf ab.

Schweigend saßen sie nebeneinander auf dem Sofa. Obwohl es erst früher Nachmittag war, drang nur trübes Licht herein.

Hamilton zündete sich eine Zigarette an. »Mein Bruder ist im Krieg gefallen, am D-Day in der Normandie. Er war noch keine fünfundzwanzig. Ich war damals am College, und eines Tages kam ein Anwerber der CIA bei uns vorbei. Mir gefiel, was er erzählte, und noch mehr, was ich während meines Praktikums mitbekam. Nach meinem Abschluss habe ich dort angefangen. Als sie mich das erste Mal nach Deutschland geschickt haben, bin ich mit großen Vorbehalten rübergeflogen, aber ich war auch neugierig auf dieses Land, von dem ein solches Unheil ausgegangen war.« Ein kleines Grinsen blitzte auf seinem Gesicht auf. »Ich war fast enttäuscht, dass ich zwischen den Trümmern ganz normalen Menschen begegnete. Mich beeindruckte die Energie, mit der sie ihr zerstörtes Land wieder aufbauten, und zugleich irritierte mich, wie sehr sie sich als unschuldige Opfer betrachteten. Dieser Zwiespalt fasziniert mich bis heute. Als die Army 49 fand, sie habe genug Zeit und Geld in den Aufbau eines deutschen Nachrichtendienstes gesteckt, und ihn der CIA übergab, bin ich fest drüben geblieben.« Offen sah er Margot an. »Ich mag dein Land, Margot. Und ich arbeite jeden Tag daran, dass es frei und demokratisch bleibt.«

Margot schnaubte und griff zu ihrem Glas. »Du redest, als wären wir immer noch mitten im Krieg.«

Hamilton stieß den Rauch aus. »Und ob wir das sind! Der Begriff des Kalten Kriegs ist keine Floskel. Die Waffen schweigen zwar, aber ein wirklicher Frieden ist es auch nicht. Vielleicht wird es den nie wieder geben, allenfalls ein prekäres Gleichgewicht der Atommächte. Wie zwei Cowboys an High Noon stehen sich Ost und West gegenüber, jeder den Finger am Abzug, und wehe, einer zuckt im falschen Moment mit der Wimper.« Er spielte mit dem Zündholzbriefchen auf dem Tisch. »Wir haben Hinweise darauf, dass Chruschtschow in den nächsten Tagen ein Ultimatum stellen will«, erklärte er. »Großbritannien, Frankreich und die Vereinigten Staaten sollen aus West-Berlin abziehen, sonst wird die Sowjetzone sämtliche Verbindungswege zwischen der Bundesrepublik und Berlin blockieren. Was das heißt, kann sich jeder ausrechnen: Die Russen wollen den westlichen Teil der Stadt schlucken. Um fast jeden Preis. Und eine zweite Luftbrücke wird es nicht geben, das hat Eisenhower kategorisch ausgeschlossen. Einer erneuten Blockade Berlins wird militärisch begegnet. Wenn es sein muss, auch mit Nuklearwaffen.«

Bei dem Gedanken wurde es Margot übel.

»Vermutlich wird es die Diplomatie richten«, fügte Hamilton hinzu und löschte seine Zigarette im Aschenbecher. »Wie sie das in den letzten zehn Jahren immer getan hat. Denn dieser Kalte Krieg – der wird nicht mehr mit Panzern und Granaten geführt. Sondern mit Informationen. Die CIA und Pan Am mögen auf den ersten Blick nichts gemein haben, aber uns verbindet eine gemeinsame Vision: eine freie, demokratische und aufgeschlossene Welt zu schaffen. Dies ist das Jahrhundert Amerikas, Margot. Mit unseren Filmen und unserer Musik, mit Coca-Cola und Kaugummi tragen wir unsere Werte in die Welt hinaus. Und Pan Am trägt dazu bei, dass sich jeder mit eigenen Augen vom technischen Fortschritt überzeugen kann. Vom Glanz Amerikas.«

Margot verschluckte sich beinahe an ihrem Wein. Nicht nur, weil Hamiltons Worte von einer geradezu kolonialen Arroganz waren, sondern auch, weil ihr Vater einmal etwas ganz Ähnliches gesagt hatte.

»Ist es für dich denn so undenkbar, daran mitzuwirken?«, fragte Hamilton leise. »Mit deinem Talent, deinem Witz und deinem hellen Verstand? Willst du wirklich lieber den Kopf in den Sand stecken und darauf hoffen, dass der Himmel schon nicht über dir einstürzen wird?«

Margot starrte vor sich hin. Die Versuchung war da, lockte und kitzelte sie. Sie stellte sich vor, wie es sein würde, um die Welt zu jetten und dabei nicht viel anderes zu tun als das, was sie bislang auch getan hatte: charmant und neugierig zu sein, hier mal ein bisschen zu schummeln und dort zu improvisieren. Nur dieses Mal für den Geheimdienst, im Namen der Freiheit und der Demokratie.

Es würde aber auch bedeuten, immer auf der Hut zu sein, immer mit der Angst zu leben, womöglich enttarnt zu werden und dann entweder im Gefängnis zu landen oder untertauchen zu müssen. Und Margot würde nichts anderes übrig bleiben, als Almuth und Thea, Pat und ihre Eltern zu belügen. So wie Hamilton sie belogen hatte.

»Ich will damit nichts zu tun haben«, sagte sie entschlossen.

Hamilton lächelte. »Okay.« Falls er von ihr enttäuscht war, ließ er sich jedenfalls nichts anmerken. »Niemand verlangt etwas von dir, Margot«, fügte er hinzu. »Ich nicht und ebenso wenig Pan Am.«

Sie dachte an ihre echt goldene Anstecknadel, die mit einem Mal jeglichen Glanz eingebüßt hatte. Narrengold.

»Und wenn doch?«, fuhr sie ihn an.

Sein Lächeln vertiefte sich. »Dann heiraten wir. Wäre das nicht aufregend, ein Leben an der Seite eines CIA-Agenten?«

Sie musterte Hamilton, den sie plötzlich mit ganz anderen Augen sah. Sein Charme, seine Weltgewandtheit, seine mitreißende Energie hatten sie manchmal geradezu betrunken gemacht. Ein Amerikaner durch und durch, und ihr mit einem Mal vollkommen fremd.

Das schicke Leben, das er führte, hatte seinen Preis. Es beruhte nicht auf falschen Zeugnissen wie bei Margot oder auf einem falschen Namen wie bei Klaus. In Hamiltons Leben verwoben sich Täuschung und List zu einem kunstvollen Netz, in dem sie sich verfangen hatte. Wie konnte sie ihm jetzt noch irgendetwas glauben?

Er streckte die Hand nach ihr aus, und sie wich zurück. Das Lächeln auf seinem Gesicht erlosch, und er senkte den Blick.

»Ich verstehe«, sagte er rau. »Demnach trennen sich wohl unsere Wege.«

Margot widersprach nicht.

Stumm saßen sie nebeneinander auf dem Sofa, bis Margot aufstand. Hamilton brachte sie zur Tür und half ihr in den Mantel.

Im Türrahmen blieb sie noch einmal stehen. »Es tut mir leid«, sagte sie, »dass dein Bruder gefallen ist. Und es ehrt dich, wie du Deutschland gegenüber empfindest. Aber du weißt trotz allem nicht, wie es war, mitten im Krieg und kurz danach dort zu leben. Du hättest jederzeit zurück nach Hause können. Wir dagegen hatten kein Zuhause mehr. Ich will einfach nur ein gutes Leben haben. Ich will die Welt sehen und dabei mein eigenes Geld verdienen. Vor allem will ich nachts ruhig schlafen. Das ist vielleicht kurzsichtig und oberflächlich – aber so ist es nun mal.«

Ein wehmütiges Schmunzeln im Gesicht, nickte er.

Margot hauchte ihm einen Kuss auf die Wange. »Mach's gut, Hamilton!«

Unten auf der Straße blickte sie zum Himmel, der grau und schwer auf den Hochhäusern und Wolkenkratzern Manhattans lastete, als wäre er selbst aus Beton und Stahl. Derselbe Himmel wie in Hamburg, und doch einen Ozean weit davon entfernt. Die ersten Schneeflocken schwebten herab. In nicht einmal mehr vier Wochen würde Margot ihren fünfundzwanzigsten Geburtstag feiern. Hier in New York, denn ihr Antrag auf Urlaub über Weihnachten war abgelehnt worden.

Die Hände tief in den Taschen des Mantels vergraben, streifte Margot ziellos durch die Stadt. Um sie herum hasteten Passanten, die in den dichter werdenden Schneeflocken noch letzte Besorgungen für das lange Thanksgiving-Wochenende machten. Die Straßen waren von Taxis und Straßenkreuzern verstopft, und in den Häuserschluchten hallten Motorenlärm, Hupen und Sirenen wider.

Der amerikanische Traum, den Margot im vergangenen halben Jahr gelebt hatte, war wie ein Kartenhaus in sich zusammengefallen. Während sie durch das Schneetreiben irrte, fühlte sie sich so deutsch wie nie zuvor. Und sehr allein.

Eine junge Frau unter Tausenden anderen, die nach New York gekommen waren, um ihr Glück zu machen, sich in die Stadt verliebt hatten und jetzt mit gebrochenem Herzen dastanden.

39

My Heart Cries for You

»Ist das schön!«, sagte Carol mit einem Stoßseufzer. Obwohl es schon früher Nachmittag war, steckte sie noch in Nachthemd und Morgenrock und feilte ihre Nägel, eine Schönheitsmaske auf dem Gesicht.

Margot stimmte lächelnd zu.

Während der Januar draußen vor Kälte klirrte und Eisblumen an die Fenster malte, hatten sie es sich an diesem Sonntag in der Küche gemütlich gemacht. Zeitschriften bedeckten den Tisch, Tee dampfte in ihren Tassen, und im Hintergrund lief der Fernseher, irgendein alter Schmachtfetzen kurz vor dem Happy End.

Nur Pat fehlte noch; sie musste jetzt schon auf dem Heimweg vom Flughafen sein. Heute Abend würden sie alle drei zusammen kochen, sich die neueste Folge von *Lassie* ansehen und dabei die belgischen Pralinen naschen, die Pat aus Brüssel mitbringen wollte.

Carol seufzte erneut, als zu schluchzender Geigenmusik *The End* über die Mattscheibe flimmerte.

»Wenn du irgendwann über deinen Hamilton hinweg bist«, sagte sie, »stell ich dich gern ein paar meiner Bekannten vor. Ich glaube, die wären ganz verrückt nach dir.«

Margot grinste. »Nett von dir, aber ich verzichte. Ich bin erst mal gründlich bedient.«

Woran ihre Beziehung zu Hamilton gescheitert war, hatte sie ihren Mitbewohnerinnen nicht im Detail erzählt. Dennoch teilten beide Margots Enttäuschung. Besonders Pat, die gerade eigenen Liebeskummer hatte. Kurz nach Margots Trennung hatte ihr Jimmy sie vor die Wahl zwischen ihm und Pan Am gestellt, und sie hatte sich für Letztere entschieden.

Die Erkennungsmelodie der Kurznachrichten ertönte. Margot hörte geflissentlich weg und vergrub sich tiefer hinter ihrer *Cosmopolitan*. Fürs Erste hatte sie nicht nur von Männern, sondern auch von Politik die Nase gestrichen voll.

Die Tür zum Apartment wurde aufgeschlossen und gleich darauf zugeknallt.

»Margot!«, rief Pat, als sie in die Küche stürzte.

»Margot!«, hauchte Carol fassungslos und legte ihr die Hand auf den Arm.

Pat blieb wie angewurzelt stehen, den Blick starr auf den Fernseher gerichtet.

Margot hob den Kopf. Das schwarz-weiße Standbild zeigte ein rauchendes Flugzeugwrack.

Flight, vernahm sie bruchstückhaft die Stimme des Nachrichtensprechers. *Crash.*

»Ich habe es vorhin am Flughafen mitbekommen«, sagte Pat.

Margot hörte zwar, was sie erzählte, aber ihr Verstand weigerte sich, es zu begreifen; wie betäubt saß sie da. Nur verschwommen nahm sie die betroffenen Mienen ihrer beiden Mitbewohnerinnen wahr und wie Carol ihr immer wieder über den Arm streichelte.

»Ich wollte nicht vom Flughafen aus anrufen«, fügte Pat zerknirscht hinzu, »sondern es dir selbst sagen.«

Anrufen. Sie musste zu Hause anrufen. Ein Ruck ging durch Margot.

Mit wackeligen Knien stemmte sie sich vom Stuhl hoch und setzte mechanisch einen Fuß vor den anderen. Als sie die Tür des Apartments geöffnet hatte, rannte sie los, den Flur entlang, schien jedoch kaum vorwärtszukommen. Wie in einem Albtraum, aus dem sie einfach nicht aufwachte.

Lucy stand am Telefon. Sie warf nur einen Blick auf Margot und flüsterte, sie würde später noch einmal anrufen, bevor sie die Gabel herunterdrückte. Erst als Margot den harten, glatten Hörer in der Hand hielt, holte die Wirklichkeit sie ein.

Es war der 11. Januar 1959, und eine Maschine der Lufthansa war im Landeanflug auf Rio de Janeiro abgestürzt. Mit neununddreißig Menschen an Bord.

Atemlos bat Margot das Fräulein vom Amt, ihr eine Verbindung nach Deutschland herzustellen. Nach Hamburg, zum Anschluss von Claus Sturm. Sie musste es buchstabieren.

»Einen Moment, bitte«, sagte die Telefondame nüchtern. »Bleiben Sie am Apparat.«

Eine nervenzerfetzende Ewigkeit lang horchte Margot auf das Tickern und Klacken in der Leitung. Dann setzte endlich ein knisterndes Freizeichen ein. Einmal, zweimal, zigmal.

Bitte, bitte, geh ran!, flehte Margot stumm. *Geh ran!*

»Sturm?« Die weibliche Stimme klang zaghaft und eigenartig verzerrt.

»Almuth? Ich bin's, Margot.«

»Margot!« Almuth schluchzte auf, dann weinte sie nur noch.

Im Hintergrund hörte Margot eine Männerstimme, und ihr Herzschlag galoppierte los.

»Margot? Hier ist Claus.«

Vor Erleichterung stiegen ihr Tränen in die Augen. »Ich bin

so froh, dich zu hören!«, rief sie. »Ich hab's gerade gehört. Vom Absturz in Rio.«

Er schluckte hörbar. »Felix ist tot.«

Die Nachricht traf sie wie ein Schlag in die Magengrube, und Margot stützte sich an der Wand ab. Nicht Felix, der liebe, lustige Felix! Felix mit dem etwas tollpatschigen Charme, der gerade zum ersten Mal Glück in der Liebe gehabt hatte.

Was Claus sonst noch sagte, drang kaum zu ihr durch; die Tränen liefen ihr nur so übers Gesicht.

Sie kratzte das letzte bisschen Mut zusammen und umklammerte angestrengt den Hörer. »Und Klaus?«

Klaus liebte die Südamerikastrecke, das wusste sie; vor allem, weil es ab Dakar auf den weiten Ozean hinausging.

»Der ist hier«, erwiderte Claus. »Warte kurz, ich geb ihn dir.«

Margot atmete tief durch und lehnte sich an die Wand. Entfernt konnte sie ein leises Räuspern hören, und gleich darauf zum ersten Mal seit Monaten Klaus' Stimme, die tiefer und rauer klang als in ihrer Erinnerung.

»Hey«, sagte er.

»Hey«, flüsterte Margot und lächelte unter Tränen.

Ihre Knie gaben nach, und sie ließ sich auf den Boden sinken. Die Wand hinter ihr gab ihr Halt, während sie Klaus' Atemzügen lauschte.

Ein leises Klacken in der Leitung verriet, dass die nächste Telefoneinheit begonnen hatte. Heute war es ihr egal, wie viel dieser Anruf kostete; Hauptsache, die Verbindung hielt und sie konnte hören, dass Klaus lebte und atmete.

Angesichts der Katastrophe schien es kleinlich und geradezu dumm, ihm nicht zu verzeihen; schließlich hatte sie selbst genug auf dem Kerbholz. Und genauso dumm war es gewesen davonzulaufen. Margot gehörte nicht hierher, auf diesen New

Yorker Hausflur, sondern nach Hamburg, das war ihr Heimathafen. Selbst wenn das bedeutete, dass sie ihren Stolz hinunterschlucken und Fräulein Buschheuer fragen müsste, ob sie wieder bei der Lufthansa anfangen könnte.

»Ich komme nach Hause«, sagte sie nach einer langen Pause.

Sie spürte sein Zögern. »*Roger*«, bestätigte Klaus dann, als säße er im Cockpit. Verstanden.

Er legte auf. Vielleicht kam es Margot nur so vor, aber das Klicken klang so sacht wie eine Tür, die man nur anlehnte, aber nicht schloss.

Ein eisiger Wind fegte an diesem Tag Ende Januar über das Rollfeld; der Flughafen von Idlewild sah im letzten Licht des frühen Winterabends aus wie überzuckert.

Vor der Super Star mit dem blauen Kranich am Rumpf umarmten Margot und Pat sich noch einmal fest.

»Schreib bald, ja?«, schniefte Pat. »Und meld dich, wenn du das nächste Mal nach New York kommst!«

»Ganz bestimmt!«, versprach Margot, buchstäblich mit einem lachenden und einem weinenden Auge.

Auf der Gangway winkte sie Pat noch einmal zu.

»Da legst die nieda!«, schallte es ihr aus der geöffneten Tür entgegen. Unter den kurzen goldbraunen Locken strahlte Gitta Schober über das ganze Gesicht. »Des is fei wirklich unsre Margot auf der List'n! Fliagst zu Bsuach hoam?«

Margot lachte. »Sofern es sich Fräulein Buschheuer in der Zwischenzeit nicht anders überlegt hat, bleibe ich da.«

Freudig fiel Gitta ihr um den Hals und brachte sie an ihren Platz, wo sie sich so lange miteinander unterhielten, wie es Margots alte – und neue – Kollegin im Trubel unmittelbar vor dem Start gerade noch vertreten konnte.

Margot setzte sich bequemer zurecht und schloss den Gurt. Die Sitze in der Farbe von Tomatensuppe mit einem Klacks Sahne und die bunten Vorhänge gaben ihr das Gefühl, wieder zu Hause zu sein. Pfeifend sprangen die Motoren an und drehten hoch; dicker Qualm waberte am Fenster vorbei, und ein Zittern lief durch den Flugzeugrumpf, bevor der Starliner sich in Bewegung setzte.

Alles wie immer, und dennoch war Margot mulmig zumute. Sie hatte ihre Kündigung bei Pan Am unmittelbar nach dem Telefonat mit Fräulein Buschheuer eingereicht, praktisch in letzter Minute vor dem Ende ihrer Probezeit, sodass sie seit der Unglücksnachricht nicht mehr an Bord eines Flugzeugs gewesen war.

Wäre sie nicht nach Amerika gegangen, hätte sie vielleicht am 11. Januar auf Flug LH 502 Dienst gehabt. Es war der erste Unfall der neuen Lufthansa überhaupt, nach fast vier Jahren. Die D-ALAK war es gewesen, eine der ersten vier Super-Connies. Im Landeanflug war sie mit dem Bugrad auf dem Wasser aufgekommen, außer Kontrolle geraten und dann in der Nähe des Strandes zerschellt und ausgebrannt; sogar das Aluminium am Rumpf war geschmolzen. Margot war selbst unzählige Male in dieser Maschine geflogen, auch nach Südamerika. Mehrmals auch mit Flugkapitän McMains, einem der wenigen Amerikaner, die noch im Dienst des Kranichs standen, er hatte als äußerst erfahren gegolten. Eine Expertenkommission, darunter Kapitän Pretsch und Chefpilot Mayr, war gerade in Rio, um zu klären, ob es sich um einen Pilotenfehler gehandelt hatte oder ob technisches Versagen oder das schlechte Wetter die Ursache gewesen war.

Das flaue Gefühl in Margots Magen steigerte sich zu Übelkeit, als der Starliner beschleunigte. Start und Landung waren die kritischen Phasen eines jeden Flugs. Ihr Herzschlag raste, und am ganzen Körper brach ihr der Schweiß aus. In ihren Beinen zuckte es; sie wollte raus, nichts wie raus. Dutzende Male hatte sie Passagiere mit Flugangst beruhigt, doch es war etwas grundlegend anderes, wenn es einen selbst betraf.

Sie umklammerte die Armlehnen und kniff die Augen zu. Ihr Magen drehte sich um, als der Starliner abhob, dann durchströmte sie vorsichtige Erleichterung. Und trotzdem fragte sie sich, ob sie je wieder die gleiche unbeschwerte Freude am Fliegen empfinden würde wie früher.

Am darauffolgenden Nachmittag betrat Margot die Ankunftshalle in Fuhlsbüttel, nach der Landung waren ihre Knie noch ein bisschen weich. Mit einem Koffer und einer Reisetasche hatte sie Deutschland verlassen; jetzt schleppte der Gepäckträger hinter ihr einen Koffer zusätzlich, und sie hatte die Hände voller Tüten.

»Da ist sie!«, rief jemand aufgeregt.

Auf hohen Absätzen schlitterte Almuth auf sie zu und fiel ihr um den Hals. Gleich darauf waren auch Thea und Claus da, um sie auf ähnlich stürmische Weise zu begrüßen. Lachend und mit feuchten Augen erwiderte Margot ihre Umarmungen.

Thea machte mit ihrem Opel die Chauffeuse. Die Fahrt in die Stadt unter einem für Ende Januar verblüffend heiteren Himmel reichte bei Weitem nicht aus, um alles zu erzählen, was sich in den letzten Monaten beiderseits des Atlantiks zugetragen hatte. Es wurde ein langer Abend im Wohnzimmer am Grindelberg. Bei Schnittchen und gutem Wein feierten sie ihr Wiedersehen und brachten sich gegenseitig auf den neuesten Stand, bis die Müdigkeit Margot überrollte.

Sie hatte nur das Nötigste ausgepackt und lag schon im Bett, als Almuth anklopfte, um ihr eine Flasche Selters und ein Glas auf den Nachttisch zu stellen.

»Wann gehst du zu Fräulein Buschheuer?«, fragte Almuth.

»Gleich morgen Vormittag«, erwiderte Margot.

Sie schob sich das Kissen unter dem Kopf zurecht; aus dem Wohnzimmer drangen die Stimmen von Claus und Thea, die über Schmierkurven und *Swing Overs* fachsimpelten.

»Wie läuft es zwischen dir und Claus?«, fragte Margot im Flüsterton.

»Ganz gut«, wisperte Almuth zögerlich.

Im Schein der Nachttischlampe klopfte Margot einladend auf die Bettdecke. Ein Lächeln huschte über Almuths Gesicht, und sie setzte sich.

»Ich gehe jetzt zu einer Ärztin«, berichtete sie ein wenig verlegen. »Zu einer Spezialistin, Claus hat sich danach erkundigt. Erst wollte ich nicht, ich bin ja nicht verrückt oder so, und ich konnte mir nicht vorstellen, dass Reden was bringen soll. Schon gar nicht mit einer Fremden. Aber Dr. Froboesse-Thiele ist wirklich nett. Mir hat es schon enorm geholfen, als sie sagte, dass es vielen Mädchen und Frauen so ergangen sei wie mir. Sehr vielen – mehr, als wir uns vielleicht vorstellen können.« Atemlos machte sie eine kurze Pause. »Die Stunden bei ihr sind wie ein Gips für ein gebrochenes Bein«, fügte sie dann hinzu. »Eine Stütze, damit es mit der Zeit heilen kann. Verstehst du, was ich meine?«

Margot nickte.

»Am meisten hilft mir aber Claus. Er ist so lieb und hat eine Engelsgeduld.« Tränen stiegen Almuth in die Augen. »Nach dem Unglück neulich ... da musste ich die ganze Zeit denken: Was, wenn Claus eines Tages nicht mehr heimkommt? Dann habe ich ihm nie das geschenkt, was er sich so ersehnt. Und ich würde nie wissen, wie es gewesen wäre.« Sie schluckte. »Da bin ich über meinen Schatten gesprungen.« Ein nervöses Kichern rutschte ihr heraus.

Einige Herzschläge lang schien es nichts Wichtigeres zu geben, als nicht vorhandene Falten in ihrem Rock zu glätten.

»Dr. Froboesse-Thiele meint«, sagte Almuth dann leise, »es wird für mich wohl nie ganz unbeschwert sein.« Sie blickte versonnen zum dunklen Fenster. »Aber ich glaube, mit Claus kann ich es mögen.«

Margot streckte die Hand aus, und ihre Finger verflochten sich mit denen von Almuth.

Almuth sah sich um. »Wird es denn für dich gehen – hier drin?«

Margots Blick schweifte durch Klaus' früheres Zimmer. Es fühlte sich absolut richtig an, hier zu sein.

40

Schenk deiner Frau doch hin und wieder rote Rosen

»Das ist wirklich ein schicker Wagen«, sagte Margot, als sie am nächsten Morgen neben Claus im Auto saß, und kuschelte sich demonstrativ tiefer in den hellen Ledersitz. »Und so bequem!«

Claus lachte, die spiegelnde Pilotenbrille auf der Nase. »Was tut man nicht alles, um seine Ehefrau glücklich zu machen!«

Seine Neuerwerbung war ein feuerroter Karmann Ghia, wieder ein Cabriolet, aber mit Rücksitzbank. Eigentlich war es noch zu kalt, um mit offenem Verdeck zu fahren; Margots Nase lief, und sie hatte sich die Baskenmütze tief über die Ohren gezogen. Aber der sonnige Wintertag war einfach zu einladend.

»Almuth ist allerdings nicht ganz glücklich damit«, fügte er hinzu, »dass ich mir in Frankfurt ein paar Pferdestärken mehr unter die Haube habe packen lassen.«

Margot sah ihn neugierig an. »Wie viel mehr?«

Er grinste, bog auf die Zufahrtsstraße zum Flughafen ein und gab Gas.

Wenig später rollte das Cabriolet schnurrend über die Fahrwege und Teerflächen von Fuhlsbüttel und hielt vor der Werfthalle.

»Soll ich nicht doch auf dich warten?«, erkundigte Claus sich.

»Nicht nötig, ich weiß nicht, wie lange ich brauche«, erwiderte Margot und stieg mit dem Blumenstrauß aus, den sie unterwegs besorgt hatte. »Danke für den freundlichen Fahrservice!«

Claus hob zur Antwort lächelnd die Hand und brauste davon.

Margot atmete tief durch und ging hinüber zur Halle. Vor zwei Jahren war hier ein Gedenkstein errichtet und von Verkehrsminister Seebohm feierlich eingeweiht worden, zu Ehren der Männer, die beim Aufbau der zivilen Luftfahrt ihr Leben gelassen hatten. Jetzt hatten die Lufthanseaten das Denkmal für sich beansprucht.

Knapp zwei Wochen nach dem Unglück umgab ein Blumenmeer den Sockel. Trauerkarten waren mit faustgroßen Steinen beschwert, damit sie nicht davonflogen. Drei Piloten, ein Funker und zwei Ingenieure waren es, die jetzt in ihrer Mitte fehlten. Und Felix. Auch darüber hatten Margot und die anderen drei gestern Abend lange geredet, obwohl der Schock sich kaum in Worte fassen ließ.

Vor ein paar Tagen war Felix zu Hause in Marburg bestattet worden. Ruth war derzeit krankgeschrieben, keiner wusste so recht, wo sie steckte, vermutlich bei ihren Eltern in der Nähe von Bielefeld. Sie würde wohl nicht in den Dienst zurückkehren.

Margot legte die mitgebrachten Blumen am Gedenkstein ab und überließ sich ihrer Trauer.

Eine gute Stunde später saß Margot im Büro von Fräulein Buschheuer. Die Chefstewardess musterte sie prüfend.

»Dieser Haarschnitt steht Ihnen ausgezeichnet, Fräulein Frei«, stellte sie fest. »Den können Sie ruhig beibehalten.«

»Es gibt da etwas, das ich Ihnen sagen muss, Fräulein Buschheuer«, sagte Margot mit einem Grummeln im Magen. Gleich zu Anfang wollte sie reinen Tisch machen und ihre gefälschten Zeugnisse beichten.

»Hat das vielleicht noch ein paar Wochen Zeit, Fräulein Frei?«, erwiderte Fräulein Buschheuer ein wenig ungehalten. »Ich weiß im Augenblick nicht, wo mir der Kopf steht.«

Sie sah aus, als hätte sie in letzter Zeit wenig gegessen und noch weniger geschlafen, fand Margot. Der Aschenbecher auf ihrem Schreibtisch war übervoll.

»Ich bin Ihnen wirklich dankbar, dass Sie so schnell kommen konnten«, sagte Fräulein Buschheuer, und schob ihr einen Arbeitsvertrag und ein Formular zu. »Durch das Kabinenpersonal rollt gerade eine gewaltige Kündigungswelle. Ständig rufen besorgte Eltern an und wollen von mir wissen, wie sicher das Fliegen sei. Aus dem nächsten Lehrgang sind auch bereits die Ersten abgesprungen. Ich habe keine Ahnung, wie ich die alle ersetzen soll. Stellen Sie sich in den kommenden Monaten auf Überstunden ein.«

Margot konnte sich ausrechnen, welche Auswirkungen das Unglück für die Lufthansa hatte, die noch immer in den roten Zahlen steckte, obwohl im vergangenen Sommer der einmillionste Fluggast begrüßt worden war. Während sie ihre Angaben in das Formular eintrug, spürte sie Fräulein Buschheuers Blick auf sich.

»Wie ist es Ihnen auf Ihrem Flug ergangen, Fräulein Frei? Haben Sie sich vorab Mut angetrunken? Oder haben Sie etwas genommen, irgendwelche Tropfen oder Tabletten?«

Margot schob ihr das Formular und den unterschriebenen Vertrag zu. »Nein, Fräulein Buschheuer. Ich habe versucht, es so durchzustehen.«

Die Miene der Chefstewardess entspannte sich. »Sehr gut.«

»Das ist der eigentliche Grund, weshalb Sie Beziehungen innerhalb der Crew kritisch sehen, oder?«, fragte Margot leise. »Weil jederzeit einem von beiden etwas zustoßen kann. Deshalb müssen wir Stewardessen unverheiratet und kinderlos bleiben. Damit wir keinen Witwer und keine Halbwaisen hinterlassen, sollte etwas passieren.«

Unvermutet herzlich sah die Chefstewardess sie an. »Das Risiko fliegt immer mit, Fräulein Frei. Man kann nicht ständig daran denken, sonst würde man verrückt werden. Aber genauso wenig kann man so tun, als gäbe es dieses Risiko nicht.«

Margot hätte schwören können, dass Fräulein Buschheuer feuchte Augen hatte, als sie sich straffte und ihre Kostümjacke glatt strich.

»Ich nehme an, Sie haben Ihre Uniform noch, Fräulein Frei?«

»Hängt alles im Schrank bei meinen Eltern.«

Fräulein Buschheuer warf ihr einen schnellen Blick zu. »Wohnen Sie nicht wieder dort?«

»Momentan bin ich bei Claus und Almuth Sturm untergebracht. Mein Vater und ich sind nicht gerade im Guten auseinandergegangen.«

Ihre Vorgesetzte zog eine Schreibtischschublade auf. »Holen Sie die Uniform gleich heute noch ab und bringen Sie sie unverzüglich in die Reinigung. Kommende Woche sind Sie wieder im Dienst. Und sprechen Sie sich mit Ihrem Herrn Vater aus. Das ist besser für die Nerven.«

Zusammen mit dem Dienstplan und dem Spindschlüssel legte Fräulein Buschheuer eine Anstecknadel mit dem Kranich der Lufthansa auf den Tisch. »Willkommen zurück an Bord, Fräulein Frei!«

In der Billstedter Barackensiedlung hatte sich im vergangenen halben Jahr kaum etwas verändert. Sogar an diesem freundlichen Tag lag sie in aller Trostlosigkeit da.

Margot bezahlte den Taxifahrer und nahm die Tüten mit Mitbringseln für ihre Familie entgegen. Aus dem Augenwinkel sah sie, wie sich eine Gardine bewegte. Das Taxi war noch nicht richtig losgefahren, da öffnete sich das Fenster, und Frau Susemihl beugte sich heraus.

»Sooo!«, rief sie. »Lässt sich das amerikanische Fräulein auch mal wieder blicken?«

Gründlich nahm sie Margot in Augenschein. Ihr besonderes Interesse galt der Baskenmütze, die keck auf Margots Kopf saß und den kurzen Haarschnitt mehr betonte als verbarg.

»Ihnen auch einen guten Tag, Frau Susemihl«, erwiderte Margot spitz und drückte auf die Klingel.

Erst nach einiger Zeit näherten sich schlurfende Schritte, und ihr Vater öffnete die Tür. Graue Bartstoppeln überzogen Wangen und Kinn, ein muffiger Geruch ging von ihm aus.

Er runzelte die Stirn. »Was ist mit deinen Haaren passiert?«

»Ein New Yorker Friseur hat sie geschnitten«, erwiderte Margot trocken. »Darf ich vielleicht reinkommen?«

Sichtlich widerwillig nahm Walter Frei sie mit in die Wohnküche, in der es verbrannt roch. Nicht nur aus dem überquellenden Aschenbecher, um den sich leere Bierflaschen gruppierten.

»Hast du Urlaub, oder wieso bist du nicht bei der Arbeit?«, fragte Margot.

Die Antwort ihres Vaters bestand aus einem kraftlosen Schulterzucken.

Margot stutzte, als sie die verkrusteten Teller und benutzten Tassen sah, die sich in der Spüle stapelten. Dass das Geschirr abgewaschen sein musste, bevor man das Haus verließ, gehörte genauso zu den eisernen Regeln von Irmgard Frei wie gemachte Betten bis spätestens zwölf Uhr mittags.

»Wo ist Mutti?«, erkundigte Margot sich und stellte die Tüten auf den Tisch, der mit Kaffeeringen und Brotkrümeln übersät war.

Ihr Vater ließ sich auf das Sofa fallen und griff zu einer der Bierflaschen. »Bei Tante Erna.«

Margot hatte ihrer Mutter zwar per Luftpost geschrieben, dass sie nach Deutschland zurückkehrte, aber offen gelassen, wann genau sie in Billstedt vorbeikommen würde; womöglich hing der Brief auch noch irgendwo unterwegs fest.

»Seit wann?«, hakte sie nach, nahm die Mütze ab und strich sich das Haar glatt. Sie fand es ermüdend, ihrem Vater alles aus der Nase ziehen zu müssen.

»Paar Tage«, knurrte er knapp. Er starrte auf den Fernseher, obwohl dieser ausgeschaltet war; anders als in Amerika begann das deutsche Fernsehprogramm erst abends. »Kommt auch nicht wieder. Mit mir ist es nicht auszuhalten, hat sie gesagt.«

Einige Herzschläge lang stand Margot nur da und starrte ihn an. Dann ging sie zum Kühlschrank, der praktisch leer war, ebenso wie das Eisfach. Ihre Mutter musste wirklich sauer gewesen sein, wenn sie gegangen war, ohne vorzukochen oder wenigstens etwas einzuholen.

»Deine Schwester redet auch nicht mehr mit mir«, ließ sich ihr Vater vernehmen.

Wundert dich das?, lag es Margot auf der Zunge, während sie sich weiter in der Wohnküche umsah, in der irgendwann in den letzten Wochen die Ehe ihrer Eltern implodiert war.

Ihr Blick fiel auf die Pfanne in der Spüle, in der etwas Verkohltes klebte. Offenbar der Versuch ihres Vaters, selbst zu kochen. Mit einem leisen Seufzen suchte sie nach dem Einkaufsnetz, griff zu ihrem Fahrrad, das an seinem angestammten Platz neben dem Herd stand, und bugsierte es aus dem Behelfsheim.

Die ersten Meter gerieten wackelig, sie war aus der Übung. Dann trat sie munter in die Pedale und nickte grüßend Frau Lehmann zu. Es war ein bisschen so wie früher.

Hungrig hatte Walter Frei sich über die Bratkartoffeln mit Speck hergemacht. Während er aß, hatte Margot einen Eintopf gekocht, der für eine Fußballmannschaft gereicht hätte; auf die Tupperschüsseln verteilt, die sie für ihre Mutter mitgebracht hatte, dampfte er jetzt auf dem Küchentisch aus.

»Ist gar nicht so schwer«, sagte Margot, während sie mit hochgekrempelten Ärmeln Geschirr spülte. »Hast du ja gesehen. Kriegst du bestimmt auch selber hin.«

Skeptisch beäugte ihr Vater seinen Vorrat für die nächsten Tage. »Mutti macht den aber ganz anders.«

»Dann hättest du sie besser mal nicht vergrault«, erwiderte Margot trocken.

Auffordernd hielt sie ihm einen tropfnassen Teller hin. Widerstrebend nahm Walter Frei ihn entgegen und rieb ungelenk mit einem Geschirrtuch darüber.

»War wohl nicht so toll in Amerika, was?« Lauernd klang er.

Margot legte die Pfanne in die Spüle und trocknete sich die Hände ab, bevor sie sich, ohne zu fragen, eine seiner Zigaretten nahm und vors Haus ging; sie brauchte dringend frische Luft.

An die rohe Backsteinmauer gelehnt, nahm sie einen langen Zug von der Zigarette.

Ihr Vater trat neben sie und hielt ihr zögerlich ein frisch geöffnetes Bier hin. »Hab nichts anderes da.«

Einige Zeit standen sie schweigend nebeneinander, ganz mit Zigaretten und Bier beschäftigt.

»Dieser Flieger, der da neulich runtergekommen ist«, sagte ihr Vater dann, »in Rio. Da hättest du drin sitzen können.«

»Ich weiß.«

»Das will man nicht erleben«, brachte er mühselig hervor. »Dass es irgendwann an der Tür klingelt und da jemand steht, der einem sagt, dein Kind kommt nicht mehr nach Hause.«

Margot war verblüfft. »Darüber hast du nie auch nur ein Wort verloren.«

Streng sah er sie an. »Hättest du denn damit aufgehört?«

Margot zog die Nase kraus. »Nein.«

Ihr Vater musterte sie von der Seite. »Machst du das gern – fliegen?«

Margot trank einen großen Schluck. »Im Augenblick weiß ich das selbst nicht so genau. Ein guter Freund von mir ist bei diesem Absturz ums Leben gekommen. Das verändert einiges.« Sie trat den Zigarettenstummel auf dem Boden aus. »Aber ich weiß, dass ich eine verdammt gute Stewardess bin. Das ist wahrscheinlich das Einzige, was ich richtig kann.«

Ihr Vater nickte und betrachtete dann eingehend die Bierflasche in seiner Hand.

»Warum erzählst du nie was vom Krieg?«, fragte Margot ihn vorsichtig. »Oder wie es in der Gefangenschaft war?«

Die Brauen zusammengezogen und einen verkniffenen Zug um den Mund, schnippte Walter Frei die Kippe von sich, blieb aber stumm.

»Erinnerst du dich an Klaus?«, fügte Margot hinzu. »Der dunkelhaarige Pilot, der früher ab und zu mit seinem Motorrad vorbeigekommen ist, um mich abzuholen? Er war bei der Waffen-SS, als Scharfschütze in Österreich. Mit vierzehn.«

Auf dem Gesicht ihres Vaters zuckte es. »Armer Junge«, murmelte er.

»Ja«, flüsterte Margot; hinter ihren Augen prickelte es.

»Ist er deshalb von der Bildfläche verschwunden?«, erkundigte sich ihr Vater nach einer längeren Pause. »Weil du ihm das übel nimmst?«

»Ich habe ihm übel genommen«, entgegnete Margot leise, »dass er es mir so lange verschwiegen hat. Er lebt seither unter falschem Namen, weil niemand davon wissen darf.«

Die Miene ihres Vaters wirkte versteinert. Er schien einige Anläufe zu benötigen, um die richtigen Worte zu finden.

»Wenn man dort ist«, sagte er langsam, »will man überleben. Egal, wie. Oder man will nur noch sterben. Auch egal, wie. Hauptsache, es ist endlich vorbei. Und wenn es dann vorbei ist, will man nur noch eines: vergessen.«

Die Bierflasche in der Hand, schien er nachzugrübeln, bevor er sich mit dem Zeigefinger an die Schläfe tippte. »Das ist wie eine Tür hier drin, weißt du? Man schließt sie fest hinter sich ab. Manchmal geht sie trotzdem auf, vor allem nachts. Aber wem soll man erzählen, was da durch den Türspalt quillt? Das will keiner hören. Alle sind geradezu besoffen von dieser neuen und ach so tollen Zeit. Aber die Menschen, Margot – die Menschen sind immer noch die gleichen.«

Nachdenklich ließ Margot den Kopf an die Hauswand sinken.

Die Hinweise der CIA, von denen Hamilton gesprochen hatte, hatten sich bestätigt. Nur einen Tag später hatte Chruschtschow dem Westen ein Ultimatum gestellt. West-Berlin, diese »kapitalistische Insel«, müsse innerhalb eines Jahres »frei und entmilitarisiert« sein. Und er hatte nachgelegt: Die Ostzone sollte als Deutsche Demokratische Republik anerkannt werden, die Bundesrepublik der NATO den Rücken kehren, und beide deutsche Staaten würden in einer Konföderation zu sowjetischen Bedingungen zusammengeschlossen. Was mitnichten eine Wiedervereinigung im Sinne Adenauers oder Eisenhowers darstellte.

Ein großes Tauziehen um die Zukunft Deutschlands hatte begonnen. Wie es ausgehen würde, war ungewiss. Margot wünschte sich fast, sie wäre in New York geblieben. Doch sogar Amerika war nicht weit genug weg, wenn beide Seiten mit dem roten Atomknopf drohten.

»Glaubst du, es gibt wieder Krieg?«, fragte sie ihren Vater beklommen.

Er schnaubte. »Was ich glaube oder nicht, spielt ebenso wenig eine Rolle wie das, was ich tue oder lasse. Das entscheiden die Mächtigen über unseren Kopf hinweg. Den wir dann schön brav hinhalten dürfen.«

Margot blickte zum Himmel. Irgendwo dort oben kreuzten gerade ihre Kolleginnen und Kollegen. Am Ende machte es wohl keinen Unterschied, ob man das Risiko einging, in ein Flugzeug zu steigen; jeden Augenblick konnte einem sowieso die ganze Welt um die Ohren fliegen.

»Nicht jeder hat für Ruhm und Ehre gekämpft«, hörte sie ihren Vater sagen. »Nicht für den Führer, oder weil er sich für was Besseres hielt als die armen Schweine auf der anderen Seite. Die meisten haben einfach den Kopf hingehalten, um euch und unser Land zu beschützen. Dass wir das nicht geschafft haben, war bitter.«

Margot sah ihn von der Seite an. »Auch wenn du den Kopf hingehalten hast – Mutti war diejenige, die uns beschützt hat.

Sie hat Großartiges geleistet, um Lore und mich durch den Krieg und die Hungerjahre zu bringen. Sei ihr einfach mal dankbar dafür.«

Ihr Vater schluckte, damit hatte sie offenbar seinen wunden Punkt getroffen.

»Lass ihr noch ein paar Tage Zeit«, fügte sie leise hinzu, »und fahr dann zu Tante Erna. Bring deiner Frau Blumen mit, am besten Rosen, die mag sie fast so gern wie Flieder. Entschuldige dich und erzähle ihr alles, was du mir gerade erzählt hast.«

Lange starrte ihr Vater vor sich hin, bevor er schließlich nickte.

»Und, Vati – sag nicht immer Mutti zu ihr! Sie heißt Irmgard.«

41

Ich hab dir aus Ägypten einen Kaktus mitgebracht

Am Montagmorgen trat Margot ihren Dienst bei der Lufthansa wieder an. Kurz vor sieben Uhr lief sie munter in Uniform und mit dem Übernachtungsköfferchen in der Hand durch das Personalgebäude. Alle paar Schritte musste sie stehen bleiben, weil sie jemandem begegnete, der sie willkommen hieß und wissen wollte, wie es in Amerika gewesen war – noch dazu bei Pan Am!

»Fräulein Frei!«, rief ein Mann unmittelbar hinter ihr.

Margot wandte sich um und strahlte über das ganze Gesicht, als sie Horst Schlippchen entdeckte, der gerade mit einem Stapel Unterlagen aus seinem Büro kam.

»Ich frag dich gar nicht erst, wie es kam, dass du der glorreichen Pan Am den Rücken gekehrt hast«, sagte er, die Stimme vertraulich gesenkt. »Ich freu mich einfach nur, dass du wieder da bist.«

»Ich mich auch«, erwiderte Margot vergnügt.

»Glück ab!« Er zwinkerte ihr zu, bevor er seinen Weg fortsetzte.

Margot verfiel in einen eiligen Laufschritt, eine zuckende

Ungeduld im Bauch. Nicht nur, weil es für sie heute zum ersten Mal nach Kairo ging.

»Moin!«, rief sie fröhlich in den Besprechungsraum.

»*Welcome back, Miss Margot!*«, dröhnte ihr die Stimme von Flugkapitän McAllister entgegen, der schon auf ihrem allerersten Trainingsflug am Steuerknüppel gesessen hatte.

Ein Grinsen auf dem Gesicht mit dem brandroten Rauschebart, schüttelte er Margot herzhaft die Hand. Auch Relief-Pilot Schubert und eine neue Stewardess namens Hella Schlüter begrüßten sie.

Margot indes hatte nur Augen für den Ersten Offizier. Im Neonlicht der Deckenleuchten wirkte Klaus' Blick dunkel und undurchdringlich. Er nickte Margot kurz zu, bevor er wieder seine Tabellen und Listen fixierte, eine kaum sichtbare Röte unter der leichten Sonnenbräune.

Am darauffolgenden Abend stand Margot im Bad ihres Hotelzimmers und trug knallroten Lippenstift auf. Dreizehn Stunden hatte der gestrige Flug über Frankfurt und Rom gedauert, erst spät waren sie in Kairo angekommen. Nachdem die Rufe des Muezzins sie in aller Frühe geweckt hatten, waren sie und Hella gleich nach dem Frühstück in einem Taxi durch die lärmende und überbordende Stadt nach Gizeh hinausgefahren, zu den Pyramiden und der Sphinx. Den Nachmittag hatten sie auf dem Basar von Khan el-Khalili verbummelt und ganz in der Nähe auch zu Abend gegessen; Margot hatte immer noch den herrlichen Geschmack von gebratenen Okraschoten im Mund.

Nach einem letzten zufriedenen Blick in den Spiegel trat sie aus dem Bad. Die Zimmer im *Windsor Hotel* waren nicht groß, aber mit bunten Stoffen und warm schimmerndem Holz hübsch eingerichtet. Der Duft von Gewürzen und Kaffee lag in der Luft: Margots Mitbringsel für zu Hause.

Hella, die in ihrem kurzen Pyjama auf einem der beiden Betten lag, betrachtete Margots weißes Sommerkleid mit den roten Tupfen. »Das hast du bestimmt aus Amerika mitgebracht.«

»Stimmt«, erwiderte Margot heiter. »Aus Miami.«

Hella stöhnte. »Mach mich nur neidisch!«

Margot grinste und legte sich das goldene Armkettchen um, das sie auf dem Basar gekauft hatte; ganz ähnliche würde sie auch Almuth und Thea mitbringen. »Willst du wirklich nicht noch mit runterkommen?«

Ihre Kollegin rümpfte die Nase. »Nee, lieber nicht. Du kannst hier als Frau nicht einfach was trinken gehen, ohne dauernd angesprochen zu werden.«

»Aber wenn da unten jetzt ausgerechnet der Mann deines Lebens sitzt?«, neckte Margot sie.

Hella schnaubte und blätterte weiter in der *Constanze*.

Margot zog die Zimmertür hinter sich zu und ging durch den Hotelflur zum Aufzug, der sie mit seinem Ziehharmonikagitter an Paris erinnerte. Sie hatte sich auf den ersten Blick in dieses Hotel verliebt, das von außen wie ein burgähnlicher Kasten mit Erkern aussah und innen mit hellen Wänden, Holzmöbeln im Kolonialstil und Mosaikböden überraschte.

Die Hotelbar war spärlich besetzt, vielleicht war neunzehn Uhr für hiesige Verhältnisse noch zu früh für einen Drink. Ihr Flug war ähnlich leer gewesen, deshalb hatten sie nur zu zweit in der Kabine der Super-Connie gearbeitet. Hella hatte erzählt, dass Kairo nicht gerade das Sehnsuchtsziel deutscher Touristen war; ihre Gäste waren, abgesehen von dem einen oder anderen Weltenbummler, ausschließlich Geschäftsmänner gewesen.

Zwei Herren in hellen Anzügen saßen an einem der Tische

bei Drinks und Zigarren beisammen; ihrem Aussehen nach stammten sie irgendwo hier aus dem Nahen Osten. Als Margot an ihnen vorbeiging, unterbrachen sie ihr Gespräch und beäugten sie interessiert.

Margots Herz setzte einen Schlag aus, als sie in der anderen Ecke der Bar Klaus entdeckte. In dunkler Hose und weißem Pilotenhemd saß er an einem kleinen Tisch, einen eisgekühlten Drink vor sich. Über den Raum hinweg sahen sie sich an, und zögerlich ging sie auf ihn zu. Auf Klaus' vage Geste hin setzte sie sich zu ihm.

Margot spürte, wie er sie musterte, während sie beim Kellner einen Martini bestellte, den sie auch flugs serviert bekam. Seit vergangenem April hatten sie und Klaus sich nicht gesehen; die paar Worte neulich am Telefon und die Standardsätze gestern während des Flugs waren das Einzige, was sie seitdem miteinander gesprochen hatten. Es war schwer, da wieder einen Anfang zu finden.

Immer wieder trafen sich ihre Blicke und verloren sich dann irgendwo in der Bar. Unter dem kreisenden Deckenventilator kam Margot sich vor wie mitten in einer nostalgischen Postkarte des untergegangenen britischen Empire. An einem Ort wie diesem musste Agatha Christie die Inspiration zu ihrem Hercule Poirot gefunden haben.

Margot brach als Erste das Schweigen. »So ungefähr stelle ich mir die Bar vor, in der Horst Schlippchen mal gearbeitet hat. In Tanger, während der Kriegsjahre. Wie im Film *Casablanca* muss es seiner Schilderung nach gewesen sein.«

Klaus schwieg und spielte mit seiner Zigarettenschachtel.

»Es tut mir leid«, sagte Margot dann leise, »dass ich so hart zu dir war. Du hast recht: Ich habe keine Ahnung, wie es wirklich war, im Krieg zu sein. An der Front.«

»Wie geht es deinem Amerikaner?«, fragte er heiser. Vermutlich hatten Claus oder Almuth es ihm erzählt, und die wussten es von Thea.

»Das weiß ich nicht«, erwiderte Margot ruhig. »Ich glaube auch nicht, dass ich je wieder von ihm hören werde.«

»Bist du deshalb zurückgekommen?«, erkundigte er sich mitleidlos.

Margot schüttelte den Kopf. »Ich bin zurückgekommen, weil ich festgestellt habe, dass das Gras dort drüben auch nicht grüner ist als hier.«

Klaus deutete ein Nicken an.

»Hast du wieder jemanden?«, flüsterte sie. Claus und Almuth hatten zwar nichts dergleichen erwähnt, aber bei jemandem, der derart verschlossen war wie Klaus, musste das nichts heißen.

»Mach das nicht, Margot«, erwiderte er, ohne sie dabei anzusehen. »Tu nicht so, als könnten wir dort weitermachen, wo wir aufgehört haben.«

Margot kämpfte gegen das enge Gefühl in ihrer Kehle an, indem sie einen tüchtigen Schluck Martini kippte.

»Dass du mich nicht mehr wolltest, war schlimm genug«, sagte Klaus rau. »Obwohl ich es sogar verstehen kann. Aber dann bist du nach Amerika abgehauen, und ich bin davon ausgegangen, dass ich dich niemals wiedersehe. Genauso plötzlich bist du jetzt wieder da, verdrehst mir mit diesem strahlenden Margot-Blick den Kopf, und ich weiß nicht, was ich davon halten soll.«

Margots Wangen glühten.

»Du willst alles, und du willst es immer sofort«, fügte er hinzu. »Kannst du vielleicht ein einziges Mal den Dingen ihren Lauf lassen?«

Ihr Herz zuckte hoffnungsvoll. »Es wird sicher nicht leicht für mich«, entgegnete sie. »Aber ich will's versuchen.«

»Okay.« Sein markantes Gesicht mit den kräftigen Kieferknochen entspannte sich. Als er sich vorbeugte und zum Glas griff, leuchteten seine Augen grün; das Eis in seinem Drink war schon fast geschmolzen. »Erzähl mir von der Boeing.«

42

Unchained Melody

Im Dröhnen der Propellermotoren brachte Margot die letzten eingesammelten Gläser und Tassen in die Pantry. Sie hatten bereits zum Sinkflug angesetzt. Jeden Augenblick konnte aus dem Cockpit das Signal kommen, dass Kapitän McAllister den Landeanflug einleitete; geplante Ankunftszeit in Idlewild war 11:50 Uhr.

»Mir ist immer noch bei jeder Landung flau«, beichtete Bärbel, die gerade die letzten Boxen verschloss. »Vor allem heute.«

Margot brauchte einen Moment, bis ihr einfiel, dass in New York schon Freitag, der 13. März, war. »Solange wir keine schwarze Katze als blinden Passagier haben, ist doch alles in Ordnung«, sagte sie lachend.

Nach sechs Wochen Dienst hatte sie in ihre alte Routine hineingefunden. Sie lächelte vor sich hin, als sie an die drei Tage New York dachte, die vor ihr lagen. Mit Pat wollte sie sich treffen und sicher mindestens einmal mit Klaus ausgehen. Eine Fortsetzung dessen, was in der Bar des *Windsor Hotel* begonnen hatte, gefolgt von einem Spaziergang am Nil bei ihrem nächsten Aufenthalt in Kairo. Auf eine neue Weise aufregend war es gewesen, wieder von ihm im Tanzschuppen hinter der Reeperbahn herumgewirbelt zu werden, und der Abend in der Trattoria in Rom war lang geworden.

»*Cabin crew, prepare for landing!*«, dröhnte McAllisters Bass aus den Lautsprechern.

Margot eilte hinter Bärbel her und ließ sich auf dem Sitz neben ihr nieder. Sie schloss den Gurt und reckte den Hals. Über die Außenseite des Bullauges zogen sich nasse Schlieren; unter dem grauen Himmel schienen die Gebäude von Idlewild schon zum Greifen nahe.

Diese Super-Constellation war eine der letzten, die noch auf dem direkten Weg zwischen Hamburg und New York verkehrten, mittlerweile war sie auf dieser Linie weitgehend durch die Super Star abgelöst worden. Das Fauchen der Hydraulik, das Margot fast so vertraut war wie die Rufe der Möwen in Hamburg, fiel heute jedoch seltsam schwach aus. Auch das dumpfe Poltern des Fahrwerks klang eigentümlich leise. Unwillkürlich spitzte Margot die Ohren.

Ein, zwei Sekunden verstrichen. Dann heulten die Motoren pfeifend auf. Das Kommando aus dem Cockpit an Relief-Pilot Schubert und Ingenieur Mertens war für Margot kaum zu verstehen. Nicht zu übersehen war jedoch, dass die Maschine beschleunigte und knapp über der Landebahn erneut durchstartete, wieder zum Himmel hinauf.

Nacheinander hasteten der Relief-Pilot und der Bordingenieur mit seiner Werkzeugtasche an Margot vorbei.

»Ich wusste es«, flüsterte Bärbel bang. »Irgendwas stimmt nicht.«

In den Lautsprechern der Kabine klackte und knisterte es.

»Meine sehr verehrten Damen und Herren«, ertönte Klaus' tiefe Stimme, von der Technik leicht verzerrt, »hier spricht Ihr Erster Offizier Klaus Geier. Unsere Landung in New York-Idlewild verzögert sich. Wir bitten um Verständnis und bedanken uns für Ihre Geduld.«

Margot löste ihren Gurt und reckte sich, um aus dem Fenster hinauszuspähen. Die Super-Connie kreiste in nicht allzu großer Höhe weiträumig über dem Flughafen.

»Was glaubst du, was los ist?«, wisperte Bärbel.

»Ich habe keine Ahnung«, erwiderte Margot genauso leise.

Sie zuckte zusammen, als es erneut in der Sprechanlage klackte und McAllister sie kurz und knapp ins Cockpit befahl. Schwungvoll schritt sie durch die Kabine, ein Lächeln auf dem Gesicht, als sollte sie nur die Getränkewünsche der Piloten entgegennehmen.

Die Tür zum Cockpit stand offen. Schubert lehnte am Türrahmen und trat für Margot zur Seite. Ingenieur Mertens kauerte neben der geöffneten Bodenluke und leuchtete mit einer Taschenlampe hinein, während er mit der anderen Hand darin herumfuhrwerkte. Auch Klaus kniete vor der Öffnung und tastete mit hochgekrempelten Hemdsärmeln an der Technik herum. Funker und Navigator warfen ihnen beunruhigt Blicke zu.

»Ich seh einfach nichts«, murmelte Ingenieur Mertens.

»Das muss aber irgendwo hier sein«, knurrte Klaus und verrenkte sich den Arm, um weiter hinunter zu greifen. »Da!«, rief er dann aus.

Beide beugten sich so tief über den Schacht, dass sich ihre Köpfe beinahe berührten. Von dem, was sie einander zuraunten, kamen nur Bruchstücke wie »Dichtung«, »Leck« und »Druckabfall« bei Margot an.

Klaus rappelte sich in dem engen Raum auf und wischte sich die nassen Hände an den Hosenbeinen ab. Sein Blick fiel auf Margot.

»Das Fahrwerk streikt«, erklärte er. »Steuerbord ist es draußen, backbord nicht, und das Bugrad ist auf halbem Weg stecken geblieben. Eine der Zuleitungen hat ein Leck.«

Margot schluckte. Mit nur einem Teil des Fahrwerks zu landen war ungefähr so, als wollte man betrunken Schlittschuh laufen. Ragte dazu noch das Bugrad halb heraus, war es, als würde man zusätzlich einen Knüppel zwischen die Beine bekommen.

Ingenieur Mertens hob einen kleinen Ring gegen das Licht. »Die Dichtung bröselt«, sagte er verblüfft.

»Sie haben doch bestimmt Ersatz dabei, oder?«, fragte Margot.

Der Ingenieur sah sie entnervt an. »Haben Sie eine Ahnung, aus wie vielen Einzelteilen dieser Vogel hier zusammengeschraubt ist? Wenn ich die alle als Reserve dabei hätte, wäre an Bord nicht mal mehr Platz, um eine Maus zu befördern.« Er betrachtete das kaputte Teil genauer. »Die ist praktisch neu. Keine Ahnung, warum sie jetzt schon hinüber ist.«

»Könntest du versuchen, irgendwas an Bord zu organisieren, was ungefähr diese Größe und Form hat?«, bat Klaus Margot, und Mertens reichte ihr die kaputte Dichtung. »McAllister wird gleich eine Durchsage machen. Sorgt bitte dafür, dass keine Panik aufkommt.«

Seufzend erhob sich Mertens und schnappte sich die Werkzeugtasche. »Ich geh eine Bordtoilette auseinanderschrauben. Vielleicht findet sich da was Passendes.«

Margot marschierte durch die Kabine nach hinten, um Bärbel, Sieglinde und Hansjürgen entsprechend anzuweisen. Hacki zündete sich erst einmal eine Zigarette an.

Über ihren Köpfen knisterte und rauschte es.

»Sehr verehrte Damen und Herren«, dröhnte es aus der

Sprechanlage, »hier spricht Flugkapitän McAllister. Leider ist an Bord ein kleines Missgeschick passiert. Eine läppische Dichtung hat im rauen Klima des Atlantiks das Zeitliche gesegnet. Unser Ingenieur hat auch schon eine Lösung parat. Allerdings benötigen wir dabei Ihre Hilfe. Unser fabelhaftes Fräulein Margot wird deswegen gleich zu Ihnen kommen. Ihr können Sie sowieso keinen Wunsch abschlagen, glauben Sie mir!«

Leises Lachen ging durch Kabine. Da hatte Margot schon begonnen, jede Dame, jeden Herrn an Bord darum zu bitten, das Gepäck nach etwas Ringförmigem zu durchsuchen, dessen Größe in etwa der defekten Dichtung entsprach. Bärbel, Sieglinde und Hansjürgen machten währenddessen mit Gratisgetränken und Knabbereien die Runde.

Beide Hände übervoll mit allerlei Kleinteilen wie Lippenstiftkappe, Schlüsselring, Zopfgummi und Kugelschreiber und vielem mehr, kehrte Margot ins Cockpit zurück. Sie war erfolgreicher gewesen als Ingenieur Mertens, der hinter den Abdeckungen der Bordtoilette nichts Brauchbares zutage gefördert hatte. Er und Klaus stürzten sich sofort auf Margots Beute, um mit Feile, Zange und Schraubenzieher ein Provisorium zusammenzubasteln.

Margots Platz wäre in der Pantry oder bei ihren Gästen in der Kabine gewesen. Stattdessen setzte sie sich in der engen Garderobennische direkt vor dem Cockpit auf den Boden. Der Vorhang zur Kabine war zugezogen und schuf so einen kleinen Raum, in dem sie ganz für sich war.

Immer wieder schielte sie bang auf die Uhr. Zwei Minuten vergingen, dann fünf, dann zehn.

Ihr Kopf ruckte hoch, als Klaus aus dem Cockpit trat.

»Nichts Passendes dabei, oder?«, fragte Margot bedrückt.

»Nein.« Seufzend ließ er sich neben ihr nieder. Sein Hemd

war fleckig und durchgeschwitzt. Er roch nach Öl, Gummi und Metall.

»Habt ihr einen Plan?«, bohrte sie nach.

Er fuhr sich durch die Haare. »Wenn wir es irgendwie schaffen, dass die Flüssigkeit im Schlauch bleibt, können wir das Fahrwerk wieder einziehen und eine Bauchlandung versuchen. Idlewild ist informiert, die würden uns einen Schaumteppich auslegen.«

Margots Magen zog sich nervös zusammen. Ein Schaumteppich minderte zwar das Risiko, dass bei einer Bauchlandung Funken sprühten und ausgelaufenen Treibstoff in Brand steckten, doch eine Garantie gab es nicht. Und genauso unsicher war, ob der Flugzeugrumpf beim Aufprall nicht aufplatzte wie ein gekochtes Ei.

Margot schluckte. »Wie hoch ist die Wahrscheinlichkeit, dass innerhalb von neun Wochen gleich zwei Maschinen der Lufthansa verunglücken?«

Um Klaus' Mund zuckte es. »Die Wahrscheinlichkeit ist immer die gleiche. Und eigentlich ziemlich gering.«

»Was machen wir jetzt?«, wollte Margot wissen.

Klaus atmete tief durch. »Warten. Auf irgendeine zündende Idee, die uns vielleicht noch kommt.«

»Wie lange reicht der Sprit?«, erkundigte sie sich.

Klaus warf einen Blick auf seine Fliegeruhr. »Eine Stunde, vielleicht eineinhalb.«

Maximal neunzig Minuten, dann mussten sie runter auf den Boden. Egal, wie.

»Du blutest!«, entfuhr es Margot.

Klaus betrachtete den tiefen Schnitt in seiner Handfläche. »Ich bin mit dem Schraubenzieher abgerutscht.«

Margot zog ihr Taschentuch heraus und knotete es als notdürftigen Verband um seine Hand; dabei spürte sie seinen Blick unentwegt auf sich. Eineinhalb Stunden noch. Dann wäre womöglich alles vorbei.

Sie holte tief Luft. »Ich habe mich mit einem erfundenen Lebenslauf und gefälschten Zeugnissen bei der Lufthansa beworben«, flüsterte sie.

Klaus starrte sie an.

»Horst Schlippchen ist mir irgendwann auf die Schliche gekommen, hat aber ein Auge zugedrückt«, fügte sie verschämt hinzu. »Ansonsten wissen nur Almuth und Thea davon. Und du jetzt.«

Klaus brach in Lachen aus, ein lautes und raues Lachen, das weit unten aus seinem Bauch kam. »Ausgerechnet du? Du predigst Wasser und trinkst selber Wein?«

Sein Blick bekam etwas Zärtliches, als er die Hand ausstreckte und Margot über das Haar strich. Lange sahen sie sich einfach nur in die Augen. Vielleicht blieben ihnen wirklich nur noch eineinhalb Stunden auf dieser Welt, und mit niemandem hätte Margot sie lieber verbracht als mit Klaus.

Und nur wegen einer porösen Dichtung, die ungefähr so groß war wie …

Margot blinzelte. »Ein Centstück«, hauchte sie. »Ein amerikanischer Cent könnte passen.«

Klaus' Augen leuchteten auf. Margot sprang auf die Füße und schlüpfte durch den Vorhang in die Kabine.

»Meine sehr verehrten Damen und Herren«, rief sie atemlos. »Dürfte ich Sie bitten, Ihre Geldbeutel und Hosentaschen auszuleeren und nachzusehen, ob Sie vielleicht ein Centstück dabeihaben?«

In der Kabine brach fieberhaftes Herumkramen und Suchen aus.

»Ich! Hier!« Ein Herr mittleren Alters mit gerötetem Gesicht und Halbglatze sprang als Erster auf.

Margot lief zu ihm. »Danke, Sir! Sie haben uns soeben gerettet!« Sie drückte ihm einen Kuss auf die Wange und flitzte zum Cockpit zurück, den unendlich kostbaren Cent fest in der Hand.

Die Hände vor den Mund gepresst, wartete Margot angespannt, während Klaus und der Ingenieur die Münze anpassten, zurechtfeilten, an den Schlauch hielten und erneut zum Werkzeug griffen.

Schließlich grinste Klaus sie über die Schulter hinweg an. »Passt! Jetzt müssen wir nur noch die Flüssigkeit, die wir verloren haben, irgendwie ersetzen. Bringt uns alles, was ihr in der Pantry habt. Egal, was.«

Abwechselnd schleppten Margot, Bärbel, Sieglinde und Hansjürgen Mineralwasser, Cola, Fruchtsäfte und den restlichen Kaffee heran. Klaus verlangte ständig nach mehr, während er die Getränke über einen Trichter in den Schlauch goss und Ingenieur Mertens den Behälter für die Hydraulikflüssigkeit wieder füllte.

»Einen knappen Liter brauchen wir noch!«, rief Klaus.

Margot hastete wieder in die Pantry und kehrte mit einer Flasche Champagner zurück.

Klaus hob vielsagend die Brauen.

»Na, wenn schon, dann mit Stil!«, erwiderte Margot und ließ den Korken knallen.

»*Thank God!*«, rief Kapitän McAllister mit unverkennbarer Erleichterung, als Klaus die Bodenluke zufallen ließ. »Sonst hätte Miss Margot die Herren wohl bitten müssen, reihum in den Schlauch zu pinkeln!«

Die Hydraulik pfiff zwar aus dem letzten Loch, aber das

Klopfen und Rumpeln, als das stecken gebliebene Fahrwerk wieder einfuhr, war eine Erlösung.

»Klaus, spring in deinen Sessel!«, befahl der Kapitän ganz informell. »Dann bringen wir den Vogel runter. Miss Margot, wir kreisen noch gute zwanzig Minuten, um die Tanks möglichst leer zu kriegen. Das gibt Ihnen genug Zeit, die Evakuierung vorzubereiten.«

»Ja, Sir.«

Im Laufschritt eilte Margot zurück in die Pantry und griff zum Telefonhörer.

»Meine sehr verehrten Damen und Herren«, zwitscherte sie fröhlich durch die Sprechanlage, »in etwa zwanzig Minuten erfolgt unsere Landung in New York-Idlewild. Dort erwartet uns allerdings kein roter Teppich, sondern ein luxuriöses Schaumbad. Stellen Sie sich auf einen etwas holprigen Empfang und eine kleine Rutschpartie ein. Damit Sie daunenweich auf der Landebahn ankommen, bitten wir Sie darum, schon jetzt Ihre Schuhe auszuziehen. Im Namen der Lufthansa bedanke ich mich für diesen unvergesslichen Flug heute mit Ihnen.«

Sobald Margot aufgelegt hatte, handelte sie nur noch mechanisch. Zwanzig Minuten reichten gerade so aus, um knapp und klar die Aufgaben an Bärbel, Sieglinde und Hansjürgen zu verteilen. Um zu viert einunddreißig erwachsene Passagiere anzuleiten, welche Position sie bei der Bauchlandung des Flugzeugs einnehmen sollten, und sich um die beiden kleinen Kinder zu kümmern.

Zwanzig Minuten waren verdammt kurz. Margot sprang im letzten Moment auf ihren Sitz und schloss den Gurt. Die Hände auf den Hinterkopf gepresst, stemmte sie die Fußsohlen gegen den Boden. Aus dem Augenwinkel sah sie, wie flach die Super-Connie sich der Landebahn näherte, als wollte sie die

Erde umpflügen. Jetzt blieb nur noch, zu hoffen und zu beten, dass McAllister einen guten Winkel erwischte und der Rumpf der Super-Connie stabiler war, als er aussah.

»*Ready for touchdown*«, schnarrte es aus der Sprechanlage.

Der Aufprall erschütterte Margot bis ins Mark. Mit heulenden Motoren und ohrenbetäubendem Kreischen schlitterte die Maschine bäuchlings über die Landebahn. Wie ein bockendes Pferd schien das Flugzeug nach beiden Seiten auszuschlagen, unnachgiebig von Kapitän McAllister in der Spur gehalten, bis es schließlich quietschend zum Stillstand kam.

Margots Hände zitterten, als sie ihren Gurt löste und mit weichen Knien aufsprang. Neunzig Sekunden blieben ihnen, das Flugzeug leer zu bekommen. Neunzig Sekunden, bis möglicherweise ein verirrter Funke, ein gerissenes Stromkabel oder eine zerfetzte Benzinleitung einen Brand auslöste und es kein Entkommen mehr gab.

Wie eine Schlafwandlerin öffnete Margot die Tür und löste die Notrutsche aus, blind darauf vertrauend, dass Sieglinde und Hansjürgen es an den beiden Notausgängen genauso machten. Lächelnd, aber mit der Bestimmtheit von Klassenlehrerinnen auf einem Schulausflug lotsten sie und Bärbel ihre Passagiere zum Ausgang und halfen ihnen auf die Rutsche.

Schwer atmend sah Margot sich um. Urplötzlich war es still und leer im Flugzeug. Nur die Stimmen der Feuerwehrmänner und Sanitäter auf der Landebahn waren zu hören, das Zischen von Feuerlöschern und Funksprüche. Sie spähte hinaus und glaubte, im Getümmel Bärbel und Sieglinde ausmachen zu können, Hacki und Hansjürgen, Schubert, Mertens, Funker und Navigator. Wie konnte sie sicher sein, dass alle Passagiere von Bord waren?

»Miss Margot?« Auffordernd sah McAllister sie an, als er mit

Klaus aus dem Cockpit kam. Der Kapitän verließ als Letzter das sinkende Schiff.

Margot wirbelte herum und hastete durch die Kabine, blickte suchend auf jeden einzelnen Sitz und blieb dann abrupt stehen. In Reihe zwölf kauerte sich eine Mutter mit ihrem Kind zusammen. Eine Amerikanerin, der Name war Margot entfallen.

»Ma'am«, sprach sie die Dame behutsam auf Englisch an, »Sie müssen das Flugzeug sofort verlassen.«

Zitternd schüttelte die Frau den Kopf, ihren kleinen Jungen an sich gedrückt, der leise vor sich hin weinte.

»Ma'am, bitte!«, sagte Margot. »Kommen Sie mit mir.«

Die Amerikanerin presste sich verängstigt umso fester gegen die Bordwand. In Schockmomenten reagierten Menschen oft irrational, das hatte Margot gelernt. Sie wusste nur nicht, wie sie die Frau dort herauslocken könnte.

»Ma'am?« Klaus war hinzugetreten und beugte sich zu der Frau hinunter. »Klaus Geier mein Name. Ich bin einer der Piloten. Ich habe zusammen mit dem Kapitän gerade dieses Flugzeug gelandet. Möchten Sie mir Ihren Kleinen anvertrauen? Ich bringe ihn in Sicherheit.«

Mit tränennassen Augen blickte die Frau zwischen Margot und Klaus hin und her, bevor sie ihr Kind zögerlich an Klaus übergab. Sobald er mit dem Kleinen auf dem Arm davoneilte, schluchzte die Mutter laut auf.

»Kommen Sie, Ma'am.« Margot streckte einladend die Hände aus. »Ich bringe Sie zu Ihrem Jungen.«

Wackelig ließ die Frau sich von Margot aufhelfen und konnte dann nicht schnell genug zum Ausgang gelangen. Margot bugsierte sie vorsichtig auf die Rutsche, schob sie an und vergewisserte sich, dass sie sicher in den Händen der Feuerwehrleute landete. Dann stieg auch Margot auf die aufgepumpte

Gummibahn und ließ sich im Schneetreiben auf den Asphalt hinuntergleiten.

Im Badezimmer der Suite schlüpfte Margot in eine Trainingshose und einen Pullover, die der Concierge im Hotel *Seymour* freundlicherweise auf Rechnung besorgt hatte; ihr Gepäck würde ihnen erst morgen früh gebracht. Stunden hatte es gedauert, bis sie alle von den Sanitätern untersucht worden und alle Formalitäten geklärt waren. Margot hatte lange unter der Dusche gestanden, um diesen Flug von sich abzuspülen; inzwischen war es schon dunkel.

Bärbel saß heulend auf dem Bett, während Sieglinde ihr die Schulter streichelte und mit glasigen Augen in den Fernseher starrte, der auf voller Lautstärke lief. Dabei verschlang sie einen Schokoriegel nach dem anderen; dieser Tag hatte ihnen alles abverlangt.

Auf bloßen Füßen schlich Margot sich hinaus und tapste über den Hotelflur. Vor dem Zimmer am Ende des Korridors blieb sie einige Herzschläge lang stehen und klopfte dann sacht an.

Klaus öffnete ihr in Pilotenhose und T-Shirt, der Duft einer herben Seife ging von ihm aus. In einer Hand hielt er eine Bierflasche.

»Ich wollte nur kurz sehen, wie es deiner Hand geht«, sagte Margot.

Klaus hob seine Linke. »Ist noch dran.«

Das Zimmer hinter ihm lag im Dunkeln. »Schlafen McAllister und Schubert schon?«, flüsterte Margot.

Ein Grinsen blitzte auf Klaus' Gesicht auf. »Die betrinken sich gerade irgendwo. Sie kommen erst zurück, wenn man sie ins Zimmer hinauftragen muss, hat McAllister gesagt.«

Er zögerte, dann zog er einladend die Tür weiter auf, und Margot trat ein. Sanft fiel die Tür hinter ihr ins Schloss.

Eine Weile standen sie nur da und sahen sich an, zwei Schatten in den bunten Lichtern New Yorks, die durch das Fenster hereinfielen. In der Ferne war das Brausen des abendlichen Verkehrs zu hören, vereinzelt heulte eine Sirene.

»Heute war unser Glückstag«, sagte Margot leise.

»Ja.« Klaus stellte die Bierflasche ab.

»Wir sind noch da«, hauchte sie ungläubig. Mit aller Kraft schlang sie die Arme um ihn, um es wirklich und wahrhaftig zu spüren; eine Umarmung, die er genauso fest erwiderte.

»Unser Kind«, raunte Klaus. »Hast du es …«

Margot schüttelte den Kopf. »Ich weiß nicht einmal, ob es überhaupt ein Kind gab.«

Sie spürte, wie er sich in ihren Armen entspannte.

»Ich weiß nicht«, murmelte er, »ob ich das kann. Vater sein. Aber wenn ich es kann, dann nur mit dir.«

Margot dachte daran, wie er den kleinen Jungen aus dem Flugzeug getragen hatte, unendlich vorsichtig und beschützend. Sie hob den Kopf, und ihre Blicke trafen sich.

Klaus ließ sie kurz los, um sich das T-Shirt auszuziehen. Margot fuhr über den tätowierten Ikarus auf der Innenseite seines Oberarms. Jetzt verstand sie, wie es war, im Flug der Sonne zu nahe zu kommen, sie hatte es selbst erlebt. Sie legte die Hände auf Klaus' behaarte Brust und fühlte, wie schnell sein Herz schlug.

»Volles Risiko?«, wisperte sie.

»Mit allen Konsequenzen«, flüsterte er, den Mund an ihrer Wange, und hob sie vom Boden hoch.

43

The Lady Is a Tramp

In einem luftigen Kleid saß Margot im Schatten des Sonnenschirms; der Tag roch nach Sonnenmilch und Gegrilltem. Es war ein traumhafter Sommer, sogar in Hamburg. Auf den Gartenstühlen neben ihr unterhielten sich ihre Mutter und Lore, jede einen Cocktail in der Hand. Mit halbem Ohr verfolgte Margot das Gespräch der beiden, das sich zunächst um den Garten gedreht hatte, der derzeit noch einem frisch aufgebrochenen Acker glich. Gerade ging es um den bevorstehenden Urlaub von Irmgard und Walter Frei in Italien. Eine der neuen Pauschalreisen, die Margot dank Personalrabatt günstiger bekommen hatte.

»Ich weiß gar nicht, was ich dort machen soll«, klagte Margots Mutter. »Ich kann doch nicht einfach zwei Wochen lang nur faul herumliegen.«

»Und ob du das kannst!«, widersprach Lore. »Das ist doch der Sinn eines Urlaubs. Ach, ich beneide euch, ich würde auch gern mal wegfahren. Aber Hans will hierbleiben, wegen dem Haus und allem …«

»Mit dem Flugzeug!«, beschwerte sich Irmgard Frei weiter. »Was da alles passieren kann. Aber wenn euer Vater sich etwas in den Kopf gesetzt hat, ist nichts zu machen.«

Geradezu beleidigt verschränkte sie die Arme vor der Brust, doch ihre Augen glänzten. Margot und ihre Schwester wechselten amüsiert einen Blick.

»Genieß es einfach, Mutti!«, beharrte Lore. »Das habt ihr euch verdient, alle beide. Margot und ich können uns ja inzwischen nach einer neuen Wohnung für euch umsehen, damit ihr endlich …« Sie unterbrach sich. »Hans! Hans!«, rief sie zur Terrasse hinüber.

»Toooor!«, brüllte Holger, der mit seinen bald drei Jahren schon ein richtig großer Junge war, und reckte die Fäuste in die Luft.

»Hans, nicht so wild!«, schalt Lore. »Denk an die Scheiben, die waren teuer!«

Gehorsam entfernten sich ihr Mann und Holger vom Haus und kickten sich im Garten weiter den Ball zu.

»Aber doch nicht auf dem frisch ausgesäten Rasen!«, empörte sich Lore.

Schmunzelnd blickte Margot auf das Baby in ihrem Arm, das in seinem rosafarbenen Strampler zufrieden vor sich hin gurgelte und sich in erster Mimik übte. Die Kleine war wirklich niedlich, und es fühlte sich nicht mal übel an, sie mit sich herumzutragen.

Rosalie hieß sie. Nicht Margots erste Namenswahl, aber schließlich war es auch nicht ihr Kind.

Margot stand auf. »Hier, du bist wieder dran«, sagte sie zu ihrer Schwester.

»Steht dir wirklich gut«, neckte Lore sie, als sie den Cocktail abstellte und ihre kleine Tochter in die Arme schloss.

Margot verdrehte die Augen. Irmgard Frei streckte die Hand aus und streichelte ihrem neu geborenen Enkelkind zärtlich über den Kopf.

»Ich bin so dankbar, dass an ihr alles dran ist«, meinte Lore. »Man hört jetzt immer öfter von diesen armen Würmchen, die mit schweren Schäden zur Welt kommen.« Sie senkte die Stimme zu einem Flüstern. »Die Schmitts, die Straße runter, die haben auch so eins. Mir drückt es immer das Herz ab, wenn ich es mit seinen Stummelärmchen sehe. Das ist bestimmt diese Atomstrahlung. Oder irgendwas im Wasser.«

»Moin, Frau Sumfleth!«, rief eine Frau mittleren Alters in Kittelschürze über den Zaun.

»Moin, Frau Herbrecht!«, entgegnete Lore fröhlich. »Haben Sie sich schon etwas eingerichtet?«

»Ach, na ja, na ja«, antwortete die neue Nachbarin. »Das Nötigste eben. Der Rest kommt so nach und nach.«

Lore deutete auf Margot. »Meine Schwester ist zu Besuch. Sie war lange in Amerika und ist jetzt wieder in Hamburg. Sie arbeitet als Stewardess bei der Lufthansa!«

Frau Herbrecht nickte sichtlich beeindruckt, bevor sie in ihr noch unverputztes Eigenheim zurückkehrte.

»Worüber reden die zwei eigentlich die ganze Zeit?«, fragte Irmgard Frei leise.

Margot folgte ihrem Blick zum rauchenden Grill, an dem ihr Vater Regie führte, assistiert von Klaus.

Eigentlich, fand Margot, redeten die beiden recht wenig miteinander. Meistens schwiegen sie, bei ein paar Bier und Zigaretten. Ein Schweigen, das eigentümlich vertraut wirkte und beiden offenbar guttat. Vielleicht lag es daran, dass sie im Krieg Ähnliches erlebt hatten und keine Worte brauchten, um sich zu verständigen.

»Hat er dich schon gefragt?«, flüsterte ihre Mutter.

»Ja, Margot – hat er?«, pflichtete Lore ihr bei, während sie Rosalie über den Rücken streichelte. »Nicht dass er dich ein zweites Mal sitzen lässt. So was spricht sich herum, weißt du? Und kannst du ihm nicht mal was Anständiges zum Anziehen kaufen? Er läuft ja herum wie ein Halbstarker. Oder wie einer dieser Gastarbeiter!«

In Jeans und T-Shirt trank Klaus von seinem Bier. Als hätte er Margots Blick bemerkt, drehte er sich zu ihr um. Ihr Herz machte einen freudigen Satz, als seine dunklen Augen ihren begegneten und er lächelte. Sein Gesicht mit den kräftigen Kieferknochen war fast noch markanter als früher; nächstes Jahr würde er dreißig Jahre alt werden.

Margot seufzte in sich hinein. Sie hatte es satt, auf Auslandsflügen zu tricksen und zu schummeln, damit sie ein paar gemeinsame Stunden in einem Hotel verbringen konnten. Und genauso hatte sie es satt, darauf zu warten, dass Almuth und Claus ein paar Tage verreisten und sie die Wohnung am Grindelberg für sich hatten. Früher hatte ihr das nichts ausgemacht, aber sie war nicht mehr dieselbe wie damals.

Walter Frei wandte sich um. »Irmgard, wir wären so weit. Wollt ihr zum Essen kommen?«

Die schlafende Rosalie auf dem Arm, stand Lore auf, schien aber zu warten, bis ihre Mutter außer Hörweite war.

»Sag mal, Margot«, flüsterte sie dann verlegen, »kannst du mir vielleicht aushelfen? Ich bin gerade etwas klamm. Weißt du, die Raten für das Haus und jetzt noch das Baby …«

»Klar, ich gebe dir nachher was«, antwortete Margot geistesabwesend.

Es war höchste Zeit, dass sie auch noch alles andere in ihrem Leben in Ordnung brachte.

Das Übernachtungsköfferchen in der Hand, stöckelte Margot eilig durch den Korridor, ihr Flug aus Madrid war verspätet gelandet. Vor dem Büro der Chefstewardess blieb sie kurz stehen und sammelte sich, bevor sie anklopfte und eintrat.

»Auch einen Kaffee, Fräulein Frei?«, fragte ihre Vorgesetzte.

»Gern, danke«, erwiderte Margot, obwohl ihr das Herz ohnehin bis zum Hals schlug. Aber an der Tasse, die ihr Fräulein Buschheuer reichte, konnte sie sich prima festhalten.

»Ich muss schon sagen«, meinte die Chefstewardess lächelnd, als sie sich Margot gegenüber am Schreibtisch niederließ, »Amerika ist Ihnen gut bekommen. Dort haben Sie endgültig den letzten Schliff erhalten. Gerade die Gäste unserer Senatorflüge schwärmen in den höchsten Tönen von Ihnen. Davon, wie Sie die Bauchlandung in New York gemeistert haben, gar nicht zu reden.«

Kurz plauderten sie über die Zukunft der Lufthansa, die rosiger aussah denn je. Gäste wie die Reederstochter Tina Onassis und sogar die große Maria Callas hatten prominenten Glanz nach Fuhlsbüttel gebracht. Fräulein Buschheuer äußerte die Hoffnung, dass vielleicht der frisch von Soraya geschiedene Schah von Persien mit seiner künftigen Frau Farah Diba einmal mit der Lufthansa fliegen würde. Und auch der jahrelange Streit mit der ostdeutschen Lufthansa um den Namen und den Kranich als Firmenzeichen war beigelegt worden. Im Hinblick auf eine drohende Niederlage vor Gericht waren die Herren in Schönefeld schließlich eingeknickt und würden künftig unter dem Namen Interflug ihre Ziele innerhalb des Ostblocks ansteuern.

»Was führt Sie denn zu mir, Fräulein Frei?«, fragte die Chefstewardess schließlich.

Margot trank hastig einen Schluck Kaffee und verbrannte sich prompt die Zunge. »Ich muss Ihnen etwas beichten, Fräulein Buschheuer.« Auch wenn sich unter ihren neuen Kolleginnen keine Monika Schreiner befand – noch einmal wollte sie es nicht darauf ankommen lassen.

Die Miene ihrer Vorgesetzten verdüsterte sich. »Sie wollen heiraten, nicht wahr? Das sehe ich Ihnen an.«

»Also, eigentlich ...«, begann Margot zaghaft, doch ihre Vorgesetzte ließ sie nicht ausreden.

»Verstehen Sie mich nicht falsch, Fräulein Frei«, sagte Fräulein Buschheuer mit einem Seufzen. »Ich gönne Ihnen Ihr privates Glück von ganzem Herzen. Aber können Sie damit nicht noch eine Weile warten? Herr Geier läuft Ihnen bestimmt nicht weg. In ein oder zwei Jahren wird das Heiratsverbot für Stewardessen sowieso ein alter Zopf sein. Wir können es uns auf Dauer schlichtweg nicht leisten, mehrere Tausend Mark in jede einzelne Stewardess zu investieren, die uns dann nach durchschnittlich drei Jahren wieder verlässt. Gerade jetzt, da die Lufthansa langsam, aber sicher in die Gewinnzone steuert.« Sie nippte an ihrer Tasse. »Es nur eine Frage der Zeit, bis auch verheiratete Frauen als Stewardessen arbeiten dürfen. Unter uns gesagt rechne ich jederzeit damit, dass uns die Klage einer selbstbewussten jungen Frau wie Ihnen ins Haus flattert.«

Margot nahm ihren ganzen Mut zusammen. »Ich muss mit Ihnen über die Unterlagen sprechen, mit denen ich mich damals bei der Lufthansa beworben habe.«

Fräulein Buschheuers gezupfte Brauen zogen sich unheilvoll zusammen.

Steifbeinig stakste Margot durch die Ankunftshalle des Flughafens. Ein Blick auf die Anzeigentafel verriet ihr, dass die Maschine aus Manchester gerade gelandet war. Ganze eineinhalb Stunden hatte das Gespräch mit Fräulein Buschheuer gedauert.

Mit weichen Knien ließ sie sich auf eine der Wartebänke fallen und beobachtete die Herren und Damen, die ihre Lieben abholten oder nach der Landung in den Hamburger Sommerabend hinausspazierten.

Ein Mann im Anzug lächelte ihr im Vorbeigehen zu. Ganz so, als überlege er, ob ihm diese Stewardess in ihrer hellblauen Sommeruniform vielleicht auf seinem nächsten Flug den Kaffee bringen würde.

Nicht mehr lange, dachte Margot in einer Mischung aus Galgenhumor und Wehmut. Wenigstens hatte sie jetzt ein reines Gewissen und musste nicht mehr befürchten, als Hochstaplerin entlarvt zu werden.

Endlich entdeckte sie zwei Piloten, die durch die Halle auf sie zuschritten. Sie hob die Hand, und McAllister grüßte zurück. Klaus verabschiedete sich von ihm und setzte sich neben Margot.

Er nahm die Pilotenmütze ab und fuhr sich durchs Haar. »Was hat Fräulein Buschheuer gesagt?«

Margot grinste schief. »Sie war sauer. Richtig sauer. So erzürnt habe ich sie in den ganzen Jahren noch nicht erlebt. Dementsprechend hat sie mir eine tüchtige Gardinenpredigt gehalten.«

Klaus legte die Mütze neben sich und zog eine Zigarettenpackung aus der Brusttasche. »Und dein Job?«

»Ist futsch. Zum ersten Oktober scheide ich aus dem aktiven Flugdienst aus.«

Eine Zigarette im Mundwinkel, stutzte Klaus. »Du hast aktiver Flugdienst gesagt. Nicht Lufthansa.«

Margot nickte betont langsam. »Fräulein Buschheuer hat mir ein Angebot gemacht, das ich nicht ausschlagen konnte.«

»Was für ein Angebot?«

»Ein verdammt gutes.« Margot grinste ihn an. Tatsächlich war es besser als alles, was sie sich in ihren kühnsten Träumen ausgemalt hatte.

Zum zweiten Mal an diesem Tag fasste sie sich ein Herz. »Lass uns heiraten.«

Klaus nahm die unangezündete Zigarette aus dem Mund und starrte sie reglos an.

»Ich will ganz offen mit dir unter einem Dach leben«, erklärte sie. »Ich will abends neben dir einschlafen und morgens mit dir aufwachen. Und das geht eben nur mit diesem blöden Stück Papier. Das Leben ist so verdammt kurz, Klaus. Ich will keine einzige Nacht verschwenden, die wir zusammen sein könnten.«

Klaus nickte bedächtig. »Und das sagst du mir einfach so? Hier? Auf einer Bank am Flughafen? Keine Blumen, kein Stehgeiger – nichts?« Um seinen Mund zuckte es verräterisch.

Margot musste lachen. »Dafür bin ich nicht gemacht, Klaus, und das weißt du auch.«

Er legte den Arm um sie und sah ihr tief in die Augen. »Dann heiraten wir.«

Und der Pilot küsste seine Stewardess, begleitet von den entzückten Ausrufen der Passanten und vereinzeltem Applaus.

44

Jet Song

Die Baskenmütze tief über die Ohren gezogen und einen vollgepackten Rucksack auf dem Rücken, saß Margot in Jeans hinter Klaus auf dem Motorrad. Der Morgen war noch dunkel, es ging gerade erst auf halb sieben zu. Allmählich füllten sich die Straßen mit der ersten Welle des Berufsverkehrs. Im Schein der Straßenlaternen und Neonreklamen legte sich der Novembernebel wie ein Weichzeichner über Hamburg.

»Ich möchte keine so teuren Möbel«, rief Margot über den brüllenden Motor hinweg in Klaus' Ohr. »Lieber investieren wir in eine Waschmaschine, vielleicht sogar in einen Trockner. Und wenn wir den aus Amerika kommen lassen müssen.«

»Haben wir dafür überhaupt Platz?«, rief Klaus über die Schulter zurück.

»Locker«, antwortete Margot. »Ich hab's ausgemessen.«

Gestern hatten sie den Mietvertrag für ihre erste gemeinsame Wohnung unterschrieben: ein Neubau in Barmbek, zwei Zimmer, Einbauküche, Bad, mit Zentralheizung und Telefonanschluss. Bei günstigem Verkehr würden sie künftig nur eine Viertelstunde nach Fuhlsbüttel hinaus benötigen. Am ersten Dezember wären sie endlich raus aus Klaus' Mansardenzimmer mit Kochnische und Etagenbad, dessen Wirtin zwar furchtbar nett, aber auch furchtbar neugierig war.

»Keine Geschirrspülmaschine?«, rief Klaus.

Margot schnaubte. »Als ob wir oft genug zu Hause wären, um Berge an dreckigem Geschirr zu hinterlassen!«

Im Frühling wollten sie endlich ihren Traum wahr machen und die Route 66 abfahren; mit Margots neuer Stelle war das jetzt möglich.

Die Ampel vor ihnen sprang auf Rot, und Klaus hielt an.

»Und den Führerschein will ich machen«, sagte Margot. »Dann brauche ich natürlich auch ein Auto, klar.«

Klaus lachte. »Werde ich vielleicht auch noch gefragt?«

»Natürlich nicht!«, entrüstete sich Margot. »Ich verdiene schließlich mein eigenes Geld.«

»Nur solange es mit deinen Pflichten in unsere Ehe vereinbar ist«, neckte Klaus sie.

Margot knuffte ihn in die Rippen.

Das neue Gleichberechtigungsgesetz, das vergangenen Sommer nach langem Ringen endlich in Kraft getreten war, verbesserte vieles für die Frauen, vor allem, was ihre wirtschaftliche Situation nach einer Scheidung betraf. Trotzdem blieben die Rollen festgeschrieben: Der Mann war Ernährer und Familienoberhaupt, die Frau hatte sich um ihn, das Heim und die Kinder zu kümmern. Als Hausfrauengesetz verspöttelt, bot es auch Klaus und Margot immer wieder Anlass zu Witzeleien.

Die Ampel sprang um, und Klaus brauste los, in Richtung der Zufahrtsstraße zum Flughafen.

Margot schlang die Arme fester um ihn und presste das Gesicht gegen seine Lederjacke. Seit drei Monaten war er ihr Ehemann, nach einer verblüffend raschen Trauung auf dem Standesamt und einer eher kleinen Feier im Flughafenrestaurant, gefolgt von einer äußerst wilden Nacht im Tanzschuppen hinter der Reeperbahn. Und erstaunlicherweise fühlte Margot sich als verheiratete Frau kein bisschen anders.

Vor dem Personalgebäude parkte ein rot glänzendes Cabriolet mit geschlossenem Verdeck; davor zeichneten sich zwei Silhouetten ab. Margot hatte gewusst, dass Klaus hier mit dem anderen Claus verabredet war, aber nicht, dass Almuth auch mitkommen würde.

Klaus hielt an, und noch bevor er den Motor abgestellt hatte, stieg Margot ab und lief auf ihre Freundin zu. »Was machst du denn hier?«, rief sie freudig.

Almuth lachte. »Thea und ich haben eine Überraschung für dich. Sie müsste auch gleich hier sein.«

Margot streichelte ihr über die Schulter. »Wie geht's dir?«

Almuth nickte vage. »Morgens ist mir immer gehörig schlecht. Claus musste auf dem Weg hierher anhalten, damit ich mich am Straßenrand übergeben konnte.«

Obwohl noch nichts zu sehen war, hatte es der Arzt mit zweifelsfreier Sicherheit bestätigt: Bei Claus und Almuth war Nachwuchs unterwegs. Die Aussicht auf ein Enkelkind hatte sogar Frau von Rehberg milde gestimmt. Seitdem überschüttete sie Almuth allerdings mit guten Ratschlägen und Ermahnungen, garniert mit Namensvorschlägen aus der Ahnenreihe der Familie.

Claus zog amüsiert an seiner Zigarette. »Viel schlimmer ist, dass ich gestern spätabends bei den Nachbarn klingeln und fragen musste, ob sie zufällig Rollmops, Blütenhonig und Salami im Haus haben – in genau dieser Kombination.«

Er legte den Arm um seine Frau, und die Art, wie sie sich anlächelten, verriet, dass sie ihr Glück miteinander gefunden hatten.

Die beiden suchten gerade nach einem Haus mit Garten und viel Platz für mehrere Kinder. Nur allzu groß sollte es nicht sein – damit Almuths Mutter, die ohnehin schon damit gedroht hatte, von Papenburg nach Hamburg überzusiedeln, nicht auf dumme Gedanken kam.

Rasant fuhr Theas Opel vor das Personalgebäude und bremste genauso schwungvoll.

»Juten Morjen, die Damen und Herren!«, rief sie gut gelaunt, als sie ausstieg und die Beifahrertür für Pelzer öffnete.

»Guten Morgen!«, grüßte auch er in die Runde und nickte Margot zu. »Bis später.« Er schickte sich an, mit seiner Aktentasche ins Personalgebäude hineinzugehen.

»Haste nich wat verjessen?«, zeterte Thea liebevoll.

Augenscheinlich ebenso amüsiert wie verlegen, beugte er sich zu ihr herunter und gab ihr einen Kuss, wofür sie sich mit einem Strahlen bedankte, bevor er im Personalgebäude verschwand.

»Margot, ich muss los«, sagte Klaus.

Sie reichte ihm den Rucksack. »Bis Sonnabend«, flüsterte sie.

»Viel Glück!«, murmelte er und erwiderte ihren Kuss.

Auch Claus und Almuth verabschiedeten sich zärtlich voneinander. Claus und Klaus würden gleich nach Hannover fahren, wo die erste Fortbildung zum Jet-Piloten für sie auf dem Programm stand. Der neue Flugzeugtyp war zwar leichter zu steuern und galt trotz seiner unglaublichen Geschwindigkeit als besonders sicher, dennoch mussten die Lufthansa-Piloten erst geschult werden. Vergangene Woche war der erste Jet in Fuhlsbüttel gelandet, eine Boeing 707 der Pan Am aus London. Am Flughafen, bei der Stadtverwaltung und beim *Hamburger Abendblatt* waren die Telefondrähte heiß gelaufen, weil zahlreiche Einwohner zwischen Groß-Borstel, Niendorf, Lokstedt und Schnelsen erschrocken waren und sich vom Lärm gestört gefühlt hatten.

Sie würden sich daran gewöhnen müssen, denn im kommenden März würde Chefpilot Mayr die erste 707 in Seattle abholen. Bereits jetzt zeichnete sich ab, dass die Lufthansa die Düsentriebwerke nicht wie geplant erst in der zweiten Jahreshälfte 1960 einsetzen würde, sondern schon weitaus früher; auch die entsprechenden baulichen Maßnahmen in Fuhlsbüttel kamen gut voran. Der Countdown für eine neue Ära hatte längst begonnen.

»Wer zuerst in Hannover ist!«, rief Claus und sprang hinters Steuer.

Grinsend startete Klaus sein Motorrad. »Träum weiter!«

Lachend sahen die drei Freundinnen zu, wie Klaus und Claus Motorrad und Cabriolet vor dem Personalgebäude wendeten und davonpreschten.

»Was hast du dich eigentlich so schick gemacht?«, fragte Margot mit Blick auf Theas Kostüm und die hohen Absätze.

»Ick hab nachher doch den Termin bei der Bank«, erklärte Thea. »Wird schon schiefjeh'n, wa?«

Nachdem Thea den Flugschein in der Tasche hatte und offiziell Passagiere befördern durfte, war sie mit anderen Flugverrückten auf die Idee gekommen, private Rundflüge anzubieten. Mit Service an Bord: Bier und Fischbrötchen in der einfachen Variante, Champagner, Lachs und Kaviar im Luxuspaket. Doch dafür brauchten sie erst einmal ein eigenes Flugzeug – und das entsprechende Kapital.

»Aber det Wichtigste verjessen wir mal nich«, verkündete sie feierlich und öffnete die rückwärtige Tür des Opels. »Allet Jute zum ersten Schultag – von Almuth und mir!«

Margot brach in Lachen aus, als Thea ihr die bunt verzierte

Schultüte überreichte. Offiziell saß sie bereits seit einem Monat auf ihrem neuen Posten, sogar in einem eigenen kleinen Büro. Aber nachdem sie sich bislang nur durch Stapel von Unterlagen gewühlt hatte, begann heute endlich ihre eigentliche Arbeit.

»Kannst du mich in die Stadt mitnehmen?«, fragte Almuth.

»Aber klar doch«, erwiderte Thea. »Ick hab ooch Tüten an Bord.«

Vergnügt umarmten sich die Freundinnen.

Es war eine beängstigende, aufregende, turbulente Zeit, die sie gerade erlebten. Seit 45 hatte die Welt nicht mehr so nahe am Abgrund gestanden. Westmächte und Sowjetunion rangen um Berlin und die Zukunft Deutschlands, stellten immer neue Forderungen und übertrafen sich gegenseitig mit Drohungen. Ausgerechnet Hans-Joachim Kulenkampff, der Showmaster der Nation, hatte für einen Skandal gesorgt, als er zu Beginn seiner Sendung am Samstagabend nicht nur die Zuschauer der Bundesrepublik, sondern auch die der DDR begrüßt hatte. Was einer inoffiziellen Anerkennung gleichkam und hohe Wellen bis nach Bonn schlug.

In dieser aufgeladenen Atmosphäre ruhten alle Hoffnungen auf besonnenen Männern wie Adenauer, Brentano, Eisenhower und dem Berliner Bürgermeister Willy Brandt. Und auf John F. Kennedy, der als heißer Anwärter auf das Präsidentschaftsamt galt.

Margot, Thea und Almuth blickten zuversichtlich nach vorn. Kriegskinder, die sie waren, hatte ihnen die Lufthansa den Sprung in ein neues Leben ermöglicht.

Eine gute Stunde später stöckelte Margot umgezogen und geschminkt auf High Heels in eine Halle am Flughafen. Am Stirnende standen vier zusammengeschobene Tische, an denen ihre neuen Kollegen bereits Platz genommen hatten. Sigmund Pelzer zwinkerte ihr über Kaffee und einer Zigarette zu.

»Morgen, Margot.« Horst Schlippchen begrüßte sie mit Wangenküssen.

»Guten Morgen«, sagte Ursula Buschheuer und hauchte ebenfalls links und rechts ein Küsschen auf Margots Wangen. »Fabelhaft siehst du aus! Kann ich dir gleich deinen Dienstplan geben?«

Margot studierte das Blatt eingehend. Fast jede Woche ein Hin- und Rückflug nach Nizza, Athen, Reykjavík, Helsinki oder Tokio. Ihr Herz hüpfte freudig, als sie das Ziel für Dezember las: Bangkok. Und gleich darauf musste sie grinsen, als sie die Namen der Piloten daneben entdeckte.

»Könnten Herr Geier und ich in Bangkok vielleicht ein Doppelzimmer bekommen?«, fragte sie mit Unschuldsmiene. »So als frisch verheiratetes Paar?«

Horst lachte über seinem Kaffeebecher. »Unsere Margot will mal wieder Marmelade aufs Butterbrot.«

Die Chefstewardess seufzte gekünstelt und machte sich eine Notiz. »Ich will sehen, was ich tun kann.«

»Danke, Uschi!«, erwiderte Margot warmherzig.

Gemeinsam beugten sich die vier über die ausgebreiteten Unterlagen und besprachen die letzten Einzelheiten.

Horst blickte auf seine Uhr. »Zehn nach neun. Dann wollen wir die Meute mal reinlassen.«

Er ging durch die Halle und öffnete einen der Türflügel. Sofort stürmten Scharen junger Frauen auf hohen Absätzen herein, als ob das Alsterhaus eine Schnäppchenwoche ausgerufen hätte. Knapp einhundert Kandidatinnen waren es insgesamt. Margot wusste, dass auch drei junge Männer anwesend waren, die jedoch in dieser Flut adrett zurechtgemachter

Weiblichkeit komplett untergingen. Unwillkürlich dachte sie an Felix; es tat noch immer weh, fast ein Jahr danach.

Margot nahm ihren Platz an der Seite von Sigmund Pelzer ein, und Fräulein Buschheuer richtete das Wort an die Bewerberinnen und Bewerber. Nicht alle von ihnen hatten Abitur, auch die Mittlere Reife wurde neuerdings akzeptiert; eine Konzession der Lufthansa an die neue Zeit.

Manche der jungen Frauen erkannte Margot von den Fotos wieder. Es gab die mädchenhaft Schüchternen, die nervös ihre Handtasche umklammerten wie Almuth damals, und die Selbstbewussten, die sich ebenso kess gaben wie Thea. Die größte Sympathie verspürte Margot für diejenigen, die den festen Willen ausstrahlten, es hier unbedingt zu schaffen. So wie sie selbst, als sie vor fast genau fünf Jahren zum ersten Mal in dieser Halle gestanden hatte. Mit einem erfundenen Lebenslauf und gefälschten Zeugnissen.

Was Margot seitdem gelernt und geleistet hatte, wog wesentlich schwerer, hatte die Chefstewardess befunden, und Margot war ihr unendlich dankbar dafür.

»Es ist mir eine besondere Freude«, verkündete Uschi lächelnd, »Ihnen, werte Damen und Herren, Margot Geier vorzustellen.«

Hundert Augenpaare richteten sich auf Margot. Sie sahen eine junge Frau, das sattbraun glänzende Haar so kurz geschnitten wie bei Jean Seberg, der Ehering ihr einziger Schmuck. In ihrem eng anliegenden schwarzen Rollkragenpullover und dem schwarzen Glockenrock, der knapp unterhalb des Knies endete, der knallrote Gürtel perfekt auf Lippenstift und Nagellack abgestimmt, hätte sie auch gut nach New York oder Paris gepasst.

»Frau Geier«, fuhr die Chefstewardess fort, »hat nicht nur

zu den Besten unseres allerersten Lehrgangs gezählt und wurde als erste Deutsche zur *Miss Wings over the World* gewählt. Nach ihrer Schulung bei Pan American World Airways hat sie einige Zeit für deren *Atlantic Division* gearbeitet, bevor es uns gelungen ist, sie nach Hamburg zurückzuholen. Frau Geier wird während Ihrer Ausbildung hauptsächlich für das Sicherheitstraining zuständig sein. Sie ist derzeitig die Einzige bei der Lufthansa, die bereits an Bord einer Boeing 707 gearbeitet hat. Sobald feststeht, wann bei uns die ersten Jets zum Einsatz kommen, wird Frau Geier Sie mit diesem Flugzeugtyp vertraut machen. Und sollten Sie, meine Damen und Herren, Auswahlverfahren, Ausbildung und Prüfung überstehen, wird Ihnen Frau Geier in ihrer Position als Check Stewardess hin und wieder bei der Arbeit über die Schulter schauen.«

Margot blickte in neugierige, staunende, vereinzelt ungläubige oder fast schon ehrfürchtige Mienen. Sie sah die Hoffnung in den Augen, es auch einmal so weit zu bringen: als moderne junge Frau die halbe Welt gesehen zu haben und in leitender Stellung zu arbeiten – und dann auch noch verheiratet!

Es würde hart werden, die ersten Kandidatinnen gleich heute Mittag wieder wegzuschicken; einen Augenblick lang war Margot sich nicht sicher, ob sie dieser Aufgabe gewachsen war.

Ursula Buschheuer machte eine einladende Geste, um ihr das Wort zu erteilen. »Bitte sehr, Frau Geier.«

Margot atmete tief durch und trat einen Schritt vor, hinein in ihr neues Leben.

Hast du nicht 'nen Groschen für die Musicbox

Dieser Roman ist ein Medley aus selbst komponierten Stücken, Evergreens und kaum bekannten Songs, teilweise von mir frei interpretiert, improvisiert und variiert.

So habe ich manches rund ums Fliegen und die Lufthansa vereinfacht und gestrafft. Die erste deutsche *Miss Wings over the World* war Margot Rohde 1958, nach anderen Quellen 1959, und das Titelgesicht einer Sonderausgabe des *LIFE Magazine* war die schwedische Stewardess Birgitta Lindman, ebenfalls im Jahr 1958. Die Jahresangabe für den Lehrfilm *Roses for Routine* ist inzwischen von der Pan American Historical Foundation auf 1959 korrigiert worden.

Die Erlebnisse meiner Margot in Amerika entsprechen im Wesentlichen den historischen Gegebenheiten bei Pan Am, ergänzt um einige Details aus den Ausbildungsprogrammen von American Airlines und British Airways in jenen Jahren. Margots Flug am Freitag, den 13., beruht auf einem Flug der TWA im Januar 1959, der sich fast genauso abgespielt hat – und bei dem tatsächlich ein Centstück das Schlimmste verhinderte.

Christina Wennerström flog zwar nicht mit der Lufthansa zurück nach Europa, aber ihre Geschichte ist ebenso wahr wie die ihres Vaters. Nach jahrelanger Überwachung wurde Oberst

Wennerström 1963 der Spionage überführt und zu einer lebenslangen Freiheitsstrafe verurteilt.

Unzählige Fundstücke aus Zeitungen und Zeitschriften der 1950er und Erinnerungsschnipsel von Zeitzeugen komplettieren das Arrangement.

Die Verflechtungen zwischen CIA und Pan Am sind ebenso verbürgt wie Frank Sinatras Kontakte zur Mafia und seine Überzeugung, damit John F. Kennedy die Tür zum Weißen Haus aufgestoßen zu haben. Laut eines ehemaligen Stewards der Pan Am kam Frank Sinatra in derangiertem Zustand an Bord des ersten Jets von Paris nach New York. Dass ich im Roman seinen damaligen Kumpel John F. Kennedy nach einer gemeinsam durchzechten Nacht mitfliegen ließ, ist eine Caprice, die ich mir erlaubt habe.

Um es mit Sinatra zu sagen: *I did it my way.*

Ein Tusch für ...

Mariam, Thomas und Philip Montasser, die Besatzung meines Towers. Danke, Thomas, dass Du mir mit einem Follow-me-Car den Weg zur Startbahn gezeigt hast.

Lena Schäfer, die beste Co-Pilotin, die ich mir hätte wünschen können, Funkerin und Navigatorin in einer Person. Dank Dir hat diese Geschichte Flügel bekommen.

Ilse Wagner, die den Tragflächen den letzten glänzenden Schliff verliehen hat und ein Auge darauf hatte, dass nicht doch noch Sand im Getriebe steckt.

Das Team von Goldmann, das diesen Stewardessen-Flieger so gut betreut hat, wie es nur ein echter Heimatflughafen kann.

Jörg, der jederzeit aufs Neue mit mir ins Blaue hineinfliegt, selbst in den größten Turbulenzen und Luftlöchern an meiner Seite bleibt und meine Hand umso fester hält, wenn unser Flugzeug über dem Pazifik wegen Triebwerksproblemen auf halbem Weg umkehrt.

AK und Sanne, die ich immer mit an Bord weiß, wohin die Reise auch geht. Danke, AK, dass ich ein gewisses Zitat ausborgen durfte!

Meinen Vater und Rose, Jutta und Jupp, die ich mit unzähligen Fragen zu den Fünfzigern bestürmen durfte und die mich an ihren Erinnerungen teilhaben ließen.

Herrn Beck fürs Fachsimpeln über Cabrios und Adenauer.

E. L., die mich immer wieder sicher auf den Boden bringt.

Mein besonderer Dank gilt den Archiven des *Hamburger Abendblatts*, der Lufthansa und von Pan American World Airways, ohne die dieser Roman nicht halb so bunt und lebendig geworden wäre.

Unsere Leseempfehlung

464 Seiten
Auch als
Hörbuch und
E-Book erhältlich

Julian ist es leid, seine Einsamkeit vor anderen zu verstecken. Der exzentrische alte Herr schreibt sich seine wahren Gefühle von der Seele und lässt das Notizheft in einem kleinen Café liegen. Dort findet es Monica, die Besitzerin. Gerührt von Julians Geschichte, beschließt sie, ihn aufzuspüren, um ihm zu helfen. Und sie hält ihre eigenen Sorgen und Wünsche in dem Büchlein fest, ohne zu ahnen, welch heilende Kraft in diesen kleinen Geständnissen liegt: Als das Notizbuch weiterwandert, wird aus den sechs Findern ein Kreis von Freunden. Monicas Café wird dabei ihr zweites Zuhause, und auf Monica selbst wartet dort das ganz große Glück …

goldmann verlag.de

Unsere Leseempfehlung

»Eine großartige Familiensaga«

LOVELYBOOKS.DE

672 Seiten
Band 1
Auch als E-Book erhältlich

704 Seiten
Band 2
Auch als E-Book erhältlich

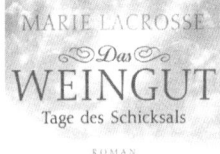

736 Seiten
Band 3
Auch als E-Book erhältlich

goldmann-verlag.de

Unsere Leseempfehlung

672 Seiten
Band 1
Auch als E-Book erhältlich

704 Seiten
Band 2
Auch als E-Book erhältlich

736 Seiten
Band3
Auch als E-Book erhältlich

London 1904: Lady Celia Lytton betört die englische Society mit ihrer Intelligenz und Schönheit zugleich. Sie ist die perfekte Gastgeberin, veröffentlicht im eigenen Verlag einen Bestseller nach dem anderen und genießt ihr junges Familienglück – ein privilegiertes Leben. Doch dramatische Ereignisse kündigen sich an, und als ihr Mann Oliver in den Krieg eingezogen wird, können die Lyttons nicht mehr die Augen vor der Realität verschließen. Die makellose Fassade bekommt erste Risse, und Celia beginnt zu verstehen, dass sie einen Preis zahlen muss, für die Entscheidungen, die sie getroffen hat, und die Geheimnisse, die sie bewahrt...

Unsere Leseempfehlung

448 Seiten
Auch als Hörbuch erhältlich

416 Seiten
Auch als Hörbuch erhältlich

Königsberg und Masuren Ende des 19. und Anfang des 20. Jahrhunderts: Drei Familien verwickeln sich in Intrigen, Liebesaffären und verhängnisvollen Entscheidungen. Eine Welt im Wandel bestimmt ihr Schicksal.

goldmann-verlag.de **GOLDMANN**